中国柯尔克孜族英雄史诗

ماناس

玛纳斯

第四部 凯耐尼木

第1卷

居素普·玛玛依 演唱
《玛纳斯》汉译工作委员会 编译
朱玛克·卡德尔 吐尔地·买买提吐尔逊 翻译

新疆人民出版总社
新疆人民出版社

图书在版编目（CIP）数据

中国柯尔克孜族英雄史诗．玛纳斯．第四部，凯耐尼木：1—2卷 / 居素普·玛玛依演唱；《玛纳斯》汉译工作委员会编译．—乌鲁木齐：新疆人民出版社，2019.12
ISBN 978-7-228-18725-6

Ⅰ．①中… Ⅱ．①居… ②玛… Ⅲ．①柯尔克孜族—英雄史诗—中国 Ⅳ．① I222.7

中国版本图书馆 CIP 数据核字（2020）第 007941 号

译本的版权依据新疆人民出版社 2004 年出版的《玛纳斯》柯尔克孜文版居素普·玛玛依演唱记录校勘本

项目统筹：林　辉　孙祁娟
责任编辑：刘　巾
整体设计：刘堪海
封面绘图：邹振明

中国柯尔克孜族英雄史诗·玛纳斯
第四部　凯耐尼木（1—2卷）
居素普·玛玛依　演唱
《玛纳斯》汉译工作委员会　编译
朱玛克·卡德尔　吐尔地·买买提吐尔逊　翻译

出版发行　新疆人民出版总社
　　　　　新疆人民出版社
地　　址　乌鲁木齐市解放南路 348 号
邮　　编　830001
电　　话　（0991）2837939
制　　版　乌鲁木齐形加意图文设计有限公司
印　　刷　北京富诚彩色印刷有限公司
开　　本　787mm × 1092mm　1/16
印　　张　65
版　　次　2020 年 7 月第 1 版
印　　次　2020 年 7 月第 1 次印刷
定　　价　150.00 元

居素普·玛玛依

（1918—2014）

居素普·玛玛依，1918年生于新疆阿合奇县，柯尔克孜族，曾任新疆维吾尔自治区文联名誉主席、研究员，自治区政协常委，2014年去世。著名《玛纳斯》演唱大师，我国国家级非物质文化遗产传承人，被国内外史诗界誉为“当代荷马”，被国家领导誉为“国宝”，是国内外公认的世界上唯一能演唱8部23.5万多行英雄史诗《玛纳斯》的传承、演唱和研究大师。他为《玛纳斯》史诗的传承、保护和发展做出了卓越贡献，曾多次荣获国家和自治区的表彰和奖励。曾三次应邀出访吉尔吉斯斯坦，并被授予金质奖章和“吉尔吉斯斯坦人民演员”称号。

《玛纳斯》汉译学术工作组

翻译校注组组长： 朱玛克·卡德尔
翻译校注组副组长： 阿地力·居玛吐尔地
编辑整理组组长： 贺继宏
审定组组长： 马雄福
朱玛克·卡德尔
审定组副组长： 贺继宏

《玛纳斯》第四部《凯耐尼木》汉译工作人员

翻　　译： 朱玛克·卡德尔　吐尔地·买买提吐尔逊
汉柯对照： 朱玛克·卡德尔　阿曼吐尔·阿不都热苏勒
木合他尔·朱马　布瓦加尔·阿布力米提
编辑整理： 贺继宏　郭民杰　李瑞周
审　　定： 朱玛克·卡德尔　马雄福　贺继宏　胡振华
郎　樱　吴占柱　罗迎福　张宏超　赵国栋
吾尔哈力恰·何德尔拜　郭民杰　李瑞周
李　莉　王　燕

前言

《玛纳斯》是柯尔克孜族英雄史诗，是广泛流传在柯尔克孜民间并世代传承、深受世人喜爱的民间文学作品，不仅是中国三大史诗之一，而且是世界文学艺术殿堂中的璀璨瑰宝。

《玛纳斯》是整部史诗的统称，也是第一部史诗的名称和主人公的名字。这部史诗产生于古代的部族征战年代，是英雄崇拜时期标志性民族民间艺术杰作。史诗在千百年的口耳相传过程中，就像一条奔腾不息的大河，融入历代柯尔克孜人对社会、自然、人生的认知，从而使史诗成为柯尔克孜民族精神的支柱和文化的象征。丰富的史诗故事塑造了民族精神、民族魂，展现了爱国、勇敢、智慧、团结、包容的史诗精神。

史诗篇幅浩瀚，规模宏大，内容丰富，时间跨度长，变体繁多，仅居素普·玛玛依演唱的版本就长达23.5万行。史诗记述了从主人公玛纳斯开始到他的子孙八代家族英雄的动人故事，讴歌了这个英雄群体为维护民众利益、保卫家乡所进行的艰苦卓绝的斗争，以及他们反对外来侵略和奴役，为柯尔克孜人争取自由、实现幸福生活、创建美好家园所展示出的奋斗精神和英雄气概。

史诗是典型的谱系式叙事结构英雄史诗，每部均表现一代家族英雄的传奇故事，自玛纳斯到他的后代英雄，富有浪漫主义色彩的悲壮功绩构成了史诗的全部内容。史诗气势恢宏，扣人心弦，是文学史上一颗耀眼的珍珠，具有巨大的震撼力。史诗以诗歌的语言，以娓娓动听的故事，将听众引入柯尔克孜先民的生活画卷。史诗中有贤明智慧的汗王，有智勇双全的战将，有德高望重的老臣，有口若悬河、能言善辩的使臣，有巾帼英雄，也有巫师及百工之人，还有叛臣贼子、巫师魔头、神仙鬼怪。不论是正面英雄，还是反面人物，都描绘得栩栩如生、丰满神奇、个性鲜明。英雄玛纳斯英武豪壮、力冠群雄，前看似猛虎，后观像雄狮，健若巨龙，捷若苍鹰；出征时猛虎开道、猎豹随后、神龙护体。他头戴铁盔、身着战袍、肩背战斧、手持长矛、腰挂宝剑，驰骋疆场，潇洒自若。史诗通过对以玛纳斯为首的英雄群体的塑造，勾勒出柯尔克孜人古代社会生活的民俗画卷，如婚礼、庆典、游艺等，均含其中，无不令人叹服。

史诗是语言艺术的宝藏，比喻、夸张、拟人是史诗常用的修辞手法，论英雄勇猛以猛虎、雄狮、青鬃狼、公驼比拟。史诗有严谨的韵律，节奏强，诗歌大都押韵，相当多的诗段既押头韵又押脚韵，唱起来朗朗上口，听起来悦耳动听。史诗各部既独立成篇又相互衔接，既有独立性又不乏连贯性，而且在人物、情节、叙事方面环环相连，融会贯通。史诗在艺术方面表现出柯尔克孜人独具匠心的高超技巧，在人物、动物的刻画和情节的描述上又充分展示出柯尔克孜人独到的文学表现力和审美情趣。史诗《玛纳斯》是具有无限生命力的经典之作，它既是柯尔克孜族文学发展的高峰，又是流传千年的艺术精品，其始终扎根中华文明沃土，与中华文化血脉相连、息息相通、交流交融。

中华人民共和国成立以来，特别是改革开放40多年来，在党和国家的高度重视和关心支持下，柯尔克孜族英雄史诗《玛纳斯》由千年来在民间传唱，发展成为我国三大英雄史诗之一，并收入我国和世界人类非物质文化遗产名录。党的十八大以来，以习近平同志为核心的党中央高度重视《玛纳斯》史诗传承发展工作，习近平总书记在中央民族工作会议上，在文艺工作座谈会上，在第十三届全国人民代表大会上，在访问吉尔吉斯斯坦的署名文章中，都高度强调了史诗的历史地位与传承发展价值。他指出史诗“不仅为中华民族提供了丰富滋养，而且为世界文明贡献了华彩篇章”“是震撼人心的伟大史诗”。2006年国务院批准史诗《玛纳斯》列为首批国家级非物质文化遗产名录。2009年我国成功申报史诗《玛纳斯》入选联合国教科文组织“人类非物质文化遗产代表作名录”。2015年国家新闻出版广电总局将《玛纳斯》推荐为中华优秀传统文化普及图书。2018年中宣部、中国文联将《玛纳斯》列为“国家文库”入选图书，纳入《中国民间文学大系·史诗·新疆卷》。一直以来，国家文化主管部门划拨专项资金，支持和帮助史诗《玛纳斯》的保护与传承工作，尤其是翻译出版工作。2013年，在国家出版基金的资助下，新疆人民出版社出版了《玛纳斯》第一部（一至四卷）汉、柯尔克孜、英三种文字版本。《玛纳斯》第二部《赛麦台依》、第三部《赛依铁克》、第四部《凯耐尼木》汉、英两种文字版本又入选2017年国家出版基金。

新疆维吾尔自治区党委和人民政府历来重视《玛纳斯》的调查、记录、整理、翻译和出版工作。自治区党委和人民政府的主要领导、主管宣传文化的领导做出批示，要求加大《玛纳斯》的保护与传承工作力度。自治区文化主管部门在规划制定、项目申报、经费投入等方面给予了大力支持。

克孜勒苏柯尔克孜自治州（以下简称“克州”）成立以来，克州党委和人民政府十分重视柯尔克孜族优秀传统文化的弘扬和文化遗产的保护与传承。克州作为《玛纳斯》史诗文化传承地和世界非物质文化遗产项目申报地，为《玛纳斯》史诗立档、保存、传承、宣传、翻译、出版、研究以及弘扬和振兴工作，做出了巨大贡献。

中华人民共和国成立之后，我国就组织相关的专业部门开始对史诗《玛纳斯》进行搜集、调查、记录、整理、翻译和出版工作。1955—1957 年，由中国社会科学院少数民族语言研究所、中央民族学院、新疆维吾尔自治区文字改革委员会组织的新疆少数民族语言调查队在柯尔克孜族聚居地区进行柯尔克孜语方言调查，记录了部分《玛纳斯》唱段作为方言资料。这是《玛纳斯》首次以文字记录形式，进入了中华人民共和国的国家档案之中。1960 年秋，新疆作家协会的刘发俊、刘家琪等人在克州组稿时，听到有民间艺人在演唱《玛纳斯》，此时，恰逢中央民族学院柯尔克孜语班的师生在克州牧区进行语言实践活动，在胡振华教授的率领下，师生共同记录了乌恰县著名玛纳斯奇铁木尔演唱的《玛纳斯》史诗第二部《赛麦台依》中的《赛麦台依和阿依曲莱克》片段，并译成汉文、维吾尔文分别发表在刊物《天山》（汉文）和《塔里木》（维吾尔文）上。

1964 年 5 月，由中国民间文艺研究会、新疆维吾尔自治区文联、克州党委联合组成《玛纳斯》工作领导小组，下设工作组，中国民间文艺研究会研究员陶阳、自治区文联研究员刘发俊任组长。工作组在克州地区采访、记录《玛纳斯》史诗。1978 年，三方重新组成《玛纳斯》工作领导小组，在北京记录、翻译《玛纳斯》，中央民族学院教授胡振华、自治区文联刘发俊任组长。1982 年 6 月，组成新疆《玛纳斯》工作领导小组，自治区人大常委会、自治区文联、克州主要领导任组长、副组长。1989 年 11 月，经自治区党委批准，又重新调整了《玛纳斯》工作领导小组。

《玛纳斯》的普查搜集工作走过了一个艰难过程。自 1960 年起，在各级组织的大力支持下，《玛纳斯》调查搜集人员本着“全面搜集、重点整理、大力推广、加强研究”的方针，坚持“忠实记录”的原则，先后展开了拉网式的普查。

凡有歌手的地方，哪怕是只能演唱一两段，采录人员都一个不漏地认真记录下来。采录人员分三个组，跨骆驼、骑牦牛，跋山涉水，走遍了偏僻的小村落，经过三个多月，走访了新疆境内柯尔克孜人聚居的地方，采录到史诗 20 多万行及其他民间文学作品。也就是在这次普查中，发现了著名《玛纳斯》演唱大师居素普 · 玛玛依。居素普 · 玛玛依用了近 8 个月的时间，演唱了史诗一至五部——《玛纳斯》《赛麦台依》《赛依铁克》《凯耐尼木》《赛依特》，共 11 万多行。

1964 年 8 月到 1966 年 10 月底，《玛纳斯》工作组又花费了两年多的时间，在克州的四个县进行了史诗的查漏补缺工作。此次调查,记录了《玛纳斯》片段《阔阔托依的祭典》《给七汗送信》《远征》等章节，计 12.4 万行；《玛纳斯》手抄本 21 册，9 万余行；居素普 · 玛玛依补唱《玛纳斯》第一部，由原记录 3.8 万行增到 5.9 万行；第二部《赛麦台依》由原记录 2.7 万行增到 3.2 万行；第三部《赛依铁克》由 1.8 万行增到 2.4 万行；第四部《凯耐尼木》由 1.6 万行增到 3.4 万行；第五部《赛依特》由 0.28 万行增到 1 万行(后又增唱到 2.4 万行)。同时，他又演唱了第六部《阿斯勒巴恰与别克巴恰》4.5 万行。但令人惋惜的是，这些凝聚了几十个人两三年夜以继日劳动成果的记录稿和译稿遗失了。

1978 年，居素普·玛玛依在北京除对前六部进行重唱外，还新唱了第七部《索木碧莱克》和第八部《奇格泰》。

经过数十年的努力，史诗《玛纳斯》的搜集工作初见成效，搜集到 80 多位演唱艺人的变体，于 1995 年正式出版发行了演唱大师居素普 · 玛玛依的柯尔克孜文版全本，并于 2004 年修订再版，又全文转写成斯拉夫文出版，在吉尔吉斯斯坦及俄罗斯等国引起了巨大反响。

为了使更多的读者了解史诗《玛纳斯》，广大民间文艺工作者积极努力，利用不同文种报刊宣传介绍《玛纳斯》，已有大量精选片段在各种报刊、书籍中刊发及引用。同时，新疆人民出版社出版了刘发俊等组织翻译的《玛纳斯》第一部的汉译本，克州史志办和新疆民间文艺家协会编选的《柯尔克孜民间文学精品选·玛纳斯精选片段》等汉译本。可是由于种种原因，《玛纳斯》柯尔克孜文翻译汉文工作一直未能进入有效的组织计划程序。

2004 年，随着我国非物质文化遗产保护工程的正式启动，《玛纳斯》柯尔克孜文翻译汉文工作迎来了前所未有的大好机遇。当年，在克州党委和政府的关心与支持下，克州和自治区文联联合成立《玛纳斯》汉译工作领导小组，后改为《玛纳斯》汉译工作委员会，并组建了多民族人员参与的强有力的工作班子。

《玛纳斯》柯尔克孜文翻译汉文工作本着政府组织策划、政府出资、政府协调、政府指导的原则，由克州人民政府与新疆民间文艺家协会组织通晓汉、柯尔克孜两种文字且有一定文学表达能力的专业人员，开展翻译、整理、审定工作。

一、本次汉译本以居素普·玛玛依演唱的 2004 年新疆人民出版社再版的柯尔克孜文版《玛纳斯》为蓝本。

领导小组下设翻译校注组、编辑整理组、审定组三个工作机构。三个工作组明确职责，相互配合，严格按翻译、柯汉对照、整理、评审、审定、译文校订等程序进行。

1. 翻译：严格按照民间文学的特点进行翻译，坚持“信、达、雅”的翻译原则。译文诗句上下对应，句与句之间、节与节之间、段与段之间上下连贯，意思完整。每一个字、词，每一行译文必须表述精当。

2. 柯汉对照：主要是纠正译文中的错、舛、漏，对译文表述不清或用词不准的词句进行修改。对一些特有的俗语、谚语进行详细说明；对于使用词义延伸和词义反向延伸的句子进行说明，以便编辑整理时参考或加注。

3. 整理：根据优秀传统文化整理要坚持“取其精华，去其糟粕”的方针，在尊重原诗内容的基础上对文字进行精加工，既要符合汉文读者的语言习惯和阅读、欣赏口味，又保留原诗的语言特点、艺术特点和民族特点；文字力求简练、准确、流畅、生动，有诗的韵味；保持柯尔克孜民间史诗的节奏和音韵风格，不生搬硬套汉文韵律诗的格律。

4. 审定：也是统校，是译稿交出版社之前最后一道工序，具体是对前三个环节逐一进行审查。特别是对汉译稿的翻译质量、文学表达和文字内容进行把关，译稿涉及的民族关系、地域概念、习俗信仰等问题做到既尊重历史，又符合和谐发展的原则。

二、在《玛纳斯》汉译工作启动伊始，领导小组就召集相关工作人员，阐述《玛纳斯》翻译准则，即“忠实原文、保持风格、通俗流畅”。真正做到汉译稿既保持史诗内容原汁原味和民间艺人即兴演唱的风格特点，又能兼顾广大汉语读者的阅读习惯，做到真正意义上的雅俗共赏。另外，《玛纳斯》是流传千年的艺术精品和世界文化瑰宝，所以汉译稿既要求体现史诗本身的艺术魅力，又要将口头演唱转换为书面文字过程中存在的技术问题做到妥善处理。

1. 演唱中的人物关系顺序，在原演唱时很清晰，但译成汉文时，有时要加主语，而且有些语句还需用标点符号来划定；再者是人物对话中的场景，有的是毡房内景，有的是外景，在文字表述中都需加以说明。

2. 人名、马名、地名、植物名、动物名、部落名称均采用音译加注释的方法，极个别的为了押韵亦采用意译方法。其中，地名翻译尽管与现代地名相同，但与现代地理位置可能并不相同，不能一一对应。

3. 史诗本身没有段落之分，有时演唱艺人激情高昂时能一口气演唱几十行，而且是一韵到底。在不影响史诗结构的同时，汉译稿根据故事情节的发展和读者的阅读方便，按史诗发展情节分了段。另外，根据柯尔克孜文版整理方案，每部中以重大事件划分出若干一级标题，同时在一级标题下，又划分若干个二级标题，使读者阅读时更加清晰明了。

4. 史诗的汉译实际上是一个对史诗研究的过程。特别是根据诗史的内容，基本澄清了史诗产生的年代，从而对史诗中出现频率较高、颇受专家学者关注的一些名词术语，在汉译中做了较为准确的界定。“卡勒玛克”只是蒙古族的一部分，亦译作“卡尔梅克”“卡尔玛克”等，不能笼统地译作“蒙古”。另外，在《玛纳斯》中曾引起争议的“Beijin”一词，有部分译文译作“北京”，这一词实指契丹的都城，有学者认为是辽朝的上京临潢。2010 年《辞海》(缩印本)对“北京”的释文就有“金天眷元年 (1138 年) 改辽上京临潢府为北京，天德二年 (1150 年)，撤销北京名号，故址在今内蒙古巴林左旗东南波罗城”。也有学者认为《玛纳斯》中的“Beijin”应为中国历史上的“北庭”。“北庭”在今新疆维吾尔自治区北部的吉木萨尔县内，唐代为北庭都护府治所，西辽曾在这里的叶密立地方建新城以招揽部众，后建都虎思斡尔朵。也有人将“Beijin”误认为今日之北京，这与《玛纳斯》产生的历史是不相符的，因为今日之北京在辽时被称作“燕京”。鉴于此，本次翻译时统一使用音译“别依京”，也有些诗句中根据需要，被译作“上京”或“康阿依”。

5. 为了使译文能达到忠实原文的基本原则，在本次汉译过程中，初稿翻译全启用精通汉语的柯尔克孜译者，而且邀请近十位柯尔克孜专家学者参加汉译的每个环节，特别是柯尔克孜文与汉文的对照工作，第一部译稿就进行了两次对照，目的就是为了译文更加准确无误。

本次汉译工作在社会各界的大力支持下，在史诗研究者的不懈努力下，汉文本即将陆续与读者见面。由于翻译、整理、审定人员对史诗本身的熟知程度不同，在汉文的表述及对史诗中一些生僻词句的理解是否妥帖，尚待商榷。

《玛纳斯》是柯尔克孜人集体创作的不朽优秀文化遗产，《玛纳斯》的调查、记录、整理、翻译、出版也是集体劳动的成果，在本书出版之际，我们向无数传承《玛纳斯》的玛纳斯奇们表示敬仰和怀念，向几十年来参加《玛纳斯》的调查、记录、整理、翻译及出版的工作人员，向关心《玛纳斯》工作的各级领导和专家学者们，表示诚挚的感谢！

2020年7月

目录

第1卷

◎ 第2卷

三代英雄大战吃人众魔

赛麦台依率兵西征阿依吐比

玛纳斯家族的动人故事，
我已经唱完了三代英雄。
今天我要再唱的凯耐尼木，
是玛纳斯家族的第四代英雄。

凯耐尼木的祖先是波彦汗，
波彦汗的后代是恰彦汗，
恰彦汗之后是喀拉汗，
从喀拉汗之后，
又传到奥若孜都汗。

奥若孜都汗生了十个儿子，
大儿子名叫加克普。
加克普之子是英雄玛纳斯。
玛纳斯的英雄故事，
就从这里开始。

背井离乡的阿拉什人，
依靠玛纳斯重返家园。
为了阿拉什人的尊严，
玛纳斯南征北战历尽艰难。
为了解救被奴役的同胞，
玛纳斯率军远征别依京，
遭到敌人暗害未能生还。

玛纳斯的儿子赛麦台依，
失去父亲的孤儿历尽艰险，
跟随着母亲卡妮凯四处逃难。
他十二岁时已勇猛无比，

驰骋疆场能征善战。
他战胜过许多凶残的敌人，
是天下无敌的英雄好汉。

赛麦台依的妻子是仙女阿依曲莱克，
他们生下儿子赛依铁克。
汗王赛麦台依的儿子尚未出生，
他突遭叛徒迫害幻化消失于人间。
汗后阿依曲莱克仙女，
将赛麦台依的后代在腹中怀了三年六个月时间，
才生下赛依铁克儿男。

赛依铁克也是一位盖世无敌的英雄，
十二岁时即夺回了父王失去的政权。
赛依铁克有两位妻子，
一位是古丽娜尔，
生下了阿勒木萨日克；
另一位是仙女库娅勒，
库娅勒是天下无敌的女英雄，
她生下了凯耐尼木。
凯耐尼木英勇无比威名远扬。
英雄凯耐尼木的故事，
还是让我从头来唱。

赛麦台依虽然返回了人间，
但英雄年事已高不比当年。
他的儿子赛依铁克还不到三十岁，
身体却壮得好似一座大山。
世上没有骏马能驮动他，
平时就在家中闲待着，
难以远征领兵作战。

库娅勒生下了凯耐尼木，
而今已是九岁的儿男。
他虽然身躯巨大食量惊人，
却整天躺着行动不便。

有一天下午，太阳已经偏西，
赛麦台依、巴卡依和古里巧绕，
正在家中闲坐聊天。
有一群客人来到门前，
其中一位能说会道的人，
匆匆忙忙向守门人打探：
“请问这是何人掌管的地盘？”
守门人不慌不忙地告诉他：
“这里是先王玛纳斯留下的地盘，
这里是汗王赛依铁克的宫院。”

那人急忙说道：
“汗王赛依铁克名传千里，
他是一位英雄，力大无比。
赛麦台依汗王依然康健，
圣人巴卡依也在这里。
阿勒曼别特的儿子古里巧绕，
也和他们在一起。
如今有敌人前来侵犯，
不知他们谁能率兵外出迎敌？
我们是遭遇灾难不幸的人，
请求汗王救援心里很是着急。”
守门人知道了客人的来意，
进宫禀报汗王赛麦台依。

守门人满面流汗心里着急，
面对汗王却说不出话语。
古里巧绕劝他沉住气，
守门人才把有人求救的事情述说详细：

“刚才我们站在大门外面，
有一群远方的人来到门前。
他们言语不清神色不安，
疲惫不堪泪痕满面。
说他们遭遇到可怕的灾难，
要拜见汗王请求救援。
我急于禀报，

一时有些慌乱。”

自从打败萨尔特直到今天，
英雄们无事可做在家赋闲。
听说有人遭难请求救援，
英雄们岂能不问不管？
汗王吩咐把来人带进宫里，
守门人迅速地退到门外，
把来人带到了汗王面前。

来人弯腰弓身行走，
不敢抬起头来观看。
跪在汗王面前磕头行礼，
得到允许才敢坐在角落。

赛麦台依把来人上下打量，
只见他们骨瘦如柴脸色无光，
长长的脖子又黑又脏。
赛麦台依心想这些人怎么变成这般模样：
“你们从哪里来？
遇到了什么困难？
需要什么帮助如实地向我直言。”

来人不敢抬头正视赛麦台依，
胆怯地诉说着他们的遭遇：
“我们本是来自日出方向的商人，
原来我们一共有一百三十个人，
其中有五十一个是阿拉什人。
还有三十个柯尔克孜人，
他们从奥波勒跟我们一起同行。

“他们告诉我们说：
‘柯尔克孜汗王赛麦台依，
是青鬃狼玛纳斯英雄的后裔。
只要赛麦台依在世，
敌人就不敢碰破我们一点皮。’

“可是这些柯尔克孜和阿拉什人，
现在一个不剩全都离开了人世，
被巨人秦额什吃进了肚子里。
我们来到你的面前，
就是要诉说这悲惨的遭遇。”

看到众英雄不解的神情，
来人又将详情细讲：
“在日落的方向，
有个叫阿依吐比[①]的地方，
阿依吐木什是那里的汗王。
在阿依吐木什的身旁，
有个叫秦额什的巨人，
他心狠手辣是个吃人的魔王。

“秦额什的女儿绮妮凯，
是个非常漂亮的姑娘。
为了娶到绮妮凯，
当地的巨人拼死争斗互不相让。

“有一个巨人叫苏麦尔干，
这个恶魔更加凶残。
他要把绮妮凯强娶，
秦额什心中不愿又不敢抗拒多言，
只好提出要很多彩礼的条件：

“‘我要七十间高大宽敞的房屋，
里面要装满闪闪发亮的黄金；
我要七万个年轻的奴隶，
让他们在这里繁衍生育，
我要把他们养肥一个个吞食充饥；
我还要满山遍野的野兽和牲畜，
供我享乐的时候猎取。’

“为了满足秦额什的要求，

① 阿依吐比：柯尔克孜语，地名，意为在月亮跟前的地方。

苏麦尔干变本加厉到处抓人，
把成群的百姓像羊一样赶进棚圈里，
我们这一百多人也被赶了进去。
苏麦尔干和秦额什一样吃人成性，
他们每天要吃人充饥。
还有的人被卖了出去，
在那里吃人的事情不足为奇。

“我们的人越来越少，
原来的一百多人，
如今只剩下我们五个还活在人间。
我们的命运就是这样糟糕，
他们本来要把我们吃掉，
只因我们骨瘦如柴才把我们留下长膘。
他们割掉我们的耳朵做标记，
又将我们赶到野外自己找东西充饥。

“我们在那里被困了六年，
终于寻机逃离了阿依吐比。
他们那里有一个规矩，
只要看到没有耳朵的人，
就认定是恶魔苏麦尔干的奴隶，
就会把人送回到他的魔掌。
我们害怕被人认出送回去，
只好昼伏夜行狼狈潜逃，
渴了喝雨水，饿了吃野草充饥。
我们逃离阿依吐比，
至今已经三年，
到处流浪行乞，
向遇到的人诉说悲惨的遭遇。

“有不少好心人告诉我们，
‘赛麦台依是柯尔克孜的英雄，
只有赛麦台依能够拯救你们’。
我们今天能够来到这里，
全是上天的旨意，
我们都是奴隶，来自康阿依。”

赛麦台依听了他们的遭遇，
心中怒火燃烧气愤至极。
他对古里巧绕说道：
“古里斯坦，我的勇士，
你赶快行动不要迟疑。
把二十个汗王全部召集到一起，
我要率众远征这些吃人的魔鬼。

“当年父王远征别依京，
率领十四个部落的雄兵。
如今我向西方远征，
要有父王当年一样的阵容。
二十个汗王必须随我同行，
能骑马的男人全部一齐出征。”

停了片刻，赛麦台依继续说：
“自从我赛麦台依出生以来，
还没有听说过人吃人的事情。
天上的星星我也能颗颗数清，
我要把给民众带来灾难的魔鬼，
从这个世界上扫除干净。

“苏的儿子苏麦尔干，
也是个吃人的恶魔。
他听到我的名字之后，
定会聚集凶狠的巨人前来相助。
就等着他们聚集在一起吧，
这是个难得的除魔机会。
我要把他们一起消灭干净！
想到他们吃人的情景，
我的内心就难以平静，
我们一定要把他们彻底肃清。

“古里斯坦，我的猛虎，
快做好准备，
我们要尽早启程。”

这时古里巧绕说道：
“我亲爱的大哥，
你的话语千真万确，
我只有一句话请你考虑分明：
我们的父亲胸怀宽阔，
在世的时候管辖着十四个部落。
面对实力雄厚的康阿依强敌，
只得动员所有的部众，
征讨强敌只好全体勇士出动。

“如今我们是向西方出征，
去消灭那些吃人的巨人。
吃人的巨人不会十分强大，
我们也不必惊动所有的部众，
不要打扰同胞们宁静的生活。

“是部落的民众把我们哺育，
我们才成长起来。
阿牢开之子空吾尔巴依，
他的阴谋没有得逞。
当年在克孜勒克亚的山口，
只有我们四个人发起冲锋，
就砍下阿牢开之子的头颅，
打败了众敌保护了部众。

“如今我们向西方出征，
也不要惊动全体部众。
只要选好强将精兵，
就能够把巨人战胜。

“有阿勒木萨日克，
还有库娅勒女英雄和萨拉玛特。
只要带领一千名精兵，
我们出征必定能够获胜。

“我们要向阿依吐木什和秦额什，

向苏的儿子苏麦尔干发起猛烈的进攻。
我们要在马背上和他们激烈交锋，
无论战斗多么残酷无情，
我会勇往直前誓死拼杀。
即使是死神降临在面前，
我也决不怜惜自己宝贵的生命。
如果我们去的人马太多，
反而显得我们胆怯无能。

“当年托勒托依和青阔交，
根本就看不起涅斯卡拉。
骑公青牛的独眼巨人玛德罕，
也没把空吾尔巴依放在眼里。
乌桑干和助巴塔依，
还有来自佳番的克孜勒乌尤克，
狼狈地勾结在一起侵犯我们，
我们没带一兵一卒，
也能把他们全都打垮。

“远的不说，
就说坎巧绕和克亚孜，
狼狈为奸对我们百般凌辱，
我们最终把他们消灭干净。
还有萨尔特那个疯子狂人，
竟敢和我们作对。
赛依铁克挺身而出，
库娅勒及时赶来帮助，
我们也要了他的狗命。
众多的芒格特人，
只得满脸泪水边逃边哭。

“我尊敬的大哥啊，
你高贵的身体健康硬朗，
你锐利的目光如同最亮的星星在夜空闪烁，
你的言语比蜂蜜还甜鼓舞人心给人力量。
如果我的话有错的地方，
请你指正，我时刻站在你的身旁。”

巴卡依老人接着说：
“消灭邪恶保护民众，
是我们祖先留下的传统。
我们要到日落的西方，
去消灭吃人的魔王。
只要我们齐心协力，
一定能把恶魔降服。

“我们投掷的萨哈[①]会百发百中，
这次征战会使恶魔丧命。
我们扔出的萨哈会百发百中，
这场战争会使巨人遭受灭顶之灾。

“我们曾经远征别依京，
尽管他们的领地辽阔无际；
卡勒玛克人就像野草一样稠密，
我们还是战胜了强敌。
可是这个阿依吐比地方，
我们十分陌生没有听到过什么消息。
不过无论怎么说，
他们的势力总比不过康阿依。

“我们已经知道在日落的西方，
有人吃人的魔鬼，
就不能不去解救那里的百姓。
如果我们不去消灭吃人的恶魔，
那就是玛纳斯后裔的耻辱！
我赞同古里巧绕的建议，
率领一千精兵前去，
赛麦台依，
我的话你是否同意？”

听完古里巧绕和老人巴卡依的话语，

① 萨哈：柯尔克孜语，在柯尔克孜族民间玩打羊拐游戏中用以击打成排的小羊拐的较大的、有分量的野羊蹄腕骨叫作萨哈。

赛麦台依让古里巧绕着手去准备。
英雄古里巧绕经过深思熟虑，
把各方的首领召集在一起。
英雄做出了这样的决定：
“有三个儿子以上的家庭，
每家选出一名男儿出征。

“征集一千名精兵组成队伍，
五天之后在这里集中。
要拿上兵器骑上骏马，
备足干粮供途中食用。”

各个部落的首领，
召集应征的勇士登记报名。
第五天清晨，
千名精兵精神抖擞排列在宫廷。

即将出征的人马，
会同后方留守的老人们，
大塔拉斯的男女老少们，
都集中到玛纳斯陵墓前面。
赛麦台依汗王亲自带领，
把祭奠的仪式举行。

勇士每人宰杀一头牲畜，
他们割下绵羊的头颅，
他们剖开母马的肚肠，
他们把白头牛当作牺牲品。
他们把未断奶的驼羔，
当作祭品祭祀祖宗。

全体勇士和在场的人们，
紧抓着自己的衣领，
围着陵墓慢步缓行。
人们向玛纳斯的英灵祈祷，
保佑英雄们的远征胜利成功。

巴卡依老人和赛麦台依汗王，
猛虎古里巧绕和阿勒木萨日克，
女英雄库娅勒和萨拉玛特，
还有千名威武的精兵，
精神饱满地踏上征程。

征伐阿依吐比的勇士们，
个个骑的是快马神骏。
他们精明强悍武艺高强，
十八般兵器样样精通。
他们的装备十分齐全，
长矛的矛尖在阳光下闪着寒光。
宝剑在剑鞘里作响，
月牙斧和匕首相碰叮当。
火枪挎在肩上，
硕大的皮制火药袋垂挂在腰间。
勇士们身穿黄色绣花皮裤，
肥大的裤脚在风中飘荡。

勇士们斜戴着圆顶皮帽，
一会儿歌声嘹亮，
一会儿笑语欢畅。

他们连续向西走了十八天，
离故乡塔拉斯越来越远。
戴白毡帽的乡亲们已看不见，
面前是没有人烟的大戈壁滩。
队伍在这里停下，
人马休息了两天。
人们向巴卡依老人请教：
“前面的路在哪里，
我们怎样才能穿越这个戈壁？”
巴卡依老人说：
“我从来没有来过这里，
也没有见过这个无边无际的戈壁。”

这时萨拉玛特说道：

“我有一个主意，
不知长辈们是否愿意？
库娅勒曾经生活在这里，
如何穿越这个戈壁，
哪里有草有水，
她知道得清楚详细，
我们是不是向她询问？”

赛麦台依立刻派人前去：
“快快召唤库娅勒来这里。”
传令的小伙来到库娅勒的面前：
“汗王赛麦台依和巴卡依老人请你前去，
他们身边有古里巧绕和萨拉玛特，
阿勒木萨日克也在那里。”

这时库娅勒说道：
“我来到塔拉斯已经十四年，
我的儿子凯耐尼木今年刚满九岁。
遵照祖先传下的规矩，
我从没有在三个人以上的场合露面。

“今天我们都在外边，
我更不该在众人面前抛头露面。
要不然让阿勒木萨日克前来请我，
儿子来请母亲自然要去，
这样我才不失礼貌，不犯规矩。”

传令的小伙把库娅勒的话如实禀报，
古里巧绕说道：
“库娅勒的话说得很对，
不过今天她一定要到这里。
阿勒木萨日克，
你去请你母亲过来，
这样的做法是祖传的规矩。”

高大魁梧的阿勒木萨日克，
来到库娅勒的面前，

恭敬地向母亲问安行礼：
“我亲爱的妈妈，
尊敬的汗王爷爷赛麦台依，
足智多谋的老人巴卡依，
猛虎古里巧绕大爷，
他们让孩儿来请您过去有事商议。

“远征的大军来到这无边戈壁，
谁也不知通往阿依吐比的路在哪里？
日落的方向从来没有人来往，
谁也不知道路的方向。
萨拉玛特告诉爷爷，
只有您知道前面的情况，
众人请您过去做行军的向导。”

库娅勒起身来到大家面前，
向尊长们躬身致敬，
祈求神灵保佑长辈们福体康健。
库娅勒的举止礼貌得体，
得到大家异口同声的赞许。
这时古里巧绕开口说话：
“库娅勒，我的孩子啊，
不久前有人来自日落的方向，
他们说在阿依吐比那个地方，
苏麦尔干和秦额什竟然将活人吞食。
为了拯救那里的部众百姓，
汗王赛麦台依率领我们正走在西征的路上。

“面前是一望无边的戈壁沙漠，
谁也不知道怎样才能通过。
听说只有你知道其中的路途。
孩子啊，如果你知道，
就请你把情况详细诉说。”

听完古里巧绕的问话，
库娅勒低着头娓娓回答：
“在我满十二岁之前，

也没有来过这个地段。
在我本命年[①]十三岁的时候，
经常打猎来到这个戈壁沙滩。

“这个沙漠一眼望不到边，
随时都可能发生灾难。
这个沙漠是常人不能穿越的干旱沙漠，
这是被称为有去无回的戈壁滩。
如果我们一无所知进入戈壁，
就会全军覆没有去无还。

“如果我们沿着山脚走北线，
绕路要走很远很远。
需要经过西边的巴攘，
会遇到许多部族的阻拦。
如果不得不与他们交战，
就会给平民百姓带来战乱。
那样会历经千辛万险，
十二个月才能到达阿依吐比跟前。

“如果我们走近路继续向前，
途中有一片沙漠叫恰阿来克，
那里只有两处有流水和草滩。
要穿越这片沙漠，
需要四五十天。
只要我们不畏路途艰险，
就能把沙漠抛在后面。
这条路要到达阿依吐比，
全程要走五十天。

“我听说以前没有阿依吐比的名称，
因为那里没有人烟。
高高的山峰紧紧地连着蓝天，
这个地方仿佛就在月亮跟前。
居仁朵曾逃到那里，

① 本命年：柯尔克孜人以十二生肖纪年，十二年为一轮回，进入本人属相的年份为本命年。

他为那起名叫作阿依吐比，
后来又在那建了城堡，
把阿依吐木什任命为可汗。

“我知道的只有这些，
要我做什么事情，
请汗王和长辈们随时吩咐召唤。”

女英雄库娅勒把话说完，
在场的人都默默无言。
古里巧绕打破沉默：
“巴卡依大伯，
就让库娅勒给我们带路吧，
让她走在前面，
带领队伍穿越这个戈壁滩，
直奔阿依吐木什的城堡前。

“阿勒木萨日克和萨拉玛特，
监护在队伍的两边。
我走在队伍的后面，
不让一兵一马失散。

“我们要精心带好这一千名士兵，
安全穿越面前的戈壁滩。
他们从小生活在塔拉斯的欢声笑语之中，
他们的衣衫整洁一尘不染。
他们一年四季酒肉不断，
卓若①、喜尔乃②享不完，
刁羊、赛马的比赛时常举办。
日子过得富裕，
即使丢失三四十头牲畜，
只当小事也从不记在心间。

① 卓若：柯尔克孜人在冬季以糜子酒为主要饮料轮流请客吃饭的聚会形式。其饭食的总称也叫作卓若。

② 喜尔乃：在夏季以马奶酒为主要饮料轮流宰畜请客吃饭的聚会形式。其饭食的总称也叫作喜尔乃。

“他们未曾和敌人交过战，
没有经过战争的磨炼，
自由自在的生活养成了懒散的习惯。
如果途中有人在马背上睡觉，
就悄悄上前把他叫醒，
既不能打骂也不要嘲笑，
要维护每个人的尊严。
不要让马背磨出鞍疮，
要把每匹坐骑悉心照管。”

古里巧绕说完之后，
赛麦台依宣告第二天继续向前。
所有的人都要做好准备，
带足食物和饮水穿越戈壁荒滩。

第二天清晨，
库娅勒跨上捷勒捷特别斯骏马，
把大队人马带进了戈壁。
在这以前，
从来没有人马穿越这个戈壁荒滩。
女英雄库娅勒英姿飒爽，
催马走在队伍的前边。

遇到滚动的流沙，
马匹行走十分艰难。
人们时刻担心，
随身携带的水被烈日蒸干，
千方百计把水精心保管。
人们三天只吃一顿饭，
人畜喝水更加困难。
队伍连续走了十一天，
前面出现一片茂密的芦苇滩，
人们欣喜若狂急奔向前。

库娅勒勒马高喊：
“大家千万不要喝湖里的生水，

这湖里的水中含有大量芒硝和盐碱，
无论人马一口也不能沾。
只要喝一口湖水，
就会中毒死亡一命归天。

“必须把水倒进锅里面，
点火烧开之后，
才能放心饮用做饭。
备用的水也要烧开之后，
再把皮囊装满。
饮马用水也要同样照办。
烧水一定要仔细认真，
不能有差错半点。

“为了保证人马的安全，
如果发生水没烧开，
有人马中毒的事件，
责任者要被砍掉头颅不能赦免。
阿勒木萨日克和萨拉玛特，
你们一定要按我的话去办。”
勇士们听从库娅勒的吩咐，
人马吃饱喝足全都平安。

这个湖边有很多动物，
有老虎、狮子和狼。
鸵鸟在水边摇头晃脑，
四脚蛇四处活蹦乱跳。
这里的乌龟与众不同，
灰白颜色如同沙包。
刺猬将硬刺撑起，
蛤蚧闹得灰头土脸。
蟒蛇的腰身如同大白杨的树干，
鳄鱼大得像单峰驼一般。

在这茫茫的戈壁滩上，
野生动物随处可见。
它们天天喝湖里的水，

却繁衍生长得十分强健。
世界上的事情就是这样奇妙，
究竟为什么谁也说不上。

生活在凉爽地方的人们，
受尽了沙漠炎热的磨难。
当他们夜里歇息的时候，
害怕毒蛇袭击无法入眠。
人马也不能随意离开，
只怕在沙漠中迷路失散。
队伍在这里停留了两天，
有人开始发泄不满。

此时天边渐渐发白，
就像少妇露出黛眉一般。
女英雄库娅勒跨上坐骑，
领着队伍走在最前面。
她胯下的捷勒捷特别斯神骏，
牙齿使劲咬着嚼环，
双耳竖立像剪刀交叉，
越走越是蹦跳向前。
它的双眼闪烁着红光，
它像鸭子一样把脖子伸长。
它的头左右摇晃，
步伐坚定越走越有力量。

马鬃向晴空飘扬，
马蹄重重地踏在地上，
鼻孔喷出滚滚热气，
汗水不停地流淌。
马尾甩动呼呼作响，
身后卷起尘土飞扬。
多少匹出类拔萃的骏马，
都不能把捷勒捷特别斯赶上。

机敏的人仔细观察发现，
这里不见聒噪的乌鸦飞过，

也不见尖叫的喜鹊飞过，
不见野兔竖耳奔跑，
不见有任何生灵在这里生活。
这里寸草不生没有树木，
没有水源可以解渴。
这一片荒无人烟的沙漠，
曾经将多少生命无情吞没。

他们在茫茫大沙漠中间，
艰难行进了三十多天。
他们夜以继日日夜兼程，
终于来到有山有水的绿洲。

这里的北面是连绵的山峦，
西面是一片平坦的草滩，
有一条河流穿过中间。
山头上青松翠柏，
山脚下枸子木和花楸映入眼帘。
白桦和野柳布满河滩，
草木的清香四处弥漫。

一座座高耸入云的山峰，
犹如精心打扮的姑娘。
山谷里有许多宽阔的高山牧场，
还有一个个湖泊碧波荡漾。
来到这里的柯尔克孜人，
从未见识过这样美妙的景象。

无边的沼泽湖泊，
野鹅野鸭栖息在上面。
卡依尔玛[①]、曲莱克[②]和索诺[③]，
将整个湿地占满。

① 卡依尔玛：柯尔克孜语，一种雄性野鸭。

② 曲莱克：柯尔克孜语，这里是母鸭的名称。

③ 索诺：柯尔克孜语，一种野鸭的名称。

还有额孜格奇[①]和加嘎拉[②]，
所有禽类样样齐全。
花白色塔尔克勒达克[③]，
彻夜不眠，呱呱鸣唱。
黑色库那孜[④]和苍鹭，
各种鹳和蓝色卡藏[⑤]，
鱼鹰和楚勒杜克[⑥]，
在湖泊深处游荡。

卡拉包尔[⑦]和卡什卡勒达克[⑧]，
云雀和百灵鸟争鸣，
杜鹃和再乃甫[⑨]纵情对唱。
鹌鹑在草丛中碎步快跑，
不时叽叽咕咕地叫嚷，
水獭嬉戏皮毛闪光。
在野树林的边缘，
群獾发出轻蔑的笑声。
老鼠发出咯吱咯吱的声响，
遍地的爬虫蠕蠕而动。
各种动物无奇不有，
密密麻麻地把大地占领。
突然传来咔嚓咔嚓的声响，
好像树林被砍伐一样。
只见一群雄狮怒目圆睁，
大熊披头散发地摇晃，

① 额孜格奇：柯尔克孜语，一种栖息在沼泽中的不太大的飞禽。

② 加嘎拉：柯尔克孜语，栖息在沼泽中的一种鸟。

③ 塔尔克勒达克：柯尔克孜语，鸟名。

④ 库那孜：柯尔克孜语，鸟名，颈、腿长，形状像鹳。

⑤ 卡藏：柯尔克孜语，鸟名。

⑥ 楚勒杜克：柯尔克孜语，鸟名，腿长，嘴长而细，生活在湖边、沼泽。

⑦ 卡拉包尔：柯尔克孜语，意为黑肚皮鸟。

⑧ 卡什卡勒达克：柯尔克孜语，水鸟名，额头无毛，嘴尖呈白色。

⑨ 再乃甫：柯尔克孜语，鸟名，传说中与杜鹃相恋的一种鸟。

一只只老虎咆哮怒吼。
胆小鬼吓得四处奔逃，
狡猾的狐狸躲躲藏藏。

猞猁、玄狐和紫貂，
还有水貂和野猫数不胜数。
大象隆起的身体如同山包，
鸵鸟伸长脖子摇头晃脑。
银鼠咬着牙齿咔嚓咔嚓作响，
蝎子和潮虫肥得难动手脚。
狼群在山上互相撕咬，
盘羊在山谷互相赛跑。
野公羊在石峰间鱼贯而过，
黄羊在戈壁上欢蹦乱跳。
野鹿集中在山谷平川，
朝着饮水的河边奔跑。
成群结队的斑马活像毛驴，
狍子在野林中吃草。
长颈鹿迈着细长的腿漫游，
母鹿在欢快地撒娇。

这里的森林十分茂密，
是禽兽理想的乐园。
人们不曾见到的禽类，
在这里随处可见。
雪鸡在峭壁上清脆鸣叫，
山鹰在空中贪婪地搜寻盘旋，
野鸡向林中深处躲闪。
孔雀展现出美丽的羽毛，
鹞鹰瞪大双目观看，
老雕在空中展翅飞旋，
鹰隼在放声叫唤。
猫头鹰抱着驼尾树，
两只眼睛瞪得滚圆。

还有一种鸟叫作居多米西[①]，
邋里邋遢羽毛蓬乱。
青松、白桦、野柳，
白杨和梧桐树上，
各种飞禽栖息休闲。
还有许多鸟有翅不能飞，
快步奔走在树林之间。
四处鸟鸣响成一片，
各种野兽自由游玩。
你看那调皮的猴子们，
从这棵树到那棵树跳跃登攀。

所有飞禽和走兽，
都在这里生息繁衍。

坎阔勒、塔拉斯故乡的美景，
在人们心中魂牵梦萦，
这里的景色却别有风趣非同一般，
队伍边走边看如同行走在画廊里面。

人们跳入水中洗澡，
躺在草滩上休憩，
队伍在这里宿营了五天。
由女英雄库娅勒带路，
继续行进了六天时间。
他们来到沙依坦湖附近，
气候凉爽清风拂面。

女英雄库娅勒没有下鞍，
在马背上这样开言：
“我没有来过这里，
但我听说阿依吐木什的地盘，
就在沙依坦湖的背面。
那里有月亮翻不过的高山，
仿佛就在月亮跟前。

① 居多米西：柯尔克孜语，鸟名，意为邋里邋遢。

因此得名叫作阿依吐比，
这个传说至今仍在流传。
再往前究竟是什么情况，
我实在难以断言。”

听到库娅勒说的话，
古里巧绕命令勇士们解马下鞍。
他看到湖水清澈宁静草茂水甜，
是难得的休整地点。
柯尔克孜人在这里休息了六天时间，
人马消除了一路的疲倦。

他们猎获野鹿、盘羊，
挖好地灶架锅做饭。
煮熟的肥肉香味四溢，
蘸着稀释的盐水特别解馋。
勇士们舒展四肢安心休息，
给坐骑也卸鞍解带。

让我们暂时放下这一段，
唱一唱柯尔克孜人与秦额什如何交战。

古里巧绕夜探敌情

夜黑风高四周静悄悄，
阿勒曼别特之子古里巧绕，
跨上灰兔骏马，
只身一人朝着日落的方向奔去。

天亮的时候他来到一座小山包，
把灰兔马的嚼环取下放任它悠闲吃草。
他慢慢地爬上山顶，
从怀里掏出千里眼，
朝日落的方向远眺。

这个千里眼非同一般，
是阿勒曼别特从别依京带来的珍宝。
是阿勒曼别特十四岁那年，
师傅居仁朵赠送的珍贵礼品。
古里巧绕始终带在身边。

千里眼的盒子就像护身符一般，
丝绸带子上绣着灰色大蟒的图案。
千里眼外表十分美观，
说起功能就更不简单：
把镜筒全部拉展，
有两臂伸直一样长短。

它的镜头里带有火焰，
它对准的人会被烧伤。
它把六天路程以外的人物场景，
拉近到仿佛就在眼前。
古里巧绕瞄准的西方，

九天路程以外的阿依吐比，
就像在眼前一样清晰可见。

他看到一座山中城堡，
有房屋、树木和一些牛羊。
在一旁的山丘上面，
有三十多个人在来回走动。

为了弄清阿依吐比的情况，
古里巧绕决定连夜前往：
“我要到阿依吐比去看看，
和那里的人们交谈，
把他们的详情打探，
回去告诉巴卡依大伯。
后面如何行动，
要听巴卡依大伯的调遣。”

古里巧绕把千里眼揣进怀里，
跨上灰兔骏马，
继续朝日落方向奔去。

他心里在想：
“这段路程很远，
来回最少要三天。
为了不让大家为我担心，
明天天黑之前我一定要返还。”

古里巧绕催马扬鞭，
灰兔马飞奔似箭。
跨过一条条奔腾的河流，
越过一座座高高的山峦，
穿过无边无际的戈壁滩。
灰兔马虽然浑身都在流汗，
却丝毫没有一点怠倦。

将近中午的时候，
古里巧绕到达了阿依吐比城堡跟前。

来到这陌生的地方，
古里巧绕心中有些激动不安。
他走上一个山坡，
有一群人站在山坡上面。
古里巧绕动作灵敏，
催马疾驰到他们跟前。

看到有陌生人突然出现，
这群人一齐跨马迎到古里巧绕面前。
他们共有三十六个人，
想一起动手把古里巧绕扑倒放翻，
然后押到阿依吐比城堡里面。
他们个个身背火枪，
手持铁锤和投石器，
围困着古里巧绕起哄捣乱。
无敌英雄古里巧绕，
哪里把他们放到眼里面。

古里巧绕会说四十多种语言，
他流利地用不同的语言交谈。
一会儿哇里哇啦地指手画脚，
一会儿又“布特尔—布特尔”地大声叫喊。

古里巧绕说到第十二种语言的时候，
这三十六个人听懂了他的话语。
他们异口同声地喊道：
“你是什么人，
来这里想干什么？”

嘴甜心像石头一样硬的古里巧绕说：
“请问你们住在哪里，
属于哪个部落？
面前是哪位汗王的城堡，
你们的汗王又是哪个？
如果有敌人来侵犯，
有哪位大力士敢出来迎战？
我们有相通的语言，

应当做朋友敞开心扉交谈。”

他们个个咬紧嘴唇好似哑巴，
相互观望用眼神将心事暗中传递，
他们心想一拥而上把古里巧绕拉下马鞍。

古里巧绕怒目圆睁大声喝道：
“快快说话！
谁是你们的汗王，
你们住在哪个城堡？
不要隐瞒马上回答。

“如果你们再不说话，
想动手把我拉下马，
我会让你们全都倒在地下。
当你们尝到苦头之后，
就不得不向我开口说话！
如果你们敢动武抗争，
我会让你们一个个脑袋开花！”

听到英雄古里巧绕这些话，
有的人已经害怕，
吓得在裤子里又尿又拉。
也有七八个人自不量力，
拿上武器把古里巧绕团团围住。

说时迟，那时快，
古里巧绕轻轻地挥动马鞭，
就把他们一个个打落马下。
他们全都跪倒在地，
磕头如捣蒜请求饶命。

古里巧绕再次大声喝道：
“放下你们所有的武器，
把它们堆放在一起。
如果再不说实话，
就让你们全都葬身在这里。”

这群人乖乖地放下了武器，
一起蹲在地上。
一个头人终于开口说话：
“刚才我们不说自己的来历，
实在是迫不得已，
不敢把真情说出去，
现在只好将实情全都告诉你。

“我们住的地方叫阿依吐比，
我们的汗王叫阿依吐木什，
他只有个汗王的名义。
他和我们都要服从英雄秦额什，
听从秦额什英雄的旨意。
这件事情的原委，
我得从头说起：

“听说英雄居仁朵最先来到这里，
那时这里还是没有人烟之地。
他把这里命名为阿依吐比，
聚集众多的人把城堡修起。
把一个名叫萨力凯的人，
改名叫阿依吐木什，
把阿依吐比城交给他管理。

“居仁朵的身边有位英雄秦额什，
他的本领高强有几十种梦幻般的变数：
他能变成鸽子在蓝天飞翔，
他能变成鱼儿在水里游荡。
阿依吐木什也要向他低头，
实际上秦额什才是这里真正的汗王。

“秦额什有个名叫绮妮凯的姑娘，
只有九岁已经光彩照人非常漂亮。
因为这个姑娘太漂亮，
引来了灾祸降临在我们头上。

"在日落的西方，
苏的儿子苏麦尔干，
是天下无敌的巨人，
他生吞活人从不眨眼。
生性残暴的苏麦尔干，
想要娶绮妮凯作二房。

"秦额什不愿把女儿嫁给他，
又害怕他的威力不敢直接拒绝。
于是他向苏麦尔干索要大量的彩礼，
想让苏麦尔干把婚事放弃。

"秦额什要他送来一千个人，
苏麦尔干已送来了五百个。
他们每天要从中挑选，
挑选肥胖的人作为美餐。

"你看我们个个骨瘦如柴，
就是害怕被吃掉故意饿成这般。
我说的都是实话,.
没有半句谎言将你欺骗。

"苏麦尔干的本领无人能比，
他有熟练的隐身绝技，
摇身一变谁也看不到他的踪迹。
他能变成鱼儿蹿进大海里去，
他有一匹黑水獭色的骏马力大无比。
他只等绮妮凯长大择日迎娶，
世上没有人敢和他争抢这个美女。
我并没有把他吹嘘，
我们这里的实情就是这样的。

"秦额什得到了活人作为彩礼，
天天吃人忘乎所以。
阿依吐木什为了保住汗王的座椅，
不顾一切把人给他送去。

他们把人的耳朵割掉做为标记，
发现割掉耳朵的人就会被抓回去。
人们无法从这里逃离，
只能提心吊胆日夜叹息。”
这个人说完话之后，
深深地叹了一口气。

古里巧绕听完他们诉说的遭遇，
知道在塔拉斯听到的消息是真的。
古里巧绕开口向众人说道：
“你们全都听着，
我是不会伤害你们的。
你们赶快回到城里去，
把我的话传递到你们的汗王那里。

“你们一定要把话听清楚：
我是从塔拉斯来的柯尔克孜英雄，
我们听到阿依吐比有吃人的事情。
为了惩罚吃人的巨人，
解救无辜的百姓，
我们的汗王率兵千里迢迢出征。
我只是最先到来的探路人，
大队人马已经离这里不远正在途中。

“我们的先王是英雄玛纳斯。
我们的汗王是赛麦台依，
他具有天下最高的威望和福气，
他把所有的敌人都不放在眼里。
我现在就要返回汗王身边去，
汗王会派信使把战书送到阿依吐比。

“阿依吐木什和秦额什，
他们的末日就要来临。
他们对民众犯下的罪行，
我们要一一算清。

“三天后我们的信使就会到来，

要说的话全都写在信里，
你们的汗王要做好准备。
你们一定要把我说的话，
一五一十地全都传递给汗王。”

说完这些话之后，
古里巧绕立即掉转马头。
此时已经是下午时分，
太阳已经偏西。
他快马加鞭飞奔，
在傍晚的时候赶回了驻地。

古里巧绕径直去见圣人巴卡依，
赛麦台依汗王也在营帐里。
巴卡依老人开口问道：
“孩子，两天不见你去了哪里？
我们正在为你着急。”

古里巧绕笑着答道：
“前天夜里我只身外出查看，
拂晓时我站在山头上面。
我用千里眼把阿依吐比眺望观看，
只见一群人在山坡上走动。
我想应该去他们跟前看看，
把那里的情况掌握全面。

“我的灰兔马飞奔似箭，
中午时候就到了他们跟前。
只见那里冲出三十六个人，
他们个个瘦骨如柴十分可怜。

“我试着说了十一种语言全都没用，
说到第十二种语言他们才听懂。
我向他们仔细询问，
得知他们是阿依吐木什巡逻的人。
原来秦额什吃人是千真万确的实情，
那些商人在塔拉斯说的话全是真的。

如果我们早就知道这件事情，
就不会有许多人被吞进他们腹中。

“当时我着急心中怒火如焚，
就把我们的情况告诉了他们。
我说我们的家乡是塔拉斯，
我们的祖先是青鬃狼玛纳斯。
我们的汗王是赛麦台依，
汗王的信使三天之内就会到这里。
阿依吐木什和秦额什，
见信之后要立即回答不能回避。

“这几天我就做了这些事情，
刚刚下马回到军中，
请汗王和大伯决定，
是否派信使前行。”

这时，阿勒木萨日克，
陪伴着母亲库娅勒，
也来到三位长者这里。

赛麦台依汗王开口说道：
“我看古里巧绕说的话有道理，
应该派个信使把战书送去。
这个信使要机智勇敢能言善辩，
要能够维护柯尔克孜人的尊严。

“军中有一个叫吐尔纳的人，
他勇敢智慧精明强干，
再给他配四个随从，
由他自己去选。”

古里巧绕连夜把战书写好，
这时东方发白已拂晓。
赛麦台依汗王语重心长地说道：
“吐尔纳勇士，
我的孩子，去吧！

把这封战书尽快送到阿依吐比，
直接交到他们汗王手里。
‘两军交战不杀来使’，
这是自古以来的规矩。

“他们听不懂你的话，
可能会摆出架子把你们威胁恐吓。
你们不必惧怕，
只要把战书交给他，
转身就往回走不必久留。

“去五天，回五天，
在阿依吐比待几天，
阿依吐木什说了算。
如果过了十五天你们还未回还，
我就要率领大军昼夜往前赶，
给那吃人的汗王带去黑暗。”
赛麦台依仔细吩咐妥当，
五位信使立即出发向着西边奔去。

古里巧绕走了之后，
阿依吐比的巡逻人，
转头回到了城堡里面。
他们来到阿依吐木什面前，
一口气把所有见闻，
禀报给阿依吐木什可汗：
“我们在城外的山坡上面，
遇到了一位英雄好汉，
他骑着灰色骏马威风凛凛，
他气宇轩昂英勇非凡。

“我们三十六个人拿起武器，
一齐冲到他的面前，
他只用马鞭轻轻一挥，
就打得我们人仰马翻。

“这样的勇士我们从不曾见，

今天才领教到，
世上竟有这样的英雄好汉。

“那位英雄说道，
塔拉斯的柯尔克孜勇士们，
已经离这里不远，
就在最近几天，
信使会把战书送到你的面前。”

听了巡逻人的禀报，
阿依吐木什心中在想：
“秦额什来自日出方向，
可是从来没听他说过柯尔克孜人的事情，
难道是他从那里逃了过来？
说出来怕坏了自己的名声？”

坐在宝座上的阿依吐木什，
听说柯尔克孜大军就要来临，
心慌意乱出了一身冷汗。
立即叫人驾起马车，
去和秦额什见面。

秦额什看见阿依吐木什来到，
迎上前去口中说道：
“不知你亲自驾临，
有什么事情要我效劳？”

阿依吐木什气喘吁吁口干舌燥，
把巡逻人的话给他讲了一遍。
秦额什听了面色苍白差点晕倒，
好像是寒风袭来浑身发颤。
他使劲把衣服往肩上披，
他托着下巴不断唉声叹气。
听到柯尔克孜人就要来到的消息，
秦额什心中火烧火燎。
听到赛麦台依的名字，
秦额什吓得心惊肉跳。

挺直的腰杆被压弯，
感觉末日就要来到。

往昔的情景在心头萦绕，
他低下头来默默地念叨：
“在日出方向的大海岸边，
我跟着居仁朵活得自在悠闲。
觉得这个世界十分渺小，
以为天下只有这么一点。
后来柯尔克孜人不可一世，
跟空吾尔巴依作战，
又和艾散汗争高论低。

“玛纳斯率领阿拉什人进军别依京，
我们和他争战不息，
最后我们耗尽了精力，
柯尔克孜人把别依京占据。
居仁朵不能继续待下去，
带我逃到了这里。

“在这个没有人烟之地，
我们聚集百姓把城堡修建，
起名叫阿依吐比。
让阿依吐木什当了汗王，
其实他也要听我的旨意。

“居仁朵又去了别的地方，
他说柯尔克孜人不会来到这里，
我想这就是我的天地，
一切都由我来管理。
没想到柯尔克孜人又要到来，
让我心如火焚十分着急。

“想当初居仁朵带我逃到这里，
是因为害怕阿勒曼别特，
我听说阿勒曼别特早已死去，
我何必这样惊恐不已？”

想到这里，秦额什精神重新振作，
他抬起头来和阿依吐木什商议：
“你没有把这件事传出去，
直接来到了我这里，
你这样做是对的，
让我们一起商量御敌之计。

“我的阿依吐木什，
你不要害怕，
我们有阿依吐比坚固的城堡，
我们的武器粮草早已备好。
如果真的要作战，
我们有苏麦尔干在前面，
你不必提心吊胆。
万一苏麦尔干力量不及，
我们还有苏尔麦尔干。

“等他们的使者来了再说，
我会给他们点颜色看看，
让他们自己找到合适的答案。
你先回去放心休息，
柯尔克孜使者如果真的来到，
你就把他们带到我的面前。”
阿依吐木什听了秦额什的话，
坐上马车回到自己的宫殿。

时间匆匆过去了几天，
五位使者来到阿依吐比城前，
巡逻的人在城外和他们见了面，
可语言不通无法交谈。
巡逻人把他们领进城堡里面，
径直来到阿依吐木什面前。

吐尔纳大步走到阿依吐木什身边，
把信函交到他手里面。
阿依吐木什想起秦额什的话，

命人把使者领到秦额什面前。

秦额什肿着眼泡十分难看，
他口眼歪斜丑陋不堪，
他一言不发装作威严。
他从箱子里面掏出一件东西，
拿到火炉上烤了一番。

突然间狂风骤起山摇地动，
人们吓得胆战心惊，
不知将要发生什么事情。
随着一声巨响，
墙壁裂开了一个大缝，
使者们看到，
从裂缝中走出一个人影，
他的面目恐怖狰狞。

像煤炭一样黑的面孔上面，
两只眼睛闪着青蓝色的火焰。
胡须好像灌木丛林，
大嘴巴如同野猪一般。
他虎视眈眈地望着人们，
仿佛要把人们全都吞噬。

秦额什招呼苏麦尔干坐下，
又拿起使者送来的战书，
匆忙地看了一遍。
他的面色变得黑黄，
龇牙咧嘴怒气冲天。

他抓起身边一名卫士，
张开大嘴把他活活吞噬。
五名使者看到了这个场面，
不寒而栗心惊胆战。

秦额什将阿依吐木什叫到身边：
“阿依吐木什、苏麦尔干，

这是柯尔克孜人送来的战书，
我们三个人一起再看看。”

他们三个把信重读了一遍，
这是赛麦台依汗王的信函。
信中毫不客气这样写道：
“我在东方听说你们生吞活人，
凡是来到阿依吐比的人们，
都被你们吃得一个不剩。
你们究竟吃掉了多少人？
必须向我一五一十地说明。

“以人肉为食，
这不是人做的事情！
你们要发誓今后再不吃人。
在信上按上你们的手印，
交给使者带给我，
作为你们发誓的凭证。

“苏麦尔干，
熄灭你的罪恶邪火吧，
不要再想把那九岁的少女霸占。

“阿依吐木什、秦额什和苏麦尔干，
如果你们不听我的规劝，
无畏的民众就要把你们的罪恶清算，
按照我的意志严厉惩办。

“你们看到了信的内容，
这就是我提出的条件。
你们如果不愿接受，
就来和柯尔克孜人进行一场决战，
我在等待你们的答案。”

阿依吐木什、秦额什和苏麦尔干，
三个人一起看完了信函，
聚在一起商谈了半天，

决定向柯尔克孜人开战。

苏麦尔干粗声大气地宣布：
“六天之后在这里会合！”
转身离开回去备战。
秦额什和阿依吐木什，
又到隔墙后面小声商谈，
使者们心中忐忑不安。

阿依吐木什知道不杀来使的规矩，
把所有的话都写在信里，
把信交给使者带回去。
为了表示汗王慷慨大方，
还给使者们披上新衣。
使者们的心神恢复平静，
催马扬鞭踏上返程。
先不说使者们返回，
让我说说赛麦台依汗王的事情。

自从吐尔纳走了之后，
赛麦台依心中总是不安，
他把各首领召集起来商谈：
“吐尔纳勇士已经走了几天，
死亡的危险随时都在他们身边。
阿依吐比的人们来自四面八方，
他们的汗王是否知道接待使者的礼仪？
是否知道交战双方不杀来使的规矩？
我担心他们有个三长两短，
使者们的境遇始终叫人惦念。

“我们不能在这里停留不前，
也不必等待阿依吐木什的复函，
我们要马上出发继续向前。
如果吐尔纳他们顺利归还，
我们在路途中就会碰见。
如果他们被捆绑投入牢监，
就要立刻营救不能迟延。

“我们要到阿依吐比城跟前，
有什么变化到时候再随机决断。
阿依吐木什胆敢抗争，
我们就和他展开激战。”

赛麦台依汗王的话语，
巴卡依老人和众人一致赞同。
他们跨上骏马启程向西前行。

前面是一片绿色的草原，
成群的黄羊、羚羊到处可见，
河畔上野鹿正在撒欢。
勇士们在行进中打猎游玩，
肥美的猎物是他们久违的美餐。
猎物的皮张也被切割成条，
编成绳索带在身边。

自塔拉斯出发直到今天，
勇士们第一次痛快地游玩。
这里离阿依吐比已经不远，
前面隐约有几个人影出现。
他们快马向前仔细一看，
正是使者吐尔纳一行五人平安回返。

他们本来准备再走一天，
明天才能赶回赛麦台依汗王跟前。
吐尔纳喜出望外途中相见，
赶快把信函呈到汗王赛麦台依面前。

“我是阿依吐比的汗王，
阿依吐比不会轻易向你投降。
如果你真的是柯尔克孜汗王赛麦台依，
你为何迷路似的来到这里？
这是你犯下的天大的错误，
你竟敢贸然来到我的领地！
我劝你最好转头回返。

“你们如不赶快离开这里，
我们有一位英雄苏麦尔干，
他会把你们一个个打败。
把你们赶出这里。

“从来没有人敢踏入我的土地，
来犯者要想脱身回家可不容易。

“我知道你们来自中亚细亚的地方，
你们天天放牧牛羊，
你们个个膘肥肉嫩体胖。
如果你们胆敢和我较量，
打得赢我，
福气就属于你们；
如果打不赢我，
你们就是我充饥的食物，
我会将你们的鲜血喝光。

“在我的眼里，
你们还不如我的裤脚①，
如果你们不听我的劝告，
就会成为我的晚餐。

“如果你真的要和我对抗，
你就赶快奔赴战场。
在城堡郊外把战旗插上，
我会让你得到全军覆没的下场。

“我说不想活的赛麦台依，
你为什么跋山涉水来到这里？
你的人马已经筋疲力尽没有力气，
由于你的轻举妄动，
柯尔克孜人要在这里血流遍地，

① 裤脚：这是柯尔克孜最常用的蔑视对手的语言，意为你比我的裤脚还低贱。

活该！这都是你自找的。”

赛麦台依汗王看完了信，
不动声色没有言语。
吃人的人不能当作人看，
他根本没有把敌人放在眼里。

少年阿勒木萨日克怒杀多拜提七兄弟

第二天清晨，
玛纳斯的镶金红色大旗，
在城堡外高高竖起。
赛麦台依心想：
如果敌人说话算数，
就在这里较量以比高低。

阿依吐比的巡逻兵看到战旗，
赶快给汗王报告消息：
“柯尔克孜的人马不多，
可是他们的阵营威武整齐。
他们已经把旗杆高高竖立，
风中飘扬着红色镶金战旗。”

听到巡逻兵的报告，
苏麦尔干怒气冲天高声大喊：
“我独自一个人冲上前去，
不要士兵不要随从，
我要把柯尔克孜人收拾干净。”

阿依吐木什向苏麦尔干发出劝告：
“哎，
鲁莽的苏麦尔干，
俗话说你若以为自己是雄狮，
就要把别人当作猛虎，
只有这样才能和柯尔克孜人交战。

“如果你单枪匹马独自去应战，
大家会把你笑话，

也让我们大家难堪。
快去把你的七万士兵摆到阵前，
让士兵们把柯尔克孜人去吞噬。
如果三天之内你的士兵不出现，
贻误战机事情就会难办。

“在你的士兵到来之前，
让我的人马先去应战。
我身边有不少英雄好汉，
个个都自以为天下无敌，
就让他们上场拼杀见个高低。”

苏麦尔干走了之后，
阿依吐木什和秦额什，
率领一万二千名士兵奔上战场，
浩荡的队伍战旗飘扬。

从阿依吐比城堡里，
冲出了巨人多拜提。
他骑着黑色公驼飞驰上了战场，
他高喊着：
“阿依吐木什！”
好像要把所有的人全都吞掉一样。

多拜提身躯魁梧比梧桐还高，
他的头颅如同毡房一样大小。
他的眉毛就像一条恶狗趴在草垛上。
他的胳膊又粗又长，
手里握着锐利的矛枪。
人们说他有的是力量，
连续作战十天也不会疲劳。

看到对方气焰嚣张，
阿勒木萨日克摩拳擦掌，
他要求上场应战多拜提。
巴卡依老人点头表示同意：
“去吧，孩子，

愿玛纳斯的英灵保佑你。”
雄狮阿勒木萨日克得到允许，
扬鞭催马径直向战场奔去。

看到柯尔克孜的一个小孩，
去应战山冈似的多拜提，
阿依吐比的人大惊小怪，
觉得不可思议。
“他根本不是多拜提的对手，
不够多拜提填饱肚皮！”

骑着黑色公驼的多拜提，
好像一座山峰在向前移。
将士们心惊胆战不禁叹息，
大地也承受不了他的压力，
地动山摇悬崖崩塌倒地。

这个黑心畜生嘴里喘着粗气，
以山洪般的气势来到战场。
雄狮阿勒木萨日克，
横枪立马站在他的面前。

多拜提看到面前是个小小的少年，
喜不自禁嘴里口水直往下咽。
他张牙舞爪催马向前，
要把阿勒木萨日克抓住放到嘴里面撕咬。

阿依吐比的人只见过多拜提粗大的胳膊，
他们哪里知道柯尔克孜少年勇猛无敌！

多拜提手持矛枪向阿勒木萨日克狠狠刺去，
就在矛尖离他的胸膛不远之际，
阿勒木萨日克一只手拨开对手的矛头，
另一只手把矛尖刺进了多拜提的脊椎里。
多拜提从黑公驼背上栽倒落地，
脖子折断当场死去。

多拜提的六个兄弟见状接连上场出击，
他们要为多拜提报仇，
企图把阿勒木萨日克置于死地。
他们怎能战胜玛纳斯的后裔，
六个兄弟接连战败毙命。
七个勇士是同一父亲的同胞兄弟，
一齐消失在战场的尘埃里。
这时天色已晚双方停战休息。

第二天拂晓启明星刚刚隐去，
敌对双方的人马都已涌进战场。
英雄阿勒木萨日克昨天取得胜利，
他精神抖擞扬眉吐气。
阿依吐比初战就失去七位勇士，
他们的人个个垂头丧气。
阿依吐木什和秦额什，
气急败坏狂躁不已。

就在这个时候，
一个脸色棕红像羊肺的畜生，
咬牙切齿地骑马驰进战场。
驮着他的灰色马骡，
短短的尾巴摇来摇去，
四蹄扬起尘土飞扬。

这个畜生名叫提凯，
他一心想找柯尔克孜人报仇。
他脸色变得铁青怒目圆睁，
凶残的目光让人胆战心惊。
他满脸的横肉如同牛犊大小，
六条野狗也吃不干净。
下垂的大脖子像十二岁的小孩大小，
一直压到他的前胸。

提凯手持六庹长的铁棍，
盾牌挂在肩上。
腰间的宝剑寒光闪烁，

仿佛要毁灭地上所有的生灵。

阿勒木萨日克毫不畏惧，
快马加鞭向提凯面前冲过去。
提凯用力把铁棍高高举起，
朝着阿勒木萨日克头顶狠狠砸去。
阿勒木萨日克挡住了铁棍，
铁棍落在地上。

阿勒木萨日克抓住战机，
用矛枪向提凯的脖子后面刺去。
枪尖未能穿透颈椎，
矛杆折断矛头落地。

提凯挨了一矛枪气愤至极，
径直向阿勒木萨日克冲过去。
他们互相抓住对方的衣领，
两位英雄赤手空拳撕扯拼搏。
他们从早晨一直格斗到天黑，
两人的战袍都已经撕破，
谁也没有把对方从马背上击落。
太阳落下山夜幕笼罩大地，
所有的动物都回到了窝里，
交战双方才回到自己营地。

就在这个时候，
苏麦尔干带领七万人马来到这里，
阿依吐木什和秦额什，
满面泪水悲伤地向他哭泣：
“苏麦尔干，
你走之后，
只留下我俩带兵迎敌。
柯尔克孜有位少年英勇无比，
战斗一开始他就打败了多拜提，
多拜提七兄弟接连战败死去。

“英雄提凯怒气冲天，

前去报仇奋力迎敌。
刚上阵就挨了一矛枪。
两个人空手搏斗了一天，
你死我活战斗到太阳落山，
也未能分出胜负高低。
这就是我们的悲惨遭遇。”

苏麦尔干听了十分气愤，
面色阴沉就像暴雨前的乌云。
他把阿依吐木什和秦额什一顿臭骂：
“前天你们说了一大堆废话，
要我回去带兵再和柯尔克孜人交锋。
我来去只用了两天时间，
你们竟然变得如此狼狈不堪，
有何脸面和我相见？

“为什么你们不告诉柯尔克孜人，
等我回来再交锋作战？
现在我才算认清了你们，
昏庸无能狂妄自大。
妄想趁我不在把柯尔克孜人打垮，
如今损兵折将，
你们还有什么话好讲？

“你们好好给我听着：
等我先把柯尔克孜人消灭干净，
然后再来收拾你们两个。

“明天早晨要早一点出阵，
要让提凯单个去挑战。
如果那个胳膊肘大的毛孩子露面，
我要在你们面前把他杀掉，
当作我的美味早餐。

“两位狂妄自大的汗！
你们给我听仔细：
从今天起，

你们不准离开战场，
直到打败柯尔克孜取得胜利。
不准回家，不准躲避，
谁如果想临阵逃离，
我会毫不留情地剥他的皮。
我要你们亲眼看到，
让你们惊恐万状的柯尔克孜人，
怎样被我打得一败涂地。”

苏麦尔干的话就是命令，
阿依吐木什和秦额什不敢吭气，
望着苏麦尔干如同老鼠见到猫似的。
他俩整夜没有睡觉，
心神不定地在地上走来走去。

东方发白已经拂晓，
百灵鸟开始鸣叫。
晨风吹拂大地，
所有的动物都起身出巢。

阿依吐木什和秦额什，
慌忙上马驰向战场中央。
提凯冲在队伍前面，
要继续前一天的较量，
不拼个你死我活决不收场。

阿勒木萨日克看到提凯已经上场，
勇猛地扑上前去和他继续较量。
宝剑相碰迸发四溅的火光，
战斧相撞发出震耳欲聋的声响。
一个奋力刺出矛枪，
一个用盾牌拼命阻挡。
彼此已经熟悉的对手，
双方都把性命握在手心上，
越战越勇决不相让。

英雄阿勒木萨日克怒火满胸膛，

他高呼着玛纳斯的名字，
手中灰色矛枪刺向提凯。
玛纳斯口号在空中回荡，
提凯闻风丧胆失去力量，
他掉头逃跑，
惊恐万状。

雄狮阿勒木萨日克的矛枪，
已刺进提凯的脊梁，
提凯中枪落马头颅砸在了地上。

轰鸣的吼声惊天动地，
天空中的尘埃把阳光遮挡。
尘埃中隐现着黄色战旗，
七万名士兵高声呐喊着举起，
潮水般地向战场涌去。
苏麦尔干骑着黑色的骏马，
犹如蟒蛇般飞腾向前。
他身披的战袍上，
绣满了巨蟒的图案。

他威风得就像一条巨龙，
他的吼声使大地震动，
他像饿狼一样残暴无情。
苏麦尔干单枪匹马来到两军阵前，
高声大喊气势汹汹：
“我就是英雄苏麦尔干，
谁敢来到我面前应战？
我要给你们点厉害看看。

“我要在你们鲜血汇成的湖泊里游玩，
让阿依吐木什和秦额什的梦想实现。
我要把所有的柯尔克孜人杀光，
让柯尔克孜永远消失在人间。

“听说你们的家乡在塔拉斯，
你们的祖先是玛纳斯。

我要摧毁你们的色尔城，
把城堡变成石块和沙砾。
谁再提起玛纳斯的名字，
我要拔掉他的舌头。

“我要杀死你们所有的男人，
吃你们的心肝充饥。
我要抢走你们所有的女人，
让她为我们生儿育女。

“如果有人胆敢反抗，
我就会挖出他的双眼，
像宰羊一样剥他的皮。
如果我不能这样做，
那还不如在战场上死去。
我要和你们血战到底，
不分雌雄决不停息！

“我要掏出你们的肺脏，
为自己举行驱邪避灾的萨达哈。
如果我不能这样做，
那还不如在战场上死去。
哪怕遭遇命中注定的厄运，
我也不会后退逃离！”

听到苏麦尔干的叫骂，
阿勒木萨日克气愤至极，
他高呼玛纳斯的口号，
持枪跃马向苏麦尔干扑去。

苏麦尔干看到来者年轻力壮，
额头闪亮满面红光，
贪婪的心里欣喜若狂：
“我要吃的就是你，
你体肥肉嫩味道香，
我一顿早餐就把你吃光。”

苏麦尔干策马向前应战，
把阿勒木萨日克的矛枪挡到一旁，
他掉转马头返回出枪。
阿勒木萨日克沉着应战，
用力拨开了对手的矛枪。

苏麦尔干空刺一枪，
恼羞成怒再挥矛枪，
矛枪刺中阿勒木萨日克的脊梁。

阿勒木萨日克双脚从马镫中滑脱，
屁股从马鞍上歪斜坠落，
阿勒木萨日克摔倒在地上。
就在这千钧一发之际，
萨拉玛特飞驰而来把他救起，
掩护阿勒木萨日克回到营房。

苏麦尔干咬牙切齿气愤至极，
他也不问来者是谁，
疯狗似的向萨拉玛特杀去。
萨拉玛特不动声色，
奋力应战镇定自若。

矛枪相碰火星四溅，
战斧相撞斧头脱落。
宝剑相砍寒光闪闪，
英雄相拼难分高低。

谁也顾不上喝水吃饭，
连续激战了三天三夜。
直到双方都已筋疲力尽，
终于停战休息片刻。

他们重新配备了矛枪刀剑，
继续上阵厮杀拼搏。
战袍已被撕烂，
双双抓住对方的衣摆，

压在马镫上用力拽拉，
战马也随着拽拉甩动晃荡。
两位勇士没有倦意越战越勇，
誓死拼杀决不相让。

就在双方争斗难解难分之际，
苏麦尔干的同胞兄弟苏尔麦尔干，
策马扬鞭冲了上去，
要助苏麦尔干一臂之力。
女英雄库娅勒见此气愤不已，
横枪立马挡住了苏尔麦尔干：
“我名叫库娅勒，
你是什么人？
萨拉玛特和苏麦尔干，
战斗至今未分胜负高低，
没有一方倒下去，
你凭什么上场帮忙助力？
库娅勒我不会让你过去。”

苏尔麦尔干无法回答，
他恼羞成怒宝剑拔出剑鞘，
向库娅勒猛扑过去。
库娅勒女英雄毫不畏惧，
她抽出宝剑从容迎敌。
她不便高呼玛纳斯的名字，
在心中默默呼唤：
“阿依阔勒[①]的英灵护佑我。”
战场上增加了两位英雄争斗，
四位对手同时厮杀拼搏。

古里巧绕跃马上场高声喊道：
“苏尔麦尔干和库娅勒，
你们听着：
现在不是你俩较量的时候。

① 阿依阔勒：柯尔克孜语，玛纳斯的美称。意为胸襟宽广的英雄。按照柯尔克孜族的规矩，儿媳妇不能唤其丈夫兄弟姐妹和长辈的名字。

苏麦尔干和萨拉玛特交战，
还没有分出胜负高低，
你们不要冲动着急。”

听到英雄古里巧绕的话，
两位英雄各自向后方退去。

古里巧绕继续观战，
发现萨拉玛特略高一筹，
他放心地掉转马头。
就在这个时候，
传来萨拉玛特的高声怒吼，
他高呼玛纳斯的口号，
吼声使大地震动颤抖。
萨拉玛特挥舞矛枪，
矛枪刺中苏麦尔干的屁股，
苏麦尔干从马背跌落在地上。
苏麦尔干遭受致命打击，
也丢失了头上的光环。

苏尔麦尔干迅速掉转马头，
飞快地把苏麦尔干救起。
他势不可挡地杀向萨拉玛特，
他的吼声就像暴雨中的霹雳，
大地在吼声中震动扬起飞沙走石，
胆小的人吓得尿在裤裆里。

苏尔麦尔干手中的矛枪，
矛尖闪耀着火焰般的光芒。
胯下的花斑骏马令人生畏，
两耳耸立机警敏锐。
蹄下扬起沙尘铺天盖地，
身上的佩铃响声清脆。
骏马也在心里祈求，
阔扎拉神保佑护卫。

苏尔麦尔干一碰到萨拉玛特，

就挡开他刺来的矛枪，
没等萨拉玛特转过身来，
就把他从马背上刺翻在地。
正要杀死萨拉玛特的瞬间，
女英雄库娅勒跃马赶去。

库娅勒和苏尔麦尔干，
两位英雄战场上再次见面，
各自心中都在盘算，
怎样才能把对方刺下马鞍。

苏尔麦尔干心中盘算，
要像刺倒萨拉玛特一样，
把库娅勒一矛刺翻。
女英雄库娅勒岂是等闲之辈，
她战胜过许多疯狂残暴之敌，
她总是在危难之际扭转战局，
为柯尔克孜立过不少功绩。

库娅勒骑的捷勒捷特别斯骏马，
旋风也赶不上它的踪迹。
库娅勒手持的长矛钢尖，
经过毒药的浸渍，
只要被她的矛枪刺中，
不能生还只有命毙。
她是武艺高强的女英雄，
她从未放过来犯之敌。

库娅勒和苏尔麦尔干，
一男一女两位英雄，
面对面厮杀决不留情。
这种激战的场面十分少见，
双方观战的士兵个个胆战心寒。
他们挥舞着手中的长矛和利剑，
发出雷鸣般的呐喊。

看到两位英雄威风勇猛，

观战的士兵喊声山摇地动。
他们各自高喊着祖先的大名，
为自己的英雄呐喊助威，
汗水从额头上流到嘴里。

两位英雄用尽全力砍杀，
头盔被打得冒起朵朵火花。
矛尖相碰，火花闪烁，
矛杆相碰，响声震耳欲聋。
尘土飞扬笼罩着战场，
从清晨直杀到天黑日落，
两位英雄才休战回营。

第二天太阳刚刚升起，
双方的军队已经来到战场。
苏尔麦尔干心中妄想：
“我今天要把库娅勒放倒，
把她抢回做小老婆岂不更好，
让她为我生个更勇猛的英雄。”
苏尔麦尔干心血来潮喜上眉梢，
扬鞭策马向库娅勒猛冲，
恨不得立刻把库娅勒抢到怀抱。

库娅勒的坐骑捷勒捷特别斯骏马，
今天不像往日勇猛冲击，
似乎有病只在原地徘徊。

苏尔麦尔干心中暗笑：
“她的坐骑今天没有力气，
我要趁机把这个女人搞到手里。”
苏尔麦尔干心中不怀好意，
他的来势更加凶猛火急。

库娅勒发现自己的骏马乏力，
“我不能因为坐骑不适败在敌人手里，
那样我将无地自容羞愧至极。”
想到这里她振作精神，

高呼“阿依阔勒”的威名，
小心地从侧面向敌人杀去。

苏尔麦尔干赶紧转身躲避，
随后迅速掉转马头紧紧追击，
手中长矛向库娅勒臀部刺去。
库娅勒已发现对手的用意，
她想掉转马头躲避，
怎奈坐骑动作迟缓，
未能转过头去，
对手的矛尖已刺入库娅勒的软肋。

库娅勒趴在马背上，
捷勒捷特别斯骏马被鲜血染红。
苏尔麦尔干伸手去抓马缰，
想连人带马一齐牵回营地。

“决不能让库娅勒落在敌人手里！
那样我们会让世人耻笑丢尽脸皮。”
古里巧绕催马扬鞭高声吼叫，
吼声把树上的树叶全都震掉，
灰兔马弓腿飞步向前奔跑。

雄狮的吼声地动山摇，
苏尔麦尔干惊慌失措。
库娅勒趁机在马背上挺身而起，
举起门板大的月牙斧，
朝苏尔麦尔干的手臂劈去，
锐利的月牙斧砍断了对手的一只手臂。
苏麦尔干见状飞快赶了上去，
将弟弟救回了西边的营地。
古里巧绕牵着库娅勒的马缰，
也返回到东面的营地。

巴卡依智歼夜袭之敌

在苏麦尔干的阵营，
有个勇士名叫太塔郎，
从来没有人敢与他比高低。
他心中一直在想：
“苏麦尔干和苏尔麦尔干兄弟俩，
都不如我太塔郎。”

蛮横的太塔郎心狠手辣，
他今天做事十分反常。
就在黄昏时分，
人们相互已经看不清面容，
他命令战鼓号角齐鸣，
率领七万兵马浩浩荡荡趁着夜色出发。

太塔郎说道：
“出发吧，我的勇士们，
我们要趁夜把柯尔克孜包围起来，
不能让他们逃脱一个，
今夜我要把他们斩尽杀绝。

“柯尔克孜人中有五个英雄，
今天我要把他们全都活捉。
第一个就是他们的首领，
所有的人都看着他的嘴巴，
只有得到他的允许才能上阵拼杀，
其他的人只能原地不动。

“特别厉害的那个，
他骑着灰色的骏马。

骑布茹勒骏马的人，
身躯魁梧与众不同，
一定是他们的汗王。

“今天上场的库娅勒，
是女子中的英雄，
可在我的面前，
她又能算得了什么？

“还有一个骑深棕色马的少年，
虽然身强力壮，
可他还很稚嫩，不善于作战。
柯尔克孜勇士虽然英勇善战，
可他们还有不少缺点。

“唯有那个骑着灰色骏马的人，
他雄姿英发足智多谋，
脑袋里都是智慧和计策，
他是一个出众的首领。
如果和他单独较量，
这样的强敌我们很难战胜。

“我们拥有雄兵七万，
柯尔克孜人只有一千。
只要我们像洪水般涌上去，
全体士兵一起进攻，
把那六个人分割包围，
他们怎能逃出我们的手心？
在天亮之前，
我们就会把他们活捉生擒。”

太塔郎骑着大象，
身躯就像一座山冈。
他手持矛枪不停晃动，
一心想活捉柯尔克孜的首领。

远处传来隐约的战鼓声，

巴卡依老人开口把话说：
“赛麦台依、古里巧绕，
我预感今夜有事情要发生，
可能是无耻的阿依吐木什偷袭我们。
这样的事情我有多次经历，
对敌人的阴谋我们不能不防，
无论如何要做好准备以防万一。

“你们要听从我的安排，
在每座毡房旁边竖一排木头人，
让敌人真假难辨自投罗网。

“赛麦台依、古里巧绕，
萨拉玛特、库娅勒，
还有雄狮阿勒木萨日克，
你们五人要留在一个毡房里。
当敌人冲过来的时候，
你们五个人轮流与他交战。
其他人用力擂起战鼓，
让他们感到有千军万马在埋伏。
要千方百计与敌人周旋，
要杀伤他们的士兵，
决不能放走他们的首领。

“我们人少如果全都留在这里，
那样就中了敌人的诡计。
对付众多的敌人，
要像对待洪水一样用智慧治理。

“我带领千名士兵，
躲藏在不远的丛林之中，
等到天快亮的时候，
我们从敌人的后面发起进攻，
不让一个敌人逃生。

“苏尔麦尔干受伤已无力再战，
苏麦尔干已经疲惫不堪。

阿依吐木什和秦额什，
不可能联手向我们发起攻击。”
巴卡依老人的谋划安排，
大家一致同意。

一千名士兵一齐出动，
竖立起一千个木头人，
夜里看去和真的兵丁相同。
巴卡依大伯带领千名士兵，
悄悄躲进附近丛林中。
赛麦台依带领五个人，
留在一个毡房里观察动静。

就在同一个时候，
太塔郎的七万人马踏上征程，
他们乘黑夜偷袭柯尔克孜的大营。
七万士兵浩浩荡荡来势凶猛，
要把柯尔克孜人消灭在包围圈中。
他们看到毡房周围有许多士兵，
迅速从四周包围了兵营。
太塔郎为首的三十九名勇士，
在队伍的最前面冲锋。

太塔郎一声令下，
众多敌人冲进了兵营。
只见毡房外站立的全是木头人，
敌人们大吃一惊！
毡房里面有没有埋伏？
敌人根本弄不清。
敌人不敢冲进毡房，
将毡房分割包围准备进攻。

五位英雄没有一起出动，
阿勒木萨日克一人冲出了毡房，
像切瓜一样砍杀敌兵。
只听到战鼓声声地动天惊，
火枪喷着冲天火光。

雄狮阿勒木萨日克所向披靡，
手持宝剑向敌群杀去，
看到哪里敌人稠密，
宝剑就无情地向哪里砍去。

阿勒木萨日克在敌群砍杀，
他高喊着玛纳斯的名字，
就像进入无人的境地。
他手中的宝剑滴着鲜血，
脚下的土地被鲜血染红。

太塔郎的人马，
分散包围在毡房四处，
只等五位英雄前去杀砍。
四周一片漆黑什么也看不见，
太塔郎虚实不明心慌意乱。

太塔郎的勇士们见势不妙，
无心战斗只想掉转马头逃去。
是太塔郎连夜把他们赶到这里，
到处都是木头人，
知道已经中计为时已晚。

太塔郎听到玛纳斯的呼喊声，
心如火焚胆战心惊。
狡猾的太塔郎心中在想：
“为何只听到一个人的声音？
除了这一个人之外，
为何没有别人的喊声，
难道其他人早已逃光？
我要闯进他们的毡房，
看看究竟是怎样的情况。”

太塔郎骑在大象的背上，
这头大象的尾巴不长，
让他显得更加丑陋乖张。

他的鼻子高高隆起，
漆黑的脸上长着一个个包囊。
两眼之间有辆马车宽的距离，
眉毛像两只绵羊。
脑袋就像座小毡房，
头发结得就像长绳，
两个奶头大得就像小娃娃一样。
再看他腿上的肌肉，
如同一岁牛犊似的健壮。

趁着夜里没有光亮，
太塔郎想偷偷摸入毡房。
他正巧与阿勒木萨日克迎面相撞，
少年英雄大喊一声：
"是谁敢进入英雄们的毡房？"

"我是太塔郎，
你从来没有见过我威武的模样。
我知道你们的人马已经逃光，
只有你一个人在这里躲藏，
我来这里是为了把你活捉捆绑。"

阿勒木萨日克怒吼道：
"听着，你这该死的蠢货，
柯尔克孜人从来就无所畏惧，
这是我们自古以来的骨气。
你这无耻之徒为何要在夜里，
打扰勇士们休息？

"你们偷袭的阴谋诡计，
我们早已了如指掌。
我们已为你挖好了坟墓，
只等着你来自投罗网。
如果你是条好汉，
就上来和我拼杀一场。
我会砍掉你的脑袋折断你的腰，
先叫你的狗命归天，

然后再把你的随从全都收拾干净。”

听到阿勒木萨日克的话，
太塔郎暴跳如雷。
他挥舞着长矛，
向阿勒木萨日克杀去。

阿勒木萨日克奋起应战，
没有让他的矛枪碰到自己。
阿勒木萨日克从容不迫地与对手拼杀，
他知道在他的身后，
有四位英雄在等着接力。

太塔郎再举起矛枪刺去，
阿勒木萨日克用力把矛枪挡到一旁。
太塔郎高呼自己祖先的大名，
祈求祖先英灵的护佑，
他挥起战斧凶狠地劈砍。
面对这头小山般的野兽，
阿勒木萨日克渐渐招架不住。

英雄萨拉玛特跃马上阵，
他不顾一切和太塔郎拼杀较量。
矛枪飞舞相撞，
矛杆折成几段。
杀到第六个回合，
小山般的太塔郎，
突然疯狂地向萨拉玛特冲击。
库娅勒看到萨拉玛特有点吃力，
她不失时机地从侧面助战出击。
太塔郎更加凶猛毫不畏惧，
妄想把两个英雄同时打翻在地。

一直打到黎明时分，
赛麦台依和古里巧绕才同时出动，
开始反击偷袭之敌。
赛麦台依直向太塔郎杀去，

他有战胜一切之力。
他用手中的宝剑狠狠砍劈，
一个回合就把太塔郎劈于马下。

剩下的三十八个随从，
一起向赛麦台依扑去。
威严的赛麦台依，
挥动着能自动伸长的阿恰勒巴热斯宝剑，
一剑下去就让十个敌兵毙命，
三十八个野狗顷刻倒地。

就在这个时候，
巴卡依老人带着千名士兵，
从丛林里杀回兵营，
堵住了逃跑敌兵的退路。

雄狮古里巧绕，
女英雄库娅勒，
阿勒木萨日克和萨拉玛特，
都冲进了敌群里。
柯尔克孜的英雄会合在一起，
毫不留情奋勇杀敌。

太阳升起的时候，
再看敌人溃败的阵势，
七万人马只剩下不到一千人。

苏麦尔干看到狼狈的残兵，
心里犹如火焚。
他策马向前，
要与古里巧绕拼死一战。

柯尔克孜英雄古里巧绕，
勇敢地策马应战。
他们奋勇厮杀互不相让，
苦战了两天两夜。
苏麦尔干已筋疲力尽，

虚晃一枪掉头逃去，
古里巧绕策马挺枪紧紧追击。

一个败者在前面飞快逃窜，
一个胜者在后面扬鞭追赶，
后面扬起尘埃一片。

这时传来巴卡依老人的召唤，
要古里巧绕勒马往回转：
“逃跑的败敌不要追赶，
不要用败敌的鲜血擦洗宝剑。”
这样的教训不是今天才有，
这是古人的告诫传到了今天。
听到巴卡依老人的召唤，
雄狮古里巧绕勒转马头回返。

太塔郎带来的七万人马，
活着的只有五百上下，
残兵败将七零八落地狼狈逃生。

现在，让我暂时放下这一段，
唱唱柯尔克孜英雄和克孜勒阿勒普之战。

众英雄被困魔鬼湖畔

苏麦尔干四处奔走求援

苏麦尔干原来有七万人马，
他率兵气势汹汹和柯尔克孜交战，
结果一败涂地全军覆没，
他还不死心四处求援。

在日落的西方有七个巨人，
除苏麦尔干和苏尔麦尔干外，
另外还有五个巨人。
他们一点也不知道，
在苏麦尔干的领地燃起了战火。

苏麦尔干来到克孜勒阿勒普①门前，
他羞愧难当无颜进门拜见。
已经丢了脸面的苏麦尔干，
把自已的尊严扔到一边。

他把弓箭挂在脖子上面，
弯腰低头挪步向前，
像女人一样鞠躬致敬，
向克孜勒阿勒普问安。
克孜勒阿勒普不解地问道：
"你为何事来到我的面前？"

苏麦尔干诉苦地说道：
"在阿依吐比地方，
阿依吐木什是那里的汗王，

① 克孜勒阿勒普：柯尔克孜语，"克孜勒"意为红色，"阿勒普"意为英雄、巨人，人名，意为红脸英雄。

他手下有位叫秦额什的英雄。

“秦额什的女儿，
绮妮凯是漂亮的姑娘，
我向秦额什求亲，
想和他的女儿成婚。
秦额什要的彩礼是一千个人，
我到处设法把人找寻，
一个个地给他交清。

“有五个人来自日出的方向，
我不知道他们的究竟。
他们从我的手里逃脱，
跑到了柯尔克孜地方，
向他们的赛麦台依汗王，
诉说了这里的情况。

“赛麦台依率领一千人马，
跋山涉水来到西方，
他们首先派来信使，
把战书交给了汗王。
赛麦台依的话我们不愿听从，
决定和柯尔克孜大战一场。

“我率领七万兵马，
阿依吐木什和秦额什，
也带了不少人马，
浩浩荡荡前去应战。

“我本来打算，
打一仗就把他们消灭完。
可谁料想，
柯尔克孜人十分厉害英勇善战，
把我们打得人仰马翻苦不堪言。
有四十六个勇士阵亡，
苏尔麦尔干身负重伤，
奄奄一息不能动弹。

“克孜勒阿勒普啊，
在这日落的方向，
不止有我和你，
还有阿克木和沙克木两兄弟。
骑着灰斑骏马的波荣拜，
大力士哈勒别克也和我们在一起。

“如果我们一起去迎战，
有你给我们做靠山，
我们就能够打败柯尔克孜人。
我一定要把美人绮妮凯，
娶来放在我的身边。

“克孜勒阿勒普，
还有一些事情，
我听了以后非常愤怒。

“玛纳斯是赛麦台依的父亲，
他曾经率兵远征别依京，
把契丹人和卡勒玛克人战胜，
把他们的姑娘抢去当夫人。

“他们还去了阿富汗，
也给那里带去灾难。
只要马儿能到的地方，
他们都要前去挑战。
萨尔特曾经两次向你挑战，
可他也被柯尔克孜人杀死归天。

“怕羞的女大力士，
也只好跟在他们后面。
柯尔克孜人一旦战胜了我，
接着就会打败你们。
日落方向的七个巨人，
一个也休想逃脱厄运。”

长着秃鹫尾巴的克孜勒阿勒普，
听到苏麦尔干的诉说，
急忙召集四万人马，
他亲自率兵前去向柯尔克孜人挑战。
他是骏马驮不动的巨人，
上战场只好步行。
就让克孜勒阿勒普慢慢走吧，
我们再说苏麦尔干怎样四处求援。

该枯竭的苏麦尔干，
掉转马头继续向前，
他来到阿克木和沙克木身边，
把给克孜勒阿勒普说的话，
一字不漏地重说了一遍。
阿克木和沙克木两兄弟，
立刻率领六万人马前往助战。

狡猾的苏麦尔干继续向前，
又把波荣拜找见，
向他诉苦泪流满面，
把前面的话又说一遍，
真真假假说得天花乱坠。
直说得波荣拜气愤不已，
带领人马四万也去参战。

波荣拜有一条铜鞭，
能把石头劈成两半。
这是魔女库布勒江，
送给他的礼物作为纪念。
他深知这条铜鞭威力很大，
只要有它什么都不怕。

苏麦尔干真是让人难以琢磨，
遇到河流他不用涉水就能渡过，
遇到高山他不用爬山就能翻越，
他的法术竟然如此精湛。
最后他来到哈勒别克面前，

同样把马鞭挂在脖子上，
向可汗致敬问安。
哈勒别克本来就凶残成性，
碰到他的人难以脱身保命。

凶狠的哈勒别克就像高山一样威严，
见到苏麦尔干来到面前，
他坐了半天不发一言，
突然他高声大喊：
“苏的儿子苏麦尔干，
你是否要娶美女绮妮凯为妻，
她是否已经满足了你的心愿？

“你是否用人作为彩礼，
你使多少人成为奴隶？
你给阿依吐木什和秦额什，
带去了多少灾难？”

狡诈的苏麦尔干两腿发软，
以为自己的末日就在眼前，
急忙开口巧言狡辩：
“哈勒别克可汗，
我今天特意来到你的面前，
我们一定要把握好今天，
谁知道明天会怎么变？

“柯尔克孜汗王赛麦台依，
千里跋涉前来挑战。
我率兵七万前去应战，
被打得惨败十分难堪。

“柯尔克孜人到处挑战，
他们已把整个东方侵占，
现在又向落日方向出兵。
我向他们说了你的大名，
他们却把我臭骂一番。

“阿依吐木什和秦额什，
他们早已被柯尔克孜围困。
沙依坦湖的边缘，
已被鲜血染红一片，
我心中十分痛苦忧烦。

“柯尔克孜人的心肠已经变坏，
他们随意宰杀我们的牲畜。
这个世界对于我们，
越来越狭窄更加艰难。
这次我急匆匆前来拜见，
就是要把心中话向你诉说。

“克孜勒阿勒普汗王，
阿克木和沙克木两个兄弟，
骑着灰斑马的波荣拜，
他们知道了这个消息，
正在路上带兵前去，
要和柯尔克孜作战。”
苏麦尔干哽咽地把话说完，
忍不住失声痛哭泪流满面。

“你别给我哭了，
你这条野狗，
你这样还算什么英雄汉！
赛麦台依、柯尔克孜是什么人？
你还没有说清楚，
你重新给我再说一遍。”

苏麦尔干立刻挺身直立，
接着又弯腰致意。
他满面泪水痛哭流涕：
“刚才我不敢跟你多说，
现在让我从头说起。

“我战败退回之后，
心里迷茫又失望，

我只想来到你的面前，
向你苦诉衷肠。

“前来挑战的赛麦台依，
是柯尔克孜人的汗王，
赛麦台依的先王是英雄玛纳斯，
他是天下无敌所向披靡的青鬃狼。

“他曾经率兵去东方远征，
打败了契丹和卡勒玛克。
柯尔克孜人曾占领了别依京城，
践踏那里的土地，
统治那里的民众。

“塔什干、浩罕、克什米尔，
玛尔尕朗、喀什噶尔、和阗，
北方的康阿依都向柯尔克孜归顺。

“乌茹姆的汗王奥鲁斯汗，
是玛纳斯的堂兄弟。
乌茹姆也成为柯尔克孜的一个部落，
他们才免去一场灾难。

“玛纳斯的儿子赛麦台依，
他把当世的英雄好汉，
一个接一个地全都打翻。

“如今他挑战来到日落的西方，
根本没有把你放在眼里。
把你说得连他们的裤脚都不如，
好像他要把这个世界全都侵占。”

没等苏麦尔干说完，
黑心的哈勒别克突然把话打断，
他脸色铁青高声大喊：
“苏麦尔干，
你既然知道柯尔克孜英勇善战，

你为何当初不来向我求援？
到如今你已经走投无路之时，
才觍着脸哭诉来到我的面前。

“长着秃鹫尾巴的克孜勒阿勒普，
阿克木和沙克木，
骑着灰斑马的波荣拜，
还有你们兄弟俩都归我管。
我是你们的大汗，
你为什么先去告诉他们，
而不直接来到我的面前？

“你赶快去叫他们回来，
不要傻子般地站在我的面前。
他们不该急于前去应战。
我不愿意看到，
他们遇到天敌被猛虎吞咽。
你赶快叫他们停下，
免得白白送命归天。
如果他们全都被杀完，
这笔账只有我前去清算。
人数不多的西方巨人，
不能让敌人斩尽杀完。

“在你回到那里之前，
进入战场已经阵亡的人，
那就算他们死得活该！
不听从我的指挥，
擅自前去作战的人，
不要出现在我的眼前。

“我要让踏遍四方的柯尔克孜人，
知道我哈勒别克的厉害！
在这个世界上，
不仅是柯尔克孜人，
任何人也不能把我小看。
我要率领精兵六万，

去和柯尔克孜交锋作战。”

哈勒别克心中怒火难消，
他没让苏麦尔干落座，
也没有给他喝一碗奶茶，
更没有给他吃一块干馕，
就这样让他无趣地离开了毡房。

终于脱身的苏麦尔干，
一路上沾沾自喜痴心妄想：
“今天我的运气还不错，
哈勒别克答应亲自参战，
他会给柯尔克孜降下灾难。
还有五个巨人一起来助战，
这次要把柯尔克孜人斩尽杀完。”

众英雄大战巨人克孜勒阿勒普

红脸巨人克孜勒阿勒普，
是骏马驮不动的巨人。
行军打仗他只好徒步而行。
他率领着千军万马，
人不解甲马不卸鞍，
日夜兼程，
终于来到血染的战场。

克孜勒阿勒普来到战场，
东方的太阳正徐徐升起。
他看到人马的尸体成堆，
悲壮而又凄凉。

阿依吐木什和秦额什，
突然看到眼前有成千上万的人马，
人头攒动气势汹汹。
面前竟然出现这样的情景，
摸不着头脑让他俩十分吃惊。

他们不知道是从哪里来的众兵，
以为是柯尔克孜的援军。
“如果真的是这样，
我们的末日就要来临。”

他俩惊恐不安，
急忙跑到苏尔麦尔干身边：
“苏尔麦尔干啊，
你是我们的保护人，
你是我们的靠山。

虽然你断了一只胳膊，
可是我们又遇到了麻烦。

“我们看到一个巨人，
他高大的身躯就像一座小山。
他没有骑马步行而来，
他率领的人马成千上万，
风中飘动的战旗就有四十多面。

“前面到来的柯尔克孜人，
已经把大地血染。
现在他们又来兵增援，
我们的末日就要来临，
我们感到恐惧不安。”

苏尔麦尔干笑着说道：
“阿依吐木什和秦额什，
你们给我听清楚，
你俩刚才说的是好消息，
我现在已经放心无忧无虑。
你们也不要魂飞魄散，
要振作精神准备再战。

“这些天我们没有看到苏麦尔干，
是他要向柯尔克孜人复仇，
去四处请兵求援。
你们说的那个步行的巨人，
可能是克孜勒阿勒普巨人。
他是举世无双的英雄，
谁和他交战都会完蛋。

“你俩要赶快迎到他面前，
恳切地向他诉说：
‘死去的都是我们的士兵，
行凶的是柯尔克孜人。’
让他去血洗柯尔克孜人，
向他指明柯尔克孜人的兵营。”

阿依吐木什和秦额什，
立刻去迎接徒步行走的巨人。
他们来到克孜勒阿勒普巨人面前，
跳下马背屈膝行礼。

巨人没有向他们回礼，
用手把他们抓起握在手里，
怒气冲冲地问道：
“你们是什么人？
你们可知道，
我就是克孜勒阿勒普巨人！”

阿依吐木什哭着低声说道：
“死去的都是我们的士兵，
杀死他们的是柯尔克孜人。”
听到阿依土木什说的话，
克孜勒阿勒普让队伍扎寨安营。

克孜勒阿勒普下达了命令：
“明天一早要把战鼓敲响。”
他转身又吩咐道：
“阿依吐木什和秦额什，
你们赶快给我准备食物，
我要吃下九十头野猪。
至于对我的六万人马，
每十个人吃一峰骆驼就行。
这些骆驼我们也不会白吃，
收拾完柯尔克孜人，
一峰骆驼用三匹马偿还。”

对于克孜勒阿勒普巨人的命令，
阿依吐木什和秦额什只好听从，
派人四处把野猪和骆驼找寻，
一群群地赶到克孜勒阿勒普巨人的大营。
不一会儿野猪和骆驼，
就被他们吃得一干二净。

克孜勒阿勒普又吩咐道：
“阿依吐木什和秦额什，
你俩先不要回去休息，
趁柯尔克孜人的马匹没人看管，
把他们的马匹赶过来就归你们。”

阿依吐木什和秦额什伤透了心：
“该死的克孜勒阿勒普，
还没有和柯尔克孜交战，
就要把我们的牲畜吃完。
还要我们去抢柯尔克孜人的马群，
他们不会给我们任何补偿。
他们一天要吃六千峰骆驼，
还要九十头野猪，
这样下去我们怎能承受得住？

“还有苏麦尔干和苏尔麦尔干，
他俩每天要吃人。
难道我们的运气在逆转，
这往后的日子可怎么办？
让我俩好好想想看。
听说后面还要来四个巨人，
谁知道他们还要做出什么事情？”

他俩无精打采往回返，
心中忧烦有苦难言。
克孜勒阿勒普吃饱猪肉和驼肉，
睡了个好觉呼呼打鼾。

克孜勒阿勒普黎明即起，
他们敲响战鼓吹响号角，
涌向柯尔克孜的营地。

这时，
巴卡依老人说道：
“孩子们，你们是否看到，

敌人的援兵像洪水一样来势汹汹，
仿佛要把我们淹没其中。
自古作战讲究兵法，
不能轻举妄动乱了阵容。
前几天和太塔郎作战交锋，
我们虽然人少，
还能抵挡取胜。

“依我看来，
眼前的事情我们千万不可掉以轻心。
前天夜晚，
来了一个步行的红脸巨人，
他像小山一样在大地上移动。
这个世上罕见的庞大巨人，
他率领人马像洪水一样凶猛。

“我看这个敌人与众不同，
看到他我有些担忧，
千万不能把他低估小瞧。
你们要做好充分的准备，
要抖擞精神迎战巨人。
要智勇双全打法灵活多变，
和强敌展开一场激战。”

尊敬的巴卡依老人，
他的话语让人们振作精神，
柯尔克孜人高举玛纳斯的红色大旗，
迎战强大的克孜勒阿勒普巨人。

敌人的阵营中走出克孜勒阿勒普巨人，
他如同一座山峰，
他走路大地都在晃动。
他神奇的目光能使湖泊掀起波浪，
他的眉毛和睫毛像丛林一样茂密。
他手里没拿任何武器，
虽然两手空空他的威严仍让人畏惧。

阿勒木萨日克上前请战：
“爷爷，让我去收拾这个畜生。”
得到巴卡依的允许，
他像展翅欲飞的雄鹰，
披上了子弹穿不透的战衣。
对于来势凶猛的红脸巨人，
阿勒木萨日克没有丝毫畏惧，
催动战马向巨人奔去。

阿勒木萨日克高呼玛纳斯的口号，
挥起长矛向巨人刺去。
矛尖闪烁着刺眼的光芒，
直刺巨人的肚脐。
锐利的狼牙矛枪，
就像碰上了坚硬的顽石被弹起。

“扎不进肚子，扎他的腿。”
矛枪扎进对手大腿四指多深，
巨人仍若无其事不痛不痒。
阿勒木萨日克用尽全力，
左刺一枪，右刺一枪，
连续猛刺了五矛枪。

克孜勒阿勒普既不躲避也不回击，
他只是歪着脖子低头看着这位活泼的少年。
他伸开手臂把阿勒木萨日克抓到手心里：
“嗨！柯尔克孜，
这就是你们的英雄？
看好，还给你！”
巨人把他高高举起扔了过去。
阿勒木萨日克在半空中，
身体旋转四肢乱动。

雄狮古里巧绕催马扬鞭赶过去，
就在阿勒木萨日克即将落地的刹那间，
敏捷地把他接住抱在怀里面。
阿勒木萨日克躲过了一场灾难。

阿依吐木什、秦额什和在场的众勇士，
看到面前的情景十分恐惧。
“骑灰色骏马的英雄，
就像接苹果一样，
把空中掉下来的人接在怀中。
他究竟有多大本领？
如果我落在他手中，
就根本无法逃生。”

萨拉玛特骑着凯尔阿特[①]，
他高呼玛纳斯的口号，
手持钢矛从侧面冲到巨人面前，
朝着腰旁和腋窝连刺了两枪。
巨人挨了一枪身体前后一晃。

克孜勒阿勒普被称为巨人以来，
还从来没有过如此失态。
克孜勒阿勒普怒目环视，
两个眼珠几乎要从眼眶里暴出。
他看到前面有棵高大的梧桐，
不费吹灰之力把树连根拔起，
如同从草丛中拔起一棵芨芨[②]。

克孜勒阿勒普这头黑心的野兽，
听到玛纳斯的名字矛枪又击中痛处。
他不禁恼羞成怒，
就在萨拉玛特再次挥矛的时候，
他挥起手中的大梧桐，
向着萨拉玛特横扫过去。

这棵梧桐粗得一个人抱不住，
萨拉玛特被树梢打中，
就像鸟儿似的飞了出去，

① 凯尔阿特：柯尔克孜语，意为深棕色骏马。

② 芨芨：草名，芨芨草。

身体摔落在地上，
头颅钻进了土里，
头皮破裂多处，
筋骨也四五处断裂。

库娅勒见状飞快策马赶上前，
把萨拉玛特抱回到营帐里边。
郎中急忙治疗抢救，
找来秃鹫的胆汁外敷内用，
昼夜不停精心照看。

六天之后萨拉玛特终于苏醒，
他的伤势很重不能行动，
肌肉和骨骼十分疼痛。
在战地他难以治疗痊愈，
由十名兵丁护送，
返回塔拉斯治疗休息。

让我们看看战场上的激战。
足智多谋的女英雄库娅勒，
她和克孜勒阿勒普较量了六天。
一场场激战接连不断，
女英雄库娅勒没有丝毫疲倦，
谁能有这样无尽的耐力？

克孜勒阿勒普心中恼怒，
他弓腿跨步挥起了那棵大梧桐。
库娅勒正在勒马调整方向，
挥起的大树已打在她的头上。
库娅勒就像飞出去的帽子一样，
胯下的捷勒捷特别斯骏马，
也被摔出一个射程之外的石头上，
后腿骨折躺倒在地上。

古里巧绕如同飞箭，
催马冲杀到克孜勒阿勒普面前，
救起库娅勒，

让人将捷勒捷特别斯骏马抬回营帐。

女英雄库娅勒轻轻咳嗽一声，
把阿勒木萨日克叫到身旁。
“孩子，你要替我把话禀告汗王，
请教汗王和长辈有何主张。
萨拉玛特身受重伤，
汗王安排得十分妥当，
派人把他护送回家乡疗养。

“捷勒捷特别斯骏马后腿骨折，
不能驮我驰骋战场。
我要精心为它治疗保养，
让它恢复到原来的模样。

“要和克孜勒阿勒普继续较量，
还有不少难以预料的情况，
我不能闲坐在一旁。
不如让我暂时离开军营，
待骏马康复之后重返战场。”

阿勒木萨日克向巴卡依老人和汗王，
禀报了母亲库娅勒的请求。
赛麦台依和巴卡依频频点头：
“库娅勒的话是真心实意，
这样做也是明智之举，
让她把骏马精心治愈。”
库娅勒带着骏马离开了营地。

古里巧绕心中怒火燃烧，
把玛纳斯的口号高声呼叫。
他腰系宽厚的铁护腰，
手持锋利的长矛，
策动灰兔马和巨人刺杀拼斗。

他朝巨人的腰部刺了十矛枪，
又掉转马头刺他的脊背，

他转过十回，刺了十枪。
想刺他的咽喉够不着，
只好朝他的胸部以下连刺五十枪，
转过身去又刺了六十枪。

该死的克孜勒阿勒普巨人，
眨眼之间皮开肉绽鲜血流淌。
可这是表皮的创伤，
并不能把他怎么样，
他依然屹立不动像座山冈。

观战的兵丁知道古里巧绕本领高强，
只见他眼里闪烁着烈焰般的光芒。
古里巧绕已经把性命放在一旁，
怒不可遏，再次策马冲上。

雄狮古里巧绕心里在想：
“一时很难把这头野兽打败，
要把他臂膀和大腿肌肉刺穿，
把他的韧带割断，
让他倒在地上永远站不起来。”

古里巧绕从剑鞘中抽出宝剑，
手挥宝剑高声呼喊猛冲向前。
他的喊声能使石头裂开，
克孜勒阿勒普从容不迫就像没有听见。
没有让宝剑碰到自己的身体，
巨大的手掌向古里巧绕的脖子伸去。
古里巧绕眼疾手快敏捷地躲避，
没有让巨人抓到自己。

克孜勒阿勒普站不稳身体，
前后摇晃一拳头打进地里。
他慢慢地把拳头抽起，
巨大的水柱立刻从地下喷出。

看到巨人强大的威力，

众兵丁吓得尿在裤子里。
克孜勒阿勒普的人马，
大声呼喊高兴至极。

呼喊声中沙尘铺天盖地，
不见古里巧绕人马的踪迹。
赛麦台依和巴卡依为他担心着急，
久久地凝视着昏暗的天地。
尘埃终于逐渐散尽，
雄狮古里巧绕人马安然出现。

古里巧绕挥剑再次高喊，
克孜勒阿勒普睁大眼睛仔细观看，
他瞅准时机伸出了巨大的双臂，
把古里巧绕连人带马一齐抱起，
死神正在向古里巧绕身边走去。

常言道："双眼是男人的两盏明灯。"
此时古里巧绕人马握在巨人的手中，
英雄的目光黯然失去往日光芒，
赛麦台依见此心急如焚。

玛纳斯的儿子赛麦台依，
是无所畏惧的雄狮，
他高呼父王玛纳斯的英名，
鞭策布茹勒骏马飞快前去救援。
克孜勒阿勒普的众兵，
听到赛麦台依震天的呼声，
吓得浑身发抖心惊肉跳。

赛麦台依挥起父王留下的色尔矛枪，
把巨人的胳膊刺伤。
巨人疼痛难忍手臂伸张，
灰兔马四蹄落地人马无恙。

小山般的克孜勒阿勒普手臂已经受伤，
玛纳斯的儿子赛麦台依勇猛异常，

他勒紧马缰长矛连刺巨人的肾脏，
克孜勒阿勒普鲜血流淌到地上。

倒霉的克孜勒阿勒普火冒三丈，
胡须抖动鼻孔膨胀，
想把赛麦台依连人带马一齐抓上。
他气势汹汹迈步赶上，
巨大的脑袋似一尊石像，
高大的身躯如同一座移动的山冈。

赛麦台依不慌不忙，
色尔矛枪次次都刺在巨人身上。
赛麦台依心里在想：
“看来用矛枪不能伤他的筋骨，
我要用父王留下的战斧，
砍下这个畜生的头颅。”

他拿出腰间宽如门扇的月牙斧，
这是当年瘸腿匠人波略克，
用了一年时间铸成的战斧。
斧柄用坚韧的枸子木制成，
斧柄外层用大象皮套住。
赛麦台依咬住嘴唇挥起月牙斧，
勇猛地向克孜勒阿勒普劈去。

就在这个时候，
阿克木、沙克木带兵来到这里扎寨安营，
骑着灰斑马的波荣拜也率兵到来，
苏的儿子苏麦尔干也恰在这时赶来。

苏麦尔干高声喊道：
“日落方向的五个巨人已全都来到，
请你们把我的话语听好，
我要把哈勒别克的话向你们转告，
哈勒别克说：
在他到达这里之前，
谁也不要和柯尔克孜人开战。

哈勒别克的话我已经向你们说完，
如果你们不听他的警告把事情搞乱，
出了事情你们自己承担。”

苏麦尔干看到克孜勒阿勒普流血受伤，
他心中在想：
“如果克孜勒阿勒普不幸阵亡，
柯尔克孜人就会把我们全都杀光。
只剩下哈勒别克一个人，
到了那时将是怎样的下场？”

苏麦尔干高喊着让克孜勒阿勒普休战，
克孜勒阿勒普忙把身体扭转，
他的筋骨疼痛吱吱作响。
他弯腰低头看看下面，
黄土混着血水变成泥浆。
他浑身颤抖哆哆嗦嗦，
高大的身躯站立不稳。
赛麦台依手持月牙斧，
不停地往他身上猛砍。

克孜勒阿勒普听到喊声回过了神，
知道苏麦尔干的话是对的。
他向赛麦台依提出了要求：
“喂，赛麦台依，
我来这里已经十多天，
一个人对付你们五个人连续作战，
我没有休息也没吃过一顿饱饭。
我看你也是条男子汉，
你给我五天时间让我吃顿饱饭。

“看来，我们要拼斗到底，
不分胜败谁也不会心甘。
五天之后我们继续拼杀作战，
我要将你挑在矛尖上！”

玛纳斯的儿子赛麦台依，

根本没把克孜勒阿勒普放在眼里，
把他看得不如自己的裤脚：
“你这个蠢货混蛋，
要去你就去吧，
五天之内一定要回到这里，
把遗嘱交给你的部众和子女，
还有你的老婆和亲戚。”
他俩约好五天后再战，
转身各奔东西。

克孜勒阿勒普离开了战场，
他的双腿鲜血不断地流淌，
他浑身无力心中忧伤，
好像他的末日就要到来一样。

看到巨人战场归来，
他的人马一拥而上，
整齐地站立在他的两旁，
他们传统的习惯就是这样。
克孜勒阿勒普有气无力地喊道：
“快把食物给我准备好，
先让我把肚子填饱。
给我倒满六十碗美酒，
给我宰杀四十头牲畜，
另外还要熊、豹和狗。

“无论家养的牲畜，
还是捕猎来的野生动物，
再加上二十头野猪，
为我共准备牲畜二百头。
噢，我要先吃一百个馕，
要先把馕给我端上来。”

所有的食物都已备好，
一百个馕转眼之间都被吃完，
煮熟的肉正在往上端，
房里走进了苏麦尔干。

克孜勒阿勒普好像没有看见，
独自把肉全部都吃完，
又把六十碗美酒全都喝干，
放松身体准备睡眠。

苏麦尔干走到巨人身边说道：
“如果不是我及时赶到，
休战的事你根本不会想到。
你向赛麦台依喊话之际，
已经浑身无力快要倒地，
你这样任性就会很快死去。
是我给你找了个台阶，
让你的命运好转有了生机。

“你不能这样躺下去，
要把处境和去向好好考虑，
如果五天之内你不能起身，
哈勒别克就会到达这里。

“骑黑斑马的哈勒别克，
他的厉害我们是知道的，
一旦你和他较量，
你能幸存就要谢天谢地。

“我把你当作我的亲人，
我才诚诚恳恳地把你劝告。
如果你在五天之内能恢复身体，
把赛麦台依从马背上刺倒在地，
你就可以保住性命拯救自己，
不然你的性命就会丧在哈勒别克手里。

“我看你伤痕累累伤势很重，
肌肉和血脉严重损伤，
如果你躺下不动就会全身浮肿，
腹内积水，病入膏肓。
用熊、狼、狐狸、雕和鹫的胆汁抹伤，
然后放心睡觉休养。

等你醒来的时候，
就会精神饱满身体健康。

“克孜勒阿勒普巨人，
你要好好听我的劝告，
打仗上阵不能鲁莽，
要考虑如何制伏对方。
你要用石头打击敌人，
你先准备两个褡裢，
里面装满六十帕特曼[①]石头。
你要用石头砸柯尔克孜人，
就要学会扔准石头，
石头不能扔得太高，
要对准他们的膝盖。
被石头打中的战马会倒下，
骑马的人也会跌倒身亡。

“古里巧绕、赛麦台依如果向你冲击，
在他们接近你的时候，
你要不顾一切地把石头向他们扔去，
要对准他们的头，
让他们两个一齐死去。

“消灭了赛麦台依和古里巧绕，
剩下阿勒木萨日克和巴卡依，
其他的人马还能逃到哪里？
他们经受不了你的打击，
就不得不撤退回去。
我们想办法再来一次攻击，
这时你碰到谁就杀谁，
不然他们就不会泄气。

“如果你冲进了敌群里，
我会在你的后面帮你。
阿克木、沙克木两位巨人，

① 帕特曼：旧时重量单位，约合180公斤到300公斤。

他俩也会支援你。

“阿依吐木什和秦额什两位汗王，
他们也不会袖手旁观。
养好伤的苏尔麦尔干，
也会从侧面进攻参战。
骑灰斑马的波荣拜，
为了战利品也不会站在一边观看。

“哈勒别克一旦到了这里，
他不会让我前去杀敌，
更不会让我们把战利品拿到手里。
心黑手辣的哈勒别克，
如果我们在他面前拿走战利品，
他就会让我们死在这里。
我们的家人就会去当他的奴隶。
我们无法逃离他的手掌。

“我们必须抓紧时间，
在哈勒别克到达之前，
继续向柯尔克孜人进攻。

“克孜勒阿勒普啊！
刚才我说的药都在我的身边，
这些药物我保藏了多年，
如果你要服用可派人去取，
这是我送给你的救命灵丹。”

听完苏麦尔干的话，
克孜勒阿勒普马上回答：
“苏麦尔干啊，
你是我最好的知心兄弟，
我一直相信你的忠言。

“我实在难以忍受，疼痛至极，
我不知道伤口还会肿起，
快把药拿来让我吃下去。”

他们请来了名医，
为克孜阿勒普服药救治。

克孜勒阿勒普吩咐道：
“我已经服用了药，
让我好好躺下休息，
剩下的药抹在我的伤口上。
你们给我准备一个大的褡裢，
这褡裢应是用牛皮制作的。
在门前堆起一大堆石头，
大的要如马头，小的如拳头。
在我睡醒之前，
这一切事情都要准备好。”
克孜勒阿勒普说完之后，
他平卧躺下就睡着了。

诡计多端的苏麦尔干心里在想：
“就让克孜勒阿勒普躺下睡吧，
等着哈勒别克来收拾他。
如果克孜勒阿勒普能够活着，
我们就能分享战利品。
不过在柯尔克孜人面前，
他一定会死在最前面。
阿克木和沙克木的死也难免。
骑着灰斑马的波荣拜，
他的死活很难判断。
即使他能侥幸活下来，
日子也不会过得体面。”

苏麦尔干沾沾自喜，
仿佛他的美梦已经实现：
“那时只有我留在哈勒别克身边，
没有人跟我争宠捣乱。
绮妮凯是我的娇妻，
她将日夜陪在我身边，
我的日子过得快活又体面。
如果哈勒别克不愿意，

我就带她逃到居仁朵那里，
我也算如愿以偿达到了目的。”

苏麦尔干深思熟虑，
已将克孜勒阿勒普掌控在手里。
他左右逢源暗施诡计，
他踌躇满志显得十分得意。

赛麦台依四英雄误入神秘山谷

克孜勒阿勒普吃饭用了一天时间，
死死睡了四天。
到了第五天，
这头野兽睡醒之后，
立刻动身前去作战。

皮制的褡裢里装满了石头，
他把褡裢扛上肩头。
他按照约定的时间，
迈开双脚向战场走去。

英雄赛麦台依威风一如既往，
跨上布茹勒骏马威风凛凛。
柯尔克孜人马看到他的身影，
心想他一定会把克孜勒阿勒普巨人战胜。

克孜勒阿勒普这头野兽，
他不骑马走路摇摇晃晃。
像小山一样的高大身躯，
身穿镶着比鲁尔[①]的战袍。
矛枪扎不进去，
战斧也很难劈伤，
箭矢无法穿透。

他不想再和赛麦台依搭话，
拿起石头开始猛投，
扔过来的石头呼啸而过。

① 比鲁尔：柯尔克孜语，贵重宝石的名称。

一块羊头大的石头，
砸到布茹勒骏马的耳后，
骏马的头颅受到重创，
轰然跌倒在地上翻滚。

阿勒曼别特之子古里巧绕，
飞快地赶到一旁，
正当他伸手去抓马缰，
飞来的石头把胳膊打伤。

克孜勒阿勒普两眼发直已经疯狂，
就像脱毛的公驼①一样。
他闯进了队伍中间，
用力扔石头向队伍砸去，
众兵丁只好向丛林逃窜。
阿勒木萨日克和巴卡依，
设法躲避不让他看见。

刚才布茹勒骏马倒地之际，
被苏麦尔干看到眼里。
他对自己的计谋十分满意：
“赛麦台依没有了坐骑，
我要趁机把他的脑袋砍去。”
他想到这里便策马冲了过去。

古里巧绕不顾伤痛，
毫不吝惜自己的生命，
策马前去截拦。
阿勒木萨日克也跃马冲了上去。
看到两个雄狮拦在面前，
狡猾的苏麦尔干掉头逃窜。

阿勒木萨日克扬鞭策马，
向阿克木、沙克木的人马杀去。

① 脱毛的公驼：春季骆驼脱毛，也是骆驼发情的季节。发情的骆驼往往疯狂地攻击人畜，甚至咬死咬伤人畜。

古里巧绕连忙把他叫住，
让他勒转马头返回原地。

受伤的布茹勒骏马四蹄站不稳，
随时可能倒地。
巴卡依老人和赛麦台依，
守在骏马身旁不敢远去。

古里巧绕知识渊博经验丰富，
他拿出一种名叫“库努”的药水，
把药水滴到骏马的伤处，
当时就止住了疼痛。

古里巧绕把坐骑让给赛麦台依，
自己和阿勒木萨日克同乘一匹坐骑。
他们牵着布茹勒骏马，
朝着大山奔去。

柯尔克孜人和克孜勒阿勒普巨人酣战，
不料出现了困难局面。
英雄古里巧绕胳膊骨折，
骏马布茹勒头颅受伤，
灰兔马的腿被石头打中，
只能跛着腿缓慢而行。

不幸的征兆降临在英雄们头上，
名扬天下的四位勇士，
只好退出战场朝着大山退去。

哎，柯尔克孜人啊，
你们听着，
这座神秘莫测的大山，
山峰高耸入云雄伟壮观，
乌云环绕盘旋在山腰中间。
面前是一条深邃的峡谷，
谁也看不清峡谷里面。

英雄们顺着山谷攀登而上，
克孜勒阿勒普随后紧紧追赶。
克孜勒阿勒普无法穿过，
山谷里的狭窄之处，
他的肩膀被卡在两山之间。

这时苏麦尔干赶了上来，
他一把拉住疯狂的克孜勒阿勒普，
不让他继续将柯尔克孜人追赶：
“这个地方我早就知道，
这是死路一条。
进入这个山谷里的人，
不会活着出来。

“峡谷里有一个湖泊叫沙依坦湖，
还有七片高地平原。
山谷里白雪皑皑，
草木生长十分缓慢。

“你不用着急就等在这里，
迷路的柯尔克孜人早晚会出来。
如果他们长期躲在山谷里，
将会冻死在里面。”

苏麦尔干的话还没说完，
哈勒别克的信已经送来，
他们无法逃避左右为难。
信中这样写道：
“苏的儿子苏麦尔干，
还有你的兄弟苏尔麦尔干。
你们兄弟俩的情况我了如指掌，
阿克木、沙克木的本事也并不怎么样。
至于克孜勒阿勒普巨人，
他虽然有老虎般的胆量，
一旦和我较量，
他就如同个稻草人一样。

“骑着灰斑马的波荣拜，
如果他没有铜鞭，
他就是个只会放羊的牧人。
你们这几个巨人的情况就是这样，
哪一个敢出来同我交战。

“还有阿依吐木什和秦额什汗，
你们是不是真正的汗王，
你们也要把自己好好地掂量掂量。

“你们为什么向我诉苦，
为什么要我帮忙？
又为什么不等我来到战场，
惊动了柯尔克孜让他们逃亡？
我已经一个个地点名告诉你们，
如果我看不到柯尔克孜人，
我非得把你们全部杀光。
把你们的城堡夷为平地，
你们的下场将不堪设想。

“现在你们都在外面，
不许你们向臣民摊税派捐，
不许勒索民众一个铜钱。
如果我听到有这样的事情，
我会将你们严厉惩罚！

“你们要在那里待够二十天，
要靠自己打猎把肚子填饱。
二十天之内要找到赛麦台依，
如果找不到柯尔克孜人，
我就会吊死你们！”

哈勒别克不是在开玩笑，
他是个难惹的混蛋可汗。
四个巨人一起指责苏麦尔干：
“是你让我们急忙赶到，
帮你和柯尔克孜作战，

惹得哈勒别克怒火燃烧。”

他们没有别的办法，
只好在这里苦苦等待，
想千方百计把赛麦台依找见。

那就让他们去找吧，
我们继续唱赛麦台依和勇士们的故事。

四位勇士沿着山谷往上行进，
他们走了整整一天的路程。
前面是白雪皑皑的雪峰，
两边是悬崖峭壁连绵的山涧。

在七片高地之间的沟壑中，
湖畔周围绿草丛丛，
巨树参天遮天蔽日。
四周环绕着高山峻岭无路可通，
不仅是人，野生动物也难通行。
沙依坦湖就是这里的名称。

这座山峰叫沙比热木山，
山中住着女妖和精灵。
夏天在这里长足了膘的狼，
冬天也会冻死在山上。
敏捷的山羊，
也不敢去攀登，
那白雪皑皑的雪峰。
秃鹫要飞过这个地方，
也怕翅膀被冻僵。

夏天这里会变成动物的天堂，
盘羊、羚羊成群在湖边徜徉，
百灵鸟在树枝上放声歌唱。
雪鸡在山坡上的柏树丛中鸣叫，
白天鹅在湖面上游荡。
鱼儿在水中畅游，

水獭在水中闪光，
小鸟在天空中飞翔。

只要树叶变得枯黄，
寒冬很快就会降临。
听不见鸟的鸣叫，
一切都被冻成了冰，
看不到一点生命。
古人早知道这里的情况，
把这里起名叫沙依坦湖，
没有人敢在这里放牧生息。

这个湖泊变幻莫测，
恶劣的气候，
让来人难以生存。
不知有多少人在湖边丧命，
这里留下了魔鬼湖的恶名。

四位英雄不明这里的情况，
沿着山谷走进了沙依坦湖畔。
这时正是严寒的冬天，
到处是冰雪一片。

白皑皑的冰雪分外刺眼，
找不到一片落脚的黑土地。
巴卡依老人，
雄狮赛麦台依，
阿勒木萨日克和古里巧绕，
四位英雄陷入了这样的险恶之地。

“水是母亲，山是父亲”，
柯尔克孜人啊，
你们明白这句话含义多么深沉。
柯尔克孜是阿拉套山的儿女，
是头枕雪山脚蹬冰河的儿女，
是在冰天雪地中繁衍生息的儿女，
是用坚冰割断脐带的儿女，

是在冰河中沐浴的儿女。
是在冰山雪峰上与白云赛跑的儿女，
是在雪山草原上走向繁荣昌盛的儿女。

对于这些在冰雪之中摔爬滚打的英雄，
魔鬼湖的冰雪又能将他们怎样？
他们在这里就如同在家里一样。

让我们暂且放下这一段，
看一看主人公凯耐尼木目前的状况。

少年凯耐尼木营救四英雄脱险

萨依卡丽唤醒凯耐尼木的灵魂

卡特卡朗和加克普是同父兄弟，
卡特卡朗的孙女叫萨依卡丽。
萨依卡丽曾经对玛纳斯不满意，
她长期隐藏在康阿依的人群里。

她多次与玛纳斯较量，
她挥舞长矛和玛纳斯拼比。
他们面对面搏斗激烈至极，
他们之间却有着深厚情意。
在玛纳斯去世之际，
萨依卡丽情深意切前去哀悼哭泣。
萨依卡丽姑娘是位出众的女中豪杰，
她能准确预测未来的事情。

苏麦尔干的女儿拜托茹，
是萨依卡丽的朋友，
她能够在天上飞翔。
拜托茹飞到萨依卡丽的身旁，
对萨依卡丽这样说道：
“阿依阔勒的儿子赛麦台依，
白发银须的老人巴卡依，
阿勒曼别特之子古里巧绕，
年轻的勇士阿勒木萨日克，
四位勇士正处在困境之中。

“他们被困在沙依坦湖畔，
那是七条河流汇合的要冲，
那里是沙比热木山的山脚，
那里正是冰天雪地的严冬。

机智无畏的勇士们，
他们缺衣少粮困难重重。
红脸巨人克孜勒阿勒普堵住了山口，
要想返回无路可行。

“萨拉玛特的伤势很重，
有人护送正在返回的途中。
库娅勒牵着受伤的骏马，
越过了江居别斯戈壁，
她正在盐湖畔戈壁调养休息。”

听拜托茹把话说完，
萨依卡丽心中很是不安，
她年事已高不能前去救援。
她从卦书中得知，
玛纳斯的后代之中，
有一个“黄脸死神”，
可她不知究竟是哪个人？

赛依铁克有两个儿子，
两个儿子都是黄脸巨人。
古丽娜尔生下了阿勒木萨日克，
他如今已困在冰山之中，
他当然不是黄脸死神。
库娅勒生下了凯耐尼木萨日克，
萨依卡丽只知其事未见其人。

为了把凯耐尼木看清，
萨依卡丽乔装成孤寡的老人，
身边还带着一个孤儿。
把小毡房搭在宫墙附近，
与汗王赛依铁克为邻。

赛依铁克住在玛纳斯留下的宫殿，
他的儿子凯耐尼木什么也不会只知道吃饭。
直到六岁还不会走路，
学会走路竟用了三年。

凯耐尼木今年九岁刚满，
总是吃不饱肚子天天在喊。
厨师从早到晚为他做饭，
他对着墙壁高喊：
“快快给我送饭！”

厨师对他心烦，
在没有人的时候，
把烤煳的“阔馍奇”①
还有别人吃不下去的剩饭，
一齐拿到他面前。
凯耐尼木从未吭一声，
转过身去狼吞虎咽。

厨师的话语让人心寒，
“你别光躺着吃饭，
你要到山上把柴砍。”
“行，我这就去砍柴，
可是我要吃足够的饭。”

凯耐尼木不知道厨师的话让人难堪，
他不发脾气也没发一言，
他拿起一根七股的毛绳，
独自去砍柴走进深山。

萨依卡丽仔细观看，
“他就是黄脸死神，
和卦书中的描绘不差毫分。
我还要继续查看，
过两天再和他打招呼聊天。”

萨依卡丽心中暗自盘算，
在凯耐尼木打柴经过的地方，

① 阔馍奇：柯尔克孜语，一种面饼，是将面团埋在木柴的灰烬中烤熟的面饼。

把织毛布机搭在路边。
柯尔克孜人的织毛布机，
总是惹是生非引起事端。

年少的凯耐尼木，
他不会分辨好坏事理，
不明白什么是吃亏，
不知道什么是把便宜占，
更不清楚人们的善心和恶念。

凯耐尼木只知道上山砍柴，
他能把树木连根拔起。
他有无穷无尽的力气，
打的柴火堆积得像小山。

凯耐尼木走过萨依卡丽的身旁，
他跨步而过没有把布机损伤，
萨依卡丽总是没有找到说话的机会。

凯耐尼木把背上的木柴扔到地上，
木柴差一点砸倒厨师住的毡房。
发出巨大的声响，
把厨师们吓得急忙跑出毡房。

他们大吃一惊神色慌张：
“他竟能背回这么多的柴火，
长大之后一定会成为巨人。
我们要给他多做些饭，
让他天天上山砍柴。”

第二天凯耐尼木又去上山砍柴，
萨依卡丽把织架搭高了一拃，
凯耐尼木背柴路过还是没有碰上。
第三天凯耐尼木拿了十根毛绳，
背回来的柴火更多，
他健步如飞地往回走着。

萨依卡丽把小孩叫到身边说：
“你看他今天背的柴火很多，
他还要从这里路过。
他一定会把织架上的毛线碰断，
你要赶快追上前去，
让他赔偿把他阻拦。”

萨依卡丽在一旁观看，
果然木柴把织架上的毛线挂断。
小男孩立刻奔跑上前，
抓住凯耐尼木的衣领大声叫喊，
哭闹着要他赔偿。
凯耐尼木却一声没吭，
只伸左手一甩把小孩扇到了一边，
不料那小孩倒地已经死去。

萨依卡丽并不着急：
“这个小孩并不是人，
他是精灵变成的，
他已经逃走离开了这里。
现在我有了说话的机会，
我要把凯耐尼木沉睡的灵魂唤醒。”

萨依卡丽慢慢地走过去，
说出了很严厉的话语：
“你这个忘记了祖先的蠢货，
你是个不知好歹的家伙。

“你连自己吃饭都做不了主，
还要去为厨师上山砍柴。
难道你是讨饭的人？
你为什么这样没有出息！

“你刚才打死了我的孩子，
让我十分伤心。
如果你真的是一位英雄巨人，
为什么你不去搭救你的亲人？

“你的爷爷赛麦台依，
白发老人巴卡依，
你的哥哥阿勒木萨日克，
还有你的亲人古里巧绕，
他们四人都被困在冰山里。

“你的母亲库娅勒，
为了给骏马疗伤，
她一个人住在湖边戈壁，
难道你不愿去搭救他们！”

凯耐尼木听到这里，
把肩上的木柴慢慢地放稳在地。
火花闪烁在他的眼睛里，
他双眼环视坎阔勒的山水大地，
脸色霎时充满生机。
萨依卡丽全都看在眼里。

附近有十二条拴马驹的毛绳，
毛绳的长度就有一个赛马的赛程。
那里拴着一岁至五岁的马驹，
还有成群膘肥体壮的马匹。
凯耐尼木朝着马群走去，
他牵回一匹一岁的马驹，
走到萨依卡丽门前的空地。
他没有叫人帮忙，
自己就把马驹宰杀完毕。
厨师不敢多嘴，
拿来了大锅将整个马驹肉煮熟。

凯耐尼木把马肉放到木盆里，
双手奉送给萨依卡丽：
“老祖母，这些肉我先献给你。
刚才那个孩子，
无论是你的孙子，
还是你的奴隶，

无论是你的侄儿，
还是你的邻居，
我只轻轻地碰了他的身体，
并没有伤害他之意。
他不能复生已经死去，
你不要难过伤了身体。

“老祖母，我想问你，
巴卡依老人和汗王赛麦台依，
英雄古里巧绕和阿勒木萨日克，
还有我的母亲库娅勒，
他们遇到了什么困难，
他们现在被困在哪里？
请你给我说个详细。

“老祖母，我还要问你，
你织机架上的毛线被我挂断，
你才趁机把我召唤。
是否你早就在此做了安排？
看来你是要把我沉睡的灵魂唤起。”

萨依卡丽听到这些话语，
心中欣慰至极。
虽然她的年事已高，
声音却像库姆孜琴似的：

“孩子啊！
你想知道的事情我会详细告诉你，
不知你怎样才能解救他们呢？
你不去解救他们，
他们就会死在敌人手里。

“你的父亲赛依铁克，
是个英雄好汉天下无敌。
只是骏马驮不起他，
他只好步行不能到远方去。

“听说在日落的方向，
民众在遭受祸殃。
从西方逃过来的人，
告诉我们那里有人吃人的事情。
你的祖父赛麦台依十分气愤，
他才率领千名人马前去西征。
巴卡依老人和古里巧绕，
阿勒木萨日克和萨拉玛特，
还有你的母亲一起同行。

“那个地方叫阿依吐比，
阿依吐木什是那里的汗王。
我们的勇士节节胜利，
把他们打得一败涂地。

“日落方向有七个巨人，
他们合在一起和勇士们拼搏。
红脸巨人克孜勒阿勒普，
他身躯高大像座山冈，
他把萨拉玛特打成重伤，
萨拉玛特已经返回家乡休养。

“捷勒捷特别斯骏马后腿骨折，
你母亲一个人在湖畔给马疗伤。
布茹勒骏马被石块击中，
灰兔马的腿部也受了重伤。

“你的四位亲人遭遇强敌困难重重，
他们误入神秘山谷之中，
被困在沙比热木冰山之下的魔鬼湖畔。
他们虽然没有落在敌人的手中，
但目前的处境都十分险恶。
只有你前去才能够营救他们，
你要一刻不停奔走九十天的路程。”

听了萨依卡丽的话语，
凯耐尼木心如火焚。

他急忙走向赛依铁克的马群，
把每匹马都一一试骑，
也没有找到一匹合适的马匹。
“难道我会像父亲一样，
没有马骑，只能待在家里？”
凯耐尼木心里十分着急。

中午过后，
从卡拉布拉的丛林里，
走过来一群萨尔特[①]，
他们赶着许多马匹。
凯耐尼木仔细察看马群，
一共有三十七匹。

他让他们卸下马背上的行李，
凯耐尼木逐个试骑。
三十六匹马，
没有一匹能把他驮起。

剩下的第三十七匹马，
是匹四岁的黑鬃黄褐色马驹。
凯耐尼木正要跨腿去骑，
马驹开口说出了人的话语：
“你就是凯耐尼木？
我四处把你找寻，
今天遇到你我很幸运。
可是我现在不能让你骑，
你要让我好好休息。

“我的脊背上磨烂了六处，
被马鞍压得十分痛苦，
腰部和肩胛也溃烂不能跑步。
如果你今天一定要骑，
我驮不动你会痛苦至极，
我也会为此名声扫地。

① 萨尔特：柯尔克孜语，柯尔克孜族一个部落的名称，这里意为商人。

“我名字叫坎库拉，
请你把我拉到阿克库拉[1]的马槽旁，
让我养伤，精心调养。
十五天之后，
我会恢复体力变得健壮，
我能载你到你想去的任何地方。”

凯耐尼木牵着坎库拉，
走到阿克库拉骏马的马槽旁，
把它拴在马槽旁的架子上。

凯耐尼木守在坎库拉身旁，
十五个昼夜寸步不离精心调养，
亲自带它到河边饮水，
每天喂一次青稞两次大米。
十五天时间很快过去，
坎库拉的皮毛像水獭一样闪光，
身躯滚圆四肢健壮，
看到它的人们同声赞扬。
有经验的驯马师说：
“这样的骏马飞鹰也赶不上。”

凯耐尼木有了心爱的骏马，
可是没有合适的马鞍。
他把仓库翻了一遍，
合适的马鞍没有找见，
他把毡制的驼鞍放到马背上面。

凯耐尼木身披山羊皮袄，
脚上的蓝皮靴子足尖朝天。
他跨上坎库拉骏马，
朝着西方快马加鞭。
萨依卡丽在远处细心观看，
她的眼里看到的不是凯耐尼木本人，

① 阿克库拉：当年玛纳斯骑的骏马。

似乎就是阔绍依神人。
知道他是个力量非凡的大力士，
他能战胜凶恶的敌人，
他能够搭救勇士们顺利凯旋。

凯耐尼木骑马西行不远，
路边有一口清澈的泉眼。
坎库拉骏马开口说话：
“喂，我的英雄凯耐尼木，
你有力气可是智慧有限，
你难道真的不知道，
这里是你曾祖父玛纳斯，
曾经沐浴过的神泉？

“你先把我拴在路边，
你自已也要在神泉中沐浴。
你前面的路程还很遥远，
你应当洗去尘埃再奔向前。”

坎库拉骏马又说：
“你先把手伸进泉水里，
摸一摸是冷的还是热的。”
凯耐尼木从马背上弯下腰，
把手伸进泉水里面，
感觉热乎乎的十分温暖。
凯耐尼木站起身来，
告诉坎库拉水是热的。

坎库拉知道泉水是热的，
它的心里已经踏实。
坎库拉高兴地对凯耐尼木说：
“当年你的先祖雄狮玛纳斯，
每次出行之前，
总要来到这个神泉旁边。

“他把手伸进泉水里面，
摸一摸泉水是冰冷还是温暖：

如果水是热的就会挥马向前，
如果水是冷的就要掉头回转。
如今泉水是热乎乎的，
我们就可放心地出行。”

坎库拉驮着凯耐尼木，
翻越连绵的群山，
路上花草飘香景色迷人，
一阵阵清风拂面而来。

他们翻过一座达坂①，
日渐西落天色渐晚。
坎库拉骏马说道：
“只要你骑在我背上不感到疲劳，
我就能不停地向前飞跑。
你要抓紧我的鬃毛，
闭上双眼稳稳地坐好，
我可以凌空飞跑。
当我四蹄同时落地，
你想去的地方就在眼前，
那时我的本领你才知道。”

凯耐尼木按照骏马的话，
闭紧双眼，紧抓鬃毛。
风声在耳边鸣响，
坎库拉的鬃毛和尾巴在风中飘扬。
它跃过座座高山，
它渡过条条大河，
它穿越层层密林。
它像射出的飞箭，
鸟儿也难跟在它的后边。
如同大鸟在空中飞翔，
三个月的路程三天走完。

会说人话的坎库拉骏马，

① 达坂：柯尔克孜语，就是高山上的道路。

能腾空飞跃风驰电掣，
是上苍给凯耐尼木的恩赐。
得到坎库拉骏马，
凯耐尼木像长出了一双翅膀，
心满意足再无遗憾。

坎库拉四蹄同时落地，
凯耐尼木睁开了双眼。
背后是白雪皑皑的沙比热木山，
面前是雪地冰天茫茫一片，
这里就是沙依坦湖畔。

被困已久的赛麦台依汗王，
正在山顶四处眺望。
他用千里眼瞭望远方，
看到有个人影来自日出方向。
他急忙调准千里眼，
目不转睛地仔细观望。

他清楚地看到，
来人正是凯耐尼木萨日克儿郎。
赛麦台依转身对巴卡依老人讲：
“大伯啊！我用千里眼眺望，
看到有人来自东方。
我仔细注视观看，
好像是我的孙子凯耐尼木儿郎。

“我有些担心，
我们在这大山里被困，
已经四个月没有脱身。
赛依铁克不能前来解救我们，
凯耐尼木不到十岁还未成人，
他还不能和敌人作战交锋。
如果他也落在敌人手中，
青鬃狼玛纳斯的后代，
岂不是要断代绝种？”

巴卡依老人依然神采奕奕，
他开言告诉赛麦台依：
“赛麦台依，我的孩子，
我告诉你一件事情。
你的父亲生前是我的知心人，
他曾告诉我说：
在我们众多的子孙里面，
会出现一个加郎格奇①萨日克②。

“这个孩子将会与众不同，
他虽剽悍勇敢却不明内外，
可他是治理天下的强人。
如果凯耐尼木来到这里，
他不但可以打败顽敌，
还要把绮妮凯姑娘娶回家里。

“阿勒木萨日克，
你是他的兄长，
赶快前去接他。
把玛纳斯留下的色尔矛枪，
送到他的手里，
要把他带到我们这里。
如果他不听话不愿意，
你也不要生气。”

阿勒木萨日克匆忙骑马前去，
凯耐尼木见到大哥，
他没有问候没有吭气。
阿勒木萨日克说：
“凯耐尼木，我的弟弟，
你一人从家乡来到这里，
我们的母亲古丽娜尔，
我们的父亲赛依铁克，

① 加郎格奇：柯尔克孜语，意为死神。

② 萨日克：柯尔克孜语，意为黄色，因凯耐尼木皮肤发黄，固有死神萨日克之称。

他们身体可好，
是否一切如意？

“你要去见两位爷爷，
还有老人巴卡依，
向他们问候致意，
把家乡的事情向他们诉说详细。”

凯耐尼木向阿勒木萨日克斜视一眼，
好像把他视为仇敌。
“你们被困在大山里，
我来搭救你们回去，
难道这不就是我的问候和致意？”

凯耐尼木转身要走，
阿勒木萨日克匆忙说道：
“我亲爱的弟弟啊！
请你细听我的话语，
你的手中没有兵器怎样迎敌？

“这是祖先玛纳斯留下的长矛，
爷爷让我交给你。
你不要着急，
你要穿上战袍，
把骏马的鞍鞯鞴齐。”

凯耐尼木接着说道：
“我并没有说要你的马鞍，
你手中的色尔矛枪如果真那么神奇，
那你为什么被困在大山里？
你不要让自己的肺部受凉，
快点跟在我的后面。”

凯耐尼木骑着没有马鞍的骏马，
头上戴着一顶毡帽，
身穿旧的山羊皮袄，
脚上的蓝皮靴子足尖上翘。

他不是去见赛麦台依，
而是不慌不忙地走向战场。

阿勒木萨日克感到委屈，
他把凯耐尼木的话语，
向三位长者诉说详细。

巴卡依老人听后说道：
“玛纳斯灵魂在上，
他当年的预言现在全部应验。
我们不能再待在这里躲避，
要快马加鞭赶到战场去。”

巴卡依骑着灰色走马，
英雄古里巧绕，
年轻的雄狮阿勒木萨日克，
还有英雄汗王赛麦台依，
紧紧相随奔向战场。

凯耐尼木杀死巨人克孜勒阿勒普

凯耐尼木骑着坎库拉骏马，
如同与劲风赛跑，
走在队伍最前面，
把众人甩得老远。
那坎库拉骏马从来不知疲倦，
刚才还在大家面前，
转瞬间跑得踪影不见。

黑心肠的哈勒别克，
给六个巨人捎信传令：
“你们不来我身边领命，
也没让我见到敌人踪影，
四个月我在此无事可做，
烦恼得让人坐卧不宁。

“你这个不是东西的克孜勒阿勒普，
要打起精神想想办法。
如果三十天内还抓不到赛麦台依一伙，
我就把你一刀宰杀。
两个选择你必须挑选一个，
不然的话，
我会斩尽杀绝你的全部人马。

“苏麦尔干和苏尔麦尔干，
你们的底细我全部知晓：
你们两个都是苏的儿子，
自不量力地去跟柯尔克孜交锋，
你们的人马已经所剩无几。

“你们出征也不和我打个招呼，
这样的结局是给你们的回报。
你们这是罪有应得，
我恨不得把你俩一口吞掉。
再把你们六座城里的臣民，
当作礼物送给别人，
让他们散居四方，永难回返。

“阿克木、沙克木两个巨人，
你们身穿铁制的盔甲，
自认还有一点威风，
没有得到我的同意，
就冒昧地上战场前杀后冲。
如果你们再不听我的号令，
就拿你们的鲜血当我最好的饮料，
就割下你们的头发做我的长矛红缨。

“再说骑着灰斑马的波荣拜，
你跟魔女交朋友，
从她那里得到一根铜鞭，
就自以为比别人技高一筹。
你竟敢把我也忘掉，
我要把你的血液吸空，
让你再骑着灰斑马东跑西窜，
不守分寸，擅自行动。
我要把你的眼珠挖出来，
再把你放逐戈壁，
让你死在旷野荒岭。

“我要先收拾你们，
然后再把柯尔克孜人严惩。
我不仅要杀死那些英雄，
还要向中亚和塔拉斯远征，
让他们在耻辱中灭亡，
让天下都知道我的威名。

“克孜勒阿勒普，

你要在三十天之内给我答复。
如果你克孜勒阿勒普丧了命，
其他的人要直接到我身边听命。
如果你们不听我的话，
就去跟柯尔克孜交锋，
那就别怪我刀不留情。

“阿依吐木什、秦额什两个汗，
我在这里向你们严正警告：
你们必须听从我的调遣，
否则我会把你们的臣民赶出家园。
那个能在戈壁滩上建城堡的居仁朵，
那个把你阿依吐木什推选为汗的居仁朵，
我哈勒别克照样会叫他一命归天。
秦额什汗你也听着：
我要娶你女儿绮妮凯做小老婆，
你若敢违抗，
我就把你往死里折磨。
如果我不能说到做到，
就让那阔扎拉神来惩罚我。”

六个巨人接到信函，
聚在一起把对策商量：
“我们与柯尔克孜战斗，
于情于理无不妥当，
但若与哈勒别克的意愿相悖，
他会在半天内置我们身亡。

“我们是否可以这样：
哈勒别克限定我们三十天回信，
我们现在就立马杀向战场，
克孜勒阿勒普不愿进攻这座山头，
那就由我们其余五个联手上阵。
如今我们反正都是一死，
与其死在哈勒别克刀下，
不如在与柯尔克孜的征战中阵亡！”

克孜勒阿勒普说道：
“我吃了两天的饭食，
可以在三十天内不再吃喝。
你们说的一点没错，
我们如果惹恼哈勒别克，
末日的厄运谁也难以逃脱。
由我来应付那些逃亡的柯尔克孜人，
把他们困在冰天雪地，
冻死饿死在那个山窝。”

克孜勒阿勒普吃饱喝足，
准备次日踏上征途。

正好就在这个时候，
黄脸死神凯耐尼木，
来到对面的一座山顶。
对面像甲虫般蠕动的一片人马，
进入了他的视线之中。
他的伙伴坎库拉骏马突然开口说话：
“凯耐尼木，我的主人啊！
你四肢发达，头脑简单。
徒有移山之力，缺乏计谋智慧。

“你手中没有兵器作战，
身上没有披挂战袍，
后背没有盾牌，
前胸没有护甲，
无铁盔遮挡头顶，
也没有战靴穿在脚下，
只有我这匹坐骑载着你在山谷奔腾。

“为了你能平安地克敌制胜，
请把我的话儿记下：
前面的山谷树高林密，
绿茵层层，
面积广大。
你要挑选一棵梧桐，

连根带梢一并拔下。
你把它横放在鞍的前头，
让敌人知道你威震天下。
向着前方那众多敌兵，
迅猛出击，横冲猛打。

“走在前面的是克孜勒阿勒普，
你复仇的目标首先是他。
要让人知晓你的神威，
最好一举把他拿下。
哪里有敌兵聚集，
我就要飞奔向哪，
因为我是你忠诚的坎库拉。”
坎库拉把一席话讲完，
就风驰电掣般奔驰向前。

骑在马背上的凯耐尼木，
把坎库拉的话儿记在心上。
他看到前方一棵梧桐，
转瞬间就到了它的近旁。
他抓住树梢用力一拉，
那枝丫大若羊圈的巨树，
被连根拔起。
他把梧桐横在鞍前，
坎库拉像插上了翅膀。

走在前方的那一队人马，
为首的正是克孜勒阿勒普。
为了不得罪哈勒别克，
他们要去把赛麦台依四人围堵。
为了能尽快斩草除根，
他的几万人马倾巢而出。

坎库拉跑起来风也追不上，
眼看着来到了敌兵的阵旁。
凯耐尼木把梧桐握在手中，
好像挥动起无数支矛枪。

此情此景惊天动地，
吓得敌兵无处躲藏。

有人被树梢打中一命归天，
有的腰被撞断哭爹喊娘。
有的四肢血肉横飞，
有的像砍倒的树干斜卧在地上。

有头颅离开了脖子的，
有抱着脑袋鼠窜的，
有一身血肉模糊的；
有坐骑活着自己死了的，
有自己活着坐骑死了的；
有被别人踩在脚下的，
有死了瞪着眼珠的，
有尸体侧身趴着的。
漫山遍野，布满了尸体，
无情的战争就是这样惨烈无比。

横冲直撞的凯耐尼木，
此时遭遇了克孜勒阿勒普。
克孜勒阿勒普看到凯耐尼木凶猛的来势，
好奇地瞪大了眼睛。

眼看凯耐尼木冲到了面前，
他顺手也拔出一棵梧桐，
挥动梧桐撕心裂肺高声呐喊，
向迎面而来的凯耐尼木冲去。

初生幼虎凯耐尼木，
无畏无惧，
挥动梧桐树迎敌。

两棵梧桐在空中根碰枝撞，
尘落叶飞，沙抖土扬，
地上的砂石被卷到半空，
发出阵阵刺耳的声响。

凯耐尼木打断了对方的树枝，
然后把自己的梧桐高举在肩上。
他正要向克孜勒阿勒普的头上猛砸，
只见对方伸手一挡，
也把打来的树梢紧紧抓上。
两个英雄你推我搡，
人腰般粗壮的树干从中间折断。

英雄们较量了一个又一个回合，
场面激烈，天摇地动，
直到今天还被千口流传万人传颂。

凯耐尼木这个少年，
此前从未上过战场。
小小年纪只有九岁，
今日首次出征，
与克孜勒阿勒普这样的强敌，
顽强拼杀毫无畏惧。

凯耐尼木挥动手中剩下的树干，
朝克孜勒阿勒普一次次打去。
突然发力一下打在他的脸上，
鞭杆那么粗的鲜血，
哗啦啦从脸颊喷流在地上。
该完蛋的这头野兽，
头上也未戴头盔，
却像一尊石人，
若无其事地挺立着。

少年雄狮凯耐尼木，
让坎库拉来回奔驰，
过去连打十下，
过来连打十下；
从前面连打十下，
从后面连打十下。
朝着前胸后背，

朝着肋骨脊椎，
连续不断迅猛劈砍，
打得顽凶有眼难睁。

该死的野兽克孜勒阿勒普，
难忍这雨点般的击打。
他束手无策，难以招架，
再也不敢强撑硬顶，
只得慌慌张张夺路而逃。

看到情势是这般模样，
其余六个巨人再不敢轻举妄动，
眼睁睁只得任凯耐尼木穷追猛打。
每次追上他就用树干一顿横扫，
直打得克孜勒阿勒普浑身鲜血流淌。

他顾了头顾不了尾边跑边躲，
他对性命已感到彻底绝望。
他抱头鼠窜，
步履踉跄；
他屁滚尿流，
一副狼狈模样。
他们俩就这样你逃我追，
一口气送走了九个夕阳。

他们你跑我追正难解难分，
忽然前面遇到一个地洞。
克孜勒阿勒普不顾深浅大小，
脑袋一伸就往里冲。
可他的后脑壳还未进去，
挥来的树干已狠狠地刺入了他的后颈。
恶魔的额头虽然钻进了洞里，
身子却像一头死野兽瘫软在地上。

凯耐尼木立刻跳下马背，
狠狠地骑上克孜勒阿勒普的脊背。
他把这头恶魔的躯体推向山坡，

把他的头颅抛入谷底。

凯耐尼木稍作休息，
便掉转马头向原路奔去。

听说直到如今，
那里只要下场小雨，
恶魔的眼眶就会积满两汪深水，
经过的动物野兽一不小心，
就会失足溺水而亡。

凯耐尼木连胜五位巨人

“前面好像是四个人影，
忽隐忽现，朦胧不清，
你们可知道那是何人？”

“是柯尔克孜的赛麦台依，
是他们骑着没有马鞍的马儿走来。
可见他们已恢复了元气，
已经重新振作起来。”

阿克木巨人听了秦额什的回答，
说了一句：“我要把他们全部俘虏！”
他催马扬鞭向前进发。
古里巧绕一言不发，
策马上前，挡住了他。

阿克木巨人见状火上心头，
心想你们还有谁敢把我阻拦。
他也不问来者的姓名，
拍马挥矛正面迎战，
只见马奔沙扬，土石飞溅。

古里巧绕从来就是个迎难而上的英雄，
阿克木巨人也不是个欺弱怕强的家伙。
他们挥动利器你砍我刺，
一阵厮杀，激烈异常。

古里巧绕用战斧砍向来敌的头颅，
阿克木巨人歪头躲过，
回头又用矛枪刺向古里巧绕。

一边是横眉竖眼，脸色铁青，
一边是筋暴肉凸，火冒三丈；
他们一会儿相互撕扯在一起，
一会儿又是长矛战斧叮当碰撞；
只听得人喊马嘶震耳欲聋，
直杀得天昏地暗日月无光。
他们从天亮杀到天黑，
又从天黑厮杀到天亮……

看到太阳从东方又升起来，
愤怒至极的阿克木巨人口吐唾沫，
他一声长吼，
高喊着自己的名字，
又一次驱马向古里巧绕杀来。
他想一矛刺中他的肾部，
挺起矛枪疯狂地直冲过来。

古里巧绕见对方这般架势，
心里生出几分紧张，
但他仍然掉转马头，
挥斧迎向冲杀而来的对方。

正在这时，
日落的方向突然沙卷尘扬，
跃出了一名骑马少年仿佛从天而降，
他一边拍马疾驰一边高喊，
那声音震天撼地令人惊慌：

“该死的野兽，
我就是凯耐尼木，
你这个骑灰马的家伙，
快快让路滚蛋，
如若不然，
你可悲的下场就在眼前！”
听到凯耐尼木的喊声，
阿克木巨人掉转马头迎了上来，
古里巧绕趁机回到了赛麦台依身边。

广阔的原野，
烈日当头炙热如焰，
在阿克木众兵丁的眼前，
阿克木与凯耐尼木，
又展开了一场激烈的拼杀。

他们先是抓住彼此的衣角，
然后用尽全身之力，
让骏马向着坡下一阵急跑。
接着他们又握住对方的手腕拉扯，
企图将对手从马背上一把掀翻。
两匹马被拉得跌跌撞撞，
无法向前只能左晃右摇。

突然阿克木找到了一个机会，
使出全身的力量，
向着凯耐尼木的心脏，
狠狠地戳出自己的长矛。
眼疾手快的凯耐尼木，
低头一闪，俯首卧鞍，
躲开了刺来的矛枪。
阿克木来不及勒住马头，
已经靠近了凯耐尼木身边。

凯耐尼木顺势伸手，
一把抓住对方的手腕，
顺手又夺下矛枪。
凯耐尼木掉转马头，
对着妄自尊大的阿克木，
掉转枪头用力一刺，
把他一枪刺翻，死于马下。

凯耐尼木跳下马背，
先剥下阿克木的战袍，
又解下他的盾牌及鞍具，
收获战利品一一装备自己。

唯有铁锤他嫌有些累赘，
就扔在了阿克木的身旁。

就这样，
克孜勒阿勒普和阿克木，
在凯耐尼木手下命丧身亡。
曾威武一时的两个巨人，
从此消失在人间。

凯耐尼木牵来阿克木的坐骑，
卸下了马背上漂亮的座鞍。
他一边卸一边端详察看，
这野兽坐骑的鞍鞯真是美观，
样样精良，配置齐全。

马鞍的前挡是白银铸造，
马鞍后挡的铜板金光闪闪；
马鞍的两旁是钢铁镶嵌，
两侧垂下的铁铸马镫，
磨砺得处处光闪耀眼。
整个鞍具结实坚固，
矛枪难刺进，
子弹射不穿。

他一件一件往光背的坎库拉身上武装，
不大也不小，
不长也不短。
好像是为坎库拉量身打造的一般，
凯耐尼木心中有说不出的喜欢。

剥下野兽那三层铁皮缝制的铠甲，
凯耐尼木把它穿在身上，
二十七个扣子扣得停停当当。
再把野兽那三十六个扣子的战袍，
也抖掉尘土披在肩上。
月牙战斧挂在腰间，
宝剑插入鞘中，

狼牙利矛紧紧握在手上。
英雄少年装备齐全，威风凛凛，
显出一派不可战胜的模样。

当时的沙克木巨人酒醉未醒，
还没有来到战场。
这时卫兵们来向他禀报，
告诉他阿克木已经阵亡。
沙克木一听怒气冲天，
立即扬鞭策马，
要与凯耐尼木血战沙场。

他们不分昼夜地厮杀，
铁锤与矛枪不断碰撞，
这边戳出的矛枪扑了个空，
那边打来的铁锤被阻挡；
这边的战袍被捅破，
那边的盔甲被刺烂。

金属撞击叮叮当当，
迸出的火花如四射的星光；
马蹄飞奔踏得大地不停震动，
沙飞石扬声音轰轰作响。
就这样英雄们格斗了两天两夜，
难解难分地混战在戈壁山冈。

突然，
沙克木将小毡房般大的铁锤，
高高地举向空中，
高喊着阔扎拉神的名字，
死命地砸向凯耐尼木的头顶。

他哪里知道，
面前这个九岁的少年，
是个力大无穷的英雄。
他举起的手腕被凯耐尼木一把抓住，
他只感到手腕像被铁钳夹住一般骨麻肉痛。

凯耐尼木一把夺取了对手的铁锤，
迅速地转过身去，
猛地砸向沙克木的头顶。
只见对手连人带马，
翻滚倒地，断气身亡。

凯耐尼木真是个英雄少年，
他对敌人毫不留情。
凡是遇到他的敌人，
没有一个能够逃脱性命。

逃回到哈勒别克处的人马，
告知了头人战死的消息。
还没等波荣拜跨上马匹，
苏尔麦尔干率先翻身上马杀向战场。

死了一个又来一个，
不知死活没完没了。

苏尔麦尔干武艺超群，
他战胜过许多英雄。
此时的他气急败坏，
紧锁眉头，火冲心肺。
他勃然大怒，策马加鞭，
疾风翻卷着他红色的战袍。

“听说来者是个少年，
他嘴上没毛必定战术缺少。
我一定要拿出固有的本领，
出其不备，刺出矛枪，
一下子把他从马背上刺倒。”

他在马背上暗自思忖，
眼里喷着一股股凶光，
同时张着洞开的嘴巴，
露出了他生吃活人的本相。

凯耐尼木不惊不慌，
看准矛头将刺近自己之时，
闪电般地抓住对方的矛杆，
歪身一拉，
没费吹灰之力，
轻轻地就夺过了他的矛枪。

玛纳斯的后代凯耐尼木，
动作敏捷如闪电一样，
他把夺过的矛枪，
瞬间反转刺向对方。

该死的仇敌苏尔麦尔干，
铁甲坚硬如同磐石一般。
只听“嘎嘣”一声，
刺来的矛枪反被折断。

苏尔麦尔干诡计多端，
又从腰间抽出宝剑，
一个横劈，
剑锋已到凯耐尼木眼前。

凯耐尼木从容不迫，
用自己的战斧挡开宝剑。
只听“叮当”一声脆响，
那宝剑被打得飞出了老远。

苏尔麦尔干哪里肯服软，
又拿起铁锤向凯耐尼木袭来。
“呵呵，看你还有几件兵器？”
少年凯耐尼木对他嘲笑一番。

受侮辱的苏尔麦尔干恼羞成怒，
他威风尽失，无地自容。
他拼命地举起铁锤，
向凯耐尼木又发起了冲锋。

面对打来的铁锤，
凯耐尼木用战斧挡开，
他一斧砍断了对方的手指，
苏尔麦尔干的铁锤飞落得很远很远。

自高自大的苏尔麦尔干，
此时已预知性命难保：
“与其白白死在对方的斧下，
倒不如设法保命逃跑。”

于是他转回马头拼命逃窜，
凯耐尼木挥鞭催马紧紧追赶。
他把手中的兵器件件收好，
一把抓住逃敌的战袍。

他把苏尔麦尔干的六层铁甲，
拉过来挂在自己的鞍镫之下，
然后又夹绑在坎库拉的尾部，
扬鞭催马让坐骑在旷野跑上奔下。

坎库拉连人带马拖拉着苏尔麦尔干，
越岩跨石飞速奔跑。
苏尔麦尔干就这样被活活拖着，
被拖得头破血流，声断气绝。

敌人看到此情此景，
无不绝望，万分惊恐。
仿佛末日已经到来，
手足无措，不知东西。

“我的弟弟就这样死去，
我们一定要为他雪恨报仇。”
苏尔麦尔干的哥哥，
心如刀割，顿足捶首。
他手握矛枪身跨黑马，
自知力单又毫无办法。

他此时此刻六神无主，
硬着头皮又冒死冲杀。

力大无比的凯耐尼木，
什么强敌也难抵挡。
此时英雄气血旺盛，
只觉得来者连自己的裤脚也不如。
任凭来者骑马逼近，
他立马横枪未动半步。

仇火正烈的苏麦尔干，
哪还顾得畏惧和害怕，
挥动长矛猛刺过来，
少年凯耐尼木仍像大山般挺立。

他等苏麦尔干再次挥矛，
才举起战斧砍将下去。
只听“噼里啪啦”的响声，
他一斧砍中，
苏麦尔干的矛枪断成了几截四处迸飞。

有谁能抵住凯耐尼木的战斧？
苏麦尔干早被吓得屁滚尿流。
他向着河边狼狈逃窜，
浑身上下直冒冷汗。
胯下的黑马也喘着粗气，
鬃毛和尾毛也散如乱草，
在寒风中向四方飘散。

苏麦尔干脸面丢尽丑态毕现，
怎经得起凯耐尼木策马追赶。
凯耐尼木一把揪住他的衣角，
正准备系向自己的马鞍，
此时波荣拜恰好也赶了过来，
他的坐骑灰斑马快如轻烟。

“来自柯尔克孜的凯耐尼木，

我要让你一败涂地，
我要让你片甲不留。
我要向你讨还血债，
我要让你一命呜呼！

“你有什么能耐，
凯耐尼木，
高低强弱你我一战才能决出。
我会像烈火一样把你烧成灰烬，
我会让你吓得屎尿满裤，
我要让你知道我的威力，
我会让我的部下得到保护。

“我可以对你发誓打赌，
如果我不能为死去的兄弟们报仇，
那就让我命丧荒郊野土。
你的底细我已打听明白，
你就是布鲁特的徒子徒孙。”

波荣拜狂喊乱叫，
不让凯耐尼木追赶苏麦尔干，
挥舞着一根铜鞭挡住去路。

凯耐尼木心中暗想，
你的铜鞭算得了什么？
他若无其事静静站立不屑理睬。

正当铜鞭打过来的一刹那，
通人性的坎库拉向前迅猛躲闪。
那鞭梢打在马后凸起的黑岩石上，
黑岩石顿时化为铅色黑水，
流向了低处渗入地面。
再看流经的黄土细沙，
立刻升起一股白烟。

一鞭落空的波荣拜哪肯甘心，
他心想：“我今天决不放过你，

一定要把你抽死在此地。”
说时迟那时快他又是一鞭，
向着凯耐尼木打了过去。

看到眼前这惊人的景况，
凯耐尼木知道了铜鞭的厉害与秘密：
“这铜鞭如火蛇能把岩石熔化，
它落在人身上会把人烧焦。
我一定要步步小心处处提防，
决不能让他抽到我的身体。”
想到这里他猛然戳出矛枪，
一下子击中了对方的膀臂，
那铜鞭被挑飞到一旁。
矛枪杆被铜鞭碰到了，
顷刻间也燃烧般地冒出浓烟。

波荣拜急忙策动他的灰斑马，
闪电般又捡起了飞落的铜鞭。
他接连又向凯耐尼木挥鞭六十多次，
每一鞭都被少年灵巧地躲过。

此时古里巧绕赶来助战，
这架势他看在眼里急在心间。

“凯耐尼木，你听我说，
我这里带来了色尔矛枪，
这是阿依阔勒玛纳斯留下的宝物，
它有着无敌的神奇和力量，
什么铜鞭也不能把它斩断烧坏，
它柔软若藤，坚固如钢。
它一旦击中那把铜鞭，
就能与铜鞭绞连在一起，
最终把铜鞭夺到你的手上。

“你快接上这杆矛枪，
用它夺回波荣拜的神鞭，
使他失去与你较量的力量。”

古里巧绕一边说着神枪的来历，
一边把神枪递到少年英雄的手上。

波荣拜在一旁也听得明白，
其实他早已听说过这支神枪。
如今见到神枪寒光闪闪，
知道端底的他顿时心慌神丧。

“来自契丹该死的奴仆，
他把色尔神矛给了凯耐尼木，
难道我就要失去这把铜制的神鞭？
难道我就要束手就缚？

“那个环绕过地球、见多识广的女妖，
她曾对我说过铜鞭要远离色尔矛枪，
这是玛纳斯遗留下的神枪，
铜鞭对它也会失去神奇的力量！
女妖是我要好的朋友，
她的告诫必有道理。”

波荣拜又转念一想：
“玛纳斯早已进了坟墓，
矛枪的魔力也许已经消失。
在这红嘴绿眼狂妄的少年面前，
我怎能顾惜自己的生命？”
想到此只听他一声狂叫：
“凯耐尼木，
我要吮吸你的鲜血，
我要夺走你的小命！”

波荣拜催动灰斑马，
飞快上前挥起铜鞭
他口念咒语魔法，
挥动铜鞭，
好似刮起龙卷狂风。

他把铜鞭向左边打来，
好似敲鼓响声咚咚；
他把铜鞭向右边打去，
如同火枪射击噼啪连响；
他把铜鞭向前方打去，
呜呜哼哼像狗熊嚎叫；
他把铜鞭向后方打去，
像饿狼嚎叫声声悲鸣；
他把铜鞭在空中不断狂舞，
天地之间现出怪象重重：

一会儿成群的公驼在奔跑，
一会儿几头雄狮追逐腾空；
一会儿天空中鬼魔乱舞，
一会儿地面上烈火熊熊；
一会儿眼前洪水滚滚，
一会儿电闪雷鸣如地裂天崩……

看到铜鞭的这般威力，
巨人们的众兵丁知道神鞭法力无边，
战胜对手大有希望。

波荣拜高喊着自己的名字，
不停地把铜鞭来回挥动，
向凯耐尼木左杀右冲。
玛纳斯的儿孙凯耐尼木，
泰然应对不慌不惊。
他把对手看得连裤脚都不如，
他决心要把这个恶魔战胜。
他把祖父留下的色尔矛枪，
拿在手中左右一挥，
刚刚出现的那些幻景——
鼓声、枪声，
饿狼、狗熊，
狮子、公驼，
水火、雷鸣……
眨眼间全部匿迹销声。

波荣拜把铜鞭打了过来，
正巧与矛枪碰在一起，
一没生烟二无火起，
铜鞭失去了它的魔力。

凯耐尼木向回一拉，
铜鞭脱离了波荣拜手中，
一直向凯耐尼木身后远飞。

眼看铜鞭就要落地，
古里巧绕飞箭般向前，
他一下把铜鞭挑在矛尖，
使它没再能施展魔力。

“给你，孩子，拿着它吧！”
古里巧绕把铜鞭递到少年手中。

“凭这个战胜敌人？
斗顽凶只靠兵器，
懦夫才信这些道理！
爷爷，我不要它，
还是把它留给你老人家。”

古里巧绕见少年不肯接受，
他又反复叮嘱了几句：

“你看那骑着灰斑马的波荣拜，
像云朵一样正在逃去，
你为啥不以他的铜鞭，
以牙还牙进行反击？

“凯耐尼木，我亲爱的晚辈，
我的话儿你为何听不进去？”

凯耐尼木没有带上铜鞭，
向着波荣拜穷追猛撵。

波荣拜往上坡奔跑，
他没有能够逃脱追赶；
波荣拜往下坡奔跑，
仍还是未能躲过追杀。
无论丘陵还是平地，
凯耐尼木穷追不舍，
坚决不让顽敌逃脱。

穿越森林涉过江河，
跃上悬崖绕过山窝。
两个仇敌你跑我追，
波荣拜总难把少年英雄摆脱。

马不停蹄人眼未合，
一粒米也未进嘴，
一口水也未饮喝，
他们整整跑了四十个日日夜夜，
把地球绕过了四圈还多。
灰斑马累得四蹄难动，
强壮的凯耐尼木仍穷追不舍。

“眼前只剩下一条活路，
那就是立即钻入地下。”
绝望的波荣拜来不及多想，
他已经再无别的办法。

他口念咒语施展魔法，
大地开裂，
他策马跳下。
眼看着那地缝即将闭合，
倔强的凯耐尼木欲尾随追下。

他正要加鞭催促坎库拉，
坎库拉却开口讲起了话：

“我的英雄凯耐尼木，
我要对你说几句话，

波荣拜今日失去了铜鞭，
从此再不能钻出来回到地面。

“你的大哥阿勒木萨日克，
你的大伯古里巧绕好汉，
特别是你的祖父赛麦台依雄狮，
还有年迈的巴卡依汗，
你的目的是要解救他们，
他们的处境仍很危险。

“若不尽快从哈勒别克手中救出他们，
我们的前景就难以推断。
也许你还没有意识和觉察，
我们走出的路程比通常三个月还远。

“黑心肠的哈勒别克，
可能还把他们围困在原处。
为保存性命走出困境，
他们也许正在艰难地轮回应战。
你千万不能图一时义气，
把自己的使命丢在一边。

“三个月的路程，
我可以三天走完。
因为谁能知道，
敌人将会给他们带来何种灾难！
我们必须尽快赶回战场，
解救出他们，防患于未然。”

凯耐尼木听罢频频点头：
“坎库拉你说得对，
我从塔拉斯出征，
不就是为了救他们吗？”
话未说完就已掉转马头往回返。

让我们把这段先放到一边，
接下来就让我唱一唱，
凯耐尼木怎样杀死了哈勒别克。

英雄凯耐尼木勇除众恶魔

赛麦台依四英雄大战哈勒别克

骑着黑斑骏马的哈勒别克，
是个吸血鬼般的魔王。
此时他来到战场前，
张口乱叫，大放狂言：

“喂，你们四个听着，
波荣拜与凯耐尼木，
他们两个谁也不会再回返。
波荣拜生性奸猾，智多谋广，
他一定会把傻小子凯耐尼木成功诱骗。
他们都会钻入地下，
在那个黑暗的世界继续对战。
地下世界有七个部落的女妖，
她们不会让凯耐尼木那小子得以生还。

“我不想等待有去无回人的消息，
你们几个快来送死，
现在就与我在此决战。

“如果你们感到被辱，
那就一个一个地来与我对决，
后面的还可以看到你们是怎样一一完蛋的。
要是你们谁也不敢首先应战，
那就一起上来吧，
我一刀让你们同离人间。

“什么叫英雄好汉，
就在我这魔王的身上，
你们睁眼瞧瞧看看！”

哈勒别克怒吼狂喊，
巴卡依老人却趁机把战场仔细察看。

空吾尔巴依、希普夏依达尔，
涅斯卡拉、穆拉迪勒等人，
交战前巴卡依都曾把他们明察细辨。

独眼巨人玛德罕，
涅斯卡拉和助巴塔依，
他们的能耐巴卡依一经察看，
一一都在掌控之中。

那一类身躯高大的巨人，
那些壮得马匹也驮不动的大力士，
像巴努斯和朵汗，
索克索、索托依等大力士，
巴卡依见过的也不在少数。
在攻打别依京的战争中，
在众多激烈的战斗前，
巴卡依也都有一套丰富的观察经验。

别什库拉克和额拉玛，
芒格特的巴迪阔勒，
萨尔特巴依等这些疯子，
巴卡依也都能一眼识破。
谁能一顿吃几只羊腿、几个馕，
他一眼也能看出个八九分模样。

无论是在阔阔托依的祭典上，
还是在人山人海的集会上；
无论是月亮和太阳碰面交接的朦胧时刻，
还是在人马混战的火线前方；
无论是骨瘦如柴、身小如蚁，
还是健壮如牛、高如山冈；
都没有巴卡依老人分辨不清的勇士，
无论他们如何变化多端，

都难逃巴卡依老人的慧眼。

是庸人、是勇士？
是阴谋家、是鲁莽汉？
他都能一眼看穿。
可是像哈勒别克这样的家伙，
巴卡依老人还是第一次遇见。

哈勒别克的身材：
下身细，上身宽，
那大力士的标志十分显眼；
再看那塌鼻梁和大圆脸，
标志着他三天三夜不合眼，
也不会有丝毫疲倦；
他四肢发达，体格刚劲有力，
就是连续奔走四十天，
也不会脸白气喘腿打战。

他前额凸出，眼睛深陷，
一定诡计多端心黑手辣，
内心没有星点温情可言。
他肩胛骨粗厚，腰部很短，
长长的手指，粗壮的手腕，
他手臂的力量强大不可低估。

看到他的外表，
巴卡依不免心烦意乱：
“与这个骑着黑斑马的哈勒别克交战，
别说把他战胜，
能不丧命也要感谢苍天。”

这是巴卡依心里的话语，
他心中那份忧虑和烦躁，
当然不会让旁人看见。

血腥味十足的哈勒别克，
目中无人狂妄自大，

根本不把这四位英雄放在眼中，
他好像有眼无珠，
仍然在不断高声叫喊。

巴卡依老人心里琢磨，
如果凯耐尼木此时能够赶来，
只有他有足够的力量与哈勒别克交战。
正在此时，
阿勒木萨日克挺身而出，
他一脸锐气，向巴卡依请缨，
希望巴卡依准许他上前应战。

看到一个小孩子冲杀而来，
哈勒别克怒气冲天：
“他们把我看得像常人一样，
我要对他们大显神通，
我要让这些柯尔克孜知晓，
他们的末日已降临头顶！”

他先让阿勒木萨日克挥矛刺来，
对着来人他指着鼻子大吼一声：
“我要让你死而无悔！”
那汹汹的架势，
活像将要啄食烂肉的秃鹰。
他挺着胸膛不眨一眼，
那眼睛像冻死的牛眼一样圆睁。

年轻的勇士阿勒木萨日克，
武艺高强，毫不畏惧。
他鞭策托托茹骏马，
双手端起矛枪，
朝着哈勒别克的右肩，
凶猛地戳去。

该死的野兽哈勒别克，
身子一歪，差点翻下马鞍，
但很快又挺身坐直，

他心里一惊：
“这个小子不简单。”

雄鹰般年轻的勇士阿勒木萨日克，
高呼一声：“有本事再来！”
又挥动矛枪，
刺向巨人身体的左边。

哈勒别克猝不及防，
身子一歪急忙躲闪。
连挨两枪的哈勒别克提高了警惕，
他不再大意，认真应战。

当阿勒木萨日克又直面杀来，
哈勒别克毫不相让，
闪电般地抓住了刺来的矛杆。
他一用力把矛枪夺到了手中，
然后猛一反转，
把矛枪刺向了阿勒木萨日克的胸前。

阿勒木萨日克急忙又用战斧挡开，
“咔嚓”一声，
那矛枪瞬间被撞成两段。

随着矛尖箭一般飞向空中，
哈勒别克也急忙丢下了枪杆。
他立即举起自己的矛枪，
刺向少年，威力无边。

观战的勇士们惊得几乎停止了心跳，
赛麦台依更为孙儿的性命焦急万般。

玛纳斯的后代，
年轻的阿勒木萨日克，
他战术灵活非同一般。
当对方的矛枪向胸前刺来，
他身贴马鞍迅速躲闪。

使哈勒别克的矛枪空刺而去，
他的身体毫发未损。

没等哈勒别克转过头来，
阿勒木萨日克紧逼其后，
手持战斧，横劈竖砍。

叮叮当当，
战斧不停地砍在巨人的头盔上，
使哈勒别克无法睁开双眼。

骑着托托茹骏马的年轻的英雄，
高喊着玛纳斯的口号，
一连砍了九十战斧，
哈勒别克依然毫发未伤。

哈勒别克终于找到了反击的机会，
他长矛一挥反转一挑，
将阿勒木萨日克轻轻挑起，
像帽子一样抛向空中，
远远地落向身后的草地。

“再刺一下他将会死去，
年轻的英雄就没了性命。”
古里巧绕想到这里，
策马飞驰，奔向阵前，
把阿勒木萨日克救回营中。
古里巧绕横站在哈勒别克的面前，
细心地打量起这个顽凶：

他口喷怒火如盛夏燃烧的骄阳，
他眼冒凶光如严冬雪山的寒风；
他一脸狡诈似深藏草丛的毒蛇，
他狂奔战场像年壮发情的公驼；
他大声呼喊能使大海翻波，
他双脚跺地可让江水潮涌。

“怪不得他能管得住七个巨人，
原来他是个吸髓喝血的魔王。”

哈勒别克面对古里巧绕，
双眼喷出赤红的火焰，
火焰灼烧着他刺出的矛杆，
“噼啪”作响，冒着烟火。
看到此景谁不害怕，
与他交战谁能不把命丧。

阿勒曼别特的儿子古里巧绕，
战胜过多少英雄好汉。
哈勒别克算得了什么，
他与空吾尔巴依交战，
曾使对方一命归天。
他收拾过涅斯卡拉，
从佳番来的克孜勒乌尤克，
也未在他的手下幸免。
他曾把青阔交和托勒托依，
从天上摔到地下，
让他们头颅落地，鲜血流干。

身经百战的古里巧绕，
见到无敌英雄哈勒别克，
竟冒出了一身冷汗。

他心想：“我不能让他阴谋得逞，
不能让他活在世上再伤人害命。”
古里巧绕晃动矛枪，
高喊出玛纳斯雄狮的口号，
口中呼出的热气在心头上缭绕，
威武英姿气贯长虹向前杀冲。

两个武艺高超的英雄，
同时舞动矛枪，
矛尖与矛尖对撞，
一簇簇火星迸发在空中。

在旁边观望的兵丁，
见识了什么叫英雄拼命。

两个人都是身经百战的英雄，
谁也不让对方轻易得手。

古里巧绕沉稳冷静武艺高强，
一招紧似一招，
一式狠似一式，
他连续快刺要命的几枪，
哈勒别克没有一点惊慌。

就这样英雄和英雄交战了三天三夜，
古里巧绕击枪手臂发力沉闷，
哈勒别克却越战越勇猛。

又一轮厮杀拉开阵势，
哈勒别克步步紧逼。
他猛然挡开古里巧绕的长矛，
顺势回手猛刺一枪，
古里巧绕中枪肩胛骨被刺中。

古里巧绕轻轻叫了一声，
双手去紧抓坐骑的颈鬃，
臀部在马鞍上也向旁一歪，
双脚滑出了坐骑的鞍镫。

哈勒别克正要转身抽刀，
阿依阔勒的儿子赛麦台依，
犹如饿虎下山一样猛扑而上，
横枪向哈勒别克拦截杀冲。

只听他高呼着玛纳斯的口号，
像雄狮一样凶猛，
像阿勒普神鸟一样敏捷。
他鞭策布茹勒骏马飞速奔跑，
势如飓风，锐不可当。

骏马四蹄生风腾空而起，
只见沙尘滚滚，
似天神从天而降。
他将玛纳斯留下的色尔矛枪，
奋力刺向对方。

对方的黑斑马也腾空一跃，
钢矛刺到了马前腿的中间。
那黑马前腿跪地瞬间又猛地站起，
哈勒别克仍稳坐马背毫无损伤。
这长矛没能使赛麦台依刺中目标，
他心中感到遗憾无比。

“该毁灭的世界啊，
到处是一片黑暗。
父王留下的色尔矛枪呀，
你的神威今日为何没有显现？”

哈勒别克刚刚如醉酒般一阵晕眩，
霎时间又惊醒过来，
睁开了双眼。

他望着赛麦台依大声问道：
“你身高如山，耳大如盾，
这位英雄你是何人？
你唇髭刚硬，满面红光，
说出你在柯尔克孜人中的名分！

“你面色如血，双眼闪光，
潇洒英俊令人羡慕，
英俊的小伙子，你是何人？

“你的胡须根根竖起，
显示着你勇敢的气质。
你的面色像油饼一样发光，
这位勇士你是何人？

“你的牙齿洁白发亮，
你的雄姿活像白色公盘羊。
你如同神灵降临令人敬畏，
你像阿拉套山一样雄伟，
你是谁，请说出你的姓名！

“你容光焕发，神采飞扬，
你的光彩令人眼花缭乱。
请你说出你的身份，
你的家乡又在哪边？

“你的民众是什么部落，
你给我说清你的来历，
你不是一个平庸的人，
从你的外貌就可以分辨。”

赛麦台依高声回答：
“难道你不知道谁是你的祖宗，
你不是头畜生就是傻子。
请你听清记个明白，
我的父亲是玛纳斯，
赛麦台依就是本人的名字。”

听到“我的父亲是玛纳斯，
难道你不知道谁是你的祖宗”！
气急败坏的哈勒别克，
七窍生烟，怒火升腾。
他一时找不到合适的对话，
气得浑身不住地抖动。

他宝剑出鞘握在手里，
加鞭策动黑斑骏马向前腾跃。
眼里喷射着愤怒的火焰，
愤怒的吼声可使石头迸裂。

“你这个妄自尊大的赛麦台依，
竟敢在我面前自吹自擂。

我要把你砍成两段，
要使你的民众四处流浪；
我要把你的坎阔勒和塔拉斯踏平，
让它变成寸草不长的荒滩；
我要把戴白毡帽的柯尔克孜斩尽杀绝，
使你的部落彻底完蛋。

“你说你父亲叫玛纳斯，
你以为我就害怕了吗？
你难道真是我的对手？
你将死在这里，你知道吗！”
哈勒别克话未说毕，
就已劈下他的宝剑。

赛麦台依手持战斧，
那月牙斧刃宽如门板。
他一挥斧挡开对方的宝剑，
那宝剑左右而飞被砍成两半。
没等哈勒别克再拿起兵器，
赛麦台依朝着他的头部一阵猛击，
九层厚的头盔碎成了几瓣。

哈勒别克忍着疼痛，
又举起铁锤应战。
他朝赛麦台依头顶狠狠砸下去，
却被这边的战斧向上一挡，
铁锤的把柄又被撞断。

接连失去了宝剑和铁锤，
倍感耻辱的哈勒别克，
又举起他的月牙战斧，
拼死还要再战。

赛麦台依策马应战，
两人如同发情的公驼一般。
你死我活不停地厮杀，
观战的兵丁全都瞪起双眼。

你来我往，难分胜负，
战斧碰击战斧，
响声叮当震耳欲聋。

英雄们又战斗了几十个回合，
突然哈勒别克的战斧杆被撞断，
赛麦台依的战斧也同时从手心中滑落。

哈勒别克立刻又挥动矛枪，
朝对方的腰部狠劲刺戳。
赛麦台依未来得及躲避，
屁股从马鞍上一歪，
双脚从马鞍镫上滑脱。

布茹勒骏马也四蹄不稳，
斜倒在地上，
赛麦台依右手按地，
用力过猛，臂膀骨折。

没让哈勒别克转回马头刺杀过来，
年轻的阿勒木萨日克，
高喊着玛纳斯的口号，
又重新冲入阵中。
古里巧绕没有袖手旁观，
他一把抓住布茹勒的马缰，
把赛麦台依扶上马背，
救回自己的大营。

“这是刚才来过的那个小子，
他确实还有一点力气，
若两个回合打不退他，
怎能显示我的威力？”
哈勒别克心想到此，
咬着嘴唇策马杀来。

阿勒木萨日克沉着应战，
挥起战斧把他的矛枪挡开。

刺出的矛枪竟被小毛孩挡住，
哈勒别克感到羞愧难当。

“我一定要杀死这小子，
让他从这个世界上消失。”
他立刻从剑鞘抽出另一把钢剑，
猛吸一口气又杀向对方。

阿勒木萨日克心中盘算：
“我要用战斧抵挡住那宝剑，
我要仔细看准时机，
一定要把他的脑袋劈碎。”

哈勒别克此时挥舞宝剑，
阿勒木萨日克稍有迟缓没能挡开，
锐利的宝剑砍中了右臂，
只剩下一拃长的皮肉相连。

在一旁观战的古里巧绕，
立刻策马飞奔赶来，
把阿勒木萨日克救回，
哈勒别克仍猛追不放。

古里巧绕刚把阿勒木萨日克交代给巴卡依，
哈勒别克已挥剑近前，
古里巧绕回头一看，
眼疾手快奋力躲闪。

他一侧身紧贴马胯，
那闪亮的钢剑劈了个空。

哈勒别克左劈右砍，
古里巧绕灵巧躲闪，
没让其砍中一剑。

哈勒别克虽武艺高超，
此时此地也没了招数。

他心烦意乱胡思乱想：
“我要凭力气快速把他拿下。

“他们四人两个已经受伤，
那个老头儿也弱不禁风，
只有这阿勒曼别特的儿子古里巧绕，
难道他能与我势均力敌？”

他咬紧嘴唇，急不可待，
鞭催黑斑骏马，
又抖擞精神疯狂杀来。

老天爷别让我们看到那种场面，
让这个恶魔将古里巧绕战胜。
眼见到此景即将出现，
巴卡依老人再无法顾及自己的年龄。

我此刻无法表达老人的勇敢和智慧，
只见他向着哈勒别克策马迎面冲去。

在巴卡依的战马即将到达之时，
在古里巧绕眼看被刺翻马鞍的瞬间，
四周突然响起震天的玛纳斯的口号。
霞光似火燃烧，
红彤彤的天空雷鸣电闪。

要知哈勒别克性命如何，
且听我慢慢唱来。

凯耐尼木杀死恶魔哈勒别克

就在这千钧一发的时刻，
少年英雄从天而降。
天空传来凯耐尼木清晰高亢的呼声：
“巴卡依和古里巧绕爷爷，
你们快闪开返回，
我要哈勒别克领教我的本领！”

听到凯耐尼木的声音，
听到玛纳斯的威名，
哈勒别克头晕腿软，
古里巧绕趁势脱离了险境。

哈勒别克转身一看，
满天都是尘埃，
天空骤变阴暗，
刚才晴朗的天空，
现在阳光已不见。
只见凯耐尼木策马而来，
气势威武如山。

悔恨未能杀死古里巧绕的哈勒别克，
这个黑心肠的吸血鬼，
此时怒火冲天像一头受惊的野兽。

“他身后扬起的是漫天尘土，
还是洪水的浊浪汹涌扑来？”
看到眼前如噩梦般的情景，
哈勒别克恐惧得自言自语，
话语唠叨却没有说清。

对迎面而来的凯耐尼木，
他恨之入骨怒目圆睁，
接着又张开大嘴一顿狂叫，
声嘶力竭，如疯狗狂吠：

“凯耐尼木，我也是一条汉子，
顶天立地，像你一样。
你四十多天逃跑在外，
究竟去了什么地方？

“巨人克孜勒阿勒普，
阿克木、沙克木两个巨人，
还有苏尔麦尔干，
我要为他们报仇！

“苏的儿子苏麦尔干，
骑着灰斑马的波荣拜，
你要给我找回他们，
否则要你头破血流。

“我要宝剑染血，
把你严厉惩罚，
我要砍掉你的脑袋，
我要剖开你的肚子，
我要你四肢分离，鼻脸开花。

“如果我做不到这些，
就让我在世界上永远失踪。
为了夺取你的小命，
我不惜流血，不顾性命！

“我要喝尽你的鲜血，
我要把赛麦台依和古里巧绕，
还有阿勒木萨日克和巴卡依，
一个一个全都杀死。

“我要血洗你的塔拉斯，
把你们的城池夷为平地。
我要把你们柯尔克孜人斩尽杀绝，
在这个世界从此绝迹。

“我要让柯尔克孜无家可归，
我要让你们的女人变成女奴，
我要把你们的少女变作下人，
我要把你们所有的男人变为奴仆。

“我要把你们的战马统统杀掉，
把你们的牲畜归我所属。
让你永远带着耻辱，
从这个地球上永远消失。”

该死的狂徒挥舞着矛枪，
震耳的嚎叫在空中嗡嗡作响。

“凯耐尼木哪怕是座大山，
我今天也要把他掀翻。”
他的矛枪凶猛刺来，
凯耐尼木不慌不惊。
他敏捷地抓住对方的矛枪，
矛杆的那端仍在哈勒别克手中。

他们互相拉扯没完没了，
“咯嘣！”矛枪杆从中间折断，
世上的英雄就是这样武艺超群，
你怎样颂扬他们都不会过分。

两个好汉的长腿磕打着马肚，
催促着战马向前冲锋。
这个杀来，
手中挥舞的战斧宽如门板；
那个劈下，
手中高举的宝剑快若闪电。
斧劈头盔叮当作响，

剑砍铠甲寒光闪闪。

胯下的骏马不停地奔跑，
身披的战袍在空中轻飘。
他们昼夜不分连续作战，
谁也看不出有一丝疲劳。

助战的人马潮水涌动，
战鼓阵阵震耳欲聋。
兵器撞击声声响个不停，
漫山遍野尽是人马。

天地仿佛都在震动。
大地开裂，岩石飞迸，
这边裂缝黑水喷流，
那边火燃岩浆涌动。

晴空突然阴暗，
大地浓雾蒙蒙，
尘埃恼怒撒泼，
空中浊浪翻腾臭味难闻。
风吹不散的迷眼大雾，
山岭仿佛陷入黑暗之中。
这样的情景以前从未发生过，
是否要天地做证，
这样才能把雌雄决断？

阿勒曼别特的儿子古里巧绕，
他懂得各种法术。
他用卡勒玛克人的魔法，
使天空刮起一阵狂风，
接着又下了场倾盆大雨。
太阳出云，天空变晴，
广袤大地，清明如洗。

凯耐尼木和哈勒别克，
拼死搏杀大气不喘。

到了远方的山地，
坎库拉和黑斑马，
奔跑得大汗淋漓。

他俩丢下兵器相互厮打，
在马背上抓住对方的手臂。
你抓我拽互不相让，
揪住衣角拉来扯去。

他们把缰绳压在鞍镫下面，
信马由缰，任马腾飞。

双骑跳过悬崖，越过山岭，
坎库拉和黑斑骏马，
不畏山高水急，
像羚羊一样奔跑腾越。

恋战的两个英雄，
难解难分，昏天黑地。
马跑累了又双双跳下马背，
徒手一比高低。

他俩紧扣着对方的腰板，
彼此狠劲地扭来摔去。
头上没了头盔，
下身卷起了裤腿，
两人彼此扭成一团，
相互厮打对方的要命之处。
嘴角淌血，汗流浃背，
筋骨扭伤，肌肉肿胀。
他们每咳一声，
都吐出一个血块。
那些围观的人们提心吊胆，
感觉到宽广的世界变得越来越狭窄。

徒步扭打也难决高低，
他们又一一骑上马背。

许多自高自大的勇士，
平时看来像一座座山冈，
但今天看到这二人的威风，
都对自己感到了失望。

此刻，哈勒别克说道：
“凯耐尼木，你听我说，
从我离开军营跟你交锋，
已经过了十五次天黑，十五次天明，
肚子已经咕咕作响，
我想吃顿饱饭再战，
你看是否可行？

“自从城堡出发以来，
我没有吃过一口饭。
吃一顿饱饭，再睡三十天，
这是我多年养成的习惯。

“凯耐尼木，
你是柯尔克孜中诞生的英雄，
你是跟我势均力敌的黄脸死神；
你是天鹅飞不过的山峰，
你是能吞食一切的洪水猛兽；
你是不能推翻的高山峻岭，
你是六十个部落阿拉什的保护神，
你是受人敬仰的豪杰枭雄。
在这广阔无垠的世间，
只有你可以跟我比肩争雄。

“凯耐尼木，
那红脸巨人克孜勒阿勒普，
阿克木、沙克木和苏尔麦尔干，
杀死前者你用了六天，
干掉后者你用了两天。
虽然你这么厉害，
但没有把我打败掀翻。

“现在我们的兵器都已损坏，
战衣也都扯烂，
坐骑口渴劳累，
人也筋疲力尽，
滴水粒米未沾。

“等我休息回来，
再把你一口吞掉！
我要磨砺长矛，
我要缝补战袍，
我要把宝剑淬火，
并在毒水中浸泡，
我会把你的脑袋砍掉！

“我会修好战锤，
让你死得难看；
我将弄好战斧，
让你一命归天。
盾牌和头盔，
当然也要修好。
我要把新的盔甲披在身上，
以便与你酣战。
我要早日取下你的头颅，
不会让你多活一天！

“九层密织的铁战衣，
那两排铜扣我将扣牢。
等我准备好这一切，
我的厉害要让你真正知晓。
什么是神力，
什么是英雄，
我要你从我的身上感受和领教。

“你有多大本事，
到时候我倒要看看。

“你跟我一起走吧，
吃住都由我全包。
你也要填饱肚子，
不要不好意思。”

只听凯耐尼木斩钉截铁地答道：
“哈勒别克，你走就走吧，
要说话算数，别失言逃掉。

“谁想吃你的饭呀，
给我的狗吃它都不要。
你要给我保证做到，
吃饱喝足睡三十天觉。
四十天后返回这里，
咱们再决一雌雄低高。

“现在我允许你离去，
是不想听你胡言乱语。
留下你编造的谎话，
别说我趁你饥饿占了便宜。

“它将是你今生最后一次进餐，
你一定要吃饱喝足，
不要留下遗憾。
你要把你的遗言留下，
以后你将没机会再说。
这可不是对你的恐吓，
快去快回，哈勒别克！”

白须老人巴卡依，
英雄赛麦台依和古里巧绕，
还有阿勒木萨日克四人，
凯耐尼木走来向他们请安问候，
他们一起走进了毡房。
长征久战的凯耐尼木，
感到了饥饿，感到了疲倦，
也得以舒服地饱吃一餐。

从牲畜的胆汁到鱼的胆汁，
名医配足了四十种药。
他们扶着凯耐尼木，
为少年疗伤，让英雄睡眠。

给他披上找来的水牛皮，
给他涂上乌龟肝浸泡的药液。
既有克尔玛克孜勒①，
还有卡依那特玛卡拉药②，
全都敷在他的伤口上。

巴卡依老人守护在他的身旁，
卡妮凯配制和用过的良药，
也全都给他服下滋养。

过了几天，
凯耐尼木伤痕已痊愈，
吃饱喝足睡够，
身体倍觉强壮。
那积在体内的毒液，
早已随汗水排得精光。

赛麦台依的手臂也已康复，
他也正想再与仇敌较量。

四十天期限已到，
哈勒别克将四十碗烈酒痛饮。
他酒力大发心血来潮，
命令侍从快快鞴马，
他要出征把仇人拿下。

该死的野兽骑马出征，
威风凛凛，盛气凌人，
矛枪作响，似雷鸣电闪，

①②：柯尔克孜语，均为民间传说的药名。

马蹄声声，尘土如烟，
树木摇动，大地震撼。

他的眼睛闪射出火焰，
似乎要把大地燃烧；
他的嘴巴吐着热气，
像是滚滚涌出的热浪；
他策动黑斑马飞驰而过，
像呼啸的毒蛇窜过草地一样。

看到走近的哈勒别克，
凯耐尼木欲跨马迎击。
这时古里巧绕将他挡住，
给他交代了如下的话语：

“你这次出征与以往不同，
将会遇到许多艰险，
你将走上父辈们没踏过的路。
有洪水滔滔，烈火燃烧，
有虎豹一样的猛兽，
有强敌身如高山。
有人类无法知道的魔法，
有各种古怪的东西无法言传。
这些你可能都会碰到，
一定要处处多个心眼。

“当你战胜哈勒别克之时，
那逃之夭夭的苏麦尔干，
他会回来与你交战。
他是个阴谋多端的家伙，
当你追他的时候，
那头该死的野兽，
会让你面临意想不到的困难。
你是雄狮玛纳斯的后代，
你决不可半途而返。

“孩子，你听我说，

你把这阿勒玛巴什枪[1]带在身边，
这是玛纳斯先祖的遗物。
你把它时刻挂在背上，
总有一天你能派上用场。

“把波荣拜的铜鞭握在手中，
它能对付魔法，
给你带来方便。

“我手中有件衬衫，
你要把它穿上，
你要记着我的忠告，
它会伴你凯旋。

“凯耐尼木，你要记住，
这重中之重，千万别忘。
是你的曾祖父玛纳斯，
遗留给你爷爷赛麦台依的色尔矛枪。

“它从不会弯折，
凡它刺中的敌人，
不会有一个生还，
你要把它随身携带。
当你胜利归来，
要交回赛麦台依爷爷手中。

“我的父亲阿勒曼别特，
曾从居仁朵的手里，
得到一把白色短剑，
你也要把它带在身上，
在生死存亡的关键时刻，
它将是你克敌制胜的利器。”

古里巧绕把礼物的底细一一说完，
凯耐尼木如数收下礼物，

① 阿勒玛巴什枪：柯尔克孜语，意为苹果头枪。

并且字字句句默默记在心间。

他把阿勒玛巴什枪挂在背上，
他穿上了那件衬衫，
他手持色尔矛枪，
他身藏白色短剑。
他把波荣拜的那把铜鞭，
紧紧地握在自己的手中。
一切齐备将要出发，
巴卡依老人、赛麦台依，
都来为他祈祷，为他祝福。

凯耐尼木跨上坎库拉，
他的威风强过以往；
从后背观察，
他的气质如白虎一般；
从正面审视，
他的神气如大鹏翱翔云端；
再看他的身旁，
有一条席筒般粗的巨龙陪伴；
还有两只凶猛的雄狮，
跟随奔跑在坎库拉的后面。

这种异常的景象，
真让人心惊肉跳；
这些征兆也表明，
凯耐尼木就是个黄脸死神。
他是天下顽敌的克星，
谁也休想把他战胜。

骑着黑斑马的哈勒别克，
趾高气扬，挥枪而上：
“凯耐尼木，你过来呀！”
他高声叫战，气焰嚣张。

凯耐尼木勇猛地杀来。
那活灵活现的巨龙和雄狮，

出现在他的身边，
哈勒别克看得一清二楚。

“这是怎么回事，
我是否也有灵物保护？”
哈勒别克左顾右盼，
却一丝灵物也未看见。

哈勒别克踢着马肚，
心里生出一丝不服和迷茫。
他怒气冲冲地快速逼近，
开始了与凯耐尼木的决战较量。

哈勒别克戳出的矛枪，
凶狠如风，势不可挡，
闪光的矛尖呼呼作响，
凯耐尼木却不慌不忙。

“对方是座大山，
我也要把他推翻！”
哈勒别克下定决心，
刺出的矛枪威猛非凡。

凯耐尼木站着若无其事，
哈勒别克恼羞成怒，杀气满面，
他又狠狠刺出一矛，
凯耐尼木差点被刺下马鞍。

从阿克木巨人处缴获的铁战袍，
还有那护甲和战袄，
一一都被刺破。
幸亏有古里巧绕的衬衫，
才把刺入的矛尖阻拦。

哈勒别克转回马头，
再次举起他的矛枪。
凯耐尼木手扬铜鞭，

迎着矛枪奋力击打，
把刺来的矛枪折成两段。

凯耐尼木操起铜鞭，
正要抽打哈勒别克，
那该死的混蛋挥起战斧，
砍向了他的手腕。
手腕几乎被战斧砍断，
铜鞭被碰出老远。

古里巧绕飞快地赶到，
把铜鞭挑在自己的矛尖。

凯耐尼木说道：
“爷爷，我不要它，
你拿回去吧！”
他已被哈勒别克激得怒气冲天。

他举起阿克木巨人的大战斧，
向对方猛砸狠砍。
哈勒别克的九层盾牌，
被他打得破碎稀烂。

凯耐尼木连续砍杀，
他不让对方歇息气喘。
叮叮当当，火星四射，
哈勒别克的五层头盔，
顿时被劈成碎片。

哈勒别克失去了头盔和盾牌，
凯耐尼木的铁甲战袄也战得稀烂。
他们二人得失相当，
不分胜负，各有损伤。

两个恋战英雄决断的时刻到了，
谁雌谁雄，谁胜谁负，
观战的人们睁大了双眼。

哈勒别克的人马，
送来了头盔和盾牌。
头盔有六层厚，
盾牌有十层坚。
他心想：
“这次吞掉他，
装备更保险。”

古里巧绕走近凯耐尼木，
递上了一件战袄：
“这是楚瓦克穿过的战衣，
我收藏至今，你可要穿好。

“这是你曾祖父传下的色尔矛枪，
现在正是用它的时候。
我的孩子，你要记住，
这是我对你的忠告。”
古里巧绕说完离去，
凯耐尼木斗志更高。

全新武装的哈勒别克，
此时变得更加凶狠：
他肩扛大铁锤，
双眼喷着火焰，
向凯耐尼木狂奔而来。
他瞄准凯耐尼木的头颅，
高举铁锤狠狠地砸下。

凯耐尼木挥起矛枪，
向上猛挑，
一下刺中了对方的手臂。

哈勒别克的铁锤落地，
他没能达到预想的目的。
凯耐尼木的脸色变得更黄，
挥舞着色尔矛枪更有力量。

他怒不可遏，向对方高喊：
“哈勒别克，你这个混蛋，
你吃完末日晚餐已有五天，
快过来吧，
今天就让你彻底完蛋！”

凯耐尼木高呼玛纳斯的口号，
色尔矛枪的尖端冒出通红的火焰，
坎库拉风驰电掣，
风骤云涌，尘埃满天。

他一脸杀气，眼中喷火，
双目直竖，鼻孔生烟。
见到身影的人会被吓得七窍出血，
听到声音的人也会闻风丧胆。

哈勒别克看到他的威风，
也吓得心惊肉跳手忙脚乱。
眨眼间凯耐尼木已经杀到，
惊恐的哈勒别克仓促应战。
他原想举起战斧却拿起了矛枪，
只得硬着头皮催马上前。

矛枪和矛枪相撞，
矛尖迎上矛尖，
响声如晴天霹雳，
火星似暗夜电闪。

末日将降临哈勒别克头上，
他的矛枪尖头被劈作两半。
年轻的英雄凯耐尼木，
把壮如野兽的哈勒别克，
一枪刺下马鞍。

少年英雄又掉转马头，
朝顽敌的心脏再猛刺一矛，

矛落血溅，
顽敌的胸部被戳穿。
凯耐尼木用矛杆把野兽挑在空中，
坎库拉驮着两个大力士，
却怎么也走不动。
凯耐尼木又把他甩向黑斑马，
那马匹的腰被砸断也寸步难行。

哈勒别克的脑袋被利刃砍掉，
这野兽的嘴唇也被戳成一个大洞。
他自作自受，苍天报应，
不可一世的吸血鬼，
就这样从世间消失了影踪。

赛麦台依把那些巨人的人马，
还有阿依吐木什的百姓，
召集到一起告诉他们：

“巨人克孜勒阿勒普，
阿克木和沙克木，
骑着灰斑马的波荣拜，
你们那些作恶多端的头领，
都已被我们杀掉。

“你们这些无辜的人马，
我告诉你们：
你们各自回乡去吧。
我们不会去掠劫你们的人马，
你们想做什么就自己去吧。

“苏麦尔干和苏尔麦尔干，
他们的人马早已被杀散。
苏麦尔干不知去向，
苏尔麦尔干一命归天。

“阿依吐木什和秦额什，
你们过来靠近一点，

为了帮助你们，
七个巨人的兵马前来参战。

“你们一共九个人，
妄想取胜却败得很惨。
事前你们大概没想过，
这样的结果又该怎么办？
你们快把绮妮凯带来，
我将使你们的生活宁静平安。”

听完赛麦台依的话，
秦额什急忙说道：
“阿依阔勒的儿子赛麦台依啊，
我把真情对你实告：
苏麦尔干根本无法拿出绮妮凯的彩礼，
他在玩弄骗人的花招。

“他为了使我们害怕，
就把宰人吃肉的恶习编造。
三天前他曾来过一次，
他游水如鱼，飞天如鸟，
他的本领就有那么几套。

“要知道绮妮凯的彩礼，
你仔细听着我给你讲：

“在那远方的黑海岛，
有一只神奇的大鹏鸟，
谁有能力把它捉来，
就能满足我的需要。

“活了八千年，
吃过大鹏鸟下的蛋，
上身如蛇的形状，
下身像石头一般，
那个会说人话的居仁朵，
要把他的脑袋给我做成美餐。

“如果谁能做到这些，
我就把绮妮凯嫁给谁。
我说的话算数，
这是我的诺言。

“你让我把绮妮凯带来，
我没有收到你们的彩礼，
我怎能让女儿轻易出嫁？

“赛麦台依我告诉你，
就算我自己同意，
但绮妮凯不在此处，
我又能让谁把她顶替？

“我已经对你说过，
三天前苏麦尔干曾经来过，
是他把绮妮凯强行带走，
我也不知道他们的下落。”

赛麦台依愤怒地说道：
“阿依吐木什，
我们要去你的城堡，
我们要寻找绮妮凯，
哪怕他们去到天涯海角！”

阿勒曼别特的儿子古里巧绕，
他智谋多端，行事果断，
二话没说就把秦额什抓了起来，
“劈劈啪啪”抽了几十皮鞭。

当年居仁朵曾编织了一个罗网，
交给了阿勒曼别特，
阿勒曼别特将罗网存放在妻子阿茹凯处，
后来阿茹凯交给了儿子古里巧绕。

古里巧绕这时拿出罗网，

罗网罩住秦额什使他无法出来。
他又派阿依吐木什把他搬进帐篷，
放在当中吊挂起来。

巴卡依汗发出命令，
让阿依吐木什看守秦额什。
阿勒木萨日克少了一只手臂，
就由他在一边负责监视。

这时，
库娅勒和萨拉玛特已返回营地，
古里巧绕对他们两人吩咐：
“你们就在这里，
要把巴卡依老人精心护理。”

赛麦台依和阿勒木萨日克，
把凯耐尼木叫来说道：
“苏麦尔干和居仁朵，
他们逃向何处还不知道，
我们必须把他们寻找干掉。

“还要寻到绮妮凯，
把提亲定亲的事情办好。
如果不交彩礼把她强娶回家，
绮妮凯未必能与你同心把日子过好。”

听了爷爷赛麦台依的话，
年轻的凯耐尼木回答道：
“我的爷爷您说什么，
有我在此怎能再辛苦您。
你们可以先结伴回去，
思念故乡是人之常情。

“孙儿我会把事情办好，
会给他们交上彩礼，
按礼仪娶回新娘绮妮凯，
把她带回塔拉斯去。

“走吧，古里巧绕爷爷，
咱们快到巴卡依老人身边去。
阿勒木萨日克兄长已伤残，
巴卡依老人劳累无比，
要把他们先送回故乡去。

“包括您在内的六十个人，
最好明天一早就能出发。
我会办好剩下的事情，
你们尽管放心好了。

“也许你们刚到家乡，
我也会带着绮妮凯赶到。
居仁朵，黑海岛，
绮妮凯，大鹏鸟，
他们都在什么地方，
那个秦额什一定知道。

“阿依吐木什没有罪过，
他只为家人能糊口过活。
我会把秦额什再加拷问，
让他把真相如实诉说。”

凯耐尼木和古里巧绕，
来到了巴卡依和赛麦台依身边，
把刚才二人商量的话语，
又对他们述说了一遍。

赛麦台依表示不能同意，
他接着说出了以下话语：

“我们只拷问秦额什，
而不去寻找绮妮凯，
这样做法是不对的。

“如果找不到绮妮凯，

如果她不能跟我们一起，
我们怎能回家乡去？

“玛纳斯的英灵永远活着，
塔拉斯是柯尔克孜的圣地。
如果我们达不到目的，
怎有脸面拜见他们？”

赛麦台依说话中间，
古里巧绕轻轻碰了一下罗网，
那罗网立即收缩变小。
秦额什经不住罗网的收缩挤压，
鼻孔出血，吓得直尿，
哇里哇啦疼得尖叫。

在此先放下这一段，
让我们再把凯耐尼木勇斗居仁朵的故事，
向大家详细述说。

黄脸死神凯耐尼木勇斗魔头居仁朵

秦额什尖声喊叫的时候，
突然晴天响起了霹雳，
冰雹哗啦哗啦地落下，
洪水滚滚淹没了大地。

阿勒曼别特的儿子古里巧绕，
猜到这是魔法诡计，
他也使出魔法，
立刻天晴日出乌云散去。

这时，骑着黑骏马的苏麦尔干，
出现在面前。
他雨点般地射出利箭，
还有飞泻而来如下冰雹的子弹。
他又发射加扎依里火枪，
使众英雄陷入灾难。

阿勒曼别特的儿子古里巧绕，
他勇敢机智神通广大。
他仔细查看一颗子弹，
既不是铅，也不是钢，
中弹也不能致人死亡，
他知道这也是魔法的鬼花样。

他叫了一声："凯耐尼木！"
递过父亲阿勒曼别特遗留的苹果头神枪。
凯耐尼木接枪一串射击，
刚才冰雹一样射来的枪弹，
一下子全在众英雄眼前消失。

苏的儿子苏麦尔干，
又迎着凯耐尼木策马而来，
挥动矛枪，凶狠刺杀。

凯耐尼木心里想：
“这个装神弄鬼的东西，
只会靠魔法骗人。
他竟敢与我作对，
我让他有来无回。”

他举起阿克木巨人的矛枪，
往上挡开刺来的矛枪，
又转回马头，再次冲来。
苏麦尔干见势心惊胆战无力阻挡。

“若被凯耐尼木刺中一枪，
我就会一命呜呼。”
想到害怕处他转身就逃，
好像一头落荒而走的野兽。

苏麦尔干对黑马紧催几鞭，
一溜烟惊慌逃窜。
他的衣服在风中飘舞，
凯耐尼木穷追猛赶。

苏麦尔干边逃边想：
“我要快快逃向黑海，
渡过黑海到居仁朵身边。
那里有座神秘的陵墓，
到了那里与他再战。

“等我杀了凯耐尼木，
再把整个柯尔克孜侵占。
我要把他们斩尽杀绝，
不留一丝一毫的后患。”

苏麦尔干逃跑得不快也不慢，
引诱着凯耐尼木不断追赶。
一路上他用了种种魔法，
可一点效果也没看见。

他们过了平原又过山川，
一路上苏麦尔干都在盘算：
“秦额什提到的黑海，
是找到彩礼的地方。
我到海边不用担心，
小用魔法就可以飞到对岸。
凯耐尼木若穷追不舍，
他葬身海浪定是必然。

“水中的鱼鳖将把他咬死，
每一根骨头都会被吞掉。
即使他有幸能渡过海洋，
他会找到那个海岛。
倘若我先飞到那里，
他怎么能从居仁朵的手中脱逃？”

日出日落，
二十六个日夜，
苏麦尔干想方设法，
把凯耐尼木诱骗到了黑海岸边。

狡猾的苏麦尔干担心：
“凯耐尼木不下海涉水就不好办。”
他故意拉近距离，
引诱凯耐尼木加紧追赶。

当凯耐尼木追到一绳远的时候，
苏麦尔干先催动黑马跳入浪间。
凯耐尼木哪能把他放过，
迎着波涛也策马扬鞭。

坎库拉骏马在水中松开鬃毛，
游在茫茫的海上，
犹如破浪的小船。

苏麦尔干骑着黑马飞向天空，
在云端向下一阵高喊：
“凯耐尼木，
看你还怎么回到塔拉斯，
你那早已死去的曾祖玛纳斯爷爷，
还能不能听到你对他的诉苦？

“假若你能活着登上岛屿，
我也要让你鲜血流淌。
让你永世回不到故乡，
让你的尸体腐烂在岛上。”

苏麦尔干把话讲完，
瞬间隐身而去，
让人难以看见。

坎库拉在水中前爬后蹬，
像不沉的小船行进在水面。
这样过了八天八夜，
他们登上了一块陆地。

昼夜辛劳的坎库拉已筋疲力尽，
湿透的鞍垫更显沉重。
看到骏马如此劳累，
凯耐尼木一阵心痛。

他扬鞭策马不惜马力，
继续向前紧赶路程。

前面遇到一眼清泉，
凯耐尼木依然行走不停。
坎库拉突然开口说话，
一字一句十分中听：

“喂，我的英雄凯耐尼木，
你徒有力气，智慧浅显，
怎能四肢发达，头脑简单？

“我们一路把苏麦尔干追赶，
陆地走了二十六个昼夜，
水里游了整整八天。

“我从未停蹄，
你也从没合眼，
该是休息的时候了，
精力充沛才能稳操胜券。

“你看这眼泉水，
清澈迷人多么甘甜，
正好洗去你我身上的尘土和热汗。

“你要设法去吃顿饭，
还要舒舒服服洗个澡；
我也要喝足水，
痛痛快快吃吃草。
等待我们体力恢复之后，
然后再继续赶路岂不更好？”

坎库拉的话正合凯耐尼木的心意，
他就跳下马鞍把嚼口解掉，
让坎库拉把草儿吃好，将水喝饱。

凯耐尼木在水边洗好了澡，
穿好衣服，将腰带系好。
他躺在一旁看马儿吃草，
不知不觉就进入梦乡。
坎库拉一步也没走远，
它不让禽兽接近这边。
它日夜看护寸步不离，
守护着凯耐尼木的安全。

整整过了二十一天，
凯耐尼木睡好醒来。
他牵过坎库拉正要骑乘，
一股臭味扑鼻而来。

他发现臭味来自马背，
就急忙把鞍具取下，
见马背腐烂得没了皮毛，
流淌着臭血水滴滴答答。

凯耐尼木年少不知所措，
身边那泉水突然浪花飞溅，
有一条手指长的小白鱼跳出水面，
还有一把利剑闪出紧跟在后边。

当利剑对着小鱼正要砍下之时，
制强扶弱的凯耐尼木，
伸手一挥，握住了利剑，
利剑顿时化为一缕轻烟。

这时小白鱼竟讲出人话，
字字句句字正腔圆。
“人类的儿子，可爱的英雄，
感谢你救了我的生命。
我不能离水走到陆地，
请你走近我的身旁，
我给你讲讲我的情况：

“我是水神的独生女儿，
水鬼的儿子要把我霸占。
为了袒护各自的孩子，
两个大王就相互交战。

“六个回合交战以后，
第七个回合激烈空前，
我父王感到敌不过对方，

也不能顾及我的安全。

“水鬼收拾完我父亲的众多水族，
就处处抓捕我没完没了。
我力薄身单走投无路，
看到这边地门开着，
就不顾一切逃到这边。

“谁知这眼泉没有下游，
泉水渗入土地，
末路降临在我的眼前。
水鬼将要杀死我的瞬间，
我有幸遇你相助，
性命得以保全。

“血腥凶残的水鬼，
已在你的手中死亡。
就在你抓住那利剑之时，
它就彻底完蛋化为灰烟。

“你是什么人请告诉我，
你为何不抓我反抓利剑？
请你直言相告不要隐瞒。

“我父亲是汗纳斯王，
我的名字叫佳娜丽丝。
你也说出你的姓名，
这样我们就相互认识。”

凯耐尼木长话短说：
“你在逃命，
我也正把我的敌人追赶。

“我曾祖父是汗王玛纳斯，
我的故乡在坎阔勒塔拉斯。
我追的仇敌叫苏麦尔干，
凯耐尼木是我的名字。

“我并不是为了救你而来，
助弱制邪是我们的传统。
我刚才在水畔看到你惊慌逃命，
你身后有把利剑紧逼十分凶猛。
我伸手抓住它是做人的本能，
我不能眼看它作恶行凶。

“我要追寻苏麦尔干。
你说你是汗纳斯王的女儿，
我没有所求，
也不把你麻烦，
你赶快回到你的水府。”

凯耐尼木说话之间，
佳娜丽丝幻化成美丽的姑娘，
亭亭玉立站在凯耐尼木面前，
向救命恩人诉说衷肠。

“你要追寻的苏麦尔干，
距离这里并没多远。
你朝着日落的方向行走，
路程已不足三天。

“我知道苏麦尔干，
而且天天都能看见。
我也还知晓，
他常和居仁朵结伙搭伴。

“就在六天之前，
我到居仁朵的阿寅勒去，
他们两个正咬耳密谈。

“我偷听到苏麦尔干这样说道：
‘我前面带着绮妮凯来到你身边，
从你这儿取走冰雹枪弹，
去到那边与柯尔克孜人交战。

可惜我没能打败他们，
只好又逃到你的身边。

“‘我黑色骏马累得不行，
凯耐尼木也追我而来，
我想半路置他于死地，
把他与坐骑一同淹死在黑海。
假若他还没被淹死，
此时他在何处我也弄不明白。’

“现在我才清楚，
你就是追找苏麦尔干的人。

“当你往前再走半天的路程，
将会遇到一座陵墓。
当你走近陵墓之时，
前面会扑来一股火焰，
火势凶猛使你难以向前。
你若用水扑火，
火势会越加蔓延。

“你手中的色尔矛枪，
可是玛纳斯大王遗留下的？
你要用它去扑火，
那烈火就会立刻熄灭不见。

“可没等你抽回矛枪，
又将有洪水滚滚冲来。
你要挥动波荣拜的铜鞭，
这样洪水就不能把你伤害。

“再往前会突然出现一种奇象，
地面泥泞大雪飞扬。
你要挥动着铜鞭不停前行，
过一会儿那一切就恢复正常。

“继续前行你将会遇到风暴，

那风暴呼啸能吹飞石头。
这时你要拿起肩上的苹果头神枪，
开枪射击把风暴驱散。

“顷刻之间天将骤变，
大地被冰雪覆盖，
你将进入冰天雪地之中。
你要用白色短剑砍劈冰块，
它将顿时化解消融。

“接着还有一些猛兽，
将会向你凶猛冲来：
凶猛的老虎怒目圆睁地窜来，
凶狠的狮子披头散发地跳来，
发情的公驼咆哮着跑来，
盛气凌人的大象甩动着短尾走来，
饥饿的野狼嗥叫着扑来，
狠毒的毒蝎咬牙切齿地爬来。

“凯耐尼木，你不要惊慌，
你要手持色尔矛枪，
只要把它刺进最前头那只老虎嘴里，
所有的猛兽就全都会逃亡。

“接着巨人们会冲你而来，
他们口喷毒水，鼻射火焰。
这时你要把衣扣解开，
当看见古里巧绕给你的衬衫，
那些巨人们就再不会行走，
而会变成一座座低矮的小山，
那一切魔法就会收场。
以后那些巨人就变成山峦，
人们就会叫它‘朵朵别’群山。

“你要到陵墓必须把马骑上，
那里有一把大如马头的铜锁，
紧紧地锁在陵墓的门上。

“在你之前，
也有人去过那个地方，
可他们打不开铜锁，
进不了墓内，
也就得不到墓内那众多的宝藏。

“也有人到跟前走投无路，
遭受了说不完的挫折磨难，
目的没有达到，
还白白死在那墓前。

“在那铜锁的右边，
有一个高高的壁龛，
壁龛上放着一个箱子，
箱子内有一张纸条。
记着，你只有骑在马背上，
才能够把纸条够着。

“当纸条挨到铜锁，
铜锁将自动启开。
墓门将自然开向两旁，
墓室里一片明亮像出了太阳，
那是宝石在闪闪发光。

“你要留下骏马再向前进，
你会来到又一扇门外。
你要手握纸条，
用原来的方法开门。

“你继续再往前去，
看一看路的两侧。
你会见到一些东西，
那是居仁朵煮人肉的锅勺瓢碗，
一件一件依次摆在那里。

“你还会遇到一扇扇门，

锁子都要用纸条打开。
连续进入三个门洞后，
有一架漂亮的摇床正在摇摆。

“你把手中的纸条轻轻挨到摇床，
躺在摇床上的姑娘就会醒来。
她会开口与你说话，
接着还会发生什么，
我现在实在不知道了。

“那个姑娘告诉你什么，
你就件件照着做吧。
我是水下国王的独生女儿，
我要说的就是这些了。

“哎，凯耐尼木英雄，
请你在此稍作等候。
感谢你救了我的性命，
我们已是要好的朋友。
我要把此事向父王禀告，
他会送给你急需的礼物，
请你收下以后再走。”

佳娜丽丝钻进水里，
眨眼间就又返回跃出水面。
她低头看着凯耐尼木，
先把一块鱼肉递到他的面前，
话语随之传出嘴边：

“我去了父亲的身边，
他已征服了一切敌人，
重登宝座，风光再现。

“凯耐尼木，
你若把这块肉儿吃掉，
即使四十天不再吃饭，
也不会感到口渴饥饿，

还会清肺润喉，
保你不会咳嗽。
这是萨根阔尔鱼的肉块，
世间的人们难以找到。”

她又交给凯耐尼木两片树叶，
仔细交代它的功效。

“凯耐尼木，
这是一黄一绿一对树叶，
你要知道它的奥妙。
你把绿叶喂马，
它能连跑九十天不累不乏，
饥饿和口渴也不来烦扰。

“你的坐骑脊背已经腐烂，
大片大片没有了皮毛。
你把这片黄叶盖上马背，
它的神效你可别小瞧。

“它能盖上马的全身，
坎库拉的脊背上，
就会重现油光发亮的皮毛。
坎库拉骏马会像原先那样肥壮，
来去如风，能奔善跑。

“请你接受我们的心意，
水下国王愿为你服务效劳。

“这里还有一瓶清水，
请你把它喝掉。
你会健康长寿，
早日生个男宝宝，
祝他像你一样成为一个盖世英雄，
愿他的武艺比你还强还高。”

姑娘把鱼肉、树叶、水瓶，

恭敬地用双手递过，
凯耐尼木把它们装进自己的战袍。

他先拿出树叶，
走到坎库拉身旁，
他把绿叶伸向马嘴。
坎库拉立刻张口吃掉，
它顿时变得肥臀壮腰。

他把黄叶放上马背，
叶子变大，
一下盖满了马的全身，
腐烂的皮肉消失，
长出了漂亮的新毛。

凯耐尼木吃了一口萨根阔尔鱼肉，
又喝下那瓶清水。
他正准备启程，
这时美丽的姑娘又到来说道：
“凯耐尼木，
以后有什么事情尽管说吧，
只要我力所能及，
一定为你办到。

“我还要给你一样东西，
它的作用更加神奇：
当你需要我们之时，
只要按照我说的去做，
我会立刻现身在那里。
我会等待你的吩咐，
我会尽力帮助你。

“对地上地下的万物，
我们了如指掌，
可我们是弱群水族，
到不了地下天上。

“对你要追逃的对手，
你们若无法找到，
那你就通知我们，
也许我们会知道。

“无论他逃向蓝天，
还是钻入地下逃遁，
我们能准确掌握他们的行踪，
我们将详细地告知你们。

“如果我们力不从心，
也会对你说个明白。
英雄少年凯耐尼木，
请你把这个随身携带。”

佳娜丽丝从背上拔出一根背鳍，
递给了凯耐尼木：

“当你需要我的帮助，
只要你轻轻摸它一下，
无论何时何地，
我将立即出现在你的面前。”

凯耐尼木放下这许多礼物，
骑上强壮的坎库拉上路，
越过丘陵小河，
继续向前追赶。

走到第三天的中午，
他看到远处有一座陵墓。
正如水下国王的女儿所说，
那一幕幕离奇古怪的幻象魔影，
一一展现在眼前。

他向坎库拉轻轻加鞭，
很快就到了陵墓跟前。
他打算步行进去，

就翻身跳下马鞍。

他向那壁龛伸出手，
可怎么也够不着；
他在脚下垫上几块石头，
距离却又变远；
他想举起大斧砸碎那铜锁，
可刚刚抬手，
那平台就变得更高。

眼看太阳快要落山，
他才想起那水国天使的吩咐。
他又纵身骑上坎库拉，
这才够着了那个壁龛。

他打开箱子拿出纸条，
把纸条与铜锁挨近，
第一道大门就轻轻打开不再为难。
他牵着坎库拉走进去，
看到每间屋内都堆满了珍宝金银。

他走进第二道门，
里面一片火光，
满地死人骨头，
烈火熊熊燃烧。

他走近第三道门，
用纸条挨上门板，
那扇门轻轻地自动开启，
好像在专等他的到来一般。

房子正中有架摇床，
床上躺着一个美丽的姑娘。
他看她一动也不动，
是死是活也难知究竟。

他用纸条轻轻一碰，

那个姑娘立刻如从梦中苏醒。
她睁开一双水灵灵的眼睛，
说话的声音清脆好听。

“康阔尔的儿子卡拉阔克①，
你终于到来把我唤醒，
你可知道我憔悴的身心，
你可知道我险恶的处境？

“你是从别人那里得知我的消息，
还是自己直接闯入这里？

“昨天我做了个梦，
梦里的人对我说了些话。
他说明天凯耐尼木要到你的身旁，
你要把这些话都告诉他，
你可要一句一句全记下。

“我不能从摇床上下来，
这时不能让别人进来。
我把他说的话儿告诉你，
你要立即行动，
动作一定要快。

“他说在你后面的那间屋内，
放着七根铁棒。
最边缘的两根是白色，
中间有一根是黑灰色。
你别的不要乱动，
就拿去那根黑灰色铁棒，
拿上后也不要先到我这儿来。

“你的前面有一扇门，
进入里面你会看清，
有一个怪物睡在里头。

① 卡拉阔克：柯尔克孜语。意为顽强无畏的勇士。

那怪物长着大蛇的脑袋，
下身像是黑色石头。

“他的脚下有燃烧的烈火，
你要把那根铁棒放到火里头。
旁边有一堆堆干柴和人骨，
你别管骨多还是柴少，
要把这些全部投入火中燃烧。

“你要记清，
铁棒被烧后先会变红，
然后变黑，最后变白。
此时，
你要用那根铁棒扎进他的肚脐，
用力要大，
千万不能滑掉出来。

“那时他会睁开双眼，
高声吼叫，呼唤它的伙伴。
可它们都害怕那发白的铁棒，
谁也不敢靠近跟前。

“此时，
突然会变得天昏地暗，
一点亮光也看不见，
只有带着臭味的浓浓大雾，
笼罩在天地之间。

“你不要嫌臭躲避，
要坚持把铁棒在他肚脐扎牢。
如果你张开嘴巴捂住鼻子，
那你也将被那铁棒烧掉。

“接着会刮起大风，
下起倾盆大雨。
这些你都不要顾及，
这些也不能奈何于你。

最后天空会变得晴朗，
阳光会普照大地。

“到了那个时辰，
那个长着蛇头的怪物，
就会说出人话。
你千万不能听从，
千万别低估他。

“你砍掉他的脑袋，
要吃下他的舌头。
挖出他的心脏给我带来，
再将他的鲜血抹上这张摇床，
这样才能把我从苦难中拯救出来。

“大鹏鸟如今也在被困，
你要让它吃掉那怪物的肺脏，
囚困它的魔法才会失灵，
它才会最终从圈套中解脱。

“那时苏麦尔干将会出现，
施展种种魔法将你阻拦。
你一定别让他双脚落地，
他一落地就不会服从于你。

“我就是秦额什汗的女儿，
我的名字叫绮妮凯。”
绮妮凯一口气把话说完，
目送着凯耐尼木快步离开。

凯耐尼木进入到第二道门，
拿走了那根铁棒。

他来到陵墓之时，
太阳已快要落山，
而现在朝外面一看，
却是刚刚过了午间。

由于魔法的作用，
每一间屋内也都有了改变。

他从屋里走出，
一股臭味扑鼻而来。
他想起绮妮凯的话，
大步流星直往前行。

他看到前面一处烈火正在燃烧，
旁边有一堆堆人骨和干柴。
他把铁棒放入火中，
再加入干柴和人骨，
让火燃烧得更旺起来。

这时他环视四周，
一个长着蛇头的怪物坐在那里。
他把双脚烤在火中，
双眼圆睁，一眨不眨，
像冻死的老牛一样待在那里。

他的下身是黑色石头，
石头大得如同小山。
凯耐尼木再仔细一看，
他的肚脐窝像个洞穴，
他的屁股占据的地盘，
大得像能装下三百只羊的羊圈。
那身体发出的臭味，
连苍蝇也不敢近前。

凯耐尼木看着火中的铁棒，
这时已灼热变白，
他小心地把它拿起，
对准这怪物的肚脐狠狠刺进去。
他双手紧紧地用力压着，
一个劲地加大压力，
把这个怪物死死地钉在地上动弹不得。

这怪物此时疼痛难忍，
张着大口不停尖叫。
可没有谁敢来帮他，
只有如骄阳的大火在燃烧。

一会儿变得天昏地暗，
漫天浓雾把大地笼罩。
一直等到烟消雾散，
巨蟒般的怪物才开口说道：

“我的名字叫居仁朵，
我正在幻化成一种恶魔，
却让你在此找到了我。

“如果你是凯耐尼木萨日克，
就请你听我慢慢述说：

“我已活过了八千年，
像你这样的英雄，
我杀死的无法数清。

“我曾做了许多事情，
可没有几人听说过。

“在我的纵容下，
有的人敬火为神，
有的人敬牛为神，
有的人视石为神，
有的人敬水为神，
还有的以泥捏的偶像为神。

“做完这些事情，
我到了长白山下，
涉过大海，登上了岛屿，
我在那里居住下来，
还向各地发出消息：
想要招收崇敬我的徒弟。

“我的这个举动，
给自己带来了许多麻烦：

“不可一世的我，
制造出苹果头神枪，
有了它可以使我的魔法失效。
后来我又铸造出白色短剑，
只有它能把我的头颅割掉，
它能使我的血液全部流干，
它能把我的性命彻底毁掉。

“从四面八方来了许多学我技艺的人，
他们都是头人的子女。
单从卡坎秦的那边，
就来了六百个孩子。
不久他们却大部分死去，
很快就剩下六十个人，
但最终活下来的，
只有六个。

“在关东的西边，
在名叫布尼通的城市，
住着索然迪克汗。
索然迪克汗的儿子人称苏少爷，
是那六十个徒弟中的一员。

“有一天我收到一封信，
信中说索然迪克汗得了重病。
我让苏少爷回去探望他父亲，
若让他空手回家恐遇磨难。

“我当时曾拥有一双白色短剑，
一时贸然决定，
就赠送给他一把白剑。
这短剑能伤害我的性命，
我怎么能轻易给人。

我真是鬼迷心窍活该倒霉，
这真是最愚蠢的做法，
等到醒悟后为时已晚。

“几年过去了，
卡勒玛克人势力渐强，
步步向契丹人逼近。
他们强迫契丹人割让土地，
契丹的大汗艾散汗，
将索然迪克汗的领地潼夏，
割去大片给卡勒玛克人。
从此卡勒玛克人空吾尔巴依，
成为契丹人的真正主人。

“索然迪克的儿子返回家园，
他向艾散汗请求收回土地，
艾散汗不予理睬没有答应。
他与空吾尔巴依刀兵相见，
终于寡不敌众逃离潼夏都城。
从此他与阿拉什的玛纳斯结盟，
改成了阿勒曼别特之名。

“玛纳斯成为无敌的大英雄，
他与阿勒曼别特率领十万大军，
浩浩荡荡攻下了别依京城。

“我每天都能得知许多消息，
各地的事情都掌握在手心。
因为我失去了杀身的白色短剑，
于是不敢再出门远行他方，
只好悄无声息地待在这孤岛之上。

“我从康阿依带来了秦额什，
让他待在阿依吐比，
以方便探知阿勒曼别特的消息。
听说阿勒曼别特死去，
我才放心地独居在这里。

“你被称为黄脸死神，
你的气势咄咄逼人，
在你腰间系着的那白色短剑，
正是能取我性命的唯一利剑，
我怎能不胆战心惊目不转睛地盯着它。

“我对你说说心里话，
你在此学习我的技艺吧。

“你不要吃掉我的舌头，
因为它的毒性很大。
你不要吃下我的心脏，
我的血液中浸满了毒汁，
只要沾上一滴就能把人毒杀。

“请你不要杀死我，
我可以送给你堆满大地的金银。
请你留下我的性命，
求你开恩刀下留人。”

居仁朵号叫着苦苦哀求，
拿定主意的凯耐尼木毫不留情。
他从绮妮凯那里知道，
居仁朵是个十恶不赦的恶魔。

他挥起白色短剑，
劈向居仁朵的后脑，
那动作快若闪电疾风。
剑到血溅，身首分离，
一下就结束了这元凶的性命。

凯耐尼木举起那恶魔的头颅，
抽出舌头割下放进嘴里。
当他还未及吞下肚里，
耳朵就能听明白各种鸟兽的语言，
同时还能听出，

花草、树木、沙子、石头发出声音的含义。

他又很快掏出居仁朵的心脏，
使他的鲜血向外流淌。
他快速返回绮妮凯的那间屋里，
把鲜血抹染在摇篮之上，
使绮妮凯得到了解救。

当绮妮凯起身站立的时候，
突然一阵暴雨，
洪水滚滚遍地流淌。
接着又刮起了大风，
无数小毡房一样大的石头，
从天空滚落到地上。
一时天昏地暗，
四处黑寂茫茫。

凯耐尼木掏出苹果头枪，
果断地朝天上射击。
这时雾消烟散，
苏麦尔干骑着黑马，
和十万个巨人一起出现在天上。
接着那些巨人们像栗子一样，
哗哗啦啦由天而降，
看到此情此景，
谁都会想到死亡。
凯耐尼木心想，
这只是那苏麦尔干的魔法，
就手持玛纳斯的色尔矛枪，
等待着苏麦尔干降落到地上。

就在苏麦尔干落地的一刹那，
凯耐尼木挥动了能刺穿石头的色尔矛枪，
向他的膀胱戳去，
苏麦尔干当即气绝命丧。
那些巨人四处逃窜，
你挤我推，四处躲藏。

凯耐尼木掏取了居仁朵的肺脏。
“我要去拯救那大鹏神鸟，
也不知它在什么地方？”
凯耐尼木心中想着，
四处寻找也没结果，
就只好让水神的天使到来帮忙。

水神的天使佳娜丽丝说道：
“你看这座雪山，
它就是那大鹏神鸟，
那两条直插云霄的冰柱，
就是大鹏的翅膀。
你要把居仁朵心脏流出的血，
抹染到冰山上，
它就会恢复原来的模样。”

凯耐尼木在冰山上抹上了鲜血，
顿时冰山摇动，
雪崩冰碎，巨鸟呈现：
它身高体大，宛若高山。
巨鸟吞下了那肺脏和肾脏，
扑噜噜，展开翅膀，
恢复了原样。

“凯耐尼木，
多谢你把我搭救。
我被困在冰雪之下，
已有三千年之久。
如果没有你来搭救，
我就会成为居仁朵的餐中肉。”

大鹏鸟吃下居仁朵的肺脏，
顿时康复，力大无穷。
大鹏鸟凌空展翅扶摇直击苍穹！
咱们把这一段故事暂且放一下，
再把凯耐尼木迎娶绮妮凯的事儿说唱。

凯耐尼木追捕秦额什娶回绮妮凯

大鹏鸟落回到凯耐尼木身边说道：
“年轻的英雄赶快走吧，
你想要居仁朵的什么东西，
就全都拿上，
我把你送回到赛麦台依身边。
我今年已经六百岁了，
我要去向巴卡依老人问好请安。”

凯耐尼木答道：
“我不要他的什么东西，
我现在自己回去，
也不必将你麻烦。”

大鹏鸟这时重复说道：
“凯耐尼木，光阴似箭，
你已经离开他们很长时间，
这里距阿依吐比很遥远，
你三个月也走不完。

“你涉过黑海，
却没有遭到水淹，
你身上的那神奇的衬衫，
是否是古里巧绕赠送给你的？

“凯耐尼木，
它曾在卡坎秦那里长期珍藏，
阿勒曼别特从居仁朵那里得知它的神奇。
就在他逃离别依京的时候，
随身带在身边。

“在远征别依京时，
阿勒曼别特又将它留给了阿茹凯。
直到古里巧绕出生，
阿茹凯一直把它珍藏。
阿茹凯离开的时候，
把它交给卡妮凯保存，
再后来才交到古里巧绕手上。

“古里巧绕知道它的秘密和来历，
因此他让你把它穿上，
你现在是否明白了它的神奇力量？

“三个月远的路程，
我能一会儿就把你送到。
如果在一顿饭的时间还不到达，
就让我的翅膀从此烂掉。”

凯耐尼木问道：
“你看呀，好心的大鸟，
这里还有我的坎库拉和绮妮凯，
我们三个要一起返回，
怎能把你烦劳？”

大鹏鸟回答：
“尊敬的少年英雄，
你真是小瞧了我的本领。
你以为你们三个又大又重，
其实就跟我的羽毛一样轻。
不要再推辞了，
我将把你们平安地送到。

“我先展开翅膀，
你们三个站在我的背上，
安坐在我的羽毛下方。”

凯耐尼木没再言语，

他们走上大鸟展开的翅膀，
好像走在田野上一样。
大鹏鸟轻轻地起身，
翅膀好像还没有扇动，
凯耐尼木还在等待，
却突然听到大鸟“到了”的声音。

上苍给了大鹏鸟如此大的力量，
几十个昼夜的路程，
对它却是一刹那的时光。

大鹏鸟与巴卡依见面请安，
跟其他几人也友好认识相见。
它与凯耐尼木告别之时，
特意赠送了自己的一根羽毛。
它还说道：
“凯耐尼木，
当你遇事束手无策的时候，
请你把它拿出来烤在火中，
轻轻叫着我的名字，
我就会马上飞到你身边。”

看到了女儿绮妮凯，
秦额什哀求道：
“凯耐尼木，你完成了任务，
可是你放飞了大鹏神鸟。
居仁朵的头颅在哪里？
你又如何去寻找？”

凯耐尼木把居仁朵的头颅扔到他面前，
秦额什没找到他的舌头。
于是他又说道：

“没有舌头的头颅根本没有用处，
吃了他舌头的人能把万物的语言知晓，
只吃其头颅的人就会死掉。

“你们先放我返回家去，
让绮妮凯跟我一起同走。
我们回家休息两天，
你们再去把她接走。”

听到秦额什的话，
古里巧绕觉得有些蹊跷。
赛麦台依却转身说道：
“先放他们走吧，
就让他带上绮妮凯。”

他对秦额什又说：
“你可不能言而无信，
两天以后要及时回来。”
秦额什带上绮妮凯，
一溜烟儿匆匆离开。

转眼两天已经过去，
秦额什却无影无踪，
一种不祥的预兆，
滋生在古里巧绕的心中。

赛麦台依叫来阿依吐木什，
追问秦额什的去向，
阿依吐木什答道：
“秦额什早已回到家乡。
他的家乡在名叫铁克西托山的地方，
他们那里的人身穿红袍，
个个都袒露着胸膛。
他们那里有十七层铜做的红房子，
那是他们的首领居住的地方。

“绮妮凯不愿意跟他回去，
曾经坚决地进行抵抗。
他就给绮妮凯套上手铐，
还用了魔法的力量：
他把绮妮凯幻化成水装进瓶子，

他自己化身成一只大鸟，
展翅升天，飞回家乡。

“他走时还让我暗害你们，
让我把毒汁倒入你们的肉汤。
可我对所有人一样看待，
我没有毒害任何人的狠毒心肠。”

赛麦台依听后火冒三丈：
“不抓到秦额什，
我决不会回到塔拉斯故乡。”

凯耐尼木忙说：
“让我到铁克西托山去，
那些披着红袍袒露胸膛的人，
我要找到他们。
把秦额什活捉再丢进罗网，
带着绮妮凯再回塔拉斯城。”

这时巴卡依老人说：
“孩子，凯耐尼木，
大鹏鸟给你的礼物快用上。
你把它叫来，
我有话要对它讲。”

凯耐尼木把羽毛拿在火上烤，
轻轻地呼唤着大鹏鸟的名字，
大鹏神鸟立刻来到他的身旁。

巴卡依开口对它说道：
“大鹏鸟啊，
你是苍天神奇的创造，
你是被命名为阿勒普喀拉最尊贵的神鸟。

“名字叫阿依阔勒玛纳斯的雄狮，
他的虔诚无人不晓。
你现在在这里，

是和玛纳斯的后代聚在一起。

“由于居仁朵的陷害，
你曾被囚困多年。
今日我们相见是苍天给的缘分。
秦额什是我们共同的敌人，
他带着绮妮凯逃窜到他的家乡，
那个叫铁克西托山的地方。
他欺骗我们说两天后回来，
可言而无信一去不回，
现在凯耐尼木要把他们找回。

“我们听说了那里的情况，
说是有堵十七层的红铜高墙；
那里的人们披红袍，露胸膛，
还把那里严密守防。
秦额什本来在那里生长，
后来跟着居仁朵四处作恶，
所以来到这个地方。
这里距铁克西托山多远？
你是不是知道那里的情况？”

大鹏鸟平静地说道：
“尊敬的巴卡依老者，
在这个世界上，
没有我不知道的事情。
要往铁克西托山那里，
如果从陆地上行走，
那是七年的路程。
要是凯耐尼木和他的骏马，
登上我的脊背前去，
那就只用七天的光景。

“每个地方的人生活方式各有不同，
那里人们的习俗更不相同，
这个世界上有各种各样的人和事情。

“凯耐尼木到那里去，
我会在天上照看，
始终跟他在一起。

“如果秦额什还要逃跑，
他就会逃到秦马秦的三个岛的上边。
那岛上遍地都是毒蛇，
它比铁克西托山更凶险。

“秦额什会幻化成各种模样，
将会给凯耐尼木带来许多麻烦。
把该死的秦额什，
交给我来活捉，
再由凯耐尼木把他的罪恶清算。”

大鹏鸟把话说完，
让凯耐尼木和坐骑登上翅膀，
展翅在蓝天飞翔。

他们不停地飞行，
昼夜赶路，
终于来到铁克西托山，
降落在了一座达坂上。

凯耐尼木骑上坎库拉，
站在达坂上向南方眺望。

他看到许多人在地上爬行，
他心想：他们也是人，
行路为什么是这种模样？

他走近他们中间，
看到他们用四肢爬行，
脖子上还挂着念珠，
那是由上千块石头串成。
他们嘴里不停地叫着：

“布尔罕[1]、布尔罕……”
一步一步往前爬行。

凯耐尼木询问其中的一个人：
“你们是什么人？
你们这是什么习惯？
你们在干什么？
为什么卧地爬行？”

没有一人回答凯耐尼木，
他们仍然忙着自己的事情。

这时站在旁边的一个人开口说话：
“你有话就到这边来问，
你的问题我来回答。

“离这里有两天路程的地方，
有一座十分豪华的红铜屋。
那屋内居住着一个人，
是天下智慧无比的首领。
屋中还有些身披长袍的侍从，
他们都为首领效力服务。

“他们这些人为了听到首领的声音，
从远方各地来朝拜把虔诚表达。
他们来到离那里三天的路程，
就必须俯卧在地上爬行。
哪个若是敢站起来行走，
就会得罪首领受到重罚。

“他们是从康阿依的卡拉山，
跋山涉水来把虔诚表达。
你站着询问他们，
他们怎么能应答。

①布尔罕：卡勒玛克人崇信的保护神。

“你也不要惹首领生气，
快快把这马匹留下，
可不能这样子去见首领。
小心你会受辱挨打。”

凯耐尼木答道：
“我不会去卧地爬行，
也不认识他们的首领。
我的敌人逃到了这里，
我到这里是为了把他抓捕。

“如果他们不愿意将敌人交出来，
我将让红铜屋墙倒人亡，
包括他们信奉的那个首领。”

听到凯耐尼木如此说话，
那个人顿时生气道：
“连首领也不尊敬的，
把侍者不放在眼里的，
满口胡说八道的，
你是谁？是从哪儿来的？
那里新来了一个侍者，
他可是盖世无双的人呀，
你是谁？竟敢惹他生气。

“如果你蔑视那红铜高墙，
就是蔑视我们的首领。
那里还有只大鸟古丽卡克[①]，
如果你惹了它，
你将会找不到东南西北。

“要是首领听到你胡言乱语，
知道了你的来意，
你的肉连禽兽也不让享用，
就会活活把你埋入地下。

① 古丽卡克：传说中的一种神鸟。

“你的胡话使我感到心痛，
我现在就去首领那里，
向他控告你的狂妄。
为他尽职尽责，
洗清我的罪孽，
得到他的宽恕奖赏，
也好去把新来的侍者拜访。”

那人说完转过身去，
骑到一头牦牛背上。
他面带欢喜，
急急忙忙，
好似要去领取奖赏。

秦额什从前就住在东方，
但他对那里感到厌烦失望。
他曾幻化成一只蓝色的鸽子，
为了谋生飞到西方。

他虽然身处西方，
每隔三年会到原居地看望。
他这样在两处往来，
十分熟悉这些地方。

他能指使这里的首领，
这里的人都认识他。
秦额什带着那瓶清水，
突然来到了红铜屋，
人们看到他都觉得很不正常。

秦额什即将走近，
人们都不敢正视他的面庞，
为了迎接他又一拥而上。
人们都在心中嘀咕：
“他该来的时间还未到，
提前到来一定有什么名堂。”

秦额什说道：
“我回到这里是为了避难，
我来自凯耐尼木攻击我的地方。

“他们把居仁朵创建的城堡，
从我的手中掠走。
西方的七个巨人共同与他对敌，
结果被他们追杀全部阵亡。

“凯耐尼木还不满足，
又杀死居仁朵吃下他的舌头，
他现在武艺更加高强。
从人类到昆虫，
从树木到花草，
从大山到沙子，
万物的语言他都通晓。
从前居仁朵有这样的本领，
现在他吃了居仁朵的舌头，
他就有了无可比拟的神通。

“我在这里提心吊胆，
他会不会从后面追来？
如果他不知道我的去向，
就可能走错路，迷失方向；
若是他知道了我在此地，
今明两天内就会赶到。

“那只大鹏神鸟已和他成为至交，
如果他从那里得知我藏身之处，
就会直接向这里追来。

“一旦他来到这里，
我们的天地就会变小。
我们不能没有准备，
不能待在这里束手待毙。

“如若他来这里进行厮杀，
这里将会血流遍地。
他会不会把古丽卡克鸟夺走，
会不会把红墙屋捣毁踏碎？

“我施展魔法，
将绮妮凯幻化成一瓶清水，
他会不会无法找到？

“我要不要去印迪其尼，
那里是蛇的家园，
让它们为我效劳？

“我真的是束手无策，
脑子里一片空白，
整天奔逃，不能休息，
疲劳的双眼也不想睁开。”

听了秦额什的一番话语，
他身边的首领，
还有那些侍者，
异口同声对他回答：

“秦额什你好好想想，
你说的这些算得了什么？
你原来出生在这个地方，
你原来名叫凯特，
当年居仁朵来到这里，
把你命名为秦额什，
并把你带到了他的住处。

“你从小到大生长在这里，
这里是你可靠的基地。
如果凯耐尼木真的追来，
我们就和他谈判，
先探一探他的目的。

“要是他不合作又有什么，
我们就深深地活埋了他，
再在上面把屎尿拉撒。

“这十七层铜做的红房子，
是你自己修建的城堡，
还有居仁朵为你准备的宝座。

“你在这里是我们的汗王，
难道还有什么遗憾？
还有何事不能办妥？

“我们的人如此众多，
那单枪匹马的凯耐尼木，
我们怎能会抵挡不过？

“我们这里所有的人，
决不会把你交给敌人，
一定与他展开血战，
让他在此一命归阴。

“他还能夺走古丽卡克鸟吗？
他还能把那瓶水看上眼吗？
他还能认识绮妮凯吗？”

正当他们高谈阔论时，
那个骑着牦牛的差使来到了城内。
门口的卫士问他有什么事情，
他跳下牛背，屈膝下跪，
愁苦地诉说，满脸垂泪：

“我的主人让我去探查那朝拜的人，
看看他们有谁敢叛逆首领。
我看到他们都朝着首领的方向，
磕头祈祷，俯首而爬。

“这时有个来人，

骑着灰白大马。
他下马问我事情，
还将首领痛骂。
他的叛逆行径，
使我感到惊讶。
我也顾不上那些朝拜的人了，
就立马到此禀告，
请你快向里面转达。”

门卫将这番话转告给侍者，
以秦额什为首的所有的人，
顿时紧张心生惧怕。
他们得知是凯耐尼木已到，
就派了六个侍者去迎接他。

他们想把凯耐尼木诱骗，
使他掉进陷阱里面。
他们身披长袍，
挂着石头做的念珠，
像准备要摔跤一样地去应战。
挽上袖子，系着腰带，
嘴里念着“布尔罕、布尔罕”……
一卧一站地走向他的跟前。

看到凯耐尼木，
他们卧在地上一动也不动，
用注目礼向他表示尊敬。

凯耐尼木心想：
“我要先跟着他们进去，
先要做到声色不动，
进了宫殿再提出要求，
把秦额什交到我手中。
如果他们不听话服从，
那就杀他个鸡犬不宁。

“我要先顺从地跟着进去，

得到他们的信任才行。
等我探明了根底，
再见机行事，
把敌人战胜。”

凯耐尼木不是个平凡之人，
心中已有了应对之策。
他假装什么也不懂，
跟随他们走去，
边走边瞧仔细观察。

那些来人心想：
“这个笨蛋，这个傻瓜，
他还不知道我们在骗他。”
一个个在心里把他笑话。

秦额什早已有所计划，
安排好之后就藏得没了影踪。
六个侍者带着凯耐尼木，
来到了一个地方，
四周是泥土高墙，
内墙全用石头砌成。
一个侍者开口问道：
“你来这里有什么事情？
快快如实对我们说清。”

凯耐尼木昂头回答：
“我就实话告诉你们吧，
凯耐尼木就是我的大名！
在阿依吐比那个地方，
有个吃人的魔王，
听说他逃到这里，
我到此要把他捉拿归营！

“你们快把秦额什交到我手中，
让我把绮妮凯带走，
并把古丽卡克鸟向我奉送。

“你别说什么绮妮凯不在？
那我怎能回去？
若是你们不交出这些，
那就派出你们的大力士，
在此与我决斗比个高低！”

凯耐尼木话刚说完，
秦额什就暗下命令。
他们用抛石架扔来石头，
乱石腾空向凯耐尼木飞来。
接着又来了许多人马，
向凯耐尼木洪水般杀来。

该死的这些人呀，
哪里是凯耐尼木的对手，
全都会白白送上性命。

勇敢无比的凯耐尼木，
骑在坎库拉马背上，
若无其事地昂首显出英雄风范。
他们又开始向他开枪，
凯耐尼木忍无可忍，
怒气冲天，手持长矛，
奋不顾身，扑向众魔。

他挥动长矛左杀右刺，
一矛就刺杀了四五十人，
像割草一般。
这些披着红袍的人统统在他矛下送命，
使这座城堡被血染红。

正在这时遵照首领的命令，
从内城又走出了七万人马。
铁链缠身的两个勇士，
被两千个兵牵着前行。

那两个勇士像两只野狗，
咬牙切齿，狂吠不停。
双手不住地刨着地，
大声呼叫像公牛发情。
叫喊声让山石滚动，
天空弥漫着扬起的灰尘。

众兵丁指着凯耐尼木，
把那二人从人群中放开，
这二人双眼冒火杀气腾腾，
向凯耐尼木猛扑而来。

秦额什看在眼里喜在心上，
他得意扬扬稳坐一旁，
他要目睹凯耐尼木在他面前丧命。

杀过来的二人，
一个举着铁锤，
一个挥着铁棒。
举铁锤的那个，
顺手将三个山头砸平；
持铁棍的那个，
也满脸横肉，力壮身强。

你看那根铁棍，
它有十二个棱角，
足有四五庹长。
那人一下子把它全部扎进地下，
然后又大吼一声，
一下子再拔出地面，
显示出一副不可一世的模样。

看到二人的威力，
兵丁都兴高采烈，
“碰到他们的人，
谁有活命的希望？”
在这二人的身后，

又跟出五十条狼狗，
一只只张牙舞爪，
一只比一只凶残疯狂。

身披红袍的兵丁心想：
“凯耐尼木等着死吧，
他一定会在此把命丧。”

凯耐尼木不慌不忙，
等到他们走近时，
凯耐尼木伸手一抓，
像抓住五岁小孩一般，
把二人全都抓在手中。

他抓紧他俩的后脖，
铁锤和铁棒落在了地上。
他又把他们相对一碰，
让他们两个狠狠相撞，
两个人全都血肉模糊，
脑袋迸出了脑浆。
凯耐尼木把尸体扔在地上，
五十条疯狗对尸体你咬我抢。
此时如同一阵风起，
那七万人马又蜂拥而上。

凯耐尼木一看，
不远处有棵梧桐树。
那树高如铁塔，
周围没有尿味，
这是红袍人供奉的神树。

凯耐尼木从地上拔出梧桐树，
左右挥动，横扫敌群。
他们崇拜的首领纷纷倒地，
被凯耐尼木断送了性命。
那些红袍人却更加倔强，
他们男女老少没有怕死而逃，

却顽强抵抗，奋勇拼命。
他们每人身边都跟着一条野狗，
也随着主人嚎叫不停。

那堵围墙内外流淌着鲜血，
凯耐尼木冲杀了出来。
他向着那红色铜墙冲去，
坎库拉骏马越跑越快。
那些围堵凯耐尼木的人马，
一个个胆战心惊不敢向前，
争相向两侧奔跑逃命。

在那十七层红色铜墙之内，
在那城堡之中，
这时站满了身披红袍的侍者，
秦额什也混在其中。

其他人围守在红墙外面，
一圈一圈共三十层。
他们围得密不透风，
人马无法向里冲锋。

凯耐尼木捡起铁锤，
又把坎库拉的肚带拉紧。
那件从阿克木身上剥取的铁编战袍，
在与哈勒别克的交锋中，
早已破烂被丢掉，不知影踪。
现在他穿着的是哈勒别克的战衣，
只可遮挡小雨凉风。

他催动坎库拉骏马，
高喊玛纳斯的口号，
勇猛地向里冲杀。

那些倔强的人们，
并没有躲避，
也不怕惊吓，

凯耐尼木也只有更加无情地搏杀。

来到红色高墙跟前，
他怒不可遏，眼迸火花。
他挥动起铁锤，
使劲捶打，
打得红铜墙一次次摇动，
似乎很快就会垮塌。

看到如此景象，
秦额什心惊肉跳：
“若再打几下，
这玛纳斯的后代黄脸死神，
会把红墙给毁掉。
如果红铜墙被打倒，
这事儿传遍世界，
我的臭名将天下知道。
我还是离开这儿吧，
以保住红墙不倒。”

他打了个手势，
让人们全都散开。
他自己幻化成了一只蓝鹫，
带着绮妮凯幻化成的那瓶清水，
逃向九霄云外，
连那古丽卡克鸟也未能携带。

秦额什临走前把其他人赶进地狱，
使这里的众人突然消失。
等凯耐尼木再次砸下铁锤，
这里就变成了空旷的城池。

凯耐尼木留下坎库拉骏马，
步行走进墙内搜寻，
只见到处都是金子做的雕像，
半天也没遇到一个活人。

“古丽卡克鸟到底在哪里？
绮妮凯被幻化的那瓶水，
是不是仍然藏在这里？
秦额什逃到了何方？
我要找他又该到哪里？”
凯耐尼木心中着急：
“亲人们还在等我回去，
我还是叫来水国中的天使吧，
问问她秦额什逃到了哪里？”

凯耐尼木想到这里，
就把鱼神的背鳍拿在手中轻轻地抚摸。
突然之间，红房门被推开，
漂亮的佳娜丽丝出现在眼前。
她向凯耐尼木仔细禀告：
“秦额什带着绮妮凯，
在天空逃跑的途中，
已被大鹏神鸟抓住。

“刚开始秦额什还谎言谎语，
胡说我们抓错了人，
当我们搜出了绮妮凯化成的那瓶水，
他才闭口不再否认。
古丽卡克鸟现在被困在地狱，
我们要快点把它救出那黑暗之门。”

水国天使话没说完，
大鹏鸟就来到他们身边。
它已经把秦额什制伏，
重新装进了古里巧绕给的罗网。

轻轻一碰网套，
网套就用力收缩，
秦额什疼痛得大声喊叫：
“我是秦额什，
快把我放出去吧！”
一遍一遍可怜地求饶。

凯耐尼木把那瓶绮妮凯化成的清水，
接入手中，
威逼着秦额什作法，
将她恢复了原来的模样，
并把古丽卡克鸟从地狱中救了出来。
那些幸存的披红袍露胸膛的人，
还不知道秦额什已经落网。
大鹏鸟驮载着众人：
凯耐尼木、绮妮凯、坎库拉，
水国天使和古丽卡克鸟，
一起来到巴卡依身旁落下。

他们把秦额什当众烧死，
让阿依吐木什重登宝座。
让那里的人民，
重新过上了安宁的生活。

获得了新生的人们兴奋地说：
“我们是柯尔克孜的阿拉什，
我们的家乡是坎阔勒—塔拉斯。”
赛麦台依对大鹏鸟等说道：

“亲爱的朋友，
大鹏鸟和水国天使，
你们都回到自己的住处。
大鹏鸟呀，
你把古丽卡克鸟领养去吧，
咱们让平静的生活重新开始。”

赛麦台依、巴卡依，
阿勒木萨日克、凯耐尼木，
还有大力士萨拉玛特，
他们一起带着绮妮凯，
向着柯尔克孜故乡凯旋。

跋山涉水，战胜众魔，

这就是值得骄傲的柯尔克孜人。
他们终于到达了塔拉斯，
见到了久别的众乡亲。

与赛依铁克汗王和乡亲们握手问候，
妇女们相互把手背亲吻。
柯尔克孜乡亲从四方络绎不绝赶来，
向他们请安，向他们慰问。
他们休息了四五天，
并为凯耐尼木和绮妮凯，
举行了盛大的新婚典礼。
老人们相互告辞，
各自回到了自己的住处。

柯尔克孜人平静安详，
安居乐业，喜气洋洋。

咱先把这一段放一放，
唱一唱卡妮凯与赛麦台依等五位英雄，
神奇地回归天界的故事。

赛麦台依五英雄同归天界

听天由命，
未来谁都难以料想。
年轻的英雄阿勒木萨日克，
跟哈勒别克交锋受了重伤，
整日躺卧，不能起床。
他们急忙派人带着双骑，
火速请来莫明江①。

莫明江细查后对家人说：
“他的伤呀，无法治疗，
刺中他的宝剑刃上浸有毒药。
这毒药能使人皮肉腐烂，
现在已经蔓延到他的全身，
伤及骨节四百四十四处，
伤及血脉三百六十六条。
他的血流已经枯竭，
他的血管已经烂掉。”

莫明江虽然医术高明，
但神医也难医不治之症。
四五天以后噩耗就来到，
二十一岁的阿勒木萨日克，
悲悲切切失去了年轻的生命。

玛纳斯的儿子赛麦台依，
他也一天比一天体衰消瘦，
脸色蜡黄，目呆皮松。

① 莫明江：著名民间神医，年事已高，曾给古里巧绕治好肩胛骨。

家里人问莫明江有何妙计，
莫明江爽快地回答：
“这个病可以治疗，
只是有一点慢，
需要四十五天精心治疗。
可是我们治疗要用的东西，
又到哪里去找？”

他接着又说道：
“白天的时候，
要在虎皮囊里，
倒满野马的奶子，
要把病人放到里面净身洗澡。

“病人要把红毛羊的肉作为三餐之食，
加蜂蜜的马奶酒也不能缺少。
酒里别忘放一勺黑熊的胆汁，
饮用时要不烫不凉均匀拌搅。

“若这些东西都能齐备，
他的病才能好转。
他是受人敬重的人，
为他的康复万不可迟疑。

“在沙依坦湖被困时，
是他照顾了巴卡依老人，
把自己的战袍让给老人穿。
那战袍防潮又保暖，
使老人家得以安然。”

莫明江说的话出人意料，
以前从没听人这样说过，
大家一时不知如何是好。

这时赛麦台依的儿媳库娅勒说道：
“只要我活在世上，

如果父亲需要，
我可天天把老虎围剿。”

古里巧绕说：
“野马的奶子我去找。”
凯耐尼木接着说道：
“只要爷爷需要，
我不吝惜坎库拉天天奔跑，
我能把这些东西天天运到。”

柯尔克孜人的羊群里有红毛羊，
猎人们也都把熊的胆汁保藏。
这是他们祖传的习惯，
莫明江说新的旧的熊胆汁功效一样。

现在正是野马产奶的季节，
古里巧绕的差事并不费劲。
他骑着灰兔骏马，
把野马赶到悬崖底下，
让灰兔骏马在外面围守，
他挤好马奶把囊口扎牢。

凯耐尼木去接应母亲库娅勒，
把活捉的老虎捆放鞍前，
每天行走运送猎物，
四十五天马未停蹄。

白天赛麦台依泡身的野马奶，
到了晚上就变成了黑色。
那老虎皮也经不住黑奶的腐蚀，
皮囊几乎都被侵蚀腐烂。

转眼就是四十五天时光，
赛麦台依康复如常。
又过了几天，
他们宰杀了许多牲畜，
走遍了马能到达的地方，

召集了柯尔克孜各个部落，
齐聚到坎阔勒富饶的牧场。

哈萨克人也成群地来到，
乌孜别克、塔吉克，
还有巴达克山、巴勒克，
布哈拉、撒马尔罕，
塔什干和浩罕，
全都到来，热闹非凡。

呼罗珊、阿富汗，
拉木、克依巴、尚卡依，
还有远方的玉尔凯尼奇，
各个部落全都到齐。
和阗、叶尔羌、喀什噶尔，
罗布泊、巴里坤、吐鲁番，
那里的柯尔克孜同胞已到全。

还有一些地方，
你慢慢听我说，
萨依卡丽姑娘的部落，
居住在阿孜克和阿热勒，
他们一个不留全部到来。
阿特巴什、纳伦、朱木尕勒，
凯特曼多别、纳曼干和奥什，
阔特马勒德、托克马克和凯敏，
各个地方的柯尔克孜人，
络绎不绝全来会集。

主人把客人盛情款待，
客人住宿的两天中，
吃的全是大块肥肉，
喝的全是新鲜的马奶。

赛麦台依骑上马背，
同巴卡依汗、古里巧绕，
卡妮凯和阿依曲莱克，

一起向大家走来。
柯尔克孜人看到他们的举动，
无不感到十分奇怪。

这时，英雄赛麦台依，
说出肺腑之言：
“亲爱的众乡亲，
戴白毡帽的柯尔克孜人，
阿拉什的全体部落，
我有话儿要给大伙儿说说。

“乌孜别克、塔吉克，
我们一直同甘共苦，同舟共济，
我们的情谊比山高比海深。
你们面前的我们五个人，
归去的时日已到，
我们将离开你们。

“你们要团结一心，
只有团结才有力量，
生活才能幸福，
富裕才能久长。

“如有敌人侵犯，
想把牲畜掠抢，
想霸占我们的财产，
这儿有赛依铁克抵挡。
如需远征强敌，
自有凯耐尼木跨马出征。

“我们已得到神的允许，
即将隐世而去。
男女老幼众乡亲们，
你们要多多保重。

“要记住：不要内讧。
卡勒玛克和契丹，

还有康阿依的各部，
他们还在威胁着你们。”

赛麦台依把话说完，
带着大伯和母亲，
陪同夫人和弟弟，
在阳光之下离别柯尔克孜乡亲，
渐高渐远，人去身隐。

现场的人们无不哭泣：
“只有死亡才迫使人永世分离，
这样活生生地消逝而去，
实在太离奇，
不是亲眼看见，
只能发生在梦里。”

众人目不转睛看着，
他们转向玛纳斯的陵墓而去，
大家蜂拥去寻找，
陵墓周围不见一丝一毫痕迹。

柯尔克孜人号啕大哭：
“无情的世界，
你怎能让英雄活活地离去！”

凯耐尼木大战
卡勒玛克汗王奇克台

奇克台汗联兵侵犯柯尔克孜部

日复一日，
年复一年，
又过了不知多长时间。
在广阔的塔拉斯，
又爆发了痢疾。
拉痢疾不分男女老少，
一旦染上要治愈很难。
柯尔克孜的故乡，
又陷入了深重的灾难。

英雄赛依铁克也不幸去世，
人们悲痛地为他举行了葬礼。
面对命运的捉弄，
人们只好服从。
父亲死了，儿女成了孤儿，
子女夭折，父母更加心疼。
该死的世界如此无情，
被病魔折磨的塔拉斯人，
在苦难中挣扎，
心中充满了伤悲。

赛麦台依五人已销声匿迹，
赛依铁克也不幸病逝，
康阿依人得知这些消息，
他们酝酿要来袭击。

他们共同商量：
“自从玛纳斯以来，
我们再没得到好处，

我们要借机抢劫布鲁特，
把他们斩尽杀绝，
夺取撒马尔罕附近的领土。”

康阿依的部落头目，
以卡勒玛克的奇克台为首，
索托勒、朵热特和铁铁克紧紧相随。
四个首领聚集一起，
密谋着阴谋诡计。
他们没屈服过契丹，
秦马秦跟他们交锋多次，
都没能获得胜利。
巴克布尔秦的部队，
也多次与他们对垒交锋，
却被他们打得狼狈而去。
契丹的北方，
也被卡勒玛克首领占领，
从没有人把他们战胜。

他们四人从未到过塔拉斯，
也未听说过凯耐尼木。
他们不自量力，
又想把布鲁特占领。
他们相互喊着“快走，快走”，
率领人马启程出征。

他们带着六万人马，
弹药粮草驮在单峰骆驼背上，
尘起沙飞，开始了远征，
翻山越岭，浩浩荡荡。

他们来到阿尔泰的一个达坂，
哈萨克的勇士们进行阻拦，
最终被他们打败。
他们疯狂地烧杀掠抢，
哈萨克部几乎被他们全部灭绝。
只有偏远的哈萨克人，

才勉强存活得以幸免。

他们对哈萨克施压威胁，
把哈萨克人向伊犁一带驱赶。
“你们要脱离阿拉什，
要和我们友好携手并肩，
我们要向玛纳斯的塔拉斯，
发起攻击，报仇血恨。”

伊犁的民众得知敌人来犯，
向柯尔克孜传去了消息。
柯尔克孜和哈萨克，
与伊犁的民众团结一起。
他们也派人通过凯敏，
向英雄凯耐尼木告急。

噩讯传遍柯尔克孜，
所有的人都心神不安；
一边是疾病在蔓延，
一边又遇到敌人侵犯。
凯耐尼木果断做出决定：
为了阿拉什部的安全，
他要一个人出征御敌。
凯耐尼木跨上坎库拉骏马，
单枪匹马出发。
他离开了塔拉斯和柯尔克孜，
一路上鞭策不停，马蹄哒哒。
他来到伊列滨的山梁，
把入侵者的来路观察。

奇克台抽打驱赶着士兵，
嘴里喊着“快走，快走”！
他头戴有缨穗的帽子，
帽子上镶嵌着珍贵的宝石。
腰中束着长长的腰带，
脚上穿着厚厚的棉靴。
他自高自大，敢冲敢杀，

把一方百姓管辖。
他高坐汗王的宝座，
以阔克图卡特为首都，
在那里称王称霸。

冬天他远渡黄海，
夏季回到草原。
他把马奶酿成烈酒，
常煮酒为乐，酩酊大醉。
有时他感到寂寞，
就外出游逛取乐。

长白山以东的半岛，
那里的民众安居乐业。
奇克台常去掠夺他们的财产，
使他们提心吊胆不得安然。

在他生气的时候，
就到东北方向的关东，
侵扰卡坎秦的百姓，
使他们家破人亡，不得安生。

西南到星星峡的黑石，
北到康阿依和冰海，
广袤的高山和草原，
全被他以武力占领。
他狂妄、独裁、残暴，
向民众把繁重的苛捐杂税摊派，
从不把百姓放在眼里。
他贪图享乐，荒淫无度，
为非作歹，无恶不作。

奇克台的大军一路点燃战火，
来到了伊列滨的宽阔草原。
凯耐尼木前来应战，
他把玛纳斯镶金的战旗，
插在了高台上面。

奇克台汗看见战旗，
脸色顿时变得灰白：
“那个人是不是疯子，
竟敢独自插起战旗？

“他是何等人士，
是从何处而来？
你们赶快派人去察看察看，
是不是阿拉什人不敢反抗，
以这样的方式向我示败？”

他这样说着派人去打探，
四个部落却没有人愿去。
只好指使一个哈萨克人，
还有一个卡勒玛克人，
一同前去打探。

他们二人看见凯耐尼木，
把奇克台派遣的本意，
由哈萨克人讲了个仔细：

“对面黑压压的人马，
全是奇克台汗的人，
他们身边跟随的三人，
索托勒、朵热特和铁铁克，
是众所周知的英雄好汉。

“他们四人聚在一起，
谁能战胜，与之匹敌？
卡坎秦和秦马秦曾跟他们作对，
结果也丢盔弃甲大败而退。

“奇克台还说，
‘保护着全部阿拉什，
维护着柯尔克孜安全的赛麦台依，
保护着六十个部落，

维护着阿拉什安全的赛依铁克，
一个销声匿迹，
一个早已死去。

“‘我要向柯尔克孜报仇，
以前我马瘦兵弱，
现在我兵强马壮，
正是出兵报仇的大好时机。’
他派我到这里探视情况，
要问清那扎战旗的是谁？
问你是来应战的，
还是代表柯尔克孜，
前来投降屈膝？”

听到此话，
凯耐尼木燃起冲天怒火。
他让卡勒玛克人站着，
让哈萨克人听着：
“赛麦台依销声匿迹，
英雄赛依铁克早已逝去，
难道阿拉什就没了头人接续？

“该让神灵惩罚的卡勒玛克人，
敢来侵犯柯尔克孜吗？
强敌来抢劫塔拉斯，
我黄脸死神凯耐尼木，
难道能袖手旁观吗？

“卡坎秦的汗王艾散汗，
卡勒玛克的汗王空吾尔巴依，
他们曾向汗王阿依阔勒玛纳斯，
签约发誓，再不侵犯。

“阿依阔勒玛纳斯去世之后，
妄自尊大的空吾尔巴依撕毁盟约，
竟然把塔拉斯侵犯。

“他战败狼狈逃窜，
涅斯卡拉，穆拉迪勒，
奥若克尔三个人为此付出了生命。
那年他们又签订了条约，
和平又持续了六年。

“空吾尔巴依又把阴谋施展，
率兵将柯尔克孜阿拉什侵犯。
为此他付出更惨重的代价，
自己在古里巧绕枪下一命归天。

“卡勒玛克人诱骗哈萨克，
使他们迁居到库尔普勒多克，
赛麦台依血战卡勒玛克，
让哈萨克人得以回返。

“从那时起直到现在，
卡勒玛克人没再敢进犯。

“说什么赛依铁克也已亡故，
说什么柯尔克孜已无英雄好汉。
愚蠢的奇克台，
难道不知道我凯耐尼木的名字！

“在西边方向的七个巨人，
红脸巨人克孜勒阿勒普，
还有哈勒别克等人，
我把他们全都收拾；
活了八千年的居仁朵，
也被我亲手杀死。

“在建有十七层红铜做的房子，
有七万人马披红袍、袒胸脯，
护卫着不可一世的秦额什，
是我一人把他们战胜，
还把古丽卡克神鸟一齐救出！

“卡勒玛克人，
你回去告诉奇克台汗，
我不是为他杀牛宰羊的人，
我不会成为他的手下败将，
更不是依附他的奴仆。

“让奇克台不要自找灭亡，
让他把我的名字记在心上，
阿拉什的凯耐尼木，
举世闻名的黄脸死神盖世无双。

“我的父亲是英雄赛依铁克，
谁人不知他的名字？
我的母亲库娅勒，
是名冠天下的仙女。

“自不量力的奇克台，
我从没有欠他什么。
没有打开他的白褡裢，
没有窃取他的白银；
没有抢劫他的马群，
没有强割他的麦子；
没有侮辱他的尊严，
更没有侵扰他的部众。
他为什么率领众多人马，
要侵犯我们柯尔克孜人？

“告知他不要鲁莽行事，
告诉他办事要瞻前顾后，
若是敢来与我作对，
我就叫他一命呜呼！
若是他能老老实实回去，
我会饶他性命不去追击。”

凯耐尼木接着又说道：
“哈萨克呀，
你不要再回去。

一旦回到那里，
他们会把你折磨成残疾。”

惊恐的哈萨克人左右为难，
去也不是，留也不是。
他心中暗想：
“他们有六万人马，
还有四个大力士；
凯耐尼木虽单枪匹马，
却英勇无比，一副英雄气势。

“要是我回到卡勒玛克那里，
神灵将把我惩罚；
要是我留在这里，
一旦落入他们手中，
那后果又会多么可怕！”

哈萨克人想了半天，
觉得返回比较可靠。
也顾不得神灵会惩罚，
就回头慢慢踏上返程。
凯耐尼木没有再加阻挡，
心想后果他自会知道。

卡勒玛克人快步跑回营，
衣袂飘拂在风中。
他把凯耐尼木的话语，
全部转告给了首领。

接着哈萨克人赶到，
一副笑脸向他们讨好：
“我没有投奔柯尔克孜，
觉得还是你们更好。”

奇克台听罢怒气顿生：
“凯耐尼木就那么厉害？
我倒要看看他的能耐。

我要严厉惩罚哈萨克人，
看他能从我手中把人救回？”

他营中有五十个领路的哈萨克人，
奇克台把他们集合在一起。
他对手下发出命令：
“打烂他们的肌肤，
用力抽打他们的骨头！
凯耐尼木说他是英雄，
我看他有多大本领，
敢来把他们搭救？”

奇克台把哈萨克人绑在一起，
把他们按倒在地，
两个对一个，让他手下人不停抽打，
只见皮开肉绽，残忍无比。

这时，凯耐尼木高喊着玛纳斯的口号，
冲杀过来说道：
“该进你父亲坟墓的卡勒玛克，
你们这些不是人的东西，
抓获的俘虏不可杀害，
这是自古以来的惯例。
哪有你们这样行凶，
我决不饶恕你们这些恶棍！”

当他冲杀过来，
那手持棍棒的人四处逃跑，
他一把抓住了七个，
让他们把哈萨克人解开。

铁铁克赶来挡堵：
“不怕死的陌生人，
你竟敢阻挡汗王的旨令，
快报告你的姓名？

“我父亲名叫赛依铁克，

本人名字叫凯耐尼木，
从现在起你该记住。
你又是来自哪里？
说出来你的名字。”

“我是康阿依的英雄，
铁铁克就是我的大名。
跟我较量的人，
从未能活着踏上返程。

“你在此胡喊乱叫，
今天就判你死刑。
这些哈萨克人，
可以先交给你。
你若真有能耐，
跟我单独交锋！”

五十个哈萨克人获得解救，
他们结伴走到对面。
在凯耐尼木的战旗之下，
坐下歇息观看。

康阿依的英雄铁铁克，
手持长矛，满面怒容。
他身上穿着双层铁战袍，
不顾死活，催马猛冲。

英雄凯耐尼木，
不慌不忙策马前迎。
他挡开对方刺来的矛枪，
英勇回击进行反攻。

铁铁克的身段敏捷，
一次也不让凯耐尼木得手。
他们你拼我杀各显神勇，
胯下的骏马不知疲倦疾驰如风。

双方千方百计施展手段，
都不能将对方刺中。
双方的屁股都不离马鞍，
兵器失去了作用。

双方丢下兵器，
互相抓住手腕，
借助坐骑的力量，
你拉我扯用尽全力。

两个人像公羊一样撞击，
个个被撞得额青脸肿，
手掌脱皮，嘴唇撕裂，
四手相交，愈显威风。

日落日出，过了两天，
他们俩打得难解难分，
依然顽强苦斗，
谁也未见有一丝倦意。

玛纳斯的后代凯耐尼木，
他的黄脸突然变得青白。
他一用力把铁铁克从马背上举起，
向坎库拉的鞍前拉来。

康阿依的人马见到此景，
一拥而上，乱若野蜂。

凯耐尼木手臂一扬把他扔出，
又飞起一脚向他踢去，
铁铁克的心脏从嘴中喷出，
落到一个射程之外。

铁铁克手下的一万二千人马，
敢于抵抗的被凯耐尼木砍杀驱赶。
奇克台、朵热特和索托勒三人，
谁也没有支援出兵。

敌兵的坐骑四散乱逃，
被战旗下的哈萨克人全部拦截，
一匹匹鞍具齐全的骏马，
落入了哈萨克人的手中。

饥饿的哈萨克人宰杀了肥马，
一个个吃得胃满肠盈。
他们佩服凯耐尼木，
真是当今天下英雄。

奇克台汗又下了一道命令，
让索托勒往前冲锋，
再与凯耐尼木一决雌雄。

索托勒也是一位无敌英雄，
人马不敢正视他的面容。
他一生气就须毛直竖，
衣角无风也在空中飘动。

他满脸寒风呼啸，
胡须粘在一起如同结着厚冰。
他眼冒火焰，口吐青烟，
戳出长矛咯嘣作响，
与他作对无人能逃生。

他身体壮若小山，
眼睛像一对山窝，
脖子粗若公牛，
有一双野兽的耳朵。

他上身宽大，下身短小，
一副大力士的外表。
他头戴铁盔，
骑着黑灰战马，
马奔如飞，迎风萧萧。

这时索托勒策马冲来，
他怒发冲冠牙齿咬得咯嘣直响。
凯耐尼木也催动坎库拉，
手持长矛不慌不忙上前迎战。

索托勒心想：
“我要把他刺下马鞍，
就要找出他的致命弱点。”

他把凯耐尼木上下打量：
“他比哈勒别克还高出一筹，
确实是无敌的英雄。
他不会轻易被人打倒，
要征服他确实困难。”

索托勒冲来没有说话，
也没把自己姓名通报，
他挥动长矛就刺，
被凯耐尼木以战斧挡开。

凯耐尼木径直反攻，
嘴里高喊玛纳斯的口号。
他避开索托勒的阻挡，
朝他的腰部一矛刺中。
索托勒竟然未能觉察，
他仍在原地一动未动。
老天爷呀，
你别让人们看到下面的情景。
凯耐尼木用力过猛，
手中的矛枪折断难以再用。

这头挨了一矛的野兽，
重新又打起了精神，
他用力挥起弯把铁锤，
砸向刚转身的凯耐尼木。

凯耐尼木侧身躲过，

铁钳般地抓住对方的手腕，
只听得“哐啷”一声，
那铁锤便坠落在马蹄下边。

苦战不休的两个英雄，
把生死早已丢在脑后。
索托勒又操起战斧，
二人又展开了生死搏斗。

战斧断了把子，
矛枪损坏了锐尖，
宝剑没有了利刃，
仍在无情地鏖战。

白日没停一刻，
夜间也没休战。
无情的厮杀险象环生，
两条性命如毛系丝悬。

兵器没了作用，
彼此揪住衣领，
你拉我扯，难辨雌雄；
接着扭打摔跤，
还是势均力敌。

中午过后，
索托勒又振奋精神，
千方百计寻找破敌的机会。
他紧扎腰带，
一次次想搂住凯耐尼木的腰部，
欲把他的双肾捏碎。

凯耐尼木哪甘示弱，
心细眼疾，勇猛反击。
当对方扑来之时，
他立即卧下身去，
朝着敌方的裆间，

用膝盖往上猛击。

他飞起右脚狠踢对方的膀胱，
该死的索托勒，
不堪一击翻滚在地。

凯耐尼木挺起腰杆，
不给对方一丝喘息之机，
朝着索托勒的肌骨，
又飞脚一踢。

索托勒肌骨折断，
膀胱里的尿喷出了下体。
不可一世的索托勒，
一命呜呼，再没了气息。

自高自大的奇克台汗，
此时顿感力薄势单。
面对当前的危险处境，
他把朵热特叫到身边：

“我们从来同甘共苦利害相连，
我们四个曾经像一团烈火，
使得别人不敢侵犯。
我们曾在长白山游荡，
生活得无忧无虑，地阔天宽。

“那在小岛上居住的，
穿短衣服的佳番，
我们曾挡住他们的商队，
抢夺他们的商品财产。

“我们曾经攻入卡坎秦，
夺取他们的金子财产；
我们曾向其尼人施压，
每年都让他们把茶叶和陶瓷品贡献。

“当我们生气的时候，
就向秦马秦和卡坎秦进攻，
抢来成队的单峰骆驼，
让他们把丝绸和茶叶，
驮往日落方向，
去做买卖赚取大钱。

“在那里我们无所顾忌，
四处掠夺囤积财产，
随意威胁他人，
经常闹点事端。

“我们以为赛麦台依销声匿迹，
赛依铁克一命呜呼，
打算向柯尔克孜进军，
使那六十个部落的阿拉什，
尝尽人间的苦难。

“我们还曾想把撒马尔罕、
塔什干、纳曼干等六个城市和安集延，
重新收回归为己有，
长期将他们霸占。

“这个该死的凯耐尼木，
我们从未听说过。
我们更没料到，
他竟突然出现在这里——
在伊犁这边与我们交战。

“铁铁克和索托勒，
个个人高马大，
曾是傲居一方的英雄。
他们是康阿依人的靠山呀，
如今竟战死在凯耐尼木手中。

“我们俩侥幸未死，
看来末日也在眼前。

如若单独交战，
你我都会命丧；
如若临阵脱逃，
凯耐尼木定会前来追赶。

“我们应该相互配合，
从四面进攻，一拥而上，
向凯耐尼木掷出罗网。

“如若使他落入罗网，
我们把他杀死，
柯尔克孜人就再没有人，
有能力出来将我们反抗。”

朵热特听后点头称是，
他同意奇克台汗这个主意。
奇克台汗挥动鞭子，
两支队伍便向前冲去。

阿依阔勒的儿孙凯耐尼木，
他英勇善战天下无敌。
他骑在坎库拉骏马的背上，
就像奥波勒山一样威武雄壮。

缴获索托勒的长矛，
他紧紧握在手中。
他静静稳坐马背，
泰然自若，以静制动。

当敌兵拥向身边，
他策马挥矛迎战。
他高喊着玛纳斯的口号，
气吞山河豪气冲天。

他胯下的坎库拉骏马，
耳朵直竖，弓腿跑步，
如入无人的境界，

似狂浪决堤横卷。

对着阵前的一万个大力士，
奇克台汗发出命令：
“先让朵热特去应付，
你们盯在后面伺机而动，
一有机会就要蜂拥而上，
抛掷铁套网要四方齐动。
要是神灵保佑我们，
凯耐尼木将落入网中。”

还在反击出发之前，
凯耐尼木对那五十名哈萨克，
也有叮嘱在先：
“失去主人的马匹，
已归你们自己所有，
现在到了你们效力的时候。

“卡勒玛克人心底不善，
他们会像魔鬼一样诡计多端。

“如果他们向我掷出铁套网，
你们千万别靠近我的身边，
以免在混乱中生出事端。

“如果我落入网中，
你们别以为我会被抓去，
千万不要到处乱逃窜。
如果你们离开战旗下面，
就会陷入敌方的包围圈。”

向着卡勒玛克的人群，
凯耐尼木冲杀而去。
他一人单枪匹马，
敌方是千军万马，人山人海。

“我要把面前的敌人杀光！”

他满怀信心，挥矛刺去。
矛尖刺出，鲜血横流，
矛杆收回，威震天外。

他借着下坡一刺，
五十个敌兵倒地身亡；
又向着身后一枪，
一百个敌兵溃败落荒。

再用力左右一扫，
一千个敌兵东倒西歪。
他不知疲倦连续战斗，
欲把敌人全部杀完。

看到如此残酷的情景，
朵热特吓得浑身震颤，
连一个字也说不出来。
可他又不甘失败，
于是就鼓足勇气，
手提黑色的月牙战斧，
冲着凯耐尼木砍来。

就在这一刹那，
卡勒玛克的一千个大力士，
也如潮水般一拥而上。
他们把铁套网投向凯耐尼木，
近前的朵热特也同时落网。

奇克台大喊大叫，
飞马来到他二人身旁：
“来啊，把网绳给我拉上，
我要拖走凯耐尼木，
判罪行刑，叫他死亡。”

凯耐尼木不屑一顾，
沉着冷静，顽强反抗。

奇克台解下了网绳，
把它夹在了马镫下面。
他想把凯耐尼木拖拉至死，
就使出浑身力气策马加鞭。

一千个大力士、一千个套环，
凯耐尼木被三百个套中，
六百个套在了朵热特身上，
剩下的一百个完全落空。

此时凯耐尼木突然想起，
自己的背上有把大刀，
那是从居仁朵身上缴获的宝刀，
能削铁砍石，利刃不老。
他抽出大刀砍断铁环，
又巍然站立，稳若高山。

还是古人说得好：
“要给他人挖坑，
先要自己跳下去衡量，
以免自己出不来身亡。”

奇克台拖走了朵热特，
却以为拖拉的是凯耐尼木，
依然在荒棘乱石上疯狂奔走。

身后众多的卡勒玛克人看得明白，
焦急得七嘴八舌，乱叫乱吼：
“凯耐尼木没在网里，
你怎么拖拉着朵热特狂奔？

“你这是怎么搞的？
是想找死，
还是昏了头脑？

“你这个窝囊废，
瞎了眼睛，

怎么连敌我也分不清？”

奇克台听到这谩骂指责，
赶忙勒马停了下来，
满脸羞愧头不敢抬。
众人立刻放出了朵热特。
奇克台站在原地直发呆：
“凯耐尼木有何法术，这么厉害？”

凯耐尼木掉转马头，
回到了那五十个哈萨克人身旁，
高声吩咐，声音响亮：

“卡勒玛克人正溃败惊慌，
丢下的物品漫山遍岗。
想要什么你们都拿去，
然后就快快返回家乡。

“你们告诉乡亲们，
有个凯耐尼木萨日克出现了，
那妄自尊大的铁铁克、索托勒，
都在他的手里战败身亡。

“别的事情你们已经看到，
要知几分就说几分，
向乡亲们告知真相。
途中再莫耽误时间，
要尽快回到自己的家乡。

“若有敌兵再来阻拦，
你们要赶路不要惹他；
若遇到溃逃的卡勒玛克人，
你们可抢劫他们的良马。

“哈萨克兄弟，
我在这里保护你们，
有人胆敢侵犯，

那就是他们末日来到。”

为哈萨克人排忧解难，
让他们走向阿尔泰的家乡。
凯耐尼木守候在路上，
心中在把对付奇克台的计谋设想。

朵热特被人们解出套网，
他满腔愤怒，火冒三丈：

“发疯的奇克台呀，
你是否暗藏祸心，
你要把我置于死地，
好一人独占康阿依？

“当凯耐尼木杀戮之时，
在铁铁克阵亡之时，
在众兵丁溃败之时，
你无动于衷，若无其事。

“你当时的行为令人怀疑，
你现在的行为更加清楚，
你的用心无须狡辩，
你的贼心已败露无疑。

“面对凯耐尼木，
你担心我不会给你帮助，
才拐弯抹角说了一堆废话，
好使我心服口服为你卖命。

“你让人把我也装进套网，
你快马加鞭拖出老远老远。
你是否认为我已经完蛋，
才装出样子救我出来，
再装作认错糊弄给人看？

“你若真有本事，奇克台汗，

你去把凯耐尼木的肚子劈开。
你若是做不到的话，
那你就死在他手里别再回返。

“如果你死在了他的手里，
你别担心，也别发愁，
我会替你去报仇。”

朵热特一腔怒火难以平静，
大吼一声发出命令，
撤出了康阿依的人马。

不仅康阿依人纷纷背离，
就连奇克台本部的卡勒玛克人，
此时也都想各自逃散。
对于奇克台的作为，
他们心中也疑虑顿生。
奇克台这时已很难服众，
再也没了统帅的威风。

为了看看他的下一步棋，
朵热特和他的人马暂时未动。
康阿依的人马纷纷离开，
卡勒玛克人没一人上前阻拦。
四个部落的联盟从此解体，
曾经的风光再难出现，
如同戈壁黄沙松散一片。

聚聚散散这类事情，
老人们曾这样说得分明：
“六个人若有私心，
他们会丢掉胯下的马匹；
四个人若团结一致，
能摘下天上的星星。”

古人留下的格言谚语，
永远是千真万确的真理。

凯耐尼木来到阵地，
发现敌兵的人数明显减少，
他心里想：
“这个奇克台是否起了黑心，
派了部分队伍去把百姓骚扰？”
他又想：“眼前情急管不得那么多了。”

凯耐尼木对朵热特说道：
“你这个愚蠢的朵热特，
这一次你再莫临阵逃跑。
你这个自以为是的家伙，
还敢对我打伏击，
这一次我决不把你轻饶！

“奇克台把你圈入罗网，
差一点把你的小命毁掉，
是我有意给了你们生路，
让你们两个都逃之夭夭。

“英雄行走天下，义气最为重要。
否则当你们相互拉扯的时候，
我会趁机把你们的脑袋砍掉。

“我们的先人们说过，
当敌人身处危境之时，
不得趁机攻剿。
应该平等地交锋，
哪怕勇敢地在对手刀下死掉。
否则就是战胜，
也是对祖先的大逆不道。”

听到凯耐尼木的话语，
朵热特恼羞成怒，
他立即挥动长矛，
径直冲向凯耐尼木。
他对奇克台说过的那些话，
也丢在脑后，毫不在乎。

英雄凯耐尼木和朵热特，
又开始了一场持久的恶战。

他打在他的肩上，
他打中了他的头颅。
两边的盾牌打成了碎片，
各自的头盔也打得歪歪扭扭。

你听，战斧在头盔上叮当作响，
你看，两边的战袍被戳烂成了碎片。
那杀声阵阵直入云霄，
那矛枪撞击闪光生烟。
这一方牙齿咬得咯嘣响，
那一厢开口回敬唾液四溅。
好比两头发情的公骆驼，
你死我活，互不相让，
你滚我爬，天旋地转。

朵热特找准了一个时机，
朝着凯耐尼木的心肌骨，
狠狠地戳出一矛，
小手指般粗的一股鲜血，
立刻从腰间向外喷冒。

挨了朵热特这一矛，
凯耐尼木怒火燃烧，
心想："你岂是我的对手，
我岂能在你手下轻易输掉。"

他七窍生烟，怒目圆睁，
紧紧握起那杆索托勒的长矛，
欲拼命回击，如猛虎咆哮。

看到凯耐尼木的怒色，
朵热特又重新把盔甲整好。

凯耐尼木像头饥饿的狮子，
闪电般地向朵热特扑去，
朝着小山般的朵热特耳朵后面，
勇猛地刺出了长矛。

左耳朵后刺进，
右耳朵边冒尖。
当戳透的长矛抽回之时，
小山般壮实的朵热特，
立刻从马背上朝地下翻倒。
不可一世的朵热特，
就这样没了性命。

朵热特的人马，
一看这般情景，
如同决堤的潮水，
朝着凯耐尼木猛冲。

阿依阔勒的子孙凯耐尼木，
他从来不知道什么是疲倦，
拿起了锋利的宝剑，
向着冲来的众多兵卒砍去。

他盛气凌人，
向着坎库拉猛抽几鞭，
哪里有聚集的敌人，
他就向哪里直冲猛砍。
面对众敌他毫不留情，
一心要奋力拼杀，
把众敌四处驱赶。

把这段故事先放在一边，
让我们接着来说唱，
凯耐尼木和奇克台，
一幕幕斗智斗勇之战。

凯耐尼木与奇克台轮番较量

卡勒玛克的奇克台汗，
并没有走向战场，
他看着那血流成河的情景，
为下一步行动苦思冥想：

“现在不宜去为朵热特报仇，
谁都清楚，朵热特是咎由自取，
是他们与我分裂先离战场。

“等我把凯耐尼木杀死，
等我把柯尔克孜人赶走，
等我把他们的牲畜统统占有，
那就是我主宰世界的时候。

“那时我再找康阿依人，
他们的命运要由我定夺。
要让他们都沦为奴隶，
把他们赶离自己的村落。

“我要将所有康阿依人，
划归到每一户卡勒玛克人管辖，
让他们为卡勒玛克人效力干活。”

这样打算，那样梦想，
奇克台汗野心膨胀，
巴不得明日就能去独占，
那四个部落所有的地方。

眼前的凯耐尼木，

他根本没有放在心上。

凯耐尼木不愿在这里待得太久，
他等着奇克台来决战。

奇克台汗终于来到战场，
凯耐尼木对他说道：

“卡勒玛克奇克台汗，
你一贯奸诈狡猾，
心术不正，阴谋多端。
跟着你来冒犯的三个头领，
都已经一命归天。

“眼看着那么多将士伤亡，
你却不闻不问，视而不见。
你对部属毫无责任，
你的天良已丧失殆尽。
你早已失去了天意民心，
你的末日已不会太远。”

听完凯耐尼木这一席话，
这个不可一世的卡勒玛克，
像头被惹恼了的野兽，
咆哮着从阵营催马杀出，
恨不得把凯耐尼木一口吞掉。

他光光的下巴，没有胡子，
又肥又胖，不显个子。
他头戴着一顶头盔，
更加像个肥肉墩子。

他背上背着箭盒，
手里握着铁弓，
那每一支箭镞都浸泡过毒药，
他深信凭此可杀敌制胜。

他心中暗想：
“只要我一箭射中，
凯耐尼木就会完蛋。
无论射中他的哪个部位，
毒汁都会全身蔓延，
最终毙命定是必然。”

奇克台先把一支箭横咬在嘴里，
然后又把箭矢套上弓架，
接着对凯耐尼木开口喊话：

“凯耐尼木，
我们别再乱枪交战，
咱们改为相互轮回射箭，
第一箭就由我射向你，
第二箭就由你向我射还。

“你今天有没有带上弓箭？
拿出来让我看看。”

凯耐尼木并非没有准备，
他当然不会没有弓箭，
在他身上带着的，
是古里巧绕遗留下的弓箭。

他从腰间拔出铁弓，
紧紧握在自己手中。
只见这时的奇克台，
却定睛将凯耐尼木的弓箭观看。

他曾经听说过，
当年在阔阔托依的祭典上，
举行的射箭比赛中，
阿勒曼别特获胜，
那把神奇的卓依噶拉铁弓，
落在了他的手中。
而契丹的希普夏依达尔，

比赛局局失利，
最终两手空空。

他看到正是那张铁弓，
奇克台心中发慌，畏惧顿生。
他还是强打精神，
拉紧了自己手中的铁弓。

“我要瞄准他的头部，
如果不能射中他的眼睛，
也能射中他的头盔。
一旦他头盔被射碎，
他即使不死，也会被打懵。
接着我再冲上去用战斧砍杀，
要是他的兵器都被砍坏，
没有人能来给他及时补充。”

奇克台心里这么想着，
右手猛地一放，
箭矢飞向凯耐尼木的前胸。

说时迟那时快，
敏捷的凯耐尼木，
应声俯身躲闪，
全身紧紧贴上马鬃。
只听“嗖”的一声，
身边飞过了箭矢的灰影。

“如果由他来射箭，
我就必然死定，
那卓依噶拉神箭，
不会放过我的性命。”

奇克台想到这里，
手持战斧，高声喊叫，
向着凯耐尼木狂奔直冲。
凯耐尼木愤怒地说道：

“你这个女人都不如的卡勒玛克，
你这个混蛋，
我先让了你一招，
你竟然如此食言不讲信用！”

凯耐尼木放下弓箭，手握长矛，
当奇克台的战斧砍来时，
他出手用矛枪挡开。

奇克台无奈也拿起矛枪，
当凯耐尼木的利矛戳出，
也被他横矛一下挡开。
长矛相互咔咔碰撞，
二人各显非凡的身手。

一个是康阿依惯匪老将，
一个是柯尔克孜疆场新秀，
他们又将战刀抽出刀鞘，
狠狠地劈向对手。

一会儿抡起战斧，
英勇地砍向对手，
两斧相击，火花四溅。
他们再用战锤猛砸，
两锤相撞，霹雳震天。

他们用遍了所有带来的兵器，
在广阔的伊犁大地上决斗。
残酷的战争一刻也没有停，
一直鏖战了两个黑夜，
一直拼杀了两个白昼。
用兵器拼不出高低，
他们就相互抓住手腕，
互相厮打，推来搡去，
可依然势均力敌，
谁也不肯罢手。
胯下的战马用劲过猛，

四蹄陷进泥土里头。

奇克台像只狡猾的狐狸，
他明知这样单打独斗难以取胜，
如果不设法撤离将会丢掉性命。
他眉头一皱又生出一条诡计：

他想把众兵引入战场，
把战事闹大闹乱，
而自己则借机行动，
偷偷逃往萨勒巴尔得群山之中。

如果能到萨勒巴尔得山边，
那就临近卡勒玛克人的后方家园，
他就能从阿尔勒玛泰运来粮食，
从康阿依征集人马，
然后再继续更残酷的战争。
“我要运用自己的智谋聪明，
先把这个愚蠢的柯尔克孜迷惑。
万一我被刺中，
也好让众多的卡勒玛克人马，
越过萨勒巴尔得山向阔克图卡特逃命。

“否则若有个三长两短，
这些兵丁就会落入哈萨克人手中，
那样的后果不堪设想，
那就会让柯尔克孜如愿以偿。

“卡坎秦和秦马秦，
我曾给他们带去六次苦难。
如果听到我这样的遭遇，
定会讽刺我诅咒我活该，说我无能！
契丹人离此最近，
他们将把我们的家园占领。”

奇克台一边作战一边思谋，
故意逃到战场的边缘留停。

他向众兵丁挥了挥鞭子，
一万五千卡勒玛克人，
以为是汗王在下达命令。

他们立刻一拥而上，
宛若一窝搅乱的野蜂。
奇克台此时转身就逃，
趁机混入乱阵的人马之中。

众多的卡勒玛克人马，
围着凯耐尼木堵截冲杀，
像笼中放出的一群疯狗，
乱扑乱咬，挥蹄舞爪。

凯耐尼木毫不惧怕，
像这般混乱的乌合之众，
他不费吹灰之力即可将他们杀败。

他骑着坎库拉骏马，
泰然自若地应战，
手握色尔长矛，
不停地左刺右挑。

他冲着涌来的敌兵前进，
杀得敌人血流成河，鬼哭狼嚎，
一万五千个顽抗的卡勒玛克，
大多数都被他横扫。

残存的一些兵丁，
沿着阿尔泰山山坡，
朝着阔克图卡特溃去，
向康阿依方向狼狈败逃。

向着奇克台逃跑的方向，
凯耐尼木紧追不舍。
萨勒巴尔得山的山脚，
是奇克台的目的地，

他死里逃生，
终于到达了那里。

“凯耐尼木不会追到这里，
只要他踏入这片土地，
他就难以活着回去。”
奇克台心中这样盘算。
奇克台在那里待了八天，
他终于沉不住气了，
难改的本性使他又发兵出击。

他要侵略阿尔泰的哈萨克，
抢劫他们的牲畜。
捕捉他们的少年，
然后交给契丹，
用马匹兵器交换。

他要接着入侵塔拉斯，
使柯尔克孜遭受苦难。
正当他带着一些卡勒玛克人马，
起身跃马之时，
凯耐尼木也出现在他的面前。

“你们这些穷途末路的卡勒玛克，
是否神志发昏？
你们还要逃窜到何处，
继续祸害别人？

“你别逃跑，也不要怕，
咱们已经习惯了厮杀。
你不要以为我单枪匹马，
英雄就是要决战到底，
不获全胜决不罢休。”

看到凯耐尼木的身影，
听到他义正词严的喊话，
奇克台又一次挺枪出马。

他脑后的头发在风中飘散，
他脚上蹬着双破烂的战靴。
他像被猎犬猛追的野山羊，
狼狈得气也喘不过来。
铁打的盾牌在背上摇晃，
他朝着凯耐尼木挥枪扬矛，
凯耐尼木挥舞长矛迎面拼杀。

从右边闪到左边，
又从左边转到右边，
该死的奇克台汗，
狡猾地一边加鞭催马一边躲闪。

在伊犁的战斗中，
他曾经败给凯耐尼木。
此时他将生死置之度外，
挖空心思，伺机报复。

他暴跳如雷，长矛紧握手中，
他恼羞成怒，如公驼发情。
他怒火中烧，贼眼圆睁，
像毒蛇蹿出了自己的穴洞。
两个倔强的英雄就是这样，
又开始了一场你死我活的搏杀。

他们不停地挥矛刺杀，
发出的声音震耳欲聋。
那威力可使山峰倒塌，
那气势好似刮起的飓风。

天上的飞禽无法飞翔，
地上的走兽不能走动。
土层中动物都爬出了地面，
害怕地壳开裂没了性命。

河川尘埃四起，

湖水上下翻腾。
大地也震得战栗，
发出了刺耳的轰鸣。

奇克台束好马尾，
不停地用力挥矛刺杀。
两支矛尖叮当相撞，
迸出一道道寒星火花。

奇克台突然找到了下手的机会，
朝着凯耐尼木的肩胛骨，
使劲猛地向前刺杀。

就在这危急的一刹那，
凯耐尼木紧贴马身，
立刻来了个翻身侧滑。

奇克台的长矛刺了个空，
战马也收不住蹄向前奔跑。
当刺空的人马如风而去，
凯耐尼木又立即返回马背，
骏马又稳稳地奔驰在战场。

凯耐尼木快马赶上奇克台，
挥矛向他的屁股猛刺一下。
这时奇克台也侧身躲过，
不让自己被刺中落马。

当凯耐尼木冲过他身边，
奇克台又策马追赶上前。
眼看着矛尖要刺到身上，
凯耐尼木眼疾手快，
挥动战斧奋力阻拦。
只听“咣当”一声脆响，
奇克台的矛尖被劈得粉碎，
径直落向了马蹄前的地面。

奇克台又抽出战斧砍来，
凯耐尼木如风车般转身，
举起战斧迎战。

战斧碰撞战斧，
火花一闪一闪，
双方人马满身汗水，
观战的兵丁心惊胆寒。

这样猛虎般的汉子，
我怎能不说不唱。
像凯耐尼木一样的英雄，
在捍卫正义中磨炼成长。
民众为有英雄而骄傲自豪，
英雄为报答民众的养育之恩，
挥洒热血谱写英雄华章。

维护民众利益并不容易，
为民众找到安身之地就更加困难。
凯耐尼木为了柯尔克孜的安宁，
出生入死，南征北战。

战马疲惫了，
英雄劳累了，
为了民众的安居乐业，
他独自一人在外奋战。

奇克台和凯耐尼木连战数日，
各显神通，昼夜不停。
胯下的骏马累得无法走动，
头盔、盾牌已成了碎片，
宝剑没了利刃，
长矛失去了矛尖，
战斧没了斧柄，
弩弓没了箭矢。

无耻的奇克台故技重演，

他想让众兵丁涌入阵中，
将凯耐尼木围堵拦截，
自己好在混乱中无耻地逃命。

他突然向自己兵丁挥了挥鞭子，
兵丁已经明白了他的命令。
他们蜂拥而来，
从四面八方将凯耐尼木围攻。

狡猾的奇克台，
此时趁着混乱窜进了乱军之中。

凯耐尼木怒不可遏，
就像森林中跳出的雄狮一样。
看到他怒容的卡勒玛克人马，
个个吓得浑身发抖，惊恐万状。

凯耐尼木猛挥长矛，
杀入敌群左戳右挑，
卡勒玛克人马经不住打击，
如树倒的猢狲，四散窜逃。

凯耐尼木愈杀愈勇，
奋力将逃跑的敌兵追杀。
奇克台逃到一个低矮的山坡，
面对此景他无比惆怅。
他想：
“这时我不能迎面再上，
更不能再与他拼杀一场。
无论我怎样拼搏，
也躲不过落入他手中的下场。

“此时我只有在暗处藏身，
瞅准机会将凯耐尼木偷袭。
否则我只能中枪送命。”

狠毒的奇克台本性难移，

他取下背上挂着的猎枪，
决心要对凯耐尼木偷袭伏击。

他将猎枪拿在手中，
装上子弹，
开始进行跪射瞄准，
随时准备扣动扳机把火药点燃。

看到卡勒玛克人四处逃生，
凯耐尼木停止了挥动长矛，
心想："这些人大都是些平民百姓，
只要不顽固反抗，
就不要让他们丧命。

"我的敌人是奇克台汗，
我要赶紧把他追踪。
无论他狡猾地逃到哪里，
我也要找到这只狐狸妖精！"

凯耐尼木不停地催马，
穿过丘陵驰过高地，
继续追寻奇克台的踪影。

待到二人相距有六座小达坂的路程，
凯耐尼木进入了奇克台的视线。
奇克台怎肯错过时机，
赶快用枪瞄准细看。

凯耐尼木没有察觉，
依然策马快速向前，
奇克台的枪口瞄准了他的膝盖，
就一扣扳机，
枪口射出了罪恶的子弹。

英雄的膝部被子弹击中，
飞驰中的凯耐尼木却未感疼痛。
他泰然自若，若无其事，

依然如故催马前行。

奇克台感到懊丧：
“没有打中也不能再补一枪，
否则被他发现追了上来，
定会把我活活刺死，
扒出我的五脏六腑。”

于是他赶快又跨上马背，
顾不得左右，
更不敢回头，
朝着阔克图卡特逃窜。

雄狮般的凯耐尼木遭到伏击，
受伤的右腿开始摇晃，
但他仍未停止催马加鞭。
坎库拉弓腿跨步，
眨眼来到一个低矮的达坂，
这就是奇克台开枪的地方。

凯耐尼木环视四方，
看到眼前有个火堆，
残灰余火大得像个小小的毡房。
他仔细打量周围的足迹，
马蹄踩过的地方变成了大坑，
清楚地显示了敌人逃跑的方向。

凯耐尼木停下才感到疼痛，
往右腿方向一看，
膝盖下的伤口鲜血在流淌。

他把受伤的大腿拉上马背，
绑在马鞍的一边。
他快马加鞭，
继续将奇克台追寻。

奇克台屡战屡败四处求助

逃走的奇克台汗，
跑到一个高高的地方，
举着千里眼四处瞭望。
突然他看到了凯耐尼木的身影，
惊恐的奇克台大吃一惊。
他不敢有片刻歇息，
又继续策马逃窜。

凯耐尼木感到右腿疼痛，
血管像野马跳跃不停，
路上再没遇到一个敌人，
他用左腿胡乱踢着骏马腹部前行。

他的右膝疼得要命，
受伤的右腿开始红肿，
粗得快要像个水桶。
他的伤势越来越严重，
肿胀扩展到腰部，
浑身疼痛难以忍受。

忽然他发现路边有两只小狗，
凯耐尼木迷惑不清：
“两只小狗来自哪里？
怎么跑到这山外野地？”

他从马背俯下身子，
捡起两只小狗，
放进马鞍旁的小包里。
英雄此时已精疲力竭，

更无法回到塔拉斯去。

奇克台射出的子弹，
曾经在浓浓的毒液中浸泡，
剧毒开始向全身扩散，
已经肿到了英雄的胸部。

无际的戈壁生长着各种药草，
其中一种名叫乳房草。
自从凯耐尼木吞食了居仁朵的舌头之后，
草药之谜他全都知道。

他终于看到一棵乳房草，
正要俯身用手采摘，
却一下子从马背上摔了下来。

他躺在地上许久许久，
终于醒来，
吞下了身边那棵药草。

悲惨的命运呀，
英雄也难以脱逃！

轰轰隆隆一阵巨响，
乌云飞渡，雷电闪耀，
倾盆大雨紧接而至。
大地顿时洪水滔滔，浪卷石滚，
泥石流在他的身边咆哮。

右腿骨折，全身肿胀，
凯耐尼木身子难动，无法躲逃。
突然，对面的一座山峰轰然倾倒，
巨石碎沙压顶而下，
凯耐尼木躲闪不及，
左脚骨又被巨石砸碎。

这就是苍天的意志啊，

让他不得不承受折磨苦难。

马鞍旁包里的两只小狗，
这时发出了“呜呜”的低声吠叫。
原来有一群不知来自何方的豺狼，
来到了凯耐尼木的近旁。

豺狼一边狂笑，
一边来回走动，
声音就像妖妇一样。

凯耐尼木的坐骑坎库拉，
在动物之中最有灵性。

它咬住靠近的一只豺狼，
一下子扔向远处，
再用前蹄刨击，
后蹄使劲踢蹬。
那只豺狼倒地无法起来，
哀鸣嚎叫几声没了性命。

后面又有狼群蜂拥而来，
坎库拉感到紧急，
它夹紧两只耳朵，
攻击得更加勇猛。

腾跃进攻之中，
骏马擦上了一块巨石。
那绑着狗崽包的绳带，
恰好被巨石挂断，
两只狗崽倾落地下。

狗崽朝着狼群汪汪吠叫，
那狼群才受惊奔跑逃离。

凯耐尼木所处的地方，
是个名叫铁然的山谷，

那里没有人烟，
只有豺狼野兽出没。

这里向上是阿拉套雪山，
向下是悬崖绝壁。
在这野兽出没的山坡两旁，
那陡峭的高山峰峦叠嶂。
在山坡的最高处，
长满了松树和桦树，
还有野柳和野杨。

野山羊成群常在这里吃草，
豺狼也不时会来骚扰。
豹子也时而进来游荡徘徊，
伺机叼走一只黄羊，
吓得成群的黄羊四处奔逃。

在土地松软的拐弯处，
黑熊常在这里出没挖坑。
这里长满了野苹果和野核桃，
果实累累，挂满枝头，
黑熊吃饱后常在此酣然睡觉。

在松树、白杨和桦树顶梢，
天天有百鸟叽喳鸣叫，
各种飞禽你唱我和，
鸟兽的天堂分外热闹。

云低风轻，树枝轻摇，
山风沿流水而吹，
花草的芳香顺河谷而飘。

凯耐尼木吃下消肿的药草，
浑身的肿胀日渐散消。
两只狗崽每天捉吃一只旱獭，
双双长得头大腰肥。
有时它俩去追猎黄羊，

蹦跳玩耍分外逍遥。
伤处未好，不能起身，
英雄每日寂寞难耐饱受煎熬。

被狗崽吓跑的黄羊群，
一天来到了小山坡。
凯耐尼木不甘寂寞，
拉起了弓弦，射出了羽箭。
五六只黄羊应声倒下，
一溜儿滚下这边的山坡。
俩狗崽和坎库拉奔跑过去，
及时把猎物朝跟前拉拖。

黄羊肉肥，味道纯香，
凯耐尼木专吃它的胸脯肉，
加快了伤口的愈合，
身体日见强壮。
过了整整九十天，
英雄终于挺身站立，
如同挺拔的白杨。

每日坎库拉骏马自由吃草，
恢复得像斑马一样浑身是膘。
两只小狗天天守在凯耐尼木身边，
日夜陪伴，如同保镖。

英雄又养息了十五日，
在山野共度过一百〇五天。

凯耐尼木雄风重振，
他面对群山发誓高喊：
“奇克台汗，
只要你还活着，
我定要报仇雪恨，
把你碎尸万段！”
凯耐尼木胸怀仇恨，
朝着阔克图卡特，

起身策马前进。

人人都说冤家路窄，
正在行进的凯耐尼木，
正好碰到了奇克台，
他正率领着一队人马迎面而来。

在阔克图卡特的小山谷，
奇克台休息了九十天，
可未见到凯耐尼木动静，
心想："他是否得了什么疾病，
还是我真的打中了他，
为何不见他将我追赶？

"那是我用毒药泡过的子弹，
凯耐尼木是否全身肿胀，
已在野外痛苦地死亡？
或许是他带着重伤，
回到了塔拉斯故乡？

"我必须立刻出发去塔拉斯，
把戴着白毡帽的柯尔克孜人，
打个四处躲避，家破人亡。
即使凯耐尼木还没死掉，
那也该是奄奄一息。
被我的子弹打中的人，
没有一个能逃脱死亡的下场！"

奇克台未曾料到，
凯耐尼木仍然一身豪气。
于是他策马聚兵，
一共收罗了五万人马。
其中有十位身强力壮的大力士。

两个仇人相遇的地方，
是片广阔的平原。
中间有条河流叫奥尔浑，

水流滚滚，浪花闪闪。

这是一片幽静的平原，
凯耐尼木独自站在一边。
那率领着大队人马的奇克台，
突然出现在对面的小山。

两个勇士都安然无恙，
却掩不住刻骨之恨烧在胸膛。
凯耐尼木怒气冲冲喊道：
“哎，卡勒玛克，
你要赶向哪里，
这样惶惶不安？
你经不住格斗，惊慌逃窜，
如今你又带着几万人马，
无疑是来向我挑战。

“你是否以为我早已身亡，
你的想象向来就很荒唐。
我凯耐尼木若要发怒，
今日便送你走向死亡。”
英雄的话语句句是真，
奇克台哑口无言满脸仓皇。

奇克台顾不上满面耻辱，
只有惊愕却无力抗争。
无奈他只好面对队伍，
做了个手势发出了命令。
他所带领的十个大力士，
立刻策马发起进攻。

其中有个叫巴塔克的家伙，
自不量力地戳出长矛。

英雄凯耐尼木勇猛挡开，
接着反手还击，
向着对方刺入长矛。

这个自投罗网的巴塔克，
像个小孩一样被挑向远处摔死。

接着又一个卡勒玛克大力士，
迎上前来，口中叫道：
“你是凯耐尼木，
我是色特尔，
只要我一动手，
从没有人可以逃命。

“今天是我的好运气，
能有机会跟你拼拼长矛。
当你在这里一命呜呼，
奇克台汗的黄金宝石，
就是发给我的礼包。
人生在这个世上，
为的就是金钱，
能拿到黄金宝石，
是我一生的心愿。”

这个为了金钱不顾死活的色特尔，
挥动手中的长矛，
口中喊着布尔罕的口号，
向凯耐尼木直刺。
他似乎坚信不疑，
能一下把凯耐尼木刺倒。

凯耐尼木毫不畏缩，
飞驰的坎库拉骏马也不示弱。
战马张开嘴巴冒着泡沫，
凯耐尼木热血沸腾，怒火燃烧。
他高喊玛纳斯的口号，
刺出了有力的矛枪，
把小山般的色特尔当场击倒。

色特尔四脚朝天躺在地上，

凯耐尼木紧握长矛，
等待着下一位送死的对手上场。
看到两名大力士的下场，
奇克台竟然忘记了死亡。
像大山一样的奇克台，
冲出阵来，怒气冲天。
他身上挂着盾牌和铁棒，
肩上披着铠甲，
头盔紧戴头上，
一根长矛握在手上。

他愁眉紧锁，暴跳如雷，
凶暴得就像饿虎一样。
他又像死神阿孜热依力，
脸色铁青，两目如锥发光。
他嘴里冒着火焰，
眼中泪水流淌，
还在发狂地高声吼叫：

“凯耐尼木，
这里不是柯尔克孜人的地盘，
而是契丹与卡勒玛克结盟的地方，
这里也将是你这位布鲁特葬身的地方！”

狡猾而无耻的奇克台，
又提出要轮流出手，
并要让他自己首先出击。

“他既然提出要轮流出手，
我就让他首先出击。
轮到我动手的时候，
我决不让他生还。”

凯耐尼木想到这里，
挺直了腰杆，
等待着对手来袭，
他满面平静泰然自若，

充满了王者风范和英雄气魄。

奇克台得意忘形地在想：
“他终于陷入了我的圈套，
我要先发制人置他于死地。
无论他有多大的力气，
我不给他出击的机会，
他又能将我奈何！”

奇克台越来越近，
向着稳坐的英雄臀部，
使劲地戳出长矛。
矛尖刺进凯耐尼木的外袄，
他立即转扭袄襟，
只听“咔嚓”一声，
那刺来的长矛已被折断。

英雄凯耐尼木，
身子一歪斜，
脚从马镫上一滑，
差一点从马背上倾倒。

他尽力握住坎库拉的颈鬃，
保持了身子的平衡。
玛纳斯的英灵也来佑护，
使他重新稳坐，重振雄风。
他转回马头，挺起矛枪，
恨不得把奇克台一矛刺杀。
只听他高声叫道：
“奇克台，轮到我了，
让你尝尝我的长矛！”

英勇的凯耐尼木，
两眼闪动燃烧的火光，
他好似蛟龙出水，
又如猛虎下山。

奇克台看到凯耐尼木的威严，
早已把战场上的规矩丢在一边。
为了保住他卑贱的小命，
哪顾什么承诺和尊严，
挥起战斧前来应战。

凯耐尼木急中生智：
“我不可与他正面对战。
他用的是锋利的战斧，
那样我的长矛将会被砍断。
我身边无人再递来兵器，
我的攻击将无功而返。”

于是他改变了战法，
避开了对方战斧的横砍，
朝对方的上臂肌肉，
用力刺出了一矛。

奇克台上臂肌肉顿时破裂，
鲜血如注，哗哗流淌，
虽然骨头未折却疼痛难忍，
手中的战斧掉落在地上。

半活半死的奇克台，
此时心里依然明白：
“若是凯耐尼木再次出击，
我的性命将不复存在。”
他又要使出惯用的伎俩，
制造混乱，在乱中逃生。

可他嘴里枯干，
咂嘴不停却叫不出声来。
只好向众兵挥一挥马鞭，
示意他们快点冲过来。

五万人马一拥向前，
尘烟翻滚笼罩天空，

奇克台趁机窜进人马中，
把自身隐藏在敌阵中。

他仍在想着自己的心思：
“五万兵丁，八个大力士，
让他们在此流淌鲜血拼杀抵挡，
我必须想个安全稳妥的办法，
离开此处找个藏身的地方。

“当年英雄玛纳斯在世之时，
在那阿拉尼克的战争中，
附近曾有四个首领：
朵汗、巴努斯汗、索克索和索托依，
就是他们的大名。
玛纳斯从这四人手中，
收回了阿拉尼克，
用安集延作为它新的地名。

“当时，索克索和索托依阵亡之后，
朵汗逃到我的身边。
那时他还带了两个孩子，
说是两个死者的后代。
加上朵汗的儿子，
他们如今已成长为英雄好汉。
只是在我当汗王的时候，
没对他们多予理睬。

“据说大耳朵乔云阿勒普，
铁大衣夏勒克玛特，
铜肚脐克克玛特，
这三个人比较可靠。

“我要马上去找他们，
把他们的队伍集结在一起，
再率领他们来到这里，
定把单枪匹马的凯耐尼木踏作肉泥。”

无耻的小人奇克台，
绞尽脑汁想着鬼主意。
那三个人居住的地方，
叫作白提克和萨热库姆。
奇克台掉转马头向着南方，
朝着那个地方催马赶去。

他夜以继日马不停蹄，
一连走了整整二十天，
终于来到了白提克的库兰沙滩。

此时那三人正聚在这里，
在商议一些事情。
奇克台从路人中得到了消息，
快速来到了他们面前。

三个人谁也未见过奇克台，
只是听说过一些零碎信息。

奇克台此时早已心衰力竭，
坐骑也骨瘦如柴，
满身的虱子比云雀还肥。
他瘦骨嶙峋，脸色苍白，
迫不及待地说出来意：

“我是卡勒玛克的后代，
我的名字叫奇克台。
我曾听人说过，
柯尔克孜和卡勒玛克人之间，
已经结下了几代的仇冤。

“当时我以为赛依铁克已经死亡，
赛麦台依也离开人间。
我从康阿依聚集了五万精兵，
还有索托勒、朵热特和铁铁克三个勇士，
让他们和我一起作战。

“我想攻击玛纳斯的城堡塔拉斯，
我想统治他们的部落阿拉什。
可我万万没有想到，
柯尔克孜玛纳斯的后裔，
竟然东山再起，
强若猛虎雄狮。

“我们出发到达伊列滨的山脊时，
正好与柯尔克孜的凯耐尼木相遇。
我信心百倍，势在必胜，
将战旗高高地竖起。

“不料我一时冲动，
竟把这沉睡的猛虎唤醒。
我低估了敌人的力量，
以为他像卡坎秦和秦马秦一样，
很容易征服，可顺利收兵。

“在那场战争中，
索托勒、朵热特和铁铁克三人，
都敌不过对手，当场战死。
我奋力与凯耐尼木激战了六天，
也仍然顶不住他勇猛的攻势。

“无奈我借机向外逃亡，
我猜想他定会追来，
就埋伏在萨勒巴尔得那个地方。

“我把火枪的火药同毒药混搅，
与子弹一起装进枪膛。
我盯着他的来路，
待他走近就瞄准开枪，
可他没有倒下，
却无事人一样继续前往。

“我只好再次逃跑，
到阔克图卡特山谷躲藏。

在那里我待了三个月的时间，
接着又过了十五天，
可他的音讯却无片语只言。

“于是我猜想凯耐尼木被我打中，
早已死在渺无人烟的野外荒滩。
我又率领五万兵丁、十个大力士，
再次去向柯尔克孜挑战。

“当我浩浩荡荡驱兵赶路，
恰好又与凯耐尼木狭路相逢。
我们又展开了一场拼杀，
十个大力士被杀死两个，
还是敌不过他猛如虎狼。

“我不忍心袖手旁观，
就硬着头皮挥枪出战。
约定好我先来进攻，
我决心给他致命的一枪。
虽然我用尽平生之力，
他还是岿然不动、安然无恙。

“我刺出的长矛被他的战袍抵挡，
一下断成两截，使我心生悲伤，
只好逃到你们这个地方。
我想咱们是同根亲戚，
我把尊严放在了一旁，
给你们细说了这些情况。

“请你们三位勇士，
帮我把血债清偿。
我和你们过去少来少往，
尤其在我左右逢源之时，
曾把你们遗忘，
这是我做人的行为失当。

“也许你们心里在想：

‘在你统管一方之时，
在你享受幸福之时，
在你把卡坎秦和秦马秦侵占，
夺取战利品黄金装满布袋之时，
竟把我们忘到了九霄云上。
你妄自尊大、目中无人，
那时你为何没来把我们看望？’

“要是你们这样说话，
要是你们这样拒绝我，
那就请你们随便，
我不会把这些记在心上。
我把我所有的底细秘密，
毫不掩饰地给你们诉说，
请你们细细加以思量。”

奇克台低声哭诉把话说完，
铁大衣夏勒克玛特，
铜肚脐克克玛特，
大耳朵乔云阿勒普，
你看看我，我看看你，
沉默，相互观望。

丢尽脸面的奇克台，
迫不及待，继续哭诉：
“在座的三位大力士，
我请求你们为我救急，
是我一时糊涂，
惹了凯耐尼木生气，
如果我没有轻举妄动，
他本不会来与我为敌。

“玛纳斯和空吾尔巴依在世之时，
为了双方安宁，
盖过印章，签过协议。
凯耐尼木当时提起此事，
我误以为他是软弱怕欺。

后来的事全怪我自作自受，
迫不得已才跑到你们这里。

“凯耐尼木已经警觉，
阴谋来自卡勒玛克人，
他肯定会远征追到此地。
如果我不来告知你们，
独自逃跑到康阿依去，
当凯耐尼木到此搜寻，
如若找不到我，
将会把你们祸及。
那时不仅我将无颜面对，
灾难也会在你们头上降临！

“是进是避望你们明确表态，
并恭祝你们保重身体。”

奇克台哭诉完毕，
事情的来龙去脉三人也已知悉。

奇克台嘴冒青烟，
唉声叹气，愁眉苦脸。
听着的三个头人，
也感到将面临苦难。

大耳朵乔云阿勒普，
看到奇克台如此悲伤，
料想到自己的部落也将会遭殃。
他勃然大怒开了腔：
“铁大衣的夏勒克玛特，
铜肚脐的克克玛特，
怎样应对你们要说话！

“我今年全年要做准备，
明年春天我将远征出发，
目前我的粮草兵器不足，
无法马上开拔。

“好多事情我早已知晓，
凯耐尼木也是我们的仇敌。
如果你们都愿意出征，
咱们现在就可以商议。

“我们穿过喀什噶尔，
进入交达尔的家乡，
把他们的财富掠抢精光。

“我们攻占喀什噶尔之后，
要兵分三路分头出发，
一个要走吐尔尕特，
直奔且奇多别那边。
阔绍依的儿子加勒格再克，
现在已年老体弱，
我们要占领他们的地盘。

“另一支要经过艾尔克什坦，
攻入那六座城市和安集延，
要横扫风烛残年的森其别克，
把乌孜别克人的地盘侵占。

“塔吉克的城市杜尚别，
如果我们献给他们个塔什库尔干，
那天下无双的铁米尔别克，
将会加入我们的队伍里边。

“且奇多别、喀什噶尔、安集延，
还要把塔吉克人合并其间，
和阗、叶尔羌、罗布泊等地，
我们要封锁那些地方，
制止随意来往的人员。

“喀拉卡勒帕克、土库曼，
尚卡依和巴攘等地，
我们要进行情报封锁，

不向他们透露任何消息。

“加上奇克台，
还有铁米尔别克，
我们五个结成联盟，
就会成为烧毁一切的火焰，
就会成为一座不会倒塌的高山，
就会成为一个无法逾越的达坂。

“那时我们再一起出发，
向巴掌大的塔拉斯进军。
单枪匹马的凯耐尼木，
也不能奈何我们。
我们去抢劫糟蹋柯尔克孜人，
一定会满载而归，
打得痛快，打得过瘾。”

大耳朵的乔云阿勒普，
把他的想法一口气说完。
夏勒克玛特和克克玛特，
当场也说出了出征的诺言。
他们四人继续交谈，
为进犯柯尔克孜，
商讨着战法和路线。

大耳朵乔云阿勒普又说：
“我们在座的三个要约好，
到喀什噶尔以后，
先把交达尔搞掉。

“沿着伊犁河，
直向塔拉斯。
奇克台汗，
你就沿着这条路线，
到达有柯尔克孜的地方，
就可以任意将他们掠夺。

“克克玛特，
你沿着恰特尔湖，
越过江额阿尔特，
径直进入塔拉斯。
夏勒克玛特攻击的对象，
主要是且奇多别那边的柯尔克孜。

“我去的方向是杜尚别，
把塔什库尔干作为见面礼，
这样与铁米尔别克结盟，
再携手把安集延攻击。

“等你们打垮塔拉斯的柯尔克孜人，
我们将共同分享缴获的战利品。
让和阗、叶尔羌、罗布泊人种田流汗，
自打卡拉恰汗以来，
他们不愿对我们称臣服软。

“如果谁要食言，
将受到上天的惩罚。”
他们先后亲吻了雕像，
虔诚地表示了自己的真诚。

他们几个做出约定，
由奇克台随时把消息传送，
之后就一一返回自己的兵营。

他们三人以为坐在屋内，
就能安排柯尔克孜人的命运。
他们想都未想到，
此时彼处有死神将他们等待。

凯耐尼木刀劈恶棍奇克台

凯耐尼木此时正在打扫战场，
他把失去了主人的马匹，
赶到了哈萨克人的家乡，
送给平民与大家共享。

这时在他身边的两只小狗，
突然不住地狂叫，
原来他们嗅到了奇克台的气味，
不顾一切，使劲地向远处奔跑。

看到小狗的举动，
凯耐尼木心想：
“这俩狗崽平时不肯离我半步，
这会儿怎么这样不寻常，
除了碰到野猪以外，
它们的叫声从没有这样发狂。
它们这样狂吠跑去，
难道是那该死的奇克台，
又偷偷地溜回到这里兴风作浪。

“动物中野猪最凶残，
人群里奇克台最狡猾，
我要察看个仔细不可大意。”

凯耐尼木想到此策马而行，
转眼来到了黄沙子戈壁。
他聚精会神静听小狗的声音，
把蛛丝马迹寻找辨析。
他想，奇克台是不是装作逃掉，

又到处搬兵卷土重来，
把家乡塔拉斯再次袭击？

东方欲晓，只见有一只小狗低声吠叫，
快步奔回到他身边抽泣。
它把尾巴不停地摇摆，
又走在前面引路，
仿佛示意凯耐尼木快跟着过去。
小狗一边奔跑一边频频回头，
凯耐尼木紧跟其后，马不停蹄。

果真是那两只嗅觉灵敏的小狗，
突然发现了偷偷潜伏的奇克台。
它俩很快跟到了奇克台的马后，
死死盯着这个恶棍的行踪。

奇克台见此立刻想道：
这正是与凯耐尼木决斗的时候，
这是带在他身边的两只小狗，
凯耐尼木一定驻扎在这里。
奇克台心里在想，
“这里没有我领头的众兵，
是不是被布鲁特全部歼灭？
凯耐尼木是否毁了我的军营，
在这里等待着与我对决？”

想到此他怒火直冲胸膛，
把身背的弓箭拿在手上，
他要向一模一样的两只狗狠下毒手，
恨不得一箭就射死在这块地上。

两只小狗崽并排而行，
白小狗被射中滚倒在地，
灰小狗掉头往回飞跑报信，
很快地跑到了凯耐尼木那里。

凯耐尼木快马来到白小狗身旁，

拔出了射在它身上的箭矢，
他一看那箭杆上的标志，
就知晓奇克台是可恶的凶犯。

“奇克台到底跑到了何处，
是不是躲避我进了大山？
这个残忍冷酷的无耻恶棍，
不仅滥杀无辜，
连小狗也下手屠戮。
这个毫无信义的恶棍，
我今天一定要让他毙命完蛋。”

凯耐尼木这样想着，
向坎库拉骏马又加一鞭，
循着奇克台的足迹向前追赶。

碧蓝的眼睛，黄色的脸盘，
年轻英俊的凯耐尼木，
生来就是一条倔强的好汉。

奸诈凶险的奇克台，
射死了小狗后心里在想：
“我到哪里才能逃脱？
卡坎秦会不会把我接受？
我这条性命怎样才能得以保留？

“大半岛的各个部落，
都不会让我安睡一宿。
阿富汗人也对我怀有深仇，
决不会将我收留。
我如今到了这个地步，
真是上天无路，入地也难逃。
我不如在此孤注一掷，
跟凯耐尼木拼杀到头。

“如果我的死期到了，
那只好听天由命。

万一我碰上了好运气，
那就砍掉他的头颅。”

不知道该投奔于何人，
想不出该藏身于何地，
全是当日的无恶不作骄横无度，
才落到今天这步境地。

他左蹿右跳，无处可去，
只得独回战场，
灰头灰脸，垂头丧气。

就在此时，
他身后传来了玛纳斯的口号。
听到英雄震天的声音，
奇克台已感知末日将来到。

他挥舞起长矛，欲拼死一搏，
也疯狂地叫喊起康阿依的口号。

在他膝下的骏马，
拢紧了两只耳朵，
高扬起头，后蹬前跃，
张着嘴巴，口吐泡沫。
像鸟一样腾空飞起，
像风一样呼啸而过。

奇克台额下的双眼，
如火焰在闪动燃烧。
他龇牙咧嘴，把臼齿咬得咯咯作响。
背后的长发凌空飘动，
身后扬起漫天的尘土。
他双手握着长矛，
向着凯耐尼木横冲直撞。

年轻的雄狮凯耐尼木，
披挂着铠甲战袍，

催促着坎库拉骏马，
挺起锋利的长矛向前迎战。

黄脸死神凯耐尼木，
武艺高强的巨人奇克台，
两个勇士再次相逢，
生死决斗就在眼前。

他们你冲我杀，
刀枪撞击声惊天动地。
太阳失去了笑脸，
月亮没有了光辉。

他们疯狂地喊杀，
声音在巍峨的群山里回绕。
吓得走兽不敢出洞，
飞禽不敢离巢。

戈壁上的斑马停止吃草，
成群的野兔不敢蹦跳。
丘陵的狐狸呆若木鸡，
山上的黄羊不敢奔跑。

狗熊不敢走出森林，
老虎向山林深处潜逃，
荒野的狼群也不敢嚎叫。
大地被马蹄踏得发抖，
一股股泉水从马蹄下喷冒。

你进我退，你追我跑，
战斧叮当不断，
长矛你刺我挑。
白昼火星迸发四散，
黑夜刀剑撞出红光道道。
懦弱者胆战心惊，
勇敢者也不敢正眼观看。
两人铠甲都被刺烂，

两匹战马也浑身冒汗。

那无耻的奇克台又耍花招：
“凯耐尼木，你我已经苦战数日，
还是难分高低雌雄，
你若是同意我的建议，
我们再来一个轮流出手。”

凯耐尼木如此说道：
“奇克台汗，你真是少脸没皮，
我曾让你两次先行出击，
为了显示我先辈玛纳斯的声威，
我一次一次宽容了你。

“可轮到我出手之时，
你却如兔而逃，把诺言背弃。
这次该我先来动手，
你要站着不动受我攻击。”

奇克台没有响应，
铁青着脸，瞪着眼睛。
如同末日来临，
舔着嘴唇，没有吱声。

他忽然高举大刀，
向着凯耐尼木砍去。
就像被激怒的毒蛇和蝎子，
要把毒液喷出身体。

当他的大刀砍来之时，
凯耐尼木闪电般地挥矛。
对准奇克台的胳膊，
用利矛猛刺过去。

奇克台的胳膊顿时血流如注，
大刀被甩在了一旁，
他在马背上一下没了主意。

凯耐尼木又飞马转回，
朝着奇克台的脖颈，
再一次奋力戳去。

凯耐尼木这千钧之力的一矛，
将小山般的奇克台刺倒在地。

怒气冲冲的凯耐尼木，
冲着他甜瓜一样圆的头颅，
用战斧猛力劈去。
奇克台的脑袋开花，
他可耻的灵魂消失在人间。

凯耐尼木心想：
“我不牵走他的坐骑，
也不再去找卡勒玛克人，
对于无辜的士兵，
最好不要去屠杀。
要是他们不服失败，
想要找我报仇，
到那时我决不将他们轻饶。”

凯耐尼木催动骏马，
动身返回自己的家乡。
经过与卡勒玛克人的浴血奋战，
一路上更显得气宇轩昂。

他平安地回到塔拉斯，
与迎接的乡亲互叙思念的衷肠。
他的经历像风一样传开，
他的威名使一切敌人绝望。
戴白毡帽的柯尔克孜人啊，
为正义赢得的胜利，
人们无不欣喜若狂。

好吧，咱把这一段先放到一边，
再就凯耐尼木后来的磨难，
接着继续说唱。

柯尔克孜人战胜灾荒

塔拉斯突遭雪灾

在阿特巴什那个地方，
在且奇多别的郊外，
住着巨人阔绍依的独生子，
名叫加勒格再克。
“从他的父亲开始，
就与我们的人志同道合，不断往来，
如今多年少有音信，
凯耐尼木想前去探望拜访。
‘在我年老体衰的年月，
你们没有把我前来探望。’
免得他这样将我抱怨。
我要动身去一趟，
看一看几年来他的情况。”

凯耐尼木如此打算，
从塔拉斯策马上路，
独自前往。
到了阿特巴什，
见了加勒格再克。
一番寒暄过后，
慢慢地说短道长：
“大伯呀，请你原谅我对你这样称呼。
你父亲与我曾爷爷玛纳斯是堂兄弟，
你和我爷爷赛麦台依是同辈人，
你又和我父亲赛依铁克是忘年的至交。

“最近我去了一趟康阿依，
我要把经历的一切，
一点一点给你细说。”

他把消灭奇克台的来龙去脉，
一五一十，叙说仔细。

两人在一起待了两天以后，
凯耐尼木准备返回向老人告别。

这时加勒格再克诚恳地说：
“噢，我的宝贝凯耐尼木，
我有心事要给你讲。

“你这次远道而来把我探望，
我的心情十分舒畅。
我已有三个月没有胃口，
饮茶无味，吃饭不香。

“日落日出，昼夜交替，
我依然还是这副模样。
我早想捎信让你过来，
可力不从心，说话都没力气。
我没有什么疼痛的地方，
却无法找回当年的强壮。

“我的独生子巴克特拜，
是个十三岁的小儿郎。
他的羽毛还未丰满，
腿肚子的肌肉还未硬朗。
他像个不能高飞的雏鹰，
我把他托付给你来收养。

“我一直想亲自把他交给你，
今天终于实现了愿望。

“孩子啊，你听我的话，
莫急着返回家乡。
我只剩下三天的日子了，
免得你前脚走，
后脚又派人去报丧。

"有个叫奥力亚恰勒的老人，
生活在奥波勒山根。
起初我抓了一只雄鹰，
我把它叫作阿克伊音，
我养得它又凶又猛。
雄狮古里巧绕和赛依铁克，
用它打猎，它无所不能。

"后来，我又驯养了一只雏鹰，
它去打猎更加勇猛，
看到什么准能猎到爪中。
哪怕是成群的恶狼，
也能够把它们战胜。

"那个奥力亚恰勒老人，
又通过他人给我传信，
拿去了我的这只雄鹰。
至今两年已经过去，
他一直没有送还的消息。
我本想亲自把它要回，
可我哪有这样的力气？

"凯耐尼木，你要把它收回来，
当作大伯给你的遗产。
让它给你打猎戏耍，
你会感到乐趣无边。

"我的父亲阔绍依老人，
与雄狮玛纳斯关系极亲。
他们一同远征别依京时，
他一直陪伴在雄狮的身边。

"阿依阔勒玛纳斯的葬礼，
戴白毡帽的柯尔克孜都去参加。
可只有四个人：
卡妮凯大婶和巴卡依老人，

英雄托什吐克和我的父亲阔绍依，
亲自给他安排了葬身之地。

“他们四人把他妥善埋葬，
其余的人都不知底细。
就连他的父亲加克普，
他的兄弟阿维凯和阔波什，
也都被有意蒙蔽。

“你看玛纳斯和阔绍依，
我们的祖辈关系就是如此亲密。

“自从赛麦台依出生，
我和他就是出生入死的伙伴。
赛麦台依幻化消失，
我日夜将他思念，为他担忧。

“卡妮凯大婶为占卜赛麦台依的生死，
把我的坐骑塔依托茹牵去参加赛马。
塔依托茹骏马获得了第一，
证明赛麦台依还在人间。
后来赛麦台依重新返回，
我们一直携手并肩，
心心相印，亲密无间。

“我现在担心我的后事，
我死后尸体会怎样埋葬？
我的猛虎啊凯耐尼木，
今天你来到我的身旁。
就像天神来临，
但愿能实现我的愿望。

“后天是星期三，
孩子，请让我走得心安。
不要晚于星期五，
把我埋葬在且奇多别那边。

“我死后要按礼节行事，
不要举行祭奠。
我的独生子巴克特拜，
你千万莫要忘把他照看。”

加勒格再克这样嘱咐一遍，
让凯耐尼木再住上两天。
老人准备好九匹母马，
叫人把牲畜赶来，
他亲自骑马陪凯耐尼木前去，
要看一看埋葬他的地点。

有十五个人为他修造坟墓，
这时已经完工。
还活着的加勒格再克老人，
就这样给自己修好了坟墓。

他自己躺下试了试，
认为还不够宽也不够深，
又让人再挖到足够的尺寸。

他还让人在旁边做好坑灶，
在灶上架上一口大锅。
让人宰杀一匹母马，
烧起灶火就地炖煮。
用柏木制作的勺子，
搅拌着喷香的肉汤。
以此庆贺墓穴的完工，
也对修墓的匠人们表示犒赏。

星期三上午时分，
加勒格再克迎来了生命的终点。
他的眼睛越来越模糊，
好像就要睡觉一样。
突然间他浑身颤动了一下，
脸色变白，气绝身亡。

他的老伴失声痛哭，
巴克特拜也哭得感天动地。
喀拉柯尔克孜的百姓，
人人掩面哭泣。

凯耐尼木就在这里，
目睹了加勒格再克平静地归去，
亲自送走了加勒格再克。
他接着通知四面八方的客人，
请来参加加勒格再克的葬礼。

在骏马能够到达的地方，
派差役把信件送往各地：
“家父加勒格再克老寿星不幸终老，
请你及时赶来参加葬礼。
现在是炎热的夏天，
是喝马奶酒的季节。

“星期三的上午老人去了天堂，
星期五要举行隆重葬礼。
地点是阿尔帕草原，
希望你见信后即刻动身，
切勿延误迟疑。”

信件以巴克特拜名义起草，
以凯耐尼木之名盖了印章，
信中说明四十日后那天，
还要祭奠逝者。

喀什噶尔、叶尔羌、和阗，
罗布泊、巴里坤、阿孜克，
塔城、伊犁、阿尔泰，
玉其卡尔克拉和卡帕勒，
还有伊塞克湖、特克斯等地，
都有差役前往。

撒马尔罕、塔什干、纳曼干，

巴达克山、玉尔凯尼奇、巴勒克；
浩罕、节提苏、玛尔尕朗，
尚卡依、克依巴、巴攘；
土库曼、乌茹姆、喀拉卡勒帕克，
还有乌孜别克的十个城堡，
凡是有柯尔克孜人的地方，
一个没落全都诚恳邀请。

总共有四十一个差役，
向四面八方送信奔波。

英雄凯耐尼木十分细心，
又召集了阿特巴什全部柯尔克孜人。
要大家做好准备，
一定要热情接待各地来宾。
四十天的期限越来越近，
阿尔帕挤满了宾客。
户户敞开自己的家门，
每户招待五位客人，
每天宰杀一匹马驹，
精心款待远来的同胞亲人。

柯尔克孜各部落的头人，
围成牛角状席地而坐，
共同商议丧礼的议程。

就在那天晚上，
从节迪盖尔部落的地方，
有一个人前来报信：
呼罗珊人倾巢出动，
进犯节提苏地方，
把我们的肥马驹都宰杀吃光，
还掠抢财富，祸害百姓。

“还听别人说道，
在喀什噶尔、叶尔羌、和阗等地，
也发现了许多人马，

无人晓得是来自何处，何种身份。”

这一消息很快在众人中传遍，
和阗、叶尔羌和喀什噶尔的客人，
吐鲁番、巴里坤、节迪盖尔的客人，
全都怀疑来者是康阿依人，
于是纷纷动身回去，骑马走人。

阿尔泰、塔城、伊犁等地的来客，
是众多兄弟般的哈萨克人，
他们也顿生重重疑心：
“契丹人是否会趁我们外出。
去攻击我们的家乡，
我们还是要早一点回去，
见到妻儿家人方能放心。”

众宾客踏上了返回的路程，
汗王们无法把大家阻挡，
只好也跟着匆匆相互道别：
“祝愿柯尔克孜人民幸福安康。”
众客人成群结队，返回故乡。

凯耐尼木对巴克特拜说：
“如果发生了什么事情，
要尽快告诉我一声，
要保护好你的部众，
别在外人面前失去好的名声。”

祈祷着玛纳斯的灵魂保佑，
塔拉斯的柯尔克孜也出发返乡。
他们回到富饶的塔拉斯，
放牧肥壮的牲畜，
民众们生活安康幸福快乐。

到了九月的时候，
天空突来乌云，
在整个坎阔勒一带，

突然下起大雪，昼夜不停，
直下到比马背还要高的厚度。
连白发老人也感到吃惊，
下这样的大雪百年未见。
从九月直下到十一月份，
大地积雪越来越厚，
所有待收的庄稼，
全都被大雪深埋，
直到在雪下腐烂发酵，
这一年各类作物颗粒未收。

到了十二月份，
天气变得更冷，
天天大风呼啸，
哪怕不出屋门，
也会浑身哆嗦，手脚发僵。
可为了寻找食物，
人们纷纷四处流浪。

有时大雾漫天，
有时遍地寒霜，
上午西风横扫，
下午东风癫狂。

直到次年五月，
依旧是冬天的模样。
没有什么生物能经受住这漫长的寒冷？
大牲畜因此几乎死光。

七月份已经到了，
大地依然是冰封雪冻。
山上山下一片雪白，寸草未生，
这个夏天跟冬季一样。

寒冷的冬天整整快过了一年，
到了八月天气忽然变得更加离奇：
忽冷忽热，忽阴忽晴。

白天红日当空，
冰雪消融，洪水泛滥，
平地变成河滩。
到了夜晚大地封冻，
处处都是一层层厚冰。

常言说祸不单行，
恰在此时，
汗王凯耐尼木又患了伤寒，
难以起床，病倒在家中。
对于柯尔克孜来说，
这真是雪上加霜，民不聊生。

凯耐尼木不能起身，
更无法把百姓看望。
遭遇这样艰难的日子，
除了至亲好友，
谁还会来关照帮忙？

起初还有不少人从六座城镇过来，
从安集延、塔什干和撒马尔罕等地，
向塔拉斯运送粮食。
那是作为礼物，
向汗王凯耐尼木相赠。
可从他病倒以来，
那些人就断绝了消息，
没有了来往沟通，
也没有人来探望。

塔拉斯的柯尔克孜民众，
陷入了深深的苦难之中。

众志成城战胜灾荒

在阿特巴什的巴克特拜，
心中没有忧虑，
生活过得富足安详。

不久，他听到了塔拉斯的情况：
大地寸草不长，
牲畜几乎死光，
遍地严重饥荒。

听到这一消息，
巴克特拜十分不安。
睡觉眼难合，
吃饭肉不香。

他号召父老乡亲，
准备了九千头役畜，
每头役畜背上，
都把粮草驼上。
他带领三百名随从，
赶上这些畜群，
浩浩荡荡，
赶往塔拉斯方向。

这天他走在路上，
碰见了个红眼白须的老头儿。
巴克特拜挡住他的去路，
询问他的情况：

“请问你是何人，

打算去何方？
我的名字叫巴克特拜，
塔拉斯是我前去的地方。

“我赶着九千头役畜，
背上驮的都是饲料食粮。
我要去塔拉斯那边，
看望凯耐尼木大哥，
还要把阿依阔勒玛纳斯的圣陵瞻仰。

“我听到了一个不好的消息，
塔拉斯的牲畜几乎全部受冻死亡。
我怎么忍心待在家里，
我要给塔拉斯受灾同胞，
送去够吃三年的食粮，
正在赶路去援助帮忙。”

那个老头儿说道：
“我的名字叫卓达尔，
是节迪盖尔部落人。
我和凯耐尼木互为近邻，
一年四季，
不分冬夏，
我们的牲畜都放在同一片草场。

“我三天进餐一次，
身体还算健康。
我想时令已到如今，
那凯耐尼木恐怕早已死亡。

“巴克特拜啊，
你最好听我的劝告，
安心回去过好日子，
不要离开你的家乡。

“我要回节迪盖尔部落，
照顾好自己的家乡，

找来足够的役畜，
迁移到别的地方。
凯耐尼木已经不在世上，
我还会依恋谁人，
还能把谁指望？

“在巴达克山我有一个侄子，
要是去不了节迪盖尔部落，
也可以在他那儿弄到役畜。
再见吧，巴克特拜，
你这年轻的好儿郎。”

老头儿转回马头前去，
巴克特拜顿时明白：
“过去有许多未知的谜团，
原来是这只老狐狸在作怪。

“长期以来铁米尔别克，
搞得塔吉克和柯尔克孜日渐疏远。
我还从别人那里听说，
他与康阿依竟有来往。

“在举办我父亲的祭奠时，
塔吉克人竟然没一人前来，
看来是这个老头搬弄是非，
这说明他们居心叵测。

“这个老狐狸，
会去告诉铁米尔别克，
凯耐尼木病魔缠身，
塔拉斯遭受了罕见灾害；
柯尔克孜人正处于困境，
他要趁机鼓动铁米尔别克发兵，
把凯耐尼木打败。

“我要让他说明意图，
我要赶快把他追找回来。

若要让别人去追他，
还不如我自己出马更快。
免得让他越走越远，
造成的影响难以挽回。”
巴克特拜想到这里，
就快马加鞭急忙追赶。

卓达尔在前面进入了山谷，
突然踪影全无，
不知去处。
巴克特拜顺山路紧跟而进，
走到了一个山冈上，
突然看到了那老头露出的头部。
巴克特拜心想：

“如果让他跑掉定会出现麻烦，
我要悄悄地把他截住。”
于是他掉转马头走向丘陵牧道，
免得打草惊蛇让他逃掉。

“年轻的巴克特拜呀，
可能还在看那母盘羊在丘陵奔跑。”

慌忙赶路的卓达尔心中暗笑。
他一边快马加鞭不停地赶路，
一边在心里头把阴谋念叨：

“如果在巴克特拜回家之前，
我能把塔吉克的队伍带来，
那就能来个一箭双雕。”
卓达尔越想越得意扬扬，
好像他的美梦已经实现。

巴克特拜拐进了另一条小道，
悄悄地赶到老滑头前边，
跟这个该死的老家伙，
来个狭路相逢，挡在他面前。

打着如意算盘的卓达尔老头，
刚翻过一座丘陵山冈，
一下子看到巴克特拜，
横站在他眼前挡住他的去路。

“我的秘密他已经识破！”
卓达尔老头顿生惊慌。
“我怎样才能摆脱他？”
老东西一时茫然，没了主张。

巴克特拜若无其事地说道：
“走吧，卓达尔老人，
塔拉斯正在遭受饥荒，
你要和我一起回去，
领取足够的食粮！”

狡猾的卓达尔说：
“噢，我的宝贝巴克特拜，
我真心话儿只对你讲。
年轻人行动不要草率轻狂，
免得你辛辛苦苦去了塔拉斯，
不仅没找到凯耐尼木，
还会使你名声丧尽，面子丢光。”

巴克特拜淡然一笑：
“如果你说的是事实，
那咱俩就应赶快一同前往。
要尽快赶到塔拉斯，
去把凯耐尼木英雄看望。

“如果他依然健在，
咱跟他见个面就返回。
要是他真的已经病故，
咱也要亲自为他致哀。
把带过去的礼物，
分给父老乡亲们共享。

跟活着的人们打个招呼，
然后与他们告别再返故乡。
事不宜迟，我们要早一点赶到。”

他为卓达尔的坐骑加了几鞭，
然后自己又催马走在前面。

卓达尔哑口无言不敢说不去，
只好跟随在他的后面：
“咳，我的末日到了，
自己编的圈套落在了自己头上！

“如果凯耐尼木真的已经死亡，
那我还有活路一条；
若是他还安然无恙，
我岂不是自投罗网。”
卓达尔束手无策，
只能在心里胡思乱想。

“他是个胸怀宽广的勇士，
也许不会把我的过错放在心上。”
卓达尔一直在琢磨：
自己说过的假话，
会引来什么祸殃。

他在离开汗王凯耐尼木出走的时候，
绮妮凯问他要去哪里，
那时他曾高声无理，
语句蛮横，
毫不客气地回答：
“我走还是不走，
那是我的自由。
凯耐尼木正在生病，
你最好看看他去。
我说绮妮凯呀，
你别管我的闲事，
还是过好你的日子，

看管住你自己。”
他实在后悔，
自己那时不该那样无礼。

得到小利就目中无人，
那是愚蠢的行为。

不履行自己的承诺，
那是小人干的事情。

自己已赠送反而去讨回，
那是贱人的伎俩。

忘恩负义，知恩不报，
哪一个有过好的下场？

自不量力触犯贵人，
最终倒霉的必是你自己。
这是自古以来，
祖先讲究的规矩；
这是世世代代，
流传在柯尔克孜人中的真理。

巴克特拜把卓达尔紧紧地盯着，
连人带马，赶着他前行。
卓达尔只得听他指挥，
总想逃离却无法逃脱。

在前往塔拉斯的路上，
他们又碰见了一个人。
那人骑着精选的坐骑，
跑得匆匆忙忙。

卓达尔远远地把他一看，
就认出了他的身份。
这是名叫加曼拜的小伙子，
来自凯耐尼木家里，

是凯耐尼木烧水做饭的佣人。

这时卓达尔突然号啕大哭：
“噢，巴克特拜，
你看加曼拜正在跑来，
是不是凯耐尼木他呀，
有了什么不祥的消息？

“戴着白毡帽的阿拉什人，
今后怎么过日子啊？
凯耐尼木生前是那样勇敢，
把民众保护，
把入侵者抵御！”

巴克特拜仔细打量，
这老头儿说话颠三倒四，
是要找个机会溜之大吉。
于是他不慌不忙地说：
“走吧，卓达尔，
谁人能够逃脱死亡！”
说话间他紧紧地跟在他的后方。

就在此时，
加曼拜来到了他们的身旁。
看到巴克特拜，
加曼拜不知底细不敢开口，
脸色顿时变得蜡黄。
加曼拜不认识巴克特拜，
也不便向卓达尔说出来意。
巴克特拜看到他的处境，
便主动开口打问情况：
“你骑的是良种骏马，
你穿的是贵重的外衣，
却显得匆匆忙忙。

“小伙子，请不必着急，
说出你的真实情况。

既然你不愿说出，
从你行事的神态，
我也能猜出几分动向。

"凯耐尼木是否安康？
我此行的目的没有别的，
就是要去把他看望。
我是喀拉柯尔克孜人，
来自阿特巴什地方。"

巴克特拜把话说完，
加曼拜早泪流满面。
他愁肠百结，
忍不住垂泪开言：
"凯耐尼木依然健在，
正是凯耐尼木把我派遣。

"前一时期他患病躺倒，
现在已能够起居自如，饮茶吃饭。
乡亲们也终于展开愁眉，
把久悬的心儿放宽。

"他吩咐我出来时说，
这个卓达尔老头，
曾与他一起生活，
天天在他家随意吃喝。
可当凯耐尼木生病之时，
他竟挑乘坐骑，
选好远行的衣服，
突然间不辞而别，
不知要去干些什么。

"那时绮妮凯走到他的身边，
曾有意向他问过。
绮妮凯总以为，
他是汗王的朋友，
关系似乎还不错。

“谁知卓达尔这样回答：
‘绮妮凯，你别管闲事。
凯耐尼木已经病倒，
我想去哪，
那是我的自由！’

“三天来，
凯耐尼木病情好转，
他就打听卓达尔的行踪，
可谁也不知他去了哪儿。

“十分生气的绮妮凯夫人，
难以平息自己的怨气，
向凯耐尼木哭诉了事情的经过。

“对着气愤的绮妮凯，
凯耐尼木一阵沉默，
然后叫她不用担心，
又悄悄对我吩咐仔细：
‘加曼拜，你快动身，
如果能找到卓达尔，
你快把他叫回来。
假如他不肯听话照办，
就把他捆绑着押解过来。
不要对他说多余的话，
就像打毛团[①]一样，
把他抽打着赶回来。

“‘要是他已离开这里，
你也不要睡觉休息，
要快马加鞭，日夜兼程，
尽快赶到阿特巴什去，
去把消息告诉巴克特拜，

① 打毛团，是柯尔克孜族的一种集体劳动：众人围在一起，把收集起来的羊毛用树枝反复抽打，使其蓬松。

就说是我派你前去。

“‘塔吉克的铁米尔别克，
长期以来总爱捣乱，
叫巴克特拜务必把他警惕。’

“我来的目的就是这些，
没想到卓达尔跑到这里，
并且和你走在一起。
你说你是从阿特巴什来，
看这情形莫非你就是巴克特拜？”
加曼拜把话说完，
巴克特拜听了个明白。
卓达尔却心如火焚，无地自容，
站在一旁唉声叹气。

巴克特拜急忙说道：
“加曼拜，你快出发，
一路上我会看好这个老狐狸。
你迅速赶回到汗王身边，
就说巴克特拜正在赶往他那里。”

听到巴克特拜的这番话语，
加曼拜把心放下，
如同一块石头落了地。

嫩绵绵，
光溜溜，
年少的加曼拜脸上没长胡须，
他径直冲进了凯耐尼木的毡房里。
他乘兴而来，
喜在眉梢，
甚至忘掉了鞠躬行礼。

看到加曼拜进来，
凯耐尼木开口问道：
“加曼拜，我派你的事情办好了吗？

卓达尔这个狡猾的老头儿，
是否已经顺利抓到？”

加曼拜心花怒放，
一边擦汗一边说道：
“当我走到半途，
与巴克特拜碰了个正着，
他不只是一个人来，
还把卓达尔老头儿一同带到。
这时他们已快到了门口，
我要回头去迎接他们。”

他手忙脚乱，立刻冲向门外。
他穿着黄色皮裤，
裤腿儿前后摇摆不停，
大衣的下摆在空中飘摆。

加曼拜出门一看，
巴克特拜赶着卓达尔，
正好来到门前。
巴克特拜对他吩咐：
“我把这只老狐狸交给你，
你要把他押进一个毡房，
给他双脚戴上脚镣！”

巴克特拜进入凯耐尼木屋内，
双手放在胸前，
虔诚地向凯耐尼木致敬行礼。

凯耐尼木对他说道：
“不用客气，巴克特拜，
请你把手伸过来，
是我亲自给加勒格再克大伯送葬，
我把知心的话诉说给你：
你是他唯一的儿子，
喀拉柯尔克孜的靠山就是你。

“我要感谢你的敬意，
请你快快坐入上席。
我是哥哥，你是弟弟，
我们从来就是同舟共济。”

巴克特拜说道：
“塔拉斯发生灾害的事情，
我未曾及时知道。
当我听说以后，
就匆匆忙忙地启程。

“我听说塔拉斯粮食奇缺饲草很少，
大量牲畜因冻饿而死掉。
英雄你也病魔缠身，
每天还为民众的生计困扰。

“我听到这个消息，
心里头再也无法安宁，
就准备了马和骆驼，
一共有九千余匹。
让人把粮草装进麻袋，
驮在役畜的背上立即出行。

“在前来这里的路途之中，
我与卓达尔老头儿恰巧遇上。
卓达尔老头儿对我讲，
他和你同住在一个地方，
说你的病势十分严重，
他为了找来役畜，
正赶往巴达克山。

“他还说凯耐尼木已经病死，
他说让我不要来到这里，
去了也见不到活人，
还会把面子丢光。

“这番话使我对他产生了怀疑：

他是节迪盖尔部落的人，
竟然要到巴达克山去找马骑？
当初我们曾邀请铁米尔别克，
可他却没来参加我父亲的葬礼。
这该死的卓达尔老头，
又走在通往塔吉克的路上，
这无法不引起我的警惕。

“我先把他人马放走，
接着又尾随他进行窥探，
以便弄清他的真相底细。
我发现他的疑点越来越多，
于是把他赶到了这里，
刚才交给了加曼拜，
让给他戴上脚镣以防万一。”

英雄凯耐尼木，
听完巴克特拜讲述的事情，
十分感谢他雪中送炭的亲情。
对他的聪明机警大加赞赏，
对他的款待更周到丰盛。

巴克特拜休息了两天，
与凯耐尼木开怀畅谈。
这时驮运粮草的驼马，
一批又一批先后到来。
塔拉斯一年遇灾颗粒未收，
如今粮食却装满了仓库，
家家户户都变得粮食丰足。

本来这里大畜都已冻死，
而现在你看那红柳滩沼泽地，
驼马成群，
牛羊遍地。
连坎阔勒的人们得知消息，
也络绎不绝来到了塔拉斯这里。

凯耐尼木让人热情接待，
并根据每户人口，
死亡牲畜数目，
分给他们粮食和牲畜。

巴克特拜到达塔拉斯，
中途抓到了卓达尔。
凯耐尼木病情好转，
已健康生活进出自如。

安集延、浩罕、玛尔尕朗，
纳曼干、塔什干、撒马尔罕，
对这些消息都先后得知。
各地的首领们进行商量，
都要求各家各户进行捐助：
有骆驼的捐骆驼，
有马匹的捐马匹。
结果虽然马多驼少，
却没有漏下一家一户。

数不尽的粮食衣服，
被驮在役畜背上。
一共有九万余头，
浩浩荡荡上了路。

当巴克特拜，
正在分配自己带去的粮草，
浩罕人赶来的九万牲畜，
也已进入塔拉斯。

塔拉斯把粮食和衣物留下，
可无人再要赶来的牲畜。
来人也不好把牲畜赶回，
只好将大群大群的牲畜放在野外。
塔拉斯民众丰衣足食，
往日的兴旺日渐恢复。
他们一天天生活安康，

走向了新的繁荣富足。

让我们把这些暂且不讲，
将凯耐尼木更神秘的故事，
再一段一段叙唱叙唱。

凯耐尼木远征斗顽凶

凯耐尼木与女魔库布勒江斗智斗勇

一日复一日，
一年又一年，
不知流逝了多少光阴。
雄狮凯耐尼木，
寸步不离家乡，
再没做什么惊天动地的事情。

一天他突然感到寂寞难耐，
如气堵胸，愤愤不平。
他夜间难以入睡，
心里烦躁不安，
手掌发痒不止，
腿肚子也跳个不停。
他坐也不是，卧也不是，
一刻也无法安宁。

他预感到要发生大事情：
“我到底是怎么了？
要在我头上发生什么事情？
那就由它去吧，
我只好听天由命！”

他在心中琢磨：
“我要把七条河谷的坎阔勒，
所有戴白毡帽的柯尔克孜人，
还有节提苏那边的节迪盖尔，
去巡查一遍，看个究竟。”

英雄凯耐尼木如此打算，

便抖擞精神，骑上骏马，
向着七条河谷的坎阔勒，
向着柯尔克孜人居住的各个地方，
向着戴白毡帽人放牧的山山水水，
动身巡游观赏。

到处都是肥壮的骆驼、马匹、牛羊，
他看到了柯尔克孜民众生活富足，
路过的人们都露出敬慕的目光。

“我的家乡富饶，
我的部众安康，
我要到那边看一看，
节迪盖尔部落人生活怎样？”
他想着这些就越过坎阔勒，
让坎库拉骏马一路小跑，
奔向节迪盖尔方向。

路上他遇到一个姑娘，
她的鬓发在风中飘扬。
“姑娘，你是从哪里来的？
家住在何方？”
没等他把话问完，
那姑娘向凯耐尼木一噘嘴，
顿时幻化成了一只雄盘羊。
傲慢地站在前方。

雄狮想要捕获这只雄盘羊，
便直接策马赶向前方。
只见那白色雄盘羊摇头逃跑，
不让坎库拉骏马追上。

凯耐尼木紧追不舍，
坎库拉骏马腿弓头昂，
身后尘土飞扬。
凯耐尼木越追越近，
手中高举的长矛，

在阳光下闪闪发亮。

雄盘羊无法逃脱，
浑身在不停地颤动，
它拐进一个隐蔽的地方，
突然消失得无影无踪。

凯耐尼木边追边看，
看见在不远的泉水旁边，
有个美丽的姑娘，
正在洗头梳辫。
不见了那只雄盘羊，
凯耐尼木东张西望，
这时梳头的漂亮姑娘，
向他开腔问话：

“碧蓝的眼睛，
黄色的脸膛，
快告诉我你是何人。
你最好悬崖勒马，
我不许你越过我的身旁！

“其实我不问也知道你的名字，
我早就想与你见面较量。
你的名字叫凯耐尼木，
我的名字是库布勒江。

“你被称为黄脸死神勇士，
而我就是勇士的克星之王。
在地下世界的众多勇士，
包括骑着波孜恰尔骏马，
那个不可一世的波荣拜，
他们统统都败在我的手下。
波荣拜向我跪地求饶，
我不仅饶了他的性命，
还送给他一根铜鞭，
使他在西方巨人中十分有威望。

“现在没有人再陪我消遣，
我来到地面之上寻你。
没想到在此恰好碰上，
免得我去塔拉斯白跑一趟。

“为了引起你的注意，
我变成美丽的姑娘，
可你没有多看我一眼，
于是我又变成一只雄盘羊。
我故意装作怕你而逃跑，
你却不假思索地来追赶。
你什么事都不用心分辨，
我看你和大笨蛋没有两样。

“大千世界里无奇不有，
一个更比一个厉害。
这个轮回的世界啊，
总是从今世轮向后世。
在那过去的年代，
在那地下的世界，
有个名叫库布勒凯的人，
他曾拜居仁朵为师。

“他以木臼当马，
以木杵作鞭，
并背熟了七万种魔法。
不幸碰到他的人，
无不惊慌失措，
掩面流泪痛苦不堪。

“艾拉曼的儿子托什吐克，
受到库布勒凯的引诱，
开始了数日苦战。

“托什吐克阴险凶残，
天下没有能战胜他的好汉。

库布勒凯不幸身亡，
他的命运就这么悲惨。

“在地下世界的七个巨人，
谁也敌不过托什吐克的阴险，
一个个不是投降，
就是在他的枪下完蛋。

“艾拉曼的儿子托什吐克，
后来返回到地上，
这使地下世界的勇士们，
感到无比的沮丧。
库布勒凯死后，
我库布勒江成为地下唯一的英雄。
英雄托什吐克返回地面，
我也跟着他来到了人间。

“你给我竖耳细听，
你这个人类的英雄，
你为何不讲一点宽容仁慈。
天下无敌的居仁朵，
活了八千年的众魔之首，
也被你凶狠地杀掉。

“居仁朵是你所杀，
当时我就在现场。
阿勒曼别特遗留下来的，
那支阿勒玛巴什神枪，
当时就挂在你的肩上。

“我不惧怕与你相逢，
我的心中如烈火升腾，
一直想与你刀枪交锋。

“多少年月以来，
我日夜把你等待。
我已经多日未眠，

寻找着你的踪迹，
今天终于把你等来。

“我变成雄盘羊逃跑之时，
已用魔法将路途拉长；
现在塔拉斯到这儿，
日出日落要走四十天的路程。

“你今天没带阿勒玛巴什神枪，
看来你将逃不脱死亡。”
傲慢的库布勒江语毒言狂。

英雄凯耐尼木火冒三丈，
眼射烈焰，杀气腾腾。
他大声吼道：
“哎，库布勒江，
狡猾的母狗，
我将让你在我手里灭亡！

“以木臼当作马骑，
以木杵作为马鞭，
手里拿上曲铁棒，
你想在天下称霸为王。
居仁朵曾经被称为魔王，
教给你这些无耻的伎俩。

“不知天高地厚的居仁朵，
他曾经妄自尊大地宣称，
是他把地球转动，
可最终在我手里他也断送了性命！
因为我的祖先是英雄玛纳斯，
这世上谁敢与我为敌争雄？

“我要将你狠狠地抽打，
骑着坎库拉把你踩成肉饼。
过一会儿你会哭着流鼻涕，
向我哀求饶命！”

凯耐尼木把话说完，
这时正在洗梳头发的这个妖女，
美丽迷人的库布勒江，
气得脸色发青十分难看。

她迅速站起身来，
立刻骑上木臼，
用木杵作鞭抽打。
她眼睛里闪着火星，
手握着曲铁棒，
不停地在空中晃动。

这个可恶的妖魔，
盾牌披在背后，
曲铁棒在空中挥舞不停，
令人眼花缭乱，头皮发麻。

她把手推磨当铠甲，
紧紧地贴在前胸；
她把炒麦棍当长矛，
紧紧握在手中；
她以护手[①]代替马镫，
双脚在使劲地踏蹬。

她用面单子[②]做缠布，
裹着两个膝盖骨；
她用头巾掩着嘴巴，
只露着狰狞的眼睛；
她放屁像敲鼓一样，
不时地响声咚咚。

她膝下的木臼，
像骏马一样猛冲；

① 护手：柯尔克孜人端热锅用的以一条绳连着的一对毡垫。

② 面单子：擀面用的麻布单子。

她踩踢着木臼，
向凯耐尼木发狂地冲锋。

虎背熊腰的凯耐尼木，
心稳如铅，臂坚如石，
站在那里一动不动。
库布勒江却更加放肆，
仿佛要把人吞掉似的，
凶气逼人，狠刺猛攻。

她两回刺出矛枪，
凯耐尼木依然未动。
强悍如山的凯耐尼木，
根本没把她的攻击当回事。

当她第三次扑来，
他举起了长矛，
朝着她猛戳反攻。
矛尖仿佛碰上了石头，
“当”的一声被弹了回来。
“她的身体难道是石头？”
凯耐尼木顿时一惊。

他定睛仔细观看，
果然是一块石头被他刺中。
而库布勒江已不见踪影，
她对魔法竟如此精通。

库布勒江哈哈大笑：
“我是库布勒江，
你是凯耐尼木，
只有我敢于和你针锋相对。
如果我不割吃了你的心脏，
那就从这个世界消除我的英名！

“为什么今日我敢与你挑战？
就因为我有能力与你抗衡。

凯耐尼木呀，你没有多少本领，
你不知道的事情还很多，
有许多许多事你根本不知情！”

可恶的库布勒江大喊大叫，
膝下的木臼，
好像要被她踩塌一样。

“横着打吧，
我的曲铁棒，
不要把他放过；
直着砍吧，
我的曲铁棒，
别再让他活着！”

库布勒江手握曲铁棒，
一边砍刺一边吼着。
那曲铁棒的下面，
冒着一股股炽热的烈火。

凯耐尼木策马迎击，
这时他没有拿出宝剑，
而是紧握着长矛，
朝着这只嬉笑母狗的曲铁棒，
勇猛地戳出了一矛。

凯耐尼木的攻击如此奇效，
这是从居仁朵那里夺取的长矛。
它一下使库布勒江的曲铁棒，
变得僵直，失去了功效。

凯耐尼木转回马头重新刺时，
可恶的库布勒江，
“咯噔”打了个嗝儿，
接着又哈哈大笑。
她操起炒麦棍作为兵器，
竟锋利得把石头砍成两半。

狰狞无耻的库布勒江，
还不时放屁咚咚直响，
使整个大地尘土飞扬，
天空像是浓雾笼罩一样。

她朝着凯耐尼木的屁股上面，
把炒麦棍狠刺过去。
“我给了他这致命的一击，
定能穿过他的肾脏。”
库布勒江如此得意地想着，
骑着木臼退出了战场。

粗心的凯耐尼木本想：
“她能把我怎么样？”
不料臀部的上面挨了一棍，
伤口的鲜血顿时哗哗流淌。

怒不可遏的凯耐尼木，
气得小胡子直竖。
他喊着玛纳斯的口号，
挥矛向库布勒江刺去。

库布勒江哪敢正面回击，
一时间手忙脚乱。
当长矛刺来之时，
她把木臼又变成块石头。
她瞪着眼睛站在上面，
活像落在烂尸上的一只乌鸦。

朝着变成石头的木臼，
凯耐尼木奋力刺出长矛，
石头顿时碎成粉末。

失去了心爱的宝贵坐骑，
库布勒江万分惊恐：
“凯耐尼木若再刺一下，

肯定会夺取我的性命。”

她立刻运用魔法，
使二人之间出现了一座万丈高山，
那高度连苍鹰也无法飞越，
凯耐尼木无法向她进攻。

她坐在山峰上睁大斜眼，
扯起嗓门大声高喊：
“哎，凯耐尼木，
我看你本事有多大呀？
你已被困在了深山之间。

“等你的坐骑瘦如枯柴，
等你身上的虱子肥如云雀，
那时你会乞求我放你出山。

“我要让你受尽地狱般磨难，
我要让你蓝宝石般的双眼立即失明。
我要让你渴求我结束你的生命，
不再遭受生不如死的苦痛。

“我要进入地下世界，
对那里的人们说遍：
是我战胜了凯耐尼木，
使我库布勒江的名望，
在地上地下八方流传。

“我不会轻易地把你杀死，
要把你足足折磨三年。
我要吸干你的血液，
再用水把你的血管灌满。

“我每天反复抽灌三次，
把你搞得死活两难。
让你浑身上下疼痛难忍，
里外如同火烤油煎。

"如果不是这样，
我就不会把瘾过完。
我要把你折磨三十六个月，
为我的师傅居仁朵报血海深仇。"

库布勒江魔法无边，
凯耐尼木有苍天保佑，
能把她的魔法伎俩，
一个个战胜戳穿。

他膝下的坎库拉骏马，
天赐灵性，神通无边。
当初去找阿依吐木什之时，
曾弓腿飞越过，
那一座座巍峨高山。

对着珍贵的坐骑，
凯耐尼木加了个响鞭。
坎库拉骏马心血潮动，
一跃就跳过了那层层山峦。

看到自己的魔法被人破解，
库布勒江顿时心慌意乱。

她突然幻化成一匹公驼，
从戈壁的刺草丛向外冲闯。
她嘴巴里喷吐着白色泡沫，
她咬牙切齿咯嘣作响。
她驼毛抖落得四处乱飘，
她脚掌踏地沙土飞扬，
向着凯耐尼木狂奔直撞。

无畏无惧的凯耐尼木，
他的威猛与生俱来。
他高高挥起手中的神鞭，
向公驼的头颅狠狠猛击。

凯耐尼木的鞭下有千钧之力，
谁要惹他生气，
那活该倒霉的只有自己。

脖颈上挨了一鞭，
库布勒江差点晕倒在地上。
她好不容易才挺住身体，
转瞬又变成了一只山鸦。

那山鸦正欲飞往远处，
凯耐尼木眼疾手快，
举剑猛劈。
山鸦的十二条尾羽和十条翅羽，
一溜儿被劈得掉落地上。

想飞没了翅膀，
想落没了尾羽。
“我真的无策无计，
可怎能这样死去？”
库布勒江这样想着，
又设置出魔法一局。

天空中突然飘起臭雾，
紧接着暴风雪又来袭击。
狂风呼啸而起，
好似千万只野狗在狂吠。
大地被厚厚的白雪覆盖，
使人难辨沟深坡低。
四处挺立的树木使人眼花缭乱，
树林深处传来鬼哭狼嚎的声音。
眼前大自然中的一切生物，
都会因冰冻失去生命。

凯耐尼木仔细查看，
见雪地有一道模糊的足迹，
他让坎库拉咬上嚼环，
顺着那足迹向前奔去。

大雪厚得直到马背的鞍头，
一会儿马儿就筋疲力尽。

凯耐尼木艰难地走了两天三夜，
终于走到了无雪的土地。

这里是一片茂密的森林，
他要前行穿越过去。
突然眼前冒出熊熊的火焰，
树木全在燃烧，
到处乌烟瘴气。

凯耐尼木这时才想起，
祖母阿依曲莱克也曾赠给他一把短剑，
短剑具有神奇的威力。

阿依曲莱克无所不能，
她是天上下凡的仙女。

凯耐尼木把短剑从身上抽出，
刚才燃烧的冲天的火焰，
顿时飞逝在天际。

他紧握着短剑，
继续闯向冒烟的森林。
这时一头狮子，
从远处窜来向他猛扑。
它巨大的头上黄毛蓬乱，
它腰肚细瘦有力，
它血盆大口流着口水，
它的吼声震得树叶乱飞。

凯耐尼木毫不畏惧，
快马加鞭迎了上去。
他伸手抓住那狮子的脖颈，
把它从地上高高提起。
狮子的眼珠子被挤出眼眶，

被掐开的嘴巴无法喘气。

“这头狮子没有魔法，
他能把它弄成啥样？”
在一旁观望的库布勒江，
这时感到无比失望。

凯耐尼木掐死狮子，
来到了一座达坂。
他以为这又是恶魔在作祟，
就抽取宝剑，
把达坂一下砍成了两段。

库布勒江终于明白，
要以力气进行较量，
谁想敌过凯耐尼木，
完全是痴心妄想。

库布勒江用心回想：
“落在玛纳斯的这个后代的手里，
到底有谁能幸免祸殃？
长着秃鹫尾巴的克孜勒阿勒普，
是被凯耐尼木杀死命亡；
阿克木和沙克木两个巨人，
也是他手下可怜的败将。

“苏麦尔干和苏尔麦尔干，
他们二人早已魂失疆场。
骑着灰斑马的波荣拜，
连我的铜鞭也没能用上，
他的武器装备，
全被凯耐尼木一扫而光。

“骑着黑斑马的哈勒别克，
他带领英雄好汉一大帮，
在与凯耐尼木交手中，
一个没留，全部命丧。

“居仁朵曾活了八千年，
培育出了无数个神话，
在魔界人人都崇拜他为师祖，
可最终也在凯耐尼木手下把命丧。

“我既然知道这些情况，
却为何偏要自找麻烦？
我明明知道他的凶残，
为什么还要来向他挑战？

“把木臼当作马骑，
是我从居仁朵那里学来的本事。
居仁朵早已被凯耐尼木杀死，
我为何还来这里寻衅滋事？

“六年时光已经过去，
我却在这里折腾自己。
而今我这样枉送性命，
还不如再施魔法，
把他一步一步引诱到魔窟里去。

“如果还是没有办法，
就施展手段挑动人类与人类对抗。
统管巴格达的谢尔玛特汗，
他是个无畏的杀人魔王。
我要向巴格达的方向，
把凯耐尼木引诱到谢尔玛特身旁。

“待到那时，
凯耐尼木将筋疲力尽，
将无力挥动长矛。
他的坐骑也将变得瘦弱无力，
不能像现在这样，
不知疲倦，昼夜狂奔。
到了那个时候，
凯耐尼木必然会缴械投降。”

库布勒江就这样想方设法，
皮笑肉不笑地步步引诱，
在英雄凯耐尼木眼前时现时隐。

“我没有了翅膀，
无法飞向天空。
如果再造翅膀，
凯耐尼木带的那把短剑，
仍然会将它砍断。

“多少天来，
我疲惫地跟他较量，
本来以为能把他战胜。
现在看来呀，
那是幼稚的我自作聪明。”

心肠如豺狼的库布勒江，
想到这些奸诈地笑出声：
“看我如何再来诱骗你。”
转身便幻化成一位活泼的少女。

那少女像醉酒了一样摇晃，
嘴里还发出刺耳的怪声：
“你来看一看我是谁呀？”
像母狗一样死皮赖脸，
向凯耐尼木身边靠拢。

她的曲铁棒早已融化，
已没有曲铁棒为她壮胆。
她握着炒麦棍权作长矛，
心里头总是焦虑不安。
她举起炒麦棍高高一挥，
脸色变得干黄，
鼻眼露出凶相，
向着凯耐尼木冲杀开战。

凯耐尼木泰然自若，
不让她刺到身上。
他伸手一抓，
紧紧卡住了她的手腕。

这只母狗哪甘示弱，
她阴谋多端变成了一条小蛇，
从凯耐尼木手中迅速滑脱。

大地裂开了一道深缝，
像溪流一样曲曲折折，
那小蛇落地就钻入其间，
无影无踪把身藏躲。

可没过眨眼的工夫，
她“啪啪”地拍一拍手掌，
发出几声冷笑：
“哈哈，呵呵！”

“这条母狗到底在哪里？”
凯耐尼木转回马头一看，
她变成了一只瘸腿狐狸，
正一颠一跛地向远处走去。

当凯耐尼木走近的时候，
她又变成了一只黄羊，
并加快了逃跑速度，
一溜烟腾岩跃壑。
越过了六片戈壁，
跨过了七条大河。
坎库拉骏马竖起耳朵飞驰，
终于从黄羊的身边将她找着。

这时她变成了一只兔子，
紧贴着地面躺卧。
当坎库拉跃过她身上时，
她又连蹦带跳地逃窜，

想把钻入地下的洞口找着。

坎库拉骏马立刻回头，
想再次对准她的身体踩踏而过。

凯耐尼木一边催马，
一边把短剑紧握在手中。

看到了短剑，
那“兔子”惊慌失措，
怎么也不能把入地的洞口找着。

耐不住凯耐尼木的威猛，
她又变成了一个老太婆。
嘴唇下垂，
牙齿没有几颗，
头顶秃光，
后颈蓬散的白发斑驳，
可怜兮兮在路边站着。

凯耐尼木心想：
“无论是骆驼还是蚂蚁，
我要把所有遇到的生灵杀掉！
如果我不这样，
她就会从我眼前逃掉。”
于是对准了那个老太婆，
凯耐尼木举起了长矛。

可长矛刺到的一刹那，
她又变成了一只老鼠，
向着卵石堆的缝隙中逃跑。

刚过一会儿，
她又变成一只母盘羊，
跑得前腿不接后腿，
就站在对面的山坡上。

凯耐尼木一眼瞧见，
对坎库拉“啪啪啪”抽了三鞭。
马儿一跃跑得尘沙满天，
紧紧地追在她的后面。

五座山冈，六座山梁，
一座座落在了他们后边。

当他越过一个山丘，
一个骑着灰毛驴的老头，
恰好来到他的面前。
他说：“哎，凯耐尼木，
我是阿克依禅，
我曾跟玛纳斯握过手。
我看到你遭遇的困难，
我怎能袖手旁观。
你若是听我的话，
像你祖父那样伸出手来，
我会将你帮助，
把库布勒江抓到你的身边。”

他不屑一顾地说：
“阿克依禅，
我何时要你对我帮助。
此时你到这里，
究竟为的哪般？

“你若要阻挡我的去路，
你就与我的敌人一样，
我就要毫不留情地把你宰掉，
你别想对我有什么指望。”

仿佛快要下雨的天空，
红润早已不见，
凯耐尼木的脸色，
变得铁青般难看。

他手握着长矛，
向着老头儿恐吓开言。
库布勒江幻化的阿克依禅，
变成只恶狼拔腿逃窜。

她跑过丘陵、深谷，
心里打算继续把凯耐尼木诱骗。
她想若带他到阔依卡普魔窟，
到了女魔朵的身边，
她就可以得到帮助和支援。

坎库拉骏马虽是动物，
但它通灵性，谋略多。
它对着恶狼左堵右挡，
不让她寻着通往魔窟的道路。

那狰狞的母狗没了办法，
她忽然摇身一变，
变为一只乌龟在地上静卧。

凯耐尼木还要催马行进，
坎库拉却偏偏停蹄不前。
凯耐尼木仔细一瞧，
也把静卧在地上的乌龟发现。

“这儿不是乌龟的洞窝，
近处也没有河沟湖泊，
那躺卧的肯定不是乌龟，
而是那个狡猾的恶魔。”
凯耐尼木想到这里，
欲掉转马头把她性命结果。

“魔法又被识破，
这次我死定了。”
库布勒江来不及多想，
变成一只跳鼠，
继续逃窜藏躲。

小山一般大的凯耐尼木，
追赶着膝盖般一只小小的老鼠。
这是那恶魔使出的伎俩，
也是他们命中注定要有的景况。

战胜对手谈何容易，
小老鼠只好朝沙滩逃去，
想从凯耐尼木手中逃脱。
狡猾的库布勒江，
此时却没了主意。

于是她强令自己要沉住气，
重新琢磨阴谋诡计：
“厥特的汗王谢尔玛特，
巴格达城堡是他统管的领地，
此刻我要设法前去。
汗的女儿比我厉害，
我俩彼此早为知己，
我向她求援定无问题。

“谢尔玛特汗很有实力，
他手下的百名勇士十分得力，
再加上我和公主两个巫婆，
凯耐尼木若到了那里，
一定是只有进来，没有回去。”

库布勒江如此想着，
她的身体渐渐变大，
幻化成一个漂亮的美女。
那美女长得白白净净，
穿戴花枝招展，
像山丹丹花朵一样美丽。
她卖弄风骚来到凯耐尼木身边，
献媚弄姿，娇声细语：

“凯耐尼木啊，

我俩好好谈谈，
我不是因仇恨而来，
我怎愿与你这样的英雄为敌？

“我曾经学过魔法，
就是想看看你的勇气。
可惜杰力毛吾孜[①]有条规矩，
学魔法的女人终生不能出嫁，
否则我就嫁给你。

“厥特的汗王谢尔玛特，
他有个女儿非常美丽，
那丫头听到一些你的情况，
特意派我前来见你。
现在我就从这儿出发，
把你的消息给她带去。

“你最好娶那个美女为妻，
这就是我要表达的美意。
我为了他人而考验你，
给你带来不少磨难和委屈。
我的情况比你还糟，
时常无缘无故遭受煎熬，
终生更是无托无依。

“厥特的汗王谢尔玛特，
今天正在巴格达作战，
他使巴格达和伊朗，
一起陷入了空前的灾难。

“谢尔玛特仇恨巴格达，
巴格达的兵马并不多，
他为了趁机占领那里，
在那儿燃起了战火。

① 杰力毛吾孜：柯尔克孜语，恶魔的意思。

“巴格达那里没有国王，
他们因此屡战屡败。
伊朗援助了巴格达，
才勉强保住了巴格达城的安全。

“如果你娶了谢尔玛特的女儿，
再把整个巴格达监管起来，
作为一个英雄你才有用武之地。
在那巴掌般大的塔拉斯，
你总是搬来迁去，没完没了。
如果你能实现这些目标，
那你此生还有什么遗憾！

“咱们之间发生过一些小小的摩擦，
英雄你不必耿耿于怀。
我将去看望我的朋友，
到时咱们好好谈心，
彼此盛情款待。

“如若你不听我的话，
谢尔玛特手下的一百名勇士，
还有他的那个巫术高超的女儿，
我会把他们一起招来。

“砍你的头颅没商量，
烤你的肉当羊排吃光。
你曾杀死了多少个生命，
你欠的血债我要你用血来偿！”

库布勒江一口气把话说完，
凯耐尼木冷笑着说道：

“库布勒江，你听着，
你休想对我来这一套！
如果我想娶媳妇儿，
定能把贤惠美女找到。
你和谢尔玛特的丫头呀，

我连一眼也不愿瞧。

“你赶快去吧，
把这个话儿向他们转告。
不要隐瞒，
也不要把谎言编造。

“两个巫女，一百个勇士，
你们的头儿是谢尔玛特汗，
这样的实力还值得炫耀？
你们竟然侵犯没有国王的民众，
连一点羞耻也不知道！”

英雄刚刚把话说完，
库布勒江接着说道：
“凯耐尼木，你有了一点儿名气，
就变得如此目中无人。
谢尔玛特不会把女儿嫁给你，
连羊毛也不会给你一根。
你的末日已经来临，
你逃脱不了死亡的命运。”

库布勒江气急败坏，
梳摸着鬓发转身走人。

“我不要再走人多的地方，
免得她玩弄捉迷藏，再施妖法。
我要沿着沙漠的边缘前进，
三天内就可以赶到巴格达。”
凯耐尼木如此打算，
风驰电掣，快马加鞭，
马蹄扬起的尘土直冲云天。

恬不知耻的库布勒江，
好像也不想让他迷路，
故意在近旁时隐时现。

库布勒江跑得喘不过气来，
胸中闷得像要炸开。
她对性命已经绝望：
“如今我惹上了他，
算我倒霉活该。”

奸诈阴险的库布勒江，
终于跑到了巴格达。

为虎作伥谢尔玛特父女被诛

巴格达此时没有国王，
谢尔玛特汗正趁机侵占。
无辜的百姓流离失所，
遭受了空前的战争苦难。

“我们没有国王，
没有实力与你作战较量。
我们有成群的单峰骆驼，
黄金珠宝也装满库房，
你想要多少就取走多少吧，
只求你们别扰乱我们的安详生活！”

黎民百姓苦苦哀求，
谢尔玛特却不理不顾。
他派出自己的随从，
抓来这里部落的头人，
肆意折磨不停地羞辱。

伊朗国王见此景况，
率兵与伊拉克人并肩作战。
尸骨遍地，血流成河，
战火使百姓饱受灾难。

从伊朗和伊拉克，
谢尔玛特绑架了十五个人。
他残暴地下达命令，
要开膛折磨他们。

恰在这个时候，

凯耐尼木到达现场：
“你们要处置的是什么人？”
他询问谢尔玛特的侍卫们。
那些侍卫无人回答，
仍拿起短刀，扑向了他们。

正当刽子手要举刀动手，
凯耐尼木厉声喊道：
“住手，不许无故杀害他们！”
刽子手们惊恐万状，
丢掉了短刀，呆若木鸡。

凯耐尼木让人过去，
解救了一个个被绑的人。
他向那些刽子手问道：
“他们到底是什么人？”
刽子手们大惊失色，
张不开嘴巴，不敢回答。

凯耐尼木又问被救的人：
“你们为什么要被处死？
给我说清其中的原因。”

一个中等身材的人，
口齿清楚，做如下回答：
“他们这帮刽子手，
全是谢尔玛特的手下。

“巴格达的国王，
去年不幸逝世，
他撇下了这里的黎民百姓，
还有他四岁的孩子。

“为了占领巴格达，
厥特的汗王谢尔玛特侵入了这里。
我们拿出许多的物品，
想以此来劝回他们。

可厥特的汗王却一口拒绝，
也不理睬前来劝说的伊朗人。

“伊朗人说服不了他们，
就帮助了巴格达人。
于是双方兵刃相见，
在混战中他们绑架了我们。

“他们的头人下达了命令，
要用他们的矛枪之尖，
悬挂起我们带血的头颅。

“伊朗人无力继续对抗，
只好决定从战场退下。
而谢尔玛特汗正在准备，
发起新的进攻，
把巴格达侵占。”

凯耐尼木听后，
叫过来一个刽子手：
“你要赶快回去，
把你在此的所见所闻，
统统告诉谢尔玛特汗。
叫他立刻过来，
跟我较量决战！

“他作为一个汗王，
怎配把黎民百姓统管？
竟把只有孤儿寡母的弱国，
如此无理地侵犯！

“假如他是勇敢的汗王，
他应具有高尚的品德。
他的作为不是人干的事情，
我凯耐尼木怎能将他宽恕！

“关于他的那些底细，

从库布勒江那里我已知晓。
说他正在入侵巴格达，
把那里的百姓蹂躏骚扰。
如果他是英雄好汉，
就请他快过来与我相见。”

刽子手听罢立马回去，
把凯耐尼木的话语和盘转告，
没敢遗留一点一滴。

谢尔玛特听完说道：
“是谁如此大胆，
敢不向我忏悔？
不拱手作揖来到我身边！

“他竟敢阻止我行刑的手下，
竟然还把那些罪人解救放还？
他仿佛让我把他当作同辈，
还居然派人教我过去相见！

“你们快敲响出征的大鼓，
立刻给我集结出发。
把那无法无天的狂徒，
押到我的眼前接受刑罚！

“他还提起库布勒江，
她又是个什么人？”

谢尔玛特狂喊乱叫，
鼓响角鸣，人马声嘈杂。
他急急忙忙集结起队伍，
浩浩荡荡向外出发。

大地震动，尘飞土扬，
晴天仿佛一下子变阴，
浮尘遮住了天空的太阳。

谢尔玛特的百名勇士，
个个都能以一敌百。
他们一个个争相叫喊：
“凯耐尼木在哪里？
我先把他一矛刺死，
让他知道我的厉害！”
这些勇士争先恐后，
向凯耐尼木这边冲来。

凯耐尼木骑在坎库拉马背上，
手中举着那根长矛，
身体犹如奥波勒山冈，
泰然自若，气宇轩昂。

谢尔玛特汗看到他的背影，
心想：“他竟然如此威风，
是个真正的英雄。”
他命令那一百个勇士，
去把凯耐尼木抓来。

一百个勇士蜂拥而上，
朝着凯耐尼木扑来。
在英雄凯耐尼木眼里，
他们如同苍蝇、蚊子一般。
他举起尖锐的铁矛，
喊着玛纳斯的口号，
勇敢地孤身迎战。

他一枪就刺杀了两个，
转身一矛又击倒五个，
向对面猛冲又杀死了七个，
借着一个下坡，
一口气戳倒了五十个！

只开头一个回合，
自高自大的一百个勇士，
只剩下没死的三十六个，

可他还在左刺右戳。

"如果再失去剩下的勇士，
我的人马将更没力量。"
谢尔玛特想到这里，
就命令六万人马，
一齐攻进战场，
将凯耐尼木团团包围。

英雄玛纳斯的后代，
见此怒发冲冠，
斗志更加高涨。
他把蜂拥而来的人马，
杀得血流成河，
砍得尸横遍野。

你再看骑马奋战的英雄，
就像冲入羊群的饿狼。
那敢拼敢杀的凯耐尼木好汉，
宛如天上下凡的天神。

谢尔玛特见此景况，
不知所措，十分无奈。
这时库布勒江来到他的身边，
告诉了眼前这个盖世英雄的来龙去脉：

"你好，谢尔玛特汗，
我特意为助你而来。
那个人是凯耐尼木，
他是玛纳斯的后代。

"这个人生来就蛮横霸道，
凡是惹他生气的人，
他们的妻子将成为寡妇，
他们的家业也将从此衰败。

"六年之前，

我开始向他挑战。
我在地下的时候，
被人称作男人的克星，
没有哪个男人敢与我交战。

“为了征服凯耐尼木，
我有备而去，
在他的家乡待了六年，
终于把他引诱到了这边。

“我曾用曲铁棒和灰色矛枪，
跟他进行过多次较量，
但怎么也敌不过他的刚强。
无奈我打算钻进地界下面，
可他又挡在入口的地方。
我实施了许多魔法，
都被他一一找到了破解的妙方。

“我打算把他引进魔窟，
让众多魔女共诛，
他却寸步不让，
最终使我的计划泡汤。

“你说说我还有什么办法，
就只好来这里与你合作，
咱们共同对付这个强敌。

“你的女儿别提尔凯，
我们在很早的时候，
曾一起向魔法师学习魔法。

“我先去找别提尔凯，
把她带到这边来。
我们一起对付凯耐尼木，
我想这样才是上策。

“你的一百个勇士多已阵亡，

你的众多兵丁也多半逃亡死伤。
谢尔玛特汗啊，你想一想，
他快要向你出手了。
你的前景会是怎样？
你只有与我携手合作，
才能保住你的性命。
这是我的来意，
我名字就叫库布勒江。”

谢尔玛特汗听了她的教唆，
立刻指派库布勒江，
去把别提尔凯叫来。

就在这个时候，
巴格达有十五个逃来的兵丁，
传出了凯耐尼木在前方激战的消息，
巴格达和伊朗人都十分高兴。

凯耐尼木在敌阵之中，
就像在羊群扑杀绵羊，
一次次把敌兵击溃，
敌兵被迫逃亡进城。

这时谢尔玛特汗亲自出阵，
并早已在暗中设下圈套。
他早已料到，
他与凯耐尼木迟早会有对战的一遭。

他在凯耐尼木必经的路上，
叫人挖出了许多大坑，
再用树枝盖在上面，
表面弄得与原来一样。

你死我活，混战正酣，
谢尔玛特佯装逃窜，
来到那大坑旁他大声喊道：
“凯耐尼木，你来杀呀，

我就是厥特的谢尔玛特汗！”
引诱凯耐尼木驱马追赶。

仇敌相见，分外眼红，
凯耐尼木气愤难平。
他对膝下的坎库拉骏马，
使劲鞭策，“啪啪”连声。
坎库拉骏马聪明通灵，
它察觉到了地下的大坑。
它弓腿腾起，
如飞龙翔空，
一举跃过了那地下的陷阱。

谢尔玛特汗骑着卡孜布旦骏马，
向凯耐尼木横扫直冲：

他腰间宝剑闪出寒光，
他高举着铁锤亮锃锃，
他月牙战斧挂在背后，
他扬鞭催动骏马嘶鸣。
与多少猛将相比，
这家伙才是真正的枭雄。

谢尔玛特满面狰狞，
把六十巴特曼[①]重的铁锤，
用劲地左右挥舞，
重重地砸向凯耐尼木的头盔正顶。
头盔怎经得住这样的重打？
瞬间就扁得没有了原形。

听到这叮当的声响，
谢尔玛特汗的众兵丁，
也纷纷策马而上。

① 巴特曼：柯尔克孜古代的一种重量单位，各地不一，约含180公斤到300公斤。

他们心想：
“谢尔玛特汗为死者讨还了血债，
谁的头颅能经得住那铁锤的重击。
击到头上的那‘当’的一声，
让凯耐尼木滚倒在地，
嘴巴里喷出鲜血，
鼻孔中流出脑浆。”
他们团团围来，
如同炸窝的野蜂一样。

英雄凯耐尼木，
他生来就与众不同。
威武如山的他若无其事，
甩下那变形的头盔，
眨了一下眼睛。

他丝毫没有畏惧，
战顽敌不惜性命。
他是玛纳斯的后代，
征战沙场是家传本领。

他把宽若门板的月牙战斧，
扛上肩膀，
当谢尔玛特再次正面杀来，
他圆睁双眼，瞄准对方，
舔了舔下唇，
狠劲将战斧劈向顽敌的胸膛。

眼疾手快的谢尔玛特，
机灵一闪，躲开了身子，
月牙斧劈到了地上。
地面顿时开裂，
涌出了一股溪流，
水花喷溅流淌。

谢尔玛特没有喘息片刻，
他挺起长矛，

不可一世地再次冲来。
卡孜布旦骏马蹄声嗒嗒，
大地震撼，摇动起来，
似乎就要沉陷变成海洋。

谢尔玛特戳出的矛枪，
被凯耐尼木挥斧挡开。
当谢尔玛特拨回马头，
挺枪再向凯耐尼木进攻之时，
凯耐尼木以迅雷不及掩耳之势，
高举月牙战斧，
对准他的后颈砍来。

被凯耐尼木英雄砍中还能活吗？
谢尔玛特下肢一蹦，
双手一甩，
从此魂飞九霄云外，
永远消失在人间。

凯耐尼木转回马头，
库布勒江和别提尔凯，
两个妖女窜入战场。
别提尔凯幻化成一条毒蛇，
嘴里喷射着毒火，
烈焰呼呼作响，
欲把凯耐尼木，
一口吞进自己的肚里。

祖母阿依曲莱克赠送的银色短剑，
凯耐尼木从鞘里拔出紧握。
他没有惧怕那毒蛇的吮吸，
策动坎库拉骏马，
用铁蹄踩踏而过。

别提尔凯看到银色短剑心中一惊，
她急速变成了一只天鹅妄想逃生。
当她正要飞向天空，

凯耐尼木把短剑一挥，
天鹅的十二条尾羽，
还有十条翅羽，
纷纷向地上飘落。

那天鹅无法展翅高飞，
只好又变成水银雨，
反射着令人眼花缭乱的白光，
从天而落融进了大地沙漠。
就在这个时候，
库布勒江透着满身杀气，
从半空中杀出。

她挥舞着一支灰色长矛，
从凯耐尼木头顶向下猛刺，
欲把凯耐尼木从头顶刺穿脚底。
她的灰矛挥得嗖嗖作响，
居高临下似有千钧之力，
气势令人惊恐无比。

突然大风呼啸而起，
天空惊雷轰隆，
接着就是倾盆大雨。

巴格达人和厥特人马，
全都吓得心惊肉跳，
神灵保佑的凯耐尼木，
镇定自若，显出英雄气概。

他迎着长矛带来的飕飕冷风，
用银色短剑横劈过去。

库布勒江的矛枪，
被截成两截飞向空中。
至此库布勒江的木臼、木杵和灰矛，
这三件宝物全部失去，
她彻底丧失了作战的魔力，

顿时垂头丧气瘫卧在地。

正在此时，
别提尔凯幻化出六十条母狗，
从四面八方狂叫着冲来。
那些母狗吠声交错，
一片嘈杂喧闹，
吠声不断，令人难耐。

凯耐尼木手握银色短剑，
冲入它们之间。
六十条狂吠乱咬的母狗，
把坎库拉骏马紧围起来。

凯耐尼木劈下短剑，
一下子劈中四十五条恶狗，
别提尔凯的脚踝，
也被剑尖击中流血。

银色短剑可真非凡，
别提尔凯的脚踝被砍断。
闻到她血腥味的母狗，
瞬间逃匿跑得无影无踪。
别提尔凯绝望中又施魔法，
大地上布满了炽热的红炭。
风吹炭火，熊熊燃烧，
漫天都是浓烟与火焰。

人们看到此景，
绝望地哭泣呼号：
“我们不可能逃生，
巴格达也将被大火烧毁。”

当别提尔凯欲借烟火逃窜之时，
英勇无畏的凯耐尼木，
赴汤蹈火，
伸手将其抓捕。

他用短剑剖开她的心脏，
刀口涌出女妖的鲜血。
剩下库布勒江只身一人，
面对死神的降临，
她仍在挖空心思找寻魔招。
于是她变成一棵红花草，
在风中左右飘摇。

凯耐尼木驱马过来，
坎库拉看到了那棵红花草，
它一嘴先把绿叶吞下，
又把那花株紧紧撕咬。

这时那花草说出人话，
句句诚心，苦苦求饶：
“尊贵的凯耐尼木，
我的名字叫库布勒江。
我不知天高地厚与你作对，
还望你开恩将我原谅。
我变幻了多少花样也无法逃生，
从今后我甘愿为你效劳帮忙。

“大地之下有许多宝藏，
时至今日无人知晓。
我把它们全都告诉你，
让你们世世代代也享用不完。

“水的天使有件礼物，
我也送你请你收藏：
那是一块神奇的肥肉，
若在战时你吃上一口，
四十天内也不用进食。

“山的天使有一件宝物，
我也把它给你奉上：
那是一根神棒，
名叫吾尔托克莫克神棒。

战时你把它一挥，
抵得过一千人的力量。

“你若跟谁单独较量，
就能知道它的力量。
有吾尔托克莫克在你身边，
十万人也不能将你怎么样。

“凯耐尼木，我求你了，
求你别让我把命丧。
从今以后的所有时光，
我不会再瞪你一眼，
甘愿为你把仆人充当。

“我早晨为你倒炉灰，
晚上为你铺好床。
你不让我走，我就停，
你让我放牛，我决不放羊。

“我从早到晚一刻不停，
愿为你捡牛粪、拾柴草、打扫毡房。

“我能为你缝补衣裳，
能把断了的给接上，
能把缺了的再补全，
能把破了的再修好，
能把该盖的全部盖上。
如果谁敢对你图谋不轨，
我会挖出他的内脏。

“我真的走投无路了，
我想继续天天看到阳光。

“我愿为你的烈火而燃烧，
我愿为你的冰冻做寒霜，
我愿当你的马鞍子，
把你的惩罚当奖赏。

“我将永远服侍你，
到我的手臂瘦得像木桩一样，
到我的头颅干得像木桶一样，
到我的腰背驼得像弓一样，
到我的头低得触到膝盖上，
我发誓忠诚服侍你决不走样。”

库布勒江继续发誓，
她不停地叫嚷：
“如果我背信弃义，
我将落得这样的下场：
所有的黑夜无月光，
所有的白天没太阳。
变作湖泊永干枯，
变作土地草不长。
变作戈壁干千年，
变作荒山尽冰寒。
变作石头黑又臭，
变作碱地流苦汤。
变作烈火灰已烬，
变作小草喂牛羊。
变作套网无猎物，
变作秃鹰没翅膀。”
那只母狗喋喋不休，
到底还说了些什么话，
我哪里能够说端详。

凯耐尼木没有工夫跟她多啰唆，
把她的辫子一揪，
系在短剑的把子上，
忙赶路向巴格达方向奔去。

巴格达人倾城迎接到城门外，
盛情空前，喜气洋洋。
凯耐尼木没有进城，
他让坎库拉在草地上休息，

他陪在野外过了六个晚上。

厥特的汗王谢尔玛特，
他有一个独生子，
凯耐尼木让人把他叫来，
仔细询问他的情况：
“你为何来到巴格达，
骚扰平民安宁的生活？
难道你有仇恨心中藏？”

谢尔玛特的儿子回答说：
“我今年刚满十五岁，
平时只顾着自个儿玩，
什么事情也不想。

“当初父亲率领千军万马，
一路出发浩浩荡荡。
我哪里知道他竟来这里，
干下侵犯无辜平民的勾当？

“有一天我正在家里玩，
来了个女妖库布勒江，
她把我和别提尔凯，
一起带到了这个地方。

“父亲死了，我很难过，
该做些什么也无人来讲。
我没有做任何罪过之事，
这就是我的全部情况。”

凯耐尼木接着问他：
“你父亲可有高参或宰相？”
当得到了他肯定的回答，
就派人叫来了那个宰相。

凯耐尼木又转问他：
“你做谢尔玛特的宰相，

时间大约有多长？”
凯耐尼木胸怀宽广，
说话问事都在理上。

那宰相恭敬地开口说道：
“已死去的谢尔玛特，
共当了二十三年汗王。
我当宰相至今，
恰好是十一年的时光。

“他的祖辈五代，
都是世袭的汗王。
而他总是挑衅他人，
是个凶狠残暴的汗王。

“自从我当上宰相，
他入侵过六座城市，
每次都没空手而归，
到处把财富掳抢。

“这次他进攻巴格达，
知道那里没有国王，
民众过着惨淡的日子，
他竟然对他们欺压掠抢。

“巴格达人苦苦哀求，
愿意给他珠宝和牛羊，
可对于他们的乞求，
他丝毫听不进去。
他这样蛮横无理，
虽脑浆四溅也难咎其罪。

“这个汗王曾经妄想：
今年把巴格达占领，
明年做好准备，
再发兵埃及摆战场。
然后要占领阿富汗，

直到把印迪斯坦也收入私囊。

“他曾如此说过，
也算是已经与我们商量。”

凯耐尼木听后问道：
“他的那个儿子是否好些，
是否可以封为汗王？
是否可以维护百姓的利益，
使百姓生活更加安宁祥和？”

那个宰相答道：
“他那个只有十五岁的独生子，
为人和气善良，
还长着一副可爱的脸庞。”

凯耐尼木又叫来那个儿子，
就封他为厥特的新王。
把厥特人交给他统管，
还包括巴格达人住的地方。
让一个十五岁的孩子主政，
凯耐尼木真有远见的眼光：
那个少年后来当了六十年的汗王。

他爱护百姓，治国有方，
巴格达和厥特日益富强，
被人称为孩子汗王。
这些都是后话，
在此无须多唱。

把一切安排妥当，
凯耐尼木拨转马头，
离开了巴格达，
要回自己的故乡。

人们赠送的钱财，
他一分都不收取，

只牵着库布勒江，
策马奔向远方。

他们来到节提苏和塔拉斯之间，
凯耐尼木怒从心起，
对库布勒江厉声斥责：
“这是你开始诱骗我的地方，
你让我把大地转了一圈，
消磨了我多少宝贵的时光！
现在终于从巴格达回来，
我怎能让你再活下去，
再为这个世界带来祸殃？”

他举剑杀死了库布勒江，
山谷被血浆溅染得通红。
从此这个地方就被称为妖魔谷，
夜晚还可以听到女魔库布勒江的哭声。

黄脸死神杀死无赖奥力亚

凯耐尼木得胜回到了塔拉斯，
在家乡开始了舒心的休养。

有一天，
他突然想起了加勒格再克的那只老鹰，
心想这么几年过去了，
我应该把它讨回来饲养。

于是凯耐尼木起身上路，
去寻找奥力亚老人居住的村庄。
他朝着奥波勒方向行进，
晓行夜宿，
不停留也不慌张。
经过了几个昼夜，
到达了喀什噶尔的城郭旁。

次日，他四处打听，
找到了交达尔别西木老人。
两个久别的朋友喝酒品茶，
诉说着各自的衷肠。

凯耐尼木说道：
“和阗、叶尔羌、罗布泊，
还有向阳的阿热勒，
你把这些地方管理得很好吧？
我想会像姨父在世时一样。”

交达尔的回答语重心长：
“和阗、叶尔羌、罗布泊，

经常有人来往，
无论哪里有什么事情，
他们都会向我告知商量。

“阿富汗和呼罗珊，
还有塔吉克的老人，
他们与我少有交往。

“凯耐尼木，我已经老了，
一旦出现了什么事情，
我会及时向你报告情况。

“在阿尔泰的南部，
在库兰的黄色河谷那里，
传来了一些消息——

“铁大衣的夏勒克玛特，
铜肚脐的克克玛特，
大耳朵的乔云阿勒普，
他们的行为相当可疑。
如果再遭到卡勒玛克侵犯，
我们将丢尽面子，
无颜面对四方百姓和兄弟。

“我还一直怀疑：
塔吉克的铁米尔别克，
好像没有善意。
他们竟然公开宣扬，
一些煽动性的话语，
疯狂地将我们中伤。

“凯耐尼木，
喀什噶尔的阿拉洪，
早先几年他已染病逝去。
我把喀什噶尔的事务，
交给柯尔克孜人管理。

“我们已好久没有会面，
这些还没有告诉过你。

“我不进城内住广厦大房，
而是靠近大山——
苏耶克、托云和恰克玛克，
生活在这些清静的地方。

“大多时间我在托云度过，
冬天的时候，
我搬到艾尔克什坦消磨时光。
有时为了好奇，
也去阿拉朱库和玉其塔什，
去享受那里的山水风光。

“夏天的时候，
我到恰特尔湖和阿尔帕，
那里总有凉风习习。

“凯耐尼木，我已经老了，
陪你去找奥力亚老人，
已经没有了力气。”

这时，凯耐尼木说道：
“交达尔别西木表兄，
谢谢你告知我这些情况。
你别再为年老而泄气，
英雄暮年胆气应更壮。

“和阗、叶尔羌和喀什噶尔，
罗布泊、阿孜克和阿热勒的民众，
他们多么勤劳善良啊，
你一定要继续管理好他们。

“你说在库兰的黄色河谷，
有那三个卡勒玛克人，
如果他们有什么动静，

你要及时通知我们。

“塔吉克的铁米尔别克，
他是不是可疑？
以后我们要施加一点压力，
促使他回心转意。

“在巴达克山和巴勒克，
都住着塔吉克部落。
从呼罗珊的达布特别克，
还有伊斯番的阿恰汗，
也不断有坏的消息传过来。

“生活在阿拉木图的穆孜布尔恰克，
他的儿子是阿库巴克，
阿库巴克却没了后人继承。

“玉尔毕的后代很出色啊，
谁都不如他勇敢。
库列坦的巨人阿额什，
他也没有后代相传。

“你是我姨父托什吐克的后代，
阔绍依的后人是加勒格再克，
加勒格再克的后人是巴克特拜。

“在乌孜别克人中，
凯尔阔库勒的儿子铁提克，
他的寿命也在有数之间。

“这是个难以把握的尘世啊，
谁的能力也不如上天。

“布哈拉的喀拉汗，
他的儿子伊斯玛依里也没有孩子。
在塔拉斯的七个汗中，
也都无子孙可继承前辈的遗志。

“神仙般的玛纳斯，
只有我一个后代。
你是克普恰克家族的传人。
在喀拉柯尔克孜那里，
还有那个巴克特拜。

“交达尔啊，
你虽然是我爷爷辈的人，
但你又是我姨母的儿子，
我们的关系自然与众不同，
我将你视为我的亲哥哥。
巴克特拜论辈分也是我的长辈，
我则以亲弟弟对待。
这样看来我们亲如一家，
你我今生还有什么遗憾！

“加勒格再克曾对我说：
奥力亚老人借走了白鹰隼，
一直不想痛快送还，
让我去把它索要回来。
我要去奥波勒一趟，
就是为此事而来。”

告别了交达尔老人，
凯耐尼木策马向前。
那是秋高气爽的季节，
牧草有些枯萎。
空气清新，天空蔚蓝，
站在山冈之上，
正好向山下鸟瞰。
看到前方有五六十人，
凯耐尼木就迎上前去，
与他们施礼见面。

在他们引领之下，
奥力亚老人勉强与他相见。

凯耐尼木开口说道：
“加勒格再克的猎鹰啊，
它不让黄羊在山腰吃草，
不让狐狸在山谷觅食流窜，
不让公羊游走在山间；
它不让野狼逃过它的爪尖，
不让野兽在这里出没，
不给它们生存的空间。

“你看，在奥波勒一带，
野生动物早已匿迹，
丘陵戈壁也都没有猎鹰的美餐。
你与猎鹰为伴，
已经度过了多年，
归还猎鹰也该没有什么遗憾。”
凯耐尼木说明了来意，
奥力亚却好像没有听见。

凯耐尼木跟着大伙同吃同住，
天天耐心地等待回音。
该死的奥力亚老头，
却仍然不予理会。
他天天在外游逛，
有意将客人躲避。

“他和我的曾爷爷阿依阔勒玛纳斯，
曾经一度相识，
在部落之间也有点名气，
我要再多一点应有的耐心。”
凯耐尼木如此想着，
尽力平和地将他对待。

夜晚奥力亚不让大伙儿入睡，
让人们高声祈祷直到天亮。
早上又催人快点出发，
外出打猎，进深沟、上山冈。
他每天每夜唠叨不休，

也不知他为何暴躁发狂。

凯耐尼木无奈一声怒吼：
“安静，你和大家给我睡觉，
你天天如此，
何时才能到头？”

这时，奥力亚老头也不甘示弱：
“这是玛纳斯允许我的，
不许你黄脸小子指责胡说！”

接着，大伙儿只好又开始祷告，
身体还左右摇着晃着。
奥力亚老头坐在上席，
也在不停地晃动着脑壳。

躺在他旁边的凯耐尼木，
辗转反侧，实在难以入眠。
奥力亚老头像发情的公驼，
难听刺耳的声音噪音不断，
嘴里不停吐着白沫。
凯耐尼木实在忍受不了，
义正词严地说道：

“奥力亚，你停一下，
我看你对人从来没有善意：
打枪、射箭、设铁夹子，
春种秋收，种田耕地，
对于这些善良的过日子的人们，
你不给他们自由的天地。
晚上你不让你的伙伴休息，
又强迫他们祈祷空耗体力。

“雄健的猎鹰，勇猛的猎狗，
都是你霸占别人的。
一旦你看中了什么好东西，
就以‘替你祝福’为由，

千方百计骗到自己的手里。

“你不是什么创世神圣，
你不会使石头具有生命活力。
你只是一个肉体凡胎的常人，
你道德沦丧，将遭人唾弃。

“你叫我黄脸小子，
是对我的无礼。
你这样对待远方来的客人，
证明你根本无情无义。

“你胡说你是奥力亚圣人，
为的就是：
骗吃别人的，
骗喝别人的，
骗穿别人的，
骗用别人的。
就连你的坐骑，
也是骗来的。

“你心术不正，
你口是心非，
你把百姓的好处占尽，
你把善良的人们瞒欺。

“看到你的所作所为，
我怒火难压心底！
奥力亚老头啊，
今天就是你的死期。
我要把你这样害人的家伙，
今日就结果在这里。

“要是我因你的诅咒而死，
那就听天由命：
有理的诅咒使坏人遭殃，
无理的诅咒将报应自己。

这是前辈传下的古训，
我要看看其中的道理。”

凯耐尼木的话说到此处，
死神要找的骗子奥力亚，
口喊着“混蛋”向他扑去。

凯耐尼木火冒三丈，
口说“你休息去吧”，
向他头上一拳打去。
人们拆开他的缠头布，
只见脑汁迸出，命已归天。
对那六十个为非作歹的随从，
凯耐尼木将他们教训驱散。

他收回了自己的猎鹰，
驱赶着缴获的马匹，
回到了塔拉斯自己的家里。

他毫不隐瞒地告诉了乡亲们，
自己这次外出的情况：
“无论谁为非作歹，
我必定让他灭亡。

“我在奥波勒山下，
听一些人说奥力亚是圣人，
对他说话都不可高声。
我杀死了这个无赖，
看他能把我怎样？！”

听到他说的这些事情，
有些人怕得从马背上摔下。
百姓们却纷纷称赞：
“我们的英雄正直伟大！

“我们只听说过奥力亚圣人，
可究竟如何，

谁也没有亲眼见过他。

“英雄如若想到了什么，
就必定能做到什么。
我们今天才认准了：
我们的汗王凯耐尼木，
无愧为黄脸死神，
他能创造动人的神话。”

这一段故事到此放下，
下面再来唱一唱：
凯耐尼木和夏勒克玛特，
那更惊险的交锋吧。

卡勒玛克三汗王兴兵犯境

卡勒玛克兵分三路向柯尔克孜部进攻

在库兰的黄色河滩，
铁大衣夏勒克玛特，
铜肚脐克克玛特，
大耳朵乔云阿勒普，
三个汗王静静地等候了多年，
等待着奇克台汗的消息。

听说奇克台汗早已死去，
他们感到震惊不已。
“奇克台汗何时死去？
奇克台汗是怎样死的？

“奇克台汗死在凯耐尼木手里，
在他和布鲁特交战中死去。

“这个消息果然是真的，
如果他还活着，
早就会和我们联系。

“我们要为奇克台汗报仇，
把高傲的凯耐尼木杀掉！
我们和奇克台汗结盟发过誓言，
我们决不能袖手旁观。
如果我们不去惩罚布鲁特，
在奇克台汗的灵魂面前，
我们将会低头惭愧汗颜。”

三位汗王举起黑色的旗帜，
各自率领三万人马，

浩浩荡荡向西侵犯。
从巴里坤到喀什噶尔途中，
他们屠杀了多少无辜的生命，
他们糟蹋了沿途所有的生灵。

这群卡勒玛克人十分残忍，
他们沿途住宿，
无论年老年少的女人，
都遭到他们肆意的欺凌。
他们丑恶的兽行，
诉说起来十分难为情。

他们每走到一个地方，
把百姓死去活来地折磨，
把衣物财产抢劫一空。
如果有人胆敢反抗，
就会在他们刀下当场丧命。

从巴里坤到喀什噶尔之间，
他们看到的房屋和花园，
全都被毁坏焚烧狼藉一片，
留下的只有断壁残垣。
沿途的老人、妇女和小孩，
哭声喊声令人心寒。
卡勒玛克罪恶滔天，
人们不能忘却将永记在心间。

三头野兽给人们带来巨大灾难，
他们还扬言：
“从塔拉斯回来的时候，
再把沿途干净地打扫一遍。”

他们发出命令：
“任何人不准从东方走到西边，
若是向西走一点，
无论他是何人，
都要立刻斩首，决不赦免。”

三头野兽的兵马，
悄悄地到达了喀什噶尔城外。
城里的人们还不知道，
喀什噶尔已经被包围。

三个畜生在一起密谈商量，
他们要兵分三路，
确定各自进攻的方向。
乔云阿勒普首先开口夸夸其谈：
“我要留在喀什噶尔城，
首先占领和阗、叶尔羌、罗布泊，
还有阿孜克和阿热勒，
然后前往塔吉克方向，
和铁米尔别克会合结盟。

“要把托什吐克的儿子交达尔，
从柯尔克孜人中分离出去，
使这个部落孤立无助，
成为我们的奴仆。
如果交达尔不听话，
就要像切西瓜一样剖开他的肚皮，
杀死这个部落的所有头目。”

铜肚脐克克玛特接着开口大言不惭：
“我要越过艾尔克什坦，
去纳曼干、塔什干和撒马尔罕。
那里的乌孜别克人，
始终和柯尔克孜亲密无间。

“我们要征服乌孜别克人，
如果他们不服从我们的意愿，
就要把十八岁到四十岁的人，
全都杀光，一个也不赦免。

“地狱的滋味要他们尝遍，
让他们终生难忘，

再也不敢反抗捣乱。

“纳曼干、塔什干和撒马尔罕，
全部送给塔吉克人去管。
只有驼队必经的浩罕，
要成为我自己的驿站。

“我要将浩罕城掌管，
我要把丝绸和砖茶，
驮到驼队的背上，
把埃及、巴格达和库都斯走遍。

“驼队回来的时候，
驮的全是黄金，
我要把西方的黄金，
全都拿到我的手里面。

“到那时，
我储藏的黄金一百年也用不完，
使西方无法偿还债务，
只好向我们乞讨借钱。

“我要从库兰河谷搬迁，
到布哈拉建造新的宫殿。”

克克玛特还没迈出一步，
心里已经充满了梦幻：
仿佛他已经是东西方的大汗，
手里的黄金已经堆成小山，
成为天下最富有的富翁，
这些梦想已经如愿以偿，
克克玛特如痴如醉欣喜若狂。

铁大衣夏勒克玛特，
他人高马大武器精良，
在三头野兽中间，
他最有胆量敢于冒险。

此刻他也不甘示弱口吐狂言：

“我要从托云往上行进，
经过吐尔尕特山口，
给柯尔克孜人来个突然袭击，
把阿尔帕和阿克萨依两地，
搞它个天翻地覆。

“至于阿特巴什的巴克特拜，
我先不去他那里。
我要先进军纳伦城，
那是阿牢开曾经统治的地盘。
我占领纳伦之后再去阿特巴什，
把那里夷为平地，将人杀光。

“听说阔绍依的孙子巴克特拜，
他始终生活在阿特巴什。
他从来就不服从秦格什，
根本没把秦格什汗放在眼里。
我要砍掉他的脑袋，
然后再往塔拉斯去。

“阿特巴什和阿克萨依，
纳伦、朱木尕勒和凯特曼多别，
我要走遍那里。
熟悉那里的风土人情和地形，
在纳伦和阿特巴什两地，
选择一个驻地建造我的宫殿。

“克克玛特和乔云阿勒普，
你俩没有必要来到这里。
只要我去袭击塔拉斯，
凯耐尼木将不堪一击。

“北面直到卡帕勒、冰海，
东面直到阿尔泰、杰尔海，
整个中亚的辽阔大地，

将全部都是我们的。”

身在喀什噶尔的夏勒克玛特，
心血来潮，浮想联翩。
在他的梦幻里面，
他的队伍所向披靡，勇往直前。
天下所有的民众，
凯耐尼木和巴克特拜两位英雄，
都俯首跪倒在他的面前。

他要在当年阿牢开驻扎的纳伦，
修建一座富丽堂皇的城堡，
享受人间所有的欢乐自在逍遥。
他要利用来往于东西方的商旅，
大做砖茶和丝绸的生意，
要把整个东方的财富，
全都掌握在自己手里。

夏勒克玛特越想越得意，
仿佛幻想都变成了真的。
他心跳加快越想越急，
他无法平静不断喘息。

在死神将要降临之际，
会使人出现异常不知所以。
该死去的时候，
死神会让他加快步伐走向地狱。

三头野兽率兵分路出征，
夏勒克玛特心急似火一刻不停。
他心想绕过阿特巴什直奔纳伦，
可是他迷路似的走到了阿特巴什。

夏勒克玛特心想：
“既然我已经来到阿特巴什，
就会和巴克特拜相遇。
他就挡在我征途的路上，

我要砍掉他的头颅让他死去。
这事不能让凯耐尼木知道，
我要一个个地折断他们的腰。
只要他敢于反抗，
我就把他置于死地。”

夏勒克玛特已经疯狂，
他所经过的牧村都被抢劫一空。
他还高声大嚷：
“如果谁敢反抗，
绝不会有好的下场！”

夏勒克玛特哪里知道，
死神已经降临在他的身旁。
他带领着三万人马，
越过了玛扎依力山冈[1]。

① 玛扎依力山冈：玛扎，墓地。依力，旁边。意为墓地旁边的山冈。

巴克特拜率众抗敌

自从阔绍依圣人出现以来，
没有人敢来侵犯阿特巴什。
今天突然来了三万人马，
三十面黑色战旗随风飘扬，
阿特巴什的人们都惊恐万状。
“这是哪里来的人马？
突然来到我们身旁。”

老人们都不知所措，
年轻人更加慌张。
牧村里的尊长老者，
也不知道应该怎么办。
他怀念阔绍依圣人，
紧抓着自己的衣领，
心中默默地祈祷：

“且奇多别阿塔[①]，
请你护佑我们吧。
这里有年过古稀的老人，
还有待哺的婴儿在襁褓之中。
我们祈求苍天保佑。
如果有人敢于糟蹋我们，
阔绍依的英灵是我们的保护神。
他的孙子巴克特拜，
一定会全力将同胞们保护。”

尊长安排一位名叫萨特比的小伙，

① 且奇多别阿塔：地名，是阔绍依圣人的城堡所在地。

立即出发去找巴克特拜，
禀报这里的紧急情况。

在恰勒德巴尔城里，
巴克特拜正在那里休息，
萨特比催马飞驰来到了他的身旁。

“我尊贵的汗王巴克特拜，
你还在这里安心休息，
你可知道——
在玛扎依力山冈上，
有三十面黑色战旗在飘扬。
我们用千里眼瞭望，
看不清是什么人来到我们的身旁。
乡亲们不知所措十分惊慌，
让我赶来向你禀报情况。

“巴克特拜汗王啊，
你可知道，
举着黑色战旗的是什么人？
他们来自何方？
我们有年迈的长辈，
还有嗷嗷待哺的婴儿，
如果不做准备不加提防，
我们的部落就会祸殃。
山脚下的马群牛羊，
也会被他们抢劫精光。”

巴克特拜听后说道：
“萨特比，你不用慌张，
也不要说，乡亲们害怕惊慌，
你也不要胡言乱语地瞎嚷嚷。
那些人举着黑色战旗，
肯定是卡勒玛克人来自康阿依。
除了他们还能有谁呢？
他们越过了玛扎依力达坂，
可以料定，

喀什噶尔的交达尔没有出击。
或许交达尔的头颅已经落地，
不然的话交达尔知道他们的消息，
看到可恶的卡勒玛克的黑旗，
一定会派人来和我联系。

“萨特比，你赶快回去，
带领部众守住各个达坂的通道，
不能让敌人侵入阿克萨依。
不要宣布敌人入侵的消息，
以免民众恐慌心中着急。

“我的家乡就是阿特巴什，
从我的祖宗起，
祖祖辈辈把部众管理。
我得到部众的尊重和敬意，
即使是汹涌的洪水来袭，
我也能够应付自如，
保护好我的同胞兄弟。

“我是阿特巴什的汗王，
王冠戴在我的头上。
为了保护我部众的安全，
我宁愿拼死在战场。”
巴克特拜说完之后，
立刻跨马回到了阿特巴什。

把金光闪闪的铜鼓敲响，
战鼓声在城郭上空回荡。
一千名勇士闻风而动，
立即上马集中在战旗下的草滩上。

勇士们一年四季休闲玩耍，
一旦听到战鼓的声响，
立即就会集中在战旗的下方。
只见战旗在空中飘扬，
镶金的弓箭熠熠闪光。

风华正茂的巴克特拜，
是阔绍依汗王的后裔，
他今年不满二十岁，
嘴边没有一根胡须。

他雄姿英发无所畏惧，
他率领的千名勇士，
是从精壮的少年中选拔的，
这是阔绍依圣人传下的规矩。

铁大衣夏勒克玛特，
对卡勒玛克的兵丁说道：
“我们有三万精兵，
柯尔克孜只有一千个人，
这样的战斗谁输谁赢？
无论怎样去打我们都会取胜。

“如果巴克特拜上来交战，
我根本不会把他搭理。
他和我不是同龄人，
他和我较量也是白费力气。

“我不必为他麻烦自己，
我只要在一旁观看，
瞧瞧他有多大本领和武艺。
如果他真的杀到我的面前，
我就会把他的头颅砍去。

“我要把柯尔克孜人打量仔细，
看看他们究竟有多大威力。
如果他们有大力士上场出击，
我也会砍掉他的头颅，
把他的心肝掏出去。”

夏勒克玛特命令兵丁冲杀上阵，
他独自一人在后面观看。

该死的夏勒克玛特，
威风得好像一座小山。

巴克特拜看到面前的敌人，
毫不慌张沉着稳重：
“我的柯尔克孜兄弟们，
大家要安静，
我们要用勇敢和智慧把敌人战胜。
他们的三万人马，
已经朝着我们冲锋。
卡勒玛克看到了我们金色的战旗，
那是我的爷爷阔绍依留下来的。
他们似乎毫不在意，
没有把我们放在眼里，
要显示他们的威风和武力。

“卡勒玛克人心想：
‘只要我们的三万人马一拥而上，
柯尔克孜人就会意乱心慌。
被我们打得一败涂地，
柯尔克孜人就会向我们投降。’
听着，我的好兄弟，
卡勒玛克想怎样都随他们去，
想法是属于他们自己的。

“我们要紧握手中的兵器，
毫不畏惧地奋勇杀敌。
对准面前的敌人拼命砍杀，
侧面的敌人也要用剑砍劈，
不能有丝毫退让和犹豫。

“战斗将是残酷的，
假如你不慎受伤，
也决不能畏缩退却。

“也许你的头颅被打破，
也许你的眼睛被打伤；

也许你的肢体被折断，
也许你的坐骑跌倒在地上。
无论如何你的头颅仍然要高高昂起，
我们的士气不能有一点损伤。
越是艰难的时刻，
越能显示柯尔克孜人的坚强。

“要咬紧牙关，
拼杀到底。
人终究是要死的，
要死就死在战场上。
我们要齐声高呼玛纳斯的口号，
让敌人感到恐惧惊慌。

“我和十名勇士守在后方，
不能和大家一齐冲上前方。
对面敌人的哨兵，
始终在盯着我们不放。
他们妄想绕过你们翻越城墙，
我们不能不防。
如果真的那样，
我将奋不顾身冲上去拼杀阻挡。”

听了巴克特拜的话，
千名勇士同声高呼玛纳斯的口号，
吼声震天动地。
百名勇士拿起弓箭射向敌方，
百名勇士把战鼓敲响，
巴克特拜和十名勇士守在战旗下方。
八百名勇士列队成牛角形状，
迅速把卡勒玛克包围在中央。

就在即将交战的时刻，
阿特巴什的柯尔克孜人，
知道了卡勒玛克入侵自己的家乡，
纷纷拿起武器奔向战场，
聚集的三万人马和卡勒玛克人数相当。

夏勒克玛特看到，
成千上万的柯尔克孜人向战场涌来，
感到十分恐惧，
要求双方勇士单独交锋搏击。

“柯尔克孜人竟然这样心齐，
突然之间就把三万人马聚集。
千名人马已经把我们围住，
我们怎能战胜这样的强敌！”
卡勒玛克的兵丁窃窃私语，
吓得尿在裤裆里。

夏勒克玛特急忙把勇士召集，
派别铁克大力士上场交锋。
“自从我夏勒克玛特出生至今，
从来没有人能把我战胜。
有人胆敢在我面前挑衅，
我定要他在我面前断送性命。

“别铁克大力士，
你看，那个巴克特拜，
我要你做件让他终生难忘的事情，
替我把他好好教训教训。

“自从你称为别铁克大力士以来，
每次交战你都能占上风是个英雄。
我打量柯尔克孜人群当中，
没有哪个人能够把你战胜。

“你去把那个向你挑战的柯尔克孜人，
用长矛戳穿他的脖颈。
将他像乌鸦一样挑飞，
扫扫柯尔克孜人的威风。
在你后面上阵的是塔班英雄，
我们今天一定要把柯尔克孜战胜。”

别铁克是头狂傲的蠢驴，
听到夏勒克玛特夸奖吹嘘，
觉得自己真的了不起，
疯狂的野兽策马冲上前去。

柯尔克孜人当中英雄辈出，
个个跃跃欲试想前去交锋。
得到汗王允许之后，
克依孜拜首先出场上阵。

克依孜拜策马上场，
别铁克手握长矛迎面出击。
克依孜拜岂是等闲之辈，
抓住矛杆把它甩得远远的。
只有一个回合，
兵器就被甩掉落地，
别铁克掉转马头慌张逃避。
克依孜拜紧紧追击，
高呼玛纳斯的口号，
长矛飞快地向别铁克刺去。
别铁克翻身落马，
长矛刺穿了他的肚皮，
就像头死驴横卧在地。

夏勒克玛特所说的塔班，
双脚踏镫骑在马背上面。
这头该死的野兽，
两耳扁垂，皮厚脸圆。
脖子上的污垢厚得就像铜板，
胡子长长垂到马鞍。

塔班声嘶力竭地发出怒吼，
他从夏特克玛特身后冲出，
跃马直奔战场。
塔班身穿铁甲头戴铁盔，
手握长矛月牙斧在腰间倒垂。
狼牙棒插在腿下面，

厚厚的盾牌挂在后背，
他要为别铁克报仇决不后退。

塔班脸色铁青怒气冲天，
饿狼似的扑到克依孜拜面前。
他来势凶猛就像山洪暴发一般，
克依孜拜毫不畏惧勇敢应战，
塔班凶狠地戳出长矛，
克依孜拜手中的长矛也刺向塔班。

谁料想，
克依孜拜竟然失手在敌人面前，
矛尖竟探出在他的背后边。
塔班把他挑起挂在矛尖，
勒转马头向回转。

卓勒波鲁都是有名的柯尔克孜勇士，
遇到他的敌人没有一个生还。
他看到克依孜拜陷入险境，
催动孔吾尔[1]骏马，
飞驰赶到前面去救援。
在塔班就要回到敌阵的瞬间，
卓勒波鲁都的矛头，
把他的腰部刺穿。
小山般的塔班，
嘴啃泥巴一命归天。

克依孜拜得救策马回到大营，
原来敌人手中的长矛，
并没有刺伤他的身体，
只是从他的外衣穿了过去，
他才被悬挂在矛尖高高挑起。

卓勒波鲁都搭救了克依孜拜，
还获得了塔班的坐骑，

① 孔吾尔：即褐色骏马。

他掉转马头准备返回营地。
卡勒玛克人有一人叫喊着出击，
他是一名大力士名叫达热，
卓勒波鲁都用矛枪向他狠狠刺去，
达热翻身落马命毙。

先后有十个敌人出击，
全被卓勒波鲁都击毙。
卓勒波鲁都英勇无敌，
他用敌人的鲜血染红了阵地。

太阳向西边落去，
交战双方回营休息。
不自量力的卡勒玛克人，
接连十一个勇士阵亡倒地。
痛苦在他们的心里，
一直折磨他们进入睡梦里。
梦里他们还在想：
“明天的战斗将会是怎样的结局？”

天亮了，
柯尔克孜和卡勒玛克，
双方面对面地对立，
战斗还要继续。
居功自傲的卓勒波鲁都，
跃马上阵跑得最急。

卡勒玛克的勇士达尔当，
在三万人马中武艺最强，
是仅次于夏勒克玛特的强将。
达尔当迎面出战，
他手中的长矛熠熠闪光。

称为男人明灯的双眼，
在他的额头下面闪光。
东张西望地观看，
喘着粗气的鼻孔一缩一张，

就像被猎狗追赶的盘羊一样。
他的上唇肥厚，
他的下唇微垂，
他自言自语嘴里不停地嘟囔。

他骑在马背上，
两条腿不停地晃荡。
他的坐骑托布尔恰克骏马，
不停地咀嚼着嚼环，
四蹄不断翻动，
就像鹰隼似的飞腾。

野兽达尔当来势凶猛，
风沙满天尘土飞扬。
卡勒玛克人笑逐颜开，
心想他会把卓勒波鲁都吞噬。
柯尔克孜人心神不定，
为卓勒波鲁都提心吊胆。

卓勒波鲁都挥起长矛，
奋力向敌人冲去。
凶恶的达尔当怒火冲天，
把矛头敏捷地挡到一边，
立即向他戳出了矛枪。
卓勒波鲁都经不住攻击，
当即从马背上跌落在地，
像一只灰鸽一样飞去。

柯尔克孜勇士阔依开力迪，
是卓勒波鲁都的亲兄弟，
要为兄长报仇愤怒至极。
他不顾一切直奔达尔当，
奋力用矛枪刺杀搏击。
他俩交锋不到两个回合，
也被达尔当挑落于马下。

没有烧开一壶水的时间里，

卓勒波鲁都和阔依开力迪两兄弟，
被卡勒玛克双双杀死，
柯尔克孜人见此悲痛至极。

柯尔克孜有位英雄名叫苏云，
他未满四十岁，
正是精壮之年。
苏云的名气广为流传，
他对同胞温暖像夏天的太阳，
他对敌人冷酷仿佛冬天的晚上。
他的脸色犹如多雾的黄昏，
要想看清楚十分困难。

苏云头戴头盔，
身穿层层铁甲，纽扣扣紧，
全身遮得严严实实。
他见到达尔当如此嚣张的气焰，
怒不可遏气愤地左顾右盼。
他请巴克特拜做了祈祷，
跃马直奔战场前沿。

英雄苏云愤怒至极，
他策马扬鞭向敌人杀去。
他高声大喊：
“我就是柯尔克孜的苏云，
你是不是卡勒玛克的达尔当？
达尔当，拿出你的真本事，
和我较量较量！”
看到苏云来势凶猛，
卡勒玛克人群中一阵躁动。

达尔当身披黑色战袍，
他用尽全力戳出矛枪，
抢先动手发起攻击。

英雄苏云像只下山的猛虎，
迎面直冲上去，

把达尔当戳来的长矛挡到一旁，
转身朝着这头血腥的畜生，
狠狠地刺去了矛枪。

大山一般的达尔当，
屁股从马鞍上歪斜下去。
苏云要把他打翻在地，
突然间矛杆拦腰折成两段。
英雄苏云不顾生死，
无所畏惧，
赤手空拳继续奋战。
他把达尔当衣襟的下摆，
猛地揪在手里边。
苏云英雄有多大力气？
谁也没法估计。

他双脚紧踏在脚镫里，
借助坐骑的力量，
把大山般的达尔当，
连人带马拖到巴克特拜身旁。

夏勒克玛特见状着了慌，
他把手中的鞭子不停地挥扬，
示意全体人马一拥而上，
前去拼杀解救达尔当。

卡勒玛克的人马群起而动，
朝着柯尔克孜人猛冲。
柯尔克孜人英勇还击，
打响了一场残酷的战争。
战斧相击叮当作响，
矛尖碰撞你戳我挡。
战斗一直打到天黑，
尸体如山堆积在战场上。

夏勒克玛特没有出动，
守住自己的战旗观战。

巴克特拜挺身而立，
观看着夏勒克玛特的动静。

天亮了，
太阳从东方升起，
双方兵马又集结在阵地。
经过昨天的激烈交锋，
人们心中悲伤而惆怅。
面对残酷的战争，
生命变得如此短暂，
也许末日就在今天。

卡勒玛克的汗王夏勒克玛特，
他身穿五层铁甲，
怒气冲冲地跨上马鞍，
想在今天把柯尔克孜人全杀光。
惊魂未定的兵丁，
走得缓慢吃力步履蹒跚。
夏勒克玛特怒容满面，
离开了人群独自前去作战。

在且奇多别草原上，
到阿特巴什每个山谷里，
无所畏惧的柯尔克孜人，
全都在巴克特拜的旗下聚集，
顽强地抗击来犯之敌。

巴克特拜年轻有为血气方刚，
双眼皮的眼睛炯炯有神十分明亮，
没有人不喜欢他的目光。
赤黑色的脸庞神采飞扬，
两只耳朵像两个大圆扣一样，
他的胸膛似铁扇腰杆坚强，
他的四肢匀称肌肉发达。
巴克特拜的坐骑，
是两耳高耸的深棕色骏马。
它四蹄生风日行万里，

身裹着亮铮铮的铁甲。

巴克特拜手持金柄长矛，
战斧闪着寒光在腰间斜插，
宝剑在剑鞘中沙沙作响。
威风凛凛的巴克特拜，
能够从容地应对千军万马。

狂妄的夏勒克玛特心想：
“要把这个布鲁特像乌鸦一样，
在我的矛尖上悬挂。”

看到迎面而来的夏勒克玛特，
巴克特拜叫苏云留在旗下。
自己骑上扣子耳朵的黑马，
独自一人前去应战拼杀。

巴克特拜和夏勒克玛特，
展开了一场你死我活的殊死激战。
他们挥舞着手中的长矛，
面对面地刺向对方。
他们如同一对盘羊，
彼此用足力气冲撞对方。
战斗越打越激烈，
相互用战斧砍劈。
腋窝被拉得松垮，
两人上气不接下气，
呼吸都带有血腥气。

混铁棒高高举起，
狠狠地向对方头顶砸去。
宝剑出鞘刺向对方胸膛，
混铁棒已经断裂，
宝剑也折断落地。

双方手中都没有了兵器，
赤手空拳搏斗比拼。

一个揪住对方的衣领，
缠住不放向咽喉勒去。
一个抓住对方的衣角，
用力拉扯要把对方摔倒在地。
只见两人大汗淋漓，
如同遇到倾盆大雨。
战马四蹄陷在泥泞里，
谁也没有把对方击落马背。

长矛、战斧、宝剑，
铲杖、混铁棒、铁棍，
都已损坏抛弃在地，
赤手拼搏也没有分出高低。

夏勒克玛特已经筋疲力尽，
这时终于开口言语：
“巴克特拜，
你这个胳膊肘大的毛孩，
还是很有点力气。
我是一名英雄，
也是一名汗王，
我俩已经拼斗了两天，
没有片刻休息。
我已经筋疲力尽，
大汗淋漓，
浑身筋骨肌肉损伤疲惫至极。

“巴克特拜，
我看你的情况和我没有两样，
我们是否可以先回去整顿休息？”

巴克特拜立即回答：
“夏勒克玛特，
你这个狡猾的卡勒玛克，
是你要和我单独较量比拼。
你想把我的脑袋砍去，
你真是痴心妄想枉费心机？

“现在你筋疲力尽没有了力气，
说出好话想争个机会得到喘息。
既然你向我当面乞求，
我就不能不答应你，
不然会坏了我的声誉。

“好吧，夏勒克玛特，
你先回去休息养好身体。
反正下次你我交锋，
你不会活着回去。

“听着，夏勒克玛特，
你一定要说清楚回来的日期。
如果你说话不算数有意逃避，
我巴克特拜饶不了你。
既然你是个英雄又是汗王，
就要把自己说的话牢记在心里。

“听着，夏勒克玛特，
还有件事情要说在前头：
你不要以买羊为借口，
接近柯尔克孜人的羊圈。
你不要以喝酸奶、马奶为由，
到我的牧村乱走乱窜。

“你要管好你的随从兵丁，
别让他们东奔西走。
这里有漫山遍野的旱獭和獾，
捕猎它们你们也吃不完。
如果你们骚扰柯尔克孜人，
我们不会休息随时将你驱赶。

“无论什么事情，
该由谁承担就不会改变，
一切都要听从天命。
如果该我死去，

我愿在战场上捐躯。
如果我福星高照，
我会把你刺翻倒地。
玛纳斯的英灵在天，
有先王阔绍依的灵魂保佑，
我一定会战胜你。”

巴克特拜把话说完，
特意又重复了一遍。
他们双方约定，
十天之后在这里见面。

柯尔克孜人并没有放松警惕，
卡勒玛克的营寨就在对面，
他们时刻都在注目观看。
我们先放下这一段，
把喀什噶尔交达尔的情况，
接下来唱一遍。

塔勒帕克拜智斗卡勒玛克入侵者

英雄交达尔是托什吐克巨人的儿子，
他住在塔依嘎克塔什的山谷里。
交达尔在奥波勒的山坡上，
安心地放牧着牲畜，
日子过得无忧无虑。

大耳朵乔云阿勒普，
占领了喀什噶尔，
他派人去找交达尔，
想把他抓获押回去。

交达尔的一名哨兵，
名叫塔勒帕克拜，
他要到喀什噶尔去，
心想快去快回，
兴奋地向城里跑去。

塔勒帕克拜在途中奔走，
突然遇到一群卡勒玛克人马。
塔勒帕克拜对卡勒玛克语十分精通，
把他们的话语听得清楚分明。
卡勒玛克旁若无人地高声议论，
塔勒帕克拜知道了许多事情：
喀什噶尔城已被卡勒玛克占领，
喀什噶尔人成了他们的奴隶。
他们正在把交达尔汗王找寻，
要将他控制在自己手中。

塔勒帕克拜开口说道：

“我的祖先是卡勒玛克，
属于特尔沃特部落，
我的名字叫塔勒帕克拜。
我身在柯尔克孜人群之中，
从来没有忘记卡勒玛克民众。
刚才你们用卡勒玛克语言交谈，
还提到了交达尔的事情。

“兄弟们啊，
你们不要隐瞒实情，
你们从何处而来？
你们要做什么事情？
我在这里生活多年，
我知道这里所有的事情。”

卡勒玛克一共有三十个人，
夏帕尔是他们的头领。
夏帕尔说道：
“塔勒帕克拜，
你给我向天发誓，
如果你不是卡勒玛克后裔，
苍天就会惩罚你。”

塔勒帕克拜说道：
“如果我不是卡勒玛克后裔，
我愿接受苍天的惩罚。”

夏帕尔说道：
“既然你是我们卡勒玛克后裔，
塔勒帕克拜勇士，
有件事情我要问你，
交达尔他现在哪里？
你要给我说仔细。

“你生活在柯尔克孜中间，
遭受排挤没有权利。
只要你帮我们抓住交达尔，

我可以帮你离开这里。
叶尔羌、罗布泊、和阗，
这些地方都由我们管理，
给你一个地方做汗王去。”

塔勒帕克拜接过了话题，
向夏帕尔问了一句：
“叶尔羌、和阗和罗布泊，
还有喀什噶尔，
到底是何人掌握管理？
你们的汗王是谁？
你快告诉我不要犹豫。

“嗨，塔勒帕克拜兄弟，
如果我不告诉你，
这些事情你从哪里去知道？
从阿尔泰往南去，
那里是库兰的黄色谷地，
我们的祖先自古就在那里放牧生息，
守护着那块土地。
那里出现过不少英雄汗王，
朵汗、索克索、索托依，
凯铁力克大力士天下无敌。

“后来有了铁大衣夏勒克玛特，
铜肚脐克克玛特，
大耳朵乔云阿勒普，
我也不清楚他们是谁的后裔。
他们统治了整个北方，
多次征战卡坎秦，
抢来了许多黄金、财宝和牲畜。
柯尔克孜人中间，
有个名叫凯耐尼木的汗王。
卡勒玛克人中间，
有个名叫奇克台的汗王。
柯尔克孜人自古以来，
就和卡勒玛克人对抗。

“奇克台和凯耐尼木两个汗王，
针锋相对互不相让。
他俩多次交锋作战，
奇克台战败逃到了库兰河滩，
要三位汗王出兵支援。
三位汗王和奇克台汗约定成盟，
并肩向柯尔克孜发起进攻。
只要奇克台汗向塔拉斯进军，
三位汗王要率兵一齐出征。

“此后过了许多年，
奇克台汗一去不复返。
三个汗王十分着急，
到处打听奇克台汗的消息。
听说奇克台战死在凯耐尼木手里，
三位汗王气愤至极。

“我们的先祖朵汗，
索克索、索托依，
凯铁力克和空吾尔巴依，
还有他们带领的许多勇士英雄，
都死在柯尔克孜人的手里。

“如今奇克台汗又死在凯耐尼木手里，
我们岂能咽下这口气！
我们要为他们报仇，
要把阿拉什从世上消灭。

“三个汗王率兵九万向西出征，
从巴里坤到喀什噶尔途中，
他们夺去了很多人的生命，
喀什噶尔的汗王也失去了性命。

“三个汗王一起商定，
安集延、塔什干和纳曼干，
还有撒马尔罕六座城堡，

由克克玛特去攻占。

“纳伦、阔奇阔尔和朱木尕勒，
凯特曼多别和恰木旦，
还有阿特巴什的巴克特拜，
由夏勒克玛特去占据。

“喀什噶尔、和阗、叶尔羌，
罗布泊、阿孜克和阿热勒等地，
交给杜尚别的铁米尔别克去管理。

“大耳朵乔云阿勒普，
铜肚脐克克玛特，
铁大衣夏勒克玛特，
还有塔吉克的铁米尔别克。
他们就像燃烧的烈火一样，
已经向塔拉斯的凯耐尼木扑了过去。

“我们在喀什噶尔就听说，
托什吐克之子交达尔就住在这里。
我们前来探路把他寻觅，
要把交达尔抓住带回去。

“塔勒帕克拜，
你本来是我们自已人啊，
我们今天恰好碰到你。”

柯尔克孜人塔勒帕克拜，
听到夏帕尔所说的话语，
知道了卡勒玛克人的底细，
心里不安要尽快赶回去。

塔勒帕克拜说：
“从康阿依来的勇士，
你的名字我已经记在心里。
你就是夏帕尔英雄，
你的来意我也在心中牢记。

我要想方设法帮助你，
把交达尔抓到手里。

“交达尔现在还不算老，
他还能对付千人之敌。
如果你们相信我，
那就让我先回到他的身边去。

“我说喀什噶尔有好事情，
请他和我一起去，
把他骗到你那里。
夏帕尔勇士，
你见到乔云阿勒普报功，
可千万别将我的功劳忘记！

“你们暂时在这里隐藏，
等我把交达尔带到峡谷里，
要按我的话行事，
你们一拥而上把他扑倒在地。”

塔勒帕克拜把话说完，
扬鞭催马朝来的方向跑去。
他沿着河谷涉水走近路，
赶到了交达尔住的牧村里。
他跑到交达尔的大毡房前，
才急忙勒马跳下马鞍。
守门的奴仆惊叹：
“塔勒帕克拜啊，
你为什么不在远处下马落地？
你为什么匆匆忙忙这样着急？
你为何如此失礼？”
塔勒帕克拜径直走进了毡房，
来到交达尔汗王的身旁。

“交达尔汗王啊，
你快起来吧！
我有急事禀报给你。

你的身体健康无恙，
不要无聊地躺着睡觉。
你是一位汗王，
你的心情应当是愉快舒畅，
难道你没有感到有危险的征兆？

“交达尔汗王啊！
卡勒玛克的几万人马，
就要骑上你的头顶。
和阗、叶尔羌、喀什噶尔，
罗布泊、阿孜克、阿热勒，
六座城堡已经被他们占领；
纳曼干、塔什干、撒马尔罕，
道路已经中断。

“凯特曼多别、加孜，
纳伦、阿特巴什和朱木尕勒草原，
音信全无路上行人不见。
卡勒玛克人来势凶猛，
他们要把塔拉斯攻占。

“交达尔汗王啊！
昨天我去喀什噶尔城，
不料在下山的路上，
被一群卡勒玛克人阻拦。
夏帕尔是他们的头领，
他们把奥波勒山谷走遍，
他们不顾疲劳四处找寻，
原来是在寻找你啊，
交达尔汗王！

“我和他们用卡勒玛克语交谈，
我说我是卡勒玛克人，
他们全都信以为真，
对我说出了实情。

“卡勒玛克三个汗王，

大耳朵乔云阿勒普，
铜肚脐克克玛特，
铁大衣夏勒克玛特，
他们从库兰的黄色河滩，
带领千军万马前来进犯。
已经占领了喀什噶尔城，
正在向塔拉斯进攻的途中。

“我和夏帕尔已经约定，
他带人到双山谷口去等，
要我把你骗到山口之中，
他们要活捉你，
众人一齐动手行动。
只要我把你骗到他们手中，
我的大功就算告成，
让我去当喀什噶尔的汗王！

“交达尔汗王啊！
我决不去当那个汗王，
骑马飞驰回到你的身旁。
现在你已经没有别的路可走，
要赶快去给凯耐尼木报告情况。

“交达尔汗王啊！
我看事到如今只有这样，
我们只能走靠山的羊肠小道。
在双山谷的下面，
有阔勇山谷①和柯尔塔什，
直通七条河的汇合处。
我们要抢先一步。

“赶到铁然河滩，
把那伙敌人全部抓住。
安顿好乡亲民众之后，
你赶快去找英雄凯耐尼木。”

① 阔勇山谷：阔勇，柯尔克孜语，兔子的意思。即兔子出没的山谷。

塔勒帕克拜把事情说得透彻，
还为交达尔出谋划策。
交达尔听了之后，
跨上马鞍对他说：
“塔勒帕克拜，我的好兄弟，
你干得非常好，
还为我出了好主意。
你的话是对的，
我们要先到双山谷口去，
把夏帕尔抓到手里。
然后再去七河地区，
给凯耐尼木汗王传送消息，
也不会错过时机。”

塔勒帕克拜和交达尔，
飞马来到双山谷山口。
卡勒玛克人看到塔勒帕克拜，
知道他把交达尔已经带到这里。
心想这是苍天的赐予，
显得分外欢喜。

塔勒帕克拜急忙喊道：
“我已经把交达尔带到这里，
你们赶快随我把他抓住。”
塔勒帕克拜喊完了话，
立刻向羊肠小道跑去。

他在弯曲狭窄的山谷里埋伏，
等着卡勒玛克前来追捕。
就在最狭窄的转弯处，
他砍下了夏帕尔的头颅。

交达尔和塔勒帕克拜，
朝着七条河的汇合处走去。
告诉山里的卡勒玛克人：
“交达尔已经抓到手里，

赶快走出山谷在河边聚集。”

卡勒玛克人相互转告消息，
他们顾不上仔细考虑，
他们想不到末日已经来到，
成群结队地走出山谷来到河滩里。

就在铁然河滩边，
交达尔汗用了两天时间，
歼灭了卡勒玛克一千三百多人。

交达尔和塔勒帕克拜，
在深山峡谷里并肩驱马向前，
心中的事相互不用隐瞒，
交达尔汗终于开言：

“塔勒帕克拜啊，
你不要继续随我向前。
我要在七天之内赶到塔拉斯，
必须日夜兼程不能怠慢。
从今天起克普恰克部落，
就交给你去管。

“我是托什吐克的亲生儿子，
你也是艾拉曼的后裔。
无论今后遇到什么事情，
我俩要心心相连同舟共济。

“我们的部落就在塔依嘎克塔什，
大约有一千多户人家，
有七条山谷一个出口。
你和乡亲们要守好家园，
决不能让它遭受敌人侵犯。”

交达尔把话说完，
没有片刻停留，
跃马扬鞭向前奔走。

他的坐骑克勒卡拉骏马，
奋起四蹄扬起一片尘烟，
口中喷出的浓雾直上蓝天。

交达尔越过塔依嘎克塔什达坂，
经过安集延到达阿特巴什草原，
看到巴克特拜和夏勒克玛特正在交战。
他停下来看了一看，
觉得巴克特拜的力量要差一点。
他悄悄地走进深山小路，
尽量把路程缩短。
他到达塔拉斯和凯耐尼木见面，
把所有见闻向他讲述详谈：
“我看见巴克特拜正和敌人激战，
我仔细地观察了一番。
夏勒克玛特卡勒玛克，
气势凶猛略高一筹。
巴克特拜毕竟年少，
未曾经过这样的战斗。

“我已经年老力不从心，
不能前去交锋助战。
凯耐尼木啊！
只有你亲自前去交战，
才能降服凶恶的顽敌。

“如果你离开这里，
去把巴克特拜支援，
克克玛特可能会来这里，
践踏辽阔的塔拉斯草原。
听说大耳朵乔云阿勒普所到的地方，
百姓血泪流淌受苦受难，
纳曼干、塔什干、撒马尔罕，
安集延和布哈拉等六个城市，
没有人敢出来反抗应战。

“虽然那里的人马不会有太多伤亡，

可是部落的可汗和比官，
会被敌人杀完。
看来阿拉什人面临一场灾难，
我们要祈求玛纳斯的英灵保佑，
我们要周密考虑沉着应战。”

听到交达尔的这番话语，
凯耐尼木心中热血沸腾。
他下定了战胜敌人的决心：
“我是为柯尔克孜人的幸福安康，
来到这个世界的汗王。”
他下令把号角吹响，
集结的号角声响遍四方。

老年人听到号声心中纳闷：
“凯耐尼木从来没有用号角声聚集部众，
他从来没有做过这样的事情。
今天到底是为了什么，
难道是要商量紧急的事情？”

机智聪明的年轻人说：
“战斗的号角不会轻易吹响，
我们一刻也不能怠慢，
赶快集中到汗王宫门前面。”

人们聚集到了一起，
凯耐尼木开口说得仔细：
“戴白毡帽的阿拉什人，
柯尔克孜同胞们，
交达尔大叔从喀什噶尔来到这里，
告诉我那边的情况紧急。

“三个卡勒玛克狂徒穷凶极恶，
他们各自带领三万人马，
兵分三路向我们入侵。
一路人马占领了和阗，
还有叶尔羌和喀什噶尔。

"一路人马进攻六个城市，
纳曼干、塔什干和浩罕，
安集延、撒马尔罕和布哈拉。
还有一路人马，
进入了阿特巴什草原。
巴克特拜挺身而出，
带领民众和敌人激战。

"他没有打败卡勒玛克人，
也没有被卡勒玛克人打败，
双方激战正酣。
至于安集延那边究竟怎样，
交达尔大叔也没有看见。

"同胞们，大家听着，
塔吉克人已经和我们分离，
投靠到卡勒玛克人一边。
奥波勒的柯尔克孜人，
就像山羊似的躲在岩石下面，
正经受着极大的苦难。

"从古至今，
且奇多别未曾落入敌人手里，
敌人连看也不敢去看一眼。
即使有胆敢入侵之敌，
没有一个能够活着回去。
这是玛纳斯的英灵在保佑那里，
入侵的敌人都会遭殃，
凶恶的狂徒都会死去。

"我要立刻赶到阿特巴什，
去支援巴克特拜，
解救那里的柯尔克孜人。
留在塔拉斯的柯尔克孜人，
你们要做好一切准备。
如果卡勒玛克人突然袭击这里，

大家要齐心协力坚决反击。

“大家要放牧好牲畜，
更要时刻提高警惕。
不能只顾自己，
待在家里不出去。

“身强力壮的男人们，
要站在乡亲们的最前面。
不要把别人看低，
保卫家乡要齐心协力。
要坚守城池，
就不能失去城墙，
决不能把城池和宫殿，
让卡勒玛克人侵占。

“阿特巴什的同胞面对强敌情况危急，
我不能在这里等待必须前去。
大家都是同一部落，
是一个汗王的民众。
我不在家的时候，
比官的话都要听从。
从今天开始，
比官就是阔力拜，
大家要服从他的命令。”

凯耐尼木把话讲完，
跨上坎库拉骏马，
披上防弹的战袍。
交达尔跟随他一道，
准备向阿特巴什出发。
他们打算连夜急行，
到达阿特巴什将在明天的黎明。

在临行之前，
他们来到玛纳斯陵墓前面，
向玛纳斯的英灵祈祷。

他们匆匆踏上征程，
到达阿特巴什正是翌日凌晨。

巴克特拜和夏勒克玛特，
停战十天的约期已满，
重新开战又拼杀了三天，
巴克特拜和苏云都负了伤。
除了他俩之外，
上阵的勇士都没有活着回来。
十名勇士尸体还留在野外，
柯尔克孜人忧心忡忡焦虑不安。

夏勒克玛特高声叫喊：
“不想活的人赶快出来应战！”
只见苏云勇士冲上战场，
单独前去交锋应战。
巴克特拜忧心忡忡，
心想：“今天苏云的命运很难料定。”

英雄苏云应声呐喊，
把玛纳斯的口号高声呼喊，
勇猛地杀向野兽夏勒克玛特。

夏勒克玛特来势凶猛，
策马迎面向前急冲，
扬起阵阵尘埃遮住整个天空。
他冲到苏云面前的时候，
苏云勇士有些慌张。
夏勒克玛特抓住时机，
把苏云戳倒在地，
举矛就向他的胸前刺去。

巴克特拜气愤至极，
鞭策扣子耳朵的深棕色骏马，
奋不顾身地飞奔前去救急。

夏勒克玛特见状，

立刻把刺向苏云的矛枪收了回去。
勒马转身刺向巴克特拜，
苏云勇士乘机脱离了险境。

巴克特拜奋力刺出长矛，
被夏勒克玛特挡到了一边。
巴克特拜奋勇拼杀竭尽全力，
两位勇士整个上午不停地激战。

夏勒克玛特气愤至极，
对巴克特拜大声吼叫：
“该死的巴克特拜，
你是我的手下败将，
竟然还敢前来与我厮杀。
你既然自寻死路，
就休怪我手下无情。
我要把你生擒活捉，
捆在马尾上拖死在乱石戈壁。”

凯耐尼木见此义愤填膺，
他大声呼唤：
“巴克特拜！”
筋疲力尽的巴克特拜，
听到英雄在呼唤自己，
顿时恢复了体力，
如同刚刚上阵那样威武无敌。

门扇般的牙齿，
在嘴边闪着光亮。
巴克特拜重新鼓足勇气，
他高声呼唤玛纳斯的口号，
勇猛地向狂徒冲去。

保护先祖英名的尊严，
是子孙后代神圣的责任。
在部众面临危机的时刻，
自己的生命决不能吝惜。

巴克特拜和夏勒克玛特，
拼斗得你死我活胜负难分。
巴克特拜不惜自己的生命，
早已把生死忘却，
把生命系在刀刃上。

两位英雄激烈拼争，
高大的卡勒玛克，
并没有手忙脚乱。
一直拼斗到日落黄昏，
他们才各自收兵回营。

凯耐尼木营救巴克特拜

又过了一个夜晚，
东方刚刚发白，
卡勒玛克人就把战鼓敲响，
催促柯尔克孜人出阵较量。

狂妄的夏勒克玛特大声喊叫，
“巴克特拜，你出来交战。”
卡勒玛克人并不知道，
凯耐尼木昨天已经来到。

夏勒克玛特心中在想：
“今天我要把巴克特拜杀掉，
让柯尔克孜人抬不起头，
然后进军塔拉斯色尔城，
再把凯耐尼木收拾掉。
我的行动一定成功，
没有必要让克克玛特，
和乔云阿勒普知道。”

夏勒克玛特十分狂妄，
这头野兽想做英雄，
让他的名声四处传扬，
他大摇大摆地走上战场。

巴克特拜骑着骏马，
和夏勒克玛特继续昨天的争战，
交战到第三个回合，
他被敌人从马背上打翻。
夏勒克玛特抽出宝剑，

要把他的脖颈砍断。

在这千钧一发之际，
凯耐尼木就像飞箭一般，
来到敌人面前。
他把对手的宝剑拨向一边，
向大山般的夏勒克玛特，
发起强劲的挑战。

夏勒克玛特向他瞟了一眼，
说道："我看你黄脸碧眼，
你的双眼迸发着火焰，
你的黄脸怒容满面，
你的长相非同一般。
我见过很多人，
从来没有像你这样不顺眼。

"你的坐骑臀部肥宽，
是出类拔萃的良驹。
你的人马都不一般，
让人刮目相看。

"你到底从何而来？
你是不是巴克特拜的奴隶，
为巴结他赶来卖力。

"当你的主人被我打翻倒地的瞬间，
你突然闯到我的面前，
大煞风景，让我丢了脸面。
今天我要用你的鲜血，
染红我的宝剑！"
夏勒克玛特亮出他的宝剑，
紧紧地握在手里面。

凯耐尼木开口说道：
"我究竟是主人还是奴隶不重要，
你的末日已经来临，

你不必为此去伤脑筋。

“你想弄清我的底细，
我开诚布公地告诉你，
我就是阿依阔勒玛纳斯的后裔，
被称为黄脸死神，
叫凯耐尼木的那个人。

“你这个卡勒玛克人，
你们为何千里迢迢闯进我们的家园？
我们从来不去侵犯别人，
如果有人侵犯我们，
我一定要将他埋在坟墓里面，
这是祖先传给我们的法典。

“我们柯尔克孜人，
没有越过你的达坂，
没有一个人闯进你的家园，
也没有把你的马群驱赶；
没有抢夺你褡裢里的金钱，
也没有把你的白银拿走一点；
没有把你的东西拿走一件，
也没有把牲畜放牧到你的地盘；
更没有去收割你的麦田，
你为何要跋山涉水把我们侵犯？

“我们柯尔克孜人，
没有说你的三长两短，
更没有背后传播你的什么谣言；
没有说你的脚印朝北朝南，
更没有人掀开你胸前的衣衫；
没有年轻人闯进你的毡房，
更没有把你的女人抢占。

“我们柯尔克孜人，
没有闯进你的羊圈，
将你的羊群赶在外边；

也没有人宰杀你的驼羔，
使你的母驼在山谷里哀号连天；
更没有人抢走你的马驹，
使你的一家大小日夜不安；
没有人抢走你的奶牛，
使你的小孩连声哭喊。

“卡勒玛克人啊，
你为何不能安分地守在自己的家园，
却来将别人的田地和草场侵占？
你为何不辞劳苦奔走得这样遥远，
跟善良的柯尔克孜人纠结个没完没了？
你给安居乐业的民众带来多少苦难，
让多少老人和小孩遭受折磨恐慌不安？

“卡勒玛克人啊，
我听说大耳朵乔云阿勒普，
侵占了阿热勒、阿孜克和罗布泊，
还有和阗、叶尔羌和喀什噶尔，
对那里的民众欺压糟践。

“卡勒玛克人啊，
那里的人没有动过你们的一针一线，
没有破坏你们的家园；
那里的人没有抢夺你们的财宝金钱，
更没有揭露你们的丑恶嘴脸，
你们为什么要将那里的民众侵犯？

“卡勒玛克人啊，
撒马尔罕、塔什干和纳曼干，
安集延、布哈拉和浩罕，
六座城的部落民众，
难道和你们的父辈有什么仇怨？
难道你们的先辈在那里，
存放了宝物要他们归还？

“卡勒玛克人啊，

阿特巴什、纳伦和朱木尕勒，
凯特曼多别和加孜草滩，
那里的人们从来没有去过你们那里，
难道他们欠你们的牲畜，
如今你前来找他们偿还？

“卡勒玛克人啊，
且奇多别本来就是阔绍依的故乡，
离卡勒玛克很远很远，
你们为什么要千里迢迢，
给他们带来灾难？

“你们没有任何理由，
闯进阿拉什人的牧村毡房，
把罪恶的足迹留在远方。
你们哪里来的胆量？
还想践踏玛纳斯的故乡！
你们已经失去理智，
末日来临就是你们的下场。

“你骑着没有鞍鞯的马匹，
两脚磕打着马的肚皮。
你造谣生事挑起事端，
把战火推向我们身边。

“如果你不再惹事赶快掉头回转，
我可以将你的罪恶赦免。
如果你坚持在死路上走下去，
那我也只好成全你的心愿。

“快把你的同伙叫到一起，
我送你们到另一个世界去，
免得你们丧命之后难以见面。

“我凯耐尼木堂堂正正做人，
从来没有想到要死去。
曾经有不少人和我作对，

都被我一个个置于死地。

“在日落西方有吃人的巨人，
我劝他们不要继续为非作歹，
可是他们根本不听不理，
只有自作自受被我送进了墓地。

“铁大衣夏勒克玛特，
听说你和大耳朵乔云阿勒普，
还有铜肚脐克克玛特，
曾经受奇克台蛊惑和诱骗，
要和他结盟把柯尔克孜进犯。

“你们这三个蠢货，
那是他想将你们利用，
想让你们为他卖命。
他早已被我送入地狱，
你们如不醒悟仍走他的死路，
我同样把你们一个个送到他身边。”

铁大衣夏勒克玛特大声吼叫：
“世上没有人能把我打翻在地，
你我之间走进地狱的是你。
是你舍不得美好的人间，
故意拉长话题消磨时间，
想延长生命多活一会儿。
你的嘴巴也该休息休息，
看看我将怎样把你收拾！”

夏勒克玛特挺起长矛，
向凯耐尼木刺来。
他紧咬牙齿吱吱作响，
嘴巴里喷吐着泡沫。
这头野兽怒不可遏，
眼里的泪水和血水掺和在一起，
不停地往下流淌着。
他的嘴里不停地自言自语：

“上天啊，祈求你，
多赐给我一点力气，
保佑我把凯耐尼木打翻在地。”

夏勒克玛特威风凛凛，
手中挥舞的矛枪，
发出嗡嗡的声音。
凯耐尼木岿然不动，
脸色庄重没有任何表情。

夏勒克玛特凶猛地冲了上来，
他的来势仿佛要踩塌大地。
凯耐尼木沉着迎敌，
给他猛烈的回击。

两个人都挡开了对方刺来的矛枪，
矛枪相撞叮当作响。
他们奋不顾身，
用战斧相互劈砍。
战斧向对方的头颅砍去，
头盔震响声如霹雳。

英雄们喊声震天，
人们的耳朵都要被震聋。
他们一来一往地厮杀，
难解难分，越战越激烈。
两个勇士势均力敌，
他们谁也难将对方战胜。

你把矛枪刺来，
我把矛枪挡到一旁；
你用斧头砍劈，
我向侧面躲避。
矛枪折断飞向天空，
天上刮起嗖嗖的旋风，
拼死搏斗没有片刻休息。

坐骑已经疲惫无力，
四蹄难以挪动。
他们跳下马背扔掉兵器，
相互把对方的腰带抓在手中。
用力摆动要将对方摔倒，
你推我搡，拼命扭动。
他们双脚踏着芨芨草丛，
芨芨草也被连根带出。
两人拼斗到湿地沼泽之中，
沼泽中的积水被压挤喷涌，
他们厮打得难解难分。

他们的铠甲已被撕裂，
纽扣没有踪影，
浑身布满伤痕。
有力量的勇士、英雄，
和普通的人就是不同。
他们的厮杀搏斗，
不仅他们自己遍体鳞伤，
也让人的心灵痛苦难当。

他俩拼杀的战场，
青草被踏得精光，
沼泽变成了池塘，
他们重新跨上马背拿起矛枪。

卡勒玛克的夏勒克玛特，
已经实在疲劳无力，
他向凯耐尼木说出乞求的话语：
“自我出生名叫夏勒克玛特至今，
曾经和很多勇士英雄交锋。
从来没有发生过今天这样的事情，
我没遇到过你这样的勇士英雄。

“现在我已经全身无力，
盔甲都已经破碎。
凯耐尼木，如果你同意，

我们各自回营去休息。

“我已经好多天没吃过一口饭，
空着肚皮和巴克特拜较量了五天，
接着又和你搏斗了三天。
我是以生命作为赌注，
奋不顾身地投入战斗，
如今我已经疲惫至极。

“凯耐尼木啊，
如果你趁我饥饿无力之机，
把我打翻在地，
这会损伤你的声誉。

“我要回去吃饭，
先去填饱肚皮，
要有九天时间休息。

“我要把铠甲修好补齐，
把矛头磨得更加锋利。
月牙斧磨得寒光闪闪，
宝剑磨得削铁如泥。

“我们约定好时间再战，
如果那时我被打败，
即便是丢掉性命，
我也死而无悔。

“凯耐尼木啊，
等我恢复了体力，
把各种兵器都带齐备，
再来和你较量拼比。
高傲自大的凯耐尼木，
我会好好地收拾你！”
夏勒克玛特把话说完，
要表示他已经疲惫不堪，
他长吁短叹，唉声叹气。

凯耐尼木这时说道：
“好，夏勒克玛特，
就按你说的办。
你回去吧！
不要饿死在我的面前。

“我给你九天时间，
你一定要准备齐全，
免得到时候还觉得死得冤。
我让你最后好好吃几天饭，
九天之后，
你一定要出现在我面前，
我将把你的皮在石头上晒干。”

凯耐尼木放走了夏勒克玛特，
夏勒克玛特死里逃生催马而去。
“为什么放走敌人让他回去？”
不少柯尔克孜人心里很是不安。

巴克特拜把凯耐尼木接到宫里，
宰杀肥大的空胎母马，
用马皮裹住凯耐尼木的身体，
把他身上的脓血吸去。
巴克特拜每天宰杀一匹母马，
供凯耐尼木食用保养身体。

“卡勒玛克人会不会逃去？
他们饿着肚皮，
会不会偷吃我们的牲畜？”
阿特巴什的柯尔克孜人，
昼夜监视着，
卡勒玛克人的行动和踪迹。

夏勒克玛特掉转马头回到营地，
他把所有的部下随从召集一起：
“这个柯尔克孜人凯耐尼木，

你们千万不能把他看低。
出来之前我们三人坐在一起，
共同商定要率兵来这里。
当时我们喝多了马奶酒，
酒的力气直冲头皮。
我们哪里知道，
这个该死的凯耐尼木，
他不仅力大无比，
而且能说会道有理有据。

“在战场上和我初次相遇，
他就说了许多话语。
他说的话从头至尾，
头头是道句句有理。
他没有说错一句，
让我心服口服，
无法辩驳争议。
使我陷入尴尬被动的境地，
我只好挥矛和他交锋拼比。

“我跟他较量了三天，
搞得我自己差点完蛋。
所有的兵器全都残损不全，
我遍体鳞伤疲惫不堪。
我万般无奈，
向凯耐尼木乞求休战，
争到了九天休息时间。
如今我浑身伤痕累累，
浑身上下疼痛难忍，
我实在无法支撑下去。

“我感到全身松软无力，
是不是骨头都被打碎？
我的浑身都在发肿流脓，
是不是肌肉已被打成肉泥？

“你们快把药给我拿来，

把柯尔玛克孜勒给我多服一点，
还有凝固成膏状的萨日药[①]，
全部给我拿过来，
有多少就给我多少。

“要把秃鸦的胆汁找来，
在我身体出血的地方多涂几遍；
要把雄鹰的胆汁找来，
把它赶快给我喂下去，
就会立刻治好我肝脏的伤患。

“要找来獾和旱獭的胆汁，
把它们混到一起多调几遍，
它能清除我的尿道感染。

“要把盘羊和绵羊的胆汁，
掺和在一起给我两碗。
我告诉你们吧，
它能把肠病根除不会再犯。

“要找来灰熊的胆汁，
敷在长出的疙瘩上，
会彻底根除永不再长。

“哎呀，我的肚子饿着哪！
你们快点想办法，
要把我的肚皮快快填饱。
动物牲口越多越好，
如果少于四十五头，
我根本就吃不饱。

“要有大灰熊两头，
狗七只，
獾和旱獭三十只，
雄鹰和狼各一只，

① 萨日药：黄色膏药。

公驴最少要四头。
我要的数量一个不能少，
今天就要全部找到。

“要把肉放到锅里头，
煮肉的火候掌握好。
在大锅沸腾之后，
肉汤变成灰色的时候，
要把锅盖严密地盖好去烧。
要使肉块变软，容易咀嚼，
让我品尝美餐放开肚皮吃饱。

“你们要把事情做得很周到，
如果有什么地方不如我的意，
那就别想活命，
我决不轻饶！”

卡勒玛克人听从汗王的旨意，
立刻去寻找汗王要的东西，
想方设法把东西全都找齐。
一面给汗王取药服用，
一面不停地用药敷他的身体。

夏勒克玛特全身盖好平躺，
人们手忙脚乱地把他护养。
当着夏勒克玛特的面，
把他想吃的肉放进了大锅里。

夏勒克玛特手下随从不少，
有人以为会摆脱夏勒克玛特，
心里高兴笑容满面；
有人不知明天将会怎样，
心中忧虑，愁眉苦脸；
有人以为末日来临，
东张西望，心惊胆战；
有人心存积怨，
暗地里手握利剑；

有人什么事情都不管，
我行我素凡事与我无关；
有人听不进任何好话，
到处无理取闹；
有人为了出人头地，
不停奔忙，炫耀自己。

在这个世界上，
有好人，也有坏人，
有圣人，也有小人，
有的人聪明，也有人愚笨。
在众人中间，
有各种各样的人。
世态就是这样，
并没有什么新鲜。

夏勒克玛特睡了九天，
今天他睡醒抬头起身，
把准备好的食物全都吞进肚里，
还舔净了盛饭的大碗。
他说还要吃馕：
“快给我多拿一点。”
他一边吃一边数，
一直数到四十五。
然后又搬出了烈性酒，
一口气喝了十大碗。

夏勒克玛特穿上库热克战袍，
把大腿般粗的铁腰带系好，
手中握着毒液浸泡过的长矛，
带上所有的兵器，
耀武扬威地又冲上了战场。

黄脸死神枪挑夏勒克玛特

经过九天的调养，
夏勒克玛特变得更加强壮，
盛气凌人不可阻挡，
好像黄昏里燃烧的火焰一样。
他手中握着的长矛，
发出嗞嗞的声响。
卡勒玛克人心中高兴地想：
“今天柯尔克孜人将被杀光。”

柯尔克孜人看到夏勒克玛特威风凛凛，
心中在想：“这可怎么办呢？”
有的人已经胆怯畏缩不前，
有的人嘴里嘟嘟囔囔：
“怎能放走敌人让他回去休息？
他养足了力气更加凶恶地向我们攻击，
凯耐尼木这样做事没有道理。”

有的人在心中这样说道：
“也许是英雄自己相信自己，
这样做事自有他的道理。
且奇多别阿塔啊，
请你保佑你的子孙儿女；
在天的玛纳斯英灵啊，
请你把出路指给你的后裔。”

巴克特拜对凯耐尼木说道：
“应战夏勒克玛特让我先去。”

凯耐尼木没有同意：

“噢，巴克特拜，
你看那头凶恶的大野兽，
他怀恨在心恼羞成怒。
今天和他的这场搏斗，
不是轻易就能够把他降伏。
我已经把他仔细揣摩，
掌握了他的脾气和战术。
这样的人我见过许多，
还是让我去对付这头野兽。

“巴克特拜，
我有句话要告诉你，
请你一定牢记。
如果曾祖玛纳斯英灵保佑，
如果我头上的福星高照，
到了下午的时辰，
我将会把夏勒克玛特放倒。

“在这之后，
你要包围卡勒玛克人，
免得他们四处逃奔。
也不要让柯尔克孜人，
杀进卡勒玛克人群。
他们中间的硬汉，
随时可能铤而走险杀出阵营。

“巴克特拜，你要知道，
失去父亲的儿子，
如果他有毅力就不会孤立。
失去母亲的女儿就是无助的孤女，
失去英雄的民众就会被欺，
失去汗王的部众更是可怜至极。

“没有儿女的人需要赡养，
没有亲戚的人需要看望。
年老的时候失去丈夫，
这样的女人最为不幸。

除了这些不幸之外，
其他的不幸都算不了什么。

“失去汗王的卡勒玛克人，
你不要无故地伤害他们，
他们一切都要听从汗王的命令。
百姓中间没有一个人，
为了自己的事情和我们拼争。
你不要杀死放下武器的士兵，
避免白白地流血伤害无辜生命。”

凯耐尼木吩咐之后，
跃上马背离开了阵营。

凯耐尼木满面怒容，
眼睛里迸发着愤怒的火焰，
没有人敢直视他的眼睛。
凯耐尼木就像一座高耸的山峰，
从前面去看——
他像下着倾盆大雨的天空浓云密布；
从背后去看——
他就像雨后的晴空万里无云。
从云端去看——
他如同阿勒普卡拉库什神鸟，
是那样的神圣和庄重；
从下往上去看——
他仿佛是一条腾空的蛟龙，
他的威严让敌人惊恐。

他的坐骑坎库拉骏马，
马尾在风中飘动，
鼻孔里喷着白雾，
仿佛飞奔在天空。

凯耐尼木挥舞长矛，
大地震动发出轰鸣，
好像两座山峰相碰。

卡勒玛克人看到英雄的身影，
浑身颤抖在马背上坐不稳，
胆战心惊仿佛遇到冬天的寒风。

该死的夏勒克玛特喊道：
“凯耐尼木，你已经没有退路。
无论你有多大力气，
无论你有什么样的计谋，
今天你已没有继续生存的机遇。

“我精力充沛，恢复了元气，
看到我威武雄健的身影，
你已经胆战心惊没有力气，
我不会让你活着回去。

“我不仅要占领纳伦、阿特巴什，
还要把塔拉斯夷为平地。
我要让你的妻子成为寡妇，
我要把你的儿子作为我的仆人，
我要把你的女儿作为我的侍女。
让剩下的柯尔克孜人，
倾家荡产，全都变成奴隶，
服侍我夏勒克玛特。

“凯耐尼木啊，你死去之后，
你的阿拉什人找谁诉苦去？

“你为何自充英雄好汉，
让我休息了九天？
是你得罪了上苍，
还是你失去了理智？
这是你致命的错误。

“今天我已经准备周全，
你怎敢来到我的面前和我交战？
看来你的末日已经来临，
我要送你去地下长眠。”

凯耐尼木大声说道：
“夏勒克玛特，
你是不是把大话已经说完，
你为何显得迫不及待手忙脚乱？

“在你筋疲力尽饥饿难熬的时候，
是你向我乞求停战回去吃饭。
现在你已经吃饱喝足，
又在我面前乱叫乱喊。

“看来死神已经降临，
骑到了你的脖子上面。
你的生命就要结束，
难道你没有和亲人告别，
死神就催你往战场急赶？

“夏勒克玛特，
死神正在揪住你的脖子。
你知道不知道？
人生如戏，
今天在世，
明天可能死去。
今天下午，
你将从人间消失。

“我的名字叫凯耐尼木，
我是仁慈的汗王，
我说的话从来算数。
你大吃大喝了九天，
那就是你最后的美餐。

“夏勒克玛特，
你不要以为自己有多么厉害，
你还不如哈勒别克汗王！
你不要以为自己有多么勇猛，
你还不如奇克台汗王！

你不要妄自尊大过分狂妄，
你应该量力而行，
把自己好好掂量掂量。”

凯耐尼木的这番话语，
触到了野猪夏勒克玛特的神经，
让他疼痛，让他无地自容。
这番话语穿过了他的骨骼，
犹如子弹穿透他的心脏。

夏勒克玛特气急败坏暴跳如雷，
使得大地扬起一片尘埃。
且奇多别草原突然裂开，
出现一道图尤克[①]土崖。

夏勒克玛特勒马避开，
掉转马头向凯耐尼木杀去，
欲把凯耐尼木置于死地。

当他用毒矛戳来之际，
凯耐尼木用战斧反击。
凯耐尼木的战斧有巨大威力，
夏勒克玛特的长矛，
断成九十段在空中飞散而去。

没有等他重新拿出兵器，
英雄凯耐尼木，
已经催马冲了上去。

丧心病狂的夏勒克玛特，
身穿沉重的铠甲铁衣，
衣摆卷起臀部暴露无遗，
他掉转马头已经来不及。

青鬃狼凯耐尼木抓住战机，

① 图尤克：柯尔克孜语，无路的、封闭的意思。

长矛对准他的屁股狠狠刺去。
锋利的矛尖穿过他的身体，
从夏勒克玛特的心脏穿过。
青鬃狼把他挑在矛尖高高举起，
催马向卡勒玛克人马奔去。

就在和他们还有一箭的距离，
柯尔克孜的兵马赶了上去，
把卡勒玛克人团团围住。
只见马背上的卡勒玛克人，
一个不落地全都跳下马鞍，
把缰绳挂在脖子上，
向柯尔克孜人施礼，跪倒在地。

阔绍依巨人的孙儿巴克特拜，
早晨聆听过凯耐尼木的旨意。
面对跪在地上的卡勒玛克人，
重复了凯耐尼木的话语：
“你们这些卡勒玛克人，
本来都是平民百姓，
平时就缺吃少穿，度日艰难。
你们被夏勒克玛特胁迫出征，
你们身不由己被迫参战。

“我不会伤害你们，
我们之间没有仇恨。
我给你们自由，
让你们踏上返乡的路程。

“我不会夺取你们的马匹，
你们的马匹对我不足为奇。
假如我夺去你们的马匹，
让你们徒步奔走，
何时才能回到库兰黄色山谷？

“假如我让你们取道喀什噶尔，
肯定没有一人能够生还。

你们要从喀什噶尔穿过，
再去翻越巴里坤积雪的达坂。
在你们来犯的途中，
你们干了不少坏事。
这一路居住的众多百姓，
人们的愤怒至今未平。
如今你们兵败回返，
他们怎能轻易放过你们？

“我不会夺走你们的长袍，
柯尔克孜的长袍比你们的厚实华丽。
你们要翻越肯达山口，
沿着阿克萨依往前走。
长满牧草的塔依嘎克塔什，
那里的达坂比较低，
你们可以从那里翻过去。
一路上会有很多风霜雪雨，
你们的长袍留给你们自己。

“你们不要在路上磨磨蹭蹭，
要避开村庄绕道而行，
不准骚扰途中的民众。
遇到路上的行人，
不准你们瞪眼睛。
如果我听说你们做了不好的事情，
我会立刻跨马前去收拾你们。

“你们来的时候有三万人马，
如今只剩下近两万人。
柯尔克孜宽恕了你们，
给你们马匹，
让你们把家乡返还，
你们应当感激宽宏大度的柯尔克孜人。

“我要派五名勇士，
护送你们返还。
在你们翻过库兰达坂之后，

我的勇士才会踏上归途。

“你们要记住我的话，
我规定的时限是四十天。
如果四十天我的勇士不能如期返还，
我将催马前去把你们阻拦。”

卡勒玛克人听到这些话语，
放他们还乡还给他们马骑，
异口同声不胜感激：
“让上天惩罚我们的汗王吧，
是他强迫我们背井离乡，
千里迢迢来到战场。

“柯尔克孜汗王啊！
是你放我们返回家乡，
是你让我们把自己的长袍穿上，
是你让我们骑上自己的马匹，
我们对你非常感激。
我们不会违背你的旨意，
请不要麻烦勇士送我们回去。

“我们不会取道喀什噶尔，
如果我们经过那里，
人们会以为我们是逃兵。
我们做了不少坏事情，
百姓们至今愤怒未息，
经过那里我们会遭到打击。

“从吉勒德孜[1]到玛纳斯城，
丘陵地居住着柯尔克孜人，
从玛纳斯城到巴里坤，
那里住着哈萨克人。

“我们是否可以化整为零，

① 吉勒德孜：地名。柯尔克孜语，意为星星。

三五成群地绕道而行，
避开人们的眼睛，
回到库兰山谷的丛林中。”

巴克特拜听到他们的请求，
沉默不语没有回应。

英雄苏云揣着凯耐尼木的信函，
安排侍卫把残兵人数点清。
他带领五位勇士，
押解卡勒玛克残兵踏上归程。

他们白天行走马不停蹄，
夜间继续赶路也不肯休息。
那些走不动的马匹，
做上记号留在当地。
他们日夜赶路匆匆忙忙，
不少人伤了脚，
走起路来踉踉跄跄。

他们翻越了萨勒巴尔德达坂，
苏云和勇士们掉头返还。
苏云沿路派人找寻，
找齐了留在路上的全部马匹。
一共有一万七千匹，
全都交给巴克特拜。

巴克特拜召集所有部众，
当众发放了收回的马匹。
不少人家战乱中失去马牛牲畜，
这些马匹全部补偿到他们手里。

让我们把这一段故事放下，
再从凯耐尼木怎样战胜克克玛特唱起。

凯耐尼木怒杀克克玛特

卡勒玛克信使泄露军情

阔绍依巨人的孙子巴克特拜，
派苏云押送走卡勒玛克的残兵，
这才放松紧张的心情。

凯耐尼木等待巴克特拜返回，
向他道别之后才能踏上归程。
巴克特拜返程后再次挽留不愿放行，
凯耐尼木被挽留未能动身。

凯耐尼木做了这样的回应：
“巴克特拜，请你仔细听，
巴卡依圣人训导我们：
‘在你面前鞠躬施礼的人，
你要同样鞠躬回礼表示尊重，
因为他不是你父亲留下的仆从。
在你面前趾高气扬的人，
你要同样不屑一顾昂首挺胸，
因为他不是圣贤的后裔。’
巴卡依圣人的训导，
不是心血来潮无据无凭。

“当年饥荒蔓延折磨着部众百姓，
我也病魔缠身不能行动，
库布勒江那条母狗，
乘虚而入向塔拉斯挑衅。
在这危难之际，
是你雪中送炭前来解困。

“是你活捉了卓达尔，

送来了驮着食粮的九万头牲畜，
帮我走出了困境。
这件事情我的印象很深，
至今记忆犹新。

“我的勇士啊！
请不要再耽误我的归程，
我估计铜肚脐克克玛特，
他正向塔拉斯发起进攻。”

巴克特拜不愿留在阿特巴什，
非要和凯耐尼木一起同行。
英雄赛依铁克的儿子凯耐尼木，
如获千军万马一样十分高兴。

他俩起早跃马并肩同行，
骏马似离弦之箭向前飞奔。
当夜深人静的时候，
他们就赶到塔拉斯的宫门。
只见柯尔克孜人高枕无忧，
周围一片宁静。

巴克特拜在塔拉斯住了六天，
他左思右想心中纳闷：
“交达尔说的那些卡勒玛克人马，
为何至今不见踪影？
狼子野心的卡勒玛克人，
他们到处抢劫杀人。
他们是否留在喀什噶尔或者安集延，
正在与反抗他们的人拼杀，
还是被当地民众团团包围，
阻止了他们疯狂向前的脚步。

“我不能继续待在塔拉斯城，
等待卡勒玛克前来入侵，
好像是在迎接远来的贵宾。
我不如去安集延，

看看克克玛特的动静。”
他告别了凯耐尼木一人启程。

凯耐尼木在家里休息，
左思右想心绪不宁。
“如果我直接去喀什噶尔城，
就不能不去过问，
叶尔羌、和阗和罗布泊的情形。
阿热勒、阿孜克和铁提尔苏，
我也不能不到那里巡行，
必定要在那里耽搁不少时间。
我要耐心再等两天，
说不定哪一方送来音讯。”
他心中许多想法在翻腾。

过了两天时间，
第三天拂晓，
他醒来一看，
节迪盖尔的黄色原野上面，
布满了铺天盖地的兵马，
人山人海望不到边缘。

太阳刚刚露头的时候，
两位信使来到城门口。
他俩对守门的人大声叫喊：
“你们的凯耐尼木英雄在哪里？
你们赶快向他报告消息，
如果他敢迎战就站出来。
如果他感到惧怕，
就把色尔城送给我们。
如果他是敢于交手的英雄，
就插上战旗下定决心，
来到战场上与我们交锋！”

两个信使在四处宣扬：
“我们有六十名大力士，
在城外一个地方埋伏隐藏。

只要凯耐尼木只身出城，
就会一拥而上把他捆绑。”

守门的卫兵从未见过这样的场面，
感到十分害怕惊恐慌张。
仿佛腥风血雨的战争就在面前，
他们气喘吁吁心惊胆战，
急忙来到凯耐尼木面前，
禀报了信使的情形。

凯耐尼木当即说道：
“你们赶快回去，
不要让他们跑掉。
快将那两个信使带到我的面前，
你们既不要擅自做主随心所欲，
也不要对他们恶语污言。”

守门的兵丁急忙回到宫门，
看到两名信使还在门前。
卫兵对这两位信使，
传达了汗王凯耐尼木的命令。

两位信使趾高气扬口吐狂言：
“我们是克克玛特汗王派来的信使，
奔走在各个部落之间传送信函。
我们只服从克克玛特汗王的旨意，
凯耐尼木却叫我们去向他致敬行礼。
你们这些人实在不懂规矩，
有什么资格对我们胡言乱语！

“我们又不是幼稚的小孩，
不能听从你们的调遣。
我们不可能双手贴在胸前，
到凯耐尼木面前将他拜见，
因为他不是我们的可汗。”

信使们口出狂言，

贬低凯耐尼木汗王，
抬高卡勒玛克的克克玛特。
卫兵们气愤地把他们拉下马鞍，
围起来狠狠地揍了几拳。

让他俩光脚跑步，
押到凯耐尼木面前站好。
卫兵将发生的所有事情，
一五一十地向凯耐尼木禀报。

凯耐尼木询问信使：
“你们俩来自何方？
你们叫什么名字？
率领你们的是什么人，
他又叫什么名字？
你们要如实说明不要隐瞒，
这样才能保住性命，平安返还。”

凯耐尼木又当面向手下吩咐：
“如果他们乱语胡言，
编造谎言瞒哄欺骗，
就把他们的头皮剥开撒上碱盐，
用木签钉穿他们的脚掌！
用铁钩钩住眼皮，把他们吊起，
然后将他们挂在塔勒库架[①]上去。”

信使们面对凯耐尼木的威严，
吓得舌头发硬说不出话来。
听到信使狂言的卫士们，
将他们押到审讯的房间。
只见审讯室里面，
满墙的铁钉多如牛毛，
密密麻麻的铁钉布满四壁，
若抬头铁钉就会扎进头皮。

① 塔勒库架：柯尔克孜木匠制作毡房栅栏和支杆时使用的木材矫正工具。

卫士让他们走在铁钉上，
脚板扎破鲜血淋淋。
卫士让他们绕来绕去，
最后带进了蛇房里。

蛇房中有十种大蛇，
大的粗如拴马桩，
分叉的红信子足有一拃长。
在这蛇房里边，
还有毒蜘蛛和毒蝎。

有蓝色壁虱和四脚蛇，
还有潮虫和刺猬，
有无数的蚊子和苍蝇，
就在煮一顿饭的工夫，
它们就会要了你的性命。

卫士们押着两个信使，
转过这样的七个房间。
两个信使浑身大汗淋漓，
吓得魂不附体，
可怜的性命奄奄一息。

卫士押着他们转了一圈，
又押回原来的房间。
心惊胆战的两个可怜人，
就在烧开一壶茶的时间，
变得脸如黄土十分难看。

卫士们叫来马夫，
洗净他们的全身。
拿来马奶酿造的烈酒，
让他们喝了下去：
“只要说出来你们的底细，
就能尽快回到自己人那里。”

这两个倒霉的人，

想到刚刚可怕的经历，
万分恐惧胆战心惊，
讲出了所有事情：
“六座城市和安集延，
还有纳曼干、塔什干和撒马尔罕，
已经被克克玛特率兵占领。
柯尔克孜的汗王们，
管理百姓的比官们，
脖子都被绳索套牢，
手脚被铸上了镣铐。

“那些人被关进监牢里面，
不知道克克玛特有什么打算。
克克玛特曾经扬言，
要把凯耐尼木的人，
全部斩尽杀完。

“我们在昨天夜里，
来到宽阔的塔拉斯腹地，
扎营在色尔城的前面。
克克玛特挑选六十名大力士，
埋伏在卡拉苏河的岸边。

“他让那些大力士，
布下了天罗地网。
只要凯耐尼木独自出城，
就会收网将他擒获。
在准备交战的地方，
已经派人挖好陷阱，
上面用芦苇覆盖做了伪装。

“克克玛特大肆宣扬，
‘我在地下布了大网，
我在战场挖好了陷阱。
我的人马数不清，
我已经占领了六城。
安集延和纳曼干，

塔什干和撒马尔罕也在我们手中，
我今生还会有什么缺憾！

“‘我们来到塔拉斯，
塔拉斯地域辽阔，
原来的名称叫阔托略克，
玛纳斯将它更名为塔拉斯。
我要抹去塔拉斯的名称，
恢复阔托略克的原名。’
他下了一道命令：
‘谁要再叫塔拉斯的名称，
就拔出他的舌头要他的命。’

“他派我们来到这里，
是为了送达他挑战的消息。
他让我们宣扬，
铁大衣的夏勒克玛特，
就要赶来此地，
大耳朵乔云阿勒普也要赶来会集。
他让我们把这些宣布完毕，
然后就返回营地。”

凯耐尼木知道了，
卡勒玛克人的野心和目的；
凯耐尼木知道了，
克克玛特的阴谋诡计；
凯耐尼木知道了，
六个城市的汗王和比官的遭遇。
凯耐尼木了解得十分详细，
没留下什么疑虑。

他向两位信使这样交代：
“你们现在可以返回去，
将你们的所见所闻，
告诉你们的头领克克玛特。

“我给他六天时间，

让他的人马调养将息。
第七天我会跨马出击，
要让克克玛特粉身碎骨，
把他打得一败涂地！

“我要让他睁开蒙眬的睡眼，
看看自己的下场遭遇。
我将撕碎他的五脏六腑，
扔到荒山和戈壁。
我要让卡勒玛克的鲜血，
像河水一样流淌遍地。
卡勒玛克人啊，你有多大勇气，
我们将在那天一决雌雄高低。

“克克玛特等待已久的夏勒克玛特，
早已被我宰杀丧命。
大耳朵乔云阿勒普，
还有塔吉克的铁米尔别克，
我不会让他们来到这里。
我消灭克克玛特之后，
就会朝着杜尚别进攻。
我说的是实话没有半点虚假，
你们千万不要以为我在这虚张声势。

“假如我明天就去开战，
就有乘你们疲劳之嫌。
即便战胜了你们，
也会留下遗憾。

“哪里有战斗，
哪里就有两个英雄。
英雄始终与英雄交锋，
这是汗王和英雄追求公平的传统。”

使者得到释放急忙返还，
他们回到克克玛特跟前。
将自己往返所见所闻，

一五一十地禀报周全。

野兽克克玛特听完之后，
张大嘴巴长吁一声，
他在心中这样想：
“凯耐尼木在威胁这两个人，
他好像掌握了我们的情况。
他说夏勒克玛特已经死亡，
那是凯耐尼木故意说谎。

“我可以等待六天时间，
派往阿特巴什的人，
就会回返带来音讯。
第六天我就要奔赴战场，
将凯耐尼木活捉生擒。

“我占领了六城，
从安集延抓来了十个官员。
从纳曼干、塔什干和撒马尔罕，
又抓来了四十个官员。
这些人加在一起，
我手中已关押着五十个人。
等我将凯耐尼木活捉，
一共就是五十一个人。

“我还要派人继续搜捕，
塔拉斯的勇士和官员。
我要在柯尔克孜民众的面前，
将他们一起斩杀祭天。”

克克玛特逼问两个信使：
“我布下的天罗地网，
预设在战场上的陷阱，
这些军情是否吐露给了他们？”

归来的两个奴仆，
偷偷地交换眼神，

假装镇静咬了咬嘴唇，
串通一气矢口否认：
“凯耐尼木没有提问，
我们的人马驻扎的情形。
即使他再三追问，
我们也不会泄露军情。”

克克玛特暗自庆幸：
“看来凯耐尼木并不知道，
我设下的罗网和陷阱。
这是我命中注定的幸运，
凯耐尼木就要落在我的手中。”

克克玛特扬扬得意，
舒展四肢躺在营帐里。
他梦想夏勒克玛特，
打败巴克特拜之后会前来会合。

两勇士劫狱智救五十名官员

凯耐尼木汗王派人，
向柯尔克孜部众传送旨意：
“戴白毡帽的柯尔克孜乡亲，
不要听说有来犯之敌，
就慌忙地向深山转移。
不要让可恨的卡勒玛克，
摸清我们的底细。

“不要担心我凯耐尼木，
没有必要向我靠近。
如果卡勒玛克人闯入牧村，
千万不要害怕，
要拿起武器狠揍他们。

“你们不要缩手缩脚，
照常拴好母马把马奶挤好。
要防备牲畜被盗，
每天要到草场上巡逻照料。
管理好自己的牲畜，
把自己的生活安排得舒适周到。”
凯耐尼木再三吩咐，
派人到牧村向民众转告。

宫中有九十一位勇士，
凯耐尼木将他们召集：
“守卫宫廷的九十一位勇士，
我说的话请你们听仔细。
我们的五十位官员，
被关押在卡勒玛克手中。

我现在安排一次行动，
派你们去解救他们，
让敌人措手不及，胆战心惊。

“你们一年四季守卫在宫廷，
闲暇时常玩羊拐消遣解闷。
如果你们不能解救五十名官员，
岂不愧对宫廷卫士的美名。”

凯耐尼木话音未落，
没等他把嘴唇收拢，
有两位勇士就自告奋勇。
他们身披着卡勒玛克的长袍，
地上拖着长长的衣襟，
一条白色的念珠，
挂在他们的脖颈。
他们精通卡勒玛克的语言，
哪怕面对千军万马，
他们也能机智地潜入敌群。

“我们今天就要启程，
去给那个看守的头人，
将上好的烈酒双手奉送。
解救官员的途径，
我们俩能够详细摸清。

“今天傍晚我们就会摸进去，
挑选卡勒玛克的五十匹坐骑，
让官员们骑上骏马，
保证他们平安回到这里。
如果我们不能把任务完成，
你做出什么样的处罚，
我们都心甘情愿接受。”

在场的勇士们也不甘落后，
三五成群纷纷请战：
“我们刚才粗心大意，

差点失去立功的机遇。
假如他俩遇到什么困难，
我们决不会袖手旁观。”

一时间人声喧嚷，
请战声响成一片。
凯耐尼木见此情景，
内心一片欣慰之情。

立功的机会已经来临，
两位勇士喜出望外满面笑容，
迫不及待地跨马启程。
他们行进在旷野上，
碰上了两个游荡的卡勒玛克人。
他们将卡勒玛克人五花大绑，
带到布克吐尔玛山冈。
给他们松绑让座，
一边给他们灌酒，
一边和他们把话讲。

两个卡勒玛克人烈酒穿肠，
眼睛发红头昏脑涨，
不明白这是怎么回事。
他们向柯尔克孜勇士提问：
“我们还以为你们是柯尔克孜人，
不料你们也是卡勒玛克人，
不知道为什么要抓我们？
为什么把我们带到这偏僻的地方。
又用美酒款待？”

两位柯尔克孜勇士回答：
“你们说的全是真情，
我们来自库兰的黄色山谷中，
自从被赶来出征，
没有欢乐也没有笑容。
我们是卡勒玛克的猎手，
首领让我们狩猎黄羊，

我们只好来到这里找寻。

“我们射猎了山鸡和沙鸡，
用火烧熟以肉充饥。
未吃完的熟肉，
就在我们的马褡子里。
如果你们没有吃饭，
我们还可以用肉食招待。”

两个卡勒玛克满面笑容：
“我们颠簸在旅途之中，
哪里会有肉食和美酒？
能够碰上这样的好事情，
我们早已口水直流。”

“你们说颠簸在旅途中，
那是怎么回事？
你们究竟从哪里来？
你们莫非是柯尔克孜人，
来到这里刺探军情？”
两位勇士厉声质问他们。

那两个卡勒玛克人这样回答：
“克克玛特从撒马尔罕出发，
率兵向塔拉斯发起进攻。
派遣我们前往阿特巴什，
观察夏勒克玛特的动静。
我们只好听命跨马出行，
披星戴月日夜兼程。

“只见阿特巴什碧草连天，
柯尔克孜人人兴高采烈，
他们正在举行刁羊比赛。
不论老人还是青少年和小孩，
人欢马叫笑逐颜开。
原来是为了庆祝胜利，
欢庆凯耐尼木把夏勒克玛特打败。

“我们探明详情，
正在准备踏上返程。
只见有人赶来了马群，
马匹都驮着马鞍。
柯尔克孜人一哄而起，
急于分得这些战利品。

“趁他们分配战利品之机，
我们踏上了返程，
总算保全了可怜的性命。
不料落到了现在的处境，
被你们捆绑着手脚，
像奴隶一样押到这里。”

两位柯尔克孜勇士，
得知他们的所有情况，
问清他们的姓名，
就地结果了他们的性命。

两位勇士换上他们的长袍，
骑上他们的坐骑，
隐瞒了柯尔克孜的身份，
潜入了卡勒玛克的人群。

卡勒玛克的人马，
见到他俩都以为是自己的人。
他俩并没有到克克玛特那里去，
下马安顿之后走进了军营。

那个看守的头目问道：
“你们经过了不少地方，
是否找来了美酒给我品尝？”

“我们岂能空手返回营帐？
找到了美酒但是没有多少。
来吧，让我们聚在一起，

将美酒的滋味共同分享。”

民间流传这样的谚语：
“即使明天就要死亡，
活着的时候也要尽情欢唱。”

听说带来的好酒并不多，
看守头目将小兵们赶出营帐。
只剩三个头目把酒分享，
看守头目很快醉入梦乡。

两个柯尔克孜勇士，
趁机将牢房的钥匙拿到手上，
悄悄地打开牢房。
牢中的五十名官员，
一起迅速逃出了牢房。
他们扬鞭策马疾驰而去，
身后一片尘土飞扬。

一个柯尔克孜的勇士，
故意留下一封信函，
写下了全部过程毫不隐瞒，
放在看守头目的枕头旁边。

有人打开牢门，
一眼就看到了留下的信函。
他急急忙忙地奔跑过去，
向克克玛特禀报了突发的事情。

克克玛特心想：
“凯耐尼木约定六天之后开战，
那是把我愚弄故意拖延。
他担心我杀死被俘的五十名官员，
偷偷地派人劫狱救援。
我要立刻安排人马前去追赶，
一个不留全部处斩。”

克克玛特让人擂响战鼓，
命令士兵跨马启程。
一群兵马慌忙追赶，
掉进了自己挖好的陷阱。
一百名卡勒玛克士兵，
在荒野上白白送命。
诗人留下了这样的名言：
“谁若为了害人挖坑，
谁就会自己先掉入其中。”

克克玛特在夜间纵马狂奔，
陷入自己布下的罗网之中，
他的坐骑掉入陷阱。
随后跟来的卫士，
好不容易才救他脱身。

就在天亮的时分，
被解救回来的五十名官员，
走进了塔拉斯的宫门。
他们拜见汗王凯耐尼木，
千言万语感谢汗王救命之恩。

他们诉说着共同经历的苦难：
如何被敌人拖下马鞍，
如何被敌人戴上了手铐脚镣，
关进黑暗的监牢里面，
受尽了欺辱和苦难。

媳妇和姑娘们被人驱赶，
关进了草屋和圈棚里面，
整日不见阳光。
面色枯黄泪流满面，
心中忧伤哭声不断。

凯耐尼木安慰他们：
“你们已经脱离了苦难，
要在这里安下心神，

自由自在地休养几天。
不久你们就会返回家园，
和亲人们欢聚团圆。
来犯的那头野兽，
我去狠狠地将他教训。”

凯耐尼木说完之后，
让人牵来坎库拉骏马，
青鬃狼凯耐尼木催马扬鞭，
前去迎战铜肚脐克克玛特。

五十名官员夜奔节提托尔迎敌

凶恶的克克玛特，
命令鼓手把战鼓敲响，
他带领全部兵马发起进攻，
恰与凯耐尼木迎面相逢。

克克玛特并不认识凯耐尼木，
于是向他大声询问：
“我听说过凯耐尼木但未见过其人，
你的脸色金黄眼睛碧蓝，
你的身姿与众不同。
你黑色的坐骑昂首挺胸，
臀部丰满浑圆。
难道你就是凯耐尼木？
快快向我通报说明。”

凯耐尼木这样开言：
“你知道我就是凯耐尼木，
为何挡在我的面前？
你这条四处浪荡的疯狗，
为何到这里来骚扰百姓？

“六个城市，安集延和纳曼干，
还有塔什干和撒马尔罕，
自从玛纳斯时代直到今天，
百姓生活幸福安宁。

“纳伦、朱木尕勒和阿特巴什，
还有凯特曼多别和加孜，
自从雄狮玛纳斯跨马出征至今，

没有敢于侵犯这片土地的敌人。

“和阗、叶尔羌和喀什噶尔，
罗布泊、阿孜克和阿热勒，
直到巴里坤广大的地域，
也没有谁敢把这里侵犯。

“狂妄的卡勒玛克，
你如同天上的流星。
你在家只休息了两年，
就按捺不住躁动的野心，
分兵三路向柯尔克孜进军。

“从踏进巴里坤开始，
你就无恶不作随心所欲。
你抢掠杀光了膘肥的牲畜，
只要见到姿容秀美的妇女，
你就让她的丈夫变成鳏夫。

“不忍屈辱敢于反抗的人，
全都被你残酷地杀害。
你肆意欺凌无辜的民众，
你这个卡勒玛克罪恶难容！

“不仅你自己胡作非为，
你还诱惑塔吉克人，
让塔吉克与你同流合污，
你是一头罪恶深重的野兽！

“你们的奇克台汗王，
手中挥舞长长的矛枪，
疯狂扑向柯尔克孜民众。
在阔克图卡特地方，
不顾死活和我交锋，
早已死在我的手中。

“如今你们这三头野兽，

兵分三路向柯尔克孜发起进攻，
扬言要把塔拉斯色尔城踏平。
有我凯耐尼木黄脸死神，
你们的野心岂能得逞！

“夏勒克玛特已在我刀下毙命，
乔云阿勒普也会在我手下丧生。
我不会让你们三个活着见面，
要让你们一个个在地狱里重逢。

“你抓捕了六城五十名官员，
他们都是保护民众的精英。
你将他们戴上镣铐，
投入阴暗的牢房之中，
差一点要了他们的性命。

“我派人解救出五十名官员，
你从昨天直到今天，
一直派兵将他们追赶，
其实他们早已回到我的身边。

“你到处布下罗网，
你在战场挖掘了陷坑，
你费尽心机机关算尽，
自以为你的阴谋能够得逞。

“我们约定了六天之后开战，
你却迫不及待地前来挑战，
是死神把你领到我面前。
你的家乡那库兰的黄色河滩，
你别想从这里活着回还！”

听到凯耐尼木的话语，
克克玛特怒气冲天：
“凯耐尼木！
你以为知道了我布下的罗网，
你以为知道了我挖好的陷坑，

你就能够将我战胜？
你以为你杀死了夏勒克玛特，
你就成为英雄比我更强？
你这是痴心妄想白日做梦！

“大耳朵乔云阿勒普，
穿着铁大衣的夏勒克玛特，
都殷勤地向我靠拢。
你这个不知死活的凯耐尼木，
怎能与我铜肚脐克克玛特相比？
我要用绳索套着你的脖子，
游街示众走遍乡里。

“你用谎言把我欺骗，
暗中劫走了被我关押的战俘。
看来你一贯满嘴谎言，
让多少人上当受骗！
凯耐尼木，今天我要收拾你，
决不让你活到明天！”

克克玛特气焰嚣张，
挥鞭策马向前猛冲。
他高呼着康阿依的口号，
向着青鬃狼凯耐尼木，
发起了猛烈的进攻。

他疯狂地挥舞着手中的长矛，
冲过去与凯耐尼木交锋。
他胯下的千里马，
张开嘴巴犹如巨大的黑洞。

面对凶恶的卡勒玛克，
凯耐尼木毫不慌张。
克克玛特戳出锋利的矛枪，
英雄凯耐尼木挥动战斧，
击回了戳来的矛枪。
矛枪折断成了几截，

残段在空中飞旋嗖嗖作响。

凯耐尼木将战斧收起，
悬挂在腰间，
拿起锋利的狼舌长矛，
冲到克克玛特面前。

克克玛特武艺高强，
他的骑术娴熟精当。
面对凯耐尼木戳来的矛枪，
他闪身躲在骏马的侧旁。
凯耐尼木锐利的矛尖闪着寒光，
错过鞍头没有戳到对手的身上。

克克玛特端坐马背上，
紧握着另一支带穗的矛枪，
将凯耐尼木紧紧追上。
凯耐尼木没让他击中，
躲开了刺来的矛枪。

他俩掉转马头再次交锋，
刺出矛枪，挥舞战斧，
拼命砍杀，奋不顾身。
他们较量到日落时分，
才休战回到各自的营帐。

当夜深人静的时候，
克克玛特叫醒了士兵。
他下达了这样的命令：
“每路为一千人，
分兵向柯尔克孜百姓进攻。
坎阔勒上游就是节提托尔，
你们要向那里进军。

“凡是你们抓到的柯尔克孜人，
不论老年和青年，
不论男人和女人，

一个不留地夺去他们的性命。
你们的铁蹄所到之处，
要把他们斩尽杀绝，
让大地浸在血水之中。

“我要在这里和凯耐尼木较量，
拖住他脱不了身。
你们乘机袭击柯尔克孜人，
将他们全部杀光。

“凯耐尼木玩弄花招，
劫走了关押的头人。
我们要分散他的精力，
整得他晕头转向无法出征！”

克克玛特这些言语行动，
被柯尔克孜的探子探清。
他马不停蹄地赶回军营，
向凯耐尼木禀报了敌情。

凯耐尼木安排人马立刻行动，
请来了救出的五十个官员，
七个人一队化整为零。
再从守卫宫廷的九十一人中，
挑选出七十个人，
每一队分配了十个人，
将七队人马派往节提托尔。

“你们去把守住节提托尔路口，
会遭遇到卡勒玛克人马。
假若他们顽抗拼争，
就让他们鲜血流尽。
假若他们求饶投降，
一个不杀押回本城！”

七队人马立即跨马出动，
他们个个都是好汉英雄，

在激烈交锋的战场上，
一个人能战胜一千敌兵。

他们在漆黑的夜里急行，
不顾颠簸火速前进。
很快就到达节提托尔路口，
驱走了睡意十分清醒。

分路进犯的卡勒玛克人，
出现在他们眼前，
他们呐喊着发起冲锋。
在卡勒玛克队伍中，
并没有身经百战的强将精兵。
在眼睛一闭一睁的瞬间，
被柯尔克孜五十位官员的人马一网打尽。
他们押解着大批卡勒玛克人马，
胜利地走在返回的途中。

凯耐尼木刺死克克玛特

黑夜过去刚刚天明，
克克玛特命人擂响战鼓，
带领卡勒玛克的勇士，
铺天盖地，倾巢出动。
克克玛特坐在阔木阔尔莫[1]马鞍上，
怀里揣着崇拜的偶像，
凶猛地冲向战场。

凯耐尼木不慌不忙，
好久才独自来到战场。
克克玛特见此得意扬扬，
以为昨夜派去的兵马，
已将柯尔克孜人一扫而光。

他一见到凯耐尼木，
使劲挥舞着手中的矛枪。
你听，这个卡勒玛克怎样叫嚷：
“凯耐尼木，你是否胆战心惊，
姗姗来迟拖延时间？
你单枪匹马并无随从，
莫非是柯尔克孜人不听命令，
抑或是你的部下已被我的勇士杀光？

“我要给你出一个主意你要听从，
你不要一意孤行，
其实一个人活命很轻松。

① 阔木阔尔莫：柯尔克孜语，是卡勒玛克式马鞍的名称，有倒扣式或翻扣式两种。

你不要对生命失去信心，
我可以饶你一条性命。

“如果你觉得留在这个世界，
有损于你的名声，
不如找一个安静的地方，
安度你的余生。
如果你拒不接受，
只要我活着，
就不会让你活命！”

面对克克玛特的叫嚷，
凯耐尼木回答坚定：
“怪不得我常听人们议论：
‘卡勒玛克人，卡勒玛克人，
谁梦见他们，
谁就会遭遇瘟神！’”

听了凯耐尼木的讥讽，
克克玛特怒气冲冲。
他不停地挥起马鞭，
抽打战马向前猛冲。

克克玛特气势汹汹，
吼声如雷，震耳欲聋，
呼声惊天，山摇地动。
他手握着带毒的长矛，
向着凯耐尼木猛烈进攻。

克克玛特与凯耐尼木，
短兵相接动作迅猛。
手中的长矛呼呼作响，
你戳我挡，矛枪相碰，
拼命厮杀，奋不顾身。
他俩犹如用一根鬃毛，
悬挂着双方的生命。
祈求上苍再不要让我们看到，

这样激烈残酷的交锋。

铁器与铁器相击响声叮当，
迸发出闪闪的火光，
犹如霹雳闪电划过长空。
马蹄踩踏在大地上，
地面出现一道道裂缝，
扬起的灰尘直冲天空。

长满红柳的坎阔勒原野上，
滚滚沙尘遮住了太阳。
所有的人都提心吊胆，
不知道结果将会怎样。

有些胆小如鼠的人，
吓得尿湿了裤裆；
有些爱哭的人，
眼泪不断地流淌。
那些自以为了不起的人，
双手不停地哆嗦，
丢掉了手中的兵器。

喊杀声在群山回荡，
山中的野兽惊慌逃奔。
大地剧烈震颤，
好像就要倾斜塌陷。

河水波浪翻滚，
湖面掀起巨澜。
凯耐尼木和克克玛特，
打得地覆天翻。

正当他们激战正酣，
柯尔克孜官员和勇士，
押解着七千名卡勒玛克战俘，
风风火火赶到战场。

克克玛特见此痛苦万状，
心中感到茫然而慌乱，
顿时失去嚣张的气焰，
浑身骨节发软精气神丧失。

他虽然一时茫然慌张，
瞬间他又鼓起了勇气和力量。
他暗自下定决心，
要把凯耐尼木带领的柯尔克孜，
彻底摧毁一扫而光。
他大声呐喊催马横冲直撞，
手中的矛枪刺向凯耐尼木的胸膛。

凯耐尼木面对顽敌怒火万丈，
机敏地拨开戳来的矛枪，
克克玛特的矛枪落在了地上。

不等克克玛特拾起兵器，
凯耐尼木策马逼近他的身旁，
对准他的咽喉狠狠地刺出了矛枪，
矛尖从另一个耳根穿出。

矛枪的尖锋闪着血光，
克克玛特从马背滚落在地上。
这头野兽的头颅栽进土里，
未能逃脱死亡的下场。

卡勒玛克人见此大惊失色，
害怕死亡降临到他们头上，
向凯耐尼木投去了乞求的目光。
凯耐尼木命令卡勒玛克人，
乖乖下马回到各自的营帐。

雄狮凯耐尼木召集自己的人马，
提出了这样的要求：
“白毡帽的柯尔克孜人，
你们不缺少财产和牲畜。

你们不要夺取他们的长袍和坐骑，
不要杀死面前这些无辜的兵丁。
我要释放这些卡勒玛克人，
让他们回去养活父母和子女。

“让他们在此地住上十天，
然后启程遣返。
如果有人想逃跑，
要严加惩处就地处斩。

“六城中的五十名官员，
你们今日启程不要迟延。
去把你们的宝座坐稳，
将你们的部落精心照看。

“那里可能还有卡勒玛克人，
不要将他们处斩。
将坐骑和战袍留给他们，
押送他们返回自己的家园。

“你们不要效仿卡勒玛克人，
他们做的事情你们不要照搬。
卡勒玛克的众多人马，
他们没有针尖大的责任。
到这里征战是被汗王驱赶，
汗王的命令怎敢不服从照办。
不少人断送了性命，
有何人把他们的子女照看。”

五十位官员，
他们心中惦念着家乡民众。
他们马不停蹄日夜兼程，
回到自己的部众当中。

赶走了卡勒玛克的入侵，
保卫了柯尔克孜民众，
柯尔克孜人生活恢复了宁静。

人们感谢英雄凯耐尼木，
祝愿福星永照他的头顶。

让我们暂且放下这一段，
唱一唱塔吉克的铁米尔别克，
如何卖身求荣，投靠卡勒玛克。

中 国 柯 尔 克 孜 族 英 雄 史 诗

ماناس

玛纳斯

第四部　凯耐尼木

第2卷

居素普·玛玛依　演唱

《玛纳斯》汉译工作委员会　编译

朱玛克·卡德尔　吐尔地·买买提吐尔逊　翻译

新疆人民出版总社
新疆人民出版社

◎ 第2卷

凯耐尼木与铁米尔别克交锋

五万部众随凯耐尼木奋勇西征

凯耐尼木在原地做了八天休整，
命令部下擂响战鼓召集民众。
节提托尔的柯尔克孜人听到鼓声，
全部聚集来到军营。
大家围坐成牛角形状，
汗王凯耐尼木开门见山把话题挑明：

“当敌人进攻牧村的时候，
我奋不顾身保护了全体村民。
爱发誓的卡勒玛克，
背信弃义又把我们入侵。
他们用心险恶诡计多端，
企图把我们一网打尽。
趁黑夜卡勒玛克兵马包围了牧村，
妄想把我们斩尽杀绝。

“我派遣被解救的五十名头人，
率领部众分兵七路，
连夜赶到各自的家乡，
守住所有的路口拦截敌人。
生擒了卡勒玛克五十名将领，
分割围歼了众多敌兵。

“这一切你们不闻不问，没事一样，
依然在请客吃饭把马奶酒畅饮。
柯尔克孜同胞啊，
你们多么自在悠闲，
这是你们长期养成的习性。

“狂妄自大的卡勒玛克汗王，
失去许多首领和英雄，
手下的几千人被俘投诚。
夏勒克玛特死在阿特巴什，
克克玛特也在塔拉斯毙命。
大耳朵乔云阿勒普，
他的心在滴血，
他恼怒而悲痛，
他为了替死者报仇，
率领兵马前来与我们抗争。

“还有塔吉克的铁米尔别克，
他俩要一起向我们的家乡进攻。
他们至少带领八万兵马，
你们中间有谁能够前去阻挡交锋？

“面对强敌还是由我跃马出征，
我要去征讨塔吉克人的杜尚别城。
那里四周是荒凉的戈壁，
乔云阿勒普和铁米尔别克就在那里屯兵。

“我将直奔杜尚别城，
自有办法教训蠢蠢欲动的卡勒玛克汗王。
让那些行尸走肉般的卡勒玛克兵丁，
抱头鼠窜无处躲藏。

“我从这里出发之后，
你们千万不要恐慌。
也不要分散行动，
等着我凯旋。”

听到凯耐尼木的铮铮话语，
白毡帽的柯尔克孜人一起响应：
“在故乡坎阔勒和塔拉斯，
玛纳斯的在天之灵为你作证。
从孩提时起，
你一直为柯尔克孜民众的利益拼争。

为了我们生活安宁，
你东杀西剿，北战南征，
你所向披靡，战无不胜。

“我们的雄鹰啊，
为了柯尔克孜民众，
你单枪匹马陷阵冲锋。
为保护我们免受苦难，
你出生入死不惜性命。
你为柯尔克孜做出的贡献，
我们将永远铭记心中！

“我们的英雄汗王啊，
你今天在这里宣称，
你要独自去杜尚别出征。
假如你真的只身前行，
假如众多的柯尔克孜民众，
没有人相伴随你同行，
那就会成为世人的笑柄。
他们会以为柯尔克孜人，
根本不服从你的命令。
在危难来临之际，
假如我们贪图安逸躺在家中，
难道苍天不把我们严惩！

“我们的雄狮啊！
即使你不带我们去出征，
我们也要浩浩荡荡随你而行。
杜尚别城就在眼前，
对于我们只是一个赛马的路程。

“塔吉克人曾经是我们的部众，
从前把柯尔克孜作为靠山。
如今投靠到卡勒玛克那边，
卖身求荣任人差遣。
如果我们躺在家中，
对此无动于衷，

就会受到别人的嘲讽。

“卡勒玛克人会说：
‘阿拉什人已经分裂，
凯耐尼木众叛亲离孤苦伶仃，
无力管理阿拉什的部众。
柯尔克孜人也不服从他的命令，
凯耐尼木是为了维护玛纳斯的名声，
孤身一人前来出征。’”

节提托尔的民众，
群情激昂高声呼应。
青年人自告奋勇主动请缨，
他们走出人群站到另一边。
大约有四万多柯尔克孜人，
站满了广阔的草滩。

凯耐尼木心中思忖：
“看来我独自前去出征，
忠诚的民众不会答应，
只能让他们一起出征。”
经过一番讨论，
商定十天后集合启程。

凯耐尼木下达命令：
释放全部被俘的卡勒玛克兵丁，
让他们踏上返乡的路程。
凯耐尼木对他们再三叮咛：
“千万不要骚扰沿途的百姓，
如果再惹出麻烦，
我会找你们算账，决不留情！”

卡勒玛克人喜出望外，惊喜万分，
口中把“布尔罕”念诵不停。
他们犹如熬夜的灰鸽下河饮水，
连蹦带跳踏上马镫。
靴跟使劲地把马肚磕碰，

离散而去一路逃奔。

柯尔克孜许多好汉报名出征，
先后一一登记点清。
出征的队伍不断壮大，
兵强马壮准备启程。

阿特巴什的巴克特拜，
没有贪图安逸躺在家中。
他派人悄悄地到塔拉斯打听，
他知道乔云阿勒普和铁米尔别克，
要率领大军向西骚扰，
也知道汗王凯耐尼木要率领大军出征。

巴克特拜把五千五百人的队伍聚集，
掐算着凯耐尼木路过的日期。
他率众在队伍必经之地等待，
要和凯耐尼木的人马会合一起。

十天之后，
凯耐尼木率领四万部众，
踏上了前往安集延的征程。

凯耐尼木在行军途中，
看到前面旌旗飘扬，人头攒动。
人高马大的巴克特拜，
带领五千人马前来汇拢。

巴克特拜见到凯耐尼木，
恭敬地向汗王禀报实情：
“我未经汗王允许擅自行动，
如果我有不妥之处，
请汗王指教，多加宽容！

“我事先派人去塔拉斯打听，
得知你要讨伐挑战卡勒玛克顽凶，
我要跟随你一起出征。

我愿侍奉在你的鞍前马后，
并肩作战，如影随形。

“我还听说，
塔拉斯的柯尔克孜人，
自告奋勇，随你同行。
你同意率领他们出征，
这是有远见卓识的决定。

“我们柯尔克孜同胞，
总是躺在家里不经雨雪狂风。
应该让他们去看一看，
什么叫浴血奋战！
为了部众的安宁，
勇士们如何奋不顾身拼死抗争！”

巴克特拜的话音刚落，
凯耐尼木开口回应：
“是广大民众哺育了英雄，
没有民众就没有英雄。
英雄不为民众流血流汗跨马出征，
男子汉的人生就不能算作圆满成功。

“我让民众自主选择，
大家不愿留在家中，
自告奋勇和我一起踏上征程。
我看你也带来不少勇士，
去征服巴掌大的安集延，
难道要带上所有的人马不成？

“我没有去过杜尚别城，
但我了解那里的风土人情。
据说那里地域狭窄，
人烟稀少，
尽是卵石戈壁，
寸草不生。
穷山恶水的不毛之地，

乔云阿勒普怎会在那里屯兵？

“不知道和阗、叶尔羌和喀什噶尔人，
他们在做什么营生？
罗布泊、阿孜克和阿热勒，
在那里居住的柯尔克孜人，
究竟落入怎样的处境？

“他们原来是交达尔汗的部众，
如今这些地方被别人占领，
不知他们受到怎样的欺凌？
他们从这里迁徙过去不久，
不知道他们是否安宁？

“克普恰克部落的加勒格再克老人，
如今已经年过七旬，
他从学会抓住马鬃跃上马背以来，
从未经过这样艰难的处境。
同胞们正在遭受外敌的蹂躏，
我们不能在此耽误太久，
赶快催马加鞭日夜前行。”

听完凯耐尼木的一番话语，
柯尔克孜大队人马浩浩荡荡启程。

年轻小伙跃上马背齐声呐喊，
草原上你追我赶纵马驰骋。
健壮的骏马腾跳不停，
满怀激情向前猛冲。
经过精心调养的战马，
抑制不住飞驰的冲动。
骑手穿着布鲁姆皮裤，
宽大的裤脚随风飘动。

战旗高高飘扬，
月牙战斧别在腰中，
战刀在鞘内不停地摇晃。

长矛成林马队成行，
勇士镶银的腰带闪闪发光。

身穿黄色公山羊加尔噶克皮裤，
年轻人显得格外精干。
头顶上洁白的毡帽连成一片，
犹如遍野山花烂漫。
假如遇到下雨天，
他们都有凯曼塔依雨衣可穿。
喜欢唱歌的柯尔克孜人，
常把小曲挂在嘴边。
他们在行军路上放声歌唱，
豪迈的歌声在蓝天大地上震荡。
琴手比布谷鸟还要多愁善感，
轻轻地拨动库姆孜琴弦。
琴声清脆动人心弦，
伴随浑厚的歌声响彻草原。

弹奏波尔塔琴的人激情洋溢，
响亮的琴声引起队伍的共鸣。
许多人吹起了笛子，
草原上响起了悠扬的笛声，
兵丁们不由自主地竖耳倾听。
也有人演奏柯牙克琴，
美妙的琴声娓娓动听。

库玛拉克棋装在褡裢里面，
随身携带十分方便。
许多人爱下凯西铁棋，
下棋时把“汗王”摆在中间，
让“将帅”守在四边，
由“兵卒”组成方阵，
斗智斗勇如同展开一场大战。

有人喜欢下恰特拉什棋，
不论是茶后饭余，
还是放牧战马的空闲，

他们不放过休息的时间，
甚至是连夜苦战通宵达旦。
有人更热衷玩卡尼木达特游戏，
谁输了眉头上画一道黑线。

寂寞已久的柯尔克孜人，
他们不像是参加你死我活的残酷战争，
好像是走亲串友其乐无穷。
一路谈笑风生，十分欢畅，
热热闹闹地到达浩罕城。

浩罕的汗王得知凯耐尼木就要到来，
每天到路口等待接应。

兵马要在浩罕驻扎留宿，
年轻人提出逛街的请求。
巴克特拜对他们一再吩咐：
“外出时要四个人一组，
不要超过这个人数。
不要被巴扎[1]的繁华搞得眼花缭乱，
不要见了什么就想去买。
我们是在行军打仗，
多余的东西无法携带。
假如战马要为购买的货物负重，
战场上恐怕会丢掉性命！

“在街上与老人相逢，
你们要双手贴胸，
致礼问安以示尊重。

“街道上人来人往，
假如有人不慎与你冲撞，
不论他是男女老少，
千万不要恶语中伤。

① 巴扎：柯尔克孜语，集市。

“在熙熙攘攘的人群当中，
不要抖落身上的灰尘。
见了少妇不要调戏，
见了姑娘不要忘形。
见了塌鼻子人不要学他的样子，
见了秃头不要讥讽。
不要盯着他们的眼睛，
不要败坏自己的名声。

“不论你们年长还是年轻，
遇事都要多动脑筋。
特别是年轻小伙子们，
要把我的话牢记在心。”

巴克特拜吩咐完毕，
同意兵丁们上街游玩。
又派遣许多年长的人，
跟在后面监督看管。

巴克特拜请来了浩罕的官员，
询问他们是否知道，
卡勒玛克人那边的情形。

阔祖别克开口回答：
“少年托热[①]巴克特拜，
请你仔细倾听。

“英雄汗王凯耐尼木，
从克克玛特的魔掌中，
从敌人的铁笼中救出我们，
我们时刻不忘救命的恩情。

“听说汗王要征讨卡勒玛克，
向盘踞在杜尚别的敌人出征，
我们马不停蹄立即行动。

① 托热：柯尔克孜语，意为官人或贵人。

我们摆脱了卡勒玛克铁网的封锁，
沿着坎阔勒边缘的柳林树丛，
日以继夜，夜以继日，
人不下马，昼夜蹚行，
尽快向你们靠拢。

“我们还约定明天举行集会，
五十名比官全部到齐。
我们动员全体民众出动，
去踩踏卡勒玛克和塔吉克人。
让他们在铁蹄下叫苦连天，
让他们痛苦的眼泪如同雨点。

“只是大耳朵乔云巨人，
如今他在哪里？
还未得到确切的消息。

“撒马尔罕、塔什干、纳曼干，
六城和安集延，
除了伊斯番以外的民众，
多少年来自由自在安居乐业。
丰收的粮食无处储存，
地窖里也无法容纳，
不少粮食腐烂在各家院落里面。

“我们热情接待远方来客，
手中宽裕毫不拮据。
我们的羊羔肥得尾巴要崩开，
卧在原地，难以立起。
我们的马匹肥得臀部浑圆，
打滚在地，难以站立。
我们的骆驼肥得尾部拖地，
支不起自己肥胖的身躯。

“让我们在此等待三天，
比官们明天就要来到这里，
看一看他们还有什么妙计。

派出的探子也该回来了，
还要听听他们带来的消息。
然后我们大家齐心协力，
按照英雄汗王凯耐尼木的指令，
我们都将不折不扣地遵照执行。

“英雄巴克特拜啊，
你对我们的安排，
是否还顺心满意？”

听了阔祖别克的这番话语，
凯耐尼木皱着眉头沉默不语。
巴克特拜却对他严加斥责，
给他讲了一番道理：
“你派遣探子到各地，
掌握情报是应该做的。
召集所有的比官到此地，
这种做法并不适宜。
你们无论何时何地，
拜见汗王凯耐尼木都很容易。
何必此时兴师动众，
实在是多此一举。

“你说粮食多得地窖也容纳不下，
你自吹自擂好似富甲天下。
你逍遥自在麻痹大意，
对敌人入侵毫无戒备。

“当初克克玛特侵占你的领地，
你束手就擒，受尽欺凌。
假如没有英雄凯耐尼木解救你，
你早被克克玛特掏出肝胆，
活活地把你双眼挖去。

“阔祖别克大哥啊！
那样你会永远见不到天日。
不要说你一个人，

当时你们整个部落的处境都非常危急。

“在暴风雨到来之前，
就要防备毡房被吹倒在地。
要根据自己的能力，
事先预料认真考虑。

“对自己管辖的边界，
每十天要巡察一次。
你要亲自巡视查看，
不要贪图享乐躺在家里。

“不要忘记流传在民间的谚语，
‘若不看护，牲畜就会走失，
若不养活，妻子就会离去。’
积累的财富越多，
往后的日子就会越好过。
长着四条腿的牲畜，
有时会遭到敌人掠夺，
有时会遭遇自然灾祸。

“阔祖别克，你要注意藏粮，
才能确保百姓的生活。
你要踏踏实实做人，
不要总是炫耀自己。

“一旦遇到什么不测，
人们不会怪罪别人，
百姓只会埋怨于你。
居安思危才能永保平安，
妄自尊大灾祸就在眼前。

“你的百姓把你拥戴，
推举你为尊贵的比官。
假如他们遭受饥荒，
寻找食物四处流浪，
就会损毁你的名望。

“我们可以在浩罕多住两天，
等到派出的探子回返，
掌握确切的消息。
弄清卡勒玛克所在位置和布局，
立即带兵马前去杀敌。”
巴克特拜说到这里，
在场的人再没有吭气。

凯耐尼木在浩罕停留了五天时间，
许多人前来邀请，
要举行五万人的盛宴，
这些都被汗王婉言谢绝。
柯尔克孜人在这里，
只接受过一次邀请欢宴。
其他食宿费用，全都自己付钱。

以前卡勒玛克人占领此地，
少妇少女不敢露面，
躲藏在黑暗的地窖里。
如今她们获得了自由，
行动自如，笑容可掬。

已经到了约定的时限，
派出的探子全部回还。
信差到齐一个不少，
全部返回一路平安。

身躯高大的各部比官，
乘坐骏马陆续来到。
他们拜见英雄凯耐尼木，
兴高采烈，喜气洋洋。
百姓们想见凯耐尼木，
争先恐后围拢观望。
比官们高兴地走街串巷，
挺着肚子趾高气扬。

探子们详细禀报，
叙述自己耳闻目睹的情况。
阔祖别克派去的探子，
禀报的消息比别人周详：
“我从这里去了喀什噶尔，
见到了交达尔老人。
我将如何从凯别孜套山出发，
怎样前往塔拉斯又返回家，
见面前所经历的一切，
都一五一十地告诉了他。

“交达尔老人为此十分满意，
他对我这样回答：
‘凯耐尼木是人民的福气，
我与他见面交谈有很大收益。
自从那时候起，
我对好坏良莠清晰明辨。

“‘我派人到各处打探，
得知卡勒玛克人的消息，
他们将铁米尔苏、阿热勒和阿孜克，
当作了自己的驿站。
向百姓摊派杂税苛捐，
人们不堪忍受沉重的负担。

“‘卡勒玛克人也去了罗布泊，
越过边界抢掠牲畜。
他们天天骚扰捣乱无恶不作，
柯尔克孜民众苦不堪言。
至于去往和阗的卡勒玛克，
目前没有得到他们的消息。

“‘在叶尔羌和喀什噶尔，
卡勒玛克每天派出五百峰骆驼，
驮载着粮食运往东方。
他们说是给塔吉克送粮，
其实粮食运往库兰的方向。

他们还向铁米尔别克的城郭杜尚别，
每日运粮从未间断，
几乎把这里的粮食全部抢光。’

“据交达尔大伯了解，
大耳朵乔云阿勒普巨人，
昨日已经到达了杜尚别。

“交达尔大伯还提出建议：
‘沿着向东运粮的路线，
在前往吉勒德孜的途中，
在叶其克里克的达坂，
在克孜勒塔依的山脊，
在叶尔羌河的岸边，
我们要分三段设伏截拦。
不让他们越过半步，
截获他们抢劫的粮食和财物。
对前来抢夺的卡勒玛克人，
要全部歼灭，不留一个。
至于向西出兵征讨，
眼前我还不敢多言。
只怕铁米尔别克和乔云阿勒普巨人，
东西夹击将我军困在中间。’

“交达尔大伯叫我返回，
将他的所语所言，
向凯耐尼木汗王，
一点不漏地详细禀传。
汗王啊，你们已经听到，
我带来的消息全部说完。”

身材高大的比官们，
毫无头绪相视无言。
只有加勒格再克之子巴克特拜，
向凯耐尼木望了一眼，
用舌头舔了舔下唇，
思索片刻后才陈述己见：

“只要我们在汗王身边，
我们就不怕死神降临。
与其大家都拥挤在这里，
不如抓紧时间分头行动。

“纳曼干、塔什干和撒马尔罕的比官，
你们要尽快返回原地。
一旦得到送去的消息，
不要按兵不动有意回避。
对巴达克山、巴勒克和叶尔羌的道路，
要封锁拦截设伏阻击。
将他们运粮的骆驼，
一个不留全都夺取。

“根据传来的消息，伊朗和伊拉克那里，
正在遭受饥荒，饿殍遍地。
黑心的卡勒玛克人，
难道真的会给铁米尔别克运粮，
而不是卖给他们牟取暴利？

“你们缴获的骆驼和粮食，
要尽快向喀什噶尔转移。
卡勒玛克人占领那里，
已经超过一年时间。
和阗、喀什噶尔和叶尔羌的民众，
正在受苦受难。
缴获的粮食要尽快送给他们，
以解决他们眼前的困难。

“留着长发的交达尔大伯那里，
阔祖别克大哥请你去照看。
不让卡勒玛克人征收税捐粮饷，
一定要保住那块地方。

“不论卡勒玛克来多少人，
一律放行，不要阻挡。
假如他们要借宿，

就在城里提供客房。
总而言之不要惊动他们，
让他们感觉到往来通畅。

“让精通卡勒玛克语的人，
去跟他们交涉商量，
让卡勒玛克人不要久留，
涌向铁米尔别克驻军的方向。

“当他们离开聚集的人群，
翻山越岭的时候，
要堵住各个峡谷山口，
切断退路不让他们回头。
缴获他们的长袍和坐骑，
将他们押送到一起。
在接到汗王指令以前，
让他们在盐碱滩上开垦荒地。

“阔祖别克大哥，
你和交达尔大伯，
要时刻注意东方的动静和消息。
要眼观六路耳听八方，
别让敌人发现我们的秘密。
哪怕是来偷窃东西的老鼠，
也不能让它拿走一粒麸皮。

“罗布泊和和阗，
不麻烦你们前去打探，
我对那里另有安排。
我们将派一些信使，
去散布可怕的传言。
听到传言的卡勒玛克人，
就不会安心固守那里的地盘。
他们会去投奔乔云阿勒普那里，
聚在一起等待我们去围歼。”
大家对巴克特拜的话一致同意，
都觉得他的计划十分周全。

在纳曼干、塔什干和撒马尔罕，
比官们回到自己领地，
亲自带兵马封锁了所有路口。
他们扣留了过往的卡勒玛克人，
没有留下一只山羊羔，
没有留下一粒粮食，
没有留下一丝布条。
被俘获的卡勒玛克人，
押往无法灌溉的荒野之地，
强制他们开挖水渠，
等待英雄凯耐尼木处置。

浩罕的比官阔祖别克，
率领一百个人，
匆匆来到交达尔跟前。
传达了巴克特拜的话语，
说自己受益匪浅，非常赞许。
可是交达尔却闭口不语，
并没有明确表示同意。

阔祖别克和交达尔，
都已年老，精力不再旺盛，
他们手下有一批剽悍的强将精兵，
对汗王忠心耿耿唯命是从，
时刻准备奔赴沙场拼杀出征。

在凯别孜套的山坡牧场，
他们留宿了两天。
两位老人亲自率领大军，
浩浩荡荡跃马向前。

见到汗王交达尔亲自出征，
百姓踊跃参战跟随同行，
快马加鞭赶到叶尔羌和喀什噶尔城。
一举赶走了入侵的卡勒玛克人，
夺回了喀什噶尔城。

他们将卡勒玛克人的首领，
关押在挖好的地窖里面。
让普通的卡勒玛克兵丁，
白天不停挥着沉重的坎土曼[①]，
夜间给他们的手脚带上锁链。

巴克特拜又派遣四百人马，
分别在四条道路巡逻把守。
在叶尔羌河的岸边，
在克孜勒塔依的路口，
在叶其克里克的山脊，
在阿孜克和阿热勒入口，
对进来的卡勒玛克人放行，
任其自由进入。

卡勒玛克人不知道其中奥秘，
联合康阿依人，
派遣了许多驼队前去，
却没有一个人能原路返回。
对于企图潜逃的卡勒玛克人，
就一律砍头毫不留情。

采取这样行动的同时，
巴克特拜向罗布泊和和阗两地，
各派出两名青年勇士。
他俩有勇有谋，精明能干，
他俩有胆有识，智勇双全。
他俩都是有名的神枪手，弹无虚发，
他俩都是大无畏的英雄，
在死亡面前决不畏缩惧怕。

勇士们悄悄地来到当地比官面前，
告诉他们已经发生的事变。
比官们都被卡勒玛克严加看管，

① 坎土曼：一种铁制带有木制长把的可以挖土的薄片圆头的农具。

整天提心吊胆经常尿湿裤管。
比官们听了信使的通报，
个个振奋精神，雄风重现。

勇士们都精通卡勒玛克语言，
他们伪造了一封信函。
他们经过乔装打扮，
和卡勒玛克人一模一样真假难辨。
他们来到卡勒玛克首领面前说：
“我们受乔云阿勒普的派遣，
艰难跋涉来到你的跟前。
我们不能久留，要很快回返。”
说罢递交了伪造的信件，
卡勒玛克们接信仔细观看。

“夏勒克玛特和克克玛特，
接连战败一命归天。
该诅咒的柯尔克孜人，
已经从四面八方逼近，
激起我们满腔仇恨。
我有铁米尔别克做伙伴，
我将要和柯尔克孜拼死决战。
你们与其分散各地等死，
不如集中到我的身边，
团结一致浴血奋战。”

看过伪造的乔云阿勒普的来信，
卡勒玛克人一起商议，
决定向乔云阿勒普身边转移。
聚集力量等待时机，
与柯尔克孜人决战到底。

就在卡勒玛克转移之际，
当地的比官号召部众，
将逃跑的卡勒玛克人追击。
罗布泊同和阗的百姓，
全体动员英勇奋起。

没有放过一个卡勒玛克人，
截获了占领者抢去的所有东西。

康阿依的卡勒玛克人，
他们当中有五位英雄。
他们从卡勒玛克民众当中，
招兵买马一万之众。
又从康阿依人中，
招来将近五千兵丁。
由这五名英雄率领，
带着一万五千人出征。
准备配合乔云阿勒普，
向柯尔克孜部发动进攻。

柯尔克孜人探明了消息，
迅速向阔祖别克和交达尔传递：
“康阿依的五名英雄从四个部族中，
将一万五千兵马纠集，
前来为乔云阿勒普助阵。”

得知敌方的情报后，
阔祖别克和交达尔，
商定了诱敌深入的妙计：
“引诱他们翻越其木坎特，
在凯普太西布置伏击，
将增援的来敌消灭在深山里。”

有位卡勒玛克在喀什噶尔当过汗王，
柯尔克孜假借他的名义，
伪造了一封信函：
“不管东方来的是什么人，
千万不要从喀什噶尔和叶尔羌横穿。
必须避开那里百姓的阻拦，
翻越其木坎特大山才会安全。”
卡勒玛克人收到这封信函，
带兵钻进了其木坎特大山。

在他们的前面是冰峰达坂，
在他们的身后是凯普太西高山，
柯尔克孜人设伏将道路切断。
卡勒玛克人队伍的前后，
突然出现雨点般的枪弹，
一场激战持续了半天时间。

有股卡勒玛克人躲过英雄的视线，
仓皇逃命进入了深山。
深山里住着五十户萨尔特人，
他们被卡勒玛克人的黄金诱骗，
他们被卡勒玛克人的锦袍蒙蔽了双眼，
将三十名卡勒玛克人藏在家里面。
从此这些卡勒玛克人再没有返回家园，
他们娶萨尔特妇女为妻，
生下的子女被称为“萨尔特卡勒玛克”。
这个称呼有其根源，
“萨尔特卡勒玛克”部落从此在这里生息繁衍。

阔祖别克和交达尔，
在喀什噶尔设下了防线。
来自东西方的卡勒玛克人，
落入困境苦不堪言。

巴克特拜下令，
赶走了夏勒克玛特的残兵。
残兵逃回库兰的黄色河滩，
讲述了自己亲眼看见的事情。
卡勒玛克人听到这些消息，
睡觉时都不敢面朝西边。

克克玛特的部众，
也纷纷前来避难。
此时民众才清楚地知道，
克克玛特和夏勒克玛特，
早已一个接一个一命归天。

我们将这些暂时放到一边，
唱一唱凯耐尼木和乔云阿勒普的激战。

乔云阿勒普侵犯柯尔克孜部

油头滑脑的乔云阿勒普，
对铁米尔别克这样开言：
“喂，我的老虎，铁米尔别克，
我坚强可靠的伙伴。
如果你觉得合适，
我有一个想法和你商谈。
克克玛特和夏勒克玛特，
至今没有一点消息，音讯已断。

“黄脸死神凯耐尼木，
简直就像要命的子弹。
呼罗珊和伊斯番，
我们渴望他们能出兵支援。

“呼罗珊的达比塔依，
对柯尔克孜人心怀仇怨。
虽然他怒火中烧，
但一直不愿吐露真言。
据说他手下有许多大力士，
英勇顽强能征善战，
即使断头也决不退却。
他们个个超群出众，
出类拔萃身手不凡。

“我们在呼罗珊有一百峰骆驼，
满载着上等茶叶和真丝锦缎。
我要送去这些财物和金钱，
邀请达比塔依前来助战。

“达比塔依不一定亲自出动，
他会派凯斯莱提前来支援。
我们只有这样，
才能将凯耐尼木黄脸死神掀翻。

“当年玛纳斯与阿富汗交战，
凶猛强悍的阿恰汗出兵支援阿富汗，
被玛纳斯打得浑身鲜血浸染，
差点儿一命归天。

“在卡勒玛克人居住的地方，
我们有一百八十峰骆驼，
那里的牲畜布满河滩草场。
只要我们毁灭了柯尔克孜，
比那更多的牲畜，
随处可以抓到手上。
我们现在送出一百八十峰骆驼，
将来就能够得到成倍的补偿。”

听了乔云阿勒普的这番话语，
自命不凡的铁米尔别克，
瞪大了眼睛十分惊奇：
“噢咿，乔云巨人，我的知己，
我见过多少精明的人，
都不如你这样智慧聪明。

“鸟要降落全靠尾巴，
在空中飞行全靠翅膀。
我们送出礼品不会吃亏，
把柯尔克孜的牲畜也当作礼品。
乔云巨人，你若同意，
我们就把卡拉卡勒帕克、土库曼，
与呼罗珊接壤的节迪盖尔，
也送给他们当作礼品。
还有那些地方的牲畜，
我们驱赶到这里，
也一起送给他们。

“只要我们俩把信函写好，
迅速送达，不要耽误时机，
达比塔依肯定会到来不会迟疑。
因为我和他是舅舅和外甥的关系，
我们有这样的血缘很是亲密。

“伊斯番的阿恰汗，
气魄非凡所向披靡。
据说他的母亲是塔吉克人，
我在信中表达同族之情意，
你要将馈赠骆驼一事写得明白详细。

“我料想这两位汗王接到信件之后，
定将迅速行动不会犹豫。
谁不想轻而易举不花力气，
获取柯尔克孜人的财物和牲畜。

“自从玛纳斯出世以来，
柯尔克孜聚集了世界上的许多财富。
他们一向统一保管看护，
从不让点滴财富向外流失。

“难道还有哪个柯尔克孜人，
不曾出生入死冲锋陷阵？
难道有哪个柯尔克孜人的战刀，
不曾被鲜血染红？
难道有哪条山谷，
不曾被他们征战，血流成河？
难道有哪块深涧丘陵的白桦野柳，
不曾留下他们刀劈斧砍的痕迹？
难道有哪块怪石嶙峋的山地，
不曾被他们的马蹄踏过？

“自从玛纳斯出世以来，
凡是与柯尔克孜作对的英雄，
有谁能够生还？

凡是与柯尔克孜争战的部族，
有谁取得过胜利？
那样的事情前所未见，闻所未闻，
难道天下会有那样的奇迹？

“现在我们刻不容缓不能迟疑，
要用铁蹄踩踏柯尔克孜大地，
让他们山穷水尽，穷途末路，
让他们一败涂地抱头哭泣。

“我们要立即写信，
派人送到呼罗珊和伊斯番。
我们不能像奴仆一般，
度日如年再受熬煎。

“克克玛特和夏勒克玛特，
估计他们正在折磨柯尔克孜人。
悠闲自在的柯尔克孜人，
已经不知所措陷入混乱。
我们要趁混乱的局面，
雪上加霜再给他们降下灾难。”

铁米尔和乔云阿勒普，
以汗王身份亲自写信。
向呼罗珊和伊斯番，
各派了五名送信的人。

他们在信中这样提议：
“尊贵的两位汗王，
假若你们同意出兵，
请直接向塔拉斯进军。
让我们一起将塔拉斯踏平，
把柯尔克孜人打得落花流水，
让柯尔克孜人成为我们的奴隶。
达比塔依和阿恰汗，
送到你们大院的骆驼，
连同驮载的货物，

全是送给你们的礼品。
在洗劫塔拉斯之后，
凡是缴获的战利品，
绝大部分也归你们。

“自从玛纳斯出世以来，
柯尔克孜的财富只进不出，
积累了大量的黄金。
我们公平地分成三份，
让你们俩各得一份，
成为这些财富的主人。

“让你们选娶柯尔克孜绝佳的美女，
让你们迎娶戴顶针的丽人；
让你们获取驼峰丰满的公驼，
让你们用公驼满载黄金；
让你们得到行云流水般的走马，
让你们的走马头顶一碗水也不会荡起波纹；
让你们得到专为美女制衣的绸缎，
让你们得到竞赛夺冠的良马神骏；
让你们缴获咬住猎物不放的猎犬，
让你们缴获翅膀坚硬的猎鹰。
除了这些之外，
还让你们把卡拉卡勒帕克和土库曼，
还有节迪盖尔一并接管。”

他们将还没到手的战利品，
慷慨大方地做了分配，
然后又写下了这样的意愿：
“不要以为铁米尔别克和乔云巨人，
没有告诉你们就自行出征作战，
请不要因此对我们不满。

“我们知道你们对柯尔克孜人，
怀有满腔愤恨和仇怨。
当年玛纳斯征服阿富汗，
邻近的伊斯番将阿富汗支援，

前去支援的伊斯番人，
几乎被柯尔克孜人斩尽杀完。

“自从柯尔克孜人跨上战马，
抢占了呼罗珊边缘的世袭领地。
巴攘和尚卡依，
居尔居特和居达，
还有节迪盖尔，
也都被他们霸占。
凡是柯尔克孜人的马蹄所及之地，
无处不遭受骚扰祸乱。

“他们与卡勒玛克和契丹，
还有康阿依人都结下仇怨，
曾远征到别依京交战。

“自从凯耐尼木跨马出征，
使得整个西边不得安宁。
你们比我们更加了解，
西边发生的那些事情。

“尊贵的汗王啊，
如果你们同意出兵，
请将出发的日期约定，
让信差们带回音信。
在得到你们的消息之前，
我们在此按兵不动。

“六城和安集延、
纳曼干、塔什干、撒马尔罕，
有英雄克克玛特在那里。
凯特曼多别、加孜，
纳伦、朱木朵勒、阿特巴什，
有英雄夏勒克玛特在那里。
阿孜克、阿热勒，
辽阔的喀什噶尔，
还有富饶的叶尔羌，

都掌握在我们手里。
和阗和罗布泊那边，
我们有很多军队驻扎在那里。
我们封锁了所有的道路，
谁都不能支援柯尔克孜。”

他们将写好的信件，
派人送往呼罗珊和伊斯番。
然后扬扬得意，忘乎所以，
准备向塔拉斯大举进犯。

英雄凯耐尼木，
率领四万五千五百人马，
翻过了巍峨的群山，
不畏艰难向杜尚别城进军。
通往安集延的征途，
是人迹罕至的酷热沙漠，
途中还要穿过沙比尔汗河谷，
然后再翻越陡峭的达坂。

不知疲倦的骏马，
这时也感到吃力倒在路边；
不会偷懒的硬汉，
这时也疲惫不堪难以坚持。
但行进中的柯尔克孜人马，
个个精神抖擞勇往直前，
没有人愁眉苦脸惧怕困难。

队伍距离杜尚别城，
只剩下五天的路程。
他们在路途中突然遇到，
正在巡逻的四十名敌兵。

巴克特拜一路十分警惕，
想找一位行人把消息打探。
突然发现远处的人影，
离开队伍藏在路边观看。

正在巡逻的四十个敌人，
也看见了这边的人影。
他们纷纷举起千里眼，
目不转睛，
仔细观看。
只见一个人骑马而来，
虽然容貌长相还看不清，
可他的坐骑高大身躯魁梧，
令人望而生畏，胆战心惊。

巡逻兵七嘴八舌纷纷议论：
“只听说过凯耐尼木英雄，
但从未见过他本人。
来者的坐骑高大如山，
是名副其实的神骏。
从它的走势不难看出，
让它奔走九天的路程，
也不会冒汗疲倦。

“骑马的人一定是位英雄好汉，
我们隐蔽在此注意查看。
假如他有意前来冒犯，
我们就用奥乔库尔枪把他打翻。”

敌人的一举一动，
早就被巴克特拜看见。
他像寻找骆驼的牧人一般，
忽左忽右若隐若现。
他沿着沟壑向前，
不给敌人逃跑的机会，
他突然出现在他们面前。

四十个敌人惊慌失措，
立刻拉住自己的坐骑。
巴克特拜大吼一声，
厉声阻止他们上马逃离。

有的人失魂落魄不知所措，
以为自己的末日已到无法逃避，
垂头丧气伤心哭泣。
也有人挤眉弄眼暗示，
抓起弓箭准备射击。

巴克特拜见此情景，
怒气冲天高声大喊：
“放下你们手中的弩弓，
放下你们肩背的利箭！
谁若不听规劝，
就不要想活着回返！”

听到巴克特拜的呵斥，
敌人惧怕他的威严。
胆小的双腿颤抖差点跌倒，
胆大的也胆战心惊魂飞魄散。
巴克特拜的威严，
令敌兵不敢吭声相互观看，
担心自己的头颅会被砍断。

“哪一个是你们的首领，
快站出来向我靠近。
你说一说自己的语言，
让我听一听是哪个部族的人。”

其中一个人向前靠近，
向巴克特拜行礼致敬。

“你们这些人从哪里来？
你们打算到哪里去？
我能听懂你们的语言，
告诉我，你们有什么目的？”
巴克特拜又这样询问。

敌人不敢沉默不言，

就哇里哇啦地做出回答：
“我们一行来自西边，
我们居住在杜尚别，
那里是塔吉克人的家园。
我们是卡勒玛克人，
受乔云巨人派遣前来巡逻查看。
你若还有什么事情，
请你询问塔吉克的人。”

“哦，原来你们这些人，
分别来自塔吉克、卡勒玛克两方面。
即使你们不说，
我也早已看清楚，很容易分辨。”

他让塔吉克和卡勒玛克，
各出一人回答提问：
“乔云阿勒普和铁米尔别克，
他们正在那里做什么事情？
你们要如实讲明，
说真话才能幸免一死保住性命。
这里的所见所闻，
还要你们返回向他们回禀。”

在塔吉克人中间，
有一个叫作奇尼拜的人。
他能说会道口齿伶俐，
他对卡勒玛克人心怀怨恨。

当初奇尼拜在当地，
享有大家族的名分。
自从乔云阿勒普到来之后，
每况愈下成为佣人。
因此他心里藏着仇恨，
只是没有机会泄愤。
此时由他出面回答询问：

“我们在道路上巡逻，

是遵从汗王的命令。
请问你到底是什么人？
我们也想知道你的身份。
不论你相信不相信，
我随后会向你倾诉真情和苦闷。”

巴克特拜这样直言：
“既然你想知道我的来历，
我直截了当地告诉你，
我们是柯尔克孜来自塔拉斯。
我们要讨伐乔云阿勒普和铁米尔别克，
要给他们致命打击。
克克玛特和夏勒克玛特，
已经被我们打败杀死，
我们的战刀沾满了他们的血迹。
阿孜克、阿热勒和罗布泊，
喀什噶尔、叶尔羌和和阗，
已经收回到了我们的手里。

“卡勒玛克和康阿依人，
狼狈为奸勾结在一起。
五名英雄率领一万五千兵马，
向我们发起突袭。
我们在其木坎特达坂伏击，
俘获了全部人马和武器。

“我们正在向杜尚别城进军，
英雄凯耐尼木是我们的汗王。
本人名叫巴克特拜，
我是他的开路先锋。
我们率兵前来出征，
省得乔云阿勒普远涉塔拉斯送死去。

“大耳朵乔云阿勒普，
塔吉克的铁米尔别克，
看他们到何处藏身，向何处逃命？
他们的后退之路，

所有的山口早已被我们封锁占领。

“假如他们有较量的勇气，
就请前来拼搏交锋。
我谅他们没有这样的勇气和力量，
无法从我们手中逃生。
如果他们不自量力坚持对抗，
定叫他们鲜血流干，断头丧命。

“如果铁米尔别克束手就擒，
我们可以饶他一命。
如果他死心塌地紧跟卡勒玛克人，
我们就会把杜尚别城踏平。

“我的话你要牢记在心中，
回去转告你的首领，
不要遗漏不要走样。
我的话已经说完，
现在该你说出你们的情形。”

“我知道了你名叫巴克特拜，
我想把这里的情况告诉你。
乔云阿勒普和铁米尔别克，
正在加紧准备，与各个部落联系。

“呼罗珊的达比塔依，
和柯尔克孜人夙有仇怨。
卡勒玛克送给达比塔依公驼一百峰，
连同驮载的茶叶和绸缎。
还有卡拉卡勒帕克、土库曼，
巴攘、尚卡依和居达、节迪盖尔，
也作为他们出兵的报酬和礼品。

“假如达比塔依自己不来，
他会派凯斯莱提带兵出征，
他是天下少有的英雄，
没有人能够从他手中逃生。

凯耐尼木和你巴克特拜，
你们没有力量与他争雄。

“伊斯番的阿恰汗，
力大无比英勇善战。
在呼罗珊、阿富汗、印迪斯坦，
无不受到百姓们的盛赞。
乔云阿勒普为了拉拢阿恰汗，
为那里准备了一百八十峰骆驼，
连同驮载的货物一起奉送。

“再说铁米尔别克和阿恰汗，
还有舅舅与外甥的血缘关系。
达比塔依和阿恰汗，一定会前来支援。
柯尔克孜人，请你听我规劝，
不要逞能，请赶快撤兵回返。

“他们向两地各派去了五名信使，
规定了三天到五天的期限。
现已过去了几天时间，
信使们很快就要回返。”
奇尼拜不慌不乱毫不保留，
把前因后果来龙去脉讲了一番。

巴克特拜将巡逻兵集中起来。
为了防备他们逃跑，
将他们的马缰缠绕在马脖颈上，
把他们捆绑在各自的马背上面。
让奇尼拜手持套马杆，
将他们押送驱赶。

巴克特拜将俘获的人马，
全部押送到凯耐尼木面前。
将了解到的敌人的情报，
详细禀报，十分周全。
凯耐尼木耐心地听完，
做出了明确的判断：

“巴克特拜，就按你的想法去办！”
他给巴克特拜这样授权。

加勒格再克的儿子巴克特拜，
足智多谋善于随机应变。
他看好一个有水的地方，
让兵马安营在水边。
对俘虏的巡逻兵，
全部用手铐脚镣羁绊。

队伍在此休整了两天，
他挑选了几名机灵能干的青年，
派遣到各个路口，
将通往呼罗珊和伊斯番的道路查看。

乔云阿勒普和铁米尔别克的信使，
陆续从远方回返，
两天之内全部落到他们的手里面。

信使们交代了全部情况：
“过完了今年的冬天，
援兵到来就在明年的春天。”

又过了一天时间，
巴克特拜释放了信使和巡逻兵，
让他们把这里的见闻，
如实向汗王禀陈。

被释放的信使和巡逻兵，
个个吓得冷汗一身，
此时如同麻雀一般，
叽叽喳喳飞快逃奔。

自命不凡的奇尼拜，
回去将所见所闻这样禀陈：
“乔云阿勒普和铁米尔别克汗王，
你们福星高照，威名远扬。

我奇尼拜是你们的奴仆，
我把你们的威严，
在他们面前炫耀了一番。
他们听到你俩的威名，
吓得不敢继续向前。

“他们在那里驻扎了两天，
正巧遇到信使回返。
他们听到外援的消息，
顿时惊恐万状，魂飞魄散。
他们感到自己是前来送死，
犹豫不前愁眉苦脸。
柯尔克孜人若不是心虚害怕，
就不会如此这般。

“以前我们经常听说，
凯耐尼木的各种传言。
据说凯耐尼木无论在哪里，
都是单枪匹马，独自征战。
他被称为黄脸死神，
常常打败对手凯旋。

“这次他和巴克特拜为伴，
率领四万五千五百人马，
士气低落步履艰难。

“只有巴克特拜得意扬扬，
指挥队伍将人马调遣。
凯耐尼木如同行尸走肉，
神态低迷默默无言。”

乔云阿勒普听后怒气顿生：
“噢咿，奇尼拜，
你油嘴滑舌，巧语花言，
休想用谎话把我欺骗。
你像狐狸一样狡猾善辩，
今日你休想从我手中逃窜！

你与巴克特拜亲密交谈，
不但说出了巡逻的事情，
而且泄露了信使的全部秘密，
你这样做究竟为了哪般？

“柯尔克孜没有能耐，
听到我的英名肯定畏缩不前。
得到了你提供的情报，
巴克特拜诡计多端，
派人到路口守了两天，
将我们的信使截获盘问。
得知援兵要在明年春天出发，
他们的惊魂稍微安稳一点。

“夏勒克玛特和克克玛特，
做事从来缺乏心计，
结果一同丧命归天。
只有像我这样神机妙算，
才能安然无事，有备无患。”

乔云阿勒普说完这些话，
命人将奇尼拜严加拷打审问，
打得他直喊冤屈叫苦连天。
恰巧就在此时，
从和阗、罗布泊逃回的人，
来到他们面前。
乔云阿勒普和铁米尔别克，
见此气急败坏心慌意乱。

好汉奇尼拜抓住说话的空间：
“乔云阿勒普，我遗忘了一点，
我还有话要对你说：
卡勒玛克和康阿依人，
组成一万五千人的大军，
由五位英雄率领，
前来把你支援。
交达尔和阔祖别克，

将他们围困在其木坎特山里边。

“试问你和铁米尔别克：
玛纳斯的子孙后代，
白毡帽的柯尔克孜人，
何时曾在敌人面前畏缩不前？

“乔云巨人，你不过是来塔吉克避难，
不要过分嚣张！
你乞求呼罗珊支援，
你哀求伊斯番帮忙。
你不要在这里气势汹汹大声叫喊，
看看自己到底有多大力量。”

为了乔云阿勒普的脸面，
铁米尔别克跑过来，
装模作样地将奇尼拜抽了几鞭。

奇尼拜等到傍晚，
假装逃回自己的家园。
连夜投奔柯尔克孜那边，
和巴克特拜见面。
奇尼拜的左邻右舍，
一共有一百八十户家人。
他们都和奇尼拜一起，
逃奔到了塔什库尔干。
从那时起，
一直在那里安居乐业繁衍生息，
再没有回到杜尚别那边。

大耳朵乔云阿勒普，
叫来铁米尔别克商议：
“我是康阿依人，
你是塔吉克人，
前来进犯的凯耐尼木，
是我们共同的强敌。

“凯耐尼木踏遍山川丘陵，
占领了所到之处的土地。
凯耐尼木挥舞刀枪，
征服了所到之处的部族。
凯耐尼木嗜血成性，
吸尽了对手的鲜血。
凯耐尼木奴役百姓，
杀死了和他较量的英雄。

“身穿铁制铠甲的夏勒克玛特，
身挂铜制护胸的克克玛特，
接连被他杀死在沙场。
只要我们俩并肩战斗，
凯耐尼木就无法活着返回家乡。
伊斯番和呼罗珊人，
也不会让柯尔克孜人逃亡。

“我们要和他单打独斗，
面对面地厮杀较量。
假若能把他刺翻在地，
我俩就将白毡帽的柯尔克孜瓜分，
将他们作为我们的终生奴隶。

“假若我们被他打败，
我们就用智谋将他算计。
在隘口挖下陷坑伏击，
撒下铁网把他们捕捉进网里。
假若我们的计谋全都落空，
就向呼罗珊和伊斯番逃去。”

这时铁米尔别克反驳：
“大耳朵乔云，
你竟敢痴心妄想口吐狂言，
你的想法令人费解。
还没有和敌人拼杀，
你就产生逃命的邪念。
我会奋勇杀敌，

我决不做逃兵，
还要勇敢出击，
把凯耐尼木捆绑着拖回家。

“我和柯尔克孜人，
本无兵戎相见之理。
自古以来作为阿拉什人，
六十个部落和睦相处没有怨仇。
造成现在这个局面，
是你把我拉进了死亡的境地。
但你不要以为我在反悔，
说出的话像射出的箭不能回头。

“假若我死在柯尔克孜手中，
柯尔克孜和塔吉克两个部族，
就会结下不解的怨仇。
那将留下后患无穷，
一直到世界的末日。
双方为报仇雪恨，
相互残杀没有尽头。

“我的独生子阔克波茹，
一旦长大成人就会跨马出征，
一定会去和他们刀枪相见。
柯尔克孜人也不会无主，
更不会畏缩不前。
两个部族兵戎相见，
无辜的民众就会鲜血流淌，
阿拉什部族也会骨肉相残。

“事已至此不能反悔，
我们不要在此胡扯闲谈。
快准备好武器装备，
细心鞴好战马鞍鞯，
以防交战时摔下马鞍。”
看到乔云听不进逆耳忠言，
铁米尔别克转身走出房间。

大耳朵乔云阿勒普不知所措，
张大嘴巴打着哈欠，
犹如失落的公驼惆怅不堪。

巴克特拜怒杀木萨罕

翌日黎明，
当天边出现鱼肚白的时候，
大耳朵乔云阿勒普，
就把兵丁们叫醒。
他命人擂响战鼓，
震耳欲聋的鼓声在空中回荡。
他又命人举起战旗，
大声叫嚷催促士兵上马。
是死神揪着他的衣领，
迫不及待地将兵丁拖入死亡。

大耳朵乔云这个畜生，
率领卡勒玛克人倾巢出动。
战旗在空中高高飘扬，
战鼓声声雷鸣般轰响。
铁米尔别克率领塔吉克人，
自成队伍独立行动。

在乔云阿勒普的队伍中，
有三位有名的英雄。
其中的一位名叫巴德拉，
无人敢与他争雄。
他在铠甲之上披着红色斗篷，
策马扬鞭奔上战场。

巴克特拜手下的苏云，
他战功赫赫人人称颂。
他策马挺枪上阵迎战，
面带阳光一样的灿烂笑容。

巴德拉和苏云相逢，
阵中响起阵阵呐喊声，
两位英雄挥舞矛枪发起进攻。

野兽般的巴德拉，
吼声如同闪电雷鸣，
面对苏云使出全身力气猛冲。
苏云经历过多次战争考验，
并没有把巴德拉放在眼中。

面对直冲而来的巴德拉，
英雄苏云满脸怒容。
他脸色阴沉犹如乌云一片，
忽而又像熊熊的火焰，
忽而又像暴风雨把大地席卷。
英雄苏云足智多谋，
面对强敌出手稳健，
奋不顾身拼杀向前。

两位英雄你戳我挡，
打了一个回合互不相让。
他们在战场上纵横驰骋，
暗自揣摩对方的破绽。
他们发出惊天动地的呐喊，
不惜生命相互追撵。
两匹百里挑一的骏马，
身后扬起滚滚的沙尘。
他们怒目相视，两眼圆瞪，
瞅准战机，戳出矛枪。

他俩全身都裹着铁衣没有缝隙，
戳来的矛尖无法击穿。
战斧落到头盔上面，
犹如碰到石头反弹到一边。

他们一直激战到傍晚，
各自向自己的阵营回返。

除去巡逻兵和侦察兵站岗放哨，
其他人一律入睡待天明再战。

东方发白天色已亮，
战鼓阵阵号角吹响，
兵丁蜂拥跨马奔向战场。
巴德拉走在队伍的前面，
他高喊着布尔罕的口号，
扬鞭策马冲上战场。

他的气焰比昨天更加嚣张，
他骑着白鬃黄色骏马，
马尾打结翘着向上。
他在铠甲外面，
又套上了奥勒波克战袍。
他手握锐利的长矛，
矛尖闪耀着燃烧的火光。
他不惜自己珍贵的生命，
把生命系在一根鬃毛上。

苏云勇士策马上阵，
面对凶恶的卡勒玛克人，
毫不畏惧沉着冷静。
他高呼玛纳斯的名字，
发出震耳欲聋的吼声。
他胯下的黄色骏马，
蹄下卷起的滚滚沙尘，
如同云雾弥漫在天空。

英雄苏云发起了猛烈进攻，
巴德拉策马迎战，
他挥枪挡开了苏云的矛尖。
身经百战的英雄苏云，
如同鹰隼般敏捷矫健。
他避开巴德拉的正面，
向他的侧面回转。
苏云冲到大山般的巴德拉跟前，

刺出的矛枪对准他的腰间。
矛尖刺透了铠甲，
战袍被戳成碎片，
巴德拉的肾脏被刺穿。

巴德拉的腰部伤口裂开，
鲜血从裂缝中喷溅。
这个卡勒玛克人两眼昏黑，
惊慌失措，已无力再战。

英雄苏云再次冲上前，
将这头高大的野兽，
一枪从马背上刺翻。
巴德拉如同大山崩塌，
一头扎进泥土里面。

卡勒玛克还有一名英雄叫塔坦，
他比巴德拉更强更勇敢。
大耳朵乔云阿勒普对他也很赞赏，
夸他和自己的力量相当，能征善战。

这个狂妄的蠢货，
得到夸奖得意扬扬，
他走上阵就像移动的半座大山。
他挥拳击向岩石，
坚硬的岩石立刻变成碎片。

他手握着沾血的长矛上场，
凯耐尼木也感到他气势非凡。
塔坦冷酷得像凛冽的寒风，
双眼喷射着寒光。
胯下的坐骑是千里马，
如同飞鸟凌空飞翔。
马蹄踏过的石头，
都变成粉末飞扬。
他高呼康阿依的口号，
朝着苏云勇猛冲上。

柯尔克孜人的猛虎苏云，
稳如泰山，毫不惊慌。
他高呼着玛纳斯的口号，
挥舞着带棱角的长矛相迎。
长矛戳来用长矛抵挡，
一个接着一个回合较量。
一个是卡勒玛克好汉，
一个是柯尔克孜英雄，
在生死场上相逢，
毫不相让激烈交锋。
从晌午斗到傍晚，
毫不松懈，争斗不停。

他俩高高地挽起袖子，
不惜使出浑身的力气，
紧紧揪扯对方的衣襟，
你推我搡扭打在一起。
他们犹如盘根错节的树根，
相互纠缠，难解难分。
奥勒波克战袍和铠甲，
经不起撕扯变成碎片。

英雄苏云越战越勇，
他举起战斧向对手砍去，
不料用力过猛，
战斧的把柄突然断裂。
当他抓取长矛的瞬间，
被凶恶的敌人抓住战机。

这个黑心的卡勒玛克，
用带血的锋利矛尖，
戳中了苏云腰间的软肋。
英雄苏云腰间绽开裂口，
他双脚脱镫臀部离开马鞍，
从黄色骏马的背上摔到地面。

看到英雄苏云掉下马背，
巴克特拜刻不容缓。
他驱动扣子耳朵的深棕色骏马，
如同与旋风比赛一般，
又如冰雪融化暴发凶猛的山洪，
未等塔坦出手就赶到跟前，
救起了负伤落马的苏云。

让人救走了败阵的对手，
对英雄来说是一种耻辱。
塔坦难以忍受怒不可遏，
这个畜生策马如飞，
向巴克特拜紧追不舍。

巴克特拜护送着苏云，
返回柯尔克孜的阵营。
掉转马头转身迎敌，
他义愤填膺，怒容满面。
巴克特拜愤怒的面容，
人们都不敢抬头观看。

面对直冲而来的塔坦，
他敏捷地拨开了戳来的矛尖。
有多少像塔坦这样的巨人，
被巴克特拜击毙归天。
此时巴克特拜气愤至极，
他对准塔坦的后背，
狠狠刺出矛尖，
塔坦从马背上滚落地面。

康阿依的勇士萨拉甫，
急忙策马扬鞭前去救援。
为了保住塔坦的脑袋，
萨拉甫直冲到巴克特拜跟前。

塔坦想重新爬上马鞍，
用惊恐的目光扫视四面。

他无力抬脚踏上马镫，
只有胸脯紧贴在马背上。
他绝望地大叫大喊，
丢了头盔的光头不断地摇晃。
巴克特拜瞄准了塔坦的颈椎，
这是他要命的地方。
巴克特拜对准塔坦粗壮的脖颈，
顺着坐骑的冲劲狠狠戳出一枪。
颈椎被击碎成三十几块，
塔坦当场毙命身亡。

前来救援的萨拉甫，
未能让塔坦逃脱死亡。
萨拉甫怒不可遏火冒三丈，
掉转马头将巴克特拜追上，
使出全身力气猛击一枪，
将他从骏马背上戳翻。

阿特克尔是阿勒班[①]柯尔克孜，
阿吉巴依氏族是他的根，
他是柯尔克孜的后裔。
他急忙策马冲了过去，
不顾一切救援巴克特拜，
用矛枪与大山般的萨拉甫拼杀。
他冲过去刺了一枪，
回转身又刺了一枪。

大山般的萨拉甫，
转身回头，怒目圆瞪。
他调整好手中的长矛，
刺向阿特克尔英雄的腰间。
被萨拉甫的矛枪戳中，
阿特克尔落下马鞍。

加勒格再克的儿子巴克特拜，

① 阿勒班：克普恰克部落的一个分支。

对自己的生命毫不吝惜。
他再次跨上深棕色骏马，
冲上去向萨拉甫刺出矛枪。

阿特克尔抓住这个时机，
跃上灰色骏马，
头也不回撤出战场。

巴克特拜和萨拉甫再次交锋，
双方一心想让对方丧命。
两人挥舞着带血的长矛，
不遗余力地拼杀不停。
战场上空尘土弥漫，
滚滚升腾飞上青天。
空中无云却天昏地暗，
放眼四处观看，
模模糊糊一片难以分辨。

萨拉甫和巴克特拜激战，
呐喊声在天空回旋。
刀枪相撞铿锵作响，
迸出的火花将大地照亮。
他们怒吼着使出全身的力量，
挥动长矛戳向对方。

矛尖击中护胸，
发出叮当声响。
战斧劈向头盔，
噼里啪啦作响。

他们挥舞战刀相互劈砍，
他们显示出巨龙般的气势，
战场上扬起滚滚尘烟。
他们忽而转向右边，
打仗时怒气冲天。
忽而转向左边，
战术娴熟，身手不凡。

铠甲被打得破烂不堪，
战袍被撕成碎片。
系在腰间的几股铁链，
也全都被揪断。
雀眼网状的铜铁护甲，
撕开裂缝，残缺不全。

大地被踏出了裂痕，
岩石被踩成了碎片。
脚下脆弱的石灰石，
早就化为尘埃四处飘散。
多年的芨芨草被连根拔起，
埋在地下的巨石被踩踏露出地面。
战场中央变成了盆地，
踩出的泥土堆积如山。
山包被夷为平地，
不要说交战的人，
脚下的大地也遭受了苦难。

夜幕降临，天色已晚，
双方收兵回营休战。
翌日清晨又在战场上见面，
巴克特拜和萨拉甫继续交战。
两人见面刀兵相见，
谁也不提什么条件。
他们挥舞长矛对刺，
怒吼着冲到对方面前。

举起铁锤猛捶猛打，
对准对方的头顶上面。
两位英雄身穿战袍铠甲，
忘我拼杀越战越酣。
双方的兵丁都是男子汉，
个个看得发呆忘记了吃饭。

萨拉甫看准机会发起攻击，
他的怒吼声震动大地。

这个怒吼的卡勒玛克，
举矛刺中了巴克特拜。
巴克特拜摔落马背，
一头扎进泥土里。

注意观察的阿特克尔，
驱马飞驰到萨拉甫面前，
巴克特拜得救骑马返还。
萨拉甫怒不可遏，
他降下了难以承受的灾难，
将吼叫着冲来的阿特克尔，
一枪从马背上刺翻。

柯尔克孜的阵营之中，
有一位叫巴尔塔的英雄。
敢与他争高低的人，
无不被他压倒。
敢与他结怨的仇人，
无不被他打败。
巴尔塔参加过多少次决斗，
没有人能够把他战胜。

巴尔塔平时就穿双层战袍，
他一人能打败五千敌兵。
他身材高大魁伟强壮，
在远处就能吸引人们的目光。

他催动坐骑向前猛冲，
紧握着锋利的矛枪。
他高呼着玛纳斯的口号，
朝着大山般的萨拉甫，
毫不犹豫发起猛攻。

萨拉甫不让巴尔塔击中，
将戳过来的长矛用力拨向空中。
萨拉甫向巴尔塔反攻，
他刺出的矛枪没有戳空。

英雄巴尔塔，
从马背上翻滚落入了泥土之中。
不等巴尔塔起身，
萨拉甫又刺中一枪。
马下的巴尔塔英雄，
心脏被戳鲜血喷涌。

塔巴勒德是柯尔克孜英雄，
他住在塔拉斯草原，
是六千户人家的首领。
他见巴尔塔不幸阵亡十分心痛，
主动策马向前与萨拉甫拼争。
他以为萨拉甫没有多大本领，
他骑着枣红色高头大马，
浓密的马尾翘向天空，
他不顾一切直向前冲。

此时战场上风起尘涌，
猖狂的卡勒玛克萨拉甫，
他身上沾满了巴尔塔的鲜血，
策马迎战塔巴勒德，
妄图像对巴尔塔一样将他刺中。

塔巴勒德和萨拉甫交战，
两个人怒火中烧咬牙切齿，
恨不能将对方的鲜血喝干。

他们挥舞着手中的矛枪，
奋不顾身拼命较量。
就像傍晚的打铁匠，
脸色铁青，满脸灰尘。

不等对方的矛枪戳中，
用力拨开戳来的矛尖。
他们大声高呼呐喊，
震得黑色大地出现了裂缝。

到了下午时分，
萨拉甫将塔巴勒德，
突然从马背上刺翻。
为了救助塔巴勒德脱险，
库突凯驱马赶到跟前。

库突凯一到跟前，
萨拉甫就将他刺翻在地。
塔巴勒德和库突凯，
一个接一个毙命归天。

巴克特拜的队伍中间，
有一个英雄叫乔勒番拜。
他身强力壮，充满活力，
如同燃烧的烈火一般。
他的岁数在三十五到四十之间，
正是风华正茂之年。
他双腿修长，胸膛宽阔，
有大力士的伟岸雄姿。

乔勒番拜胯下的坐骑，
是人称卡拉苏尔的骏马。
此时英雄乔勒番拜，
不断高呼着玛纳斯的名字。
祈求英灵保佑他的后裔，
勇敢地向敌人发起攻击。

萨拉甫不把乔勒番拜放在眼里，
还想像对塔巴勒德、库突凯和阿特克尔一样，
妄想一枪就将他刺死。

乔勒番拜没等萨拉甫的矛枪戳出，
催马从他的旁边擦身而过。
乔勒番拜头也不回，
策马径直向前跑去。
萨拉甫回头猛追，

乘势将矛枪戳出。

卡拉苏尔骏马自从幼年，
就受乔勒番拜调教训练。
当猛扯缰绳的时候，
它就会立刻趴下去。
就在矛尖戳来的瞬间，
乔勒番拜猛扯缰绳，
卡拉苏尔马原地趴下不动。

奴隶[1]萨拉甫来势凶猛，
无奈扑了个空。
不等他掉转马头，
乔勒番拜紧跟后面追赶。
只见萨拉甫的头盔，
已经掉到了脑袋后面，
你看，此时乔勒番拜，该怎么办？

乔勒番拜看准萨拉甫的后脑发辫，
毫不犹豫挥动了手中的利剑。
手起刀落劈向对手的耳朵上面，
萨拉甫的头盖骨飞出很远。

乔勒番拜的英勇表现，
赢得在场将士们的齐声称赞。

乔勒番拜就在当天，
将萨拉甫和五个对手全歼。
直到晌午时分，
乔勒番拜扭转了战场上的局面。

卡勒玛克损失惨重，
他们的阵营无人应战。
塔吉克派出了木萨罕，
他仅次于铁米尔别克，

① 奴隶：这里的“奴隶”是对萨拉甫的仇恨、敌视、诅咒。

是塔吉克杰出的英雄好汉。

乔勒番拜和木萨罕，
素不相识，初次见面。
敢于上场决斗的勇士，
都把个人的生死抛在一边。
他们面对面开战，
只想着将对方打败，
谁都不想被对方刺翻。
他们各自将玛纳斯和铁米尔的口号高喊，
他们交战的雄姿，
让围观者眼花缭乱。
他们犹如凶神恶煞一般，
横眉怒目杀气冲天。

木萨罕高声吼叫，
呼喊着铁米尔别克之名。
他的喊声接连不断，
仿佛要摧毁所有的生命。

乔勒番拜毫不畏惧，
双眼紧盯着木萨罕。
他使出全身力气，
把玛纳斯的名字高声呼唤，
把矛枪对准木萨罕，
发起猛攻冲到对方的面前。

木萨罕眼明手快，
用力拨开乔勒番拜戳来的矛枪。
当乔勒番拜擦身而过之际，
朝着他的软肋猛击。

乔勒番拜的铠甲，
被锋利的矛尖刺穿。
如同鞭把粗的一股鲜血，
从他的腰间往外喷窜。

深棕色骏马驮着乔勒番拜，
转身往回飞跑。
犹如飞鸟一般飞驰，
犹如飞石一样飞旋。
不等木萨罕追上，
他就回到了柯尔克孜的阵地。

英雄苏云包扎好伤口重新上阵，
接住了骏马的缰绳。
苏云将乔勒番拜送回军营，
转身手持长矛拦住了木萨罕。

木萨罕和苏云激烈交战，
两位英雄越战越酣。
面对死亡决不畏惧不前，
矛枪在激战中折断，
战刀已砍成碎片，
战斧裂开分成两半。

他们脚踏马镫身体直立，
赤手在马背上互相撕扯。
当快要被对方拽下马鞍的时候，
紧紧将马鬃抓在手里。
双方都赤手空拳无法交战，
同时向自己人打手势发出暗示，
让将士们送来新的兵器。

双方再次投入拼死的战斗，
不停地驱马向对方冲击。

在场观战的人们，
被刀光剑影弄得眼花缭乱。
交战者谁生谁死，
结局很难断定。

两位英雄汗流浃背，
汗水如雨水湿透了地面。

揪扯着对方的衣领，
也无法将对手拉下马鞍。
衣扣一个不剩全部揪断，
身穿的铠甲和护胸，
从针脚处撕裂成碎片。
他们的身体无遮无掩，
赤裸裸地暴露在外面。

苏云的胡须在风中飘动，
他咬着牙硬着头皮。
他使出了全身的力气，
累得双臂无法举起。
他双手握不紧兵器，
浑身上下大汗淋漓。

木萨罕却抖擞精神，
浑身充满了力气。
木萨罕清楚地知道，
苏云已经筋疲力尽。

木萨罕心中这样盘算：
“除了巴克特拜之外，
没有人能和我势均力敌。
苏云摇晃着又粗又短的身躯，
已经和我搏斗了几天时间，
我要砍下他的头颅，
那时巴克特拜会猫着腰冲来，
我要让他们一起死亡。
我要当面羞辱凯耐尼木，
为我死去的同胞报仇雪恨。”
木萨罕妄自尊大痴心妄想，
做梦似的在心中这样思量。

木萨罕看见苏云已经筋疲力尽，
已无力拨开戳去的矛枪。
木萨罕气焰嚣张，
居高临下地刺出矛枪。

苏云勇士被矛枪击中，
从马背跌落在地上。

巴克特拜见此心中十分焦急：
“苏云筋疲力尽被打翻在地，
凶残的木萨罕，
就要把他的头颅砍去。
决不能让苏云死去，
我必须火速前去救急。”

巴克特拜鞭策圆扣子耳朵骏马，
深棕色骏马收紧双耳甩开四蹄。
巴克特拜手握锋利的矛枪，
奋不顾身把木萨罕阻挡，
救出了落马的苏云返回营帐。
巴克特拜高呼着玛纳斯的英名，
向木萨罕发起猛烈的进攻。

木萨罕未能杀死苏云，
他一时乱了方寸。
怒气冲天的巴克特拜，
使出了全身之力，
从木萨罕的背后猛烈一击。
大山般的木萨罕，
滚下马鞍面朝土地。

就在木萨罕滚落地面的瞬间，
铁米尔别克并没有袖手旁观。
他胯下的铁青色骏马，
也是出类拔萃的好马良骏。

他催动着铁青色骏马腾空跃起，
大有踏平一切的气势，凶猛至极。
他手中的长矛呼啸作响，
他身后的多吾勒巴斯战鼓，
也在风中响起。
这个该倒霉的家伙，

飞速冲向巴克特拜。

加勒格再克之子巴克特拜，
犹如死神一般刻不容缓。
他根本不顾铁米尔别克的冲击，
也不顾自己的危险，
紧盯着趴在地上的木萨罕。

木萨罕正挣扎着想要站起，
巴克特拜的狼舌矛尖，
将木萨罕的颈脊刺穿。

就在此时铁米尔别克赶到，
向巴克特拜戳出了矛枪。
圆扣子耳朵骏马机敏灵活，
它见景急忙闪身躲向一旁，
铁米尔别克的矛枪刺向空中。

正当铁米尔别克擦身而过之际，
巴克特拜抓住战机。
他催动着深棕色骏马，
矛尖对准铁米尔别克的肩背戳了出去。
矛枪戳中了铁米尔别克的肩膀，
可惜未能把他戳翻在地。

铁米尔别克毫不在意，
他把巴克特拜，
看得比自己的裤脚还低。
他觉得巴克特拜没什么了不起，
根本就没把他放在眼里。

铁米尔别克是塔吉克人的首领，
他勇猛强悍，身手不凡。
他力大无比是位英雄，
他的英雄气概非同一般。

他掉转马头再次交锋，

凶狠地戳出矛枪。
矛枪与矛枪相撞，
多少次被对方的矛枪拨到一旁。

铁米尔别克心中盘算：
“我确实有失体面，
和一个冒失少年交战，
这样有损我的尊严。”

想到此铁米尔别克怒气冲天，
他策马凶猛地冲锋向前：
“你就是一座大山我也要把你吞噬，
今天我决不放过你，
我要一枪让你滚下马鞍！”

巴克特拜转身迎战，
铁米尔别克拨开他的矛枪。
他一心想吞没巴克特拜，
从正面进攻更加疯狂嚣张。

他将坐骑贴近地面冲击，
向巴克特拜狠狠戳出矛枪。
雏鹰巴克特拜不幸背运遭袭，
臀部中枪，鲜血流淌。
他弓着腰身落下马鞍，
两只手支撑在地上。

凯耐尼木见此立即前去救援，
就在眼睛一睁一闭之间，
他疾驰如飞赶到了跟前。
他一把抓住巴克特拜的肩膀，
拉上圆扣子耳朵骏马的马鞍：
“去吧，英雄，赶快走，
快回柯尔克孜军营避过此难。”
凯耐尼木救起了巴克特拜，
转身与铁米尔别克交战。

凯耐尼木大败铁米尔别克

铁米尔别克开口大喊：
“我正要砍下那少年的头颅，
你从哪里冒出来将我阻拦。
快快通报你的姓名，
铁米尔别克不杀无名之辈！”

“我的名字叫凯耐尼木，
我就是死神萨日克，
来自坎阔勒塔拉斯。

“你应该知道过去的事情：
当年朵汗占领了阿拉尼克，
巴努斯汗占据了塔什干，
阿牢开盘踞在纳伦，
肖茹克统治着萨热阿尔卡，
朵略斯汗抢占了塔拉斯，
将那里改名为阔托略克。
大空托依侵占了阔克奥依墩，
巴迪阔勒抢夺了恰木布勒达坂，
卡勒达依吞并了喀什噶尔，
这些人都是康阿依的子孙。

“在巴达克、巴勒克、布哈拉，
巴格达和埃及一带，
他们为所欲为，罪恶滔天。
凡是华丽暖和的长袍由他们穿着，
凡是美丽的姑娘任他们挑选，
凡是优良的骏马任他们乘骑，
他们所有的开销都由百姓承担。

“六十个部落的阿拉什，
卡拉卡勒帕克、土库曼人，
塔吉克和卡勒恰人，
还有许多部族的人，
被卡勒玛克人弄得四分五裂，
沦为他们的奴隶把苦难受尽。
一年四季不论春夏秋冬，
强迫百姓砍柴服役从不间断。
听说柯尔克孜将要生出玛纳斯英雄，
他们对柯尔克孜妇女大肆杀害，歹毒凶残。

“自从玛纳斯出生长成，
自从玛纳斯英雄事业成功，
汗王们摆脱了卡勒玛克的奴役，
获得了自由解放平等，
管理着自己的部落民众。

“巴达克、巴勒克和杜尚别，
整个塔吉克都在你的领地之中。
如今你却听从卡勒玛克人的差遣，
挥着战刀与我们作战交锋。

“你为什么这般鬼迷心窍？
这样的作为实在情理难容。
你要想一想过去的事情，
你是怎样成为部族的首领。
假若你今天被人愚弄，
到头来你的下场很难说清。

“你今天要做柯尔克孜的敌人，
要与柯尔克孜对抗交锋，
凯耐尼木不会缩头退让。
你要理解我对你的忠告，
千万不要轻举妄动，
否则你的死期就在眼前。”

铁米尔别克是塔吉克的首领，
他喘着粗气张大鼻孔：
“你说玛纳斯给了塔吉克平等，
这话是什么意思我听不懂。
难道有人见过，
塔吉克人曾经离乡背井？

“难道除了塔吉克人，
谁曾征服过巴达克山，
还有巴勒克和杜尚别这片崇山峻岭？

“难道自古以来有谁呵护过塔吉克人？
是我们自己安居乐业欢畅地生存。
难道自古以来有谁始终观察着这个世界？
风云变幻纷争不停。
难道你知道更多的事情，
难道你比我的见识更广？
难道如今我变得糊涂黑白不分，
难道我被卡勒玛克蒙骗是非不明？

“凯耐尼木啊，
假如你被卡勒玛克吓破了胆，
假如你内心恐惧魂飞魄散，
那你就不要隐瞒，
也不要夸耀玛纳斯为自己壮胆。

“那些大喊大叫的卡勒玛克人，
我可以不让他们向塔拉斯进军，
我可以不让你们遭受任何摧残，
我可以让他们从这里收兵返还。”

铁米尔别克盛气凌人，
满嘴都是对凯耐尼木的教训。
以为自己在此称霸一方，
说出了这一番疯语狂言。

英雄凯耐尼木听了并未生气，

反倒对他劝导了几句：
“铁米尔别克，你听我说，
你们之所以称为塔吉克，
这个称呼不是无根无据。
你可知塔吉克何时成为独立的部落？
你又何时成为与人争霸的英雄？

“当初你们的年轻人，
被迫去为别人种田耕地，
其他人却只能捡拾麦穗维持生计。
你们的儿童和妇女，
被迫到丘陵山坡为人砍柴，
你们自己的老人，
却无柴可烧被活活冻死。

“铁米尔别克，你不要忘记，
你们受卡勒玛克人的侮辱和欺凌。

“当初玛纳斯只有十一岁，
就被推举拥戴为汗王。
他打翻了空托依，
又把肖茹克刺下马背。
卡勒达依、阿牢开仓皇逃命，
朵汗也连夜逃离，
向索克索、索托依投奔而去。
巴努斯汗溃败逃窜，
跑到塔什干避难。
那时哪有塔吉克的地位，
更没有名分可言。

“纳萨拉之子凯尔利夫，
和巴努斯汗狼狈为奸。
英雄玛纳斯前去征讨，
将巴努斯汗一刀处斩。
他战胜了巴迪阔勒，
活捉了喀什噶尔的卡勒达依，
扒下了他身上的官袍，

将他的脖颈砍断。

“东至巴里坤、阿尔泰，
南至和阗、喀什噶尔，
还有六城和安集延，
纳曼干、塔什干、撒马尔罕，
巴达克山、巴勒克、布哈拉，
恰木布勒以内的所有地方，
当时都归玛纳斯掌管。
阿依阔勒雄狮宽宏大量，
给每个部族的汗王和儿孙，
公平地分配了地盘。

“他把茂盛的果园和豪华的宫殿，
连同城市都分给了汗王们掌管。
玛纳斯将巴达克山、巴勒克、杜尚别，
亲手交给你的曾祖父塔比勒迪掌管。
自从那时起，
你们才占有了这些城市和土地。
现在你该知道究竟是谁，
给了你掌管这些地方的特权！

“铁米尔别克啊，
你要立刻回心转意，
你要听从我的规劝！
如果你这个塔吉克人执迷不悟，
如果你扭着头不听我的好言，
一意孤行要走向坟墓，
我会立刻把你成全。
我会折断你的腰杆，
我会叫你的部众哭地喊天，
我会让你失去尊严。
我会把你的城市踏平，
让倒行逆施的卡勒玛克和塔吉克人，
进入自己挖掘的坟墓。
在你们离开这个世界之后，
塔吉克人才会摆脱厄运与苦难？

“我看你们在场的所有人，
都不如骑着黑斑马的哈勒别克聪明。
‘鲁莽行事就会头破血流，
陷害别人就会遭到报应。
有罪之人最终会两手空空。’

“卡勒玛克人心怀叵测，
铁米尔别克，你要听我的话，
悬崖勒马，赶快回心转意！”
凯耐尼木真心实意，
苦口婆心极力规劝。
铁米尔别克执迷不悟，
非要走向死亡的深渊。

铁米尔别克气势汹汹大叫大喊：
“凯耐尼木，你胆怯心虚，
说了许多没用的话语，
我已知道你不敢与我交锋有意回避。
凯耐尼木，你开口就说，
你是玛纳斯的子孙后裔。
凯耐尼木，你不要自以为得意，
那些事情都早已远去。
你引以为自豪的玛纳斯，
并不能和我祖上的英雄相比。”

铁米尔别克怒目圆睁，
高呼着塔比勒迪的大名。
这个塔吉克暴跳如雷，
企图显示自己的威风。
足有六个阿尔申[1]长的矛枪，
在他手中晃动。
大地轰隆隆地颤动。
他像发情的公驼似的咆哮，
泡沫不断从嘴中喷涌。

① 阿尔申：古代柯尔克孜的长度单位，一个阿尔申约70厘米。

牙齿咬得咯咯直响，
双眼喷出火光熊熊。
他挥舞着夺命的长矛，
朝着凯耐尼木猛冲。

高贵的青鬃狼[①]凯耐尼木，
看到铁米尔别克没有听从规劝。
他催动坎库拉骏马，
高呼着玛纳斯的口号，
勇猛地上前迎战。

长矛与长矛相撞，
钢铁与钢铁相击，
碰出的火花四处飞溅。

凯耐尼木和铁米尔别克，
初次交锋后稍作休整。
他们像蛇一样扭动着身躯，
手中的长矛直刺长空。
他们胯下的战马，
不由自主向前猛冲。
他们怒目相视，
又开始了更激烈的交锋。

胸前的护心镜，
被矛枪击中发出清脆的响声。
头上戴的纯钢头盔，
被战斧砍得叮当作响。
英雄们齐声呐喊，
声音在天空回荡。

坎库拉和铁青马，
四蹄踏得大地嗒嗒作响。
马蹄卷起的尘土，
在空中弥漫飞扬。

① 青鬃狼：这里指的是凯耐尼木。

大地裂开了缝隙，
土地都变成灰尘，
地下的石头露出了地面。

钢铁兵器与钢铁兵器碰撞，
针锋相对决不退让。
他们奋不顾身拼命拼杀，
谁也承受不了这样的苦战，
战马的全身都在打战。

当他们在马背拼死拉扯扭打的时候，
坎库拉和铁青马，
也无法将他们分开，
不管在原地如何使劲也迈不开步伐。

他们抽出了战刀，
继续激烈搏斗，
呐喊声击碎了周围山上的石头。
他们早将自己短暂的生命抛在脑后，
根本不顾死亡和断头，
全身心地投入了殊死的决斗。

他们俩都打得筋疲力尽，
连兵器也无法握紧。
他们轮换着使用各种兵器，
僵持不下难解难分。
他们连续拼杀两天两夜，
毫不厌战地激烈交锋。
天黑之后双方回到各自的营帐，
准备第二天再上战场。

他们用毒液浸泡矛尖，
用锉刀锉平卷曲的斧刃，
用磨石把战刀磨得更加锋利，
将弯曲的矛杆用石头压直。
让匠人把撕裂的铠甲缝补，
将破损的头盔精心修理。

火枪里添上子弹，
备好点火的火捻；
给矛杆把颜色重新涂好，
将斧柄加固，安得更加牢固。

第二天日出时分，
多吾勒巴斯战鼓已经敲响。
他们摇晃着手中的矛枪，
催动战马奔上战场。

铁米尔别克在心中思量：
今天要战胜凯耐尼木，
一定叫他马翻人仰。

英雄凯耐尼木和铁米尔别克，
意气风发继续较量。
他们用矛枪互刺，
他们用战斧劈砍。
战袍已撕成布条，
一条条挂在身上。
战袍的纽扣被揪掉，
全部撒落在地上。

他们伸出粗壮的双手，
忽而抓住对方的腰带，
仰着头使劲拉拽；
忽而又扯住对方的衣摆，
压在鞍镫下拖拉。
脚跟不停地磕碰着马肚，
沿着河谷疾驰而下。
有时奔向山坡的羊肠小道，
在半山腰上奋力搏杀。
连续遇到六道沟坎，
他们的战马也会腾跃而过。
遇到高不可攀的悬崖，
他们的战马也能奋起飞跃。

他们忽而下马扭在一起摔打，
谁也未能把对方摔倒。
忽而又拿起长矛，
开始拼杀较量。

塔吉克人铁米尔别克，
用手将头盔压得更紧。
心想不是你死就是我死，
我要冒死拼一个你死我活。

见到铁米尔别克的行动，
青鬃狼凯耐尼木义愤填膺，
他的怒容让人胆战心惊。

吼声如雷的铁米尔别克，
凶猛地戳出了矛枪，
凯耐尼木用战斧反击。
凯耐尼木的打击谁能承受？
铁米尔别克的矛枪，
折断成四十截落在地上。

凯耐尼木收起战斧，
又挥舞着锋利的长矛。
抓住有利的战机，
对准要命之处狠狠戳去。
不可一世的铁米尔别克，
像蓬草一样飞离马背。

铁米尔别克的铁青马，
是匹有灵性的骏骥。
它护卫着铁米尔别克，
一下趴在他的身上，
它用自己的身躯，
挡住了凯耐尼木再次刺出的矛枪。

凯耐尼木顺势冲了过去，

在来不及掉头之际，
铁米尔别克忽地从地上站起，
翻身跃上坐骑。
铁米尔别克举起马鞭，
在头顶上不停地挥动。

见到铁米尔别克挥舞马鞭，
他的部属不会无动于衷。
像甲虫般众多的塔吉克人，
驱动战马倾巢出动。

塔吉克共有三万人马上阵，
顿时枪声大作火花喷溅。
子弹纷飞硝烟弥漫，
战场上一片火光连天。

柯尔克孜人急不可耐，
高呼着玛纳斯的口号请求冲锋。
青鬃狼凯耐尼木，
是胸有成竹的英雄。
他回头向勇士们招呼：
“我的柯尔克孜人，不要冲动，
你们不要盲目上阵。

“我知道你们想为我助阵，
一个不留全部出动。
我们千万不要意气用事，
作无谓的流血牺牲。
他们来了三万人马，
我们不必过于担心。

“巴克特拜、苏云和乔勒番拜，
你们在这里仔细观察严阵以待，
别让他们突破我们的防线。
别让塔吉克人冲杀过来，
让后面的民众遭受战乱。
别让卡勒玛克人蜂拥而上，

给民众降下战争的灾难。

“战场上失去主人的战马，
会拖着缰绳到处乱跑，
你们千万不要去缴获它们。
为了得到一点战利品，
断送了自己的性命。
如果你们的尸体抛在战场，
谁会去冒险认领？

“巴克特拜、苏云和乔勒番拜，
你们要奉命看住我们的勇士不要乱冲。
对那些跃跃欲试的年轻人，
要制止他们的鲁莽行动。”

面对盖天铺地的塔吉克人，
凯耐尼木毫不畏惧迎头往前冲。
他是勇气十足的雄狮，
他是百折不挠、坚韧不拔的英雄。
他挥舞着蓝缨矛枪，
勇敢地冲进敌群之中。

他是顶天立地的英雄，
一杆矛枪能抵挡数万雄兵。
他冲到哪里，
就像钐镰割草一样，
一片片兵丁应声倒地。
他的长矛在空中迎风飞舞，
塔吉克兵丁吓得胆战心惊。

凯耐尼木不用战刀只用长矛，
他不想让无辜的塔吉克兵丁鲜血流尽。
他要以高超的武艺震慑敌人，
让他们睁开双眼，
把英雄的本领看清。

他冲进密集的敌群，

敌人像被山鹰追击的乌鸦，
无处躲藏纷纷倒下。
他冲到下坡的时候，
一次将五六十人击倒趴在地上。

英雄凯耐尼木所向披靡，
被他驱赶冲击的人群，
好像被催眠的绵羊一样，
支持不住纷纷倒在地上。

凯耐尼木矛尖未染一滴鲜血，
兵不血刃驱散了几万大军。
人称黄脸死神的嗜血英雄，
其实是一位仁慈的汗王。

卡勒玛克人没有铺天盖地而来，
没有前来把塔吉克人支援。
铁米尔别克站在一边，
无奈地观察着这个场面。
只见自己的几万大军如潮水般退去，
他不知所措，心中惆怅不安。

“我铁米尔别克自成名以来，
人世间无人能与我匹敌。
今天和柯尔克孜的凯耐尼木相遇，
难道让我的人马就这样一败涂地？”

铁米尔别克心中不服，
再次鼓起勇气。
他手中紧握钢矛，
重新回到战场，
向凯耐尼木发起攻击：
“喂！凯耐尼木，
我铁米尔别克哪一点不如你？
你要说真话，
你何时能与我势均力敌？”

当铁米尔别克冲来之时，
凯耐尼木怒火满腔，
他用力挡回刺来的矛枪，
顺势朝他的腰侧猛刺一枪。
装腔作势的铁米尔别克，
犹如卷边的圆顶皮帽，
又一次从马背飞落在地上。

凯耐尼木抓住战机，
眼看就要逼近铁米尔别克，
不料卡勒玛克人巴塔，
猛冲到凯耐尼木身旁，
矛头向他的腰侧刺了过去。
英勇的凯耐尼木，
受到突如其来的偷袭，
只是歪斜了一下依然在马上挺立。

不等巴塔掉转马头，
乔勒番拜赶到跟前。
称雄逞能的巴塔，
被乔勒番拜一枪刺翻。
乔勒番拜的矛尖，
刺进足有一拃深。

被乔勒番拜刺翻的人岂能有救，
怎能翻身重新站立？
巴塔滚落在地，
从这个世界永远离去。
巴塔是怎样被刺死的，
周围的人看得十分清晰。

铁米尔别克骑着铁青马，
他称雄逞能不自量力。
刚才已被打翻滚落马背，
此时他心中暗自思忖：
“看来我大势已去，
如果继续和他面对面交锋，

今天就是我的死期。”

铁米尔别克心中慌乱，
跌跌撞撞，踉踉跄跄，
绞尽脑汁没有了主意。
他不知所措左右为难：

“凯耐尼木说了许多话，
我没有接受他的好言相劝。
我以为呼罗珊和伊斯番，
永远会做我的靠山，
我徒劳地写去了信函。
我期望的乔云阿勒普，
他并没有把我怜惜支援。

“如果我和凯耐尼木讲和，
他们会以为我被迫就范。
那时伊斯番和呼罗珊人，
会将我的部众烧烤吞咽。

“我要趁早从这里逃命，
不惜花去所有的金钱，
到伊朗去寻求避难。

“可是我听说当年，
伊朗和巴格达被谢尔玛特汗围困，
恰巧让凯耐尼木遇见。
他杀死了谢尔玛特汗，
救了伊朗和巴格达的汗王们，
汗王们对他十分感激。

“如果我现在去伊朗请求避难，
他们不仅不会把我接纳，
反而会把我抓住遣返。
如果惹怒了他们，
还会活活地扒下我的皮那就更惨！

“我还是去投靠卡勒玛克，
安身在他们中间。
我要向乔云阿勒普打听，
我不曾认识的英雄好汉。

“呼罗珊有个英雄凯斯莱提，
如果能把他请到这里，
他能使凯耐尼木筋疲力尽。
达比塔依和凯斯莱提，
阿恰汗和卡姆吐尔，
还有我和乔云阿勒普，
如果六个人齐心协力，
单枪匹马的凯耐尼木，
怎能和我们匹敌！

“缤纷的世界变幻莫测，
人心隔肚皮更难捉摸。
看来他们都为自己的利益奔波，
谁人能与我同舟共济实在难说。

“别看柯尔克孜人当今不可一世，
一旦失去了凯耐尼木这位英雄，
有谁能保卫他们的平安？

“如果我今日离开卡勒玛克，
我的厄运也许可以扭转？
但是我也不能去投奔柯尔克孜，
凯耐尼木不会是我永世的靠山。

“看来我还不能脱离乔云阿勒普，
去投奔别处寻求避难。
我也不能不顾一切为卡勒玛克卖命，
现在我应该退出战场保存实力避免牺牲，
也许这才是我唯一的出路，
看来这就是我的神机妙算。”

铁米尔别克想到这里，

他挥手命人把号角吹响，
给塔吉克人传达了命令：
让自己的人马退出混乱的战场，
迅速回到自己的营帐。
铁米尔别克心有余悸，
他惊恐不安慌慌张张。

他让人马排好队列，
清点剩下的人马数量。
一共一万三千人死在战场，
还有一万七千人没有死伤。
生存的多死亡的少，
他庆幸兵马没有全部灭亡。

英雄凯耐尼木，
不想将塔吉克人大批杀伤。
他使用的是鸭掌头矛枪，
只将敌群打落马下，
并没有让他们的皮肉受伤，
也没有让他们鲜血流淌。

不少人惊慌失措，
自己落马摔伤；
不少人晕头转向，
相互碰撞而死亡；
有些人只是胳膊摔断，
两条腿安然无伤；
有些人手脚完好，
只是头部和眼睛受伤。

柯尔克孜人打扫战场，
将失去主人的马匹全部缴获。
敌人丧失了一万三千兵马，
铁米尔别克仓皇逃亡。

此时英雄凯耐尼木，
吩咐巴克特拜、苏云和乔勒番拜：

“横七竖八躺着的塔吉克人，
活着的多死去的少。
铁米尔别克不讲义气，
丢下他们仓皇逃跑。

“你们是有人性的三位英雄，
要到他们中间逐一查清。
只要发现活着的人，
一个不剩全部收容。
只要能站立行走的人，
押解到这里集中。
那些眼珠还能转动，
但已濒临死亡的人，
也不要把他们随意遗弃。”

三位英雄毫不推脱立刻行动，
到场之后巴克特拜大声命令：
“凡是手脚完好的人，
不要躺着，要站起来前行。
不能行走的伤员，
也不要把头往土里钻，
我们不要你们的性命！”

他们将起不来的人安顿好，
让能走的人在一起集中。
登记完死亡人数之后，
三位英雄返回复命。

根据他们的登记，
死亡刚满五百人。
不能行动的人就有一千，
死亡和重伤一共一千五百人。
自己行走前来集中的，
也有七千五百四十人。
加上重伤员一千人，
总共是八千五百四十人。
还有四千四百六十人，

在这之前已经逃窜不见踪影。
三位英雄给活着的七千五百人，
逐个发放了马匹和衣衫，
释放他们返回自己的家园。

逃命的四千四百六十人，
领头的人名叫吐茹姆。
他将逃出的人召集在一起，
将马匹放在山坡上吃草，
让兵丁们围坐在辽阔的草滩，
他语重心长地向众人讲说：

“过去曾经发生的事情，
我听人们一直这样相传：
当初世界的四面八方，
全都由卡勒玛克人掌管。

“在卡勒玛克人统治的年代，
塔吉克没有地位可言。
他们把柯尔克孜人称为布鲁特，
让布鲁特充当炮灰替自己作战。

“万幸的是雄狮玛纳斯出现，
才把这个罪恶的世界改变。
你们要仔细倾听我说的这些话，
要牢牢记在心间。

“当整个中亚细亚地区，
被玛纳斯收复以后，
他没有把受苦受难的人们忘记，
他给每个部族都带来利益。
他公正地给各个部落分配领地，
同时把他们的首领确立。

“塔吉克中有一位精干的青年，
他的名字叫作塔比勒迪。
他出生在杜尚别，

居住在巴达克山。

“玛纳斯将巴达克山，
还有巴勒克和杜尚别城，
分给塔比勒迪去掌管。
玛纳斯给了他土地，
玛纳斯给了他城堡和草原。
从那时起，
塔吉克人才有了自己的地盘。

“从塔比勒迪算起已经过了三代，
如今铁米尔别克当了首领。
可惜他被卡勒玛克人收买，
如今却成了柯尔克孜的仇人。

“我们出征时有三万人，
现在只剩下一小部分。
塔吉克人由四个部落组成，
其中一个部落就是我们。
这里的四千四百六十人，
是由我率领逃离了险境。

“卡勒玛克的占卜师，
是额让库杜克莫勒多。
他曾与魔王为伴，
他当初这样说过，
‘一直到玛纳斯的第八代，
无人能与他们平起平坐。’
如今这个莫勒多的话已经应验。

“凯耐尼木已是第四代，
不曾有人把他战胜。
铁米尔别克和他较劲，
不可能把凯耐尼木战胜，
只能是自取灭亡。

“他向呼罗珊和伊斯番，

向达比塔依和阿恰汗，
向管理百姓的汗王们，
派人送去了信函。
他送去了一队队单峰驼，
满载着珠宝金银。
要送黄金和骆驼的人，
本应该是大耳朵乔云阿勒普，
铁米尔别克为什么要讨好献殷勤！

“无知的铁米尔别克居然承诺：
‘假如一起战胜了柯尔克孜，
杀死了凯耐尼木，
就把缴获的柯尔克孜的牲畜，
全部奉送给呼罗珊和伊斯番人。’
这个不知深浅的蠢货，
他已被卡勒玛克诱骗。

“这里的四千四百六十人，
你们是幸存的活生生的人。
假如你们觉得我言之有理，
你们就要听从我的主意。
自古就有谚语流传至今：
‘在旅途中也能娶妻生子。’
我们要向阿富汗方向转移，
想方设法维持生计。

“万一柯尔克孜失败，
我们就去把铁米尔别克寻觅。
假如雄狮英雄凯耐尼木，
战胜了卡勒玛克和塔吉克，
我们就投奔凯耐尼木去，
就在那里重建家园求得生机。
我们要像山鹰伸着脖子左顾右盼，
在两强之中寻找靠山。”

在场的四千四百六十人，
一致推举吐茹姆为比官，

充当他们的首领。
吐茹姆在落荒时出任比官，
给自己招来不少麻烦。

吐茹姆将阔卓凯莱迪，
和能言善辩的阿库依，
还有阿塔凯三个人，
把他们叫到面前面授机宜，
派他们去把凯耐尼木拜见。

“我们不去铁米尔别克那里，
假如他知道我们还活着，
还会赶着我们打仗去送死。”

阿塔凯、阔卓凯莱迪和阿库依，
他们抽动着高高的鼻子，
装扮的样子可怜至极。
披星戴月赶到凯耐尼木面前，
向他说明了来意。

凯耐尼木和巴克特拜、苏云一起商议，
为送信者写了信函，
告诉三位送信者：
“你们要把这封信函，
送到交达尔别西木手里面。
杜尚别和塔什米里克，
两地背靠背隔着一座山。
以前也有你们的同胞，
逃到那个地方去避难。
你们只要翻过山，
就能平平安安地，
把自己的妻子和儿女找见。
以后你们就在塔什米里克安家落户，
把塔什库尔干也掌管在你们手里面。”

阔卓凯莱迪、阿塔凯和阿库依，
回到吐茹姆比官面前，

呈上了凯耐尼木的信函。
吐茹姆怀疑凯耐尼木，
使用密语指使交达尔别西木，
给塔吉克人降下灾难。
他打开信件仔细看了一遍，
放心地让阔卓凯莱迪、阿塔凯和阿库依，
前往交达尔别西木面前。

三位信使来到喀什噶尔，
把凯耐尼木的信函，
递交到交达尔别西木手里面。
交达尔把信函仔细地看了一遍，
对阿塔凯、阿库依和阔卓凯莱迪这样开言：
“以前从塔吉克那边，
有不少难民逃难来到这边，
有许多妇女儿童在里面，
他们把摇篮放在马鞍前。
我把塔什米里克、明铁克和奇木干，
划给他们作为安身的地盘。

“现在凯耐尼木让你们来，
你们就可以往那里搬迁，
和先前来的乡亲会合在一起，
共同聚居互相照管。
塔什库尔干是个狭小的河谷，
你们的人口增加以后，
就怕有些拥挤不便。”

他们得到交达尔的同意，
回到吐茹姆比官面前，
详细禀报，十分周全。
吐茹姆带领人马，
沿着帕米尔山脉举部搬迁。

在铁米尔别克逃走后，
还有一千多名幸存的人，
其中包含五百多名伤员。

凯耐尼木并没有伤害他们，
释放他们平安返回。
他们步履蹒跚，一路艰难，
返回到铁米尔别克身边。

他们在自己的队伍里，
只待了两天时间。
经过秘密商量，
一千五百人一起逃窜。

铁米尔别克带人追踪，
半路上把他们阻拦。
铁米尔别克大发雷霆：
“是谁领头逃跑的？
我要把你们斩尽杀完！”

他们在心中暗自掂量：
逃跑了要死亡，
留下也要死亡。
于是横下一条心，
朝着群山峡谷各自逃亡。
来不及进山的人，
被战刀砍下头颅。

逃入深山的塔吉克人，
从此分散在各处躲藏。

这个不甘失败的铁米尔别克，
他不敢与凯耐尼木较量，
他只好躲在军营中休养生息，
心中又在酝酿着新的阴谋诡计。

让我们先放下这一段，
再唱一唱凯耐尼木和乔云阿勒普，
是怎样斗智斗勇反复较量。

铁米尔别克与乔云阿勒普双双毙命

乔云阿勒普死里逃生

看到铁米尔别克躲在军营之中，
塔吉克人不愿继续上阵厮杀，
大耳朵乔云阿勒普，
只好率卡勒玛克人上阵。
他命令鼓手擂响战鼓，
指挥两万六千名兵丁，
盖天铺地向战场反扑。

有个大力士名叫托别依，
他是乔云阿勒普豢养多年的走狗。
托别依晃动着高大的身躯，
从队列中间奔向最前头。

托别依的头颅如同毡房一样大，
眉毛就像两只丧家犬在额头卧趴。
他的牙齿如同饿虎的獠牙，
高大的身躯就像一座铁塔，
臂膀就像梧桐树一样粗大。
他的两只眼睛闪烁着凶光，
鼻梁如同凸现的山梁，
脸庞就像戈壁一样荒凉。

托别依就像一座山冈耸立，
全身不知披挂着多少普特[①]的铁衣和兵器。
他身穿九层护胸和铠甲，
肩背的几个盾牌排列整齐。
只有视死如归的人，

① 普特：柯尔克孜古代计量单位，一普特约等于16-17千克。

才敢与这个心狠手辣的恶魔厮杀。

托别依胯下的坐骑，
是从不冒汗的铁青色千里良驹。
他脸色铁青怒气冲天，
不停地伸出舌头舔着嘴唇和鼻尖。
他手握着锋利的长矛，
狂妄自大地催马向前。

“凯耐尼木就要被他杀死，
布鲁特人将被斩尽杀绝无一幸存。”
乔云阿勒普带领的卡勒玛克人，
为托别依助威摇旗呐喊。

托别依这头疯狂的野兽，
头上紧扣着头盔，
气势凶猛，令人胆战心惊。
他高呼着康阿依的口号，
催马来到战场耀武扬威。

凯耐尼木催动坐骑，
走出了柯尔克孜阵营。
他怒不可遏，满面怒容，
谁都不敢看他愤怒的面孔。

玛纳斯的后代凯耐尼木英雄，
他身披着黄色长袍，里边穿着护胸。
他平时很少这样穿戴，
这身披挂具有特殊象征。
一旦这样披挂上阵，
对任何对手决不留情。

凯耐尼木英雄义愤填膺，
柯尔克孜人心中明白都不作声。
他们全神贯注聚精会神，
满怀信心期待着英雄得胜归来。

托别依和凯耐尼木，
展开了激烈交锋。
卡勒玛克人托别依，
大声喊叫发起进攻。
他冲过来戳出了矛枪，
被凯耐尼木敏捷地挡到一旁。

凯耐尼木并没有立即反攻，
他瞪大明镜般的眼睛，
注视着对手的动静。

托别依紧握手中的矛枪，
一心想把凯耐尼木刺翻。
他抽打着胯下的坐骑，
步步向凯耐尼木紧逼。

当他的矛枪再次戳来的时候，
凯耐尼木没有眨一下眼睛。
他顺手抓住托别依的矛枪，
用力夺到自己手中。
他将夺取的矛枪，
狠狠地甩到岩石上。
长矛与石头相撞，
折断成八十一截散落在地上。

托别依失去手中的矛枪，
恼羞成怒，火冒三丈。
他拿起了狼牙铁棒，
棒头就像一座毡房。
他催动铁尔迭别斯[①]骏马，
挥舞着手中的狼牙棒，
砸向凯耐尼木的头顶。

无所畏惧的凯耐尼木，
他是出类拔萃的盖世英雄，

① 铁尔迭别斯：柯尔克孜语，马名，意为从不冒汗的骏马。

我无法用语言把他形容。

当狼牙棒狠狠砸下来的时候，
凯耐尼木握紧手中的战斧，
从下朝上向狼牙棒猛击。
大如毡房的狼牙棒，
脱出托别依的手飞向天空。
等到狼牙棒飞落的时候，
凯耐尼木不等它落地，
用战斧接连回击，
棒头粉碎散落一地。

气急败坏的大卡勒玛克[①]，
他好像活得不耐烦似的，
又将战刀抽出了刀鞘。
他不顾性命再一次拼死较量，
他手中的战刀闪着寒光，
他的喊杀声在空中回荡。

见到托别依的凶猛气势，
许多人感到绝望。
他的吼声如雷惊天动地，
兵丁们的脑袋也在剧烈震荡。

凯耐尼木先发制人，
挥矛向托别依刺去。
托别依的右臂膀被刺穿，
如同鞭杆一般粗的鲜血，
从伤口不断流淌。
托别依脚下的土地，
被血水搅拌成红色的泥浆。

凯耐尼木将托别依重创，
在场的众多卡勒玛克人，
都觉得陷入了绝境十分惊慌。

① 大卡勒玛克：这里指的是托别依。

大卡勒玛克托别依，
失去长矛、战刀和狼牙棒。
他摸索着战斧斧柄，
受伤的右臂疼痛难当，
已无力举起战斧砍劈，
他索性用左手把战斧举起。
愿上苍别让我们再看到这样的顽敌。

这个卡勒玛克本来就是左撇子，
但抡斧时他习惯使用右手。
此时他无奈地用左手把战斧举起，
就要朝着凯耐尼木劈下去。
凯耐尼木挥舞长矛，
由下朝上猛刺一枪。
矛头刺穿了托别依的手掌，
矛尖露在手背上。
战斧从托别依手上脱出，
掉在地上“哐当”作响。

凯耐尼木掉转马头，
紧紧抓住托别依的胳膊，
双脚使劲蹬着马镫，
奋力拽拉摇来晃去。
托别依像被抽筋扒皮，
倒在地上一动不动，
从这个世界永远离去。

凯耐尼木就在当天，
徒手搏斗不用武器，
消灭了十八个自命不凡的卡勒玛克顽敌。

一直到傍晚时分，
凯耐尼木才回到营帐。
第二天天色发亮，
凯耐尼木催动坎库拉骏马，
又回到战场上。

这时塔吉克人和卡勒玛克人一起商议，
大耳朵乔云阿勒普开口把话讲：
“我们已经较量了好几天，
铁米尔别克未把柯尔克孜打败灭亡。
塔吉克的多少大力士，
以托别依为首的卡勒玛克英雄，
都死在柯尔克孜人手上。

“我决定今日亲自出马上阵，
彻底摧垮柯尔克孜人，
要将他们全部埋葬。
我今日决不轻饶柯尔克孜人，
不管上来多少人，
我都要将他们踩成肉饼。

“我要砍下凯耐尼木的脑袋。
我要将巴克特拜绑紧，
一直押送到塔拉斯去，
用他的鲜血浸染我的宝剑。

“我要将苏云和乔勒番拜，
砍下他们的头颅。”

这个狂妄的卡勒玛克，
忘乎所以十分嚣张。
他在自己军帐中大声叫嚷，
犹如山洪暴发的波涛声一样。

乔云阿勒普命人把坐骑牵出马厩，
鞴好卡勒玛克式的铁鞍。
他身穿着九层铁衣，
跨上马鞍挺着腰杆，
活像个直立的稻草人一般。
他把崇拜的神像揣在怀里面，
大摇大摆地策马向前。

他命人把战鼓敲响，

让所有人马全都出动，
跟在他的后面浩浩荡荡。

凯耐尼木早在战场等待，
乔云阿勒普一见到他就疯狂地叫喊：
“你这个布鲁特人，
何时成为远近闻名的英雄？

“你的先祖玛纳斯东撞西闯，
惊天动地不可一世。
最终还是被卡勒达依浸入血泊之中，
一败涂地离开人间。

“我早就听说你凯耐尼木，
自命不凡稍有名声。
我故意放任不管，
看一看你到底有多大本领！

“你却自不量力越来越狂，
你的行为已经超出我的想象。
在你西征的时候，
你将反抗的人全部杀光。

“我倒是觉得不能让西方人，
总是无故进犯东方。
因此我不但没有干涉，
反而对你的行为十分赞赏。

“你好像占领了整个西方，
自以为力大无比举世无双。
你还不甘心收起手脚享福休养，
又张牙舞爪地出征东方。

“好像你有深仇大恨，
公然挑衅奇克台汗王。
你和他交战多年，
当你腿骨折断的时候，

没有饭食无处安身，
没有遮风避雨的地方。

“你躺在一棵松树底下，
任凭日晒风吹雨打。
那时康阿依的奇克台汗，
手下留情没有把你追杀。

“你在那里安心养伤，
采集巴勒助燃①和依什肯②野果充饥。
你吃饱了肚子恢复了力气，
又偷偷地返回家乡。

“你乘汗王奇克台睡觉之际，
无情地将他杀死，
还向人们炫耀你的胜利。
假若奇克台没有睡觉，
难道你能与他匹敌？

“身穿铁衣的夏勒克玛特，
铜肚脐英雄克克玛特，
我让他俩跟随在我身旁，
谁知他俩非要独自去闯。
他俩有勇无谋，
与你单打独斗，
一个接一个战败身亡。

“我也早已料到，
铁米尔别克能耐有限，
被你打败不敢再露面。
所有这些人的血债，
只有我来向你讨还！

“你不要指望有人会前来救你，
哪怕你有三头六臂，

①② 均为野果名。

也难把你的性命保全。
你无法再返回塔拉斯，
我叫你活不过今天！

“我允许你回过头去，
告别你的柯尔克孜亲人，
给他们留下你最后的遗言。
假如我让你活着回去，
我就无脸活在人间。”

乔云阿勒普面对凯耐尼木，
狂妄嚣张地大喊大叫了一番。
面对乔云阿勒普的狂叫，
康阔尔的子孙凯耐尼木，
仰面大笑没看他一眼。

他的唇髭像曝晒的蒿草一样发黄，
他使劲捋了捋琥珀色的胡须。
他露出门扇般的牙齿，
对乔云阿勒普这样怒斥：

“喂，卡勒玛克人，
‘引诱欺骗，寻衅捣乱，
自古以来就是你们惯用的伎俩，
是你们的祖先留下的传统习惯。’
我的先王玛纳斯说过的话，
看来一点都不过分，十分恰当。

“卡勒玛克的汗王空吾尔巴依，
契丹的汗王艾散汗，
卡勒玛克的乌尚和奥荣阔，
还有康阿依的涅斯卡拉和交劳依，
科尔穆孜夏的儿子穆拉迪勒，
索拉巴的儿子索然迪克，
神箭手额拉玛和希普夏依达尔。
还有许许多多大力士，
艾将军和昆将军，

萨藏得的首领别什库拉克，
萨藏沙的马凯利巨人。

“当时他们联合在一起，
也未能抵挡玛纳斯英雄远征。
艾散汗的女儿碧尔米斯卡勒，
艾将军的女儿布茹勒恰，
这两位绝世美女，
连同艾散汗的宝座，
都丧失在他们这些人手中。

“早在那时，他们的福星已经坠落，
失去了一切，只剩下两手空空。
你这个丑陋的卡勒玛克，
有什么资格在我面前称雄逞能！

“他们在暗地里设置陷阱，
偷偷地把地道挖通。
从玛纳斯背后暗下毒手，
用毒斧砍伤了他的脖颈。

“喂，卡勒玛克人，
难道这算是英雄的举动？
我本来不想提起这些，
可是你逼得我不得不说。
无耻的卡勒玛克，
你自己仔细琢磨琢磨！

“人不犯我，我不犯人，
这是我们自古以来遵循的规矩。
如果有人前来挑衅，
我们决不会谦让留情。

“不是我们向康阿依出兵，
而是你们的奇克台向阿尔泰进攻。
他还长途跋涉，
进犯了安居乐业的伊犁民众。

“当我腿部骨折养伤的时候，
奇克台汗就像一只狗熊，
不敢把老虎的足迹追踪。
他没有胆量将我追击，
便去了库兰的黄色河滩，
想让你们做他的帮凶。

“克克玛特和夏勒克玛特，
还有你乔云阿勒普。
一听到我的威名，
你们就夜不能寐，胆战心惊。

“你们虚情假意将他迎逢，
满口答应出兵相助，
却整天龟缩在帐篷里不敢出门，
更不愿跟着他一起出征。
气得他真想服毒而死，
一气之下他横下了心，
硬着头皮向我进攻。
这样我才被迫还手，
让你们的奇克台丧命。

“不是我欠下奇克台的血债，
而是你们应该为他偿命。
你还有什么脸面，
跑到这里来向我挑衅？
你们这些卡勒玛克人，
总是像女人一样暗地算计。
其实你们并不懂得，
什么叫妙算神机。

“你们像给石鸡下套儿一样，
给人设置圈套；
你们像给狐狸设置铁夹子一样，
给人布下陷阱；
你们好像藏粮的人挖坑一样，

给人准备深坑；
你们像牧马人套马一样，
给人抛出套绳。
克克玛特和夏勒克玛特，
他俩都干过这些勾当。
乔云阿勒普，你想一想，
你们的脸面在什么地方？！

“你如果有十足的勇气，
为什么引诱塔吉克的铁米尔别克，
和你同流合污向我进攻？
乔云阿勒普，
如果你真的有胆量，
为什么还要用单峰驼队，
驮着那么多金银珠宝，
给呼罗珊和伊斯番馈赠，
请求他们出兵向我开战？

“呼罗珊和伊斯番，
都是我们柯尔克孜的友邻，
你利诱拉拢，挑拨离间。
让邻居们相互打仗，
你妄想从中得利占便宜。

“铁米尔别克追随着你，
必将冤死在石滩戈壁；
呼罗珊和伊斯番人，
必将抛尸荒野无人安葬。
踉踉跄跄的卡勒玛克，
我定叫你在战场上死亡！

“当年空吾尔巴依玩弄诡计，
最后死在阿姆尔河岸。
凡是搞阴谋诡计的人，
决不会时来运转，
最后都没有好下场。

“穆拉迪勒背信弃义死在哈桑，
涅斯卡拉死在萨依拉木，
乌尚也惨死在纳伦。
他们这些人暴尸荒野，
都成为乌鸦和秃鹫的美餐。

“作恶的人死后尸体不能融入土里，
也无法回到大地的怀抱。
你们到处制造骚乱，
再没有像你们这样可恶的人，
再没有像你们这样该死的人！
你不在故乡康阿依安分地生活，
跑到这里来干什么？
难道这里的山水与你的祖先有什么瓜葛？

“乔云阿勒普，你这个蠢货，
你带来这么多的人马，
妄图将英雄的柯尔克孜征服，
你真是痴心妄想白日做梦！

“我没有进犯你的领地，
我没有收取你的白银，
我没有抢劫你的马群，
我没有挥霍你褡裢里的黄金。
心术不正的卡勒玛克人，
你休想在死神面前畏罪逃遁！”

遭到凯耐尼木的厉声痛斥，
恼羞成怒的乔云阿勒普没有吭气。
他猛地抽打坐骑，
向凯耐尼木发起攻击。

凯耐尼木催动坎库拉骏马，
脚后跟儿磕碰着马肚。
无所畏惧的凯耐尼木，
面对强敌毫不畏惧。

两位对手挥舞长矛，
兵器的呼啸声震耳欲聋，
短兵相接，激战疆场。
他们集中力量戳出矛枪，
身上的坚固铠甲和护胸，
把戳来的矛枪抵挡。

乔云阿勒普的矛枪被折断，
他一时两手空空，
只有靠层层铁衣铠甲，
抵挡凯耐尼木的矛尖。
不断地撞击对手的铠甲，
凯耐尼木的枪柄也从中折成了两段。

对凯耐尼木一枪又一枪的重重戳击，
乔云阿勒普连小虫叮咬的感觉都没有。
乔云稳坐在马背上纹丝不动，
他真似铜铸铁打得一般。

乔云如同发情的公驼，
浑身上下发颤抖动，
蓄势待发气势汹汹。
头盔在头上高高凸起，
一脸横肉翘着胡须。

他瞪大眼睛怒视对方，
伸出舌头舔着嘴唇和鼻尖。
他稀疏的头发勃然竖立，
根根都可以数清。
这个歹毒的卡勒玛克，
脸色铁青，怒容满面。

他迅速拿起腰间的战斧，
妄想砍下凯耐尼木的头颅，
然后系在马鞍后面带走。
再将柯尔克孜人，
全部当作俘虏；

将阿拉什的所有男孩，
变成自己的奴仆。

乔云阿勒普脸色阴暗，怒气冲冲：
“我要把你们的姑娘都当作女佣，
我要让你们生不如死。
我要让你们泪如泉涌，
我要让你们发出悲鸣！”

这个畜生张牙舞爪，
好像要把世界踏平。
他以为凯耐尼木敌不过自己，
疯狂地向凯耐尼木猛扑过去。

凯耐尼木是勇敢顽强的英雄，
他有不可战胜的力量。
他的眼睛像镜子一样清澈透明，
注视着面前的强敌顽凶。

两个人激烈交锋，
好像乌云密布天昏地暗，
好像天降暴雨电闪雷鸣。
两人的汗水如同雨水顺着脖子流淌，
眼睫毛粘连不能眨动。
两匹骏马的铁蹄践踏着大地，
山摇地动，石裂山崩。
湖面卷起的汹涌波涛，
淹没了沙滩和山峰。
乔云阿勒普和凯耐尼木，
持续搏杀战况触目心惊。

大耳朵乔云抓住战机，
抡起战斧猛地一劈。
凯耐尼木眼疾手快，
敏捷地用战斧回击。
战斧与战斧相互撞击，
火花四溅，瞬间碎成铁屑。

他们脸色阴沉可怖，
好像胡须都结上了冰霜。
他们俩都是身经百战的英雄，
勇往直前，势不可挡。
身上各种兵器样样齐全，
他们随时都可以把自己重新武装。

他们的鼻孔冒着青烟，
双眼喷射着血色火光。
满脸黄毛倒立，
牙齿咬得咯咯直响，
他们的胡须根根竖立。

他们眉头紧锁，脸色阴沉，
犹如天空密布的乌云。
他们怒火中烧气势汹汹，
不停地向对手发起进攻，
显示着山鹰般的威猛。
他们挥舞着手中的兵器，
展现着勇士的雄风。
他们一次次勇猛地拼杀，
身上的兵器已全部成为碎片。
他们两人赤手空拳无法交战，
各自回到军中重新装备。

两位英雄披挂齐全重返战场，
乔云阿勒普呼喊着：
“卡勒达依，卡勒达依，卡勒达依！”
凯耐尼木也高呼着玛纳斯的口号。
他们挥动手中的长矛，
发出“呼呼”的啸声。
他们都想把对手置于死地，
彼此不停猛烈攻击。

他们彼此用矛枪对准对手的心脏，
就像猎鹰盯着猎物一样，

眼睛一眨不眨地盯着对方。
当对手的矛尖就要戳中之际，
“啪”地一下用矛枪挡了回去。
纯钢矛尖迸出的火花四溅，
就这样用矛枪抵挡着矛枪，
谁也未能把对方刺翻在地。

两位武艺高强的英雄，
就像飞旋的猎隼一样，
显示出非凡的身手武艺。
他们越战越勇，
如同毒蛇和毒蝎，
疯狂地发泄仇恨毫无顾忌。

急于取胜的乔云阿勒普，
未能成功击败对手，
他气急败坏比死还难受。
他恼羞成怒咬牙切齿，
双眼喷射着仇恨的火焰，
嘴喷白沫四处飞溅。

他抽打着胯下的坐骑，
又发起了新一轮攻击。
他手持蓝缨长矛，
满脸乌云狰狞可怖，
见到的人无不感到畏惧。

刚强坚毅的凯耐尼木，
脸上流露出轻蔑的神情。
在他看来面前这个卡勒玛克，
只不过是个下贱的幽灵。

卡勒玛克人再次戳出矛枪，
当矛尖就要击中的时候，
凯耐尼木抡起战斧，
挡回了戳来的矛枪。

当直冲而来的乔云阿勒普，
顺着冲劲擦身而过的时候，
凯耐尼木迅速掉转坎库拉马头，
对准摇摇晃晃的卡勒玛克腰部，
用矛枪从背后猛刺过去。
乔云阿勒普身穿七层铁衣，
矛尖戳穿了其中的五层，
还有两层铁衣未能穿透。

自命不凡的乔云阿勒普，
从马背滚落地上，
摔了个大马趴嘴啃泥。

冲过来的坎库拉骏马未能停蹄，
从他身上跨越过去。
没等凯耐尼木掉头转身，
康阿依众兵已从四面蜂拥出击。

英雄平时珍惜爱护坐骑，
危难时坐骑会为主人救急。
乔云阿勒普的黑灰色骏马，
这时的举动十分神奇。
它咬住乔云阿勒普的衣领，
把他从地上拉起。
它俯身前腿弯曲，
将脊背尽量放低。
乔云阿勒普爬上马背，
一溜烟地逃命而去。

此时众多敌兵蜂拥而上，
呐喊声四起震耳欲聋。
人马挥洒的汗水，
变成雾气在空中升腾。

乔云阿勒普穿过人群，
已逃得无影无踪。
玛纳斯的后裔凯耐尼木，

是胸襟宽广的英雄。
他心中这样思忖：
“假如冲动的柯尔克孜乡亲们，
同铺天盖地的卡勒玛克人拼杀交锋，
双方就会血流成河，
柯尔克孜人就会无谓地丧失生命。”

他呼喊巴克特拜，
他呼喊苏云勇士，
他呼喊乔勒番拜：
“你们不要为我凯耐尼木担心，
你们不要去攻击卡勒玛克人，
不要让乡亲们无谓地流血，
在别人的屠刀下送命！”

他劝阻了柯尔克孜乡亲，
自己却像饿虎般向前猛冲。
面对黑压压的卡勒玛克众兵，
心中又将自己提醒：
“虽然卡勒玛克与我为敌，
普通的兵丁们没有责任。
他们不得不听从汗王的命令，
我不能让这群无辜的士兵丧命！”

他威风凛凛如同巍峨的高山，
他手握着鸭掌式矛枪，
直冲到敌兵面前。
包抄过来的卡勒玛克人，
见到凯耐尼木如此威风，
都失去了生存的信心。
他们又不敢回头转身，
害怕遭到汗王惩罚的暴行。

凯耐尼木催动坎库拉骏马，
扬鬃奋蹄地迎战敌群。
他挥动着手中的长矛，
一下就打倒四五十个敌人。

卡勒玛克人领教了青鬃狼的勇猛，
个个吓得尿湿裤裆，
谁也不敢再向前冲锋，
一个个抱头鼠窜，狼狈逃命。

凯耐尼木杀死铁米尔别克

自以为强大的卡勒玛克，
大耳朵乔云阿勒普，
一筹莫展，心如乱麻。
他请来铁米尔别克碰头，
商议战胜柯尔克孜的对策。

塔吉克人铁米尔别克，
对乔云阿勒普说道：
“我们塔吉克人，
自从祖先塔比勒迪时期，
一直占据杜尚别城，
安居乐业繁衍生息。
大耳朵乔云阿勒普啊，
是你把这场战争挑起。

“柯尔克孜人可真是厉害至极，
他们无所畏惧，敢于血战到底。
虽说玛纳斯很久以前就已死去，
他的后代生生不息。
他们像野火越燃越旺，
我们今天看到的只是其中之一。

“赛麦台依是位孤胆英雄，
就在他十二岁的年少之际，
只带领两位勇士，
将青阔交和托勒托依，
看得比自己的裤脚还低，
夺得了阿依曲莱克为妻。

“我还听到老人们讲述，
当年有名的空吾尔巨人，
带领涅斯卡拉和穆拉迪勒，
还有乌尚等豪强随同，
大别依京的五个部族，
一齐攻打塔拉斯城，
最终也没有能够取胜。

“空吾尔的弟弟奥若克尔，
涅斯卡拉和穆拉迪勒，
还有卡勒玛克人乌尚，
除了空吾尔巴依以外的人，
全被杀死一个没剩。

“空吾尔巴依并未引咎自尽，
也未就此善罢甘休偃旗息鼓。
在克孜勒克亚①高崖下的草原上，
空吾尔巴依又设置了圈套和陷阱。
他的阴谋仍未能得逞，
他不仅未能达到目的，
还在阿姆尔河中丢了性命。
人们给赛麦台依记下了，
战胜空吾尔巴依的大功。

“凯日木巴依背信弃义，
引来了佳番的克孜勒乌尤克恶魔，
还有独眼巨人玛德罕。
乌尚的二弟乌桑干和三弟助巴塔依，
穆拉迪勒的儿子卡拉塔依，
芒格特人玛迪阔勒，
曾先后向柯尔克孜发起攻击，
结果一败涂地全都丧生。

“柯尔克孜英雄赛麦台依，
更是赢得威震四方的英名。

① 克孜勒克亚：地名，意为红崖。

“巴攘和尚卡依人，
厥特和塔尔萨人，
居达和哈勒恰人，
卡拉卡勒帕克、克依巴人，
都被他解救脱离了苦难。
只是在坎巧绕叛变的时候，
他一时遭受了灾难。

“在节迪盖尔的百姓中间，
在节提苏的土地上，
赛麦台依的爱妻阿依曲莱克，
不让克亚孜靠近自己，
施法术用妖女做了替身。

“她不仅保全了对夫君赛麦台依的贞节，
还让赛麦台依的遗腹子，
在腹中孕育了三年零六个月，
然后才让他降生到人间。

“赛依铁克长到十二岁，
他把自己的故乡怀念。
将大山般的克亚孜，
抽筋扒皮报了仇冤。

“该让誓言惩罚的库吐尔古尔，
横行霸道十分嚣张。
他去和赛依铁克较量，
结果有去无还战败身亡。

“多少自命不凡的巨人，
在柯尔克孜人手中丧命。
赛依铁克的儿子凯耐尼木，
出征到日落的地方，
一举消灭了七个巨人。
挫败了他们的锐气，
从此他们再不敢蛮横无理。

“伊朗和库杜斯人，
都被他吓破了胆。
活了八千年的居仁朵，
也被他打得仰面朝天。
贸然挑衅的奇克台汗，
也在康阿依毙命归天。

“身穿铁衣的夏勒克玛特，
铜肚脐克克玛特，
双双战败离开了人间。

“你和我两人联合出征，
遭遇到如此不幸。
即使呼罗珊和伊斯番人到来，
也不一定能摆脱眼前的险境。

“占卜师额让库杜克，
当初告诉过秦格什汗：
‘玛纳斯直到第八代，
宝座不会被人推翻。’
他的预言已经应验。
死神已经揪住了我们的衣领，
我们无计可施无法脱险。
即使我们苦苦哀求，
黄脸死神凯耐尼木，
怎会饶恕让我们生还？

“达比塔依亲自指挥呼罗珊人，
英雄凯斯莱提和阿恰汗就要来临，
不知道他们有什么妙计，
能够战胜柯尔克孜人？

“或许柯尔克孜人会像大蟒一样，
将我们所有人一口吞噬。
巴克特拜、苏云和乔勒番拜，
壮大了柯尔克孜的势力。
如今柯尔克孜人勇猛的威力，

正在威胁着我们的生命。

“你看他们击溃了我们的队伍，
战马成为他们的战利品。
多少塔吉克和卡勒玛克兵丁，
四处溃散，夺路逃命。

“柯尔克孜人郑重宣布：
汗王有罪，士兵们没有责任，
将坐骑和长袍还给他们，
允许他们返回自己的家园。
幸存的兵丁被柯尔克孜拉拢，
他们再也不会为我们卖命征战。

“乔云阿勒普啊，
我们也不能就此绝望善罢甘休，
我们更不能硬拼硬打白白送命，
要用智慧摆脱困境。
假如塔吉克和卡勒玛克的联军，
被柯尔克孜打败，
我们将被世人讥讽脸面丢尽。

“我们向呼罗珊和伊斯番，
赠送了那么多肥壮的单峰驼，
赠送了那么多黄金和白银。
我们用这种手段收买他们，
去掳掠抢劫柯尔克孜人，
鼓动他们去占领柯尔克孜的草原，
将柯尔克孜的财产随意瓜分。
如今这些都变成虚幻不能实现，
我们要问一问自己，
是否太过愚蠢成为笨蛋。”

铁米尔别克的话音刚落，
乔云阿勒普立即这样回应：
“铁米尔别克啊，
你怎么能这么说，

看来你是惧怕凯耐尼木，
才提心吊胆心神不宁。
眼前的这种状况，
对我来说却算不了多大的事情。

“铁米尔别克啊，
你的人马，已逃得无影无踪。
你不必为此生气，
不必为这点小事忧心忡忡。

“尽管我们失去了不少勇士精英，
我们还有众多的士兵。
虽然士兵像羊羔一般弱小，
然而我们卡勒玛克毕竟人多势众。
面对狂妄自大的凯耐尼木，
明日我亲自出马与他再决雌雄。

“我定要把他挑在矛尖，
我要将他的坐骑坎库拉骏马，
作为我的战利品。
我到底是怎样的一位英雄，
铁米尔别克啊，到那时你就会看清。

“呼罗珊和伊斯番人，
假若两天之内不能赶来，
我就会攻入他们的城门。
别的什么我都不管，
直奔宫廷把尿撒进他们的盐水缸[①]中。

“铁米尔别克啊，你要明白，
我说的都是心里的真实想法。
我会说到做到，
绝不是装腔作势说说大话。”

你看，这个狂妄的卡勒玛克，

① 盐水缸：以前普遍食用岩盐和土盐，需要事先用缸和罐浸泡成盐水备用。

自身难保，无处藏身，
还敢满嘴狂言大呼小叫。
面目狰狞的卡勒玛克，
自言自语嘟嘟囔囔，
那股怒气犹如山洪暴发波涛汹涌。
他眉头锁紧，
脸色犹如天上翻滚的乌云。

乔云阿勒普气急败坏，
扬鞭抽打着苏尔神骏，
他要和英雄凯耐尼木决一死战。

就在这时汗王达比塔依和凯斯莱提，
还有阿恰汗赶来助战。
假若你要继续观看，
后面的故事波澜起伏更加壮观。

见到援兵赶到面前，
乔云阿勒普更加贼胆包天，
杀气腾腾似乎要将大地掀翻。
他肩扛铁棍，手拿铲杖，
战刀在鞘中发出嗡嗡声响，
月牙斧在腰间铿铿发亮。
长矛噌噌作响在手中晃荡，
铁铸的狼牙棒压在大腿下面，
棒头如同一座小毡房。

金色的头盔紧扣在头上，
铁制的铠甲闪着蓝光。
他眼睛戴着防护镜，
胸前挂着护心镜。
他身穿的铠甲铁衣十分厚重，
里面还有雀眼般的网状甲胄，
他里里外外穿了五层。

他膝盖上戴着护膝，
马镫带有固定的护腿。

他身后背着盾牌，
腰挂卓依库玛宝剑，
还备有六七把双刃匕首。

看到这个狂徒的模样，
人们无不感到恐怖。
他刚刚在铁米尔别克面前自吹自擂，
为了证明自己的狂言能够实现，
他不顾一切要拼命厮杀较量一番。
这头疯狂的野兽，
让空想压倒了理智，
他狂妄自大不知死活。

他舌头发硬不听使唤，
说出的话谁也听不清楚。
还有他那充满罪恶的眼神，
没有人敢正视他狰狞的面孔。

他的吼声如雷震耳，
几乎将人们的脑壳震碎。
他手中的锋利矛尖，
放射着燃烧的火焰。
马蹄生风席卷大地，
阵阵尘土在身后飞扬。

达比塔依和阿恰汗，
还有所有的英雄并排站定，
人们对他凶悍的模样感到吃惊。

此时人们尚未定下神来，
凯耐尼木已催动坎库拉发起了进攻。
他的身后卷起滚滚烟尘，
直冲蓝天向上升腾。
他黄色的面颊，蓝色的眼睛，
黄色的脸颊显得更加威猛。
他长长的胡须在风中飘动，
手握蓝缨矛枪，直奔挑战的敌人。

凯耐尼木高呼着玛纳斯的口号，
义愤填膺奋不顾身，
朝着敌人策马猛冲，
让所有的敌兵万分惊恐。
他的双眼喷射着火焰，
他生来就是刚强的英雄。

大耳朵乔云阿勒普，
冲上去戳出了矛枪。
凯耐尼木没有让他击中，
他用战斧击回矛枪。
矛枪被战斧猛击，
折断成几截坠落在地上。

这个卡勒玛克不会就此罢休，
他举起月牙斧猛劈过来。
凯耐尼木怎会让他砍中，
他用战斧把月牙斧抵挡。
乔云阿勒普的月牙斧，
斧背被击得粉碎。

嗜血的野兽乔云阿勒普，
伸手将战刀抽出刀鞘。
他手中挥舞着战刀，
声嘶力竭地狂呼乱叫，
从侧旁发起猛烈攻击。

凯耐尼木放下手中的战斧，
拿起长矛贴近身体，
迎着乔云阿勒普举刀的右手，
对准他胳膊上的肌肉，
狠狠地把矛枪戳了过去。

遭到矛枪的沉重打击，
乔云阿勒普的战刀，
从手中飞出很远才落到地面。

大耳朵乔云阿勒普，
臂膀受伤无法将狼牙棒举起，
他死到临头无法逃避。

玛纳斯的后裔是刚强的好汉，
手脚灵活勇猛无比。
你看他的举动，
就像青鬃狼似的。
他将自称战无不胜的卡勒玛克汗王，
刺落马下一头栽倒在地。

就在凯耐尼木要抽出矛枪再刺之际，
铁米尔别克前来救急。
铁米尔别克是自己来送死的，
凯耐尼木抽出矛枪，
狠狠向铁米尔别克刺去。
矛尖穿透他的五脏六腑，
从脊椎骨上穿了出去。
铁米尔别克再不能回头转身，
他已被死神牢牢地揪住，
乔云阿勒普得救乘机逃命。

这个不可一世的乔云阿勒普，
慌慌张张惊魂未定，
犹如被猎犬追赶跟踪。
他顾不上整理衣冠，
双脚已经脱离马镫，
衣摆随风飘荡，
宽大的衣袖不停摆动。

他抑制不住失声痛哭，
无法睁开流泪的眼睛。
他吓得魂飞魄散六神无主，
只顾着仓皇逃窜保全性命。
他逃到达比塔依身旁，
总算松了一口气：
“凯斯莱提和阿恰汗，

我的同龄人达比塔依，
我和你们会合在一起，
不会缺少任何东西。

“你们也看到铁米尔别克死去，
我感到十分痛心可惜。
我也被那个嗜血鬼刺中一枪，
我的腰侧疼痛难当，
估计我的肋骨已经折断，
挤压戳伤了肺和心脏。”

凯耐尼木站在战场中央，
面对挑衅的敌人决不退让，
犹如一座巍然屹立的大山。

伊斯番的首领阿恰汗，
对随从乌达吩咐：
“你快去向凯耐尼木通报，
把我们的来意说清楚。
就说阿恰汗和达比塔依，
还有英雄凯斯莱提前来参加角逐。”

阿恰汗转身对达比塔依说：
“让我们先下马扎寨安营，
乔云阿勒普是在危急关头，
仓皇跑到我们身边逃命。
你先告知凯耐尼木，
从明天起开始交战，
再看那时谁会在战场上丧命。”

遵从阿恰汗的吩咐，
乌达来到凯耐尼木面前，
一句不漏地转达了他的话语。

宽宏大量的凯耐尼木，
耐心地听完后当即做了回复：
“信使，你赶快回去，

不折不扣地向你的汗王，
转告我的话语：

“阿恰汗和达比塔依，
率领你们呼罗珊和伊斯番人，
一个不留倾巢出动。
难道你们在家烦闷无聊？
难道你们妄想将大山撞倒？
难道你们前来寻找强手较量？
难道你们想驱赶我们的畜群？
你们这些无知的汗王，
收人钱财受骗上当，
为了几个小钱就不怕丢掉性命？

“你们好像活得不耐烦似的，
贸然进犯我们的领地。
我定叫你们一败涂地，
狼狈不堪，无处躲避。
我要让你们血流成河，
你们休想从我手中逃命！

“当年阿依阔勒[①]玛纳斯在阿富汗，
同秦阿恰交战。
呼罗珊和伊斯番人，
被空吾尔巴依诱骗，
前往那里将秦阿恰支援。
宽宏大量的汗王玛纳斯，
那时将他们的罪行赦免。

“如今你们这些伊斯番和呼罗珊的汗王，
经不起爱发誓的卡勒玛克的诱骗，
重蹈先辈的覆辙，
又一次贸然把我们进犯。

“塔吉克人也上当受骗，

① 阿依阔勒：玛纳斯的美称，意为胸襟宽广的英雄。

无谓流血遭受苦难。
铁米尔别克已经一命归天，
他们的下场你们难道没有看见？

“阿恰汗和达比塔依，
你们难道没有听到老人们的训导，
还是根本听不进长辈的规劝？
你们这两位汗王昏头昏脑，
一意孤行铤而走险。
死神已揪住了你们的衣领，
你们正挣扎在死亡的边缘。

“我们柯尔克孜没有派兵，
没有侵犯呼罗珊和伊斯番。
你们收受卡勒玛克赠送的骆驼，
就率领众多人马公然向我们进犯，
难道在这里就有便宜可占？

“如果你们无马可骑，
我可以送给你们马匹；
如果你们无衣可穿，
我可以送给你们长袍锦衣。

“如果你们饿着肚皮，
没有财源维持生计，
我已将卡勒玛克和塔吉克征服，
连人带土地让给你们管理。
如果你的两位汗王觉得合适，
最好带人尽快离开这里。”

凯耐尼木让信使返回，
乌达回到阿恰汗面前，
将自己的所见所闻，
从头到尾禀报了一遍。

阿恰汗的人马安营扎寨，
架起帐篷埋锅做饭，

兵丁们饭后都横七竖八地躺下。
等到士兵进入了梦乡，
全部被睡意征服。
面对达比塔依和阿恰汗，
还有英雄凯斯莱提三个人，
乔云阿勒普说出了心里话：

“你们都亲眼看见，
你们都亲耳听见，
这个嗜血的凯耐尼木的话语，
你们要仔细明辨。

“他的目光不怀好意，
他的话语耍滑藏奸。
他满腹阴谋与诡计，
说出的话狠毒又尖酸。

“对于我和你们之间的关系，
他分明是在挑拨离间。
他列举玛纳斯时期的战争，
说明他要故伎重演。

“你们一个英雄两个汗王，
务必明察他说话的含义。
他在向我们炫耀武力，
看不出半点善意。

“他一向无恶不作随心所欲，
将所有的对手置于死地。
他消灭了所有的仇敌，
才走到今天的这步境地。

“‘柯尔克孜人征服了世界。’
人世间传扬着他们的名气。
不论遇到好事或坏事，
都要听从他们的主意。

“我考虑到将来的事情，
决定向柯尔克孜发起攻击。
我向你们送去了消息，
希望你们为我出兵助力。
你们已经率领着成千上万的大军，
浩浩荡荡来到了这里。

“我向你们献策献计，
毫不隐瞒不留余地。
如果我们单枪匹马单打独斗，
很难制伏凯耐尼木。
我们要集中众人的智慧，
出奇制胜出其不意，
把他们置于死地。

“从明日起我们分开人马，
兵分三路出征。
向各地的柯尔克孜人，
从四面八方发起进攻。

“我带领手下的人马，
征讨喀什噶尔的仇人。
将交达尔生擒活捉，
抽筋剥皮斩草除根。

“让一部分兵马，
向阿特巴什和纳伦挺进。
不论有多少柯尔克孜人，
要把他们一个不留杀绝斩尽。

“再让一部分兵马，
向着塔拉斯挺进。
将他们的城堡彻底摧毁，
将他们财产抢劫一空。

“让我领兵进攻喀什噶尔，
让阿恰汗进军纳伦，

让达比塔依进攻塔拉斯，
让凯斯莱提与凯耐尼木交锋。”

在场的人异口同声：
“英雄啊，你的主意实在高明。
凡是自称柯尔克孜的人，
我们都要斩尽杀绝一个不留。

“明天就兵分多路，
向各个方向发起进攻。”
他们按照自己的习惯，
四人一起发誓结成同盟。

他们还共同商定，
各路人马摧毁一切把道路扫平，
最后会师在撒马尔罕城。
他们商议结束之后，
在夜色之中各自回营。

次日刚刚天明，
传来乱哄哄的喧闹声，
塔吉克人开始逃命。
黑心肠的乔云阿勒普，
扬鞭抽打塔吉克人：
“是谁把你们煽动？
我要把你们全都杀光，
让你们的鲜血流尽！”

当他如此大发雷霆之时，
为了拯救失去首领的人们，
凯耐尼木派人宣布声明：

“疯狂的卡勒玛克，
必须停止这愚蠢的行动！
铁米尔别克死在我的手中，
他的人马是我的战利品，
我已将他们全部赦免，

你们无权对他们采取任何行动。
卡勒玛克若不怕死就不要躲藏，
立刻前来与我交锋！”

卡勒玛克的首领们，
听到凯耐尼木的声明，
都知道这是交战的规矩，
停止对塔吉克士兵的迫害。
塔吉克的人马，
朝着巴达克山和杜尚别方向，
逃奔得无影无踪。

听完凯耐尼木的回复，
达比塔依和阿恰汗，
大耳朵乔云阿勒普，
将指挥兵马的将领，
一个不留全部集中。
乔云阿勒普发出汗王们的命令：

“你们要做好准备，
向指定方向启程。
不要吹响号角，
也不要让唢呐发出响声；
不要把战鼓擂响，
更不要拖延行动。

“达比塔依率领呼罗珊的人马，
要向塔拉斯挺进；
阿恰汗率领的伊斯番人马，
要把阿特巴什占领；
我乔云阿勒普的卡勒玛克人马，
留下一部分由凯斯莱提暂管，
在这里与凯耐尼木交锋。

“我要率领大队人马向喀什噶尔进军，
我要把交达尔活捉生擒。
将那些投奔喀什噶尔的塔吉克人，

统统抓住押回严惩！”
众人按照汗王商定的计划，
等待夜幕降临后分头行动。

柯尔克孜分兵三路克敌制胜

在巴克特拜的队伍中，
有一个名叫萨达卡依的人。
他常常做出惊人的事情，
他是一个明白事理的英雄。

在凯耐尼木的队伍中，
有一个名叫萨日阿亚尔的人。
每当防守外敌的时候，
他的行动十分机警。

萨达卡依和萨日阿亚尔，
碰到一起秘密商定。
萨达卡依穿上了伊斯番的服装，
萨日阿亚尔穿上了卡勒玛克的服装，
他们俩装扮成厨师的模样，
巧妙潜入了敌人的兵营。

他们利用端茶的机会，
刺探到敌人分路出征的军情。
他俩来到凯耐尼木面前，
将来龙去脉详细禀明。

知道敌方的意图，
凯耐尼木也开始遣将调兵：
“如果你们说的是实情，
如果敌人从三个方向进攻，
那样我们就会处于十分危险的境地。
苏云和乔勒番拜，
你们负责对付向塔拉斯进攻之敌。

如果乔云阿勒普到了喀什噶尔，
我亲自去支援交达尔。
一旦我顺利得手，
我会与你们合并一处。

“阿特巴什是你的家乡，
巴克特拜，你去保卫那里的乡亲。

“你们要趁夜色进行袭击，
全体人员跨上马鞍，
袭击他们的营地。
高喊玛纳斯的名字，
放手与他们交战。

“如果他们已经拔营而去，
你们要设法将他们截击。
绝不让他们的阴谋得逞，
否则柯尔克孜民众就会遭到侵袭。

“如果敌兵集结到一起，
我们也要集中兵力。
当他们分兵走出野外的时候，
我们要在途中拦截迎头痛击。”

凯耐尼木安排得十分周密。
英雄苏云和乔勒番拜，
将前往塔拉斯的人马分出，
让他们鞴好坐骑，
备好作战的武器，
携带野餐的炊具，
手牵着坐骑的缰绳，
等待命令随时准备出击。

身材高大的巴克特拜，
让人鞴好了深棕色骏马。
让阿特巴什、纳伦人，
把所需要的用品全部备齐，

出行的准备已经就绪。

青鬃狼汗王凯耐尼木，
也鞴好了坎库拉神骏。
他义愤填膺，怒气冲冲，
下定了这样的决心：
“贱货乔云阿勒普，
我不会让你到达喀什噶尔。
我要砍下你如同毡房般的头颅，
抛在行人过往的路口。
等到把你收拾完毕，
再看呼罗珊和伊斯番人，
到底有多大的能耐和来头！”

苏云和乔勒番拜，
到达了夏皮尔罕的河谷，
守候在敌人必经之地。
他们让后面的人马，
尽快跟上不要贻误战机。

呼罗珊的队伍刚一出发，
就与柯尔克孜的人马遭遇。
乔勒番拜迎面而出，
询问他们的来历。
那领头的家伙，
昂着头不睬不理。

乔勒番拜火冒三丈，
当场将他打倒在地，
顿时展开了一场血战。
嘈杂的呐喊声轰轰隆隆，
血流成河如同红色的山洪。

呼罗珊的兵马在野外行进，
还没有到达塔拉斯，
便遭遇了塔拉斯的精兵，
不幸落入苏云和乔勒番拜之手。

这两个被称作死神的英雄，
怎能轻饶他们的恶行。

苏云和乔勒番拜高呼着玛纳斯的名字，
勇猛地冲入敌群。
谁遇到他们两人，
就会被打得落花流水失去性命。

柯尔克孜士兵还没有出动，
仅苏云和乔勒番拜两位英雄，
就使呼罗珊人溃不成军，
向着达比塔依仓皇逃命。

此时大耳朵乔云跨马启程，
朝着喀什噶尔方向行进。
他没有走出多少路程，
偏偏与凯耐尼木狭路相逢。

夜色中他见到青鬃狼凯耐尼木的身影，
乔云阿勒普胆战心惊：
“他在途中把我阻拦，
他决不会叫我生还。

“我一向逞能称雄，
这次我一定难逃余生。
我不能在这里与他交战，
最好向库兰的黄色河谷逃难。

“凯耐尼木就要与伊斯番和呼罗珊交战，
那时他将被杀死完蛋，
只要我听到他的死讯就会心安。
假如凯耐尼木不被杀死，
在他发起进攻之前，
我的生命也还可以勉强续延。”

他立刻掉转苏尔骏马马头，
一溜烟地往回逃窜。

他窜进行进中的兵马中间，
消失得影踪不见。

呼罗珊败军跑到达比塔依身边，
达比塔依这时才明白，
柯尔克孜人行动已经提前，
先下手把他的兵马截拦。

汗王达比塔依和凯斯莱提，
跨上战马准备出阵迎战。
他们刚走出营帐，
就与随乔云阿勒普逃回的人相遇。
他们以为是柯尔克孜人前来袭击，
就急忙上前与之厮杀对阵。
呼罗珊的人马和卡勒玛克之间，
展开了一场激烈的混战。

伊斯番的阿恰汗，
信守共同的约定。
他跨上骏马率兵启程，
向着阿特巴什挺进。
先头部队走在最前头，
阿恰汗跟在队伍后面。

阿恰汗的人马途径伊奈克萨依[1]，
巴克特拜突然出现，
把他们的去路阻拦。
巴克特拜勇气十足，
一代青年之中他最勇敢。
他举枪站在道路的中间，
询问来者是什么人，
要去什么地点。

阿恰汗的带兵官员，
在黑夜里晃动着身躯叫喊：

① 伊奈克萨依：柯尔克孜语，地名，意为奶牛的沙滩。

“你自己是什么人，
还敢向我们提出询问？
我们是阿恰汗的队伍，
你该睁大你的双眼看看。
你不要在这里啰里啰唆，
赶快让路滚到一边！”

眼看他们就要走开，
巴克特拜紧紧追问：
“你们是阿恰汗的队伍，
你们为什么要来到这里？
你们急着要去哪里？”

带队的头领回答：
“我们要去阿特巴什、纳伦，
那里有阔绍依建造的古城。
我们要将阔绍依的部众洗劫一空，
我们才能感到痛快过瘾。
你不要啰唆赶快让路，
不要耽误我们的行程！”

巴克特拜伸出手臂，
抓住了那头领的肩膀，
将他从马背上高高提起，
就像捕捉麻雀一样。

“我让你痛快地过瘾去！”
他使劲掐住那个头领的脖子，
这个头领来不及吭声已经断气。

遭到巴克特拜突袭的伊斯番人，
转身踏上返回的路程，
恰巧遇到卡勒玛克和呼罗珊人激烈交锋，
他们稀里糊涂地也卷入了混战之中。

呼罗珊、卡勒玛克、伊斯番人，
鲜血如同河水哗哗流淌。

一直混战到次日天明，
汗王达比塔依和凯斯莱提，
转动脖颈观察动静。

他们这时方才看清，
无数人马倒在血泊之中。
呼罗珊、伊斯番和卡勒玛克兵丁，
尸体横卧在荒丘野岭，
唯独不见柯尔克孜人的踪影。
见到眼前这自相残杀的情景，
他们痛心疾首心如火焚。

次日天亮时分，
阿依阔勒的后裔凯耐尼木，
发现乔云并没有向战场走去。
他仔细查看苏尔骏马的蹄迹，
终于看清乔云去了哪里。
断定这个黑心肠的家伙，
朝着喀什噶尔方向逃去。

他知道这个卡勒玛克，
是个如同妖女般的幽灵，
长着一副黄绿色的扁平面孔。
知道这个愚蠢的无耻之徒，
大队人马才是他的靠山倚仗。
“他的人马是否能把他跟上？”
他思索着向他逃去的方向观望。

太阳渐渐露出光芒，
清晨的雾气逐渐消去。
呼罗珊和伊斯番人，
找不到乔云阿勒普。
不知道他去了哪里？
他们只见柯尔克孜人，
按兵不动在原地休息。

呼罗珊、伊斯番和卡勒玛克人，

昨夜自相残杀损失惨重。
达比塔依派人，
把乔云阿勒普四处找寻，
要向他问个究竟！
在人群中找不到他的踪影。

达比塔依又派出了信使，
向柯尔克孜人询问：
“你们是否看到乔云阿勒普的去向？”
柯尔克孜人说：
“我们根本就不知情。”
信使再也不能继续追问。
呼罗珊和伊斯番人只好收拾残兵，
跨马向塔拉斯方向行进。

凯耐尼木心里思忖：
“巴克特拜、苏云，
还有乔勒番拜，
他们有能力保护部众百姓。
卡勒玛克的大耳朵乔云，
是我的头号敌人，
我决不能让他逃命。”

他鞭策坎库拉骏马，
顺着敌人的马蹄印迹追踪。
坎库拉马一路奔腾，
浑身上下大汗淋淋。
无论遇到平川或者沟壑，
它都能腾空跳跃，驰骋飞奔。

黑心肠的乔云阿勒普，
牵着马躲在山崖下面，
不让凯耐尼木把他看见。
等到凯耐尼木飞马过后，
他才纵身跨上了马鞍。
硕大的身体如同黑色山峰，
将马头向相反方向掉转，

催动坐骑原路回返，
进入呼罗珊和伊斯番的军营。

兵分三路进犯的敌军，
将柯尔克孜围困。
他们没有派出勇士向柯尔克孜人挑战，
而是以火枪和箭弓，
向柯尔克孜人猛攻。
火炮噼里啪啦作响，
利箭呼啸着飞向头顶。
投石袋嗖嗖地投出石头，
烟尘滚滚飞扬在天空。
火捻点燃闪着火星，
子弹发出刺耳的轰鸣。

柯尔克孜人顽强抵抗，
竭尽全力奋不顾身。
巴克特拜、苏云和乔勒番拜，
毫不畏惧勇敢地拼杀。

你看这变幻无常的世界，
让你忽而下沉，忽而上升。
巴克特拜跃马发起进攻，
他高呼着玛纳斯的口号。
英雄苏云也呐喊着冲锋，
声震四方天惊地动。

乔勒番拜压住后阵，
向柯尔克孜人喊话：
“你们不能四处逃散，
免得落下怕死的名声。
全体柯尔克孜人你们听清，
假如我们的旗帜倒下，
敌人会以为我们准备逃命。

“我要牢牢地守护住战旗，
维护柯尔克孜英雄的名声。

我们不要等着被枪弹打死，
要全体出动，主动进攻，
让敌人见识我们的威猛！”

所有柯尔克孜人齐声呐喊，
高呼玛纳斯的口号，
呐喊声让大地震颤。

双方短兵相接展开激战，
刀光剑影，杀气腾腾，
好像末日就要来临，
愿苍天别让我们再看到这种情形。

雄狮巴克特拜和英雄苏云，
刀刃上沾满了血痕，
杀得敌人溃不成军。
他们将呼罗珊和伊斯番人，
根本没有放在心上，
催马杀入卡勒玛克军中。
他们用矛枪连连刺杀，
尖锐的矛头插进敌人的胸膛。

见到英雄苏云冲杀过来，
乔云阿勒普躲藏在人群中。
等到苏云冲到他的身旁，
乔云阿勒普从侧旁突然戳出了矛枪。
淡黄色马背上的苏云被矛枪击中，
飞离马鞍像飞蓬一样。
巴克特拜见此情景焦急万分，
策马飞驰如箭离弦，
对准乔云阿勒普腰侧猛刺一枪。
乔云阿勒普被矛枪击中，
从苏尔骏马背上翻滚落在地上。

英雄巴克特拜，
顾不上收拾被打倒的乔云阿勒普。
他毫不犹豫地上前扶起了苏云，

苏云骑上淡黄色骏马脱离了险境。

伊斯番人阿恰汗，
飞快地赶到乔云阿勒普跟前，
将他和坐骑一起救出，
逃回到军营里面。

乔勒番拜如同烈火一团，
坚守在战旗下面，
无人敢来与他交战。

热血沸腾的柯尔克孜人，
丝毫不吝惜自己的生命。
没有人回头转身，
人人都怀着这样的激情：
“只要我一息尚存，
就要和亡命的卡勒玛克拼杀，
至少让六个人与我同归于尽，
一个人恨不得干掉他六十个人。”

有力气的人将无力气的人，
拉下马背打得鼻青眼肿。
强者将弱者，
用矛枪戳中让鲜血喷溅。

头部受伤的人，
脑袋肿得好像木桶，
眼前发黑什么都看不清。
他们你揪我扯继续交锋，
双方打得难解难分。

凯耐尼木追踪乔云阿勒普，
在乔云翻过卡拉克尔山脊的时候，
不见了他的踪影。
不知乔云阿勒普会做出什么事情，
凯耐尼木心急如焚。

他催动坎库拉风驰电掣，
火速赶到柯尔克孜乡亲身旁。
他看到英雄的战旗插在高地上，
他看到乡亲们奋勇杀敌无比坚强。

雄狮凯耐尼木没有片刻停歇，
对敌人发出愤怒的吼声：
“大耳朵，你在哪里？
不管你耍什么花招，
也无法逃出我的手心！”

凯耐尼木愤怒地吼叫，
高呼着玛纳斯的口号，
犹如扑向猎物的雄鹰，
朝着敌群发起了冲锋。

大耳朵乔云阿勒普，
叫来了达比塔依和阿恰汗，
对他们这样叮咛：
“你们已经听到他的吼声，
那是死神萨日克赶来上阵。
凡是和他面对面较量的人，
都会被他折断腰杆夺去性命。

“从当初直到现在，
我与凯耐尼木结下仇恨，
只有我亲自出马与他对阵，
你们才能从这里抽身。

“当我把他引开的时候，
你们不要停留立刻启程，
你们不要分散立即行动，
直接去将塔拉斯踏平。
攻占塔拉斯等于折断他的腰杆，
你们必须把这一点认清。”

乔云阿勒普说完向前直冲，

企图阻挡凯耐尼木的去路。

面对恶棍乔云阿勒普，
凯耐尼木的脸色阴森恐怖。
他神色冷酷，
冷若冰霜，
怒容满脸，
横眉怒目，
如同打铁的铁匠傍晚的面孔。
他双眼投射着凶狠的寒光，
好像胡须都结满了冰霜。
凡是见到他气势的人，
无不感到畏惧惊恐。

见到凯耐尼木来势凶猛，
乔云阿勒普心中发怵：
“即使我多么逞能称雄，
他也能砍下我的头颅。
呼罗珊和伊斯番人，
都在瞪大眼睛把我关注，
我不能像铁米尔别克一样，
在他们面前让人踩踏走上死路。

“眼看天色已近黄昏，
我先向他发起强攻，
坚持到夜幕降临，
我再乘机奔向深山逃命。”

这个狡猾的家伙，
盘算着保全性命的计谋。
他晃动着手中的矛枪，
挥动着有飘带的战刀，
径直向凯耐尼木冲杀过去。
他的矛枪未能戳中，
与凯耐尼木擦身而过扑了个空。
他忽而闪身躲到右边，
忽而回身躲到左边，

好不容易周旋到傍晚，
一溜烟逃入众多兵马中间。
趁着黑暗的夜色，
很快就消失不见踪影。

雄狮般的英雄凯耐尼木，
一定要找到仇敌，
他急忙对巴克特拜吩咐：
“卡勒玛克来的乔云阿勒普，
我定要剖开他的胸膛，
否则，我不会跳下坎库拉马鞍。
呼罗珊和伊斯番人，
我无暇与他们纠缠。
不消灭乔云阿勒普，
我不会回返塔拉斯城。

“如果呼罗珊和伊斯番人，
不肯撤兵，继续挑战，
你们就要想方设法，
施用计谋巧妙地周旋。
不要让他们发觉你们的意图，
悄悄地向塔拉斯增援。

“你们不要轮流单打独斗，
凯斯莱提打起仗来，
凡人都无法承受。
他的战术特别凶狠，
谁若逞能与他单独较量，
就会不幸流血牺牲。”

凯耐尼木吩咐完毕，
扬鞭策马疾驰而去。

乔云阿勒普枪下丧命

黑心肠的乔云阿勒普，
慌忙翻过山峰，
隐蔽穿行在群山之中。
他面朝着日出的方向，
神色慌张行色匆匆。

乔云阿勒普心中在盘算：
“这里有众多的身穿红色长袍，
袒露着胸脯的人，
原本和我们同宗同根。
如今我若投奔他们，
他们会不会让我避风？
听说他们对东部人已有戒心，
一旦见到凯耐尼木，
会不会把我交给他做了人情？”

乔云阿勒普思绪万千，
他闷闷不乐心事重重，
邪恶的念头在心中涌动，
他单枪匹马孤身一人在山中独行。

他穿过起伏连绵的山峦，
越过怪石嶙峋的达坂。
他跋涉了六天时间，
终于来到喀什噶尔的边沿。
“已经过了六天的时间，
不见有人在我后面跟踪追赶。
凯耐尼木未能把我的行踪发现，
早被我引入歧途甩得很远。

我可以解除后顾之忧，
放手将交达尔处斩。”

逃出杜尚别的乔云阿勒普，
一路狂奔提心吊胆。
他催马来到盖孜河岸边，
与迎面而来的交达尔见面。

乔云阿勒普一见到交达尔，
就装腔作势地呼喊：
“喂，胡须蓬乱的老头儿，
你摇晃着身子要去哪边？

“我刚从杜尚别赶来，
我已把那里的柯尔克孜斩尽杀完，
把他们的鲜血喝干。
凯耐尼木以及他的随从，
巴克特拜、苏云和乔勒番拜的尸体，
早就被秃鹫和乌鸦吃完。

“你如今已经失去了靠山。
我是专程来把你找寻，
要将你的头颅从脖子上砍断，
正好你自己送死来到我的面前。”
乔云阿勒普一边说着，
一边将矛枪抓到手里面。

交达尔老人不慌不忙这样回敬：
“柯尔克孜不会被斩尽杀绝，
你也未能将他们的血液喝干舔净。
你不时地回头张望神色慌张，
你这是在仓皇逃命。
我要砍下你的头颅拴在鞍后，
迎接我们的猛虎来临。
卡勒玛克，叫你看看我的本领！”

交达尔也拿起矛枪，

鼓起勇气老当益壮，
满头白发闪着银光，
怒容满面，冷若冰霜。

大卡勒玛克恼羞成怒：
“你以为我是逃命的人，
难道你能砍下我的头颅？
你这个该死的老头儿，
我要把你宰杀在大道上，
剖肚开膛曝尸示众。
让那些追赶我的人看清，
叫他们魂飞魄散，胆战心惊。
一定要叫他们知道，
这是我乔云阿勒普干的事情！”

英雄交达尔听到这些狂言，
露出牙齿冷笑讥讽：
“亏得你的父亲生出你这样的孬种！
喂，卡勒玛克，
你自己不打自招，
你逃到这里是为了保全性命。
你刚才说让追赶你的人看看，
这句话就是证明！

“你还装腔作势自吹自擂，
好像从嘴中喷粪。
老人们有句格言：
‘哪怕妇女鼓足勇气，
也能战胜逃跑的敌人。’
你正在逃跑的路上，
这一点我已经看得很清。”

这时交达尔老英雄，
挥舞着带穗的矛枪，
像年轻人一样意气风发，
不顾年迈上前拼杀交锋。

他不让乔云阿勒普击中，
挡回了戳来的矛枪。
他将克勒喀拉①骏马扯向右边，
回头转身重新发起进攻。

他面对强敌乔云阿勒普，
毫不畏惧决不退让。

交达尔老人戳出的矛枪，
被乔云阿勒普猛力击到一旁。
乔云阿勒普催动苏尔骏马向前，
企图揪住交达尔的衣裳。
他要像自己说的那样，
将交达尔宰杀在道路中央。
他狠狠抽打着坐骑，
气势汹汹地逼近交达尔身旁。

交达尔见状十分焦急，
他抽打着克勒喀拉骏马，
贴近地面，迅速逃离，
连续翻越了阔什凯再克②的两个山脊。

就在交达尔逃跑的路途中，
迎面碰上了雄狮凯耐尼木。
交达尔筋疲力尽心急如焚，
凯耐尼木向他问候致敬，
交达尔却没有气力回应。

凯耐尼木焦急地问道：
“交达尔大伯，你怎么了？
你为何这样疲于奔命？”

还没等交达尔做出回应，

① 克勒喀拉：柯尔克孜语，马名，意为黑色神骏。

② 阔什凯再克：柯尔克孜语，原义为双胞胎，这里转义为地名，意为双山会聚的山口。

眼前出现了乔云阿勒普的身影，
雄狮凯耐尼木直冲过去。
乔云阿勒普没有退路，
好像被死神揪扯着衣领，
他被迫继续策马前行。

怒火中烧的凯耐尼木，
与苦苦寻找的对手狭路相逢，
他觉得这是上苍对自己的恩赐。
他瞪圆双目把对手紧盯，
挥舞起红缨矛枪，
开始了面对面的交锋。

凯耐尼木聚精会神，
瞅准对手的一举一动。
他冷眼面对冲过来的卡勒玛克，
挡回了乔云戳来矛枪的尖锋。

不等卡勒玛克调整身体，
凯耐尼木扯动坎库拉马的缰绳，
向那踉踉跄跄的卡勒玛克，
向那骨头散了架胡乱甩动的卡勒玛克，
向那蓬草般飘飞的卡勒玛克，
发起猛烈的进攻。

凯耐尼木双手紧握色尔矛枪，
像猎犬追逐黄羊一样。
拼命挣扎的卡勒玛克，
衣襟收不拢，随风飘荡；
横冲直撞的卡勒玛克，
像发疯的野兽一样。
凯耐尼木对准他的软肋猛刺一枪，
矛尖穿过他的膀胱露出锋芒。

被凯耐尼木刺中的卡勒玛克，
顿时鲜血浸染了地上的黑土。
坎库拉的马鞍后面，

拴绑着那颗被砍下的头颅。

凯耐尼木将苏尔骏马，
送给了交达尔老人：
“交达尔大伯请你听清，
我对你说的话要记分明。
你管辖的地方比别人宽阔广大，
你要对各地经常巡察。
叶尔羌、和阗和罗布泊，
阿孜克、阿热勒和库木河，
这些地方都归你管辖。
你要按照我的建议，
对这些地方的首领，
每三年要做一次调整。

“对爱惜部众养活百姓的人，
你要继续给予重用。
对引起百姓不满的人，
你不要迁就放纵。
如果你三年不去巡察一次，
他们就会忘记究竟谁是他们的主人。

“我们一向和浩罕联手，
今后你也不要和他们分手。
巴克特拜是你的晚辈，
有事你要和他商量一起筹谋。

“阿依阔勒玛纳斯在世的时候，
托什吐克跟随在他身边，
老人家，我将对你更加尊重。
因为我们离得较远，
不能经常见面，
请你不要对我有太多的埋怨。”

凯耐尼木和交达尔正在交谈，
他们的话语还未说完，
只见东方扬起了黑色烟尘。

烟尘不停地升腾滚翻，
紧接着一面黑色旗帜在烟中飘动，
浩浩荡荡的兵马连成一片。
有个身材魁伟如同大山的巨人，
身穿层层铁衣，
在尘烟中出现。

交达尔和凯耐尼木，
为了看清来者的身份，
掉转马头隐蔽到一边，
暗中将来者的动静观看。

只见一位独行的英雄，
骑着棕色的骏马走在前面。
他的坐骑犹如参加赛马的神骏，
马尾被分叉打结，
扎成辫子直插云端。
他浑身上下的铁衣铠甲，
在阳光下发亮耀眼。

他那高大的身躯，
如同黑色的高山。
他胯下的棕色骏马，
像一团火焰向前直蹿。
他的黄色铜制利箭，
闪动着耀眼的光焰。
他那红色铜制的战鼓，
苍蝇碰到也会发出声响。
他的月牙斧缠着银丝的斧柄，
在阳光下闪闪发光。

两位英雄仔细观看，
还没弄清楚来者究竟是何人。
就在此时，
那个巨人突然看见，
乔云阿勒普的尸体躺在路边。
他挥舞着马鞭把人呼唤，

有五个人飞快地来到他身边。
其中一个人扑上前跪下，
痛苦万状大声哭喊。
眼泪像洪水般喷涌，
顺着衣襟往下滚翻。

“我为什么没有见到活着的你？
是谁把你杀害，死得这样悲惨，
我要为你报仇雪恨斩草除根！”

此时众人上前扶着他安慰：
“英雄啊，不要再哭，
已经死去的人不能生还。”

交达尔老人执意前去看个分明，
要弄清他们到底是什么人。
见到交达尔走近，
他们将老人围在中间。

穿蓝色铁衣的人开口问道：
“告诉我，你是什么人？”
交达尔老人回答道：
“我只是一个老人，
路过这里去办事情。
刚才看到这里的情景，
吓得我躲进山谷里面藏身。
我看你威武的相貌与众不同，
告诉我，你是什么人？”

“你既然想知道我是什么人，
请你记住，萨克塔是我的大名。
我的父亲是奇克台汗王，
几年前他被凯耐尼木杀死血债尚未还清。
我要向他讨还血债，
率兵路过这里匆匆前行。

“大耳朵乔云阿勒普，

铜肚脐克克玛特，
穿着铁衣的夏勒克玛特，
他们三人是亲兄弟。
他们鼓足勇气下定决心，
要为我的父王奇克台汗报仇雪恨。

“在那边悲痛哭泣的少年，
是乔云阿勒普的亲生儿子。
他的名字叫萨然加，
他四处寻找父亲的踪迹。
我们正好路过这里，
突然发现乔云阿勒普的尸体。
不知道是谁杀死了他，
你能否回答我的问题？”

交达尔听到萨克塔的话，
激动地开口说了话。
因为憋闷已久，
这下敞开了紧闭的话匣：
“萨克塔，你这个卡勒玛克人，
我早已知道你的名字。
你强迫民众出征，
从阔克图卡特启程。
你冲着凯耐尼木气势汹汹地出动，
妄想讨还奇克台的人命。

“你已经亲眼看清，
乔云阿勒普为了讨还血债，
已经在路边丧命。
夏勒克玛特也在塔拉斯丧生，
克克玛特死在阿特巴什。
这三个卡勒玛克连续送死，
是黄脸死神凯耐尼木，
将他们宰杀来祭奠玛纳斯的英灵。

“你们卡勒玛克人，
向呼罗珊和伊斯番，

赠送了大量的珠宝金银，
连单峰驼也一起奉献，
请求他们出兵支援。

“塔吉克的铁米尔别克，
经不住你们诱惑领兵参战。
尽管他奋力拼杀争战，
最终还是在凯耐尼木手下丧命。
他们一个个都暴尸荒野，
成为乌鸦和秃鹫的美餐。
你萨克塔和萨然加，
假如胆敢把凯耐尼木冒犯，
他也会挖掉你们的双眼！

“也许你刚才所说的话，
都是和我开玩笑聊天。
开玩笑可不要太随便，
否则会自寻苦恼和忧烦。
你们俩若接受我的建议，
最好从这里尽快把家返还。

“假如你们执意与凯耐尼木交锋，
他会砍下你们的头颅，
眨眼间你们的一切就会宣告结束。

“他会折断你们的腰杆，
他会让你们滚落马鞍。
你们的小孩将成为孤儿，
你们的妻子将成为寡妇。

“凯耐尼木就在眼前，
他要向呼罗珊和伊斯番开战。
你们觉得后悔看来为时已晚，
死神正在将你们驱赶。
你们若不赶快转身逃跑，
死神将会降临在你们面前。

“我的名字叫交达尔别西木，
出来巡视管辖的边境，
我与乔云阿勒普在此相逢。
他说他已经将柯尔克孜人斩尽杀光，
已经将柯尔克孜人的鲜血舔尽喝干！
恰恰在这个时候，
凯耐尼木追踪来到面前。

“乔云阿勒普一见到凯耐尼木，
就将头盔扣在头上。
他拿起鞍头上的长矛，
怒气冲冲地拼杀较量。
你的这个卡勒玛克汗王，
就是这样从这个世界消亡。

“凯耐尼木就在那里，
在河边的草滩放马吃草。
你们如此前来挑衅，
他根本没有想到。”

对于交达尔的劝告，
萨克塔做出这样的回答：
“老家伙，即使你说的是实话，
凯耐尼木算什么英雄，
他为何不敢前来与我对阵？
他如若看到我们到来，
早就吓得屁滚尿流不敢露面。”

萨克塔转身又对萨然加说：
“只要自己生命尚存，
向别人求救算什么英雄？
请求呼罗珊和伊斯番出兵，
这是一个错误的决定。
将手中的财富送给别人，
更不是什么好事情。
这样做叫卡勒玛克丢人抬不起头，
也让自己钻进了死胡同。

“假如前来的呼罗珊和伊斯番人中，
有巨人或英雄在战斗中丧命，
他们的兄弟就会认为，
他是为卡勒玛克人送了命。

“他们会派人来到我们的门口，
天天闹事索取赔偿，
这对我们更是雪上加霜。

“事情弄到目前这种状况，
最好是各自的事各自担当。
既然我们与柯尔克孜结下仇恨，
就不怕在战斗中流血牺牲。

“我要凭我自己的力量，
和凯耐尼木单独较量。
我已把生死置之度外，
我要和他拼死抗争。”

他又面对交达尔大声狂叫：
“你说是凯耐尼木，
把乔云阿勒普头颅砍下，
满足了战胜敌手的欲望。
那么他现在藏在哪里？
他若有胆量就来与我较量！
我要给他无情的惩罚！

“我要挖掉他的双眼，
将他的鲜血喝光。
如果做不到这些，
我萨克塔宁愿走向死亡！”

萨克塔口出狂言，
率领着浩荡的兵丁，
扬起冲天的尘烟，
跃马继续向前。

奇克台之子与乔云阿勒普之子寻仇毙命

交达尔老人策马返回，
没有人追问他的去向。
萨克塔和萨然加，
没有把他放在心上。

交达尔来到凯耐尼木身旁，
将自己的所闻所见，
禀报得十分周详。

此时凯耐尼木对他讲：
“交达尔大伯，
请你再去一趟。
你就向那些蠢货讲明，
凯耐尼木就要来临，
他就是黄脸死神。
他不是来给你们偿命，
而是要向你们索命。”

交达尔再次策马前去，
挡住了那些少年，
将自己的来意，
凯耐尼木所说的话语，
一句不漏地告诉了他们。

萨克塔和萨然加听完，
命令队伍停止前进，
卸下行装就地扎寨安营。
他们商议安排下一步的行动：
“我们要一个一个上阵，

和他单独交锋。
就算凯耐尼木是一头大象，
那时也该筋疲力尽。”

见到卡勒玛克人的旌旗，
交达尔将凯耐尼木的战旗，
在醒目的地方高高插起。

萨克塔和萨然加，
争先恐后急于上阵。
为了头功争吵不休，
半天也无法决定。
有智慧的卡勒玛克人，
从中斡旋调停。
因为死去的奇克台汗是萨克塔的父亲，
最后还是决定先让他上阵。

卡勒玛克的英雄萨克塔，
身材高大如同一座山冈。
他肩挎着装满箭矢的箭袋，
手拿着射箭的强弓。
他携带着所有武器，
气势汹汹地冲向战场。
他祈求额拉特米那特神的保佑，
怀里揣着神的塑像。

萨克塔身背狼牙铁棒，
身上裹着层层铁衣。
他胸前穿着特制的护胸，
厚厚的铁带系在腰际。
他横眉怒目一脸杀气，
催动着黑花色坐骑。
这个该倒霉的萨克塔，
炫耀着自己的威风，
单枪匹马冲向战场。

他们交锋的地方满是一片虚土，

地势对双方都十分不利。
萨克塔妄想把凯耐尼木刺翻在地，
他抽打着黑花色骏马，
向凯耐尼木发起猛烈攻击，
凶猛的气势令人畏惧。

他们面对面激烈交战，
一次接一次戳出矛枪，
用矛枪驳回对方的矛枪，
矛枪相撞叮当作响。

他们抡起战斧猛力劈砍，
战斧相击斧刃崩裂。
接着又抽出战刀，
呐喊着向对方进攻。
战袍被撕成了碎片，
铠甲上也出现了许多裂缝。

他们厮打拼搏不择手段，
互相挥动匕首刺向对手，
不遗余力地拼命搏斗。
好像筋骨都被撕裂，
好像肋条折断一根不剩，
浑身上下疼痛难忍。

他们相互怒视对方，
眼睛射出仇恨的火光。
兵器相撞如同打铁迸出铿锵的响声，
与刺耳的呐喊交相呼应。

大地上突然卷起凛冽的寒风，
呼啸的狂风令人毛骨悚然心惊胆战。
吹得他们耳鸣目眩睁不开眼，
冻得他们手脚麻木浑身打战，
惊得他们嘴边上的髭须根根竖起。
衣摆在风中上下翻转，
似乎要把人们掀下马鞍。

地面生息的所有动物，
数不胜数的昆虫，
又冻又吓钻进了洞中，
躲在巢穴一动不动。

奇克台汗的儿子萨克塔，
气得咬破了自己的嘴唇鲜血直流，
他似乎在折磨着自己短暂的生命。
他挥舞着手中的矛枪，
呐喊着再次发起进攻。

威风凛凛的凯耐尼木，
武艺高强超群出众，
他用战斧回击戳来的矛枪。
遭到凯耐尼木打击怎能轻松?
被战斧击回的矛枪，
折断成数十截落入草丛。

萨克塔恼羞成怒，
拿起了随身的战斧。
凯耐尼木没有等他挥斧劈砍，
用矛尖对准他的臂膀，
狠狠地刺出一枪。

萨克塔的臂膀肌肉，
被矛尖击中皮开肉绽。
他鲜血喷涌疼痛难忍，
手中的战斧落在地面。

战场上的两位英雄，
一个受伤，一个安然无恙。
这个该死的萨克塔，
惊慌失措晕头转向。

黄脸死神凯耐尼木，
怎能就此罢休。

他对准萨克塔的咽喉，
狠狠地刺出一枪。
萨克塔从黑花骏马背上，
像蓬草一样飞落地上，
摔得头破血流顷刻送命。

萨然加这头野兽发出怒吼，
驱动战马冲上战场。
这头野兽一上来就叫嚷，
向凯耐尼木提出几项条件：
“我们不要让战马劳顿，
不必浪费我们的大好时光。
也不去玩弄各种花样，
今天不能像往常那样打仗。

“我们不要挡回对方的矛枪，
战斧劈来时也不要躲藏。
我们尽量甩开臂膀，
将铁棒砸向对方的头上。
让我们卷起衣袖和衣摆，
公平公正地摔倒对方。

“假如这样也不见分晓，
就让我们轮流出手吧。
凯耐尼木，
看谁穷途末路，
看谁道路宽广，
看谁勇敢，看谁胆小，
在决斗中就会区分清楚。”

对萨然加这样的提议，
凯耐尼木欣然同意，
表示一定奉陪到底。

他们分别拿起了带缨的长矛，
呼啸着刺向对方。
谁也没有挡回戳来的矛枪，

任凭它刺向自己的胸膛。

萨然加的护胸被矛尖击成碎片，
他的身体却未受丝毫损伤。
他向凯耐尼木戳出了矛枪，
矛枪撞到凯耐尼木的胸膛，
折断成无数截在空中飘荡。

萨然加又抡起战斧，
使出全身力气，
劈向凯耐尼木的头颅。
凯耐尼木的头盔，
顶部被打得向内凹陷。
萨然加的头盔，
被凯耐尼木击成碎片。

萨然加抽出利剑，
欲将凯耐尼木劈成两半。

凯耐尼木的利剑，
是居仁朵留下的遗产，
那才是真正的宝剑。
凯耐尼木等着对手劈砍，
他要让这个卡勒玛克死而无憾。

萨然加高举出鞘的宝剑，
寒光闪烁刺目耀眼。
萨然加胯下的神骏，
迈着碎步快速向前。
萨然加面带奸笑，
摆动着身躯冲到凯耐尼木面前。

萨然加声嘶力竭地叫喊，
高举宝剑猛烈地向下劈砍。
萨然加非常自信，
以为凯耐尼木定会被砍成两半。

凯耐尼木身穿的铠甲，
是阿克木朵遗留下的宝贵遗产，
这件铠甲刀枪不入。
萨然加的剑砍在铠甲上面，
被折断成四十多段。
猛虎般的英雄凯耐尼木，
毫发无损处之泰然。

萨然加失去宝剑，
被眼前的奇迹惊呆哑口无言。
威风凛凛的凯耐尼木，
瞅准对方的腰际猛挥宝剑。

萨然加本想挺起腰杆，
问清宝剑为何会被折断。
不料凯耐尼木的利剑，
已将他拦腰斩成两段。
他如同被伐倒的梧桐树一般，
上下两段滚落地面。

大耳朵乔云阿勒普，
奇克台汗的儿子萨克塔，
乔云阿勒普的儿子萨然加，
他们满怀愤怒和仇恨，
贸然向凯耐尼木挑战，
结果三个人相继送命告别人间。

他们每人手下有两万兵丁，
见此情景哭声连天。
他们将弓箭挂在脖颈上，
可怜巴巴地跪在地面。

他们不停地跪下磕头，
哭泣着乞求饶命。
凯耐尼木当即宣布自己的决定：
“你们是被赶来的兵丁，
你们没有什么责任。

我放你们原路返回，
不要在路上伤害行人百姓。”

卡勒玛克人踏上返程之路，
他们没有回到库兰的黄色山谷。
他们担心到了康阿依，
难免遭到歧视和排挤。
他们去了三个和硕[1]和吉里德孜[2]，
从此在那里生息繁衍。

让我们先放下这一段，
从凯耐尼木和凯斯莱提，
如何遭遇开始唱起。

① 和硕：地名。

② 吉里德孜：地名，意为星星。

呼罗珊和伊斯番联兵进犯柯尔克孜

凯斯莱提给塔拉斯民众降下灾难

凯耐尼木东奔西走经过几番激战，
离开家乡已经有不短的时间。
他心中牵挂着柯尔克孜父老乡亲，
决定要启程返回家园。

在凯耐尼木追踪乔云阿勒普之际，
呼罗珊的英雄凯斯莱提，
率兵向柯尔克孜发起攻击。
他叫喊着上场挑衅，
柯尔克孜的乔勒番拜，
冲出阵营前去迎敌。

凯斯莱提面对乔勒番拜，
目中无人十分傲气。
凡是过于自负的人，
总会摆出傲慢的架势来把人欺。
他高声询问对手叫什么名字，
乔勒番拜的回应也毫不客气：
“我的名字叫作乔勒番拜，
凡是与我较量的人，
无不感到后悔莫及。”

凯斯莱特听后心怀不满：
“凯耐尼木他在哪里？
我要和凯耐尼木见个高低。
不和你这个无能之辈纠缠，
快快返回你自己的营地。”

乔勒番拜毫不在意，

他挥舞着手中的长矛，
朝凯斯莱提的腰侧猛地一击。
长矛从中间断成两截，
凯斯莱提依然稳坐马鞍，
庞大的身躯纹丝不动，
犹如高山。

乔勒番拜继续较劲，
抡起门扇般的月牙斧。
凯斯莱提一动不动，
任凭他怎样砍劈。

乔勒番拜使出全身力气，
狠狠向凯斯莱提的头顶砍去，
头盔被击中裂开了一道缝隙。

羞愧难忍的凯斯莱提，
挥动马鞭猛抽战马，
靠近了身强力壮的乔勒番拜。
他伸出强有力的手臂，
搂住乔勒番拜的腰，
一下把他拉下马背，
摔落在地。
“有本事的再上来！”
他环顾着四周十分得意。

英雄苏云催动战马，
勇气十足地冲上战场。
他迅速追上凯斯莱提，
刺出了手中的矛枪。
不料被凯斯莱提一把抓住，
他的矛枪也被顺势夺去。
赤手空拳的苏云，
从马背上摔落在地。

凯斯莱提却刀下留人，
对乔勒番拜和苏云说道：

“你们俩赶紧爬起来，
返回自己的营地。
除了凯耐尼木以外，
谁都不要出阵自寻无趣。”

乔勒番拜和苏云回到营地，
将这话告诉了巴克特拜。
巴克特拜听后满腔怒气，
扬鞭策马向战场奔去。
他冲到凯斯莱提身旁，
乘对方不备就戳出矛枪。

凯斯莱提挨了一枪，
反觉得巴克特拜武艺高强，
只得和他交手一比高低。
他用脚后跟磕碰着马肚，
向巴克特拜发起攻击。
他的髯须足有四拃长，
战马跑动随风飘扬。

他挡回巴克特拜的矛枪，
对准巴克特拜的脊背猛击一掌。
高大如山的巴克特拜，
从圆扣子耳朵深棕色马背，
一下子滚落倒在地上。

凯斯莱提对他叫嚷：
“赶快骑上自己的马回营，
要记住我凯斯莱提的大名！
凯耐尼木怕我力大无穷，
不敢上阵与我交锋，
竟然派你们前来送命。

“我明天就要启程，
长驱直入向塔拉斯进攻。
如果凯耐尼木前来阻挡，
我就要剖开他的胸膛。

我要占领玛纳斯的宝座，
往后的事就要听从我的命令。

“我不会和你们谈判，
在此浪费宝贵时光。
今天我不取你们的性命，
等到凯耐尼木来到战场，
我要让他亲眼看着，
你们三个是怎样一起死亡。
这样才能树立起，
我凯斯莱提的英雄名望！

“我要从这里直奔塔拉斯，
只要是凯耐尼木部落的男子，
我将一个不留全部杀光！

“巴克特拜、苏云和乔勒番拜，
你们赶快回到部落里面。
去找凯耐尼木，
让他纠集人马准备应战。”

巴克特拜、苏云和乔勒番拜，
从呼罗珊人手中解脱之后，
情绪低落，心里郁闷，
他们一路小声地议论：
“我们不能在此久留，
要尽快向塔拉斯后撤。
在那里等待凯耐尼木归来，
一切按照他的安排去做。”

他们率领人马启程上路，
不像从前那样大张旗鼓，
小心翼翼悄悄地赶路。
让我们先放下这一段，
从萨拉玛特的事情唱起。

萨拉玛特是萨尔特巴依之子，

他从日落的地方回到故乡塔拉斯。
自从巴卡依大伯、汗王赛麦台依，
外祖母卡妮凯和雄狮古里巧绕，
还有月亮般的岳母阿依曲莱克，
一起从人间消失之后，
他不曾回到大塔拉斯①自己的家乡。

萨拉玛特心中思量：
“老人们都已相继离开人世，
我从那时一直没有回去看望。
我还是要到塔拉斯去一趟，
到阿依阔勒雄狮的陵墓前，
祭奠祈祷，拜谒瞻仰。”

他带着妻子杰孜碧列克，
领着两个小孩来到塔拉斯。
他听别人这样讲：
“英雄凯耐尼木汗王，
率领着部落中挑选的精兵强将，
前往塔吉克的杜尚别城，
和那里集结的卡勒玛克人打仗。”

萨拉玛特听后心中这样想：
“凯耐尼木不会是这样，
他从少年时候开始，
出征时总是单枪匹马独来独往。
现在这是怎么了，
为何兴师动众，制造紧张？”

萨拉玛特心里纳闷，
住在塔拉斯等了几天。
晌午时分传来了消息，
有兵马队伍就要到达色尔城下。

萨拉玛特闻讯而动，

① 大塔拉斯：在柯尔克孜语中，名词前面加“大”，表示伟大、神圣之意。

要去路口迎接尊敬的凯耐尼木。
就在他前去迎接的途中，
与巴克特拜、苏云、乔勒番拜相逢。

他们相互施礼问安，
萨拉玛特急切地发问：
“凯耐尼木他在哪里？”
巴克特拜向他解释一番，
凯耐尼木如何追踪敌人远离而去，
他们又为何回到这里。

萨拉玛特听后说道：
“勇士们，如果真是那样的话，
请你们不要急于下马，
也不要解散回家。
呼罗珊和伊斯番人，
随后马上就会到达。
一旦他们进入城中，
我们就会失去一切，
塔拉斯将不再是我们的家。

“凯斯莱提包藏祸心，
玩弄诡计向这里进军。
我们四个人都是勇士英雄，
如果色尔城被敌人占领，
玛纳斯的神灵就会惩罚我们。”

远征归来的勇士们，
心悦诚服地听从萨拉玛特的安排。
在吉勒根杜的边缘，
在玉奇阔绍依的盆地旁边，
让手下的兵马安营扎寨，
做好战斗准备严阵以待。

第二天中午时分，
伊斯番和呼罗珊人，
熙熙攘攘地赶到塔拉斯城。

他们看到扎好的一座座帐篷，
以为是把他们接待欢迎，
竟想把队伍直接开进军营。

萨拉玛特看出他们的意图，
立即派出信使前去阻挡。
他们听到萨拉玛特的名字，
摩拳擦掌准备较量。
伊斯番和呼罗珊人，
将战鼓咚咚擂响，
一排排士兵列队摆阵上场。
阵前树立起旌旗，
战旗猎猎迎风飘扬。
战争所需的各种武器，
能让对手流血的刀枪，
无一遗漏全都准备停当。

在阿恰汗的人马当中，
有一位大力士叫伊斯坎。
是个吞食人头的魔王，
他首先冲入战场。

柯尔克孜阵中的乔勒番拜，
见此岂能无动于衷？
他身披红色战袍，
就像饿虎下山般凶猛，
以柯尔克孜的名义单独交锋。

乔勒番拜和伊斯坎对阵，
那位大力士伊斯坎，
一心想把乔勒番拜刺中。
乔勒番拜心中认定，
萨拉玛特的主意英明。
他单枪匹马发起进攻，
一个回合就结束了伊斯坎的性命。

你要知道他们是怎样交锋，

伊斯坎为何一战丧命？
那是乔勒番拜戳出的矛枪，
穿透了伊斯坎的腋窝、前胸。

乔勒番拜就在当天，
又将阿恰汗的七名勇士刺翻，
他们都倒在地上一命归天。
加上伊斯坎一共八名，
这些武艺高强的英雄，
自食其果离开了人间。

傍晚人马休战回营，
各自派出哨兵和巡逻兵，
为兵马站岗放哨，
巡逻警戒直到天明。

整个塔拉斯的部众，
知道了敌人侵入的消息和敌情。
全体柯尔克孜民众，
用手揪着自己的衣领，
虔诚地祈求玛纳斯的英灵，
保佑他后代子孙的安宁。

次日太阳升起普照大地，
双方开始了新的战斗。
乔勒番拜冲出阵营，
要和对手继续单打独斗。

伊斯番人中无人敢上前迎战，
呼罗珊人中一名勇士冲了出来，
他在战场中狂呼乱喊。
来者名叫铁普凯，
这位英雄身经百战，
让多少个对手一败涂地有来无还。

乔勒番拜和铁普凯对阵，
他们咬牙切齿咬破嘴唇。

他们手中紧握锋利的矛枪，
对准对方致命的部位，
一次次狠狠地刺向对方。
矛枪与矛枪相撞，
发出叮叮当当的声响。

他们相互揣摩着对方，
到底有多大的力量。
拼杀一个回合比一个回合激烈，
两位英雄都不怕死亡。

乔勒番拜用力挡回，
铁普凯戳来的矛枪。
乔勒番拜抓住反击的战机，
心想："苍天将这个奴仆交到我手上，
我决不能让他逃避死亡。"
他瞄准对手暴露的腋窝，
手中的矛枪狠狠地刺去。
锋利的矛尖刺穿对手的胸膛，
铁普凯落马身亡，
黑色的血液顺着矛尖流淌。

呼罗珊的五名勇士，
被乔勒番拜连续刺翻。
太阳从头顶倾斜到西边，
没有人再敢与他交战，
乔勒番拜勒马回返。

面对伊斯番和呼罗珊众多敌人，
柯尔克孜部众不得安宁。
白天要同来犯者拼杀搏斗，
夜晚还要守护牲畜的安全。
乔勒番拜没有躺下睡觉，
熬到天亮都没有合眼。

战斗持续到第三天，
伊斯番和呼罗珊人，

开始纵缰驱马抢劫，
直奔柯尔克孜的畜圈。
妇女们害怕被糟践，
躲在屋内不敢露面。

萨拉玛特、巴克特拜，
苏云和乔勒番拜四位英雄，
面对呼罗珊和伊斯番的挑衅，
十分焦急气愤不堪。
他们决心痛击敌人展开肉搏战，
不能让敌人骚扰民众掠抢财物。

萨尔特巴依之子萨拉玛特，
是位名副其实的英雄好汉。
他高呼着玛纳斯的口号，
冲入呼罗珊的队伍中间，
东拼西杀横冲直撞，喊声震天。

他的矛尖沾满了鲜血，
打得呼罗珊人晕头转向。
凯斯莱提实在难以忍受，
退到队伍的一边。
萨拉玛特高呼着玛纳斯的口号，
直冲到凯斯莱提面前。

英雄萨拉玛特和凯斯莱提，
面对面拼杀展开较量。
他们使出了全身的力量，
凶狠地把矛枪刺向对方，
锋利的长矛在手中翻飞闪光。

呼罗珊和伊斯番人，
站在一旁注目观望。
呼罗珊和伊斯番人心中幻想：
“凯斯莱提就要把萨拉玛特，
刺得人仰马翻倒在地上。”

他俩手握着锋利的矛枪，
呐喊着刺向对方，
身后一阵阵烟尘飞扬。
看到他们激烈交锋的场面，
人们无不感到恐怖惊慌。
就在他们俩交战的地方，
兵器不断叮当碰撞，
空中闪烁着血红的火光。

他们彼此挡回对方的矛枪，
掉转马头重新开始较量。
超群出众的两位英雄，
似乎势均力敌旗鼓相当。
这两位英雄武艺高强，
不会被对方挑在矛尖上。

他们的吼声犹如电闪雷鸣，
他们的汗水犹如暴雨倾盆。
他们将自己短暂的生命，
维系在一根细细的鬃毛上。

矛尖碰击护胸叮叮当当，
战斧落在头盔上噼啪作响。
被折断成几截的矛枪，
呼啸着飞落远方。

马蹄卷起的土块，
飞溅在头上脸上。
他们紧锁眉头紧绷着脸，
就像阴沉的天要降下雪霜。

他们甩开臂膀，
用双手抡起战刀。
他们拼命厮打搏斗，
使劲撕扯对方的战袍。
铠甲被击破裂开了缝，
布鲁姆内衣撕成道道布条。

他们不停地挥舞矛枪断杀，
不给对手喘息之机会。

他们在马背上搏斗，
揪住对方的衣领，
拽住对方的衣襟，
把衣襟压在马鞍上面，
掉转马头使劲拖拽。

遇到下坡时紧追不舍，
来到半山腰仍厮打揪扯。
瞪圆两眼怒视着对方，
要在对手身上发泄满腔怒火。

他们用脚跟不停地磕碰马肚，
催促战马追逐在山坡上。
坎阔勒的空气稀薄，
骏马跑得气喘吁吁。
战马的耳朵交叉像剪刀一样，
不停地跳跃情绪激昂，
他俩驱马紧追不放。

两匹骏马靠近的时候，
两位勇士在马背上搏斗，
马镫相碰叮当作响。
落日的余晖渐渐退去，
双方休战回到营房。

柯尔克孜人接回萨拉玛特，
精心照料，躺下养伤，
萨拉玛特皮肤的损伤，
用獾胆汁涂抹治疗保养。
他们拿来泉水中三棱草的草浆，
洗涤伤口后贴敷在伤口上。

他们还派人到一个赛程之远的地方，
专门找来野狼和秃鹰的胆汁，

搅拌混合成药汤，
给萨拉玛特口服养伤。
他们又找来大熊的胆汁，
全部涂在伤口上。

直到拂晓快要天明，
萨拉玛特才停止痛苦的呻吟，
平静休息合上了眼睛。

见到萨拉玛特的伤势不轻，
柯尔克孜人十分担心：
“明日凯斯莱提再来挑战，
有谁能去迎战？”
凡是有头有脑的人，
想起凯斯莱提就感到不安。

他们辗转反侧彻夜不眠，
祈求玛纳斯的神灵保佑，
企盼着凯耐尼木英雄，
早日赶来保护父老乡亲。

柯尔克孜人心中确信：
“塔拉斯是有神灵守护的圣地，
自从玛纳斯成为它的主人，
凡是前来进犯的敌人，
从未能够把它占领。
玛纳斯的在天之灵，
一定会让柯尔克孜摆脱困境。”

老人们默默地流着眼泪，
妇女们不禁发出哭声。
青年人唉声叹气，
少妇们忐忑不安，
她们担心沦为敌人的战利品。

姑娘们含着眼泪心急如焚，
好像喝了烈性的烧酒，

五脏六腑烧灼般地疼痛。
柯尔克孜人只有哭声没有笑声，
家家户户都在诚心地祈祷，
祈求祖先玛纳斯的灵魂保佑，
人们在痛苦中熬到天明。

太阳升起照亮大地，
白毡帽的柯尔克孜人放眼望去，
只见雄狮的陵墓显现出灵气。
这时在聚集的人群里，
突然有人大声喊叫着报喜。

原来是位小伙名叫吐库塔依，
他精通用石子占卜。
他郑重地向人们宣布：
“我用石子做过占卜，
知道凯耐尼木已经踏上归途。
如果他今日傍晚不到，
我愿让你们把我杀掉！”

用肩胛骨卜算的卡勒拜也接着喊道：
“尊敬的年迈的老人，你们听着！
乳臭未干的少年，你们也听着！
承担着民众重担的壮年人，
你们也听着！
全世界的柯尔克孜人，
你们都听着！
如果我的预言错误荒诞，
你们用乱棍打死我也不为过。

“我仔细观察了母盘羊的肩胛，
我知晓世上发生的所有事情：
凯耐尼木杀死了乔云阿勒普，
这事办得实在大快人心。

“就在此时从康阿依的边境，
又来了铺天盖地的人马兵丁。

领头的是六个大力士和巨人，
个个都是身强力壮的年轻英雄。

“他们率兵前来挑战，
是为了找汗王凯耐尼木报仇怨，
他们的愿望没能实现，
一个个被凯耐尼木斩杀归了天。

“凯耐尼木将敌兵驱赶出境，
自己也已踏上归程。
他心中惦念着柯尔克孜百姓，
焦急不安，日夜兼程。
马不停蹄风驰电掣，
坎库拉骏马汗水流淌不停。

“汗王阔绍依在世的时候，
已将身后的事情安排妥当，
他的安排至今造福着部众百姓。
我们中间的巴克特拜，
就是阔绍依的子孙。
他将阻挡凯斯莱特骚扰百姓，
定能叫敌人寸步难行。

“自从凯耐尼木降生柯尔克孜中间，
就为我们打开了人间天堂的大门。
呼罗珊和伊斯番人，
贸然向柯尔克孜进犯，
那是死神在将他们召唤。
他们将被凯耐尼木打败，
血水四溅狼狈不堪。”

卡勒拜的话音刚落，
在场的人齐声称赞：
“孩子啊，感谢你的吉言！”

呼罗珊人派了密探，
混进这里的百姓中间。

他听到占卜师的预言，
心想占卜师既然能够预见，
也能识破自己的嘴脸，
于是趁早慌忙逃窜。

这时卡勒拜告诉人们：
“呼罗珊的密探就在我们中间，
偷听我们的商谈和预言。
我们故意装作没看见，
让他以为我们没有把他发现，
这样做就是为了让他把话递传。”

那个呼罗珊的密探，
回到了主子身边，
将占卜师的预言，
一字不漏向主人禀报周全。

达比塔依和阿恰汗听完密报，
心中惊慌忐忑不安。
凯斯莱提听完恼怒不堪：
“今日我不去上场挑战，
要留在营地精心备战。
我发誓要将凯耐尼木巨人，
用长矛刺下马鞍，
砍倒柯尔克孜的旗杆！

“英雄的阿恰汗啊，
今日你去挑战！
萨拉玛特今日上不了战场，
他拼杀的力量已经用完。
柯尔克孜除了他以外，
没有人能与你较量争战。”

听从凯斯莱提的吩咐，
阿恰汗冲入了战场。
他头上扣着闪亮的头盔，
鞍前横放着粗大的铁棒。

他狂呼着挥舞矛枪，
单独挑战将战旗摇晃：

“有能耐的赶紧上场！
如果你们害怕单独较量，
两三个人一起上来也无妨。
我是伊斯番的阿恰汗，
我打败过多少精兵强将。
如果谁的死期已到，
谁就上来接受死亡！”

柯尔克孜的雄鹰，
勇气十足的乔勒番拜，
高呼着玛纳斯的口号，
勇猛地上前迎战。
他知道了凯耐尼木归来的消息，
心怀此战必胜的信念。

阿恰汗和乔勒番拜，
面对面打了一个回合，
相互挡回了对方刺来的矛枪。
就在掉转马头的时候，
身经百战的阿恰汗，
闪身躲过乔勒番拜的矛枪。
他训练有素的坐骑，
犹如水中机敏灵活的游鱼，
快速转到了乔勒番拜的背后。
阿恰汗抓住了有利战机，
矛枪对准乔勒番拜的腰侧刺去。
武艺超群的勇士乔勒番拜，
不慎中枪在马背上左右摇晃，
双脚脱镫一头栽倒在地上。

苏云见状愤怒不已，
催动骏马猛冲前来救急。
该死的阿恰汗闪身避开了攻击。
就在苏云转身之际，

阿恰汗又将苏云刺翻落地。

加勒格再克的儿子巴克特拜，
机智勇敢精明能干，
临场处事坚决果断。
他没有瞻前顾后左顾右盼，
不惜自己珍贵的生命，
毫不犹豫催马向前，
救出了乔勒番拜和苏云。

阿恰汗刺翻了苏云和乔勒番拜，
更加助长了他的嚣张气焰。
巴克特拜和阿恰汗，
不曾在战场对峙刀戈相见，
今日初次交锋展开了一场激战。

巴克特拜的圆扣子耳朵深棕色骏马，
驰骋千里机智灵活。
就是遇到纵横的沟壑，
如履平地从不失蹄。
面对崇山峻岭，
也身轻如燕飞跃而过。
任凭阿恰汗的坐骑，
怎样拐弯抹角，
深棕色骏马紧追不舍。

巴克特拜虽然年轻，
他的智慧超群，武艺精湛。
两位英雄找不到对方的破绽，
对峙许久都无法将对方刺翻。

厄运即将来临的阿恰汗，
奸诈狡猾，古怪刁钻。
他勒紧马缰右闪左转，
使得巴克特拜眼花缭乱，
乘机把矛枪刺向对方的腰间。
巴克特拜中枪险些落马，

抓住马鬃坐稳了马鞍。

“我巴克特拜岂能被他的花招蒙骗？”
他振奋精神眼睛紧盯着阿恰汗，
将矛枪猛刺过去，
矛枪直刺阿恰汗宽大的前胸。
阿恰汗中枪在马背摇晃，
旋即调整身躯坐稳马鞍。
可惜巴克特拜用劲不足，
未能将阿恰汗刺翻。

阿恰汗虽然未被刺翻，
他的腹内充血肋骨已被击断。
他只好向巴克特拜请求停战：
“我阿恰汗南征北战天下扬名，
还没有人能够像你一样，
用矛枪把我击伤。

“今天我们是初次交锋，
已经领教到你力大无比武艺高强。
我今天匆忙上场没吃早饭，
现在饥肠辘辘没有力量。

“我要回营吃饭，换上新的铠甲，
等我回来再继续较量。
我的要求只有这些，
你能不能让我退出战场？”
阿恰汗装出一副可怜的模样。

巴克特拜胸襟坦荡，
在战场上也表现出宽宏大量，
过去的事情不放在心上。
他说：“你要去就去吧！
不必在此装模作样！”

塔拉斯民众盼望凯耐尼木远征凯旋

就在阿恰汗回营的时候，
英雄凯耐尼木回到了家乡。
柯尔克孜人欢腾雀跃，
盼望已久的红色猛虎①，
终于回到乡亲们身旁。

有的人策马跑前跑后，
鞍前抱着黄色山羊羔，
要为英雄驱邪避灾做萨达哈。
有的人挑选出白色母马宰杀，
将阿依阔勒玛纳斯祭奠。
有的人忙着宰杀黄牛，
连皮带肉施舍给乡亲们。
柯尔克孜人大声祈祷：
"祈求雄狮玛纳斯的在天之灵，
保佑他的后代子孙平安，
保佑凯耐尼木旗开得胜！"

人们奔走相告：
"我们险些陷入绝境，
是我们的猛虎赶回家里，
让我们化险为夷绝处逢生。"

人们告诉大地：
"塔拉斯，坎阔勒阿塔②，
你看，你的儿子终于回到身旁，

① 红色猛虎：对凯耐尼木的美称。

② 阿塔：柯尔克孜语，父亲。

他是那样威武高大，坚强无敌。”

人们告诉湖泊：
“你的湖水差一点被吸干，
我们险些被干旱夺去性命。
如今，英雄汗王回到你的身旁，
但现在你依然碧波荡漾水光连天。”

人们告诉野鹿和盘羊：
“你们差一点死在沙漠上，
现在没有人追踪你们，
没有人向你们射箭、开枪，
愿你们欢聚在绿色的山冈。”

人们告诉天鹅、野鸭：
“你们在卡拉苏河游荡，
曾经面临死亡。
凯耐尼木汗王回到家乡，
现在你们已经得救，
可以在蓝天碧波放声欢唱。”

人们告诉马群：
“来犯之敌骑着他们的坐骑，
手持皮鞭和长长的套杆，
将你们无情地鞭挞驱赶，
你们一时遭受了苦难。
现在你们可以扬鬃奋蹄尽情撒欢，
在辽阔的草原上任意驰骋！”

人们告诉驼群：
“你们险些被驮上大山般的货物，
排成长队强行驱赶到异域他乡。
现在你们可以悠闲自在地漫步草原，
吃草饮水，填满自己的肚肠。”

人们告诉牛群：
“你们险些被打得皮开肉绽，

强迫远离家乡。
现在你们可以沿着草滩，
安心吃草随心所愿。”

人们告诉羊群：
“你们是柯尔克孜的财富，
你们让柯尔克孜繁荣富裕。
你们险些被敌人掳掠夺走，
幸亏英雄赶来把你们保护。
愿你们在丘陵山川上遍布，
在牧草丰盛的河边吃饱喝足。
愿你们无忧无虑膘肥体壮，
为柯尔克孜民众带来富裕与欢乐。”

人们告诉群山：
“你们挺立着巍峨的身躯，
骄傲地与蓝天比肩。
你们林立的高峰，
从三日路程以外也能看见。
著名的塔拉斯山，
你的儿子凯耐尼木回到你的身边，
被侵袭的灾难即将过去，
你将永远昂首屹立，扬眉吐气。”

人们告诉河流：
“你中间狭窄湍急，
两边像湖泊一样宽阔平坦。
你平日闪着银光缓缓流动，
每到涨水的季节，
水声犹如姑娘的笑声一般。
你如同走马驰骋大步流星，
呼出的水汽弥漫大河两岸。
你的儿子凯耐尼木回到了你的身边，
你不必再为强盗入侵而呜咽怒吼，
现在你到了咆哮奔腾欢歌的时光！”

人们告诉峡谷山坡：

“你怀抱着茂密的森林，
顺着谷地吹来轻柔的风。
无数的牛羊马驼，
布满在你的怀抱之中，
你的主人凯耐尼木已经返回，
你该展现更加美丽的身影。”

人们告诉深山牧场：
“你的阳坡长满花楸荆条，
还有柏树和驼尾草，
丛林间长着盘羊草。
白桦树头顶着蓝天，
野柳花枝垂到地面。
你的阴坡遍布茂密的松树，
棵棵松树犹如姑娘们亭亭玉立。
人们站在山脊放眼望去，
美丽的景色令人惊叹不已。
玛纳斯的故乡塔拉斯，
是人世间最美丽的圣地。
我们差一点让苍天惩罚，
你险些眼睁睁地被敌人侵占。
幸亏凯耐尼木及时赶来，
请敞开双臂把你的孩子抱在怀里。”

人们告诉沼泽地：
“野鸭和野鹅相互呼应，
鸣唱在你宽阔的怀抱之中。
你的边沿长满芦苇，
随着微风轻轻摇动。
成群结队的水鸟齐鸣，
清脆的歌声迷人动听。
用你清纯的泉水解渴，
犹如把醇香的马奶酒畅饮。
你险些遭到践踏破坏，
幸亏威武的英雄到来，
你可以放心舒展广阔的胸怀。”

人们告诉山石：
“你在阳光下耀眼夺目，
你在雨中晶莹闪光。
有时你长满厚厚的苔藓，
犹如铺开了柔软的地毯。
你虽是石头而胜过黄金，
昨天你险些遭到劫难。
多亏主人凯耐尼木归来，
才保护你自由平安！”

人们向玛纳斯神灵祈祷：
“塔拉斯是柯尔克孜的家乡，
色尔城是保护柯尔克孜的屏障。
阿依阔勒汗王玛纳斯啊，
请你的在天之灵，
将白毡帽的柯尔克孜护佑！

“你的名声在人间传扬已久，
柯尔克孜你不护佑谁来护佑？
愿汗王玛纳斯的英灵，
保佑凯耐尼木儿郎赶走列强。”

人们告诉了大地和湖泊，
人们告诉了山峦和平川；
人们告诉了河流、河谷和沼泽，
人们告诉了深山牧场、青草和树木；
人们告诉了石头和牧放的牲畜，
人们告诉了所有的野生动物。

塔拉斯的男女老少奔走相告：
“英雄凯耐尼木回来了！”
白毡帽的柯尔克孜家喻户晓。
当敌人兵临城下的时候，
他们束手无策急得火烧眉毛。
英雄凯耐尼木归来之后，
他们喜出望外眉开眼笑。

人们情不自禁互相道喜，
向已故的玛纳斯祈祷，
祈求他的在天之灵佑护。
各自倾诉心中的苦衷、忧愁和烦恼，
喋喋不休，唠唠叨叨。

凯耐尼木得知敌人进犯塔拉斯城，
怒不可遏，义愤填膺。
他看到戴白毡帽的柯尔克孜人，
无论年轻的姑娘或小伙，
个个面容憔悴满脸泪痕，
就像秋天的野草一样枯黄。

人们赶来了白色的马，
黄色的牛和山羊，
准备去做萨达哈。
塔拉斯的柯尔克孜乡亲，
万众祈祷玛纳斯的英灵。

为了维护同胞的安宁，
为了保护大塔拉斯城，
面对霸道横行的敌人，
人人不惜献出自己的生命。

凯耐尼木肃穆端庄，
人们不曾见过他的笑容。
他看到眼前百姓的情景，
肝肠寸断痛苦万分。

凯耐尼木眉头紧锁满面怒容，
露出门扇般的门牙，
发出鹰隼般的吼声：
“白毡帽的柯尔克孜乡亲，
坎阔勒、大塔拉斯是我们的故乡。
众人的祈祷神灵定会接受，
大玛纳斯的灵魂佑护我们。

“我们不能忘记这些先辈：
巴卡依老人、卡妮凯曾祖母，
赛麦台依汗王、阿依曲莱克祖母，
还有雄狮英雄古里斯坦，
如果我们忘记他们，
苍天就会惩罚我们。

“一代英雄我的父王赛依铁克，
还有我的母亲大力士库娅勒，
他们力大无穷，所向无敌。
在他们之前还有许多英雄：
阿勒曼别特、雄狮楚瓦克、勇士色尔哈克，
还有圣贤阔绍依老人家，
穆孜布尔恰克、托什吐克，
阿依达尔罕的儿子阔克确，
这些先辈我们一个也不能忘记。

“阿依阔勒时时刻刻护佑着我们，
还有我的兄长阿勒木萨日克。
和我们共同享受幸福与欢乐，
和我们共同承担苦难与灾祸。
那四十个勇士的英灵，
也时刻和我们同行。

“杰出的先辈数不胜数，
能说会道的阿吉巴依，
高贵谦恭的赛热克，
每当危难之际就会挺身而出；
占卜师卡拉托略克，
神机妙算，料事如神，
他观察光板肩胛骨，
就能把未来的事情说得万确千真。

“阿勒木家族的阿拉坎，
他是不该被遗忘的能人。
卡德尔、加依纳克、秀图，
他们都有一双明亮的眼睛，

在黑夜行军的时候，
能够看得像白天一样分明。

“吐曼加依纳克机智聪明，
即使在夜间行军，
他也能辨认出狐狸的足印，
总是在前面追踪敌人。

“管理部族的艾拉曼，
掌管部众的卡勒卡曼，
指挥人马的托阔诺依，
四十勇士的首领克尔葛勒恰勒，
这些勇士一直到死，
为柯尔克孜忠诚效劳奉献终生。

“勇士们听从青鬃狼玛纳斯的调遣，
共同奋斗并肩作战。
额尔奇吾勒、包孜吾勒，
塔孜巴依玛特精明能干，
我们不能忘记他们，
我从小就把他们牢记在心间。

“我向所有逝去的英雄虔诚祈祷，
祈求英雄的灵魂护佑支援。
柯尔克孜人正面临危难，
我要奋勇杀敌一马当先。
请所有乡亲和我一起，
祈求玛纳斯阿依阔勒的神灵保佑。
我要向来犯的疯狗开战，
让敌人的鲜血横流飞溅！

“白毡帽柯尔克孜是我的同胞亲人，
塔拉斯是我们祖祖辈辈的热土故地。
凶恶的来犯之敌，
企图在塔拉斯横冲直撞，
让柯尔克孜人家破人亡。
柯尔克孜的儿子凯耐尼木，

怎能安心回家休养！”

远征归来的凯耐尼木没有走进家门，
没有回家喝一口热茶，
也没有下马歇息一下。
他高大威武的身躯，
没有离开坎库拉的马背。
他挥动着手中锐利的长矛，
催马扬鞭直奔沙场。

英雄凯耐尼木纵马迎战，
柯尔克孜人人精神振奋。
塔拉斯大地五彩缤纷，
遍地的青草碧绿如茵。
满山鲜花万紫千红，
松柏苍翠白桦成荫。

湖水荡漾波光粼粼，
野鸭野鹅呱呱鸣叫，
鱼儿在水中欢蹦乱跳。
雪鸡在山中高声鸣唱，
狍鹿在林中蹦蹦跳跳。

路边的杨树直立腰杆，
犹如岿然站立的岗哨。
山鹰展开双翅在碧空盘旋，
野鹿兴高采烈奋蹄舞蹈。
雄盘羊和野山羊，
激动得晃动着巨大的犄角。

骆驼个个兴奋不已，
舞动着笨重的四蹄。
黄牛个个高兴得东奔西跑，
马驹奋蹄扬鬃在草原上驰骋。
连野兽都在欢笑，
猎隼展翅直冲云霄。

宜人的山风阵阵吹来，
坎阔勒的天空烟消云散。
白毡帽的柯尔克孜人大声呼喊：
“祝愿英雄驱除顽敌旗开得胜！”

柯尔克孜男人们扬眉吐气，
姑娘少妇们喜上眉梢。

听说死神萨日克已经回到塔拉斯，
柯尔克孜人人精神振奋。
男人们个个昂首挺胸，
恢复了往日的尊严。
姑娘媳妇头戴华丽的貂皮帽，
鬓发整齐地梳在两边，
欢声笑语快乐开颜。

凯耐尼木没有下马卸鞍，
他催动坎库拉骏马前去应战。
他穿着蓝色的战靴，
马鞍上垫着皮革的鞍垫，
勇敢的雄狮就要出现在战场。

凯耐尼木与凯斯莱提初次交锋

得知凯耐尼木已经回来的消息，
凯斯莱提召唤阿恰汗见面商议：
“阿恰汗，
你一马当先上阵拼杀作战，
接连把柯尔克孜的两个勇士放翻。
你和巴克特拜只是短暂交锋，
并未能让他鲜血四溅。
你为什么不能坚持到底，
半途而废休战返还？”

阿恰汗当即回答：
“英雄凯斯莱提，
请你把我的话仔细倾听，
巴克特拜是一位真正的英雄，
我连续被他击中浑身疼痛。
我失去了拼杀的力量，
无法和他继续交锋。
如果再打一个回合，
我就会失去生命。
我觉得死神越来越近，
再打下去我将无法脱身。”

凯斯莱提接上了话茬：
“我就为这件事情来和你商议。
阿恰汗，你说的全是真话，
你的话没有半点虚假。
你的话是真心实意，
证明你忠诚可靠很讲义气。

“柯尔克孜的勇士英雄，
巴克特拜、苏云和乔勒番拜，
我根本就不放在眼里。
凯耐尼木骑着坎库拉就要来临，
我要给他迎头痛击。

“我决不收回自己的誓言，
我要亲自上阵单独和他作战。
对巴克特拜、苏云、乔勒番拜，
我也曾经有话在先：
在塔拉斯的战场作战，
我将他们三个接连打翻，
我又刀下留人放他们生还。

“我也给他们留下誓言：
我要在凯耐尼木的面前，
把他们三个人的头颅砍断。
这不是吓唬柯尔克孜的狂言，
你阿恰汗曾在场看见，
我也不会对人们隐瞒。

“今天凯耐尼木前来交战，
我把他看得比裤脚还低贱。
我不让他打第二个回合，
就在第一个回合把他刺翻。

“听说柯尔克孜少妇少女美貌非凡，
我要把她们统统当作战利品。
柯尔克孜大小部落连成一片，
我要把玛纳斯部众，
一个不留杀绝斩尽。

“我要把他们的毡房支架，
当作烧火棍烧成灰烬。
我要让他们痛苦难当，
我要做出他们永远难忘的事情，
这样我才能解恨过瘾！

“铁米尔别克和乔云阿勒普，
和我一起踏上征程，
他们都被凯耐尼木战败杀死，
我一定为他们讨还血债报仇雪恨。

“我要砍下凯耐尼木的头颅，
我要在他两只脚上钉上木钉，
让他遭到永世难忘的报应。

“我要砸烂玛纳斯的陵墓，
我要将塔拉斯烧成灰烬。
我要从人世间抹去玛纳斯的遗迹，
从此无人提及他的姓名。

“我要摧毁他的城堡，
我要踏平他的园林，
我要抽干碧波荡漾的湖水。
我要将他们剩下的男女老少，
驱赶到呼罗珊、伊斯番和康阿依，
分给那里的人当奴隶。

“我要让他们的老人痛苦不已，
我要让他们的小儿不停哭泣，
我要让他们的妇女成为女仆，
我要把他们的姑娘当作战利品，
发配到世界各地。

“我要让他们的男人断子绝孙，
我要让他们的妇女失去生育能力。
我要让所有的阿拉什人，
把各种苦头吃尽！

“再见，阿恰汗，
我就要去迎战凯耐尼木。
我特地和你相见，
就想说出憋在心里的话语。”

凯斯莱提骑着黄色的骏马，
身穿层层铁衣铠甲。
腰间系着厚重的铁腰带，
背负着坚固硕大的盾牌。

他手中的长矛无比锋利，
狼牙棒闪闪发光。
他携带着各种各样的武器，
挂满全身就像梧桐树枝一样。

凯斯莱提面色乌黑怒气冲冲，
他调动全身的筋骨，
集中浑身的力气，
要和凯耐尼木拼杀到底。

凯斯莱提眯缝着小眼睛，
他是人还是大黑熊，
人们很难辨清。
这个目空一切的狂徒，
他把凯耐尼木和他的勇士看得很轻。

凯斯莱提晃动长矛直刺天空，
他的吼声如同霹雳山摇地动，
大地剧烈震颤快要裂缝。
他如同地下钻出的野兽，
喉咙里发出粗野的嚎叫声。
他如同旱地干渴的癞蛤蟆，
喉咙不停地蠕动。

凯斯莱提胯下的黄色骏马，
奔跑如飞四蹄生风。
这个该死的畜生，
向凯耐尼木越逼越近。
他身后跟随的六条野狗，
狂吠乱咬气势汹汹。

凯斯莱提冲到凯耐尼木面前，
根本不问凯耐尼木的姓名：
“我看你就是凯耐尼木，
我就是凯斯莱提英雄。
我要将你和你的坐骑，
碾得粉碎变成齑粉。
我要把你的鲜血，
像雨点般向大地撒尽。

“凯耐尼木，我来了！
难道你不知道你的死期已临近！”

这个该死的家伙高声叫嚷，
不停地挥舞着手中的矛枪。
他集中全身的力量，
凶狠地向凯耐尼木刺出了矛枪。

凯耐尼木紧握战斧，
从下向上挡住了矛枪。
长矛与战斧碰撞断成碎片，
碎片四溅散落在地上。

我的同胞猛虎凯耐尼木，
他是所向披靡的英雄。
他从来不会去欺侮别人，
更不会恶意向别人挑衅。
如果敌人欺侮柯尔克孜同胞兄弟，
他会毫不犹豫勇猛地冲上前去。
他的长矛和铁蹄，
会让强敌灰飞烟灭。

我的同胞英雄凯耐尼木，
紧握矛枪发起了进攻。
他对准呼罗珊人[①]的腋窝，
勇猛地刺出了矛枪。

① 呼罗珊人：这里指的是凯斯莱提。

不料长矛拦腰折断，
英雄失去武器两手空空。

柯尔克孜人见状焦急万分，
急忙将矛枪送到英雄手中。

凯斯莱提心狠手辣诡计多端，
利用这个时间拿起了狼牙棒。
他像疯狗一样狂叫，
冲到凯耐尼木身旁。
他举起狼牙棒，
砸向柯尔克孜的青鬃狼[①]。
狼牙棒发出奇异的声响，
呼啸声震耳欲聋。
狼牙棒来势凶猛，
大地扬起阵阵烟尘。
烟尘不断向上翻滚，
旋即升腾到天空。

柯尔克孜人见状大声惊呼，
担心凯耐尼木面临险情。

凯耐尼木是久经沙场的英雄，
比凯斯莱提更加精明。
凯耐尼木不是胆小之辈，
他沉着应战处乱不惊，
他是浑身是胆的英雄。

面对高举的狼牙棒，
青鬃狼泰然处之不惊不慌。
他对准凯斯莱提的腋窝，
勇猛地刺出了矛枪，
矛枪被坚硬的铠甲弹到一旁。

就在这个瞬间，

① 青鬃狼：这里指的是凯耐尼木。

眼疾手快的凯耐尼木再次刺出矛枪。
矛尖击伤凯斯莱提的臂膀，
臂膀肌肉裂开了一拃长；
矛尖击穿肌肉，
韧带遭受损伤。

狼牙棒脱手落在地上，
凯斯莱提大惊失色意乱心慌。
凯耐尼木胯下的坎库拉骏马，
咬紧嚼环扭着头，
冲过凯斯莱提身旁。

凯斯莱提摇晃着受伤的身体，
乘机逃向呼罗珊的营帐。
凯斯莱提踉踉跄跄仓皇逃命，
这头大熊变得像只公山羊。
鼻孔膨胀上气不接下气，
长袍的衣摆在风中飘荡。

凯斯莱提逃回自己的营帐，
发泄心中的怨言：
“我的首领达比塔依，
我们本该养好自己的牲畜，
知足地生活静守在家里。
就在乔云阿勒普战败逃跑之时，
我们就该收兵回去。

“我们接受了卡勒玛克许多礼品，
接受了成队驮着货物的单峰驼，
接受了银圆和黄金；
我们接受了成捆的丝绸锦缎，
接受了上等的优良茶叶，
为此充当了卡勒玛克的先锋，
率兵向柯尔克孜的塔拉斯进攻。

“我们企图获取无数牲畜，
一夜之间成为富翁。

我们企图抓获阿拉什人做俘虏，
让他们的姑娘做媳妇，
让他们的男人做奴隶去放牧，
让他们的媳妇刷锅洗碗做仆从。

“呼罗珊和伊斯番是富饶之地，
我们的生活幸福宁静十分安逸。
我们放着自己的福祉不去享受，
为什么疯疯癫癫跑到这里。

“我们是鬼迷心窍昏了头脑，
上当受骗落入了圈套。
来到这里招灾惹祸自讨苦吃，
这样的后果谁也没有想到。

“来的时候没有留心撤退的路，
不知道撤退该从哪个山口行走。
说不定我们会在这里鲜血流尽，
粉身碎骨一败涂地。
我们的妻子儿女将悲痛哭泣，
凄苦的泪水如同倾盆大雨。”

凯斯莱提话音刚落，
达比塔依和阿恰汗立即反驳。
伊斯番人阿恰汗首先开口：
“凯斯莱提，你听我说，
巴克特拜、苏云和乔勒番拜，
是你凯斯莱提把他们三人接连放走。

“现在凯耐尼木出马应战，
就该轮到你去吃点苦头。
你自己曾经刀下留人，
柯尔克孜今天怎不对你留情？
你不要把财富看得太重，
这会折损你的寿命。

“我们兴师动众来到塔拉斯，

难道甘愿忍受凯耐尼木的欺凌，
然后垂头丧气地踏上返程？

“你在呼罗珊养尊处优，
是我们把你精心供养。
现在该让你向世人展示，
你强大无比的力量。

“只要没有鲜血流尽而死，
我们就要和对手拼死交锋。
见了柯尔克孜就想逃窜，
你说这话成何体统？

“不拿矛枪拼刺，
不去顽强搏斗，
怎能将对手战胜？

“凯斯莱提，你还活着，
就说那些令人晦气的话，
你的羞愧之心去了哪里？

“对我和达比塔依的为人，
你凯斯莱提了如指掌。
面对交战的对手，
我们从未临阵逃亡。
凯斯莱提，
如果你不觉得丢脸，
你就尽管逃离战场。”

紧接着阿恰汗的话语，
达比塔依推波助澜：
“凯斯莱提，你曾经自命不凡，
说过许多壮语豪言。
今日却主张逃命，
说出这样的话还有什么脸面？

“凯斯莱提，

你只不过是个勇士，
而我是掌权的汗王。
你要知道我们的关系，
不要在这里信口雌黄。

“你今日可以回帐休息，
明日要准备再上战场，
继续和柯尔克孜人较量。

“你要紧握卓依库玛，
那是锋利的纯钢宝剑。
你要将自命不凡的凯耐尼木，
从头顶劈成两半。
假如你在交战中支持不住，
我会作为你的靠山前去支援。

“你一直活到四十岁年龄，
动都不动在家中休养。
你所有的生活费用，
我一声不吭全部保障。

“凯斯莱提，如今该你行动，
将吃过的食盐[1]报偿。

“你经常自吹自擂自我夸奖，
你说的是真是假令人很费思量。
你今天为什么不再称雄标榜？
你到底有多大勇气和力量，
明日我要仔细观察打量。

“你别以为我们会怕死逃命，
这就是我对你的回应。
只要我的生命一息尚存，
怎么会踏上逃跑的路程？

① 吃过的食盐：在柯尔克孜语中表示“养育之恩”的习惯语。

“刚才阿恰汗的一番话，
我在仔细品味，认真聆听。
凯斯莱提，难道你没有听懂？
他是在把你讥笑嘲讽。

“我达比塔依是一名英雄，
我以为你比我更加勇猛。
我指望你在战争中，
成为我可靠的支撑。
真没想到你的第一个主张，
竟是临阵脱逃收兵逃命。

“我一定要在伊斯番人前面，
把柯尔克孜人打败。
如果当初我不相信你，
怎么会同你带兵来到这里？

“在卡勒玛克送礼的时候，
作为汗王我理当首先接收。
你也在别人面前，
将头份礼物接受。
不论何时何地，
你总是排在其他人前头。
如果不是因为你的英雄称号，
你怎能享受这种荣耀！

“凯斯莱提，你给我听着，
不打败柯尔克孜我们决不会收兵，
这里的战事将继续进行。
如果我们兵力不够，
就要再从民间招募补充。
我要让小小的柯尔克孜，
穷途末路水尽山穷。

“我要让趾高气扬的柯尔克孜人，
丧失坐骑徒步行走，疲于奔命。
让神气十足的男士给我刷锅洗碗，

让他们的美貌姑娘为我生儿育女。
如果我做不到这些，
怎样对得起乔云阿勒普的遗志？

“乔云阿勒普曾经对我讲过，
对契丹和柯尔克孜人，
决不能心慈手软。
如果善待契丹人，
他反而会把你用铡刀铡断。
如果善待柯尔克孜人，
他反而抢夺你的牲畜和坐骑。

“这些话我亲耳听到，
到现在记得清楚分明。
我一向说到做到，
我决不会就此撤兵，
我决不离开塔拉斯半步。”

听完达比塔依的这些话，
凯斯莱提再也不提撤兵，
他低头不语默默无声。

再说英雄凯耐尼木，
并没有把逃跑的对手追赶。
凯斯莱提没有重返战场，
凯耐尼木也没有原地等待。
他勒缰掉转马头，
朝着玛纳斯的陵墓圣地走去，
他要向猛虎玛纳斯的神灵拜祭。
所有的人都跟随凯耐尼木，
浩浩荡荡一起向圣陵前行。

呼罗珊人和伊斯番人，
以为柯尔克孜人已经逃离。
全体人马扬鞭追踪，
他们自己要把死神寻觅。

柯尔克孜民众合力保卫家园

初战呼罗珊两英雄壮烈牺牲

呼罗珊和伊斯番人朝着色尔城挺进，
他们在心中这样盘算：
“我们一定要夺取色尔城，
抢夺他们的牲畜财产，
给柯尔克孜人降下毁灭性的灾难。”

守卫宫廷的九十名勇士，
个个精干身手不凡，
每人能抵挡一千个敌人。
无论打枪还是拉弓射箭，
无论拼杀还是摸爬滚打，
样样能行，个个在行。
其中有武艺高强的矛枪手，
也有力大无穷的战斧手。
由六十个人组成一支队伍，
跨上战马出城迎敌。

首领名叫托尔索勒多依，
他率领人马高声呐喊，
高呼着玛纳斯的口号。
勇猛地向敌人发起攻击。

听到六十勇士的呐喊声，
英雄萨拉玛特跨马前行。
只见敌军像密密麻麻的甲虫，
像无数的蚂蚁爬行，
盖天铺地发起进攻。

六十勇士冲入敌群，

射出的枪弹像冰雹袭击，
发出的箭矢像雨点一样密集。
加扎依勒枪声大作，
奥乔古尔炮声隆隆。
离弦之箭呼啸纷飞，
巴攮枪声震耳欲聋。
大地震荡摇晃，
山峰崩塌巨石滚落，
湖面波涛澎湃汹涌。

为了夺取色尔王城，
呼罗珊和伊斯番人轮番发起冲锋。
战火燃烧硝烟滚滚，
枪声阵阵子弹纷飞。
大地上弥漫烟尘，
草木被烧成灰烬。
树枝被枪弹打飞，
树干上布满了累累弹痕。

就在这个紧急关头，
从呼罗珊和伊斯番人背后，
响起了震耳的喊杀声。
萨尔特巴依的儿子萨拉玛特，
飞箭般冲入敌群。
他超过所有柯尔克孜人，
首先冲入呼罗珊和伊斯番人群之中。

柯尔克孜三位英雄接连赶到战场，
巴克特拜骑着深棕色骏马飞奔直冲，
威武的苏云跨下白鬃黄马来势凶猛，
乔勒番拜如同一团烈火火势熊熊。
为了保护部众同胞生命安全，
他们劝阻百姓们不要擅自上阵。

萨拉玛特与凯斯莱提激烈交战，
追赶拼杀相互戳出锋利的矛尖。

萨拉玛特机灵敏捷，
武艺娴熟动作迅猛。
他舍生忘死不惜自己的生命，
勇猛拼杀毫不留情。

巴克特拜、苏云、乔勒番拜三位英雄，
人不歇息马不停蹄，
和六十名勇士一起杀入敌群。
呼罗珊和伊斯番人被打得血流遍地，
如同惊吓的羊群四处逃窜溃不成军。

热血沸腾的英雄越战越勇，
矛尖沾满了鲜血，
黑色大地被鲜血染红。
呼罗珊和伊斯番人感觉到惊恐，
宽广的世界变得越来越窄。
战败的队伍四分五裂，
受伤的兵丁四散仓皇逃命。
其中一百七十名兵丁，
在惊恐中掉进了悬崖深渊。

英雄巴克特拜满腔怒火，
催动骏马飞也似的追赶敌人。
阿恰汗早就将他发现，
他隐藏在一个山冈后面。

巴克特拜没有察觉一直往前奔腾，
阿恰汗从背后冲出向他袭击。
这头野兽将巴克特拜，
一枪刺落马鞍。

英雄苏云见状十分着急，
鞭策白鬃骏马飞驰前去救援。
正在兴头上的白鬃黄马，
快步如飞勇往直前。

阿恰汗听到冲来的马蹄声，

急忙掉转马头转过了身，
迎面堵在苏云的面前。
没有等英雄苏云出手，
一枪将他刺落马鞍。

为救亲人宁愿牺牲自己的生命，
乔勒番拜拼命催马赶到现场。
阿恰汗仿佛等待他的来临一样，
站在那里与乔勒番拜迎面相逢。
乔勒番拜向阿恰汗猛刺一枪，
高大的野兽虽被刺中却纹丝未动。

当乔勒番拜擦身而过之际，
阿恰汗从背后猛戳一枪。
乔勒番拜离开了马背，
像皮帽一样飞落在地上。
巴克特拜、苏云、乔勒番拜，
三位英雄接连被阿恰汗打翻。

阿恰汗掉转马头扬扬得意，
准备继续与其他勇士交锋，
此时雄狮凯耐尼木赶到他的面前。
与黄脸死神凯耐尼木狭路相逢，
阿恰汗惊恐万分，
觉得他末日来临难以逃命。

英雄凯耐尼木高声怒吼，
坎库拉骏马奔腾向前冲，
向阿恰汗发起了猛烈进攻。

凯耐尼木吼声震天，
从未听到过这样威严的吼声。
阿恰汗惊慌失措魂飞魄散，
浑身上下不停打战。

阿恰汗想逃走又怕毁掉名声，
在这狭路相逢生死关头，

他只好硬着头皮振作精神往前猛冲。
内心恐惧空虚的阿恰汗，
挥舞长矛刺向凯耐尼木。
雄狮凯耐尼木毫不在意，
站在原地岿然不动。

阿恰汗的矛枪被战袍缠住，
既不能深入又不能拔出。
阿恰汗使出全身力气想把长矛抽出，
因用力过猛差点折断自己的肋骨。
无可奈何他丢下长矛，
想趁机逃离凯耐尼木。

阿恰汗已无力继续交锋，
怎奈找不到藏身的地方，
他只好逃向伊斯番人群之中。
高山般的英雄凯耐尼木，
没有再把阿恰汗穷追。

他将三位英雄的战马，
驱赶到他们的身旁，
三位英雄重新跨上了马鞍。
他们险些被阿恰汗杀死，
是雄狮凯耐尼木救了他们的性命。

勇士们拼死奋战，
保护了柯尔克孜同胞的生命安全。
呼罗珊和伊斯番人，
大部分断送了性命。

英雄萨拉玛特和凯斯莱提，
还在针锋相对激烈交战。
所有的兵器在拼杀中损毁，
他们赤手空拳厮打纠缠，
手无寸铁两手空空。
他们发出的怒吼如同雷鸣，
这吼声让人胆战心惊。

你看，他们的脸面，
竖起的毛须能编一双毛袜。
他们不停地怒吼咆哮，
两个人扭打在一起难解难分。

在两个对手之间，
战火烧得通红，
空中弥漫尘烟。
在他们的眼皮上面，
落满白色灰尘。
两个人怒目圆睁，
恨不能将对手活剥生吞。

他们时而用皮鞭抽打对手，
劈头盖脸打得皮开肉绽。
他们时而甩开臂膀，
接连向对手打出重拳。
双方打得筋疲力尽，
气喘吁吁舌燥口干。

他们时而相互揪住对手的衣领，
撕扯对方的战袍。
他们时而抓住对方的腰带不放，
恨不得将对手摔死在地上。

他们卷起宽大的衣摆，
拉扯对方的裤腿。
他们使出全身的力量，
紧紧揪住对手的臂膀，
企图将对手摔倒在面前，
最终谁也未能如愿。

他们空手拼斗难解难分，
谁也没有能够取胜。
他们无奈地跨上马鞍，
回身重新又拿起矛枪。

他们凶猛地冲过来刺向对方，
拼死搏斗毫不退让。

他们双方都被矛尖刺伤，
股股鲜血向下流淌。
他们眼睛发红脸色变青，
心中怒火燃烧，仇恨满腔。

他们从早到晚战斗不停，
折磨着自己短暂的生命。
直到太阳落山，
才暂时休战各自回营。

凯斯莱提回到伊斯番人面前，
情不自禁抽搭着哭诉：
“谁知道柯尔克孜人人是英雄，
连少年都会弄刀使枪，
他们的大力士本领高强不可估量。
柯尔克孜人个个都是雄狮，
不在乎与众多的兵马打仗。

“面对多少英雄巨人，
凯耐尼木根本不放在眼里。
卡勒玛克的奇克台，
大耳朵乔云阿勒普，
还有他们的儿子萨然加和萨克塔，
哪个不是力大无比的巨人？
凯耐尼木独自一人，
将他们一个个接连战胜，
让他们都倒下去拥抱大地。

“还有穿着铁衣的夏勒克玛特，
铜肚脐克克玛特，
塔吉克的铁米尔别克，
也都被凯耐尼木作为礼物送给了死神。
我为他们感到十分伤心，
禁不住失去常态痛哭流涕。

“柯尔克孜的青壮年，
精力旺盛不知疲倦。
冒犯柯尔克孜人，
一定会陷入无尽的灾难。

“他们的儿男壮如红色大象，
愤怒时像毒蛇一样凶狂。
他们平起平坐不分高低，
很难知道谁是他们的头人。

“他们的妇女十分贤惠，
他们的少女个个都是宝贝。
他们的少妇举止优雅，
他们的媳妇出类拔萃。
分不出她们谁穷谁富，
佩戴的珠宝都一样珍贵。
老人不会对青年吹胡子瞪眼，
青年不会对老人失敬失礼。
男人们也不会拿女人出气，
也看不到酗酒滋事的醉汉。

“不知道谁是他们的汗王！
看不到唯唯诺诺阿谀奉承的人。
他们不分贫富一视同仁，
平等待人没有高低贵贱之分。

“他们穿戴十分华丽，
他们的鞍鞯精致无比。
像柯尔克孜这样的民众，
在天下难以寻觅。

“汗王达比塔依和阿恰汗，
请你们好好想一想。
他们呐喊着冲锋，
如同嚎叫的群狼。
我们同这样的人马交战，

谁知道会落到什么下场？

“我和萨拉玛特已经两次较量，
没有分出胜负高低。
假如凯耐尼木上阵，
定会让我们血流遍地。

“这个族群非同一般，
他们足智多谋诡计多端。
当我们按兵不动的时候，
他们率众前往陵墓祭拜。
我们乘城堡空虚把它团团围住，
他们以少量的兵力出击，
将我们的兵马引到偏僻之地。

“他们不让我们发现，
悄悄给凯耐尼木送去音信。
巴克特拜被阿恰汗刺翻，
苏云和乔勒番拜，
毫不畏惧勇敢向前，
这些都说明他们智勇双全。

“阿恰汗和达比塔依，
让我们认真商谈计议。
我们最好离开这里，
慢慢向家乡返去。

“只要呼罗珊和伊斯番站在一起，
每天都能征招新兵上阵，
他们的力量怎能和我们相比？

“他们有五名英雄，
要设法让他们与民众分离，
我们要引着他们远离本地。
如果他们不带大队人马，
只有五位英雄前去，
我们就会折断他们的腰杆，

让他们接连毙命。

“如果他们率兵像我们这样远征，
等于前去送命。
他们不像我们有丰富的谷物，
出征时无法携带足够的食粮，
他们也会因短缺食物饿死在战场。

“柯尔克孜人衣食富足生活安逸，
人们欢歌笑语无忧无虑。
只要有十二分之一的不足，
民众就会大喊大叫怨天怨地。

“柯尔克孜人的用具和装备都很简单，
有时寻找根毛绳也很困难。
他们除了放牧打仗什么都不干，
也没有人将他们规劝。

“冰雹对柯尔克孜人无所谓，
他们根本不把冰雹放在眼里。
狂风暴雨对他们也无所谓，
他们根本不把寒冷放在眼里。
哪怕遭到风雪交加的天气，
也不会躲到毡房里去。
他们将油水当饮料解渴，
从不把凉性食物吃在嘴里。

“只要我们把守住凉爽的地方，
不让柯尔克孜人过去歇息。
也不让他们到凉风习习的地方去，
把他们围困在烈日炎炎下暴晒脱皮。
他们也找不到酸奶乳汁解渴，
他们会个个身如火烤大汗淋淋，
就会像遇到酷热干旱的庄稼一样歪倒在地。
那时柯尔克孜痛苦难当备受煎熬，
才会乖乖地答应我们提出的条件。
否则在这样凉爽宜人的地方，

我们很难把他们驾驭掌管。

“柯尔克孜的家乡水源充足，草场肥美，
牛羊遍地，到处是鲜奶。
洁白的乳汁和马奶酒胜过神药，
经常饮用就能延年益寿。

“这里到处生长着草药。
雪鸡本是珍稀的鸟，
它在这里却满天飞翔，
足迹遍地。
雪鸡的肉给人补充营养，
母盘羊肉给人增添力量，
鹿肉使人筋骨更加强壮。

“在呼罗珊和伊斯番没有野獾，
我们找不到贵重的獾胆。
蓝色秃鹰肉可治腰痛，
在我们那里也不多见。
他们不会食用它的肉，
只取它的胆汁作药。
这里野公山羊也很多，
食用它的肉能使人消除内热，
保护皮肤预防天花也有效果。

“豹子在这里随处可见，
哪怕吃上一口豹子肉，
就能增强人的力量。

“狼群相互撕咬，
在山谷中追逐奔跑。
如果有谁咽喉疼痛，
狼胆是灵丹妙药。

“所有的山谷都有狐狸，
这是个无尽无穷的财富。
用狐狸胆汁作药，

伤口不会化脓很快就会痊愈。

“这里的猞猁也很多，
少妇们都穿猞猁皮大衣。
我们尊贵的汗王和王后，
穿戴还没有如此珍奇华丽。

“这里生长着白脖子水貂，
阿恰汗和达比塔依，
你们一直在寻找貂皮。
该死的柯尔克孜人，
连少妇都穿华丽的貂皮大衣。
虽然这里野生水獭很多，
他们都说它散发臭气。
在柯尔克孜人眼里，
水獭皮一文不值全都抛弃。

“到哪里也找不到，
像柯尔克孜居住的富饶土地。
满山坡的松林茂密葱绿，
犹如卫兵在山脊上耸立。
杨树在这里不算上等树木，
人们对杨树不屑一顾。

“他们用火红的荆条，
制作精致的皮鞭把柄。
青青的野柳枝叶繁茂，
笔直的桦树直刺天空，
枸杞木比铁还坚硬。

“遍地牧草都能作药，
黄羊草和马米尔草，
数不胜数的各种草根都是药。
西拉尔津草和波孜那奇草，
大蓟和蒲公英，
都是止血治伤的好药。

“毒蒿、茵陈蒿和比尔萨拉尔草，
在医治浮肿时很难找到。
这些草药各有奇效，
都是治疗各种疾病的良药。

“矮小的黄色且且凯，
是不比罂粟逊色的麻药。
艾蒿和青蒿，
将它用水煮开后洗澡，
风疹痛痒都能治好。

“阔律和库略普谢草药，
在这里也经常见到。
这里的甘草和苦蒿，
在我们那里根本找不到。
这里的药草漫山遍野，
只是他们没有把它当作药。

“山鹰和猫头鹰，
秃鹰和金雕，
这些禽肉他们根本不食用。
獾皮和绵羊皮，
柯尔克孜人没有将它利用。

“野生水獭和狗皮，
更没有人和它接近。
他们剪下的绵羊毛，
搬迁时随意丢弃。
没有人去收拾保管，
甚至看都不看一眼。

“这里有很多河水在流淌，
他们不修渠引水浇灌。
靠雨水播种谷物，
也不会缺水干旱。
这里不会遭受风雪严寒侵害，
按时成熟的谷物堆积如山。

“达比塔依和阿恰汗，
你们手拍胸膛想一想，
我们在这样的地方和他们较量，
怎能让柯尔克孜人屈从服软？”

凯斯莱提说话的时候，
达比塔依和阿恰汗悄悄地聆听，
他们不知道怎样回话，
抓耳挠腮一声不吭。

如果直言不讳地说实话，
达比塔依和阿恰汗真是自找麻烦。
他们接受了卡勒玛克人的牲畜，
被他们的金银珠宝诱骗。
自己找到死神跟前，
自取灭亡也心甘情愿。
塔吉克已经上当受骗，
铁米尔别克就死在前面。

这个吉凶难测的世界上，
有时会有迷人的芳香让人上当。
有的人为了金银和牲畜，
最终会自取灭亡。
这个世界虚实真假难以分辨，
人们有时将陷入灭顶的灾难。

他们自以为是汗王，
以为除了塔拉斯城以外，
柯尔克孜人再没有安身的地方。
只要占领了塔拉斯城，
柯尔克孜人就会四散逃亡。

在这虚幻的世界上，
死到临头他们才感到万分惊慌。
如果不到生死关头，
他们就看不到世界的深浅，

每个人都会留下遗憾。
当死神逼近的时候，
凡人已经无力回天。

凯斯莱提、达比塔依和阿恰汗，
他们三个人面面相觑，
不知所措哑口无言。
达比塔依和阿恰汗慢慢缓过了神，
召集身边的人一起商谈。

阿恰汗急急忙忙开口，
舌头发硬口齿不清：
“自从我阿恰汗成名以来，
我是被人尊重的汗王，
管理民众已经二十多年。
伊斯番的百姓安居乐业，
从未离开家乡外出征战。

“只怪我阿恰汗财迷心窍，
被卡勒玛克的金钱诱骗。
我接受了黄金和牲畜，
答应了卡勒玛克人的条件。

“我自以为是举世无双的英雄，
答应向柯尔克孜出兵作战。
当时我根本就没有想到，
凯耐尼木能夺走我的性命让我归天。

“说什么给我贡奉黄金和牲畜，
说什么给我奉献绝世美女，
像他们说的那些慷慨的富翁，
我不知道到哪里去找寻！

“俗话说：‘自己人不会伤害自己人’，
我们不如尽早返回伊斯番，
依靠部众百姓躲过灾难。

“我的话达比塔依如果同意，
呼罗珊和伊斯番联合在一起，
我们一起撤回去布下陷阱，
柯尔克孜人如果敢来进犯，
定叫他有来无回！

“英雄凯耐尼木和萨拉玛特，
巴克特拜、苏云和乔勒番拜，
他们会跟踪我们而去。
那时我们就会像猎手一样，
不慌不忙稳操胜券，
将为数不多的柯尔克孜人全部猎取。

“达比塔依，请你也讲一讲，
你有什么神机妙算。”

达比塔依听到这些话语，
非常气愤，大发雷霆：
“伊斯番的汗王阿恰汗，
你刚才说的一番话，
可不是人该说的话！

“精疲力竭的凯斯莱提一派胡言，
说什么和我们交战的敌人，
不分老少个个都精明强悍。
说什么这里生长的草根树木，
棵棵都是长生不老的妙药灵丹。
他的话从头到尾一派胡言，
简直就像喷粪一般！

“我们长途跋涉不辞艰辛，
专程来到这里讨伐作战。
还未征服奸诈的柯尔克孜人，
就要撤回这像什么话！
攻到他们的巢窝不能取胜，
我们还有什么脸面领兵回家！
一旦我们收兵返回，

柯尔克孜人就会追到我们的家园。

“本来这里的柯尔克孜，
不曾进犯呼罗珊和伊斯番。
大耳朵乔云阿勒普施计，
将我们两个诱骗。

“铁米尔别克比我们还笨，
他不明真相上当受骗。
他一时冲动上阵交锋，
丧失了性命离开了人间。

“凯耐尼木没有伤害铁米尔别克的人马，
放他们返回家园。
哪怕塔吉克人的一根马鞭，
他也没有作为战利品霸占。

“正像凯耐尼木自己说的那样，
人不犯他，他不犯人。
若有人来向他挑衅，
他决不会手下留情，
他的话已经被证明。

“大耳朵乔云阿勒普，
萨然加、萨克塔几位英雄，
也连续被凯耐尼木活吞。
卡勒玛克的部众都被放回家乡，
甚至没有动过他们的鞭柄。

“柯尔克孜人认为，
普通兵丁没有责任。
只是严惩了汗王和大力士，
还有带兵的首领。

“我们已领教了柯尔克孜人的厉害，
假若将他们引到我们本土，
就会发生比这里更多更大的战乱。

他们会将我们的头面人物，
一个不留地全部吞咽，
而对我们的民众秋毫不犯。
那将造成怎样的局面？

“如果我们战死在塔拉斯，
听到噩耗民众还会吊唁。
如果我们逃回之后死去，
我们就会背上逃兵的骂名。

“柯尔克孜并未把我们进犯，
你们为什么去进犯他们？
你们为什么和卡勒玛克勾结出征？
老人们会提出这样的质问。

“战场上死伤兵丁的家人们，
会成群结队地找我们算账，
部众百姓都会指责我们，
与其那样，还不如在这里失去生命。

“我们要鼓足勇气不要畏惧，
和柯尔克孜人誓死拼争。
千万不能将柯尔克孜人，
引进家乡糟蹋自己的百姓。”

达比塔依关心自己百姓的平安，
说出了这样那样的打算。
阿恰汗和凯斯莱提没有别的高见，
他们悔恨交加彻夜难眠，
交谈中熬过了这个夜晚。

柯尔克孜人萨拉玛特，
遭受着末日般熬煎。
好像他的筋骨粉碎，
浑身关节刺痛不安。
好像全身骨头已经散架，
四肢无力不能动弹。

整夜忍受疼痛的折磨，
通宵达旦没有合眼。
多少种熬好的草药，
他毫不推辞连续吞咽。

好不容易熬到天明，
太阳升起普照大地。
凯斯莱提如同山峰一般，
单独上阵叫嚣挑战。

猛虎般的凯耐尼木，
正要跨上坎库拉上阵迎战，
萨拉玛特抢先给马尾打结，
催动骏马赶在前面。

萨拉玛特和凯斯莱提拼死激战，
他们挥舞着长矛戳刺。
他们抡起战斧左劈右砍，
抽出战刀互相劈杀，
举起狼牙棒砸向对方。

他们使出全身的力气，
猛拉硬拽对方的衣摆。
忽而揪住对方的衣领撕扯，
忽而跳下马鞍肩头顶着肩头，
你推我搡摔打拼斗。
他们紧紧抓住对方的腰带，
使绊子欲把对方摔倒。
他们前胸贴近，弯腰曲身，
双目怒视眼皮眨都不眨。

他们口干舌燥，筋疲力尽，
不得不坐在地上歇息了一阵，
然后上马继续交战。
他们将护胸甲衣在身上披挂，
将厚厚的铁腰带系在腰间。

他们心中怒火熊熊燃烧，
不停地发出怒吼咆哮，
一直搏杀到傍晚。
日落西山天色已晚，
双方勒马回转营盘。

第二天太阳从东方升起，
阳光照亮了大地。
凯斯莱提没有出面，
由达比塔依跨马出阵挑战。

“把它交给我吧！”
巴克特拜跃跃欲试。
接受凯耐尼木的祝愿，
巴克特拜单独上阵迎战。

达比塔依是精明强悍的英雄，
他是一头威猛的雄狮勇不可当。
他能勇敢击退重兵的进攻，
他是呼罗珊坚强可靠的汗王。

他善于使用矛枪拼刺，
他能让强大的敌手鲜血流淌。
他是身经百战的英雄，
他斥责凯斯莱提胆小乏力。
他让阿恰汗从心底里佩服，
只因他说话有力有理有底气。

汗王达比塔依和巴克特拜，
展开了面对面的交战。
以矛枪对抗矛枪，
打一回合又将马头掉转。

像一团火似的两个英雄，
满怀仇恨激烈交锋，
一直战斗到太阳偏西。

达比塔依眼疾手快，
击回了巴克特拜戳出的矛枪。

达比塔依没有被矛尖击中，
反手迅速地向巴克特拜猛刺一枪。
巴克特拜像飞蓬似的，
从深棕色骏马上翻滚落地。

苏云见此万分焦急，
催动白鬃黄马狂奔。
苏云怎会袖手旁观，
他面对高大如山的达比塔依，
对准肥大的臀部猛戳一枪。
锋利的矛尖刺中臀部，
入口足有一拃长。
柯尔克孜的英雄苏云，
用达比塔依的鲜血染红了矛枪。

呼罗珊的汗王达比塔依，
心中怒火燃烧，脸色铁青。
他没有让巴克特拜刺中，
却被苏云的矛枪刺伤。
他心中感到屈辱脸上无光，
像山坡上出没的花皮毒蛇，
更加恶毒凶猛。

达比塔依鼓足了力气，
他挺起了锋利的狼舌长矛，
冲过去向苏云戳去。
矛尖从苏云的腰侧刺进，
一下将两个肾脏刺伤。
英雄苏云，
像飞蓬一样飞出马背。

达比塔依十分疯狂，
犹如饿狼东窜西冲。
正在成长的雄鹰苏云，

在他的手中丧失了生命。

此时乔勒番拜赶来，
与达比塔依对阵。
达比塔依脸色铁青，
气急败坏，怒气冲冲。

达比塔依一脸凶气，
双眼放射道道凶光，
狰狞恐怖，杀气腾腾。

达比塔依臀部受伤，
几千兵马遭遇伤亡。
他心中积聚着仇恨的烈火，
他哪里还顾惜自己的性命。
他毫不犹豫回头转身拼杀，
一定要夺取乔勒番拜的性命。

乔勒番拜奋力戳出矛枪，
达比塔依用矛枪挡回到一旁。
他对准乔勒番拜的膀胱上部，
狠狠地刺出矛枪。
乔勒番拜如同蓬草一样，
飞出马背摔落在很远的地方。
他挣扎着双手撑着地面立起，
又轰然倒地身亡。

萨拉玛特来不及请战直奔战场。
见到萨拉玛特上阵应战，
达比塔依这样开口把话讲：
“萨拉玛特，你是个英雄好汉，
但你未继承你父亲的遗愿，
你昏头昏脑迷失了方向。

“你的曾祖父是巴迪阔勒，
他是芒格特人的汗王。
他与阿牢开、朵汗、肖茹克，

同龄同辈密切交往。

“玛纳斯是柯尔克孜的嗜血狂，
把末日降临在巴迪阔勒的头上。
你曾祖父把留下的百姓和疆土，
全部交给了卡尔玛纳普掌管。

“巴迪阔勒的儿子玛德库勒，
额头上只有一只眼睛。
他十分凶猛如同混世魔王，
他继承了父亲的遗志，
让失散的乡亲回归故乡。

“玛纳斯的儿子赛麦台依，
悍然带兵向芒格特入侵。
他杀死了玛德库勒，
让手下兵丁洗劫了宫廷。

“他遣散了玛德库勒的部众百姓，
让巴攘和尚卡依归顺柯尔克孜人，
把所有的部族交给卡尔玛纳普。
他赶走了你们成群的良种快马，
半路上奉送给了巴葛什英雄。

“你的祖父玛德库勒，
身材高大魁伟，
是了不起的英雄。
他的妻子也不是一般的女人，
他们生下你的父亲萨尔特巴依。
他生来身体强壮坚如磐石，
矛枪都无法刺穿他的身体。
他一心想着洗劫塔拉斯，
为祖父和父亲报仇雪恨。

“萨尔特巴依率部众向塔拉斯出征，
赛麦台依和赛依铁克父子两人，
还有整个白毡帽的柯尔克孜人，

他们都无法将萨尔特巴依战胜。
他们从人迹罕至的沙漠深处，
请来库娅勒助阵交锋。

“你的父亲萨尔特巴依，
被库娅勒刺死毙命。
这个名叫库娅勒的女人，
是一位女英雄举世闻名。

“赛依铁克娶库娅勒为妻，
生下儿子凯耐尼木，
他力大无穷称为黄脸死神。
人间的大力士英雄，
接连被凯耐尼木吞噬丧命。

“神秘的女人阿依曲莱克，
收养了杰孜碧列克做养女。
他们把养女嫁给你，
你被诱惑成为他们的女婿。

“凯耐尼木终究不会让你生存，
萨拉玛特，如果你不相信，
就说出逆耳的话语试一试究竟。

“你娶养女扬扬得意，
却一直被蒙在鼓里。
以为他们把喀拉卡勒帕克和土库曼，
拱手交给了你。

“你的父亲萨尔特巴依去世时，
你遗留在你母亲腹中。
你母亲害怕柯尔克孜人伤害你，
始终没有告诉你真情，
你至今没有弄清自己的身份。

“杰孜碧列克是否已经生育？
你是否还娶了别的女人？

如果你还不生育子嗣，
你的家族从此将会绝根。

“柯尔克孜人杀死了你三代祖宗，
你却入赘做婿成何体统，
难道你不经常失眠做梦？

“萨拉玛特你是个失去尊严的人，
我是你的同辈年龄相近，
我经常听老人们提起你的事情。”

萨拉玛特在年幼的时候，
模模糊糊地听人说起过去。
他长大成人以后，
没有人讲述这段事情。
现在达比塔依将来龙去脉，
简要地做了说明。

萨拉玛特听后无动于衷，
决意与达比塔依继续血战毫不留情。
他们呼呼地挥舞长矛，
狠狠地向对手戳去。
一个是武艺高强的战将，
一个是力量过人的英雄，
两人展开了空前的激战。

这方用矛枪戳击对方，
那方用矛枪挡回矛枪。
一会儿抡起战斧砍向对方，
一会儿挥起宝剑闪着刺眼寒光。
他们双手举起狼牙棒，
无所顾忌地甩开臂膀，
狠狠砸向对方头上。

他们身上的战袍被撕成布条，
铠甲划开了道道裂口。
他们使出全身的力气，

扯断对方的腰带，
紧紧拽拉对方的衣襟。

为了赢得英雄的尊严，
两位勇士毫不懈怠。
心狠手辣的达比塔依，
豁出性命发起猛烈攻击。
萨拉玛特感到头昏眼花，
快要用尽自己所有的力气。

达比塔依精明强悍，
骑术娴熟身手不凡。
这个武艺高强的家伙，
将萨拉玛特砍来的战斧，
使劲用矛枪拨到一边。

高大如山的萨拉玛特，
竭尽全力发起了猛烈反攻。
瞅准对方的腰旁肌肉，
狠狠地戳出一枪。
矛尖没有击中对手的要害，
也未能将对方的铠甲刺穿。

达比塔依猛地回过身来，
对着萨拉玛特的要害猛刺一枪。
谁能承受达比塔依的沉重打击？
被达比塔依击中还能稳坐马背！
萨拉玛特如同山崩一样，
“轰”的一声滚下马鞍。

凯耐尼木大败联军
三罪魁弃兵逃命

此刻假若达比塔依回身杀去，
萨拉玛特必死无疑。
在这生死存亡的关头，
是凯耐尼木救了萨拉玛特的性命。

达比塔依将萨拉玛特刺落马下，
凯耐尼木见此万分焦急。
他高呼着玛纳斯的口号，
催动坎库拉飞速奔去，
身后滚滚烟尘卷起。

听到凯耐尼木的吼声，
达比塔依心中惊慌。
他未来得及向萨拉玛特再戳矛枪，
未能像杀死乔勒番拜和苏云那样，
将萨拉玛特杀死。
萨拉玛特没有流血受伤，
保住了生命虚惊一场。

达比塔依这时勒住马缰，
向刚上阵的对手这样发问：
“你骑着黑鬃淡黄色骏马，
打结的马尾翘到天上。
你究竟是何人来得如此匆忙？
我从来没有见过，
世间凡人中有你这种模样？

“你怒容满面吼声震天，
你脸上没有一点血色。

你怒目斜视，充满仇恨，
若遇在战场厮打拼争，
你决不会手下留情。

“你高呼着玛纳斯的口号，
搅得他在坟墓中不得安宁。
不要说你对活人无情，
连死人也要被你吵醒！”

凯耐尼木这样回答：
“达比塔依，你已经感到惊慌，
不敢向我戳出矛枪。
我骑着黑鬃淡黄色高头大马，
它的名字叫坎库拉，
我骑上它会更加威武雄壮。

“我的脸上没有血色，
面对敌人决不手下留情。
我吼声震天满面怒容，
用仇恨的眼神斜视敌人，
这是祖先留给我的秉性。

“人们称我黄脸死神，
碰见我你是自寻死亡。
既然你活得不耐烦前来送命，
我自然要为你送行。
我对敌人充满仇恨，
我对民众满怀深情。

“我的祖先是玛纳斯，
英名盖世是罕见的英雄。
像你这种家伙，
如果听到他的英名，
定会吓得不敢随便出门，
会把尿撒在被窝之中。

“你问我叫什么名字，

我的名字叫凯耐尼木，
你这个唠唠叨叨的呼罗珊人，
为何带兵到这里挑衅？

“我不曾侵犯你的家园，
我不曾抢劫你的畜群，
我不曾拿走你的金钱。
是你受卡勒玛克的诱惑欺骗，
指挥兵马来将我们侵犯。
我对你说这些话，
不要以为我不敢对你应战。

“我劝你们伊斯番和呼罗珊人，
最好趁早撤兵回返，
你要瞻前顾后考虑周全。

“人不犯我，我不犯人，
这是祖先留下的传统。
若有人带兵前来侵犯，
就叫他人头落地鲜血流干。
这是我们英雄祖先的教导，
我们念念不忘代代相传。

“康阿依曾有多少勇士前来进犯，
都被打败没有一个生还。
不久前三个卡勒玛克英雄，
兵分三路向这里进攻。
穿着铁战袍的夏勒克玛特，
铜肚脐克克玛特和大耳朵乔云。
他们悍然把战争挑起，
结果都身败名裂葬身此地。

“卡勒玛克的兵丁们没有任何责任，
他们是被汗王驱赶强迫出征。
我们没有获取任何战利品，
放他们骑马踏上归程。

“铁米尔别克抢在你前面，
失去理智来到这里自找麻烦。
他的死去为百姓解脱了灾难，
我们让他的人马重返家园。

“萨然加、萨克塔大力士，
还有大耳朵乔云率领的许多勇士，
全在我凯耐尼木手中死去，
没有一个能够生还。
我仍然释放了他们的兵马，
也没有收缴他们的财产。

“达比塔依和阿恰汗，
请你们接受我的规劝。
如果你们为了虚荣而战，
将白白死去不能生还。
你的头颅就会像一块石头，
被抛弃在戈壁荒原。
士兵却像卡勒玛克、塔吉克一样，
逃回自己的家园。

“我的祖先玛纳斯在世的时候，
阿富汗的汗王秦阿恰，
与空吾尔巴依狼狈为奸，
与卡勒玛克人联合在一起，
公然与柯尔克孜人交恶开战。
伊斯番和呼罗珊也与他们勾结，
出兵与柯尔克孜人作战，
比卡勒玛克人还要凶残。

“阿富汗、伊斯番和呼罗珊，
接连被玛纳斯打败十分悲惨。
尽管你们投靠了卡勒玛克，
玛纳斯没有报复你们，
没有追究你们的责任，
也没有将你们的土地侵占。

“如今你率众兵前来挑战，
充当卡勒玛克人的奴仆。
我要按照祖先留下的遗愿，
把你们的未来考虑周全。

“达比塔依，你若率兵回返，
我不会堵截阻拦，
我不会追击到你的家园。
我将敞开所有的去路，
让你平安地返回。

“你被卡勒玛克人蒙骗，
过去的事我不再追究。
如果你执迷不悟坚持和我交手，
我对你决不迁就。
我会像在山丘吃草的山羊一样，
将春天的塔纳草连根啃掉，
定会将你无情地吞咽。

“达比塔依，你可以做出选择，
你若决定返回，
就尽快启程不要耽搁拖延。
达比塔依，你若决定不走继续交战，
有什么话就清楚地说在当面！”

当凯耐尼木说话的时候，
达比塔依已经被死神揪住衣领。
达比塔依落入自己下的圈套，
根本不想率兵踏上返程。

达比塔依狂妄地叫嚣：
“凯耐尼木，你一直在胡说八道，
说什么伊斯番和呼罗珊人，
被卡勒玛克人蒙骗，
你这是一派胡言。
在你眼中我是财富的奴隶，
被卡勒玛克的金钱诱骗。

好像我会在你面前畏缩不前，
狼狈不堪打算逃窜。
而你凯耐尼木，
却是关心百姓恩德无边。

“我要将你的肩膀压在地面，
我要将柯尔克孜洗劫七次，
等于报复你们的七代祖宗。
如果我实现不了我的誓言，
就让我达比塔依名声扫地，
一头钻进地狱里面！

“我要让你们的妇女和小孩，
都成为寡妇孤儿，
流离失所哭地喊天；
我要让你们的老头儿，
孤苦伶仃备受煎熬；
我要让你们的老太婆，
直不起腰哭声连天；
我要让你们的婴儿，
活活饿死在摇篮里面；
我要让你们的年轻夫妇，
在逃跑的路上掉进深渊。

“我要抓住你们的青壮年做苦役，
让他们在劳累和饥饿中死去！
我要让你们的骆驼在沙漠长途驮运，
让它们累倒在干枯的戈壁。
我要让你们的烈马，
在不停驱赶中全部死去。

“我要夺取你们的全部财产，
任意挥霍你们的财宝金钱，
我要残酷地折磨你的民众。
我说到做到，
这些话实实在在无半点虚言。

“凯耐尼木，
你一上来就要我收兵返回，
难道不是因为你胆战心惊，
无奈地向我请求撤兵？
你以为我达比塔依就这样愚蠢，
把你的意图揣测不清？

“我不会空手而归，
我要赶走你的马群。
你休想用花言巧语，
隐瞒你胆怯怕战的真相。

“你表面装腔作势，
内心胆怯空虚，
这是你惯用的伎俩。
凯耐尼木，你不要磨蹭，
不要耽误我与你拼杀抗争。
你休想用言语把我打动，
将我的手脚捆扎难以行动。
其实自始至终我都明察秋毫，
掌握你心中琢磨的一切事情。
只是你不敢当面说明，
这就是我对你的回应。”
达比塔依怒吼着挥起长矛，
向凯耐尼木发起进攻。

精明强干的凯耐尼木，
对所有事情都练达精通，
有勇有谋智勇双全。
他从九岁开始就单独上阵，
刺翻了许多高大如山的巨人，
刺翻了许多不可一世的英雄。

他的热情就像炎热的烈日，
他的怒气如同暴雪寒风。
他像大蟒一样勇猛，
见到他的人无不畏惧屈从。

凯耐尼木是身经百战的英雄，
在他眼里这个呼罗珊人，
远不如卡勒玛克的本领。
他挥鞭策马勇猛前冲，
他戳出了锋利的矛枪，
矛尖闪烁着燃烧的火光。

矛枪相撞火花四溅，
双方竭尽全力拼死激战。
直到双方枪柄折断，
折断的枪柄在空中呼啸盘旋。
他们又抡起战斧竭力劈砍，
战斧的斧背相撞开裂，
战刀相击断成几段。

战袍撕裂成碎片，
马头大的棉团露在外面。
双手紧紧抓住对方使劲拉拽，
扯断了对方的腰带和衣襟，
谁也未能把对方拉下马鞍。

他们直到傍晚未分胜负，
暂时休战各自返回阵营，
夜晚派人站岗放哨通宵达旦。

东方发白天刚蒙蒙亮，
呼罗珊和伊斯番的兵丁，
就已跨上战马全体出动。
兵分三路发起进攻，
达比塔依没有继续单独上阵交锋。

呼罗珊的兵马进攻色尔城，
伊斯番人向山区进攻，
凯斯莱提率兵向各个路口推进。

猛虎般的英雄凯耐尼木，

准备与呼罗珊人交战。
高大如山的萨拉玛特，
将凯斯莱提阻拦。
英雄巴克特拜，
双眼紧盯着阿恰汗。

凯耐尼木催动坎库拉骏马，
义愤填膺怒气冲冲。
双眼喷射着愤怒的火焰，
怒火要将敌人烧成灰烬。

凯耐尼木冲入了呼罗珊敌群，
顿时卷起灰色的烟尘。
敌群中一片混乱，
战场弥漫着血雨腥风。

凯耐尼木将矛枪一挥，
一枪就击倒四五十个敌兵。
穿着战袍的敌人，
被打得落花流水痛苦呻吟；
穿着铠甲的敌人，
倒在地上横七竖八一一毙命。

他的狼牙棒砸向战斧手的头顶，
将他们砸了个稀巴烂。
他让长刀手有来无回，
他让凶恶的敌兵叫苦连天。

脚下扬起了滚滚尘烟，
大地被鲜血染红一片。
多少勇士人仰马翻，
倒下的战马四蹄朝天。

死去的战马龇牙咧嘴，
战死的勇士胡须留在嘴边，
人马的尸体堆积得像一座座大山。
战地的青草荡然无存，

全部踩烂埋入土中。
战地的泥土变了颜色，
与血水混合成赤红色泥潭，
鲜血把坑洼全部填满。

向城里进攻的呼罗珊兵马，
被凯耐尼木打得七零八落溃不成军。

呼罗珊的统帅达比塔依，
这个自命不凡的汗王，
带着他的随从和残兵，
仓皇逃命躲进深山。
呼罗珊已经没有力量，
再与柯尔克孜人交战。

雄狮凯耐尼木勒马转身，
观察整个战场的情形。

伊斯番英雄凯斯莱提英勇善战，
打起仗来十分凶残。
与凯斯莱提交锋作战，
要保住自己的性命实在很难。

凯斯莱提率兵向苏萨米尔挺进，
萨拉玛特赶来与他对阵。
他俩曾经六次交锋，
每次都不分胜负难解难分。

英雄萨拉玛特坚强勇敢，
像被铁夹套住的恶狼一样凶狠。
他面对凯斯莱提的雄兵，
毫不犹豫地发起冲锋。

萨拉玛特是精干的勇士，
他生来就威武雄壮。
他与对手较量的时候，
就像雄狮般勇猛顽强。

他显示出豪迈的英雄气概，
勇猛地冲入敌群。
他的铁蹄所到之处，
敌人一个不留，全都丧命。

萨拉玛特手中的红缨长矛，
矛头已被鲜血染红。
围攻萨拉玛特的敌兵，
多数被矛枪击中。
他使劲挥动着矛枪，
一下就杀死二三十个敌人。
敌兵像被钐镰割倒的牧草，
一片一片地倒在地面。

呼罗珊的众多兵马，
最终也难以支撑。
原来拥有一万六千人，
经过六次激烈交锋，
剩下不到一万人，
勉强在马背上晃动。

凯斯莱提见状恼羞成怒，
神色凶恶，气急败坏。
他命人吹响集结的号角，
意欲重整旗鼓，卷土重来。

凯斯莱提暗自下定决心：
“如果死期已到我会从容面对，
如果灾难临头我会坚强承受。”
凯斯莱提迎面而上，
与萨拉玛特展开殊死决斗。

英雄萨拉玛特力大无比，
他面对凯斯莱提毫不畏惧。
两位该折寿的英雄，
将矛枪横放在马鞍头，
横眉竖目面对面发出怒吼。

他们头戴着高高的头盔，
腰系着结实的腰带，
满面怒容，脸色阴沉，
如同天空布满乌云，
恨不得将对方活剥生吞。

他们将致命的长矛，
重新握到手中。
催动胯下的骏马飞奔，
如同雄鹰在碧空中呼啸飞腾。

矛枪在手中呼呼飞舞，
矛尖上燃烧着熊熊火焰。
大地轰隆隆地震颤，
好像就要崩裂塌陷。

两个巨人面对面交锋，
刀枪碰撞响声震耳欲聋。
他们愤怒地高声呐喊，
呐喊声在四周回荡。

胯下的千里马奔腾飞驰，
卷起的尘土在空中弥漫。
见到他们激烈交战的人，
无不魂飞魄散，心惊胆战。
究竟谁将战死沙场离开人间？
究竟谁能战胜对方幸运生还？
柯尔克孜和呼罗珊人都提心吊胆。

两位英雄殊死较量，
血水从伤口不断地流淌。
他们往手心啐着唾沫摩拳擦掌，
如同用蹄刨地的公牛[1]一样。

① 用蹄刨地的公牛：公牛在愤怒的时候会低头吼叫，用蹄刨地，使泥土四溅。

他们吼声如雷大地在震荡，
滚滚烟尘遮住了太阳，
犹如天上下土[①]一样，
满身灰尘看不清楚对方的模样。

忽然吹来嗖嗖的山风，
天空突然变得晴朗。

愿苍天不要让我们再看到这种场面：
萨拉玛特和凯斯莱提，
他们打得难解难分、拼杀鏖战，
奋力搏斗不知疲倦。
他们衣服上的纽扣全部揪掉，
撕破的衣领耷拉在胸前，
衣摆早被撕成布片。

两位英雄激战已成僵局，
他们双眼发呆舌头发硬，
眼瞪着对方说不出话来，
不知道该如何继续交锋。

凯斯莱提已承受不住，
这僵持不下的苦战。
他趁日落天黑休战回营，
在夜深人静的时分，
悄悄地逃奔呼罗珊。
他丢下自己的人马不闻不问，
独自一人仓皇逃窜。

萨拉玛特在天亮的时候，
得知凯斯莱提逃跑的音讯。
他疲劳过度筋疲力尽，
但还是咬紧牙关跨上马鞍，
奋不顾身地将凯斯莱提紧紧追赶。

① 下土：就是沙尘暴，在当地称为“下土”。

凯耐尼木担心巴克特拜，
亲自出马前往支援，
他并不知道凯斯莱提已经逃窜。

柯尔克孜的英雄巴克特拜，
阻拦伊斯番的汗王阿恰汗，
不准他带兵把柯尔克孜百姓扰乱。

他心想伊斯番人如果进入牧村里面，
就会发生不可想象的灾难。
巴克特拜赶在伊斯番人前面，
和他们展开激烈的交战，
一举将伊斯番的旗帜打翻。

他高呼着玛纳斯的口号，
勇猛地挥动着长矛，
向敌人发起猛烈进攻。
伊斯番人如同松软的土崖，
遭到倾盆暴雨的冲击，
接连崩塌纷纷倒地。

巴克特拜骑着圆扣子耳朵骏马深入敌群，
夏依神保佑的巴克特拜，
在敌群中横冲直撞，
他一枪就能戳翻一片敌人。

伊斯番人像密集的甲虫，
漫山遍野像蚂蚁般蠕动。
巴克特拜不让伊斯番人涌入牧村，
一路奋力戳杀拦堵。

阿恰汗见状心中暗自思忖：
“巴克特拜啊，
不久前我曾把你从马背上刺翻，
紧要关头你远不如我勇猛善战。
我的力量比当初有增无减，
今天我要把你再次刺翻。

矛尖刺穿你的心脏让鲜血四溅，
让你不能生还！”
阿恰汗挥鞭催马向前。

阔绍依护佑着阿特巴什所有的乡亲，
巴克特拜正是阔绍依的后裔，
他怎能察觉不出阿恰汗的心意？
他刺翻一大片伊斯番人，
不由自主地转身回头观看。

只见阿恰汗正在东张西望，
舌头不停地舔着嘴唇和鼻尖。
手持着锋利的狼舌矛枪，
寻找巴克特拜准备交战。

加勒格再克的儿子巴克特拜，
看到阿恰汗就满腔怒火，
满面怒容犹如乌云笼罩天空，
愤怒和仇恨涌上心头。

巴克特拜催马如箭离弦，
飞奔到阿恰汗跟前。
不等阿恰汗挥动长矛，
顺势将他刺落马鞍。
伊斯番人大呼小叫，
包围在阿恰汗身边。
英雄巴克特拜，
也被包围在伊斯番人马中间。

巴克特拜毫不惊慌，
越战越强越有力量。
他像猎隼追捕大鸨一样，
迫使伊斯番人向后退让。

阿恰汗的脊背受伤，
无法与巴克特拜继续较量。

巴克特拜的深棕色骏马，
犹如游龙穿行于敌群之中。

黑色唇须的巴克特拜骑在马上，
鹰隼般穿梭在伊斯番人群中。
他左右开弓如入无人之境，
被他的矛头指染的兵丁，
无不倒下丧了性命。

他骑着圆扣子耳朵深棕色骏马，
在敌群中横冲直撞。
他冲散了中间的敌兵，
他将敌兵分隔到了两旁，
他在中间杀出一条血路。
他的矛尖被鲜血染红，
他让伊斯番人惊恐万状。

太阳落山天色已晚，
伊斯番人鸣金收兵。
如虎似狼的巴克特拜，
也打马离开了伊斯番人。

巴克特拜与凯耐尼木相见，
施礼问安各自返回营帐。
次日快要天亮时分，
传来凯斯莱提连夜逃跑，
萨拉玛特紧追而去的消息。
紧接着达比塔依和阿恰汗逃跑的消息，
也传到凯耐尼木的耳边。

凯耐尼木派人把俘虏召唤，
全部集中到自己前面。
凯耐尼木这样对他们开言：
“伊斯番人和呼罗珊人，
你们的首领已经全都逃走不见。
你们不要随意上马乱走乱动，
就在原地等待两天，

得到我的允许之后，
你们才能上路返回家乡。

“我让巴克特拜带领你们，
安全通过柯尔克孜牧村。
对你们当中的亡命之徒要严加管束，
不准他们闯入村庄骚扰捣乱。”

凯耐尼木惦记着节提托尔的同胞们，
派人到那里去查看。
节提托尔就在坎阔勒的上面，
那里居住着不少柯尔克孜人。
知道乡亲们全都平安，
凯耐尼木露出了笑颜。

呼罗珊和伊斯番人在原地等了两天，
两天两夜如同度过难熬的四年。
他们不知道会受怎样的惩罚，
惧怕不已，泪流满面。
他们思绪万千，心神不安。

两天两夜已经过去，
呼罗珊和伊斯番人一直不停地抽泣，
不少人泪水已经流干。

得知柯尔克孜百姓全都平安，
凯耐尼木让巴克特拜，
带领败将残兵上路回返。
他对巴克特拜吩咐：
“这些人没有首领很难看管，
不要让他们像死去丈夫的寡妇一般，
哭哭啼啼，喊地叫天，
无事生非，互相埋怨。
要让他们规规矩矩不要捣乱，
上路返回各自的家园。”

此时巴克特拜向凯耐尼木提议：

“呼罗珊和伊斯番人，
他们自己猫着腰来到这里。
苏云和乔勒番拜两位英雄，
也被他们吞噬。
我们应该剥光他们的衣服，
应该夺取他们的坐骑，
将他们驱逐出去！”

听到巴克特拜的话语，
凯耐尼木这样向他解释：
“如果不是阿恰汗和达比塔依，
强迫他们来到此地，
伊斯番和呼罗珊的百姓，
难道自己能来到这里？

“呼罗珊和伊斯番人，
已经尝到了战败耻辱的教训。
柯尔克孜从来不虐待被俘的敌人，
宽宏大量不收缴战利品。
不收缴他们的坐骑和长袍，
将他们送上回家的路上。
这样做是件了不起的事情，
听到的人都会感到吃惊。

“这些普通的百姓，
没有什么责任。
都怪他们见利忘义的首领，
做出了这些伤天害理的事情。

“你回来之后不要再到这里，
可以直接返回阿特巴什去。
不知道萨拉玛特的情况，
我要亲自去看看他在哪里？

“萨拉玛特自作主张，
愚蠢地将逃敌追踪。
‘不要追踪逃跑的敌人。

不要用他们的鲜血浸染刀刃。’
难道萨拉玛特没有听说，
圣人巴卡依的这条教训？”

听到凯耐尼木的话语，
巴克特拜这样说道：
“我要驱赶着呼罗珊和伊斯番人，
排成长队一路前行。
我不想回阿特巴什去，
我要与你结伴同行。”

凯耐尼木顿时脸色变青：
“巴克特拜啊，
我的劝告你一向不听，
不让你去你非去不行。
苏云和乔勒番拜两人，
就是因你太任性而送命。

“柯尔克孜的许多儿男，
都因据守杜尚别而牺牲。
柯尔克孜民众，
失去了保护同胞的杰出英雄。

“不说他们死去的事情，
你自己也差一点丧命。
你现在还要和我抢路，
那我就让你独自前行。

“我要把你巴克特拜和萨拉玛特，
把你们这些自以为是不听劝告的人，
一个接一个地严加教训，
然后再向呼罗珊和伊斯番行进！”
凯耐尼木大发雷霆，
巴克特拜吓得一声不吭。

巴克特拜押送呼罗珊和伊斯番人，
走上他们返乡的路程。

不准他们寻衅闹事，
不准他们骚扰沿途的百姓。
在驱赶这些人马的路途当中，
巴克特拜没有索取任何财物，
哪怕是他们的一根缰绳。
巴克特拜送走敌人的残兵，
返回到阿特巴什家乡。

“不知萨拉玛特情况怎样？”
猛虎凯耐尼木一直为他担心。
他骑上坎库拉骏马，
前往陵墓祭拜了玛纳斯神灵，
然后让乡亲各自回到牧村。
一代英雄凯耐尼木，
跨马前去将萨拉玛特找寻。

让我们先放下这一段，
听一听萨拉玛特的音讯。

萨拉玛特背叛被诛

达比塔依旧事重提
策动萨拉玛特叛变

半夜里逃跑的凯斯莱提，
与达比塔依途中相遇：
“达比塔依，我只身一人到了这里，
不是因为凯耐尼木而是萨拉玛特，
打得我实在承受不住险些丧命。

“达比塔依汗王，
你和凯耐尼木交手，
你可平安无事，
有没有损伤身体？

“阿恰汗那里怎样，
我们无法得到消息。
我已经筋疲力尽，
不可能再到塔拉斯去。
不要说返回塔拉斯，
就是回头张望也没有力气。”

达比塔依和凯斯莱提讲述着各自的遭遇，
他们这样边走边说，
不料和阿恰汗不期相遇。

阿恰汗对他们这样开言：
“汗王达比塔依，英雄凯斯莱提，
我也是为了保住宝贵的生命，
丢下其他人马，
自己悄悄从战场逃出避难。

“我将手下的众多人马，

都留给了柯尔克孜人。
我们狼狈不堪实在丢人，
我们是被康阿依人蒙骗，
成为天下人的笑谈！”

达比塔依急不可耐地开言，
唠唠叨叨地说出自己的主见：
“凯耐尼木按照自己的传统习惯，
会释放我们的人马返回家园。
我们应该前往呼罗珊和伊斯番的交叉路口，
在必经之地守候人马回返。

“我们的人马被释放之后，
将陆续到达交叉路口。
别让他们分道扬镳就地解散，
要在那里我们重新集结继续再战。

“假若凯耐尼木追踪而来，
我们决不能束手就擒。
不要再用幼稚的打法，
要采取伏击的战术：
两个人在路边埋伏，
一个人正面迎战。
我们将他堵截伏击，
趁伏击的有利战机，
将凯耐尼木刺落马鞍。

“降伏了凯耐尼木以后，
我们就去抢劫塔拉斯城，
将柯尔克孜人斩尽杀绝洗劫一空，
以消除我的心头之恨。

“假如凯耐尼木不来追踪，
我们回去也要做好充分准备，
明年再向塔拉斯出征。
如果我们半途而废功败垂成，
就会遭到人们的讥讽。”

他们三人都认为这个主意高明，
精神大振继续策马前行。
他们不吝惜骏马劳顿，
马不停蹄日夜兼程，
到达呼罗珊和伊斯番的岔路口，
就地扎寨安营。

达比塔依躺下安心就寝，
凯斯莱提和阿恰汗，
以达比塔依为靠山，
狼狈地躺在他的身边。

萨拉玛特一刻不停，
快马加鞭一路向前。
他来到三位英雄驻地跟前。

凯斯莱提三人隐蔽在暗处，
他们将来者看得很清。
见到萨拉玛特的身影，
凯斯莱提就发抖打战，
阿恰汗也惊慌不安。

达比塔依对他们不满：
“你们俩这是怎么了？
难道都是伤风感冒发热打战？
你们一见到萨拉玛特便吓得心惊胆战，
手忙脚乱缩成一团，
这样怎能冲锋陷阵拼杀作战？

“不要说萨拉玛特本人，
就是他父亲萨尔特巴依复活前来挑战，
我也敢挺身而出独自迎战。
狗喜欢打狗的人，
萨拉玛特就是这样的奴隶。
他若敢和我对抗，
我会挖掉他的双眼。

“我会勇敢面对萨拉玛特，
我先将他好言相劝。
假如他不肯接受规劝，
我就将他捆绑捉回来，
在凯耐尼木面前将他的脖颈砍断！
如果我做不到这一点，
就会失去我达比塔依的尊严。
如果你们两人害怕，
就留在这里仔细观看！”

自命不凡的达比塔依，
身躯魁梧犹如一座山峰，
膀宽腰圆雄姿伟岸，
四肢健壮就像粗大的梧桐，
他是当今世上的一位英雄。

这个畜生容貌俊秀是个美男，
白净的脸庞没有一点痣斑。
他的睫毛微黄目光炯炯有神，
身材匀称行动灵敏，
他的骑术娴熟精炼。

此时达比塔依心中已没有一点惊恐，
他似乎又恢复了往日的威风。
他的坐骑步履稳健，
是不知疲倦的神骏。
即使连续战斗四十天，
它也不会感到疲倦。

达比塔依跨上马鞍，
纵缰催马直奔向前。

远道跋涉的萨拉玛特，
放开马缰轻松向前。

迎面而来的达比塔依，

勒缰立马挡在路中：

“萨拉玛特，你算什么英雄？
自以为和我势均力敌便逞强逞能，
对我说的话你无动于衷，
难道你真的是无情无义的人？
你确实勇敢也有力气，
但你的身份却是一个真正的奴隶。

“你不为自己的父亲讨还血债报仇雪恨，
却甘愿为柯尔克孜屈做随从，
我都为你感到羞耻无地自容，
不得不再次把你提醒。

“阿牢开和朵汗在世之时，
你的曾祖父巴迪阔勒，
和他们平起平坐都是一样的英雄，
管理芒格特的部众。

“柯尔克孜的狂徒玛纳斯，
夺走了你曾祖父的性命。
你的祖父玛德库勒，
为父亲讨还血债前去拼争，
又被玛纳斯的儿子杀死毙命。

“这些柯尔克孜人，
两次叫你们的百姓离乡背井。
将芒格特、巴攘、尚卡依，
居尔居特、居达和卡勒恰，
交给别的族人统领。

“你的亲生父亲萨尔特巴依，
为了报仇雪恨英勇奋战，
他跨马出征杀入塔拉斯，
让柯尔克孜人进退两难。

“卡依普的女儿库娅勒，

被阿依曲莱克蒙骗。
她是女中豪杰如同狮子一般，
她使萨尔特巴依的生命枯干。

“当你长大成人的时候，
阿依曲莱克将你欺骗。
她把养女杰孜碧列克说成亲女儿，
和你结成了姻缘。

“如果你愿意听，我还有话要讲：
赛麦台依西征的时候，
你也稀里糊涂跟着前行。
你在途中和众多巨人拼杀较量，
没有想到苦度了三年时光。

“这次凯耐尼木跨马出征，
你又跟着他作为随从。
你萨拉玛特在他的眼里，
比他的裤脚还低是个十足的奴隶。

“我说的全是真话没有虚假，
我对你不隐瞒内心的想法。
当凯耐尼木战胜七个巨人的时候，
他没有给你赠送长矛，
连一根针都舍不得赠给你。
他的公平在哪里？
你要好好深思。

“你对凯耐尼木唯命是从，
为他鞍前马后奔忙。
一旦你违拗他的主意，
就知道他会怎样对待你。
不信你和他争吵几句，
他立刻会让你的头颅落地。

“没有骨气的萨拉玛特，
你不配做人你该入地狱，

你该进入坟墓里去。
看到你的所作所为，
激起我心中极大的义愤。

“愚蠢的萨拉玛特，
你不知道人们怎样指责你。
你败坏了自己的名誉，
在天下人面前，
你既无人性又不知羞耻，
你这样活着还不如死去。

“巴迪阔勒和玛德库勒，
英雄萨尔特巴依库吐尔古尔，
难道他们就这样断子绝孙后继无人？

“萨拉玛特，难道萨尔特巴依，
不是你的亲生父亲？
萨拉玛特，你除了萨尔特巴依，
难道还有别的父亲？
假如你还有其他父亲，
就不要隐瞒，给我讲清。

“你是汗王之种，
怎么甘愿做杀父仇人的奴仆！
怎能忘记汗王生育的恩情？
你怎么这样懦弱无用又无情！
一想起汗王萨尔特巴依，
我心中就燃起思念之情。

“无知的萨拉玛特，你自己说说吧，
难道萨尔特巴依不是你的父亲？
难道你怀疑是别人所生？
既然萨尔特巴依是你的亲生父亲，
你为何不为他报仇雪恨，
你为何这样无动于衷？”

当达比塔依说话的时候，

萨拉玛特好像被严寒冻僵，
一动不动，两眼发愣。
他的胡须根根直立，
他的汗毛根根竖起。

萨拉玛特不能说他的父亲是别人，
无法否认萨尔特巴依是他的父亲。
他的内心备受折磨熬煎，
活像腰部受到打击的长蛇一般，
身躯卷曲缩成一团。
他脸上的黄毛翻起，
像刺猬的刺一样竖立。

“我本是名声显赫的英雄萨拉玛特，
我没有把祖宗牢牢记在心里，
却为柯尔克孜奔走效力，
败坏了自己的名誉。

“假如我今日请求达比塔依，
帮我一起报仇雪恨，
然后跟随着他奔走生存，
这样做是否符合我的身份？

“假如我将达比塔依和阿恰汗，
还有凯斯莱提一起除斩，
把他们一网打尽，
再从我的乡亲中组成队伍，
回过头向塔拉斯进军，
这样做是否可行？”

萨拉玛特心中暗自盘算，
犹豫不决左右为难，
睁大眼睛无精打采，
身体像面团一样无力。

达比塔依喜出望外，
以为萨拉玛特听从了他的规劝。

正在这个时候，
放还的呼罗珊和伊斯番人，
一个不少全部来到路口，
他们向达比塔依禀报：
“凯耐尼木释放我们回来了，
柯尔克孜人没有收缴我们的马匹和战袍，
哪怕是鞭柄也没有要。

“在你们逃走之后，
他们赶着我们立刻往回走。
在凯耐尼木释放我们以前，
我们以为会把我们全都杀掉，
或者把我们分给各家各户，
成为他们的终生奴隶遭受煎熬。

“凯耐尼木本人没有来，
巴克特拜和我们一起出发，
直到前面的路口才分手。
他不准我们走进村庄里去，
让我们成群结队地来到这里，
在这个岔路口上才和你们相遇。

“从塔拉斯出发我们一直提心吊胆，
害怕柯尔克孜乘夜色突然袭击，
追踪而来把我们杀死在荒野山地。
即便给我们留下活命，
也会掠走我们的长袍和坐骑，
凯耐尼木会佯装不知躺在家里。

“我们在途中没有合眼，
没有躺在地上睡眠。
只是将嚼环取下给马喂草，
喂马时都没有卸下马鞍。

“我们就这样一路小心谨慎，
也未见柯尔克孜追踪而来的身影。

“柯尔克孜人丰衣足食日子富裕，
个个宽宏大量待人讲究诚意。
凯耐尼木为了百姓安居乐业，
他单枪匹马迎战来犯之敌。
他武艺超群力大无比，
杀得敌人叫苦连天纷纷逃命。”

放还的呼罗珊和伊斯番人，
双手交叉贴在胸前，
簇拥到他们的汗王面前。
他们下巴颤抖，心中不安，
上颌和下颌不住地磕碰，
滔滔不绝地讲述经历和所见。
其实每句话都是出自肺腑，
是对凯耐尼木和柯尔克孜人的赞颂。

达比塔依急切地盼望，
萨尔特巴依之子萨拉玛特把态度表明。
此时萨拉玛特思绪纷乱心神不宁，
想起他父亲对柯尔克孜心灰意冷。

“我如果投靠呼罗珊和伊斯番，
会有损于我的声誉。
这是我命中注定有这样的遭遇，
我只有勇敢面对不能回避。

“我应当把面前站着的三个人，
毫不留情接连刺下马鞍。
当他们求我饶命的时候，
我就赶着他们向塔拉斯进军。

“我要讨还三代祖宗的血债，
砍下凯耐尼木和巴克特拜的脑袋。
我要为父亲萨尔特巴依报仇雪恨，
我要将玛纳斯的陵墓和色尔城，
我要将所有白毡帽的柯尔克孜的宫殿，

彻底摧毁夷为平地。

“听说自古以来柯尔克孜人，
一直在战争中度过。
古人还有这样的说法：
‘柯尔克孜人斩不尽杀不绝。’
柯尔克孜这个名称就是由此而来。

“我要将顽强的柯尔克孜人，
斩尽杀绝斩草除根。
我要让呼罗珊和伊斯番人，
服服帖帖地向我归顺，
然后派人到康阿依送信。

“在日落的西方曾有七个巨人，
骏马都无法将他们驮动。
凯耐尼木杀死了他们一个没剩，
因此得到了黄脸死神的英名。

“那些巨人子嗣还在，
还有不少沾亲带故的人，
起码有他们的父老乡亲。
他们只要得到我的消息，
自然会向我投靠顺从，
我就会拥有强将精兵。
如果谁不听我的命令，
我就斩断他石鸡般的脖颈。

“当年玛纳斯出征别依京，
率领了五十四列克众兵。
如今我要讨伐塔拉斯，
将率领六十列克的精兵。

“别依京有多少人都能容纳，
塔拉斯容不下百万雄兵。
我要踏平塔拉斯色尔城，
让山石都化为齑粉，

再让狂风吹得无影无踪。
让所有柯尔克孜沦为奴隶，
让他们永世不得翻身！”

萨拉玛特心生幻想，
好像他不用上阵拼杀交锋，
也不用鲜血把矛尖染红，
就能把塔拉斯彻底踏平，
吓得柯尔克孜人俯首听命。
他幻想着占领塔拉斯城，
征服伟大的柯尔克孜人。

他瞪眼向达比塔依大喊，
向呼罗珊人发号施令：
“伊斯番和呼罗珊人，
你们快全体下马向我致敬鞠躬！
我是大名鼎鼎的萨拉玛特英雄。
不要说你们这些人，
就是柯尔克孜也难从我手中逃命。
我经过深思熟虑目标已经确定，
我要将东方和西方全都占领，
全部归顺服从我的命令。

“凯耐尼木说不定就要到来，
在这个死神到来之前，
我们要抢先将塔拉斯洗劫一空。
呼罗珊和伊斯番人，
必须听从我的命令。
谁也不要回头要一直前行，
要带上你们的野外炊具，
夜晚在野外宿营。
沿途都住着柯尔克孜人，
随地抓住他们膘肥的母马，
宰杀煮熟你们尽情食用。

“达比塔依和阿恰汗，
你若不执行我的命令，

我会扭断你们的脖颈，
将呼罗珊和伊斯番洗劫一空，
让你们历尽苦难和艰辛。
我要把你们的钱财作为馈赠，
送给从各地招来的众多兵丁。
我将率领六十列克大军，
直接向塔拉斯进攻！”

萨拉玛特越说越狂越激动，
达比塔依对他这样回敬：
“萨尔特巴依的儿子萨拉玛特，
你信口开河，胡言乱语，
简直是满嘴喷粪！

“难道有谁愿意向你俯首听命，
跟随你向塔拉斯进军？
难道你想成为我们的领头人，
我们会追随你而行？
难道在长着两条腿的人类中，
还有像你这样胡思乱想的狂人！

“你不知道自己祖先的根底，
是我告诉了你谁是你的亲生父亲。
连自己祖先都忘记了的人，
你有什么资格对我发号施令？

“假若你确实有惊人的本领，
在以前那么长时间里，
为何不去把祖先的血债讨清？”

对于达比塔依的责问，
萨拉玛特并没有仔细去听。
狂妄不已的萨拉玛特，
也没有把心中的想法说明。
他要显示自己的凶猛和威风，
要让人们感到惊恐对他服从：

“阿恰汗和达比塔依，
我要和你们好好算账！
我会砍下你们的头颅，
我要借助东方和西方人的力量，
将你们的钱财抢光，
将你们的奴隶分光！”

萨拉玛特挥舞矛枪，
对准了达比塔依的胸膛。
达比塔依对萨拉玛特这样讲：
“无知的萨拉玛特，
你是否想过这个世界变幻无常，
凯耐尼木会追到这个地方，
他有金色黄脸和歹毒心肠。
假如他来到了这里，
我看你对他怎么讲？
不知好歹的萨拉玛特，
你不要在我们面前逞凶，
还是想一想该如何对付死神凯耐尼木！”

听了达比塔依这番话，
萨拉玛特这样回答：
“达比塔依和阿恰汗，
还有那个凯斯莱提，
我要将你们三人一起宰杀！

“对付凯耐尼木我自有办法，
我独自一人足以和他拼斗刺杀。
如何战胜凯耐尼木黄脸死神，
我早有成熟的想法。”

萨拉玛特扬起皮鞭气势汹汹，
毫不吝惜地狠抽胯下的骏马。
他手中的长矛翻飞舞动，
发出震耳欲聋的呼啸声，
向达比塔依发起进攻。

达比塔依岂能退却?
他身不由己地奋力还击。
达比塔依和萨拉玛特，
莫名其妙地发生争斗，
他们互相枪刺刀劈，
两位英雄可谓势均力敌。

他们用矛枪挡回对方刺来的矛枪，
掉转马头一次次拼杀交锋。
当他们互相揪扯衣领的时候，
胯下的骏马吃力地无法移动。

萨尔特巴依的儿子萨拉玛特，
曾经刺翻过许多勇士英雄，
从来没有玷污过自己的名声。
他抓住有利战机，
对准达比塔依腰椎猛刺一枪。
矛尖刺入他的腰椎，
达比塔依翻身落马受了重伤。

阿恰汗见状急忙催动战马，
朝着萨拉玛特冲杀而上。
达比塔依的手下乘此机会，
将他救出战场。

萨拉玛特不让阿恰汗戳中，
顺势向他狠狠刺出一枪，
阿恰汗也从马背滚落在地上。
不等萨拉玛特再补一枪，
凯斯莱提猛冲而上。

见到凯斯莱提冲了上来，
萨拉玛特心中思量：
“在塔拉斯的激战中，
你无力抵挡连夜逃命，
我今天还是英雄萨拉玛特，
看你现在怎能把我抵挡。”

萨拉玛特凶焰再起，
直冲过去刺出矛枪，
凯斯莱提被矛枪击中，
像飞蓬一样飞出好远落在地上。

萨拉玛特当众宣扬：
“阿恰汗和凯斯莱提，
你们要好好地认清我萨拉玛特英雄。
在今天这场公平的拼斗之中，
你们已见识了我的勇猛。

“无论你们是否愿意对我俯首听命，
都要在这里当面给我讲明。
我先听一听你们两个的回答，
然后我还有一些话，
要给达比塔依讲分明。”

面对打败他们的萨拉玛特，
这些胆战心惊的可怜人，
哪个还敢继续争雄，
个个垂手侍立俯首听命。

内心遭受折磨的萨拉玛特，
将达比塔依和所有的人召集到跟前，
对他们这样开言：
“达比塔依和阿恰汗，
还有凯斯莱提，你们听着，
我有话要对你们讲清：
以前我不明白自己的出身，
一直为柯尔克孜效劳东走西奔。
达比塔依你告诉了我谁是祖先和父亲，
这些话让我备受折磨痛苦万分。

“我现在已经下定了决心，
从今日起与柯尔克孜决裂，
要为我的祖先报仇雪恨。

我决不缩头缩脑，
我将直接向塔拉斯进军，
你们能否跟随我一起同行？”

此时阿恰汗说道：“萨拉玛特，
你若向柯尔克孜出征，
我决不会缩头缩脑一定和你同行。
你能与柯尔克孜决裂，
这是我们不幸中的万幸。

“今年我们要休整调养，
将战马养得膘肥体壮。
将破损的铠甲和战袍，
安好纽扣恢复原样。
用石头将矛枪把柄压整，
将狼舌矛头重新安装。
将战斧斧头浸泡在毒液中，
把战刀磨得锋利铮亮。

“还要重新从百姓中招募兵马，
重整旗鼓壮大我们的力量。
来年再向塔拉斯出征，
你看我的主意是否可行？”

此时达比塔依插言：
“萨拉玛特，你的确是一位英雄，
你性情固执，不听规劝。
我有什么话都给你讲，
从来没有丝毫隐瞒。

“你却击碎了我的脊椎，
让我痛苦难当。
你把阿恰汗刺落马鞍，
凯斯莱提也被你刺翻。
你现在又要我们一起向塔拉斯征战。
你可知道，我们直到今天，
还未摆脱凯耐尼木的纠缠。

“我的椎骨疼痛难耐，
无法上阵交战。
阿恰汗年老体弱，
没有力气连续作战。
凯斯莱提就在你的眼前，
他体无完肤遍体鳞伤，
他的体力也不如以前。

“鲁莽无谋的萨拉玛特，
你单枪匹马如何前去拼杀较量？
你究竟有何计谋和想法，
说出来让我们一起商量。”

当达比塔依这样说的时候，
萨拉玛特气愤至极：
“达比塔依和阿恰汗，
还有凯斯莱提，
你们全都滚回自己的家乡去，
滚回到自己的妻儿身边去！

“你们一个年老体弱没有力气，
一个遍体鳞伤站立不起，
一个腰部受伤险些死去，
只有我能孤军奋战拼命杀敌。

“我要把你们全部处斩，
要做的事全由我一人承担。
闹得战火纷飞天下大乱，
我才能理得心安。

“我要砍下你们的头颅，
系在我的马鞍后面，
带去向凯耐尼木敬献，
这样才能满足我的心愿！

“我要把你们的头颅挑在矛尖，

将你们的头颅向柯尔克孜奉献。
我要继续骗取他们的信任，
想尽办法将真实意图隐瞒。
我要等待有利时机，
挖掉凯耐尼木的双眼！”

此时达比塔依说道：
“萨尔特巴依的儿子萨拉玛特，
你这些都不算高明的计谋，
我提出这样的建议，
请你考虑是否可行。

“阿恰汗和我们呼罗珊人，
还有卡勒玛克联合在一起，
与喀拉柯尔克孜人进行交战，
结果我们的鲜血流淌把大地浸染。

“现在我们三方若能捆在一起，
就能齐心合力向柯尔克孜挑战。
让我们把盐水放在面前，
舔着盐水发出誓言：
谁若胆怯逃跑叛变投敌，
谁就像盐碱地一样失去生机。

“让我们一起走到河边，
共饮河水发出誓言。
谁若背叛誓言，
就让谁断水渴死身体枯干。
让我们面对着铠甲发出誓言，
背叛誓言的人将在战场上命断！

“萨拉玛特，
我们共同发誓结盟之后，
你要装作一无所知，
仍然回到柯尔克孜人群中去，
做好准备等待时机。

“我们也要做好一切准备，
就在明年的奥纳月[①]，
我和阿恰汗一起到这里集结，
我们约定等待五天时间。

“只要我和阿恰汗集结见面，
就立刻会合向塔拉斯挺进，
在柯尔克孜草原上闹它个地覆天翻。

“我们还要向东方的康阿依，
和西方的那些巨人，
一个不落地送去消息，
让他们一起向塔拉斯进军。

“我们要组成铺天盖地的大军，
让大地烟尘弥漫，
让见到的人胆战心惊。
让天下所有的民众看到我们的威猛，
让柯尔克孜人惊恐万分，
用他们的鲜血把我们的利刃染红。

“我们要深入到阿拉什所有的地方，
让柯尔克孜人灰飞烟灭无处躲藏。
我要砸烂举世闻名的玛纳斯陵墓，
让玛纳斯的故乡塔拉斯，
从这个世界消失得无影无踪。

“当年卡勒玛克人占领那里的时候，
塔拉斯称为阔托略克。
我要抹掉塔拉斯的名称，
恢复阔托略克的原名。

“我要让他们的老人痛不欲生，
将他们的男人变成奴隶，
将他们的媳妇当作女仆，

①奥纳月：柯尔克孜历法，即七月。

将他们的姑娘作为战利品。
让柯尔克孜人的传统习俗，
从人世间永远消失。”

当达比塔依这样说的时候，
萨拉玛特这样插言：
“既然如此，我的各位汗王，
如果你们认为合适，
我们还要在这里再等待两天。

“说不定凯耐尼木会追踪而来，
如果这个家伙真的赶来，
你们要一个接一个地和他轮番对战，
想方设法把他击落马鞍。

“假如无法取胜，
我们就逃离分散。
即使逃离也要讲究计策，
不能让这个嗜血的柯尔克孜人，
把我们的意图看穿。

“他当然不会对我加以防范，
他会阴沉着脸追杀你们。
你们就说不再挑衅表示归顺，
他就会宽宏大量地放走你们。

“这个蠢货会以为他吓跑了敌人，
躺在家里睡得安然。
那时我们不要忘记盟约誓言，
按照约定时间到此集中会面。
明年春天我们要像暴涨的河水一般，
波涛汹涌地向他开战。”

凯耐尼木怒杀叛徒萨拉玛特

凯耐尼木如同奥波勒山峰一样巍峨雄壮，
骑着坎库拉骏马威风凛凛。
他面朝着南方，把萨拉玛特找寻，
行进在前往伊斯番的路上。
他向右边掉转马头，
马不停蹄行色匆匆，
走过了许多天的路程。

雄狮凯耐尼木终于来到，
呼罗珊和伊斯番的交叉路口。
就在他到来前一天的傍晚，
这里的人已朝三个方向逃散。
远道而来的凯耐尼木，
沿着去伊斯番的道路一直驱马向前。

凯耐尼木与萨拉玛特迎面相逢，
萨拉玛特无精打采地施礼致敬。

凯耐尼木见他神色慌乱，
急忙开口把他召唤：
“萨拉玛特，你是否平安？
我心中一直把你惦念，
日夜兼程把你追赶，
直到今天才见到你的面。

“达比塔依已经兵败逃跑，
你为何非要把他追赶？
‘逃跑的敌寇不必穷追’，
这话巴卡依说过多少遍，

你也一直在场全都听见，
你为何不铭记在心间？

“你追赶了几天，
逃敌究竟去了哪里？
达比塔依、凯斯莱提和阿恰汗，
怎么一个人影也不见？

“这里地面上有许多马蹄印，
从我们那里逃出的人马，
肯定在这里宿过营。
你怎能对此视而不见？
难道你心中有什么隐情？

“呼罗珊的兵马在哪里？
阿恰汗本人在哪里？
哪怕他们上天入地，
我也要一直穷追到底。

“假如他们飞上天空，
我要抓住他们的腿拖回到地面；
假如他们入地，
我也要揪住他们的发辫拽到地上。
假如我不能说到做到，
那就会损伤我凯耐尼木的名誉。

“萨拉玛特，
我看你心神不安，
不时翻动着白眼，
怒容满面气愤难耐。
究竟发生了什么事情，
无论是好事还是歹事，
你不要隐瞒全给我说出来。

“在你背后有一个阴影，
这是个不吉祥的预兆，
我已经把它看到。

“萨拉玛特，
你既没有把逃跑的敌人找到，
也没有返回塔拉斯色尔城家中，
难道你就这样四处奔走游荡？
如果你心中无愧，
早就会把敌人追上，
或者返回塔拉斯休养。”

听到凯耐尼木说的这些话，
好像末日降临到萨拉玛特头上：
“你是汗王我是你忠实的奴仆，
你是小侄我是你的姑父。
如果你怀疑我的忠诚，
不如砍下我的头颅！

“我的坐骑长途奔走疲惫不堪，
我自己也十分劳顿感到困倦。
我下马休息顺便放马在草滩，
谁知道打了个盹儿就睡了很长时间。

“一觉醒来马已吃饱恢复了体力，
我急忙跨上骏马继续向前追赶。
那天我追赶到这里，
发现有人曾在这里宿营。

“我不知道他们是何人，
我沿着马蹄印前去追寻。
我朝着和你同一方向，
穷追不舍将逃敌追赶。
我突然想起巴卡依圣人的教训，
半路返回途中恰好与你相逢。”

对萨拉玛特做出的解释，
凯耐尼木半信半疑：
“喂，萨拉玛特，
你心神不安地站在我凯耐尼木面前。

你所说的这些话语之中，
似乎隐藏着你内心的阴暗。

“呼罗珊和伊斯番的兵马，
是我释放他们返回家园，
你在哪里把他们遇见？”

萨拉玛特急忙谎言诡辩：
“我睡觉和放马的地方，
是在一条山谷中间。
也许他们在我睡觉时过去，
所以没有被我看见。
凯耐尼木，我们走吧，
一起返回塔拉斯家园。”

此时凯耐尼木将他拦住：
“喂，萨拉玛特，等一等，
你把我的话仔细听清，
我们要继续追踪呼罗珊和伊斯番人，
穷追猛打决不放松。

“他们从这里返回后，
决不会就此善罢甘休，
他们会跟东方和西方人，
取得联系结成同盟。

“康阿依会派出大量兵丁，
他们还会得到西方的支援。
达比塔依和阿恰汗，
至少组成六个列克兵马的阵容，
最多可能超过六十列克之众。
他们会率领数十万大军，
浩浩荡荡地向塔拉斯发起进攻。

“这六十列克兵马可不是小事情，
我们的柯尔克孜部众，
分散居住放牧为生。

一旦敌人的千军万马席卷而来，
铺天盖地闯入我们的家园牧场，
会将我们毡房支杆当作烧火棍。

“他们会随心所欲为所欲为，
他们会毁灭我们的部众。
他们会抢走我们的姑娘作为战利品，
还会将我们年迈的老人，
将我们正在成长的少年，
一个不留杀光杀净。

“走吧，萨拉玛特，赶快走，
我们要去追赶伊斯番人，
去让阿恰汗写下字据凭证，
以后不再向柯尔克孜人出兵。

“假如他不肯做出承诺，
我们就和他拼争一场。
就像野兔吃草一样咬住不放，
将他生擒活捉让他投降。

“如果他心怀鬼胎，
我们就毫不客气地戳出矛枪。
如果他口出狂言逞能逞强，
我们就想方设法叫他灭亡。
在他们还没有走远以前，
我们要快马加鞭把他们追上。
不知道命运将怎样变幻，
我们要趁早返回塔拉斯家乡。”

听到凯耐尼木的这一番话，
萨拉玛特不敢说不去，
也不敢固执地朝前行进，
他被迫掉转马头往回走去。

你看这个萨拉玛特，
他的心中思绪万千，

末日已经浮现在他的眼前：
“假如我们追赶上阿恰汗，
要求他给我们许下诺言，
阿恰汗把真相暴露在凯耐尼木面前，
那时候我该怎么办？

“看来我不该追踪逃敌来到这里，
凯耐尼木话中有话另有含义，
好像他对我已经产生怀疑。

“我下定决心改变了主意，
我要和柯尔克孜决裂分离。
我不惧怕柯尔克孜的惩罚，
我正在酝酿一场天大的战乱。

“我娶了柯尔克孜姑娘为妻，
享受了这里的生活和乐趣。
我并不知道他们是杀父仇人，
多少年一直为柯尔克孜奔走效力。

“凯耐尼木这个嗜血鬼，
他不承认柯尔克孜杀我生父之罪，
还要捕风捉影将我怀疑。

“我要和这个自命不凡的凯耐尼木，
面对面拼杀把他刺落马鞍。
无论如何我都要勇往直前，
决不会俯首帖耳以求偷安。

“我不愿意在这里小打小闹，
要在大庭广众之下，
把我的无穷力量给人们展现。

“凯耐尼木自大狂妄，
肯定走在我的前头。
当我看到阿恰汗身影的时候，
我要让他看见，

我是怎样为父王报仇。

“我要从背后下手，
用矛枪把凯耐尼木刺落马鞍。
就在凯耐尼木倒地没有爬起的时候，
我追上去把矛枪刺进他的胸膛。

“无论在西方和东方，
凯耐尼木欠下了许多血债。
如今我要为他们报仇雪恨，
就会赢得世人的赞扬。”

萨拉玛特心中如此盘算，
他幻想着如何战胜对手，
如何将凯耐尼木刺翻，
如何制伏白毡帽柯尔克孜民众，
如何将著名的塔拉斯掌管。

“万一我未能把凯耐尼木刺下马鞍，
他会不会把我的脊椎折断？
他会不会逼我说出内心的打算？

“他让我去我就跟他去吧，
抓住机会不能犹豫，
我要趁机将他的头颅砍下！

“假如我找不到合适的时机，
就和阿恰汗、达比塔依，
凯斯莱提齐心协力，
想方设法将他刺翻。

“好在我和他昼夜都在一起，
他打鼾酣睡的时候，
正是我下手的大好时机！

“假如确实没有下手的时机，
假如达比塔依和凯斯莱提，

阿恰汗都被他杀死，
我就把他请到我家去休息。

“我要把有毒的铁钉放在褥子下面，
把毒药放进他的碗里。
我要不择手段地将他置于死地，
这样才算了却了我的一桩心事。
只要凯耐尼木不在人世，
这里的一切就会由我来管理。”

萨拉玛特费尽心机，
想尽了各种阴谋诡计，
心里藏着害人的主意，
纵缰催马向前奔去。

青鬃狼凯耐尼木，
神态庄重策马前行。
萨拉玛特不时左顾右盼，
观察着他的动静。

凯耐尼木发现萨拉玛特，
鬼鬼祟祟包藏祸心。
凯耐尼木沉着镇静，
露出漫不经心的表情。

正在行进中的萨拉玛特，
突然勒马站在路中间：
“阿恰汗好像已经走远，
我有话要和你商谈。
假若他们明年再来进犯，
我们就能打得他们落花流水，
缴获他们大量的战马和财产。

“今天我们追击到伊斯番，
在途中决斗将阿恰汗刺落马鞍，
他们的百姓就会拱手相迎祈求你的赦免。
你一向宽宏大量不计前谦，

你当然会饶恕将他们全都赦免。
那样我们岂不是一无所获空手而返？
这似乎有失英雄的体面！”

听到萨拉玛特这样说话，
凯耐尼木怒容满面，
他令人发怵的容颜，
萨拉玛特不敢抬头观看。

凯耐尼木怒气冲冲地开言：
“你的父亲萨尔特巴依，
管辖的芒格特人寥寥无几。
先王赛麦台依在世的时候，
把杰孜碧列克嫁给了你。

“作为杰孜碧列克的嫁妆，
给你划分了不少领地。
将塔尔萨、厥特、萨卡拉特，
加上卡勒恰、居尔居特、居达，
全都交给你去管理。
这些你还嫌少，
如今又想在伊斯番占便宜？

“萨拉玛特，对于降服归顺的人，
哪怕一根线都不要索取。
只要你躯体中生命尚存，
没有战利品也照样生活富裕。
如果以抢劫百姓来聚敛财富，
就不会给你带来好名誉。

“与其抢夺别人的财产，
不如自己抡起坎土曼种田。
靠双手和汗水过日子，
生活的乳汁才会纯洁甘甜。

“我们俩只是追杀战败的汗王，
决不能给百姓制造苦难。

百姓是被汗王强迫驱赶，
我们怎能对他们惩罚责难？
萨拉玛特，你不要停下，
快速前行不要迟缓！”

凯耐尼木教训萨拉玛特，
萨拉玛特哑口无言，
只好策马继续向前。

他们没有放马吃草，
他们没有拖延时间，
他们没有起炊吃饭。
他们没有打盹儿歇息，
更没有躺下睡眠。

骏马一路奔腾不知疲倦，
凯耐尼木精神振奋不顾劳顿，
他俩终于追上了阿恰汗。

凯耐尼木和萨拉玛特的身影，
首先映入阿恰汗的眼帘。
阿恰汗心中困惑不安，
许多疑问在脑海浮现。

“即使凯耐尼木要将我们追赶，
萨拉玛特为何不加以阻拦？
他既然和我们发了誓言，
为何还同凯耐尼木并肩将我追赶？

“莫不是他见了凯耐尼木，
就背弃了自己的誓言？
抑或是来不及设法遮掩，
只好跟着他一起前来冒险？

“萨拉玛特会不会将事情的原委，
全都向凯耐尼木坦白交代？
凯耐尼木是否已经得知内情，

心想我们的势力在他之下，
我们还来不及和东方西方取得联系，
重新组织众多强大的兵马，
他乘我们人困马乏前来追杀？

“萨拉玛特是否以背叛誓言为本钱，
向凯耐尼木讨价还价，
要把呼罗珊和伊斯番，
全都划归他管辖？

“萨拉玛特是否鬼迷心窍，
要让我和达比塔依人头落地，
他为了称霸呼罗珊和伊斯番，
跟随凯耐尼木把我们追击？”
在这个支离破碎的世界里，
不祥的念头侵袭着阿恰汗的心底。

阿恰汗无法逃避，
达比塔依和凯斯莱提已经远离这里。
他又想萨拉玛特不至于出卖自己，
于是他定下心神发起突然袭击。
企图使用这样的手段，
试探萨拉玛特是好意还是恶意。

他挥舞着旗杆大声呼唤，
将同行的人马全部召集。
用战旗指向对方，
在卷起的尘土中发起攻击。

阿恰汗怒气冲冲鼓足全身的力气，
犹如蜘蛛和毒蝎狠狠地刺出毒刺。

见到阿恰汗率众冲来，
萨拉玛特策马前去迎击。
他高呼着玛纳斯的口号，
激烈交战毫不犹豫。

他们用矛枪抵挡矛枪，
奋力相击叮当作响。
直到日落西山天色渐暗，
他们才离开了战场。

凯耐尼木开口对萨拉玛特讲：
“萨拉玛特，你去较量了一场，
试探了阿恰汗现在的状况。
阿恰汗熟悉这里的地形，
我们不明白他内心真相。

“今夜我们不要在此躲藏，
要防备他从四面八方，
把我们围困在这个地方。
万一被阿恰汗夜袭打败，
必将损毁我们的名望。

“你不要冲入他们的人群，
不要向密集的兵马进攻。
也不要让他们逃跑，
萨拉玛特，你只要守住山口路径。

“我不会在此躺下休息，
我要趁夜色出行。
我要登上伊斯番的达坂，
用千里眼观察对方的动静。
我要观察那边的地形，
我要看看伊斯番究竟有多少人。
在晨光照亮之前，
我会返回到你的身边。”

凯耐尼木把话说完，
跨上坎库拉启程。
当他走到山谷的路口上，
发现阿恰汗正在那里，
指挥兵丁挖着深坑陷阱。

黑夜里阿恰汗没有看清来人的面容，
以为这是萨拉玛特趁黑夜而来。
他打着招呼走过去相迎，
策马与凯耐尼木相逢。

当面对面接近的时候，
他一下子把凯耐尼木认清。
他面对豹子般的英雄，
不敢出其不意地戳出矛枪，
反而吓得扭头逃命。

阿恰汗这样的举动，
早在凯耐尼木的意料之中。
凯耐尼木催动坎库拉，
一把扯住了阿恰汗坐骑的缰绳：
“伊斯番的阿恰汗，
有谁能逃出我的手掌？
你呆头呆脑地进犯塔拉斯，
被打得落花流水趁黑夜仓皇逃命。

“你一个堂堂正正的汗王，
你有众多兵马在手中。
你有权向各方联络事情，
到底想往哪里逃奔？
更何况我这次出征，
只有两个人同行。”

阿恰汗遭到凯耐尼木挖苦讥讽，
无可奈何地这样回应：
“凯耐尼木，你说的全是实话。
我从塔拉斯落荒而逃，
萨拉玛特在后面紧紧追踪。

“达比塔依对他说了很多话，
将萨拉玛特嘲弄讥讽。
说他的祖宗三代，
被柯尔克孜人杀死鲜血流尽，

芒格特的百姓离乡背井。
说他被柯尔克孜的养女蒙骗，
至今还在为柯尔克孜人奔走卖命。

“萨拉玛特幡然醒悟，
为了将我们征服，
为了和我们结盟，
他与我们一个接一个交锋。
他把我们全都打伤战胜，
我们只好向他归顺听命。

“我们商定要向东方和西方送去信函，
请求所有的地方出兵支援，
组成六十列克大军，
率领六百大力士，
还有骏马驮不动的巨人，
浩浩荡荡地向塔拉斯进攻，
去把柯尔克孜彻底战胜。

“达比塔依伤势严重，
凯斯莱提忧心忡忡。
我本人年老体衰力不从心，
哪有力量再次出征？
我们商定明年的奥纳月，
各路人马都到这里来集中。

“当时萨拉玛特表示，
在约定时间到来以前，
如果能找到机会，
他就把你置于死地。
这样也免得让全世界的人，
长途跋涉出征到你那里。

“萨拉玛特和你一起追踪到这里，
在白天的交战中他向我献计，
让我在山口连夜挖好陷阱。
我黑灯瞎火地来到这里，

正等着萨拉玛特见面商议。

“凯耐尼木，我不会编造谎言骗你，
假如你不相信我说的话，
等到明天他单独上阵的时候，
你就会看清他的用心和目的。

“他打算在黄昏以前，
佯装与我拼杀交锋。
等到傍晚天色变暗，
就会突然向你发起进攻。”

凯耐尼木听罢说道：
“阿恰汗，你毕竟是一位汗王，
不管你说的是真话还是撒谎，
我今日可以把你放还，
明日的事我自有主张。

“你说萨拉玛特心黑，
你这话究竟是什么含义？
难道他的祖先如何死去，
他至今不明白底细？

“东方和西方有众多人马，
你们确定谁去传送消息？
明日单独打斗的时候，
你肯定要亲自上阵。

“假如萨拉玛特不愿上阵，
只有我亲自出马单独对你，
我看你怎么和我交锋。
阿恰汗，
我要把你推进自己挖好的深坑里去。
你们一向心术不正，
对此我早已看得很清。

“你们要占领塔拉斯，

这简直是痴心妄想。
阿依阔勒英雄玛纳斯的陵墓，
玛纳斯建造的色尔城，
巍然屹立在塔拉斯大地之上。
巴卡依和玛纳斯亲手栽种的树木，
枝叶茂盛早已绿树成荫。

“白毡帽的柯尔克孜人，
意志刚强，
万众一心，
白毡帽戴在他们的头上，
如同灿烂的山花怒放。
神奇的塔拉斯和柯尔克孜民众，
就是不可战胜的力量！”

雄狮般英雄的话慷慨激昂，
阿恰汗听后十分慌张。
他一时不知道怎样回答，
他失去理智吐露出真相：

“英雄啊，请听我讲，
我们都归顺了萨拉玛特，
他已成为我们的首领，
他亲自安排联络东方和西方。

“西面在阿依吐比的地方，
有七个巨人的民众。
东面的契丹、卡勒玛克，
还有康阿依各部，
都在他联络的名单上。

“英雄啊，
剩下的事等到明天早上，
你只要留心观察，
就会发现明显的迹象。”

“阿恰汗，如果你的话是真的，

你我所谈之事不能告诉萨拉玛特，
我担心你把真相吐露他会杀死你，
让你无谓地死在他的刀下。

“无论明天的事是好是坏，
我会当机立断就地处理。”
凯耐尼木说完这些话，
掉转马头返了回去。

东方发白天刚蒙蒙亮，
伊斯番的兵丁，
已经跨马奔上战场。
萨拉玛特看到他们的旗帜，
翻身上马赶上前迎去。

英雄凯耐尼木将他阻挡：
“等等，萨拉玛特，
今天你不要去。
这些日子你奋力拼杀连续作战，
呼罗珊和伊斯番人打得你疲惫不堪。

“你昨日激烈交战，
又度过了难熬的一天。
你要听从我的话，
今天就让我前去迎战阿恰汗。”

萨拉玛特不肯回头，
挥舞着手中的矛枪，
催动骏马奔向战场，
马蹄下一股尘烟。

从伊斯番来的阿恰汗，
和萨拉玛特面对面较量。
阿恰汗无所顾忌地刺出矛枪，
萨拉玛特只是装模作样。

“噢依，萨拉玛特，萨拉玛特，

你可平安健康！
难道昨日你把我蒙骗？
你说将凯耐尼木引到山谷出口处，
我挖好深坑守候了一个通宵，
你和凯耐尼木都没有出现。
请你仔细想一想，
现在我们应该怎么办？”

此时萨拉玛特回答道：
“我们先打两个回合，
然后你佯装打败逃跑，
我也假装紧紧把你追赶。
凯耐尼木一定会把我阻拦，
我也就顺着他掉转返还。

“在今晚宿营的地方，
我会砍下凯耐尼木的头颅，
天亮之前来见你阿恰汗。”

阿恰汗按照萨拉玛特的授意，
掉转马头佯装仓皇逃窜。
萨拉玛特跟在他后面，
策马狂奔假装追赶。

凯耐尼木并没有阻拦，
他岿然不动，耐心观看。
萨拉玛特快要追上阿恰汗，
他已无法掉头回返。
此时凯耐尼木紧握矛枪，
急忙从后面奋起追赶。

阿恰汗见状惊恐万分，
感觉末日就要来临。
萨拉玛特狼子野心，
越来越向死亡接近。

“阿恰汗，你从前面阻拦，

我要从后面追赶，
将凯耐尼木夹在中间！”
萨拉玛特慌张地叫喊。

“萨拉玛特，我已无力再战，
无法从他前面阻拦截击。
凯耐尼木是真正的雄狮，
他的胸襟开阔待人诚恳，
我要告诉他所有的秘密。”

萨拉玛特并不知道昨晚他们见面，
他听到阿恰汗的话语，
知道阿恰汗要泄露底细。
萨拉玛特顿时怒火中烧万分焦急，
猛抽骏马向阿恰汗冲去。

凯耐尼木见状大声呼喊：
“行啦，萨拉玛特，你停下，
你不要再追过去！”
凯耐尼木接连喊了两次，
萨拉玛特根本就不搭理。

凯耐尼木急忙策马赶上去，
就在凯耐尼木赶到之际，
萨拉玛特已经刺出了矛枪。
矛尖刺穿了阿恰汗的肾脏，
鲜血染红了他的马鞍。
阿恰汗喊了一声“萨拉玛特”，
嘴巴啃泥再也没有动弹。

凯耐尼木责备萨拉玛特：
“我高声呼喊不让你杀他，
你根本不听非要让他毙命。
这里面必有隐情，
今天你必须向我讲明。

“你的狼子野心，

其实我已经察觉。
你这只疯狗居心叵测，
你为什么做出这样的事情？！”

萨拉玛特向凯耐尼木大发雷霆：
“凯耐尼木，你别逞强逞能，
不要瞪着眼睛向我吆喝，
不要在我面前作威作福。

“今天我要让你备受耻辱遭到惩罚！
我要讨还父亲的血债。
我是萨尔特巴依的儿男，
怎能不为他报仇雪恨！”

萨拉玛特气势汹汹，
怒吼之声震耳欲聋。
他高呼着萨尔特巴依的名字，
挥动着锋利的长矛，
疯狂地向凯耐尼木发起进攻。

凯耐尼木挡回他的矛枪，
正颜厉色再次把他责问：
“萨拉玛特你要干什么？
你这是开玩笑胡闹还是动真格？
难道你真的丧失了良心！”

“我根本不想和你开玩笑，
我满腔仇恨怒火中烧。
凯耐尼木，你可知道，
萨拉玛特决不会把你轻饶！

“你是柯尔克孜黄脸死神，
而我是库吐尔古尔[①]的子孙。
我要让你们鲜血流成河，
我要把你的色尔城踏平。

① 库吐尔古尔：萨拉玛特祖宗的名讳。

“我要让你们柯尔克孜人，
四处流浪，断子绝孙！
我要像巨龙一样和你殊死搏斗，
我对你满腔怒火决不会留情。
我要把你古老的柯尔克孜人，
全部吞噬斩草除根！”

萨拉玛特狂妄地叫嚣呼喊，
口中的唾沫四溅。
他瞪着毒蛇一样的双眼，
叫喊着直冲到凯耐尼木面前。

在与对手拼搏厮杀的时候，
萨拉玛特有不可低估的力量和勇气。
与他的父亲萨尔特巴依相比，
他已超出他的父亲而无不及。

双方用矛枪挡回对方的矛枪，
刀枪相击噼啪作响。
大地震裂水喷泉涌，
山峰崩塌巨石飞滚，
扬起的尘烟遮日蔽天，
天地之间骤然一片昏暗。

你看这千奇百怪的世界，
就像到了末日一般。
就像天地失去平衡，
天旋地转，地覆天翻。
就像天上的云层被撕裂，
就要跌落到地面。
各种稀奇古怪的险象，
接连不断地出现。

康阔尔的子孙凯耐尼木，
他是天下无敌的英雄，
与他较量的对手无一生还。
他高呼着玛纳斯的口号，

愤怒地举起矛枪。
他毫不吝惜自己的生命，
朝着萨拉玛特猛冲过去，
他的威猛让大地震动。

萨拉玛特被一枪刺中，
挑在矛尖高高举起。
如同穿透身体的骆驼，
四肢胡乱地甩动。

凯耐尼木用力旋转矛枪，
顺势把他抛向山峰。
萨拉玛特从空中掉在岩石上，
摔得粉身碎骨无影无踪。

阿恰汗和萨拉玛特接连毙命，
凯耐尼木放走了剩下的伊斯番人：
“你们这些没有死去的人，
现在可以返回家园，
与自己的妻儿老小团圆。
阿恰汗有一个儿子，
我让他做你们的汗王，
继承他父亲阿恰汗的王位。”

凯耐尼木放走了伊斯番的残兵，
让他们返回自己的家园。
他收起了萨拉玛特的长矛，
还有阿恰汗的王冠。

“我不必前去呼罗珊，
倘若达比塔依胆敢继续作乱，
就让他和西方东方勾结到一起，
带领六十列克兵马前来交战。
那时我会好好收拾达比塔依，
让他有来无还！

“阿恰汗和萨拉玛特的死讯，

很快就会传到他的耳边。
如果他带领呼罗珊人前来报复，
如果他向塔拉斯踏上一步，
我将毫不犹豫地迎头痛击，
让他人头落地一命归天。

“何况呼罗珊的人刚刚回去，
人困马乏还尚未休整。
我不必再出征呼罗珊，
给那里的百姓带去战火降下黑暗。”

凯耐尼木心中这样想着，
掉转马头返回塔拉斯故乡。

让我们先放下这一段，
听一听呼罗珊的首领，
达比塔依的消息。

凯耐尼木再败呼罗珊大军

凯耐尼木杀死凯斯莱提

达比塔依在逃亡的途中，
没有直接返回呼罗珊。
柯尔克孜还有一个部落，
名字叫作尚卡依。

尚卡依的位置不左不右，
就在节提苏和呼罗珊中间地带。
达比塔依路过这里，
心里顿生邪恶的主意：
我要在尚卡依抢劫，
并且公开向民众宣布，
“我要洗劫你们的财产，
我不会给你们留下一根毛发。
如果你们受不了委屈，
就去找凯耐尼木诉苦申冤。”

他没有打骂尚卡依人，
却将财产洗劫一空。
能走动的活畜，
能装箱的金银，
还有存放在地窖的粮食，
全部抢掠得颗粒不剩。

尚卡依人失去了放牧的牲畜，
失去了遮风避雨的房屋，
失去了可以宰杀食用的绵羊，
失去了抵御寒冷的衣物。

没有了守望畜圈的牧犬，

没有了充饥的食物，
没有了安身的住处，
尚卡依人元气大伤，断了生路。

尚卡依人汇集在各个山谷，
呼天唤地，号啕大哭。
他们想到塔拉斯去，
向凯耐尼木申诉苦楚。
可连马驹都被掠去，
哪里还有可乘骑的役畜。

他们悲痛欲绝，
到处是撕心裂肺的痛哭。
他们恨不能自掘坟墓一同死去，
真是上天无门，入地无路。

在牧人眼里生命固然宝贵，
牲畜也如同他们的四肢。
因此熟人久别相逢，
总互问牲畜平安，
把牲畜的平安当作首要大事。

达比塔依到达呼罗珊，
并没有安心休养。
他不吝啬从柯尔克孜抢来的钱财，
却把它当作诱人的犒赏。

他给萨拉玛特和阿恰汗，
分别写了两封信函。
派遣两名信使立刻上马，
尽快送达这些信件。

凯耐尼木在返回的途中，
与这两个信使不期而遇。
其中的一名信使，
曾在塔拉斯的战斗中，
对凯耐尼木的相貌有清晰的记忆。

虽然凯耐尼木并未察觉，
他们却以为已被认出。
他们慌慌张张摇摇晃晃，
一个接一个从马鞍跌落到地上。

他们急忙从地上爬起，
发软的脚步不敢迈动。
他们向着凯耐尼木弓背弯腰，
如同婆娘一样鞠躬。

他们畏畏缩缩，战战兢兢，
如同新娘一样鞠躬。
他们吓得说不出话，
脸色灰暗，头脑发懵。

他们鼻孔收缩不敢出气，
浑身的肌肉都在抽搐，
连问候的声音都在颤抖，
惊慌的神色已尽显露。

他们垂手侍立，
双眼泪水流淌。
他们不停地擦着鼻涕，
心想今日要大祸临头。
碰上了凯耐尼木只有死路一条，
今日必定被砍下头颅。

看到他们不敢说话，
凯耐尼木断定他们认识自己，
于是厉声开口问道：
“你们抖抖索索是从哪里来的？
你们必须说出真正的来历。
如胆敢隐瞒真相编造谎言，
我立刻叫你们死在这里！”

面对凯耐尼木的威严，

他们怎敢迟缓。
只好说出了实情，
掏出达比塔依的信函，
双手递到凯耐尼木面前。

力量超凡意志坚强的英雄凯耐尼木，
接过来阅读了那些信件。
对达比塔依的意图，
他掌握得详细而又全面。

雄狮看完信后心中思量：
“我是从这里折回，
还是继续向前？
是否让他们俩继续赶路，
去找萨拉玛特和阿恰汗。

“等到他们找不到人，
无奈地返回之后，
我再看看达比塔依怎么办？
他会不会率领盖天铺地的人马，
如洪水般汹涌而来，
我是否静候到那一天？

“我估计从东边和西边，
再不会有人来进犯。
如果有人再来突袭，
百姓就会四处逃散，
那样就会有多少平民，
遭受迫害和灾难。

“尚卡依的百姓失去全部家产，
他们的生活怎能安宁？
眼看着他们处境困苦，
救苦救难是最大的事情。

“我让他俩返回，
传达萨拉玛特和阿恰汗的死讯。

我要求达比塔依，
如数归还尚卡依的畜群。
如果达比塔依接受规劝，
我也不用和他纠缠。
不用和他动刀动枪，
不用和他再次交战。

“如果他回到家乡有恃无恐，
拒不接受我的劝阻，
我就像扭断石鸡的脖子一样，
扭断他的颈项，
让他一命归天。”

猎豹英雄经过深思熟虑，
对两个信使这样说道：
“你们俩从这里返回，
回去向达比塔依这样禀报：
就说在送信的途中，
在没有人烟的野外，
恰与凯耐尼木相遇。

“就说萨拉玛特和阿恰汗，
已看不见星星和阳光，
去了有去无回的地方，
无法将信件送到他们手上。”

凯耐尼木在达比塔依的信函背面，
写明了自己的要求和期望。
将刻有柯尔克孜阿拉什标志的金刚大印，
清晰地盖在边角上方。

凯耐尼木信中这样写道：
“达比塔依，你要把尚卡依人的钱财，
如数送到我跟前。
达比塔依，你务必来此一趟，
面谈后返回你的家园。
达比塔依，你要做出承诺，

保证不违背自己的诺言。

“达比塔依，你要知道我的为人，
我不会无故侵犯别人的领地，
我不会骚扰和平的百姓。
我们祖宗七代，
从来信守承诺，言而有信。
我们白毡帽的柯尔克孜人，
是心地善良的人群。

“你别以为人们都像你那样，
得到不义之财就心里高兴。
你干出这种伤天害理的勾当，
并不是人该干的事情。

“我不会偷偷摸摸鬼鬼祟祟，
去袭击你的地盘。
如果你不听规劝，
就尽早做好战备，
免得你心中留下遗憾。

“我会耐心地等待，
给你充分准备的时间。
你若决心和我较量，
别忘了带来众多兵马助战。
因为你已经失去了，
萨拉玛特和阿恰汗。”

凯耐尼木写了这样的信函，
信中表明了庄严的诺言。
那两个可怜的信使，
带着信件半路折返。

他们慌慌张张气喘吁吁，
来到自己汗王跟前。
将那原来的信件，
双手向达比塔依递传。

“你们去了六天的时间，
今天才得以回返。
写给阿恰汗和萨拉玛特的信件，
为什么原封不动地退还？”

其中的一名信使精明能干，
他能说会道善辩能言：
“我们奉命带上你的信件，
将良种快马挑选。
策马行进在野外，
突然把凯耐尼木遇见。
得知那两位人士，
已去了没有风吹日晒的世界，
活人无法送达你的信件。

“凯耐尼木截获了你的信件，
阅读后他也写了信函。
他让我们带信返回，
请你看一看信纸的背面。”

达比塔依听到这些，
心感惊奇，疑信兼半。
他翻过信件，
看到英雄凯耐尼木的英名，
在信纸上赫然显现。

他往下读道：
“你达比塔依派人送信，
给萨拉玛特和阿恰汗。
可是他俩已经去了，
没有星星和阳光的世界。
你的信使到不了他们身边，
只好半路回返。”

信中还提到了尚卡依人的财产，
达比塔依从头到尾看了几遍。

只见他两眼发直，目光暗淡，
手脚乏力不能动弹。
舌头发硬说不出话，
浑身上下不停地发颤。

他呆滞地坐了许久，
然后召集所有首领，
让他们黑压压地坐满庭院。
他气势汹汹大发雷霆：

“柯尔克孜的那般贱货，
自以为和我平起平坐。
竟敢给我写信，
装腔作势来威胁我。

“我在呼罗珊管辖四十六座城郭，
难道我惧怕这个小小的家伙？
所谓的死神凯耐尼木萨日克，
并没有想到自己将遇到杀身之祸。
他竟然把我看成等闲之辈，
就像对待平民一样号令于我！

“除了凯斯莱提以外，
我还有六十个大力士。
凯耐尼木单枪匹马，
怎敢与他们拼杀比试。

“假若我把他杀死在这里，
他身边将无人为他收尸，
也将无人为他哭泣。
我要一举将凯耐尼木打翻在地，
将他杀死也很容易，
但我还不能达到全部的目的。

“我要像拴牧犬一样，
拴住他的脖子，
押着他在世界各地游街示众，

这样才能把账算清。

“我要让凯耐尼木清醒，
知道自己的力量多么微轻。
让所有耳闻目睹的人，
传扬我达比塔依的英名！”

达比塔依吼声如雷，
派遣四十六个信使，
把信送达呼罗珊的四十六座城中。
他在信中下达这样的命令：
“凡是男人要一个不少，
快前来集合，不许缺失一人。

“来的人不许空手，
每个人必须带三样武器。
不论自己的乡亲还是亲戚，
不论自己的堂兄堂弟还是表兄表弟，
首领们必须将他们全部带到这里！”

他给近处的人三天期限，
给远方的人十天期限。
他将黑夜降临到百姓头上，
不让他们日子得清闲。
强迫驱赶他们到集结地点，
让呼罗珊的民众，
无缘无故遭受苦难。

各路人马前来汇集，
浩浩荡荡铺天盖地。
其中的六十名大力士，
个个手持锋利的矛枪。

勇士们头上紧扣着结实的头盔，
狼牙棒横在马鞍上。
身背着硕大的盾牌，
铁制的腰带闪着银光。

假如他们冲上战场，
大有排山倒海的力量。
他们像疯狗一样狂吠，
牙齿咬得咯咯直响。

他们不停地向前蹦跳，
嘴里喷吐泡沫，
口水从嘴角流淌。
他们破着嗓子狂呼乱叫，
赤裸着胳膊互相追逐，
东奔西跑像野兽一样。
他们头撞着头时嗵嗵作响，
一副不可一世的凶相。

有十五名大力士，
是擅长徒步上阵空手格斗的能手；
有十五名大力士，
是专门拉弓射箭的神箭手；
有十五名大力士，
是用狼牙棒打斗的高手；
另有十五名大力士，
是骑马突击的长矛手。

那些骑马的大力士，
迫不及待地将长矛高举。
怎奈马被拴着不能冲出，
只得虎视眈眈等待发令的时机。

达比塔依刻意策划，
让大力士先头开路，
耀武扬威张牙舞爪。
他让人擂响战鼓，
又吹响出征的号角。

他自己更显得不可一世，
高高地坐进兵卒拥抬的大轿。

队伍就这样开拔出发，
声势喧嚣惊天动地。

达比塔依来到战场上，
瞪目怒视大声叫嚷：
“凯耐尼木，你给我听着，
我是大名鼎鼎的达比塔依，
现在就站在你的前方。

“我看你就这么一点能耐，
孤家寡人匹马单枪。
你被厄运驱赶到这里，
你怎么能逃出我的手掌？

“你以为在西边和东边，
那些所谓的强将都被你战胜。
你以为我也和他们一样，
才来到这里逞强逞能。
你看看我的六十名大力士，
你孑然一身将会在这里丧命。

“我要将六十名大力士编成四组，
用各种兵器和你交锋。
你对付一组人也许可以，
其他三组怎让你逞凶？

“十五名大力士徒步上阵，
将打得你筋疲力尽。
十五名百步穿杨的弓箭手，
将一齐射出利箭，
你中的箭矢会比雨点还稠。

“十五名大力士将抡起狼牙棒，
砸碎你的头颅和脊梁。
十五名大力士挥舞矛枪，
枪枪将直刺你的心脏。

除了这六十名大力士外，
还有我和凯斯莱提也一齐上战场。
凯耐尼木你孤身一人，
还有什么办法和我们较量！

“你如今穷途末路，无路可逃，
你注定要败在我的手上！
我手下还有许多大魔法师，
他们将施魔法把你的手脚捆绑。

“你会浑身无力，无法动弹，
你将手足无措，徒然惊慌，
你将无法反抗，束手就擒，
你的双眼将会发出乞求的目光！
你将粉身碎骨，血肉横飞，
死无全尸，彻底灭亡！”

听完达比塔依的狂言，
凯耐尼木回应响亮：
“你们不要一个一个上来，
免得失去相互照应，
被各个击破走向死亡。

“我的祖先是阿依阔勒雄狮，
你所谓的六十个大力士，
敌不过我一个人的力量。
迎接你徒步上阵的大力士，
我有卓依库玛宝剑在手上。

“达比塔依啊，对付你的神箭手，
我有阿兰格尔弓和苏尔箭背在肩上，
我一箭就让你的十五人死亡。

“对付你的一群狼牙棒手，
我只用手中的一根铁棍。
我一棍打死一个决不重复，
就这样一个一个收拾你们。

“我用矛枪对付你的矛枪手，
你仅有的十五名枪手还不够我刺杀。
别看我孤身一人，单枪匹马，
就是对付你千军万马也不在话下。

“你现有的四万人马，
只不过像羊圈里的一群绵羊。

“达比塔依，你和凯斯莱提，
刚刚从塔拉斯逃亡，
如同被苍狼追逐的绵羊一样。
如果你真的有精兵强将，
就快一点让他们来上战场！”

对凯耐尼木的回答，
达比塔依无言以对如同哑巴一样。
徒步的十五名大力士，
解除了缠在脖子上的铁链，
一哄而起，蜂拥而上。

所向无敌的英雄凯耐尼木，
他是柯尔克孜的英明汗王，
他是为柯尔克孜部众而生，
他要为民建立丰功伟绩。

他将卓依库玛宝剑，
抽出刀鞘，高高举起。
他想：
“我若不能一刀解决他们，
就会在达比塔依面前将脸面丢尽。”

他闪身转到右边，
寻找到了有利的战机。
只见他把卓依库玛利剑一挥，
十五名大力士的脑袋全都滚落在地。

见到十五人同时倒地毙命，
呼罗珊的十五名弓箭手发起了攻击。
十五根箭矢嗖嗖飞来，
啪啪地撞击着凯耐尼木的身体。

举世无双的英雄凯耐尼木，
又从右边转了过去。
等到那弓箭手们一字排开的瞬间，
他拉弓射箭，
用锋利的苏尔箭矢猛烈射击。
那利箭穿透了对手的躯体，
十五个弓箭手又应声倒地。
六十名不可一世的大力士，
整整一半瞬间命毙。

剩下的三十个人，
十五人挥舞着狼牙棒，
十五人摇晃着手中的矛枪，
他们高喊着达比塔依的名字，
狼嚎般的怪叫声在战场回荡。

在呼罗珊的阵营中，
有七十名施魔法的巫师：
有的精通咒语、法术、魔幻，
有的能呼风唤雨、腾云驾雾，
有的将毒蛇当作马鞭凌空挥舞。

七十名魔法师挺身而出，
企图用妖术束缚凯耐尼木的手足。
他们将各种各样的咒语，
成套成套地念着。

凯耐尼木身上穿的是，
魔头居仁朵的衬衫，
这些咒语怎能在他身上应验？

面对围攻的三十个大力士，

凯耐尼木迂回反击。
他不让狼牙棒落在身上，
把戳来的矛尖挡了回去。

他在他们中间来回穿梭，
咬住了两名长矛手，
还有五名狼牙棒手也无法逃离。
这七名自命不凡的狂徒，
被凯耐尼木一下子都刺翻在地。

剩下的二十三个十分狡猾，
个个诡计多端，武艺高强。
他们和凯耐尼木激烈交锋，
来去凶猛，左冲右撞。
狼牙棒在头顶呼呼作响，
长矛尖与护胸叮当碰撞。

面对敌众的重重包围，
机敏的凯耐尼木英雄，
手挥利器，怒目圆睁，
犹如红日穿透浓雾笼罩的天空。

他紧握鸭掌式长矛，
高呼着玛纳斯的英名，
一次次向敌阵发起猛烈进攻。
见到他如此威猛，
谁能不魂飞魄散惊恐万分。

可爱的生灵坎库拉骏马，
奔驰如飞，如箭离弦，
像大鹏飞鸟搏击长空。

凯耐尼木从正面又刺中了五人，
另有七名也接连丧生。
那些围观的呼罗珊人，
吓得魂不附体，脑晕头懵。

凯耐尼木毫不畏缩，勇敢冲锋，
像鹰隼从云端向下俯冲。
如果遭遇这样的英雄，
谁都无法保住性命。

剩下的十一人仓皇逃跑，
他们害怕被英雄击中。
他们像兔子般迅速逃离，
丢盔弃甲，毛发纷乱，
如同野草被秋风吹散。

他们担心英雄跟踪追来，
不时地回头观察动静。

见到剩下的大力士全部逃跑，
达比塔依又下达了命令：
“乘凯耐尼木丧失警惕，
你凯斯莱提发起进攻。
要悄悄地从他背后接近，
把他从马背上刺翻。
你速带领一万名兵卒，
从四面八方一起围攻。

“要不惜使用更多的网罗，
层层密布，把他捕获其中。
要连人带马拖拽到这里，
我要亲自结果他的性命！”

凯斯莱提纵马出征，
身后跟随着一万人马。
铺天盖地的呼罗珊兵士，
如同蚂蚁出洞遍地爬行，
密密麻麻好似炸窝的黑蜂。

英雄凯耐尼木满不在乎，
一个劲儿地左冲右撞。
三千张网一齐撒在他的头上，

他被纵横交错的铁网团团罩住。

他没让凯斯莱提矛枪刺中，
却陷入了敌人布下的罗网。

他身边没有助威的人马，
他也失去了刚才的威猛。
他手脚被紧紧捆住，
两眼呆滞，
一丝困惑掠过心中。

难道老天爷要将他惩罚，
难道命运要把英雄捉弄？

大力士们围在凯耐尼木周围，
可怎么也未能将青鬃狼拖动。
此时凯斯莱提大声喊叫：
“让我来拖，给我网绳！”

听到野兽凯斯莱提的叫声，
凯耐尼木顿时清醒：
“愿祖先赛麦台依给我智慧，
愿古里斯[2]爷爷助我成功。

“巴卡依老人家你在哪里？
我的曾祖母卡妮凯你在哪里？
摇身就能变成天鹅，
在仙人世界有宝巢的，
我的祖母阿依曲莱克，
此时此刻你在哪里？
还有卡依普山上的仙女，
我的母亲库娅勒你在哪里？

“你们是护佑我的神灵，
我多么想念你们，崇拜你们。

① 古里斯：古里巧绕英雄的昵称。

你们是我信赖的依靠，
我请求仙逝的英灵们，
各尽所能，前来关照。
我相信古里斯前辈定会前来相助，
他的智慧和力量能使地动山摇！”

凯斯莱提接过绳索，
用皮带紧紧地绑在马镫的一侧。
他双脚使劲蹬着马镫，
奋力策马，向前拖拽。
任凭他们怎样折腾，
凯耐尼木和坐骑却纹丝不动。

就在这个紧要关头，
大地突然剧烈震动，
满天扬起滚滚灰尘。
平地震裂，
汹涌的洪水从地下喷涌。
水里响起了呼唤的声音：
“凯耐尼木，
我就是古里斯坦，
孩子，要振奋精神，
赶快行动！”

凯耐尼木知道是先辈在说话，
是心中缅怀的英雄。
他振奋精神，鼓足勇气，
聚集全身之力手撕脚蹬。
只听“嘎啦”一声脆响，
那罩在身上的七十张铁网，
全被撕破一个不剩。

凯斯莱提还在使劲拽拉，
那绷断弹回的网绳打在众兵身上。
你看那弹力有多强，
五十名敌兵一齐命亡。

凯耐尼木骑着坎库拉腾跃而出，
紧紧盯着凯斯莱提的身影。
他策马追赶到凯斯莱提身后，
举刀砍向他的脖颈。

黄脸死神枪挑
呼罗珊巨人塔拉那

当英雄凯耐尼木，
被七十张铁网罩住的时候，
达比塔依得意忘形。

当看到英雄凯耐尼木破网而出，
凯斯莱提人头落地时，
他好像冷水浇上了头顶。
他气得连话都说不出，
整个世界好像一下变得如腊月寒风。

他给兵马下达命令，
让呼罗珊人倾巢出动。
他们向凯耐尼木发起攻击，
大呼小叫如潮水涌动。
他们像无数的黑甲虫，
从四面八方向凯耐尼木围攻。

达比塔依高声号叫：
“拉网手，要快快撒网，抛向上空！
矛枪手，不要临阵逃脱，要勇敢前冲！
神箭手，你们要待在一起，
站到队伍的一侧待命。
等那狡猾的凯耐尼木窜到边缘，
你们就对准射中他的瞳孔！”

强悍的英雄凯耐尼木，
挥舞着宝刀鏖战。
他一刀砍倒一大片敌人，
刀尖上鲜血四溅。

举世闻名的坎库拉马，
像青龙一样在阵中游走。
凯耐尼木迎头痛击敌人，
像猛虎冲入了羊群之中。

满眼都是滚滚烟尘，
到处都是鲜血流淌。
有的被砍断胳膊，
挣扎在死亡线上；
有的被砍断了大腿，
诅咒这个世界变幻无常。

漫山遍野死亡的兵丁，
像冻死在荒原的一群群绵羊。
那死亡兵丁蓬乱的头发、胡须，
就像秋后的荒草挂满寒霜。
那被砍死的马匹龇牙咧嘴，
尸体堆成一座座山冈。

再看那未死的兵丁，
许多人伸长干渴的舌头，
有的躺在地上气息微弱，
眼睛忽而睁开忽而闭上。

有的在哭叫着垂死挣扎，
又被奔跑的马蹄踏上，
他们从此再也不能站起，
一动不动地等待着死亡。

坎库拉骏马夜以继日，不知疲倦，
奔腾不息，纵横疆场；
凯耐尼木挥舞着宝剑左劈右砍，
冲杀不止，越战越强。

大地被血液浸泡，
土壤被鲜血染红。

英雄挥舞着阿勒巴尔斯[1]宝剑，
如九霄降下的神兵天将。

敌兵承受不了这沉重的打击，
四散溃逃，如山洪决堤。
英雄紧追不舍，
催马扬鞭，跨山越梁。

他刺出的矛枪，枪枪见血，
把成群成群的敌兵，
一个个高挑在半空中，
又一个个甩下悬崖山冈。

敌方的魔法师施法刮起大风，
沙飞石滚，遮盖了天空。
就在刹那之间，
凯耐尼木被笼罩在浓浓的风尘之中。

凯耐尼木毕竟见多识广，
他曾经把居仁朵的舌头吞入腹中。
他背诵着居仁朵的全部咒语，
他挥动着手中的矛枪，
止住了吹来的大风。

原来有五名魔法师，
施法刮起这场大风。
同时有三名大力士，
从远处向凯耐尼木驱马冲锋。

凯耐尼木对大力士不予理睬，
先朝着魔法师挥剑进攻。
不等他们四散躲避，
不等他们仓皇逃命，
就让他们在降魔宝剑下丧命。

① 阿勒巴尔斯：柯尔克孜语，意为凶神般的宝剑。

此时那三个大力士抽打着坐骑，
挥动着长矛喊杀而来。
马快如风驰电掣，
身后扬起一溜尘埃。

眼看矛头正面刺来，
灵活机智的凯耐尼木，
侧身一闪，敏捷躲开。
三个大力士与他擦身而过，
一下子冲出两马杆之外。

凯耐尼木不等三人扭身反转，
策马追击，如箭离弦。
他“嚓嚓嚓”连刺三枪，
那三人应声滚落地面。
自命不凡的三个大力士，
如同风雨中的落叶残花。

坎库拉骏马如同添翼的猛虎，
腾跳不羁，劲头十足，
就是旋风也追不上它，
山崩地裂也难以阻挡。

骏马上骑乘的是天下无敌的英雄，
此时正追杀着一群群敌兵。
就像小鸟遇上了雄鹰，
敌兵一片片倒地毙命。

呼罗珊人看到此景，
呼天喊地万般惊恐：
“世界末日就在今天，
我们将被杀得一个不剩！”

达比塔依精选的大力士中，
有一名叫塔拉那的强将。
以往和他交手的人，
没一个能逃出他的手掌。

他的坐骑是塔尔玛勒阔克[①]，
这匹马像头捕食的雄狮。
塔尔玛勒阔克踩上磐石，
磐石会如遇水的石灰一般酥软。
塔拉那若伸手抓住树干，
树干也能被挤出水汁。
塔拉那头戴着七层铁盔，
厚厚的五层铠甲披在身外。
还有九层铁制的坚固盾牌，
这个嗜血鬼总是随身携带。

长矛、刀剑和战锤，
铲杖、铁索和棍棒，
这个该死的样样在行。
还有拉弓射箭打火枪，
这几样本领他也很高强。

他是个嗜血吃人的魔鬼，
没有谁敢与他作对。
谁若是犯到他的手中，
谁就会落个头断身毁。

他的战斧大如马头，
他的矛枪足有五庹长。
哪怕他面对山冈般的巨人，
也勇敢较量，从不避让。

他的身躯如同高塔，
他的手脚粗得像大树一样；
他的嘴巴像无底的山洞，
他的牙齿如嶙峋礁石有短有长；
他的眉毛犹如卧着的狗熊，
他的发辫像毛绳一样又粗又长；
他的睫毛如茂密的树林，

① 塔尔玛勒阔克：马名，柯尔克孜语，意为卷毛的青色骏马。

他的眼窝像干涸的涝坝一样；
他的耳朵像印迪斯坦的椰树叶子，
他的头颅大得像一座毡房。

他仰卧时在地上压的凹坑，
足足能卧下五十只绵羊。
像他一样奇怪的巨人，
走遍东南西北，
也从来不会遇上。

他全身上下层层铁衣，
在阳光下闪闪发亮。
他的战旗随风飘荡，
他那嚣张的气焰令人惊慌。

他的塔尔玛勒阔克骏马，
不服羁勒向前冲撞，
如同排山倒海的洪水，
塔拉那几乎无法控制马缰。

塔拉那如同疯狗狂吠，
牙齿咬得咯咯直响。
马蹄嗒嗒震动着大地，
飞快地逼近凯耐尼木身旁。
英雄的后裔[1]岿然而立，
双眼怒视不惊不慌。

准备单打独斗的塔拉那，
对凯耐尼木这样叫嚷：
“你激起我怒火万丈，
我要和你单独较量。
老天爷把你送到我的面前，
你的性命就没了保障。

“我有捏碎顽石的力量，

① 英雄的后裔：这里指的是凯耐尼木。

魔鬼见我也缴械投降。
凡是敢与我为敌的人，
我都把他的血液喝光。

“这几日我在远处将你观望，
观察你究竟有多大能耐和力量。
凯耐尼木，多少精兵强将，
被你砍杀鲜血流淌。
这一切我都亲眼所见，
为此我自告奋勇前来较量。

“告诉你吧，凯耐尼木，
今日你落入我的手中，
就休想活在这个世上。
我要抽筋扒皮，
我要把你摔死在岩石上。
我要把你的脑袋当作酒壶，
我要把你的血液当酒，痛饮一场。

“凯耐尼木，我要把你的尸体，
高高地挑在矛尖上，
带到达比塔依那里领赏。
将他赏赐的镶金礼袍，
穿在身上周游四方！
假如我塔拉那不能说到做到，
就让我的名字从此消失在世上！”

此时凯耐尼木爽朗地回应：
“柯尔克孜有一种习俗：
为防备豺狼和秃鹫的袭击，
就在自己心爱的牲畜脖子上，
在奔跑如飞的骏马鬃毛上，
将阿依巴勒[①]木偶挂上。

“你只不过是一个阿依巴勒木偶，

① 阿依巴勒：意为弓箭或弓箭手。

我会把你挂在我的马上。
像你这种畜生上来多少，
我都叫你一败涂地，彻底灭亡！

“曾经有多少人自吹自擂，
把自己吹到九霄云外。
曾经有多少人自命不凡，
自以为天下第一至高无上。
只要他们与我交战，
便全都败在我的手上。

“那长着秃鹫尾的克孜勒巨人，
身躯比你高出五倍，
他也未能从我手中逃生！
因为祖先玛纳斯的在天之灵，
会时刻护佑我将敌人战胜。

“居仁朵在世上活了八千年，
他做了许多凡人无法想象的事情。
他自认为可以为所欲为，
最终也被我夺取了性命。

“曾经有多少巨人，
大黄牛也驮他不动。
虽然骑着大象骚扰四方，
他们一个个都未逃脱死亡的命运，
在我的面前失去尊严和名望。

“狂妄无知的塔拉那啊，
你的下场将和他们一样。
和哈勒别克相比，
你算什么高手强将？”

遭到凯耐尼木的愤怒痛斥，
塔拉那顿时暴跳如雷。
他挥动长矛大声叫嚷，
像饿狼一样猛扑而来。

他口中大叫“达比塔依、达比塔依”！
举矛直刺凯耐尼木的心窝。

这个畜生怒火中烧，
他的吼声如同霹雳闪电。
他嘴里喷吐着白色泡沫，
他的目光犹如燃烧的火焰。
他的两个鼻孔急促膨胀，
胡须不停抖颤，
如同芦苇在狂风中飞卷。

他长长的鬓发两边下垂，
好像缰绳拖拉到地面。
他好像出洞的蟒蛇，
伸出舌头舔着嘴唇和鼻尖。
他刺来的矛尖吐着火焰，
炽烈的火舌在熊熊烧燃。

凯耐尼木投去轻蔑的目光，
岿然不动，不惊不慌。
凯耐尼木毫不在乎，
就像一座巍峨的高山，
仿佛背后站着千军万马。

因为上苍将他特殊造化，
凯耐尼木的威武不同凡响。
他是雄狮的儿子，意志如钢，
天下数他武艺高强。

他挥动战斧，
挡回了塔拉那的矛枪。
那矛枪木柄被碰断成几截，
从塔拉那手中掉落一旁。
那矛尖被击成碎碎的铁片，
银光闪烁，飞迸四方。
兵丁们害怕碎片砸到头上，
一个个慌忙用盾牌遮挡。

就在这个瞬间，
战斧连连落在塔拉那的头上，
不容他转身躲闪，
只听噼里啪啦的声声脆响。

就在眼睛一闭一睁的瞬间，
英雄的后裔凯耐尼木，
连续发起了六十次猛烈劈砍，
迅猛得如同闪电一样。

塔拉那盾牌上迸出火星四处飞溅，
落在草地燃烧起烈焰火浪。
凯耐尼木又接着戳击矛枪，
直戳得塔拉那的护胸叮当作响。
呼罗珊兵丁无不惊愕，
死神已步步逼近塔拉那的身旁。

观战的达比塔依焦急万分，
迫不及待地向塔拉那呼喊：
“喂，塔拉那！
你的勇气丢到了哪里？
你的智慧跑到了哪边？
你为什么站在原地不动，
任由凯耐尼木随意劈砍？
这种时候万万不可惊慌失措，
一定要机智勇敢，沉着应战！”

达比塔依的声音传到耳旁，
塔拉那神情激昂。
他敏捷地随机应变，
拿起了随身的狼牙棒。
他举在半空凶狠地一挥，
重重地砸向凯耐尼木。

身经百战的凯耐尼木，
紧握着战斧往上一挥，

击中了塔拉那的狼牙棒。
塔拉那的狼牙棒从手中飞出，
重重地滚落在战场中央，
爆出了一声巨大的轰响声。

塔拉那失去了狼牙棒，
心中顿时十分惊慌。
惊慌中他伸出粗大的双手，
抓住凯耐尼木的衣领死死地拽拉。

胆量过人的凯耐尼木，
也迅速揪住了塔拉那的衣领，
双脚蹬紧马镫，
使出全身力量。
双方死死拉住对方的衣襟，
都想将它缠绕在自己的马鞍头上。
尽管口吐唾沫使出全身力气，
双方依然稳坐在马鞍上。

衣领被撕扯得支离破碎，
一层层腰带也被拉断。
他们又在马背上以头撞头，
直撞得鼻青脸肿，血流满面。

他们都想把对方拖走，
对各自的坐骑不停加鞭。
骏马挺直脖子向前用劲，
马的耳朵交叉摆动如剪刀一般。
两匹坐骑的力量也旗鼓相当，
都未能实现主人的心愿。

他们拼杀到半山腰，
沿着山腰的小道奔跑；
他们又追逐到下坡，
像狍鹿一样奋蹄奔跑；
他们拉开各自的旌旗，
拽拉着向山谷飞速奔跑；

他们胯下的坐骑，
像盘羊一样挺胸奔跑。

骏马跑得筋疲力尽疲惫不堪，
他们跳下马鞍徒手在地上摔打。
他们用肩膀顶着肩膀，
你推我搡使劲摇晃。
他们双脚用力支撑着地面，
就像树干一样牢靠。

当他们把对手举上肩头，
沉重的压力连地面也承受不了。
双脚深深地陷进泥土，
大地裂开了一道道深壕。
从深壕迸出烟尘滚滚，
尘土弥漫，雾气缥缈。

无数的岩石从崩裂的地缝中挤出，
像一口口大锅反扣在地表。
原本直立在地面的巨石，
被大地无情地吞入深壕。
那遍地茂密的芨芨草，
被连根带泥翻出。
戈壁荒滩溢出了河流，
千年旱地变成了一片泽沼。

他们不知疲倦毫不厌战，
连续两天两夜激烈交锋。
只有上苍才知道，
往后会发生什么样的事情。

最终塔拉那坚持不住，
向凯耐尼木开口求情：
“独一无二的凯耐尼木啊，
我孤陋寡闻并不知情，
你是如此勇敢凶猛。

“我以为一旦交手，
我定能夺取你的性命。
我们在马背上交锋，
如今已是疲惫不堪，筋疲力尽。

“我们绑紧了马肚带，
在马背上较量拼命，
我们贴身厮打，
彼此揪烂了衣领。

“我们使出了全身的力气，
挺拔的腰椎成了弯弓。
我们的腿部筋骨受了重伤，
都在感受着难忍的伤痛。

“我们拼力摔打你推我搡，
都用尽力气缠住对方。
日出日落我们未有片刻停息，
奋勇拼杀两败俱伤。

“我有一个固有的习惯，
从小到大没有改变，
无论一年春夏秋冬，
每隔七天吃一顿饭。
我刚才在心中默默掐算，
今天就是我吃饭的时间。

“我向你请求暂时休战，
让我回去吃一顿饱饭。
我请你和我一起用餐，
我不会把你丝毫怠慢。”

“塔拉那，那你就去吧！
快去快回，不要迟缓。
这就是你的最后一顿饭，
顺便将你的寿衣备全。

“假若你有妻室儿女，
就和他们做最后的告别。
给他们留下你的遗言，
因为你将有来无返。
塔拉那，
我不会和你一起去的。
我不会为了吃一顿饭，
跟在你的身边。”

塔拉那得到凯耐尼木同意，
返身走向自己的阵营中间。
他摇摆着高大如山的躯体，
犹如青色野兽甩动着四蹄，
回到自己的阿寅勒跳下马鞍。

以达比塔依为首的头人，
带着指责围拢过来：
“号称英雄的塔拉那，
你怎么了？
你为什么没把凯耐尼木抓来，
却让他在原野逍遥自在？”

塔拉那开口这样回答：
“别说将他捆绑着抓回来，
我与他斗得筋疲力尽，
累得我连一步都不愿多迈。

“在战场我差一点送了命，
我求他等吃顿饭后再把战开。
等我回来吃顿饱饭，
一定尽全力把他打败。
若再战败我将有去无回，
永不在众人面前再把头抬。

“在肩上扛着脑袋的人类当中，
在两条腿行走的众人之中，
凯耐尼木像块坚不可摧的磐石，

又如高山一般不可撼动。

“我听他本人宣称，
他走遍了这世界的南北西东，
包括居仁朵在内，
没有哪个对手他不曾战胜，
他真是独一无二举世无双的英雄。

“如今的凯耐尼木，
如烈火借风，火势正旺。
谁要是触犯了他，
谁就难逃灭亡的下场。

“你们赶快准备饭食，
快送来让我饱餐一顿。
我的饥肠不容易填饱，
先给我准备一百八十个圆馕。
即使吃完了这些圆馕，
也只像饭前的小菜一样。

“要给我宰杀骟驼和黄牛，
要给我宰杀十只绵羊，
要给我宰杀足够的活猪活狗，
要给我在六天内准备停当。

“我还要盛满六个皮桶的烈酒，
先送来两桶我现在就饮光。
剩下的四桶酒也给我备好，
等我吃饭时喝个精光。

“你们给我找来粗硬的麻绳，
铺垫在我的床铺上。
只有在身下压着坚硬的东西，
我睡觉才能香甜稳当。”

塔拉那吩咐完毕，
舒展四肢仰面进入梦乡。

两个鼻孔如同两个风洞，
鼻息声呼呼震天动地，
热气直吹到箭的射程之外。

厨师们个个手忙脚乱，
烧火做饭，不敢怠慢。
他们跑来跑去忙碌了六天，
塔拉那醒来正好吃饭。
他将那些饭食一扫而光，
没有留下一勺半碗。
饭后他跨上塔尔玛勒阔克骏马，
耀武扬威地走出营盘。

凯耐尼木一边看着坎库拉吃草，
一边向苍天祈祷。
他估计塔拉那就要来到，
就跨上坎库拉骏马，
猛虎一般向前奔跑。

当看到塔拉那也骑马奔来，
不由得怒火中烧，义愤填膺。
他紧锁双眉，面色阴沉，
犹如云雾笼罩下的天空。

转眼间塔拉那来到跟前，
只见他铁衣裹身密不透风。
“喂，凯耐尼木，
我已经吃饱喝足赶来交锋。

“我料你肚皮空空，
你如何能和我奋力交锋？
我好比自由生长的水中芦苇，
你如同水中漂浮的一叶浮萍。

“你将孤苦伶仃离开这个世界，
你将被我一矛刺中。
你身边连收尸的人也没一个，

这就是你可怜的命运注定！”

塔拉那的吼声震耳欲聋，
四处回荡惊天动地。
说着他挥矛又催动战马，
朝着凯耐尼木发起进攻。

就像往常的较量一样，
矛枪与矛枪乒乓相撞。
他们俩打了一个回合，
不分胜负，旗鼓相当。

他们掉转马头，
开始了第二个回合。
凯耐尼木就像他的古里斯先辈一样，
怀着万丈怒火，
闪着机智的目光。

凯耐尼木气势凶猛，
玛纳斯的口号喊得山摇地动。
他挥舞着手中的长矛，
对准塔尔玛勒阔克马背上的混蛋，
狠狠地刺出了一枪。

塔拉那滚落马鞍，
一头栽倒在地上。
他嘴中喷出胃里的稀糊，
在一箭的射程外哗哗流淌。

达比塔依战败逃亡

通往呼罗珊的道路已被封锁，
达比塔依无处投靠。
他在心中盘算了良久，
准备向印迪斯坦方向逃跑。

“印迪斯坦能否把我接受，
我能否在那里得到支援？
我若能在那里站稳脚跟，
就能让凯耐尼木彻底完蛋。

“或许我应该投奔康阿依，
而不要去印迪斯坦。
当初是受了他们的鼓动，
我才向塔拉斯发兵进犯。

“我若去投奔库杜斯那里，
他们不会让我逗留一天。
我若去巴格达那里也不可能，
若去埃及也不会让我时来运转。

“巴格达、埃及、库杜斯三个地方，
当初曾被厥特人霸占。
是凯耐尼木前去帮助了他们，
光复了失地，夺回了家园。
我如今投奔这三个地方，
他们怎会让我避难。

“假如我去印迪斯坦，
凯耐尼木必定跟踪追赶。

印迪斯坦为了自己居民的安全，
会把我视作祸患往外驱撵。
我还是去康阿依避难，
我是为了他们才狼狈成这样，
我的损失他们应该给予偿还。

“喀拉契丹和卡勒玛克，
还有康阿依的众多部族，
没有谁人可为我做主，
我去到那里也没什么希望。
看来我已到了山穷水尽穷途末路的地步，
真不知道我该如何收拾残局暂度余生！”

呼罗珊的达比塔依，
找不到可以投奔的靠山，
找不到能够安身的地方。
当初他为满足贪婪的欲望，
收受了卡勒玛克的贿赂，
才落得今日悲惨的下场。

达比塔依思绪纷乱，
只感到在一步步走近死亡：
“我从前曾经听说，
凯耐尼木为人宽宏大量。
如今他不会将我原谅，
是我诱骗萨拉玛特与他对抗。
我当初倚仗凯斯莱提和塔拉那的力量，
心中充满了必胜的希望。
如今这两位英雄都被凯耐尼木杀死，
我手下失去了所有的强将。
我如同一只欲飞的大鹏，
突然间折断了两只翅膀。

“当时我收受卡勒玛克的贿赂，
确实是昏了头脑，自寻死路。
‘挖坑不要挖得太深，
自己掉进去也容易爬上来。’

我给凯耐尼木挖了深坑，
自己掉了进去却爬不上来。
如今我到了山穷水尽的地步，
愁云漫天，万般无奈。

“假若我不自量力卷土重来，
就会失去苍蝇般弱小的生命。
只要他答应留下我的性命，
我愿意将呼罗珊双手奉送。”
胡思乱想的达比塔依，
脸色憔悴，心神不宁。

绝望的他心中又这样思量：
“我应该鼓足勇气，
和凯耐尼木连续作战。
他连续和多少巨人鏖战，
也许他已经疲惫不堪。
这里是我自己的地盘，
我熟悉这一带攻守的路线。

“我应该重整旗鼓，
再背水一战，决斗一场。
假如死神要来我也不再逃跑，
我会从容走向那有去无回的地方。

“假如我从前的勇猛今日犹存，
我就会让凯耐尼木鲜血流淌。
这是我此生最后的机会，
我不能随意丢弃一旁。”

呼罗珊的达比塔依，
无路可走，无处逃命，
他索性硬着头皮，
向凯耐尼木迎面催马前行。

凯耐尼木见到达比塔依的身影，
心中这样思忖：

"达比塔依啊，你回来了，
你不回来，还能到哪里逃命？
你机关算尽终究难逃灭亡的绝境！

"假如你来好言求饶，
我可以饶恕你的各种罪行。
假如你怀着仇恨前来交锋，
我定要砍掉你的脑袋将你严惩！"

凯耐尼木是无所畏惧的英雄，
他单枪匹马战胜了无数强将顽敌。
他从不违背英雄之道，
他从不向人诉苦诉难。
即使他明明知道死神降临，
也从不会回头逃窜躲避。

面对敌人的千军万马，
他也从不心惊神乱。
敌兵越多他越勇敢，
就像狂风中燃起的熊熊烈焰。

他誓死捍卫自己的尊严，
敢用敌人的血液把双手沾染。
谁若胆敢与他血战，
他就会挖出谁的双眼。

他对于反目成仇的人，
不论年长还是年轻，
不论知己还是异己，
一律将对手的头颅砍下。
因此，这个凯耐尼木，
死神萨日克的名声传遍世间。

"我要是仓皇逃命到处躲藏，
活着还有什么意义。
与其投奔他乡请求避难，
倒不如抡起战斧决一死战！

“假如我投奔的地方，
真心容纳我，
我会心存感念。
假如他们认为我是叛逃者，
而不予理睬，
那就让我丢尽脸面。

“人间智者有言在先：
‘叛离自己百姓的人，
再也无人相信。
叛离自己故乡的人，
永世无处安身。’
我已经走到了这步田地，
今后将如何活在人前！”

达比塔依思绪纷乱，
如同乱麻缠在心头。
他实在想不出什么出路，
无法驱散悲戚的感受。
他晕头转向茫然无措，
内心充满悲伤和忧愁。

他明白他想逃也难以逃走，
他想打就等于死到临头。
对待呼罗珊的人马，
他也不敢像从前那样，
指手画脚，随意斥吼。

他实在无处躲藏，
不得不来到凯耐尼木跟前。
他承受着痛苦的折磨，
鞭打着胯下的坐骑，
装模作样地策马向前。

盖世英雄凯耐尼木，
见到达比塔依过来，

神情威严地注视着他的行动。

达比塔依站在他的对面，
对他这样开言：
“只有英雄才和英雄交锋，
英雄称王还需要百姓。
我以为康阿依人把我器重，
忘乎所以向你挑衅。
我现在已经认清，
你才是名副其实的英雄。

“我长期以来和你争雄，
展开了许多次残酷战争。
伊斯番汗王阿恰汗，
跟随我向你发动进攻。
是你把他们全部打败，
毫不留情，一个不剩。

“你的族人萨拉玛特，
曾经一心为你效忠。
凯耐尼木，我现在告诉你，
我为了引起他对你的仇恨，
是我将巴迪阔勒等人的事情，
一五一十讲给他听。
当萨拉玛特对我言听计从，
我更加坚定了战胜你的信心。

“后来他虽然没有暴露，
你还是察觉了隐情。
你对他的高度警惕，
彻底粉碎了他的计划和行动。

“你让仇人一败涂地，
使他们的阴谋无法得逞。
你将卡勒玛克派来的卡勒达依①，

① 卡勒达依：卡勒玛克语，意为官员。

将那些自高自大的勇士们，
一网打尽，消灭干净。

“你从无笑脸面目冷峻，
因此落得了个死神的名声。

“我一开始和你较量，
你就损伤了我的脊梁。
我无理地和你继续作对，
结果损失了所有的精兵强将。

“如今我败在了你的手上，
还求你听听我的主张：
我求你留下我的性命，
因为我也是一方的汗王。

“我将实心实意效忠于你，
为你奉献我的全部力量。
如果你命令我去出征，
我就去和你的敌人打仗。
无论遇到怎样的复杂难题，
我都千方百计处理妥当。

“我拥有汗王的宝座，
我有勇有谋，文武双全。
不管遇到诡计多端的阴谋，
还是武艺高强的勇士，
我也能转败为胜化危为安。
我八面玲珑十分能干，
为人做事细致周全。

“假如你能对我欣赏，
我愿为你效劳做你的鹰犬。
我只求你在众人面前，
宣布我仍是一方汗王。
我将为你隆重送行，
欢送仪式极尽辉煌。

让世人看得眼花缭乱，
成为佳话在人间传扬。”

听完达比塔依的花言巧语，
凯耐尼木这样回答：
“喂，达比塔依，
你也配称什么英雄？
你这个一直和我作对的奴才，
今日已经路绝途穷。
你此时前来假献殷勤，
难道我会上当听从？

“你知道什么叫英雄，
你知道英雄应该怎样保护百姓？
你傲慢残酷地统治百姓，
命令他们为你送命，
你是多么的惨无人道？
你这是怎样的罪恶行径？

“你强迫百姓充军当兵，
不管死活离家远征。
你不保护百姓草菅人命，
难道你还有什么英名？

“我的祖宗玛纳斯英雄，
给我们留下了美好的传统。
先辈的教诲我们世世牢记，
祖先的美德我们代代传承。

“我的祖先阿依阔勒玛纳斯，
四十个勇士如影随形。
他带领着四十勇士，
南征北战东讨西伐。
他率领浩浩荡荡的兵马，
曾经征讨过大别依京。
别依京可谓非同一般，
世人都知道它是座名城。

“到了赛麦台依这一代英雄，
他身边只带领两名勇士。
与千军万马交战，
从不殃及百姓。

“赛麦台依、古里斯坦和巴卡依，
在赛依铁克时期仍健康在世。
他们也是仅靠几位英雄作战，
从来没有动员过部众。

“我凯耐尼木成为独行英雄，
纵横天下南征北战。
我时刻想着保卫家乡和部众，
出征时从不带一个随身兵勇。

“不久前我去征战杜尚别，
柯尔克孜勇士要随我去见世面。
众人的意志我不愿违背，
才勉强答应没有推辞。
其实他们早就把战争忘记，
还以为这是一场飙马的赛事。

“保护百姓是我们的传统，
你们的祖先留下的是残害百姓的遗风。
你来请求我对你饶命，
我要把话儿给你讲明。

“你不是说你曾经玩弄手段，
挑拨萨拉玛特将我背叛！
你还有什么伎俩本领，
就尽管继续玩弄使用。
假如你没有什么能耐，
别来请求我做不可能的事情。

“我已经有了深思熟虑，
我没有理由对你留情。

我要抽你的筋扒你的皮！

“我不会伤害你无辜的百姓，
我不去占领你的土地。
假如有人替你报仇，
胆敢进犯我们的疆域，
我就要以血还血，以牙还牙，
绝不会有丝毫的姑息和同情。

“对死去汗王的臣民，
乘机骚扰不得人心。
对死去头人的乡亲，
乘机挑衅也是天良丧尽。
没有了汗王的平民百姓，
就像被围困的兵丁。
没有了英雄的无助乡亲，
就像幼儿一样不会独立前行。

“我不会去刁难任何百姓，
不像你这个蠢货那样得意忘形。
你若有勇气就不要等待，
也不要指望我手下留情。
不论何时还是何地，
我从没有欠过一丁点人情！”

听到凯耐尼木的一番话语，
达比塔依愤怒不已。
他从未受到过如此严厉的谴责，
便催动骏马向前拼命。

他使劲挥动着长矛，
呼啸着发起攻击。
企图将青鬃狼英雄，
从马背上刺翻落地。

凯耐尼木静静地注视，
不慌不忙，沉着稳重。

他挡回了戳来的矛枪，
没有让达比塔依击中。

他将手中的矛枪，
握得更紧贴近了身体。
当达比塔依擦身而过时，
他闪电般抓住了攻击的时机。

他对准那畜生的软肋，
以骆驼般的力量猛刺过去。
达比塔依臀部离开了马鞍，
双脚也从鞍镫上滑离。

凯耐尼木的纯钢长矛锋利无比，
一下从坚固的铠甲刺入。
凯耐尼木又使劲发力，
将硕大的达比塔依，
挑在矛尖上高高举起。

呼罗珊人眼睁睁地看着，
凯耐尼木策马离去。
呼罗珊中有能耐的人，
早就在战火中纷纷死去。

没有人跟踪追逐，
没有人进行反击，
没有人出谋划策，
没有人关心达比塔依，
到底是活着还是没了气息。

他们都在猜测：
“凯耐尼木会将达比塔依，
扔到万庹土崖下面。
然后回来展开屠杀，
让我们血流成河，
闹得我们地覆天翻。
让我们一个个人头落地，

再彻底踏平我们的家园。”

呼罗珊的众多兵丁，
都在担忧自身的平安。
他们个个忧心忡忡，
心神不定，忐忑不安。

此时凯耐尼木头也不回，
径直走向呼罗珊城，
来到了汗王宫廷门前。
将挑在矛尖上的达比塔依，
放在了宫门的中间。

凯耐尼木解开达比塔依的腰带，
在门楣上用腰带将他吊悬。
凯耐尼木并不知道，
达比塔依还没有死，
就头也不回地离开城门，
来到黑压压的人马跟前。

被吊悬的达比塔依，
并没有断气死亡。
矛尖没有深入他的肉体，
身上没有致命的创伤。

他叫住了过往的行人，
把自己放到地上。
他来到金库敞开大门，
把金银财宝向人们发放。
并向所有臣民宣布高额悬赏，
发动他们走向反击凯耐尼木的战场。

呼罗珊人倾巢出动，
千军万马，浩浩荡荡。
一路拉弓射箭，
又放加扎依勒火枪。
有的点燃奥乔古尔炮的火捻，

炮弹落地燃起熊熊火光。
枪炮声声震耳欲聋，
好像要把所有的生命消灭光。

硝烟弥漫遮蔽了青天，
瑟瑟发颤的大地处处成了战场。
箭矢嗖嗖纷飞，
战鼓咚咚敲响，
人声沸腾，旌旗舞动，
满眼成了一锅沸汤。

“喂，快去杀死来自柯尔克孜的凯耐尼木，
看他现在还往哪里逃生？”
达比塔依声嘶力竭大喊大叫，
驱赶着城里所有的百姓。
见到达比塔依又死里逃生，
那些喊天哭地的兵丁，
也大呼小叫地发起了冲锋。

那些专攻人头的投掷手，
挥动着掷石带，
石头嗖嗖飞来；
铁匠们肩扛着硕大的铁锤，
脚步重重地走来；
木匠们手持木锯，
匆匆忙忙地走来。

浇水的人扛着木锹，
将衣摆卷起插入腰带，
迈动着细长的腿脚走来；
割麦人紧紧扎着腰带，
腰带上斜插着镰刀，
一跛一拐地走来；
婆娘们跟着男人，
一路叽叽喳喳，
扭动着腰身跑来；
有气无力的瘦老头儿，

骑着公牛摇摇晃晃地走来。

不论老年人还是年轻人，
不论男人还是妇女，
一个不留全部赶来。
达比塔依这时却躲在城里，
关闭城门不敢出来。

凯耐尼木见此情况，
心中盘算应对的主张：
“看来我还是粗心大意，
戳出矛枪用力不足，
没有刺穿他的肝脏。

“不料达比塔依如此蒙蔽煽动部众，
有这么多人倾巢出动，
不顾生死孤注一掷，
无知的人群如山洪一样。

“我有力量挥舞矛枪，
将他们一个个挑在矛尖，
就像扔出死鸽一样，
把他们抛满在荒野之上。
但是我若这样屠杀，
就会使无数普通百姓遭殃。

“平民百姓能有什么办法，
不服从汗王的命令就要家破人亡。
难道我贸然去屠杀普通百姓，
就能实现我制伏仇敌的愿望？

“我干脆不要理睬这些平民，
直接去城堡找他们的主人。
只要祖先玛纳斯的神灵，
在紧要关头显灵佑助，
我就能从城堡里，
将达比塔依活捉生擒。”

雄狮凯耐尼木，
在心中盘算了很多计谋。
挥鞭催动神驹，
朝着城堡疾驰而去。
他胯下的坎库拉骏马，
让所有的马匹望尘莫及。

坎库拉骏马甩开四蹄，
马鬃马尾随风飘动，
卷起的尘土遮住了天际。
蜂拥追踪的人马，
一个也不能将它靠近。
坎库拉骏马如同旋风，
奔驰在无边无垠的大地。

在眼睛一睁一闭的工夫，
凯耐尼木飞马来到，
呼罗珊的城堡门前。
城堡的围墙比山还高，
城堡的实心铁门紧紧关闭。
胳膊粗的铁制门鼻儿上，
挂着的铁锁大得像马头一般。
城门外两边站着许多卫兵，
手执长矛，十分威严。

凯耐尼木根本没有理睬他们，
举起大如门板的月牙斧横砸猛砍。
他砸碎了铁锁推开铁门，
只听见“轰隆”一声，
巨大的门扇向城门里边倒塌。
守卫城门的卫兵如梦初醒，
立刻向凯耐尼木冲过来阻拦。

凯耐尼木左劈右砍，
将他们纷纷砍倒在两边。
看到英雄如此勇猛，

再没有一人胆敢有半步上前。

达比塔依在城内全都知晓，
也不敢再带兵出来迎战。
他心急如焚，神情恍惚，
他浑身颤抖，两腿发软。
面对死神再度来临，
他真不知道该去哪里把命保全。

“我要向相反方向行动，
一刻不停长驱直入，
去向塔拉斯发起进攻。
让凯耐尼木在这里随便折腾，
处处难寻我的踪影。
我要到玛纳斯的故乡塔拉斯，
大闹天下，转败为胜。

“假如我在这里束手就擒，
就会遭受空前的欺凌，
最后还是要丧失性命。
我若哭求凯耐尼木，
他也不会将我可怜饶命。

“即使我拱手让出全部财产和城市，
我料他也不会领情。
与其在这里无谓死亡，
不如向塔拉斯再次反攻。

“我要将扬扬得意的柯尔克孜人，
砍下他们的头颅。
我要将玛纳斯遗留的城堡，
彻底摧毁，烧光掠光。

“我要砸碎玛纳斯的陵墓，
把他的尸骨抛进荒山野岭。”
这个狡猾的恶棍，
真是十恶不赦的蛇蝎心肠。

乘着烟尘滚滚升腾，
地面处处昏暗不清，
这个贱骨头挥鞭抽打着托茹[①]马，
悄悄逃出了呼罗珊城。

凯耐尼木在呼罗珊城，
一个不落地搜索每个角落，
就是没有找到达比塔依，
也没弄清他究竟在哪里躲藏。
于是他派人到处悬挂木牌，
把悬赏的消息四处传播：
“谁若找到达比塔依，
这里的汗位就由谁掌坐。”

即使在这样重赏之下，
也没有找到达比塔依的踪影。
多亏达比塔依没有子女，
他的堂房和亲戚也早被斩除干净。
假若达比塔依在家里死去，
他的宝座也无人继承。

他的妻子吞服了库恰拉毒药，
在自己家中结束了生命。

凯耐尼木将达比塔依的宝座，
交给了当地的人。
自己跨上了骏马，
离开了呼罗珊城。

“达比塔依究竟去了哪里？
不把他找出来斩除，
我一刻也不能停息。
我要去塔拉斯故乡，
向柯尔克孜乡亲告辞，

①托茹：马名，意为枣红马。

然后再继续上路寻觅。”

凯耐尼木拿定主意，
就从世界的这头向另一头挺进。
他起早贪黑，马不停蹄，
常常披着夜色穿过无数村镇。

他不惜马力，快马加鞭，
一天来到了一个岔路口的凹地。
他发现一连串马蹄踏陷的地方，
蓄积着一窝窝满满的雨水。

他仔细端详做出判断，
这是千里马留下的足迹。
六十个部落的阿拉什人，
坐骑都不会留下这种蹄迹。

他又观察了那马掌形状，
果然是呼罗珊马匹的印迹。
此时他明晰地判定，
达比塔依已骑马经过了这里。

“达比塔依是否晕头转向，
从这里向康阿依逃亡？
或者被恶魔驱使，
奔向了塔拉斯方向？

“他是否企图乘我在外边，
要将我们富裕安宁生活的塔拉斯，
闹个地覆天翻。

“我把呼罗珊的城门，
砸了一个稀巴烂。
他是否满怀复仇的念头，
前往阿依阔勒玛纳斯的陵墓，
要随意糟蹋、侮辱我神圣的祖先！”
想到这英雄凯耐尼木十分着急，

他恨不能插上双翅飞向塔拉斯家乡。

凯耐尼木顺着蹄印，
风驰电掣般紧紧追踪。
他不偏离方向，
朝着塔拉斯前行。

因为在呼罗珊耽误了几天，
被达比塔依甩掉了不少行程。
这些都已成为故事，
流传给了后人慢慢细听。
让我们放下这一段，
开始唱一唱恶魔达比塔依，
如何屠杀柯尔克孜人的罪行。

达比塔依偷袭塔拉斯

达比塔依突袭塔拉斯 众英雄奋起抵抗

再说那狼心狗肺的达比塔依，
日夜兼程，马不停蹄，
在一个秋日凉爽的夜晚，
逼近了塔拉斯这块宝地。

这里的柯尔克孜人正在集会，
阿寅勒内外灯光通明。
人们聚集在一起，
祭拜先祖玛纳斯的在天之灵。
无论男女，十分虔诚。

他们宰杀了公马和母马，
宰杀了一头头黄头山羊；
宰杀了高大的母驼，
宰杀的黄牛膘肥体壮。
在熏黑了的三脚铁架[①]上，
他们架起一口口大锅烧旺大火，
把各种肥肉放入烹煮。
那一口口架起的大锅里，
汤沸肉嫩香味逼人。

有一个名叫凯热孜的姑娘，
吹起柯尔克孜的牛角口琴。
这位姑娘闻名远近，
她说起话来也甜蜜动人，
她吹起口琴如泉流鸟鸣，
乡亲们都喜欢她漂亮聪明。

① 三脚铁架：柯尔克孜人用来架锅的三条腿的三角形铁架。

有时她的琴声悲凄，
老人们会听得泪湿长襟；
有时她的琴声悠扬，
如美酒醉人，
人们会沉迷其中。

牧马的忘记了去驱赶马群，
烧奶的锅干了也闻不出焦味，
放羊的静候着安稳的羊群。

此时，凯热孜姑娘登上山腰平台，
动情地吹奏着她心爱的口琴。

这可爱的姑娘真不简单，
她多才多艺，才华超群。

听，那醉人的口琴刚刚停下，
又传来她那清脆的说唱声音：
“全体柯尔克孜阿拉什人，你们听着，
老年人和少年，你们都听着，
妇女和儿童你们也听着：

“自从阿依阔勒玛纳斯出生，
柯尔克孜人很快就掌握了政权。
就是康阿依的卡勒达依联合起来，
也根本无法与他比肩。

“他出征到东方，
带兵攻入了大别依京。
他的这一壮举，
使他威震天下，四海闻名。

“阿依阔勒雄狮的子孙，
呵护着自己可爱的民众。
柯尔克孜人民的土地，
至今未被入侵者占领半分。

“康阿依人不甘寂寞，
经常来向柯尔克孜骚扰挑衅。
玛纳斯的后代子孙，
一代一代又肩负起保卫家乡的责任。

“柯尔克孜人幸福平安，
又迎来了凯耐尼木的降生。
无论是西方还是东方，
哪里的人都不敢与他抗争。
凡是向他举起兵器的人，
都被他毫不客气全部战胜。

“伊斯番与呼罗珊人，
他们和康阿依狼狈为奸。
几次来进犯这片可爱的土地，
可始终也无力与凯耐尼木匹敌。
凯耐尼木去呼罗珊跟踪追击，
时至今日还没有回来的消息。

“你们看有一个人从远处过来了，
看他的模样很不顺眼。
见多识广的智者们，
请你们用慧眼仔细认辨。
该不是赛依铁克的儿子，
凯耐尼木返回家园？
此人着蓝装骑枣红大马，
不像是凯耐尼木平素那般。”

听到凯热孜警示般的说唱，
众人们都纷纷抬眼眺望。
大家不约而同交头接耳，
来者的模样十分异常。

有个人名叫杰恩塔依，
他记忆力强，目光敏锐。
无论何人只要在他眼前晃过，
他总能记得清、认得准此人是谁。

那些火热心肠、胸怀正义的青年，
催促杰恩塔依把绝技显示一回：

“杰恩塔依，你快来看啊！
如果他不是凯耐尼木，
该是何人骑在马背？
如果他是只咬人的疯狗，
我们就要跨上战马，
去把他从四面严密包围。”

杰恩塔依站起身仔细观察，
突然发出惊呼：
“难道苍天将我们惩罚，
要将苦难降到我们头上？
来人骑着枣红快马，
好像奴才达比塔依的模样。

“不知道他又来塔拉斯，
是否为逃命到这里躲藏？
还是他已打败了凯耐尼木，
到此给我们带来祸殃！
反正有两种可能，
不是这样就是那样！”

听到杰恩塔依的话语，
人们诅咒的手指直捣他的鼻尖和脸庞：
“杰恩塔依，你该吐血死去！
达比塔依不会到塔拉斯躲藏，
照你说的只有另一个可能。
你说话不要信口雌黄！
你这狼心狗肺的家伙，
简直是口中喷粪辱没你爹娘！”

有一个名叫安特尔的青年，
他在青少年中自命不凡。

他的坐骑叫萨日凯尔[①]，
他的兵器也样样齐全，
再看他的风度犹如大英雄一般。
他无所顾忌，策马向前，
径直去把达比塔依阻拦。

青年安特尔英雄虎胆，
他来到牧村的边沿。
以前他曾多次出阵交锋，
他经历过与敌战斗的烽火磨炼。

呼罗珊狂妄的达比塔依，
把来人都当作自己的鞋垫：
“我看你骑着浅棕色骏马，
好像你还有一点交锋的本领。
凯耐尼木已经死去，
难道柯尔克孜还敢有人称雄？

“你可知道我是达比塔依，
我命令你们不分老年和少年，
每个人都拿起一把坎土曼。
将色尔城和玛纳斯的陵墓彻底铲除，
不许留下一瓦一砖。
如果不执行我的命令，
我将把你们老老少少斩尽杀完！

“你这个骑着浅棕色马的家伙，
快给我转身回返。
将我刚才宣布的命令，
不折不扣向民众递传。”

安特尔听罢火冒三丈：
“达比塔依，你这个被收买的奴才，
还是让你吐血死去吧！
你说凯耐尼木已经死去，

① 萨日凯尔：马名，意为浅棕色骏马。

鬼才相信你的谎话。

“玛纳斯的子孙凯耐尼木，
难道会让你的阴谋得逞？
难道太阳会从西边升起，
柯尔克孜人会失去自己的英雄？

“难道柯尔克孜人会胆小如鼠，
顺从地听从你的命令。
难道玛纳斯的臣民后代，
会自毁玛纳斯的色尔城？
难道你一番装腔作势的谎言，
就能让柯尔克孜人胆战心寒？

“柯尔克孜人正在聚集，
正在朝拜青鬃狼玛纳斯的陵墓。
你要来送死正当其时，
你这个头顶生疮的黑心家伙！
今天活着是你的幸运，
明天你将离开人间走进地狱！”

安特尔转身回头，
向柯尔克孜乡亲报告真情：
“白毡帽的柯尔克孜人，
长着银须的老人们，
你们要仔细听清：

“呼罗珊的达比塔依，
他说出的话狂妄难听。
他扬言要把我们全部杀光，
他一脸凶相，
气势汹汹。
他说凯耐尼木已被他战胜，
这次他到塔拉斯来，
就是要摧毁陵墓和色尔王城。”

听完安特尔报告的消息，

所有的女人们愤愤不平，
她们七嘴八舌，
纷纷叫嚷：
“该死的稻草人一样摇晃的家伙，
我们要让他暴尸荒野。

“让我们全体妇女一齐冲上去，
从四面八方围攻，
让他在此丧命！
他在那里胡说八道，
他真是一个卑鄙下流的流浪汉，
他怎敢靠近凯耐尼木的身边！”

老人们吹胡子瞪眼，
犹如老绵羊被惹火发急，
头发和睫毛都不断颤动，
如同刺猬浑身竖起长长的硬刺。

年轻人无不愤怒激动，
纷纷翻身跃上坐骑。
手中挥动着长矛跃跃欲试，
只等一有号令就催马出击。

他们又这样责备安特尔：
“其实你何必兴师动众，
你自称是了不起的英雄，
这正是你大显身手的机会。
何必这样惊动民众，
你怎么就没了平时的悟性？

“我们众多的人对付一个人，
好似用乱箭射杀苍蝇，
大伙同时向他戳出矛枪，
他五脏六腑将会成蜂窝般的血洞！”

受到了众人的责备，
安特尔掉转马头。

他面向达比塔依，
挥动起矛枪尽显威风。

目中无人的达比塔依，
他没把安特尔当人看待。
一副满不在乎的样子，
不相信安特尔有什么能耐。

安特尔高呼着口号，
呼唤着英雄玛纳斯的英名。
所有柯尔克孜人齐声呐喊，
助威声震得山摇地动。

听到这雷鸣般的呐喊，
达比塔依意烦心急。
他也向安特尔挥起矛枪，
发起了猛烈的攻击。

用矛枪挡回矛枪，
两人反复戳向对方。
一个接一个回合，
一个比一个顽强。

达比塔依突然一矛，
把安特尔从马背刺翻在地上。
有人策马前来救助，
安特尔幸免身亡。

柯尔克孜的勇士别托，
如同舔着舌头的饿狮。
他朝着达比塔依直冲过去，
怒吼之声震山破石。

达比塔依打量一番，
认为他也是一名英雄好汉。
对他的勇敢不禁惊叹：
“罪孽深重的柯尔克孜，

没有一个不是英雄好汉。
凡是能行走的人，
个个都像熊熊燃烧的烈焰！”

亡命之徒达比塔依，
满面怒容如狼似虎般凶狠。
他暗自下了狠心：
“我要将聚集的柯尔克孜人，
还有敢来向我挑战的人，
一个不留，
杀绝斩尽！”

这个疯狂的恶狼怒气冲冲，
手握着带血的长矛，
将迎面冲来的勇士别托，
一枪从马背上戳倒。

一个名叫加玛凯的小伙子，
如同箭矢飞驰而上。
他对准达比塔依的腰侧，
将矛枪狠狠刺了过去。

达比塔依摇晃一下又坐稳马背，
不等加玛凯掉转马头，
又反戈一击刺出矛枪。
加玛凯猝不及防被刺下马背，
像圆顶皮帽一样被甩向远方。

少年英雄图巴什，
担心加玛凯被刺身亡，
他一心为加玛凯报仇雪恨，
催动骏马疾驰而上。
真是初生牛犊不怕虎，
他对准达比塔依的腋窝，
用尽力气刺出了一枪。

气急败坏的达比塔依，

挥动矛枪猛烈反击。
少年图巴什也像毡帽一样飞出，
被甩向满是碎石的戈壁。

柯尔克孜众青年见状惊呼，
欲蜂拥而上，
全体出击。

有个老人名叫阿克卓勒托依，
此时对众青年面授机宜：
“说不定达比塔依这次逃来，
为的是躲避凯耐尼木。
年轻小伙子们，听我的话，
不要愚蠢行事，失去理智。
不要肆意纵马，鲁莽出战，
立刻把自己的缰绳勒住。

“假如引起一场混战，
你们的打法便不能施展，
白白失去有利的战机，
死神反会找到你们身边。

“被打翻的人，
不要多去计较，
要立刻派人救助，
让他脱离敌人的长矛。

“你们要一个接一个连续交锋，
想方设法缠住敌人。
只要玛纳斯的神灵护佑，
凯耐尼木就会赶来上阵。

“你们没有护身的铠甲，
你们没有战袍和皮裤。
假如就这样蜂拥而上，
这个嗜血成性的家伙，
顷刻间会叫你们牺牲无数。

“请你们听我的话，不要冲动，
不要无谓地把性命丢掉。
要在今明两日之内，
佯装格斗将他的体力消耗。

“阿依阔勒的在天之灵，
即将把这个狂妄自大的野兽惩罚。
假若凯耐尼木今晚赶来，
就是他的死期到了。
他的头颅就会被砍断，
他的战袍就会被扒下。
你们这些大力士小伙子们，
就会缴获他的铠甲。

“你们要清楚地知道，
雄狮玛纳斯神灵正在保佑部众。
假若我们分散单打独斗，
就会被打得如水溃流，
我们会被全部打断肋骨割掉舌头。
将柯尔克孜人召唤集中，
要知道这就是神灵的护佑。”

大家认为阿克卓勒托依言之有理，
没有全体出动。
立刻派出两位勇士，
让少年雄狮图巴什脱离交锋。

安特尔和英雄别托，
他们俩轮流上阵。
少年图巴什、加玛凯，
他们俩也先后上阵。
他们四个人与敌交锋，
达比塔依被斗得筋疲力尽。

远近闻名的阔绍依大伯，
有个独生女儿名叫阿勒玛凯，

她的儿子叫阿克卓里，
他的部落居住在纳伦。
阿克卓里和安特尔友情深厚，
他为了看望朋友，
今天正好来到这里叙叙旧情。

他看到争斗场面心中纳闷，
不知道这里发生了什么骚乱纷争？
只见两人上阵对付一人，
不像是一对一的单独交锋。

阿克卓里向人们问候行礼，
勒住缰绳靠边站立。
杰恩塔依见到阿克卓里，
前来向他问候致意。

阿克卓里没有回礼，
却直接提出自己的怀疑：
“噢依，杰恩塔依，
你们这是在玩什么游戏？
和你们打斗的是什么人？
你先回答我的问题。”

“阿克卓里大哥，请你细听，
我来告诉你事情的起因。
那单枪匹马的达比塔依，
是呼罗珊的头人。
他曾经指挥大队兵马，
前来塔拉斯这里挑衅。

“当时他不是单枪匹马，
他和伊斯番、康阿依勾结在一起。
那些日子的塔拉斯，
到处血流成河尸骨遍地。

“最终他承受不住，
英雄凯耐尼木的致命打击，

乘着漆黑的夜色，
他抱头鼠窜，仓皇逃离。

“萨拉玛特在他后面，
紧追不舍，策马追击。
雄狮般英雄凯耐尼木，
担心萨拉玛特势单力薄，
也在后面追赶而去。
英雄凯耐尼木和萨拉玛特，
他们俩至今没有消息。

“为朝拜玛纳斯的陵墓，
我们民众聚集在一起。
人们正在集中祭拜的时候，
达比塔依像只丧家之犬，
突然游荡到我们这里。

“他这次来更加疯狂令人可气，
他说凯耐尼木已经死去。
他让我们的百姓，
把城堡和陵墓毁作平地。
这个该吐血死亡的家伙，
竟敢满嘴喷粪，胡言乱语。

“我们的人仇恨满腔，
正在与他殊死交锋。
我们打算蜂拥而上，
可是老人们不让那样行动。

“眼下这样一个个出阵，
很难将达比塔依制伏战胜。
人们都企盼着凯耐尼木和萨拉玛特，
尽快到来将恶棍达比塔依制伏。

“玛纳斯的神灵保佑了我们，
人们为祈祷都集中在这里。
如若不然，

我的朋友，
这雄伟庄严的色尔城，
巍峨如山的洁白陵墓，
早就会被夷为平地。”

阿克卓里听后愤愤不平，
他双手勒紧了坐骑的肚带。
他怒不可遏准备战斗，
策马向前，急不可待。

他让安特尔和别托两个，
还有加玛凯和图巴什，
全部都从战场撤回，
他要独自搏杀上阵。

纳伦的首领阿克卓里，
他管理着本部落的大小事情。
他使人民安居乐业，
他维护着百姓生活的安宁。

那次康阿依人突然进犯，
一时间围困了纳伦城。
那时阿克卓里不在部落，
事后才得知，他心中十分痛苦。

他此时催动恰勒巴什[①]骏马，
大地上卷起漫天尘土。
他祈求外祖父阔绍依的英灵佑助，
他祈求阿依阔勒玛纳斯的在天之灵，
他祈求阿勒曼别特和楚瓦克勇士，
他祈求无所畏惧的英雄色尔哈克。

他祈求雄狮般的赛麦台依，
他祈求英勇的古里巧绕，
他祈求巨人托什吐克，

① 恰勒巴什：马名，柯尔克孜语，意为花白头骏马。

还有穆孜布尔恰克。

他祈求雄狮赛依铁克，
他祈求英雄阔克确，
还有加勒格再克舅舅，
在生死搏斗中将他佑护。

他心中只有一个念头，
“帮人解困是燃眉大事，
趁凯耐尼木不在而偷偷进犯，
达比塔依真是无耻之徒。
如果这色尔城被他攻破，
有多少柯尔克孜将遭受痛苦。
如果玛纳斯的陵墓被他损毁，
那塔拉斯就会蒙受奇耻大辱！”

英雄阿克卓里咆哮向前，
离开人群勇敢迎战。
阿克卓里非同凡人，
活似一团熊熊的烈焰。

达比塔依和阿克卓里，
展开了面对面的激烈交锋。
都想把对方刺翻，
你来我往勇猛进攻。

两支血腥的狼舌矛枪，
你戳我挡，啪啪作响。
一个回合接着一个回合，
雨点般地刺下刺上。

双方打得头破血流，
头部都肿得像血色木桶。
这一方筋疲力尽，
那一边手指发麻无法握枪。

见到眼前的激烈交锋，

在场的人无不胆战心惊。
再看他们踩踏过的地方，
崩裂塌陷，处处深坑。

他们从早晨打到傍晚，
难解难分只闻杀声。
谁也没碰上好运气，
谁也未能把对手战胜。

他们的世界变得越来越狭窄，
他们的脸色变得越来越苍黄。
这一个胡须上落满厚厚的尘土，
那一个眉头紧锁冷若冰霜。
不知是谁先发出了约定，
两位英雄各退一方。

天色已晚，夜幕降临，
阿克卓里回到柯尔克孜的阵营。
达比塔依留在荒野，
独自一人孑然伶仃。

此时阿克卓勒托依老人，
大声叫喊把年轻人提醒：
“那头嗜血的恶狼，
说不定夜里会突然袭击，
我们的警惕不能放松。
小伙子们，
你们要严加防范，
一定要保护好部落的安全和乡亲的生命。”

小伙子们言听计从，
有条有理一一谋划：
安特尔和加玛凯，
少年图巴什、英雄别托，
奋勇当先跨上骏马。
勇士们分成四路，
在夜色中警戒巡查。

阿克卓勒托依老人做事周全，
他对英雄阿克卓里说道：
“你果然不是等闲之辈，
你不愧为圣人阔绍依的外孙。

“当我们行将溃散的时候，
是你及时来到了这里。
我看这不是偶然巧合，
是玛纳斯的英灵在天，
把你请来保佑我们。

“我的孩子，
你听我说，
你体内淤积了不少血水，
你要吞服獾和秃鹫的胆汁，
将这些血水排到体外。

“还要用灰白色的黄羊皮毛，
把你的身体包裹起来。
这样才能清除外伤的脓血，
伤口才能愈合得更快。”

柯尔克孜乡亲们精心照料，
让阿克卓里英雄躺下养息。
给他一口口喂服疗伤的胆汁，
给他用黄羊皮捂紧身体。

宰杀母马让他饱食马肉，
身边的马奶酒时时有余。
不利于养伤的羊肉，
决不让他吞食一口。

呼罗珊的达比塔依，
此时心中布满愁云。
他也想去找个靠山，
可哪有可投靠的富翁和头人？

除了远方的卡勒玛克人那里，
没什么地方可使他安身。

如果早知道柯尔克孜人如此顽强，
还不如在呼罗珊安守本分。
他越是想到这些，
越发觉得五内如焚。

他想舒展四肢休息，
但没有能躺的地方。
他一路走来饥肠辘辘，
却没有人给他送一口饭食品尝。
他孤苦伶仃地留在野外，
只有凄凉伴在身旁。
他无法躺下休息，
心想只有再向柯尔克孜开仗。

“如果再拖延两天，
柯尔克孜会把我灭亡。
那个和我决斗的阿克卓里，
好像比别人更威猛顽强。
即使我设法打败了他，
凯耐尼木也会赶来与我较量。

“我要赶在他返回之前，
再杀他个猝不及防。
将一千个柯尔克孜人的头颅吞噬，
否则我将蒙羞受辱臭名远扬。”

他随身也携带着一些干粮，
还不至于饿死在荒原之上。
他独自一人坐在那里，
用干粮填饱了自己的肚肠。

他扣好上下衣扣，
又紧紧系牢衣带，
外面再套上铁制的铠甲，

转瞬他进入临战状态。

他将坐骑的肚带绑紧，
收缩了后鞧束起了马尾。
他翻身跨上马背，
挺直硕大的身躯，
心里盘算着恶毒的主意：

“让柯尔克孜人吃喝去吧，
我有他们防不了的招数。
玛纳斯是他们心灵的寄托，
我就去踏平他的陵墓。

“我要人不觉鬼不知地立刻行动，
借着夜色捣毁陵墓的顶部。
无论怎样我都免不了一死，
倒不如做一个枪下的逃兔。”

这个家伙下了狠心，
满怀仇恨从夜色中窜出。

机智的阿克卓勒托依老人，
叫来六个小伙子随行：
“和我一起走吧，孩子们，
闻到你们的气味，
我也觉得浑身是劲。

“著名的阿依阔勒玛纳斯，
是阿拉什百姓心中的坚强后盾。
我们要到他的陵墓跟前，
看看那里有无什么动静。

“就怕那嗜血成性的家伙，
破坏陵墓，
发泄愤恨。
也许那护卫的四位勇士，
对此麻痹大意，

漫不经心。”

这七位英雄行色匆匆，
来到了陵墓附近。
只见对面有个高大如山的黑影，
正鬼鬼祟祟地向陵墓靠近。
以阿克卓勒托依为首的七个英雄，
停在一处监视那个魔影行踪。

那个心肠恶毒的凶鬼，
蹑手蹑脚地走向陵墓，
手中挥起狼牙大棒。

就在他挥向墓顶的瞬间，
一声炸雷般的轰鸣，
从陵墓中突然爆发，
令大地也剧烈摇晃。

形只影单的达比塔依，
他未看到任何一个身影，
手中的狼牙棒却丢得无影无踪。

这个凶狠的家伙，
不甘心空手退让。
他拿起随身的战斧，
扛在自己的肩上。
只听“啪”的一声脆响，
战斧像轻飘的鹅毛一样，
也飞得不知去向。

这个下贱的蠢货，
又将长矛握在手上。
当他挥鞭策马的时候，
长矛也飞落到他的后方。

此时陵墓和以往一样，
放射出火红的神光，

同时发出了震耳欲聋的声响：
“你无法接近陵墓，
不过几日你就自取灭亡。
有我们在此护卫，
不容你逞凶发狂！

“就在两天以内，
凯耐尼木将返回这个地方。
他将率领柯尔克孜勇士，
打得你无处安身，无处躲藏！”

气急败坏的达比塔依
怒屠柯尔克孜民众

达比塔依吓得掉转马头逃窜，
还不时转身回头张望。
在深沉夜色之中，
只见一片红光闪耀，
自己的狼牙棒、战斧和矛枪，
整整齐齐地放在他逃跑的路旁，
好像有人故意排好的一样。

他将月牙斧插在腰间，
将狼牙棒压在大腿下面，
手拖着长矛胡思乱想：
“这个玛纳斯的陵墓，
竟然如此神奇，
柯尔克孜所做的事情，
处处暗藏玄机。

“我要到他们的城下去，
借着夜色砸开城门。
进去观察个仔细，
看一看里边究竟有什么东西。
这个色尔城再神秘莫测，
我也要解开它的奥秘。
只要找到它的秘密所在，
我就有摧毁它的威力。”

达比塔依打着如意算盘，
朝着色尔城匆匆走去。

阿克卓勒托依带领六个英雄紧紧跟踪，

虽有马蹄嗒嗒作响，
这头野兽也没察觉到危机。

谁没有见到这个情景，
谁就会感到终生遗憾。
达比塔依走近城下，
只见四周明月如昼，
光亮一片。

路边突然蹿出一条神犬，
朝着达比塔依一阵狂吠。
那神犬神气活现，
声音强劲无比凶猛。

达比塔依看到它的架势，
哪敢轻举妄动。

那神犬并未向他扑冲，
只因项圈系着毛绳。
有人在后面紧紧牵着，
不让它随意向前进攻。

早在玛纳斯时期，
萨日塔孜就负责守卫宫门。
传说他有个女儿名叫赛代普，
今天牵神犬的正是这个美人。

看到神犬的神威，
听到神犬的叫声，
达比塔依不知所措，
只站在原地呆呆发愣。

他转身将战刀抽出刀鞘，
向着神犬挥刀欲劈。
当他举刀砍下去的瞬间，
神犬将尾巴甩了过去。
达比塔依被犬尾打个正着，

从枣红马马背翻滚落地。

仙女般的赛代普姑娘，
此时走来厉声说道：
“你这个痴心妄想的混蛋，
我要对你严词警告。
你偷偷摸摸去了陵墓，
又鬼鬼祟祟地来到王城。
就是头蠢货也会想想，
历雨经风的陵墓和王城何以如此完好？
在经历了几个世纪的光阴，
外人也不能迈进它的门槛通道。

“此时我若放开了神犬，
它绝不会让你活命逃生。
可如果你就这样死去，
我怕你玷污了玛纳斯的英名。
有人会说他靠魔法营生，
哪有什么功德神灵？

“其实有成千上万个仙人，
日夜守护着王城和陵墓。

“还有四十个雄狮守卫，
神犬是他们的前卫哨兵。
这里不会让你靠近半步，
你的罪恶阴谋休想得逞。

“不要说你是达比塔依，
就是空吾尔巴依来了，
也是徒劳无功。

“空吾尔巴依是称霸的汗王，
像你这种笨蛋，
他手下多如秋天的飞虫。
那些将长蛇当马鞭的人，
那些会腾云驾雾的人，

都在他的管辖下俯首听命。

“哪天，老天爷给你的给养尽了，
你也就没有了小命。
你现在快给我爬起来，
立刻滚回你的巢窝！”
那条神犬咬牙切齿，
不停地向前舞爪跳腾。

“看来达比塔依无法进城，
我们不必在此闲等。”
以阿克卓勒托依为首的七个英雄，
掉转马头朝着人群驰骋。

天边开始发白，
云雀竞相鸣唱，
所有动物蠕蠕而动，
万物苏醒，迎接朝阳。

晨雾渐渐散去，
大地露出容光。
英雄阿克卓里精神焕发，
他迫不及待地走向战场。

到处乱撞的达比塔依，
整夜没有睡觉休息。
他顾不上放马喂草，
连早餐也未进一口。

柯尔克孜阵营的战鼓又声声响起，
达比塔依不能躺下休息。
为了自己的尊严，
他硬着头皮走向战场。

阿克卓里和达比塔依，
兵刃相见，互不相让。
他们用仇恨的眼神扫视对方，

都在寻找对手致命的地方。

这方气势汹汹，
那方大声叫嚷。
他们挥动着手中的矛枪，
拼命戳刺毫不退让。

他们时而抡起狼牙大棒，
甩开膀子砸向对方；
时而又将战刀抽出刀鞘，
拼命搏杀激烈较量。
两条活生生的生命，
此时如悬在毛发之上。

阿克卓里面对死亡毫不退缩，
他是一个精明强悍的勇将。
为了柯尔克孜他不惜牺牲生命，
战场上决不会犹豫彷徨。
面对战刀、长矛和狼牙棒，
他没有丝毫畏惧慌张。

在昨天夜晚，
在色尔城的外面，
赛代普姑娘发出预言：
“就在这两天以内，
凯耐尼木将返回乡亲中间。”
赛代普刻薄的话语，
狠狠地在敲打着达比塔依的心田。

“我专程来到柯尔克孜的塔拉斯，
我本想在这里做出惊天动地的举动。
玛纳斯的陵墓和色尔城，
我未能毁坏其片石片砖。
假如凯耐尼木赶来，
我的死期就在眼前。

“我要再做一次努力，

将阿克卓里刺落马鞍，
我要让他血液四溅。
只要能把阿克卓里刺翻，
柯尔克孜人中还有谁敢应战？

“我要振奋精神，
挫败柯尔克孜的锐气。
我要让他们心胆俱碎，
不得安宁，陷入流浪四方的可怜境地。

“我要振奋斗志，奋力搏杀，
至少让一千个柯尔克孜人头落地。
否则，我达比塔依，
岂不白来一趟这里？

“一旦凯耐尼木返回家乡，
他不会让我再这样逞凶发狂。
他会搜遍每一个角落，
那时我将无处躲藏。”

达比塔依回想当初，
凶焰升腾，怒气冲冲：
“自己手握带血的长矛，
专程向塔拉斯出征。
未能刺翻一个柯尔克孜人，
未能让他们鲜血四处喷涌。”
此时他感到莫大的耻辱，
羞愧难言，无地自容。

这个逞强逞能的畜生，
此时像垂死的老绵羊一样瞪大双眼。
只见他唇髭根根分立，
眉毛和睫毛像野草般蓬乱。
他愈想愈怒，气愤不已，
衣摆在不住地颤抖。

他像一头发情的公驼，

咆哮踢跳，浑身打战。
他像饿狼一样舔着舌头，
身后卷起滚滚尘烟。
他向阿克卓里发起了攻击，
双方又要展开激战。

英雄阿克卓里更加勇敢，
他威风凛凛，英气浩荡，
朝着冲来的达比塔依，
挥刀举枪策马而上。

达比塔依不停地舔着舌头，
频频抽打着枣红骏马。
英雄阿克卓里骑着恰勒巴什骏马，
疾驰如飞迎头冲杀。

此时呼罗珊的达比塔依，
施展了惯用的卑鄙伎俩。
他突然拉扯缰绳，
勒住了枣红色骏马。

阿克卓里来不及勒缰，
从他身边擦身而过。
当他使劲扯住缰绳欲掉转马头，
却已躲不掉降临的横祸：
奸诈的达比塔依抓住战机，
用矛枪对准阿克卓里的软肋狠戳。

纳伦的英雄阿克卓里，
臀部一歪离开了马鞍，
接着双脚脱离了马镫，
从马背上滚落到地下。
超群出众的勇士阿克卓里，
就这样被达比塔依刺翻击败。

达比塔依紧接着掉转马头，
举起战斧向阿克卓里砍来。

见此情景，
安特尔万分焦急，
箭一般催马飞奔过来。
他对准达比塔依臀部顺势一枪，
心想我一定要把英雄救护下来。

向前猛冲的战马难以收缰，
差一点与达比塔依迎面相撞。
眼疾手快的达比塔依火冒三丈，
抓住战机从侧面举枪一挑，
安特尔也被挑落在地上。
柯尔克孜少年图巴什，
见此情景迅速赶到跟前。
不等达比塔依向安特尔再下毒手，
挥动战斧向达比塔依劈去。

少年图巴什如初生牛犊，
并不了解他的凶残。
该遭雷劈的达比塔依，
把逞强的少年一下打翻。

就在这个紧急关头，
英雄别托奔向战场。
他对准达比塔依腰部，
狠狠地戳出一枪。

对别托刺来的矛枪，
达比塔依满不在乎。
他经过多少次交锋，
刺翻的敌人数不胜数。

他挥动带血的矛枪，
将自称英雄的别托，
又一枪刺翻在地。
呼罗珊的达比塔依，
未把那矛尖拔出。

加玛凯担心他把别托杀死，
猛击快马疾驰而去。
达比塔依不等他出手，
一掌击去，
加玛凯被击得四肢着地。
为了柯尔克孜民族的尊严，
这些雄鹰与达比塔依勇敢交战，
结果都被他刺落马下，
一个个面临着被杀死的危险。

柯尔克孜众人怎能袖手旁观，
他们全体上马发起冲锋，
他们齐声呐喊，
高呼着玛纳斯的英名。
呐喊声震天动地，
柯尔克孜人将达比塔依团团围住。

对于这些普通百姓的进攻，
达比塔依并不惊恐。
他认为时机已到，
气势汹汹地发起反攻。
凡是与他正面遭遇的人，
永远地失去了宝贵的生命。

他一枪刺翻了五个人，
像恶魔一般杀戮前行。
他横冲直撞左突右冲，
柯尔克孜人的鲜血把大地染红。
他冲散了人群，
没有人能阻挡他的进攻。

英雄阿克卓里、安特尔，
少年图巴什、加玛凯，
还有别托勇士五个人，
被矛枪击中，伤势危重。

人们开始慌慌张张，

好像炸了巢的群蜂。
人人都不知该怎么办，
进退两难，陷入困境。

有一个宫廷总管，
名字叫奥润拜。
当初他出门在外，
此时他赶到了这里。

他一见到此情此景，
指名道姓急忙呼喊：
“加玛凯，图巴什，
别托，安特尔，
你们四个到哪里去了？
难道眼看着柯尔克孜这样溃散！”

阿克卓勒托依急忙回应：
“宫廷总管，你来得正好，
你胜过千卒万兵的威猛。
你点名的四位勇士，
还有阔绍依的外孙阿克卓里，
他们负伤都很严重。

“目前的局势吉凶难卜，
柯尔克孜百姓忧心忡忡。
我们一时找不到什么办法，
已经陷入危难困境。”

奥润拜对大家大声疾呼：
“我来出马发起冲锋，
你们众人一个别留，
快从四面八方展开围攻。

“你们当中强悍的战斧手，
精锐熟练的长矛手，
专用狼牙棒的击打手，
本领过硬的刀剑手，

还有射枪手和弓箭手，
要使敌人冲不出包围圈，
你们须在原地坚守。

“善抛石头的投掷手们，
身体强壮的大力士们，
会套烈马的勇士们，
能捕捉飞鸟的撒网手们，
你们都要做好准备，
要用自己的本领战胜敌人！”

奥润拜高呼着口号，
鼓舞着大家的斗志：
“玛纳斯、玛纳斯、玛纳斯！”
他手握灰色的长矛，
率先向达比塔依直冲而去。

对宫廷总管的号召，
大家一致响应：
人们挥舞着长矛，
举着明闪闪的战刀，
晃动着锋利的战斧，
拿起各种兵器，
柯尔克孜人全体出动，
将疯狂的恶棍团团围住。

群情激昂犹如万马奔腾，
大地上卷起滚滚沙尘，
四周响起喊声杀声，
柯尔克孜民众如风起云涌。
达比塔依孤身一人，
像只发疯的公驼，
被包围在愤怒的人群之中。

奥润拜奋勇当先，
纵马冲到达比塔依面前。
他对准达比塔依的胸部，

刺出了锋利的矛尖。

对迎面而来的奥润拜，
达比塔依看得比自己的裤脚还低。
对奥润拜刺来的矛枪，
感觉像蚊子咬叮了一下似的。
他把蜂拥而来的民众，
根本没放在眼里。

达比塔依担心，
凯耐尼木会很快到来。
一想起凯耐尼木，
他就魂飞魄散，气急败坏。

达比塔依心中思忖：
“眼前的战机对我有利，
我决不可让它轻易失去。
我要将战刀抽出刀鞘，
让千百个柯尔克孜人头落地。

“谁敢与我交锋，
我就向谁砍去。
我要让他们血流成河，
把他们剁成肉泥。”

柯尔克孜人包围了达比塔依，
对他连续不断地攻击，
不给他喘息的余地。
他们用长矛戳刺，
他们用狼牙棒狠狠砸去，
他们用战斧连砍带劈。
各种兵器的打击声，
此起彼伏的喊杀声，
在达比塔依的头顶不断响起。

他那挥刀的手臂，
已多少次被矛枪击中。

他那被战斧砍伤的肩背，
这里一块青紫，
那里一片红肿。
死亡的套索，
已经套上了达比塔依的脖颈。

“这些不要命的布鲁特，
我不能在他们的手上丧命。
我要抽打胯下的坐骑，
从混乱的敌群中脱身逃生。
等到他们分散的时候，
再出其不意发起反攻。”

达比塔依趴在枣红马马背上，
雨点般抽打着这匹神骏。
让这匹千里马使尽力气，
助他窜出了包围的阵营。
他的臂膀肌肉早已被刺穿，
深色的血水染红了半身。

达比塔依回头张望，
只见柯尔克孜人群已经分散。
他即刻掉转马头，
向柯尔克孜又发起了反攻。

他挥动着手中的矛枪，
疯狂地横扫着柯尔克孜人。
他挥舞着滴血的战刀，
残忍地屠杀着柯尔克孜人。

终于熬走了缓慢的时间，
太阳躲进了西边的群山，
夜幕渐渐降临，
战场一片昏暗。

包围圈外围的神枪手，
向顽敌射出了仇恨的子弹。

弓箭手们向着同一个罪恶的目标，
纷纷拉弓射箭；
埋伏在对面的撒网强手，
五十张网罗同时撒向一边……
射来的枪弹和箭矢，
未能将达比塔依的铠甲击穿。
那撒来的五十张罗网，
牢牢把达比塔依罩在了中间。
他虽拖着罗网极力挣扎，
仍无法钻出网眼。

此时奥润拜催马赶来，
欲砍下达比塔依的头颅。
他挥起卓依波罗特宝剑砍去，
可惜未能砍中他的头颅，
反把那罗网的网眼砍破。
罗网被砍出一个大洞，
该死的恶魔借机挣脱。
柯尔克孜众兵将见状大为惊诧，
潮水般溃散纷纷退缩。

凯耐尼木返回塔拉斯
达比塔依狼狈潜逃

凯耐尼木正在返程，
听到远方激烈的枪声，
还有人们嘈杂的叫喊，
更有那战马的嘶鸣。
再细听声音来自祖先的陵墓，
更令他感到焦急吃惊。

凯耐尼木听到这里，
估计家乡发生了祸乱，
他心神不定，忐忑不安。

“逃跑的达比塔依，
是否来到了塔拉斯？
柯尔克孜的神枪手，
是否正在外围伏击？
是否他们不敢用长矛相刺，
想用火枪从远处把他击毙？
抑或是达比塔依向色尔城发起进攻，
引来了人们射枪阻击？

“色尔城离这里还远，
枪声传不到这里。
究竟发生了什么事情，
实在令人吃惊。
我要连夜赶向那里，
我要赶去解救危局。”

听到那杂乱激烈的枪声，
坎库拉马的双耳前后摆动。

坎库拉骏马如飞而来，
背上骑着凯耐尼木英雄。

凯耐尼木赶到之时，
白日早过，夜色正浓。
他熟悉柯尔克孜百姓，
他能辨出那朝着波托达坂，
惊慌逃跑的众多身影。

凯耐尼木心急如焚，
他向大家高声呼叫：

“惊慌逃窜的可怜人们，
请你们不要再外窜逃跑！
是柯尔克孜人就不要害怕，
我凯耐尼木已经来到！”

听到凯耐尼木的声音，
族人们奔走相告。
大部分人回头转身，
围拢在一起，不再逃跑。

此时达比塔依正变本加厉，
疯狂地追杀着柯尔克孜民众。
他听到凯耐尼木的名字，
立刻勒住了骏马的缰绳。

柯尔克孜人兴奋的话语，
传到他的身边耳旁。
达比塔依急忙将马头掉转：
“我得尽快逃亡，
还要想好逃亡的地方。
我要投靠康阿依，
向喀拉契丹、卡勒玛克人，
向他们的头人倾诉衷肠。
我要从那里请来五个英雄，
请来那黑虫般密密麻麻的兵将，

我要再次征讨塔拉斯，
将柯尔克孜人一扫而光。”

他整整一夜没敢睡眠，
趁着夜色马不停蹄一路狂奔。
他使劲抽打着枣红骏马，
朝着康阿依方向逃遁。

达比塔依不敢歇息睡觉，
他害怕凯耐尼木前来追赶。
就让达比塔依狼狈逃命吧，
我们暂时放下这一段。
请你仔细听一听，
塔拉斯的柯尔克孜该怎么办？

当天边发白的时候，
当夜色渐渐隐去的时候，
太阳升起，照亮大地。
幸存的人们见到凯耐尼木，
扫去愁云，长长舒了口气。

许多家庭死去了亲人，
许多人家失去了骏骥；
许多女人死去了丈夫，
许多儿子失去了父亲；
许多老人死去了儿子，
他们的心中充满了悲戚。

谁都不愿落在后面，
人群簇拥前来迎接。
见到了汗王青鬃狼①，
人们抑制不住激动的心情。
他们将达比塔依的罪行，
向凯耐尼木一一诉说。

① 青鬃狼：这里指的是凯耐尼木。

小伙子们争先恐后，
去挑选膘肥的牲畜宰杀。
重新举行庄严的朝拜仪式，
把虔诚的心愿表达。
他们永远崇拜玛纳斯的神灵，
祭奠后各自散去。

凯耐尼木回到乡亲中间，
与他们进行安抚恳谈：
“达比塔依进犯到这里，
让你们遭受了许多苦难。
精明刚强的五位英雄，
为战胜敌人受伤致残。

“你们的伤将会被治愈，
人们会感谢你们的义勇果敢。
对那些被杀害的柯尔克孜人，
我们表示沉痛的悼念。

“平安幸存的人们，
要靠劳动养活自己，切莫偷懒。
别人不会把饭食白白送到你的碗里，
牲畜也不会自动来到你的畜圈。

“阿克卓勒托依说过的话，
其实很有道理。
挑选年轻精壮的勇士轮番出击，
边打边撤，
又不让敌人有片刻喘息。
等着我赶回家乡，
取得与敌人决战的时机。

“其实这不能责怪你们，
就怪呼罗珊的达比塔依。
他身强力壮又天良丧尽，
如同野兽豺狼一般与我们为敌。

“奥润拜，你过于冲动，
让柯尔克孜人损失惨重。
打仗的事要特别谨慎，
这可不是轻举妄动的事情。”

陵墓显灵的种种迹象，
王城发生的神奇事情，
阿克卓勒托依也无一遗漏，
向凯耐尼木诉说得一清二楚。

凯耐尼木听后说道：
“乡亲们亲眼看见了神灵，
可见青鬃狼[①]是怎样地佑助我们，
我们永远信奉柯尔克孜的神圣。

“你们要团结互助，
我们都是一家人。
年轻人要扶助老年人，
多数人要帮助少数人。
对流着眼泪的孤儿们，
要问寒问暖倍加关心。

“对穷人和无依无靠的人，
对贫寒家庭和孤寡老人，
你们当中手头宽裕的人，
要经常行善表达怜悯。
富裕的人家不要盛气凌人，
不要对穷人漠不关心。

“我这次出征的情况，
现在就向你们坦言：
当得知萨拉玛特追踪而去，
我就跟随在他的后面。
不料他听信那些汗王的谗言，
竟然对我们变心背叛。

① 青鬃狼：这里指玛纳斯的神灵。

对这头无义无耻的野兽，
我已经把他的头颅砍断。

“在呼罗珊的人马中，
武艺高强的巨人数不胜数。
虽然他们人多势众，
又有谁能战胜我凯耐尼木。

“不过我也太大意有失误，
以为那达比塔依已经断气，
把他悬挂在城门之上，
他乘我不备又活命逃出。

“从此后我遭遇了许多麻烦，
只能一个人孤身作战。
多少个难熬的日日夜夜，
我穿梭在黑甲虫般的敌人中间。

“我不知达比塔依使出障眼魔法，
偷偷向塔拉斯进犯。
在他的地盘我找不到他，
他的臣民们也未发现。
在我从呼罗珊返回的路上，
只有一次见到他的马蹄印又浅又淡，
我以为他去了康阿依，
没料想他居然来塔拉斯进犯。

“我曾砸碎了他盘踞的城门，
他为报复就向这儿窜跑。
他的目的多么可恶，
妄图摧毁咱色尔王城。
面对仙人显灵神犬吠叫，
他吓得屁滚尿流，夺路而逃。

“当你们纷纷高声呼叫，
说我凯耐尼木已经来到。
你们团结一心的话语，

他也全部听到。
他一听到我的名字，
感觉末日已经来到。
他这回再次临阵逃跑，
也许会逃回呼罗珊老巢。

“不过他再不能像以前那样，
将那里的民众肆意压迫摧残。
我已将他汗王的宝座，
交给他的仇人接替掌管。

“他也许会投奔康阿依，
那里的将士已全部战死，
还有谁会跟随他外出征战，
他只能被迫到处流浪。

“这个黑心肠的败类，
死神会将他往这里驱赶。
若有一天他再来挑战，
我凯耐尼木决不让他再次生还。

“假如现在我去把他追踪，
走不远就会把他赶上。
他不是什么了不起的人物，
不值得我们去劳心伤身。

“啊，我的柯尔克孜亲人，
种田养畜是大家的本分。
愿大家从此休养生息，
老少安康，牛羊满圈。”
凯耐尼木说完这些，
也走向自己宫廷的大门。

英雄阿克卓里伤口治愈，
平安返回自己的乡亲中间。
他向巴克特拜诉说，
自己外出的所闻所见。

巴克特拜听后这样感叹：
“柯尔克孜终于得到安宁，
从此他们可以过得舒坦。”

柯尔克孜人又轮流主办马奶酒会，
每年举行三岁公马比赛。
小伙子们总是热闹地聚成一团，
玩耍阿卡确旅木游戏直到夜间。

少妇和姑娘尽情欢唱，
《别克别凯依》[①]歌声直冲云天，
整夜守护着畜圈的安全。

猎手们捕捉豺狼虎豹，
他们射猎着野鹿和野盘羊，
石峰上的野山羊也难以逃窜。

壮年人都戴着狐狸皮帽，
神气十足，得意扬扬。
老头儿们身披狼皮长袍，
精神焕发，神采飞扬。

老太婆们头戴的艾列且克，
大得就像大锅一样。
她们身披猞猁皮大衣，
显得十分自负时尚。

妇女们穿戴得耀眼夺目，
走起路来挺着胸膛。
长长的围裙拖着地面，
硕大的耳环叮叮当当。

少妇们穿着艳丽的托尔阔[②]外套，

① 《别克别凯依》：即守圈歌，是姑娘媳妇夜里守羊圈时唱的歌。

② 托尔阔：柯尔克孜语，类似绢的丝织物及其成衣。

脚蹬比达那[①]皮靴咯吱作响。
她们走起路来娇媚轻盈，
如同游在水中的鱼儿一样。

姑娘身穿靓丽的纱绸长裙，
纯金制作的手镯闪着金光。
头戴着滑溜的水獭皮帽，
一开口那笑声就像银铃一样。
她们如同滴在地上的水银，
无论在何处都闪烁着耀眼的流光。

柯尔克孜少女个个好看，
脖子上挂满了珍贵的项链。
金色的绳结成精美的花纹，
串着玛瑙、珍珠、宝石样样齐全。

秀丽的头发编梳着条条小辫，
洁白的羽翎插在帽子顶端。
坎肩全用珍珠纽扣装饰，
明媚的阳光下更加耀眼。
脖子细长，肩头溜圆，
柯尔克孜姑娘美若天仙。

年轻小伙子披着红色斗篷，
结伴在野外放鹰捕猎。
他们常沿着丘陵边缘，
把石鸡和沙鸡捕捉追赶。
他们将猎物系满鞍后，
剩余的就捆在后鞧两边。

那些富裕人家的儿子，
金制的腰带系在腰间。
他们穿着獾皮大衣，
貂皮制成的衣领亮光闪闪。
没见过世面的人遇到他们，

① 比达那：柯尔克孜语，一种珍贵的皮靴的名称。

竟不敢向他们致礼问安。

在夏季到来的时候，
他们轮流请客聚餐。
他们宰杀空胎母马和马驹，
畅饮着醇香的马奶酒和酽酽的红茶。

在冬季到来的时候，
他们四五十人聚在一起。
哪里有孢子酒和加尔玛，
他们就在哪里畅饮狂欢。

阿寅勒到处飘溢着茶香，
白色方糖在茶碗旁堆积。
摆满丰盛饭食的餐布，
从早到晚都不会收起。
小孩们对酥油不再稀奇，
女人们嫌奶油太过甜腻。

没有一个柯尔克孜人无所事事，
家家户户将畜群精心养护。
没有一个柯尔克孜人游手好闲，
处处有人在放鹰纵犬捕获猎物。

箱子里装满了珍宝，
草场上布满了牲畜。
白毡帽的柯尔克孜人，
生活是那样的欢乐富足。

他们只有一个美好的念头，
就是迎娶媳妇生儿育女。
他们不满足现有的财富，
企盼世世代代美满如意。

那个该死的达比塔依，
再说说他一路逃窜的情景：
逃离塔拉斯的达比塔依，

日夜兼程一刻不停。

途中不敢下鞍放马吃草，
不敢停下吃饭下马休息。
他也找不到避难之处，
找不到可投靠诉苦的同类。
他找不到一寸安身之地，
只能硬着头皮向东急行。

旅途漫漫让他面黄肌瘦，
消瘦的坐骑大汗淋淋。
他的父亲都不曾走过这些山路，
一路上他吃尽了苦头。

他无法像柯尔克孜牧人那样，
轻易找到山中的路径。
这不是像他母亲缝制皮袄一样，
事前已设计好了自己的前程。

不知他涉过了多少湍急的河流，
不知他翻过了多少石头达坂，
不知他绕过了多少高耸的山峰，
不知他穿过了多少山峦。

多少布满荆棘灌木的河滩，
多少险峻的悬崖山涧，
多少个白雪皑皑的山头，
都丢在了他的后面。
经过了六十天时间，
他终于走到康阿依的地盘。

他向卡勒玛克的汗王奥托尔，
诉说了自己的经历。
他从阿牢开和玛纳斯谈起，
从卡勒玛克和柯尔克孜的各种故事，
开始了要讲的话题。

他的话讲到后面，
又将大耳朵乔云阿勒普，
铜肚脐克克玛特，
铁大衣夏勒克玛特。
还有塔吉克的铁米尔别克，
伊斯番的阿恰汗，
库吐尔古尔的后代萨拉玛特，
全部拉扯在了一起。

最后，呼罗珊的达比塔依，
像小孩一样不住抽泣。
一串串豆大的泪珠，
滴湿了他的上衣。

他说："你们康阿依部，
居住着卡勒玛克和契丹，
还有满洲、席别、索伦等部落。
你们世代友好毗邻而居，
你们共荣共衰，不可分离。

"你们当中的许多英雄，
都屈死在柯尔克孜人手里。
他们让你们抬不起头来，
使你们陷入了窘迫的境地。

"玛纳斯在世的时候，
曾经征战到阿富汗。
呼罗珊和伊斯番，
也一并遭到过深重的劫难。

"因为我们是难兄难弟，
那个大耳朵乔云阿勒普，
特意将我邀请。
伊斯番的阿恰汗，
也未排除在外。
我们认为卡勒玛克是有根基的部族，
就毫不推辞地应邀前行。

“塔吉克的铁米尔别克，
还有乔云阿勒普和我们，
都在杜尚别会合集中。
我们踏上了前往塔拉斯的征程，
原本想将它洗劫一空。
结果不仅洗劫未成，
反让我们鲜血溅迸。

“铁米尔别克和乔云阿勒普，
就是在那里失去了性命。
于是我和阿恰汗左思右想，
绞尽脑汁，这样商定：
我们先返回呼罗珊和伊斯番，
要不顾一切快马前行。
我们与蒙古人交情深厚，
要告知他们的形势和详情。

“萨拉玛特听后同意加盟，
他的态度如磐石般坚定。
我们在一起商议计谋：
要从卡勒玛克、契丹，
还有康阿依诸部搬来援兵，
加上芒格特的萨拉玛特，
伊斯番的阿恰汗和我自己，
这八个部族一同联合出兵。
要像山洪暴发一样，
铺天盖地地发起进攻。

“柯尔克孜的凯耐尼木，
他武艺高强，是个孤胆英雄。
他挥刀杀人如同割草，
击溃了我们的联合阵营。

“我们坚持不住各自逃散，
我回到了呼罗珊，
阿恰汗返回了伊斯番，

萨拉玛特也只得往芒格特回返。

“萨拉玛特在返程之中，
与凯耐尼木狭路相逢。
那个出自柯尔克孜的黄脸死神，
他就在我们后面紧紧追踪。

“萨拉玛特和阿恰汗，
都在他的手中丧命。
他并不就此罢休，
还不打算踏上返程。

“他很快就来到了呼罗珊，
我毫不畏惧地带兵应战。
我的手下大力士很多，
一个人能将一千个敌兵刺翻。
他们个个精明强干，
却不幸被凯耐尼木很快杀完。

“我们苦战到第十天夜里，
他把我也挑在他的矛尖。
他让我处在地狱的门口，
把我悬挂在城门中间。
他不知道我还没断气，
就盲目冲入我的城池里面。

“我那守卫宫廷的卫士，
帮我解除了危难。
住在城里的百姓，
我将他们也全部动员。

“我指挥所有的人，
企图把凯耐尼木团团包围，
决不能让他突围逃离。

“面对如此众多的人马，
凯耐尼木却满不在乎，

根本不把他们放在眼里。

“就像猎隼扑向山鸦，
他冲入人群里左劈右砍。
对近处的兵丁，
他用阿勒巴尔斯宝剑劈砍。
对远处的人马，
他用锋利的长矛戳穿。

“鲜血一遍遍染红他的刀刃。
他在哪里左冲右突，
哪里就会哀号一片。
他一次次击溃围来的人群，
他使战场一片狼藉混乱。

“他在人群中右砍左劈，
我产生了这样的主意：
乘凯耐尼木在此交战的时机，
我要向塔拉斯发起突袭。

“我要破坏玛纳斯的陵墓，
我要摧毁塔拉斯的城堡。
我要把那里的柯尔克孜人，
踩踏在脚底再刀劈火烧。

“我以为那里无人敢与我交锋，
无人能与我势均力敌。
我急急忙忙赶到了塔拉斯，
只见那里的柯尔克孜人，
都在玛纳斯的陵墓聚集。

“我到达那里，
有一个人走来挡住了去路。
我向他发出了命令，
让他们拿起坎土曼，
去毁掉玛纳斯的陵墓。

“一听到我的话语，
妇女们纷纷谩骂叫喊。
有个人直接向我冲来，
他的眼里燃烧着火焰。
其他人齐声呐喊助威，
那声音好像要撕破云天。
他们高呼着玛纳斯的口号，
那气势如同大地上狂飙横卷。

“面对这一些草民的喧嚣，
我达比塔依满不在乎毫不慌乱，
将那些窜出来逞能的勇士，
用矛枪一个个全都刺翻。

“布鲁特人真是可怕，
你看他们怎样作战：
一旦有个人被刺倒下，
另一个就立马冲来戳出矛尖。
他们不让你把倒下的人砍死，
千方百计冲上来救援。

“来者不会悄无声息，
他们总将玛纳斯的名字高声呼唤。
柯尔克孜人不论喜忧，
都要把玛纳斯挂在嘴边。

“我只得乘夜色前往陵墓，
企图将墓顶劈碎砸烂。
我拿起了大头铁棒、长矛、战斧劈砍，
谁知这些武器全从我手中消逝不见。

“突然一个声音警告我：
‘你的寿期就剩下几天。
你无法将陵墓砸烂毁掉，
你立刻从这里滚蛋！’

“我当时朝来路回头张望，

只见大头铁棒、战斧和长矛，
被整整齐齐地摆在路边。

“我向他们的城堡进击，
又遇上一只守护城门的猎犬。
那白色猎犬跳出来狂吠，
张牙舞爪，使我举步维艰。

“我举起了战刀，
企图将猎犬的头颅砍断。
不料那猎犬将尾巴一甩，
把我从枣骝马上仰面打翻。

“我睁开眼睛看见一位姑娘，
那姑娘对我这样开言：
‘达比塔依，我劝你回去，
你的寿期已没有几天。
假如我放出这条神犬，
它会把你连骨头吞咽。
再过两天时间，
凯耐尼木就要回返，
那时你将难以回还。’

“就在这时天边发白，
柯尔克孜人蜂拥而来。
一个名叫阿克卓里的勇士，
骑着恰勒巴什马冲在前面，
显出一副盛气凌人的气派。

“我用长矛发起攻击，
将他从马背上一枪刺翻。
接着加玛凯、别托、图巴什，
一个一个冲到我面前。
我没有被他们的长矛击中，
而将他们统统刺落马鞍。

“更多的人紧接着冲来，

大呼小叫将我围在中间。
刀枪乱戳，如雨点般袭来，
四面八方，连续不断。
我承受不了这样的打击，
催动坐骑一溜烟逃窜。

“突然间战鼓乱敲咚咚连声，
火枪猛射啪啪作响。
头顶上子弹在不住呼啸，
身边的箭矢如漫天飞蝗。

“伴随着嘈杂震耳的叫喊，
无数张铁网套在我脖子上面。
我落入了柯尔克孜的网中，
手脚被套牢，无法动弹。

“有一个自命不凡的青年，
手举着卓依钢宝剑。
他本想劈砍我的头颅，
却一剑将网绳砍断。

“当初落网我如同日落西山，
这一下突然又时来运转。
我摆脱困境又卷土重来，
如同豺狼攻击绵羊一般。

“不知道有多少人身遭厄运，
被我的矛枪一一戳翻。
我又用战刀左劈右砍，
令无数柯尔克孜人头断血溅。

“人群踏上了逃亡的道路，
天色渐暗进入夜晚。
一群群人在前面逃跑，
我在他们后面紧紧追赶。

“我突然发现凯耐尼木，

站在聚集的人群中间。
我勒住坐骑的缰绳，
偷听到他们的交谈。

“我怎能坐以待毙，
我觉得能活着就是福气，
在这里向你申诉我的屈冤。”

达比塔依就这样把话说完，
奥托尔听后激动地开言：
“达比塔依，你特地前来，
就为诉说这些不值钱的怨言？
达比塔依，在你之前，
我就了解柯尔克孜的根源。

“谁都不会为了一个孬种，
宁愿牺牲自己的性命。
别人愿意去我管不了，
我不会向柯尔克孜宣战。

“席别、索伦人与此事无关，
假如契丹和其他康阿依有人愿意去，
你就带领他们前去征战。

“达比塔依，你若听我规劝，
最好快返回呼罗珊。
我估计凯耐尼木，
已让一个孤儿把呼罗珊掌管。
你要想方设法，
将自己的汗位接管。

“当你得到宝座恢复了荣华，
再来向我把消息送传。
到那时我会纠集五个部落，
率领人马去你那里贺喜赴宴。
如果你送不来这样的消息，
我还是安稳地躺在自己的家园。

“在芒格特部族中，
萨拉玛特已经过世，
再没有人会来做你的靠山。

“在中亚这个地方，
至今还没有一人，
能把柯尔克孜推翻。
没有人会心甘情愿，
跟着你向布鲁特挑战。

“达比塔依，
你不要为了布鲁特，
弄得自己心烦意乱。
各个部族曾经出过，
多少英雄多少好汉。
从没有人能够战胜，
出自布鲁特的英雄好汉。

“自从玛纳斯时代开始，
布鲁特就坚不可摧，
再没有任何敌人敢将他们进犯。

“康阿依人曾经多少次出兵，
同布鲁特作战。
巨人空吾尔为首的众多英雄，
也全让布鲁特人刺翻。

“凡是去挑战的人，
都难免遭到悲惨的命运，
无不被打得鲜血淋淋，
没有人能够活着回返。

“康阿依人不会出兵布鲁特，
这就是我们内心的意愿。
我们要在这里安居，
半步也不离开家园。

“大耳朵乔云阿勒普，
穿着铁制战衣的夏勒克玛特，
铜肚脐克克玛特，
他们曾贸然出征，自取灭亡。
他们指挥的队伍，
有多少人跟着命绝身亡。

“好像这样还嫌不够，
萨克塔和萨然加，
还要率人马去打仗，
五个部族的巨人，
都被布鲁特杀光。

“我奥托尔要充分准备五年，
然后再亲自出马前往。
我要穿着层层铁制铠甲，
让见到我的人感到惊慌。
我要让大地弥漫烟尘，
我要让布鲁特人晕头转向。

“萨日克死神凯耐尼木，
哪怕有七千条生命，
我也要叫他死亡。
你刚才说未能把陵墓和城堡摧毁，
那不是别的什么原因，
只能是你没有足够的力量。

“达比塔依，你若能忍耐，
不要出征，等待五年，
到时候我会帮助你，
将世界闹个地覆天翻。
我要将柯尔克孜的精英，
千方百计全部打翻。

“达比塔依，你若能再等待，
就返回呼罗珊。

那里的人不敢与你交锋，
你就能把自己的城堡重新接管。

“你要不懈地备战五年，
将所需的一切准备齐全。
当你准备就绪的时候，
再向我把消息及时送传。

“你还要想办法制伏一个人，
那就是凯耐尼木委任的伊斯番汗王。
你若将伊斯番一起掌管，
你就会更加力大无比。

“等到五年后我们取得联系，
你要将站着撒尿的人，
一个不留，全部动员。
我将布鲁特交到你手中，
让你再无心中的愁烦。

“达比塔依，你要明白，
这些都是我出自内心的忠言。”

倒霉的达比塔依，
怎可能在康阿依居住五年。
他无法久留，只有回返，
他们约定五年后再见。

丧家犬达比塔依策划更大的阴谋

达比塔依离开康阿依，
面朝西边匆匆启程。
他心中惦记着呼罗珊，
感叹命运竟如此将人捉弄。

他胯下的枣骝马，
无精打采勉强前行。
他送走了许多黄昏许多黎明，
终于走近了呼罗珊城。

他没有在白天进城，
乘着夜色悄悄潜入宫廷。
这个该死的发起了突然袭击，
与机警的官员卫士激烈交锋。

没有人对他施礼，
没有人把他当作汗王尊敬。
他发觉呼罗珊人，
谁也不再对他留情。
新登上宝座的汗王，
将凯耐尼木的话语铭记在心中。
那些为达比塔依卖命而死去的人，
他们的亲属被全部收容：
年轻人的舅舅，
年长者的外甥。
或者是他们的堂弟，
或者是他们的表兄。
只要沾亲带故，
全被告知集中。

新汗王对他们晓之情理，
让所有的人都心神安定。

新的汗王十分精明，
虽然力量不算强大，
也算是充满智慧的英雄。

从前百姓苛捐繁重，
宫廷吩咐进贡两份，
就会有五份被截留在官员下层。
宫廷如若摊派五份，
下层就变作十份的命令。

缴纳不完的苛捐杂税，
使许多人生计陷入困境。
连许多富人家都左右为难，
骆驼和金银再也难以添增。

自从得到凯耐尼木的扶持，
新汗王登基以来，
两年多的时间已经过去，
再没有官府向百姓们摊派。
那些可怜的人家，
连根麦草都没受到损害。

新的汗王依靠百姓的力量，
对达比塔依寸步不让。
被呼罗珊人抛弃的达比塔依，
无奈地逃向伊斯番方向。

他心想直接到达伊斯番，
争取伊斯番派兵支援。
他要率领大队人马，
再来把呼罗珊进攻侵占。

达比塔依来到伊斯番的疆土，
才知道阿恰汗的儿子当了汗王。

是凯耐尼木将他推举，
新汗王那斯凯名扬四方。

那斯凯也很聪明智慧，
把凯耐尼木智慧的话语牢记心上。
那斯凯摇摇头没有答应，
达比塔依想联合出兵的要求再次泡汤。
达比塔依装腔作势，
怒气冲冲使出了威胁恫吓的伎俩。

那斯凯坚定地表示：
“达比塔依，我不怕你，
我要向凯耐尼木告知详情。”

达比塔依闻听后急忙阻挡：
“那斯凯呀，请听我把往事对你讲述。”
他从卡勒玛克、契丹和康阿依说起，
一直到最近发生的事情，
他从头到尾一一细数：

“我的汗王那斯凯，你听我说，
你的父亲阿恰汗，
你知道是谁把他杀死？
我十分清楚地告诉你，
就是布鲁特的凯耐尼木。”

那斯凯不耐烦地把话接上：
“达比塔依，你有完没完？
我也有几句话要对你讲。
是你把我的父亲蒙骗，
是你带他去征战才被刺身亡。

“我不但有话要对你讲，
我还有深仇找你算账。
你不要像长了疥疮的马匹，
蹭在我的身上给你自己搔痒。

“你想去哪儿就去哪儿吧，
别在这儿消磨我的时光。
你若不听劝告把我触犯，
我把你的四肢捆绑上四根木桩。

“我要把你打得落花流水，
再把你扔在你的枣骝马背上，
派四个士兵押送着你，
把你送到塔拉斯的断头台上。

“达比塔依，你用心听，
就在你到来的那一天，
我已经派出了两个士兵。
我让他们前往塔拉斯，
把你窜来的消息报送。
你根本无法从此逃脱，
我早已布好了你落网的陷阱。”

听到那斯凯尖刻的教训，
达比塔依如同刺在喉咙。
他感到危险临近头上，
忐忑不安，心神不宁。
假如再同伊斯番交锋，
他自认没有把握取胜。

转眼间过去了许多日子，
达比塔依不知该何去何从。
他天天饭难咽下睡不着觉，
更不敢听到凯耐尼木的英名。
他不敢在这里久留安身，
鞴好了枣骝马也不敢吱声。

他不知道该往哪里去，
想来想去犹豫不定：

“到巴格达去也前景不妙，
伊拉克人也不会把我容留。

当年他们被厥特人包围的时候，
是凯耐尼木来把他们解救。
我如若再被他们赶走，
说不定流浪中我会死在荒丘。

“与其流浪到外边，
不如抢劫伊斯番。
他们没有几人能把我抵挡，
事成后我可以再回呼罗珊。
我将抢劫的牲畜钱财分发给百姓，
赢得百姓的拥护，
消除前嫌，
再夺回我失去的王权。

“我还是不去骚扰其他部族，
头也不回地直奔呼罗珊。
我要重新夺回宝座，
像从前一样头顶光环。
我要尽情享受荣华富贵，
躺在宫廷把四肢舒展。

“呼罗珊的每一个人，
我都知道他们能吃几碗干饭。
如果有谁敢与我交锋，
我就叫他鲜血四溅！”

达比塔依就这样自作聪明，
跨上马背扬鞭启程。
他白天行进夜里露宿，
有时候也会日夜兼行。

他胯下的枣红色千里马，
四蹄嗒嗒奔跑不停。
他就这样一路急行，
终于逼近了呼罗珊城。

他看见一个徒步行人，

翻卷着衣摆行色匆匆。
达比塔依迎面走去，
恰好与来人正面相碰。

原来他是在达比塔依手下，
管理过城池的独行巨人。
他一见到达比塔依，
眼泪涌流，情不自禁：
“噢，我的汗王达比塔依，
你从哪里来为何久无音讯？
你曾经给我以力量，
我把你常常挂念在心。

“新的汗王赢得了百姓的爱戴，
他不仅不向百姓征税，
还取消了所有的苛捐杂税和摊派。

“没有人逼着百姓缴税，
平民不需要每年进贡。
那些穷苦人家，
不再为苛捐杂税陷入困境。
所有的人都把新的汗王拥戴，
都将他奉为恩人救星。

“你若问我的情况，
我本来有六处房屋。
现在全部被他们没收，
只给我留下小小的一处。

“他们还嫌这样不够，
又没收了我漫山遍野的牲畜。
只把那些瞎了眼的骆驼，
瘸了腿的绵羊，
失去母羊的山羊羔，
爱拉屎的老牛，
留下来让我自己放牧。

“瞎眼骆驼到处乱跑，
瘸腿绵羊不服管教。
山羊羔总是蹦蹦跳跳，
那该死的老牛爱拉着屎尿奔跑。

“有一天它们闯进庄稼地，
连吃带踩弄得一团糟。
庄稼的主人前来与我吵架，
让我备受折磨脸面发烧。

“早在六个月以前，
听人传说你就要回还。
我早也盼，晚也盼，
今日终于和你见了面。

“他们让我这样受苦受难，
失去了往日的地位与尊严。
达比塔依汗王，请你相信，
这都是我的肺腑之言。”

说着他俩转身离开大路，
来到一个隐蔽的地方。
这两个恶人凑在一起，
将下一步的阴谋商量。

那个人这样言讲：
“达比塔依，
你是一位英雄，
除了凯耐尼木以外，
谁人能与你匹敌对抗？
请你到我的家里去吧，
我给你找一个地方隐藏。

“我不要坐骑，徒步行走，
白天待在家，
夜里出去联络，
向凯耐尼木的仇人，

向心怀深仇大恨的人，
告知你回来的喜讯。

“向那些过去的当权者，
现如今遭受整治的人；
向那些现在不敢出门方便，
待在家中拉屎撒尿的人，
利用三个月的时间，
逐一串联并向你报告回音。

“只要大家共谋大策，
只要铺好顺当的路径，
你就会重新当上汗王，
如同从前那样威重令行。”

他们商量完毕，
那个人领着达比塔依，
乘夜色悄悄来到自己家里。
让老婆和孩子，精心伺候，恭敬不已。
他自己却立刻出门奔波，
与达比塔依的旧部进行联系。

旧部的那伙人听到达比塔依的消息，
无不庆幸，暗自欢喜。
他们不甘心失去的以往，
连夜串联顾不上睡觉。
他们互相反复叮咛：
“我们发誓要保守秘密。”

那些普通的平民百姓，
对他们的阴谋毫无察觉。
他们密谋策划精心准备，
熬到了约定的时间。
他们在各处一起造反，
展开了无情的血战。

他们高呼着达比塔依的名字。

扫平了各个要塞，
只有呼罗珊城还在闭门坚守，
把达比塔依挡在城外。

陷入困境的新汗王，
只怪自己麻痹大意，没有提防。
他被围困了一年半的时间，
失去了与外界的交往。

城里粮食短缺，
居民人心惶惶。
有人开始说三道四，
上上下下，民心动荡。

年轻的汗王陷入困境，
左思右想把主意拿定：
“我要将城里的所有百姓，
全部动员倾巢出动。
我要打掉复辟者的嚣张气焰，
与敌人展开一次交锋。
同时挑选一个精明的人，
把我的亲笔信向凯耐尼木传送。”

他想好计策下达命令，
动员人马披挂出征。

所有生活在城里的人，
都接到了年轻汗王的命令。
他们铺天盖地一齐出动，
来到城外对阵敌兵。

双方交战的时刻到了，
年轻的新汗王挂帅出征。
达比塔依见此异常气愤，
催动枣骝马发起进攻。

有一个名叫托依托的勇士，

是个身经百战的英雄。
他首先勇敢地冲出阵营，
面对达比塔依展开交锋。

看到托依托的英勇义举，
看到新的汗王亲自出征。
在场的众多人马，
士气大振，信心倍增。

民众们想起达比塔依的比官们，
那些替他管事效忠的喽啰们，
多少日子以来，
横行霸道，祸害乡邻，
就义愤填膺奋起进攻，
将他们一个不留全部生擒。
接着将他们集中在一起，
一下处决了一百八十个人。

民众高呼着新汗王的名字，
向达比塔依展开围攻。
黑心肠的达比塔依，
面对众人怒气冲冲。

他将迎面冲来的托依托，
一矛枪结束了生命。
接着又抽出战刀，
发起了反攻冲锋。
没有人再敢与他交锋，
只朝着荒野奔跑逃命。

到处鲜血流淌，
一片哀号悲鸣。
新的汗王带领着百姓，
无奈地退回城中。

达比塔依朝着城门，
极力发起攻击。

城里的人射箭放枪，
子弹和箭矢如雨点般齐飞，
不让他靠近半步，
不让他攻入城里。

达比塔依在外围周旋了许久，
但未能攻入城门中，
他羞愧万分，心中焦急。
他想：“我要封锁一年，
不让外人进入城里。

“我要让他们弹尽粮绝，
直到山穷水尽，陷入绝地。
那时我再发起进攻，
他们自然会把城门开启。”

达比塔依日夜不停地巡逻，
一直围困着呼罗珊城。
围困在城里的新汗王，
也无法走出城外活动。
城里的生活一天天困难，
他感到晕头转向，末路穷途。

眼看又过去了一年时间，
呼罗珊新汗王悄悄地派遣的那个信使，
终于来到了凯耐尼木跟前。

信使将所有的信息，
向凯耐尼木诉说递传。
凯耐尼木听后沉思片刻，
决定亲自出马支援。

信差返回呼罗珊，
告诉了凯耐尼木要来的消息。
新汗王的人马欢欣鼓舞精心备战，
决心铲除叛逆，夺取胜利。

在新汗王的人群中，
有个名叫扎皮拉的小人。
他写了一封告密信，
向达比塔依通风报信。

狡猾的达比塔依得知消息，
把应对的计策重新考虑。
他心中暗自盘算：
“在凯耐尼木离开塔拉斯之时，
我要乘机向他的家乡突然袭击。
一旦凯耐尼木来到呼罗珊，
他决不会给我，留下一线生机。”

达比塔依对扎皮拉夸赞不已，
接着又心生毒计，
对他面授机宜：
“如果凯耐尼木来到这里，
我就向塔拉斯奔袭。

“聪明的扎皮拉，你听我吩咐：
等到凯耐尼木一到这里，
你就假装去向他告密。
就说达比塔依和新的汗王，
早就勾结在了一起。

“就说他们经过阴谋策划，
故意派遣信使把你调离。
然后达比塔依悄然离开，
趁机去向塔拉斯突袭。
他要占领塔拉斯，
让新的汗王在呼罗珊统治下去。

“扎皮拉，你要不惜钱财，
千方百计讨好凯耐尼木。
你要放心大胆毒死凯耐尼木，
塔拉斯的色尔城堡，
塔拉斯的汗王宝座都属于你。”

狼心狗肺的扎皮拉，
听到达比塔依的甜言蜜语，
自以为塔拉斯唾手可得，
得意扬扬，
激动不已。

达比塔依这个无耻之徒，
收买了一些黑心走狗。
为了观察凯耐尼木的行踪，
把他们派到各个山口守候。

当确认凯耐尼木到来的消息，
达比塔依便向塔拉斯策马而去。
让我们先放下这一段，
再从英雄凯耐尼木汗王唱起。

恶贯满盈达比塔依死有余辜

再袭塔拉斯
达比塔依战败逃命

在塔拉斯的凯耐尼木，
收到了呼罗珊传来的音讯。
得知达比塔依为夺回王位，
正在把呼罗珊城团团围困。

宫廷的守卫官奥润拜，
他统领的众多卫士英勇无比。
凯耐尼木将这些年轻的小伙儿，
一个不留，全部召集。

他又请来阿克卓勒托依老人，
请来了安特尔和加玛凯，
还有少年图巴什和别托。

待大家到齐之后，
他大声发话开始训谕：
“老人们和年轻人你们都听着，
我决定出征去呼罗珊。
那里的新汗王陷入围困，
我要去那里将他救援。

“达比塔依去过康阿依，
估计他已煽动了那里人的复仇之心。
如果康阿依人率兵来进犯，
你们要保护好这里的人民。
要提前掌握敌人的动静，
不要给民众造成骚动。

“也许他们悄悄前来，

先侦察一下我的行动。
也许会低估你们的力量，
直接和你们动武闹腾。

“你们要不断派人观察，
守好各个山口。
无论来自哪里的可疑之人，
一律要驱逐或者扣留。

“不管他们来自哪里，
都要勒令他们返回原地。
如果有人硬要闯关，
就将他抓来投入牢狱。
他们到底是什么人，
我回来一眼就会看透底细。”

凯耐尼木讲完了话语，
要求向所有乡亲们告知。
说定不超过六十天时间，
他一定会返回塔拉斯。
他讲完了充满智慧的主意，
朝着呼罗珊催马奔去。

智勇双全的雄狮凯耐尼木，
跨马离开了塔拉斯的宫门。
以阿克卓勒托依为首的六个人，
这时七嘴八舌议论纷纷：

“凯耐尼木在此以前，
出门时从未这样叮咛。
无论他到哪里去，
从不把柯尔克孜百姓惊动。
这一次可能确有危险，
我们要时刻注意动静。

“严防有外敌前来偷袭，
要向各个山口派人查巡。

要严格盘查来往行人，
要看一看来者是普通的人员，
还是像大象般的巨人妖精。”

他们正在这样议论，
阿克卓勒托依开口说话：
“勇士们，你们都听着，
凯耐尼木从不惧怕任何敌人。
他从前出门的时候，
从不惊动柯尔克孜乡亲。
这次一定会有外人突袭，
我们一定要保持戒心。

“达比塔依去过康阿依，
接着又回到了呼罗珊。
凯耐尼木他这次前去驰援，
是担心敌人乘机进犯。

“他担心毫无防备的平民百姓，
会遭受外来敌人的劫难。
因此他一再对我们叮嘱，
要坚守家园，严加防范。”

人们都一致赞成他的主意，
说阿克卓勒托依言之有理。
他们派人到各个山口，
把险要的隘口严密把守。
还安排人到无山的开阔地，
在交通要道站岗放哨。

现在，让我们回头说一说，
前往呼罗珊的凯耐尼木。

凯耐尼木巍然坐在坎库拉马背，
铜柄长矛攥在手上。
英雄的身躯高大魁伟，
如同大奥波勒山那样雄壮。

多少个达坂被抛在他的身后，
高山低头弯腰不敢将他阻挡。
头戴白色艾列巨克的山峰留在身后，
犹如亭亭玉立的姑娘。
身材伟岸的英雄，
催动坎库拉神骏昼夜不停。

在骏马如风飞卷的身后，
抛下波涛汹涌的山洪，
留下滚滚的烟尘，
留下清澈见底的湖泊，
留下一个又一个山乡牧村，
留下奔腾不息的江河，
留下宽阔的草场山林。
柯尔克孜雄狮凯耐尼木，
终于来到呼罗珊城附近。

达比塔依派到各地的暗哨，
见到凯耐尼木就缩头缩脑。
谁都不敢与英雄碰面，
就直接去向达比塔依报告消息。

达比塔依也不敢迎战，
他绕上小道悄悄行动。
他抽打着枣骝马的后臀，
朝着塔拉斯方向启程。

城里的新汗王和他的兵丁，
日夜守城分外谨慎。
这天突然不见了达比塔依，
像往常一样来城门骚扰。
不知道这头野兽去了哪里，
心里感到十分纳闷。

凯耐尼木来到城外，
向遇到的人打听达比塔依的行踪。

这些人都摇头回答：
这两天没见到他的身影。
凯耐尼木继续向前追寻，
心想我一定要找到这个杂种。

野心勃勃的扎皮拉，
背着新汗王早已溜出城外。
他在城外心怀鬼胎，
迎接英雄凯耐尼木的到来。

原来这个扎皮拉，
按达比塔依的安排，
在施展恶毒的离间计谋。
他一见到凯耐尼木，
立刻后退弓背弯腰，
如同新娘一样鞠躬。
一会儿又双手贴胸弯下腰身，
如同婆娘一样再三鞠躬。

他害怕自己的阴谋被识破，
提心吊胆，心神不宁，
只是连连点头哈腰，
卑微谦恭，俯首听命。

凯耐尼木见状这样提问：
“新汗王可健康安宁？
他曾派人向我通报，
说达比塔依正把他围困城中。

“达比塔依现在哪里，
扎皮拉，你是否知道详情？
你怎么会来到这里等候，
在城外与我迎面相逢？”

扎皮拉听后流着眼泪，
边哭边说故作悲痛：
“我无比崇拜和尊敬的英雄，

我将知道的情况向你禀告。
我估计你就要到来，
早在路边一直把你等候。

“达比塔依来到这里，
破坏了平民生活的宁静。
他和新汗王勾结在一起，
故意派人向你把信件递送。
说什么这座城市已被围困，
那是用虚假的音讯把你哄骗。

“引诱你来是他们的企图，
然后设法在你饭食中投毒。
达比塔依想要重登汗王的宝座，
继续在呼罗珊作威作福。

“他们俩使的是调虎离山之计，
骗你离开了塔拉斯平原，
让达比塔依趁机偷袭色尔王城。”
扎皮拉滔滔不绝，喋喋不休，
若有其事地编造故事。

凯耐尼木边听边观察他的神色，
觉得他越说越是玄乎，
连说话的声音都变幻莫测，
就命他在马前带路一齐进城。
凯耐尼木心中暗自推断：
“新汗王不会为虎作伥，
看来这是达比塔依的离间之计。”

扎皮拉慌忙走在前面，
他已顾不得自己的仪容。
他只顾耷拉着脑袋想着诡计，
衣襟敞开衣摆在甩动。

眼看他们快要接近城门，
就剩下一马驹赛程的距离。

在达比塔依留下的人马当中，
有个人横握矛枪在路中站立：

“两天两夜已经过去，
我们的人见不到达比塔依。
扎皮拉，你一定知道，
请告诉我达比塔依的踪迹。
假如你不如实相告，
我就不让你回到城里，
不让你进城回到你汗王那里！”

英雄凯耐尼木察言观色，
见扎皮拉咬着嘴唇在挤眉弄目。
仿佛在提醒那人不要坏事，
暗示他身后人就是凯耐尼木。

凯耐尼木假装没有察觉，
故意在此停下脚步。
扎皮拉慌张地大声呼喊：
“这一位就是英雄凯耐尼木。
谁敢挡住他的去路？！”

当他们走近城门之时，
扎皮拉假装向新汗王报喜而放声高呼：
“英雄凯耐尼木已经到来！
快将城门开启请汗王进城！”

城里的所有居民一个没剩，
蜂拥而至，挥泪欢呼。
苦命的新汗王见到了救星，
紧紧地拥抱着凯耐尼木。
半天也没说出一句感谢的话，
豆大的泪珠夺眶而出。

稍后，新汗王对扎皮拉大声呵斥：
“扎皮拉，你真狡猾，
每当顺利的日子你都会提前在场。

你怎么知道，
英雄凯耐尼木何时来临，
又会知道他走哪条道路？

“你一个人出门去到城外，
城外的敌人怎么不对你干涉过问？
你到底来来往往在干什么？
你到底在为谁效力费神？
你是否想背叛凯耐尼木汗王，
是否去向城外通风报信？”

新汗王向凯耐尼木说道：
“我日夜盼望你呀，
我的恩人。
当时达比塔依来到这里，
奋起反抗的是我们多数的民众。
他无法攻占呼罗珊城，
就向伊斯番的方向逃奔。

“后来他又回来只身潜入城内，
有许多人成了他的刀下冤魂。
他召集旧部企图东山再起，
企图重新称王祸害人民。

“确有一些狼心狗肺的坏人，
死心塌地追随达比塔依。
其中有将近一百八十个人，
被我们英勇的百姓把头颅砍去。

“我们出城较量没有成功，
退到城里一直被围困。
这个扎皮拉将自己知道的内情，
写成密信派人送给了敌人。

“达比塔依两天以来，
在他的人马中不见踪影。
扎皮拉同时在城里一起失踪，

长时间未见到他的身影。”

说完他又转向扎皮拉：
“扎皮拉你要老实把话说清，
我现在感到特别奇怪，
你和我恩人凯耐尼木怎么会相逢？”

扎皮拉一时说不出话语，
恨不得能钻入地底下去。
这时所有城外的人们，
也乞求和解要回到城里。

凯耐尼木向他们问道：
“你们谁知达比塔依的行踪？”
这时达比塔依的书记官，
冲出了密扎扎的人群：
“达比塔依的去向，
应该问一问扎皮拉，
他一定知道全部内情。
如果扎皮拉不肯坦白，
我会讲出我知道的事情。”

扎皮拉到了这个时候，
十道泪水流出了双眼：
“英明的汗王啊，凯耐尼木，
请你为我把是非明辨。
汗王和书记官，
互相勾结对我恶意诬陷。
这两个人心中有鬼，
企图向我降下灾难。”

扎皮拉刚刚停下话语，
凯耐尼木这样提醒：
“只要是实话不论谁讲都可以，
不要撒谎，要讲实情。
达比塔依到哪里去了？
一定要把他的去向讲明。

不论你扎皮拉怎样强词夺理，
有了罪责就必须担承！”

书记官把手伸进随身的小袋，
拿出了扎皮拉当初告密的信：
“我的汗王请您看看，
这就是扎皮拉的险恶用心！”
他把达比塔依的回信，
同时递到新汗王手里。

达比塔依在回信中写道：
“当凯耐尼木来到此地，
我就要出马征服塔拉斯。
你要装作欢迎宰羊款待凯耐尼木，
再乘机用毒茶水把他毒死。
他使我失去了昔日的王位，
报仇雪恨是我的头等大事。

“我要占领他的塔拉斯，
将柯尔克孜人斩草除根。
你要统治呼罗珊，
将新汗王和他的子孙后代，
一个不留，全部杀尽。
要把他的智囊和官员的头颅，
统统砍下，碾成碎粉。”

他们当场搜查扎皮拉的小袋子，
搜出了他早已备好的毒药。
在达比塔依被抓住以前，
将扎皮拉投入了阴冷的地牢。

地牢的深度有四十阿尔申，
扎皮拉插翅也无法逃跑。

正义的人们取得了胜利，
新汗王留在呼罗珊城。
英雄凯耐尼木焦急万分，

踏上了返回塔拉斯的路程。

让凯耐尼木和达比塔依，
互相追逐继续前进吧，
我的说唱也会伴随着他们，
始终和他们同步进行。

狼子野心的达比塔依，
白天就没有片刻休息，
夜晚也仍然睡眠很少，
折磨着枣骝马不许停蹄。
好不容易到达了塔拉斯，
开始实施他罪恶的毒计。

现在让我们再听一听，
塔拉斯乡亲们的消息。
自从凯耐尼木离开这里，
壮士们就开始为备战奔忙：
他们将矛尖磨得锋利，
他们将剑刃磨出寒光；
他们将栒子木制成斧柄，
他们将斧头牢牢安装。

他们将铠甲穿在身上，
他们将盾牌挂在背后；
他们将兜鍪扣在头上，
他们将腰带紧紧系好；
他们将战靴蹬到脚上，
他们将狼牙棒横放在马鞍上；
他们将战马拴在门外的木桩上，
他们就这样全副武装。

在野外放牧的老人和妇女，
也随身携带着足够的干粮。

壮士们穿梭在丘陵上巡逻，
少年们守卫在开阔的道口路旁。

顺便放鹰遛犬狩猎，
捕获了许多狐狸和野狼。
他们将长着灰角的雄盘羊猎取，
他们满载猎物而归神采飞扬。
柯尔克孜人起早贪黑不停巡逻，
塔拉斯布下了天罗地网。

达比塔依无法隐蔽偷袭，
与柯尔克孜人正面遭遇。
这个黑心肠的呼罗珊人，
不顾生死，发起了攻击。

壮士们立刻迎了上去，
双方展开激烈的搏击：
这边劈头盖脸刺杀闪电般勇猛，
那方左挥右砍阻挡山崩一样有力；
这方头盔中矛金星四射，
那边脸被划破鲜血直滴。

少年图巴什，英雄别托，
与外来的对手轮流交锋，
当他们精疲力竭的时候，
安特尔和加玛凯上阵接应。

阿克卓勒托依在出谋划策，
奥润拜也指挥着民众。
他们俩并排站在战旗下，
为交战的勇士们呐喊助阵。

上阵的机会轮不到别人，
四个勇士连续进攻。
他们四个人全都一样，
穿着铠甲戴着护胸。

呼罗珊的达比塔依，
此时心生这样的念头：
“他们四人像四个矮子，

我不能将他们当巨人决斗。
我不能被他们纠缠不休，
在这里错过攻击的火候。

“我要先把面对的一人刺翻，
然后继续向前方猛冲。
我要让站在远处的柯尔克孜人，
鲜血像山洪一样流淌。

“我要冲入柯尔克孜人群，
将苦难降临在他们头上。
一旦凯耐尼木追来，
我将不会生存，
只有死路一条。”

达比塔依气势汹汹，
高呼着自己的大名。
对少年图巴什和别托，
再次正面发起进攻。

他直冲到他们跟前，
将他们俩连续刺中。
该诅咒的达比塔依，
让两个少年陷入绝境。

安特尔和加玛凯见此情形，
担心图巴什和别托的性命。
他们如同飞箭般前来救援，
可惜还未赶到，
死神就夺去了两个勇士的生命。

阿克卓勒托依和奥润拜，
高呼着玛纳斯的英名。
让所有的阿拉什人齐冲上去，
眼前犹如铺天盖地的万千黑虫。
少年图巴什和别托虽然死去，
却保住了安特尔和加玛凯的性命。

达比塔依这只野兽，
舔食了两位英雄的鲜血。
在白毡帽的柯尔克孜人群中，
他仍在左冲右突疯狂作孽。

他挥舞着血腥的屠刀，
砍杀着聚集的人群；
他挥舞着罪恶的长矛，
成批地戳着逃跑的人。

烟尘滚滚，天昏地暗，
他的战刀将鲜血沾满。
他让柯尔克孜百姓晕头转向，
宽阔的世界被压小了空间。

在他这样疯狂冲杀之时，
凯耐尼木又在他脑海里浮现：
“已到了他该来的时间，
怎么没见他的战马出现？

“我已经血洗了塔拉斯，
我已经感到心满意足。
趁临近夜晚他未出现，
天黑前我要继续奋战。
等到日落西山，夜幕降临，
我要再去把色尔城攻占。

“如果我不能打进城去，
预计的目标便不能实现。
我就要走向大道，
将凯耐尼木的行踪打探。
如果凯耐尼木还未到达，
我就乘机回马将陵墓砸烂。”

这个害民毁物的畜生，
这个心狠手辣的狂匪，

费尽心思，左掐右算，
预测了凯耐尼木到来的日期。
当天色渐暗他抽身离开人群，
朝着玉曲阔绍依方向窜去。

天边出现鱼肚白，
天色在渐渐发亮。
挤眉弄眼的星星，
慢慢转移到西方。
所有的生灵一个个醒来，
走出野外自由徜徉。
霞光染红了东方天地，
晨雾中露出了灿烂的太阳。

达比塔依眺望节提苏方向，
只见凯耐尼木正朝这儿行进，
胯下的坎库拉马神采飞扬。
看那浑身的铠甲战袍，
看那镀金的精制箭袋，
在阳光之下闪闪发亮。

见到凯耐尼木英雄，
达比塔依的全身上下，
不由自主地不停颤抖。
他无法控制自己内心的恐惧，
心脏“突突”地剧烈跳动。

一时间他在心中这样盘算：
“我要立即向呼罗珊逃命。”
忽而又这样思忖：
“这已到了什么时候，
难道我还要继续逃命？
我最好就在此处埋伏，
用火枪将他射中。

“假如能做到枪响人倒，
我就再次向坎阔勒发起进攻。

“假如我不能把他击中，
我就向康阿依逃命。
呼罗珊再也不会让我安身，
我只有向奥托尔求情。
康阿依和柯尔克孜有血海深仇，
康阿依会容我避难保命。”

愿苍天快为我们做主，
别让我们见到这样的无耻之徒。

达比塔依给奥恰古尔火枪装上子弹，
把点火的火具捏在手中。

他又将瞄准器与准星对成一线，
对准目标目不转睛。
只见凯耐尼木从前方催马而来，
所有的衣扣扣得很紧，
全身上下没留一丝隙缝。
那双眼喷射的愤怒火焰，
熊熊燃烧直冲天空。

达比塔依见此景心中认定，
子弹对凯耐尼木不会中用。
“我射出的子弹若不管用，
不等硝烟消散，
他就会让我毙命。

“我先让他从我前面通过，
我要把坎库拉马的臀部瞄准。
只要把他的坐骑击中，
他就会像飞鸟折断翅膀一样。

“失去坐骑的英雄，
就会成为两腿发软的废人。
不论他平时多么精明强干，
那时他的勇气也将会消失殆尽。”

天生的雄狮凯耐尼木，
感觉胯下的坎库拉举动异常。
在翻越凹陷的山脊之时，
便用马鞭抽打在它身上。
坎库拉骏马一下腾空，
如同离开树枝的雀鹰在空中飞翔。

就在凯耐尼木挥鞭之时，
达比塔依也点燃了火枪。
奥恰古尔枪声响起，
大地随着枪声一阵震荡。

达比塔依的子弹未能命中，
他急忙跨上自己的坐骑，
将致命的黑色长矛，
紧紧地握在手里。

不等凯耐尼木转身，
达比塔依瞬间冲到跟前。
对着凯耐尼木的腰侧，
狠狠地刺出了闪亮的矛尖。

矛尖未能击穿战袍，
却将雄狮的五根肋骨击断。
凯耐尼木对此毫不在意，
他生来超凡出众身手不凡。

他火冒三丈发起冲锋，
高呼着玛纳斯的英名。
假如他身体没有受伤，
一枪就能让对手毙命。

这次在他要戳出矛枪之时，
右手却不能灵活举动。
折断的肋骨咯吱直响，
声音传到他自己的耳中。

命运多舛的英雄，
就这样陷入了窘境。

达比塔依就像条破网的鱼儿，
重获生机，逃之夭夭。
青鬃狼英雄凯耐尼木，
肋骨折断，右手失灵。
达比塔依对此却一点不知，
他一心只想活命，
朝着康阿依方向逃跑。
他还以为凯耐尼木，
不愿意承受追逃之劳。

达比塔依诱骗奥托尔兴兵侵犯塔拉斯

英雄凯耐尼木，
回到柯尔克孜人中翻身下鞍。

看到雄狮归来，
广大柯尔克孜民众围拢上来：
老人和年轻人围上来，
老太婆和老头儿围上来，
男人和女人围上来，
少男和少女围上来，
凡是柯尔克孜百姓都围了上来。

凯耐尼木没有向任何来人，
伸出手来问候施礼。
谁也没有想到，
他的手臂已经无法抬起。

人群中看不见图巴什和别托英雄，
雄狮心中猜到，
他们两位英雄已经牺牲。

他让人们解散各自回家，
不要再在这里聚集骚动。
他要阿克卓勒托依和奥润拜，
安特尔和加玛凯四人留下，
说是要一同商谈事情。

人群很快散去，
四个人留下进屋。
阿克卓勒托依老人开口说话，

流着眼泪悲声倾诉：
“你是白毡帽柯尔克孜的福祉，
请听我这个老头儿从头讲述。

“你临走前的吩咐，
我们句句听从，逐一落实。
达比塔依侵入我们的领地，
我们的反应也很迅速。

“安特尔和加玛凯，
少年图巴什和别托。
为了民众的尊严和安危，
轮流上阵连续交锋，
打得达比塔依睁不开眼睛。

“这个猪狗不如的家伙，
恼怒不已，气势汹汹。
少年图巴什和别托勇士，
被他用矛枪连连刺中。

“加玛凯和安特尔勇士策马前去营救，
可没等他俩冲锋上阵，
图巴什和别托已被夺走了生命。
当场的民众蜂拥而起，
才帮助加玛凯和安特尔脱离了险境。

“那个丧心病狂的野兽，
嗜血的本质恶性发作。
他对柯尔克孜人群挥起了屠刀，
他让柯尔克孜人血流成河。

“天黑以前，
他杀害的百姓平民已经很多。
我们组织大家反抗，
只能边打边撤。

“天亮以后，

再没有见到达比塔依的身影。
他可能是看见你已返回，
不敢交锋，仓皇逃命？
或者他在某一个地方藏身，
伺机偷袭蠢蠢欲动。

“你是柯尔克孜人的救星，
有了你才有大家的平安。
你的到来正是时候，
玛纳斯的英灵将时刻与我们相伴。”

听完阿克卓勒托依的诉说，
凯耐尼木下达命令：
“你不要等候，赶快行动，
对边界进行严密巡逻，
再不能让他杀害我们的无辜百姓！”

凯耐尼木让他们上马启程，
然后把绮妮凯请进帐中。
当年杀死居仁朵的时候，
曾缴获过很多药品。
他让绮妮凯从大褡裢里，
把治疗骨伤的药品选中。

首先是阿普①和萨普②，
让她磨成粉末在伤口上涂敷。
再把艾别普③和赛别普④，
这些能帮助伤口愈合的药品吞服。
还有从盒子里取出的库巴特⑤药，
用餐时和饭一起吞服。

将母盘羊的筋肉切碎，
浸泡在塔尔特什药中内服。
让人精心包扎伤口，
勤快换药，不曾耽误。

①②③④⑤ 均为古代柯尔克孜族民间药名。

就这样过了九十天，
经过了三个月的精心医护，
折断的肋骨终于痊愈，
没留伤痕，完全恢复。

这次又不慎被达比塔依击断肋骨，
想起这些他感到是莫大的耻辱，
他没有告诉任何人。

日出日落，他心事重重，
今天他已完全恢复了元气。
天刚亮他就穿戴甲胄身背铁棒，
稳坐在坎库拉马背上扬长而去。

“我要去呼罗珊找到达比塔依，
把这个害人恶魔彻底除掉。
如果在那里见不到他，
就到康阿依把他寻找。
如果我不把他除掉，
他还会找来狂徒把这里骚扰。

“好几年我未去看望交达尔大伯，
也不知他过得怎么样？
我这次也要去顺便探望。

“在叶尔羌、和阗和罗布泊，
在哈密和吐鲁番广阔的地带；
在巴里坤、玛纳斯、阿尔泰，
在伊犁、特克斯、木扎特，
在巩乃斯和吉利德孜草原。

“在阿孜克、阿热勒、库马热克，
在它背面的伊塞克湖畔，
在连绵不断的天山山脉，
在天山的南坡北坡。
在酷热得令人难以喘气的狭长地带，

在喜马拉雅山跟前。
在克什米尔以北的草原林海，
一共居住着六十个部落，
共同组成的阿拉什联盟名扬四海。

“玉尔凯尼奇还有柯尔克孜人，
在拉木达坂的半山腰上，
居住着白毡帽的克依巴部落人。
在巴达克山和巴勒克，
居住着友好睦邻塔吉克人，
还有卡拉卡勒帕克和土库曼人。
在那边的六个城和安集延，
还有纳曼干、塔什干、撒马尔罕的同胞。

“已经过去了多少年，
我都没有去看望他们。
我这次要去所有地方，
把达比塔依的行踪搜寻。

“我要保卫阿拉什的和平，
我要把祖先玛纳斯的事业继承。
等到民众的和平得到保证，
我凯耐尼木才能舒展四肢，
高枕无忧，睡觉安宁。”

威武雄壮的青鬃狼，
一路想着天下大事，
朝着呼罗珊方向驰骋。

他翻越过节提苏的达坂，
他穿过节迪盖尔的村庄，
他经过布哈拉和土库曼，
他走过许多部族居住的地方。

他沿着别特巴克的山峦，
在这些居民区中串村走乡。
他所到之处留意体察，

富人和穷人们的生活情况。

他穿行在巴达克山和巴勒克，
塔吉克和玉尔凯尼奇的居民中间。
他顺着卡拉套连续行进，
在中途他一直没有下马住宿。

他经过克什米尔的山弯，
他走过和阗和池尼的河谷，
他走过叶尔羌和喀什噶尔城，
他走过阿热勒和阿孜克的坦途，
他走过罗布泊边沿的碱滩，
他走过骆驼商队的小道，
走上了运输绸缎和茶叶的老路。

凯耐尼木骑着坎库拉马，
经过棉花般雪白的盐碱荒滩，
走过干燥酷热的无垠戈壁，
又将流沙成丘的大漠横穿。

他连续走过吐鲁番和哈密，
将巴里坤和玛纳斯城仔细查看。
他来到别失巴勒克①，
悄悄向当地人把消息打探。

他沿着阿拉套山脚，
向着阿尔泰挺进。
他在一片丘陵中急行，
一刻也不停顿。

他来到萨勒巴尔德山脚，
又登上萨日卡依克的山脊。
他举起了千里眼远眺，
观察着远方的天地。

① 别失巴勒克：柯尔克孜语，地名，即别什八拉城。

只见库兰的黄色河滩，
在它的东部边沿，
在阿尔泰的喀纳斯湖畔，
在那白桦林的前端，
飘动着黑旗一面。

号角在嘟嘟鸣叫，
战鼓在咚咚擂响。

无数的红色小旗，
盖天铺地攒动摇晃。
密密麻麻的兵马，
踏得大地震荡。

忽然尘土飞扬，尘雾迷漫，
天昏地暗看不到太阳。
周围的一切变得模糊，
千里眼也失去了它的用场。

凯耐尼木往近处一看，
许多各色各样的大包小包，
散落在各个山谷河滩。
许多妇女和儿童，
慌乱地穿行在中间。

“这不是哈萨克乡亲吗？
这些长年宁静生活的百姓，
不测的灾祸降临在他们头顶。”

凯耐尼木放开缰绳，
他催动坎库拉疾驰如风。
树林向身后闪去，
衣摆在风中飘动。

他就这样赶到那个地方。
那里约有四五十人，
都是儿童和女人。

当凯耐尼木到来的时候，
他们所有人都趴在地上，
泪水汪汪涌出眼眶。
没有人张口发出声音，
好像舌头都堵在咽喉上。

这时有一个中年妇女，
起身张开双手伸向两边，
将四五岁的两个男孩，
拉到自己身边。

“她声泪俱下地哭诉道：
人常说‘男人遭遇险境的时候，
老婆会被抛在路边，
小孩会被抛在半山。’
以前我认为这是谎言，
这话语今天在这里应验。

“你们父亲不回头看我一眼，
也不想让你们为他血脉承传。
你们中的一个他也不带，
抛下我们在此遭受劫难。

“你们看这个呼罗珊的魔鬼，
张牙舞爪追到这边，
把我们逼到这般绝地，
如同堕入万丈深渊。

“我的孩子啊，祸水流来，
要活，我们就一起逃向高地，
要死，我们就躺在同一个坑里。”
那个女人唠唠叨叨，
抱着两个男孩准备逃离。

这时凯耐尼木这样说道：
“我不是呼罗珊人，

我是柯尔克孜的凯耐尼木。”

一听说凯耐尼木的名字，
那女人不禁一阵发愣。
目瞪口呆，全身僵硬，
盯着凯耐尼木目不转睛。

那女人一会儿又恢复神志，
用怀疑的话语试探来者的实情。
她认为早晚都得一死，
就壮着胆子想把真相弄清：

“我好像听错了你的话语，
请你再告诉我你的真情。
我没有弄清你是什么人，
我没有听清你的姓名。”

“我的名字叫凯耐尼木，
我来自辽阔的塔拉斯。”

那女人听到英雄的大名，
乐不可支，情自心生，
眼泪如同激荡的湖水奔涌而出：
“青鬃狼英雄汗王啊，
我感谢苍天今日开恩，
让我终于见到你的面容。

“六十个部落的大阿拉什，
是我们广大民众的依靠。
我们为了摆脱生命危险，
无奈才向各个山谷逃跑。

“我们是英雄阔克确的部众，
是祖祖辈辈生活在这里的哈萨克人。
哈萨克和柯尔克孜是骨肉至亲，
困难时都祈求玛纳斯的神灵英魂。

“我们在一年以前就听说，
有一个呼罗珊人，
曾向英雄凯耐尼木挑战，
被打得招架不住仓皇逃命，
要向康阿依汗王奥托尔投奔避难。

“不料就在六天以前，
我们遭到了空前的劫难。
我们的阿寅勒来了一个人，
胯下的枣骝马似一头大象，
他的身躯像大山一般。
他不问这里居住着什么部落，
就将六名青壮年的头颅砍断。

“这位嗜血鬼还狂妄宣扬：
‘我的名字叫达比塔依，
是呼罗珊的汗王。
凡是与阿拉什交往的人，
我都要把他们的血液喝光。’

“‘我身后有众多的兵马，
我是先来打探情况。
我来阿寅勒首先碰到哪个，
就把他的鲜血品尝。
阿拉什人给我降下苦难，
让我历尽艰辛饱经风霜。
你们要做好充分的准备，
盛情款待我尊贵的奥托尔汗王。’

“我们对达比塔依以酒肉相待，
想方设法拖延时间。
不论我们倒多少酒，
也未能把他醉翻。
他命令我们做好准备，
便翻身上马原路回返。

“等他离开以后，

我们立刻向四处派人，
传送恶魔来犯的消息。
通知乡亲们赶快逃命，
要刻不容缓，十万火急。

“男人们就这样四处逃散，
提心吊胆、惶恐不安。
对老婆和孩子，
没有一个敢回头瞧看。
我们找不到安身之处，
到处悲号，泪水涟涟。”

听完那女人的诉说，
凯耐尼木在心中认定，
途中见到的那些人马，
原来是卡勒玛克兵丁。
凯耐尼木向周围招呼：
“大家不要害怕，赶快集中过来。
我就是柯尔克孜的凯耐尼木。”

妇女和小孩一个不落，
所有的人都围拢过来。
大约有七十个人，
个个转悲为喜，愁眉展开。

乡亲们兴奋地奔走相告：
“为了营救族人同胞，
英雄凯耐尼木已经来到！”

他们呼唤着彼此的名字，
将躲藏的乡亲们四处寻找。
遇上骑马的人，
就叫他返回各地通报。
让乡亲们返回阿寅勒，
各自回家安心睡觉。

凯耐尼木没有留宿，

扬鞭策马，疾驰而去。
有一个人行色匆匆，
与凯耐尼木迎面相遇。

不等凯耐尼木开口说话，
那人便慌里慌张，浑身战栗。
好像死神降临身边，
已经俘虏了他的身体。
他不敢掉头逃跑，
双腿好像被捆在一起。

这个不懂语言的家伙，
不会用柯尔克孜语问安。
他不敢正眼看人，
目瞪口呆，畏缩不前。

“你从哪里来？
你是什么人？”
凯耐尼木厉声发问。
那人这样回答：
“奥托尔和达比塔依，
派遣我来通知这里的人，
让他们准备好宰杀的牲畜，
让他们全体出动，
家里不能留人。

“他们让我通知完就回去复命，
我不惜马力忙赶路程，
就是为了这样的事情。”

此时凯耐尼木说道：
“喂，你这个差役，
你快回去，
向奥托尔转达我的话语。
就说路上遇到一个人，
长着一副黄脸蓝眼，
骑着黑鬃的坎库拉骏骥。

“你告诉他们，
给一个流亡者和他的支持者留宿，
这里哪有毡房专为他们支起？
他们还要宰杀牲畜吃肉，
哪里有没主人看管的牲畜？

“奥托尔听信达比塔依前来挑衅，
难道这里的百姓软弱可欺？

“让他快返回自己民众中间，
守候在自己的城市里边。
让他不要无事生非，挑起事端，
将平静的哈萨克阿寅勒搅乱。

“我要骑马找他们算账，
我就会到达他们面前。
我的名字就叫凯耐尼木，
你快去向你的汗王报传！”

那人一听到凯耐尼木的名字，
直吓得气短脸黄，
额头的青筋顿时绷紧，
差一点儿气绝身亡。
他不敢抬头张望，
就像偷吃了牛奶的狗崽一样，
低着头儿心跳发慌。

他虽然张开了嘴巴，
却不敢往外出气。
浑身没有热气，
上下变得冰凉。
他气脉不通，肚皮鼓起，
呆头呆脑，身体发僵。

“喂，你还不催马动身，
难道没有听到我让你返回的指令？”

那人这才明白放他回去，
忙举起马鞭想抽打坐骑，
慌乱中却打在自己的头上，
痛得他倒抽了一口凉气。
他慌慌张张掉转马头，
一溜烟跑得不见踪迹。

他在睁眼闭眼的工夫，
赶回到自己的队伍跟前。
他一见到自己的人马。
全身流汗，浑身酥软。

“我的汗王奥托尔，
我有要言向你禀报。
你们派我到前面的哈萨克那里，
吩咐我向他们发出通告。
让他们支起毡房宰杀绵羊，
让我统计毡房和绵羊的数量，
再返回这里向你报告。

“我为了执行你的命令，
马不停蹄快速行进。
可万万没有料想，
死神在我面前降临。

“在途中我遇到了一个巨人，
见到他的身影我就胆战惊心。
那人的一副长相呀，
请容我在此禀陈：

“他身躯高大如同单峰骆驼，
他骑的是黑鬃黄褐色神骏。
他穿着铁制铠甲，
奥勒波克战袍披在身上。
他如同饿虎搀跳不羁，
他比蛟龙还勇猛十分。

“他手中握着锐利的长矛，
他腰间佩戴着色尔宝剑。
他狼牙铁棒横放在鞍前，
铮铮发亮的月牙战斧斜插腰间。

“他各种兵器携带齐全，
样样精良，令人惊叹！
我从小到大直到现在，
还从未见过谁这样威猛如山。

“他黄色的皮肤，
蓝色的眼睛，
双眼仿佛燃烧着火焰。
他的相貌非同凡人，
他的脸面如同珠光闪闪。
像他这样英俊的人，
一定是天神降生到人间！

“见到他身影的瞬间，
就吓得我魂飞魄散。
他让我返回自己的队伍，
快向汗王把消息递传。

“他说他的名字叫凯耐尼木，
让我回来要禀报周全。
他说你竟然讨好一个流亡者，
这样的汗王必遭推翻。

“尊贵的汗王，
我想借这个话题把疑问说完。
请问来这里的达比塔依，
是否是从别处逃来避难？

“假如全天下的人都行动起来，
都来和凯耐尼木作对。
我料想这个凯耐尼木，

也不可能被对手击翻。

“他不胖不瘦十分精干，
他身材高大又敏捷矫健。
他如同巍峨的高山，
凡人无法将他推翻。
他具有钢铁般坚强的腰杆，
凡人无法将他折断。”

听到信差的一番话语，
达比塔依感到有伤尊严。
他气急败坏抢先开口，
对信差发出一顿责难：

“你只不过是奥托尔的一个奴仆，
不要在这里胡说八道。
那个凯耐尼木算得了什么，
我怎么可能被他赶跑？
你为什么对他这样赞不绝口，
将凯耐尼木极力夸耀？”

那个受到责备的信使，
听到达比塔依的恶语心中不服，
毫不客气地反唇相讥：

“呼罗珊人达比塔依，
你有什么资格故装勇敢？
你凭什么站在这里，
信口开河夸夸其谈？

“假如你稳坐在汗王的宝座，
将自己的城郭牢固掌管，
那你作为我们的座上客，
说出的话语也情有可原。

“如今你却是逃亡在外，
到处流窜哀求避难，

没有快乐的小孩在你身边，
没有可爱的妻子将你陪伴。

“往日让你开心消遣的人，
如今都不跟在你的身边。
你竟然还装腔作势大喊大叫，
你没有一丁点人格尊严！

“你一听到凯耐尼木的名字，
就心惊胆战，魂飞魄散。
你没有英雄应有的气魄，
你不敢与他正面交战。

“你像只癞皮狗一样摇尾乞怜，
你还有什么汗王的尊严？
你心中没有别的念头，
就怕死神出现在你的眼前！”

那信使振振有词，
达比塔依举目无亲孤立无援。
那信使对凯耐尼木的夸赞，
更让达比塔依感到死神就在眼前。

此时奥托尔也实在看不过去，
对那信使大声斥责：
“你简直是昏头昏脑，
你不要胡言乱语，信口雌黄！
你的话千万不要传到士兵们的耳根！

“凯耐尼木并非那样威武雄壮，
更不是无人可以战胜。
凯耐尼木现在在哪里？
你给我带路去看一看他的动静。”

卡勒玛克首领奥托尔和达比塔依，
气势汹汹立刻启程。
他们一路策马狂奔，

马蹄踏得山摇地动。

达比塔依心中恐惧，
忐忑不安，不知所措。
奥托尔从未见过凯耐尼木，
他跃跃欲试，风风火火。
跟随他们的众多人马，
呐喊助威犹如狂潮怒波。
奥托尔在心中忖忖：
“凯耐尼木见了我们定会失魂落魄。”

此时正值凉爽的秋天，
前面是一片开阔的平原。
奥托尔他们出了山口，
恰好与凯耐尼木迎头相遇。

倒行逆施奥托尔自取灭亡

凯耐尼木见到达比塔依，
就将红色战旗插在地上。
他要展开一场苦战，
不惜将自己的生命，
系在一根马鬃之上。

雄狮般的英雄凯耐尼木，
面对两个朵[①]毫不畏惧，
面对死亡他决不退缩，
向着仇敌直冲而去。

他催动坎库拉骏马，
身后尘土滚滚，如刮飓风。
他挥舞起手中的矛枪，
寒光闪耀，山摇地动。
他向达比塔依发起冲锋，
决心将他一枪击中。

豹子般的英雄勇往直前，
迅速冲到达比塔依跟前。
不等对方挡回矛枪，
一枪将他从马背上刺翻。
奥托尔即刻赶来，
将达比塔依救出了死亡边缘。

不论达比塔依怎样自我吹嘘，
今日却败露在世人面前。

① 朵：柯尔克孜语，意为巨人。

奥托尔晃动着肥胖的身躯，
向凯耐尼木发出问声：
“我不曾见过你这样的人，
你与他为何这样仇怨深重？
我看你的生命被仇恨折磨，
怒火中烧，热血沸腾。
我的名字叫奥托尔，
请问你的尊姓大名？”

“我知道你是奥托尔，
我凯耐尼木就在这里。
达比塔依是我的仇人，
我正走遍世界各地，
寻找这个逃亡的奴隶。
我今天终于找到了仇敌，
遇上了报仇雪恨的好时机。

“是汗王还是平民百姓，
请详细告诉你的来历。
讲明你的民众是什么人？
说明你的故乡在哪里？
你不要隐瞒，如实讲清，
你为何扶助达比塔依？

“呼罗珊的达比塔依，
总是对柯尔克孜伸出魔爪。
他胸怀敌意，用心险恶，
不时到我的部族杀戮骚扰。

“我没有去侵占他的地盘，
他却贸然常对我进犯。
只要他返回自己的家园，
我决不会追踪在他的后面。

“我看你刚才的行动，
肯定是受到了他的欺骗。
即使你和他联手出兵，

我也无所畏惧敢于应战。
假如你将那逃亡者交给我，
然后原路返回家园，
我不会再对你说出怨言。

“只要是冒犯我的人，
我一定将他砸个稀巴烂。
凡是不冒犯我的人，
我一向对他秋毫无犯。
我再没有别的话语，
这些都是我忠告的语言！”

听到凯耐尼木的一番话语，
卡勒玛克首领奥托尔怒火满腔：
“你问我是百姓还是汗王，
你的问话多么狂妄！
我来自辽阔的康阿依部族，
我是管理百姓的汗王。
席别、索伦、满洲人，
还有那些安洲人，
都要服从我的权杖。

“高山放牧的柯尔克孜人，
你们的情况我早就了如指掌：
你们被叫作布鲁特，
这个称呼在我们先人中早就传扬。

“呼罗珊的达比塔依，
寻求避难把我投靠，
是因为我奥托尔大名鼎鼎。
凯耐尼木，
如果你要来和我较量，
就会枉送了你的性命！

“卡勒玛克和布鲁特人中，
死去了许多英雄，
死去了许多雄狮巨人和汗王，

几乎让人难以数清。
凯耐尼木，就在你手中，
还死去了很多平民百姓。

“就说最近发生的事情，
你杀死了奇克台汗王。
还有铁大衣的夏勒克玛特，
铜肚脐的克克玛特，
大耳朵乔云阿勒普，
三个人连续在你的手下毙命。

“为了讨还父亲的血债，
萨克塔和萨然加两位少年，
一起死在了你的手上。
为了支援他们，
塔吉克的铁米尔别克，
伊斯番的阿恰汗，
又一起献身阵亡。

“黄脸死神凯耐尼木，
有多少汗王在你手中送命。
我为了替众人报仇雪恨，
特地从康阿依跨马启程。
我本想到塔拉斯把你找寻，
是死神把你驱赶到这里，
让我们在这阿尔泰狭路相逢。

“我要让你鲜血流尽，
我要将所有布鲁特洗劫一空。
我要把布鲁特的色尔都城彻底摧毁，
我要把塔拉斯草原踏平。
我要找到玛纳斯的尸骨，
挖出来抛在荒野之中。

“我要砸烂你堂皇的宫殿，
将你们的姑娘作为战利品带回兵营。
凯耐尼木，如果你想知道的话，

这就是我这次专程前来的决心和初衷。

“我拥有五个部落的民众，
我应有尽有，天下无敌。
不要说你们一群布鲁特人，
就是想屠杀契丹人，
我也是举手之劳。
不要说毁灭俄罗斯人和巴攘人，
我有征服所有人的势力！”

奥托尔如此口吐狂言，
凯耐尼木这样回应：
“你奥托尔卡勒玛克原来如此，
你的本性像野兽般毒辣凶狠。
你扬言要把俄罗斯人，
契丹人和巴攘人杀绝斩尽。
你以为这样的恐吓，
就能使我胆战心惊退缩不进？

“我要打掉你的嚣张气焰，
我要追赶到你出生的家门。
我要捣毁你的巢窝，
将你的血液放尽！”

雄狮英雄就这样发出怒吼，
挥动着手中的矛枪。
高大如山的卡勒玛克，
也没有丝毫畏缩退让。

凯耐尼木高呼着玛纳斯的口号，
向着卡勒玛克直冲而上。
他身后扬起的尘土，
犹如迷雾漫天遮盖了战场。

凯耐尼木和奥托尔短兵相接，
展开了激烈的较量。
他们用矛枪猛烈攻击对方，

又都被对手成功堵挡。

战马踏地嗒嗒作响，
矛枪相击铿铿锵锵。
他们的呐喊声犹如雷鸣，
让人们浑身战栗心中发慌。
那些胆小如鼠的胆小鬼，
一个个吓得尿湿了裤裆。

他们的矛枪折断了矛尖，
又用战斧将对方劈砍。
他们不惜性命，
拼杀得天昏地暗。
任凭多少把刀断剑毁，
他们依然没有休战。

战斧斧背被劈开了大口，
锋利的刀刃早已翻卷，
头戴的兜鍪多处破裂，
腰系的铁链腰带也被拉断。

雀眼网状的铁衣，
撕开了条条裂缝，
布鲁姆布制成的防弹战袍，
遍布刀痕深深浅浅。
衣领和衣袖一个不剩，
身上的所有披挂，
被撕扯成了碎片。

英雄们将弯曲的矛枪，
压在黑色岩石下矫正。
转身又驱马上阵，
片刻也不曾休战。

他们的吼声如同大地滚雷，
他们的英姿令人眼花缭乱。
他们像巨龙一样咆哮，

他们的威风让人心惊胆战。
那些观战的人们无不哀叹：
“这世界的末日已来到面前。”

夜幕降临，夜色茫茫，
他们在血战中迎来晨光。
他们豁出了自己的性命，
只管向对方击出矛枪。

他们越战越凶猛，
你进我逼，毫不相让。
一心只想把对手打倒，
在黑色土地下把对方埋葬。

枪断剑折，没了武器，
两位英雄又跳下马背徒手较量。
他们卷起自己的衣摆，
活像公牛一般你推我搡。
他们像公驼一样凶狠冲撞，
欲一决高低，制伏敌方。

就在这双方僵持不下的时候，
奥托尔突然使出浑身力气，
将凯耐尼木推向后方。
奥托尔瞅准了后面的山冈，
想把凯耐尼木绊倒在那个地方，
然后压在身下砍下头颅。

他一边推搡着猛虎凯耐尼木，
一边像公马一样咆哮，
又一口咬住了凯耐尼木的臂膀。

此时奥托尔心中盘算：
“我要咬紧他的臂膀，
死死抱住他的腰际，
不让这个布鲁特人扭头发觉，
将他推搡到他身后的山冈。

"我再把他仰面朝天绊倒，
狠狠摔在那巨石之上。
乘他手足无措的一刹那，
用宝剑砍下他的头颅，
用绳索穿过他的腮帮，
然后拴在我的马鞍后，
拖回到我的营帐。"

奥托尔的阴谋诡计，
英雄凯耐尼木早已察觉明白。
他不给奥托尔得逞的机会，
双手紧抓着奥托尔的腰带。

他大吼一声把对手举过头顶，
就像举起装满麦草的口袋。
英雄高呼着玛纳斯的口号，
将奥托尔使劲旋转，
然后向身边的黑岩上狠狠猛摔。

摔在黑色岩石上还有救吗？
奥托尔就像被摔碎的瓷瓶，
粉身碎骨，颅开血溅，瞬间毙命。

卡勒玛克人失去奥托尔，
无不万分悲痛。
正当他们不知所措的时候，
达比塔依发出命令：
"卡勒玛克，要准备进攻。
你们有八万人马，
他孤身一人，
你们不要吝啬自己的生命。

"我和他势均力敌，
我要亲自上阵和他交锋。
你们要一起围攻，
活捉这布鲁特的吃人妖精。

所有活着的人要全体出动，
为死去的汗王们报仇雪恨，
为卡勒玛克勇立战功！”

在场的喀拉契丹，
卡勒玛克人和康阿依人，
都听从了达比塔依的命令，
像无数乌鸦似的发起了冲锋。
只有席别人原地不动，
没有起身参加进攻。

面对铺天盖地的兵丁，
凯耐尼木也奋起反攻。
挥舞着长枪短剑，
如同巨龙般凶猛。
他冲入人群，
将蚂蚁般的敌兵驱赶。

卡勒玛克的兵丁“哇哇”哀号，
他们互相踩踏死伤惨重。
英雄凯耐尼木如秋风横扫，
令四散的敌兵躲闪不及。

席别人此时趁机而动，
牵走了无数失去主人的坐骑。
战场上一片天昏地暗。
这场战争给卡勒玛克人，
造成了巨大的灾难。

幸存者来到达比塔依跟前，
吵嚷着发泄对他的埋怨：
“都是你这个丧门星达比塔依，
搅乱了我们往日的安宁。
你说你要亲自上阵，
鼓动我们展开围攻。

“可当我们冲锋在前之时，

你却稳站高坡按兵不动。
像你这样流浪的灾星，
只会给我们带来不幸！

“凯耐尼木还会来找你，
你还是尽快离开这里，
不要再让我们看到你的踪影！

“我们失去了英明的汗王，
失去了百姓依靠的苏勒坦。
奥托尔这样悲惨地死去，
罪责难逃的达比塔依，
是你带给我们无尽的悲伤！”

就在此时，
一队席别人急忙将两千匹马驱赶，
来到猛虎英雄凯耐尼木面前。

这其中有个席别人叫作仝明，
他向凯耐尼木这样开言：
“远道而来的凯耐尼木，
我仝明来到你跟前。
感谢你让那些挑衅的疯狗，
一个个受到惩罚全都完蛋。

“在空吾尔巴依和玛纳斯在世时，
席别人向卡勒玛克人俯首称臣。
倾巢出动与玛纳斯交锋，
在战争中很少生存。

“当时我们虽然有几万大军，
但未能把对手战胜。
虽然经历了无数战斗，
但未留下席别的英名。

“打仗由卡勒玛克人指挥，
我们席别人充当了炮灰。

根据我们长辈的传说，
从此席别人威风扫地，
万念俱灰。

“奥若克克尔和勃孜凯尔提克，
都已经一命归天。
你凯耐尼木和奇克台汗，
展开了空前的苦战。
前去支援他的六名勇士，
也被你杀死无一生还。

“今日我们来到这里，
是奥托尔的强迫命令。
当他们的兵马向你发起围攻之时，
我们席别人没有出动。
我们将失去主人的卡勒玛克战马，
一匹没留，全部收容。

“凯耐尼木汗王，
我们没有逃跑，没有妄动。
假如你要抽出利剑砍向我们，
我们也会伸出脖颈。
你要我们做什么事情，
我们都会言听计从。

“我们席别人已与卡勒玛克人分离，
摆脱了他们的操纵。
我仝明来到你面前，
是将我们的情况向你禀陈说明。”

此时英雄凯耐尼木对仝明这样回应：
“你仝明来自席别，你讲的话语我已听清。
你们把失去主人的卡勒玛克战马，
全部收容集中。
你们要和卡勒玛克人分离，
这样的决心是否下定？

“别人不来触犯我凯耐尼木，
我凯耐尼木也绝不会触犯别人。
假如谁胆敢像奥托尔那样冒犯，
我定叫他粉身碎骨，成为齑粉。

“如果你所说的全是心里的话，
确实没有半点虚假，
那么这些失去主人的卡勒玛克战马，
就算我对你们的回赠。
我不能因为战胜了奥托尔，
就把这些马匹作为我的战利品。”

席别人将马匹赶走之后，
又来了成群结队的索伦人，
他们向凯耐尼木请求饶命，
凯耐尼木也予以恩准。

直至今天，
席别人和索伦人脱离卡勒玛克人，
这个事件就是重要的起因。

席别和索伦人就是这样，
实现了与卡勒玛克人分道扬镳。
从此，死亡的威胁，
就全落在了达比塔依头上。

失去汗王的卡勒玛克人，
将达比塔依当作依靠。
如今面对英雄凯耐尼木，
他们都不敢上阵，
只有可怜地张望。

他们感觉到死神正在揪扯着衣领，
心中焦急慌里慌张，
面对困境手足无措，
不知道出路在什么地方。

达比塔依袭击奥托尔后宫
众汗妃奋起反抗

呼罗珊的达比塔依，
好不容易熬到傍晚。
当夜幕降临的时候，
他不顾一切仓皇逃窜。

凯耐尼木在耐心等待，
直到太阳升起在东方，
他仍然等不到任何回应。
就对他们喊话询问端详：

“卡勒玛克人，康阿依人，
你们为何在消磨时光？
我要求你们明确回话，
你们是想和我打仗，
还是没有力量再和我较量？
怎么不见达比塔依的人影，
要明确告诉我他在什么地方。”

听到凯耐尼木的话语，
人群里传出哭声一片。
卡勒玛克和康阿依人，
无不流下眼泪，
叽叽喳喳诉苦诉难。
其中一个人来到凯耐尼木面前，
代表众人倾诉他们的真情实愿：

“我们把你们称之为布鲁特，
祖宗几代曾向你们挑起血战。
他们长途跋涉历经艰辛，

耗尽了多少民众的财富，
死去了多少英雄好汉。

“我们的汗王首领们，
不安分守己，
不看护家乡。
总爱率领众多的兵马点燃战火，
去进犯你们制造祸殃。
结果总是败北而返，
劳民伤财，损兵折将。
继而又纠集兵马妄图报复，
去扰民杀人，掠马抢羊。
席别人、索伦人今天离去，
就因为不愿再犯下罪孽。

“这次我们卡勒玛克人，
腰杆已折元气大伤，
奥托尔死去我们没有了靠山。
我们的汗王奥托尔走向不归之路，
就是受达比塔依的诱骗。

“如今达比塔依这个卑鄙小人，
又把我们推向了死亡的深渊。
他蛊惑我们同你交战，
他竟然无耻地抛弃兵马独自逃窜。
我们这些失去汗王的可怜人，
向英雄你啊诉说我们的屈怨。

“你若想把我们斩尽杀绝，
我们愿将头颅伸过来。
你若要黄金和珠宝，
我们就装满皮囊给你送过来。

“你若需要什么牲畜，
漫山遍野的牲畜都归属于你。
你若要漂亮的姑娘作战利品，
我们宫中的美女任你选娶。”

凯耐尼木对他们说道：
“你们的美女和牲畜，
你们的金银和珠宝，
我一样都不要。
我只要找到达比塔依，
我要向他把血债追讨。
达比塔依逃到哪里去了？
我要你们如实报告。”

“昨日天黑以前，
达比塔依还在我们中间，
他不停地给我们煽风点火，
他扬言天亮就要与你决战。
等到今早天亮一看，
他的身影已经不见。
这个言而无信的骗子，
我们确实不知他向哪里逃窜。”

他们纷纷表示遗憾，
凯耐尼木给他们留下诺言：
“你们可以各自返回，
安心劳作，守候家园。
假若你们对我心怀怨恨，
被死神驱使再向塔拉斯进犯，
无论你们何时到达，
我都会在那里随时应战！”

无所畏惧的凯耐尼木，
说完话策马而去。
他估计绝望的达比塔依，
很可能又偷偷去袭击塔拉斯。

仓皇逃跑的达比塔依，
马不停蹄一路急行。
他来到了奥托尔的宫廷里面，
压低腔调，低声命令：

“我们已被凯耐尼木打败，
我专程来解救你们出城。
你们赶快把布鲁姆衣服穿上，
赶快挑选快马骑乘。

“奥托尔已经逃往了印迪斯坦，
布鲁特人很快就会杀到这里，
你们快随我一同启程。”

奥托尔共有六个妻子，
达比塔依一个劲地催促着她们。
让她们穿上珍贵的大衣，
让她们骑上快马立即出门。
让她们携带所有的钱财，
跟随他匆匆启程向城外逃奔。

奥托尔有一个年轻妻子，
名叫凯林吉尔。
她是一位美妙绝伦的女子。
达比塔依的真实意图，
就是带走这位美人凯林吉尔。
至于其他五个女人，
他只想掠走她们的财物，
然后再寻找合适的时机，
把她们抛弃在荒野之中。

他们走了一夜的路程，
警觉的凯林吉尔在心中思忖。
许多往事浮现在她脑海中，
她仿佛看透了达比塔依的野心：

“看来奥托尔已经丧命，
我们六个已成为寡妇。
呼罗珊的达比塔依，
似乎有霸占我们的企图。

“他想挑选我们其中的一个，
将其他人抛弃在中途。
他要带着这些钱财，
打算逃亡到印迪斯坦。”

凯林吉尔将自己的发现，
告诉了其他姐妹，
和她们分别通气密商。
他们一路翻山越岭，
到了第二天天黑的时候，
他们住宿在一个地方。

达比塔依对凯林吉尔说道：
“今晚我们俩住在一起，
鱼儿游水不会留下印痕。
我每晚和你们其中一个人同居，
谁也不会向奥托尔吐露底细。

“我和奥托尔已经约定，
大家将在印迪斯坦汇集。
我会把你们大家，
平安带到他的住处。”

当达比塔依这样说的时候，
那六个女人像发疯一样，
扑向达比塔依厉声叫嚷：

“你这个该死的家伙，
是你将奥托尔引诱到那里，
让凯耐尼木将他杀死，
让我们变得无靠无依。

“你现在又在欺骗我们，
每天让我们一人和你同居。
你这个卑鄙无耻的淫棍，
妄图将我们六姐妹奸污。
你是一个穷凶极恶的家伙，

傻瓜也不会听信你的花言巧语。

“你看中的是凯林吉尔的美貌，
你喜欢她的细皮嫩肉。
你以为她的被窝温暖无比，
你企图将凯林吉尔抢走。

“你还想把装满褡裢的钱财，
让我们帮你带走，
你想逃到印迪斯坦，
花天酒地尽情享受。

“你企图抢走凯林吉尔，
那是你的痴心妄想。
凯林吉尔是个充满智慧的贞洁女子，
怎能屈嫁给你这个无耻小丑。
我们要割下你骨头上的每块皮肉，
把你像牛粪一样踩在脚下！

“与其让你把凯林吉尔抢走，
我们还不如将她送给凯耐尼木，
以此换来汗王的宝座，
让奥托尔的弟弟奥杜拉将汗位继承。
这样我们既保住了奥托尔家族的汗位，
我们姐妹也有一个可靠的归宿。

“假如布鲁特人嫌弃卡勒玛克人，
不肯接纳凯林吉尔为妃，
那么作为奥托尔的遗孀，
康阿依的勇士定会将我们迎娶！”

奥托尔的六个妻子，
手持着菜刀和小刀，
一起扑向达比塔依。
她们誓与恶魔拼个你死我活，
为含冤死去的丈夫报仇雪恨，
鲜血流尽也在所不惜。

奥托尔的大老婆，名叫木俊。
她经常上场决斗打败男士，
是个力大无比的女人。

她平时就穿着雀眼网状的铁制内衣，
没人知晓她的奥秘。
她的坐骑是苏尔恰巴尔[①]骏马，
她行为举动具有勇士的风度。
此时她身背硕大的盾牌，
翻身上马准备角逐。

“喂，达比塔依，赶快出来！
我要把你心脏里的血液放尽！
我不会让你将凯林吉尔带走，
我要为奥托尔报仇雪恨。
我要砍下你的首级，
亲自送给布鲁特人！”

当她这样叫嚷的时候，
呼罗珊的达比塔依，
再也找不到理由狡辩，
不得不催战马上前应战。
他想不到奥托尔的六个妻子，
会给他降下灭顶的灾难。

“我要折断她们五个人的腰杆，
让她们的生命彻底停息。
我要带着凯林吉尔，
远走高飞周游各地。
我要带走她们六个褡裢的黄金，
坐吃它六十年也绰绰有余！”
达比塔依低估了木俊的力量，
他心想与她单独打斗当然会胜利。

① 苏尔恰巴尔：柯尔克孜语，马名，意为灰色快马。

木俊这个女中豪杰，
义愤填膺，怒火万丈，
她挥舞着能折叠的矛枪，
向着达比塔依直冲而上。

这一男一女展开了决斗，
达比塔依想把木俊一枪刺翻。
矛枪与矛枪叮当碰撞，
打了一个回合后各自回转。

怒气冲冲的木俊哪肯服气，
又用力抽打起苏尔恰巴尔骏骥。
她双眼滚动着仇恨的泪珠，
奋不顾身地再次攻击。
她高呼着空吾尔巴依的名字，
像死神一样浑身杀气。

达比塔依恼羞成怒，
手中紧握血腥的矛枪，
好像与凯耐尼木交锋一般，
怒目圆睁，火冒三丈。

木俊和达比塔依再次激烈搏杀，
双方劈头盖脸地刺出矛枪。

那胯下的枣红马和灰色马，
也你追我赶，毫不相让。

凯林吉尔在一旁观战，
看到二人眼下旗鼓相当。
她深知木俊毕竟是女流之辈，
再强的体力也难以久长。

“木俊勇敢地面对敌人，
正在进行激烈的交战。
假如我们不去支援，
大家恐会难逃劫难。

“等到他将木俊刺翻，
除了我以外的你们四人，
将会遭到他肆意作践。
他将会砍断你们的头颅，
让你们来不及呼救叫喊。
接着他会对我横行施暴，
强迫着我束手就范。

“我凯林吉尔宁愿死去，
也不愿被这个恶棍霸占。
我们还不如齐心协力，
给女大力士木俊以全力支援。

“我们要合力活捉这个呼罗珊人，
将他的头颅砍断。
然后再刺穿他的嘴唇，
穿上绳索系上马鞍。
我们为奥托尔讨还血债，
启程向阔克图卡特回返！”

凯林吉尔这样真心鼓动，
几位妻子立刻响应参战。

这一个从左边挥着菜刀砍来，
那一个从右边举起利剑刺去。
这一边用斧头从头上劈下，
那一侧用大棒狠砸脚底……
几个女人大呼小叫，
向达比塔依发起攻击。

达比塔依见状大为吃惊，
恨不能生出三头六臂。
他一人难敌六个不怕死的女人，
最终只得仓皇逃离。
那些装满褡裢的黄金，
他一点也未能随身带去。

要我讲述这样的故事，
从不会感到一点倦意。

三袭塔拉斯
罪魁达比塔依丧命

话说那六个女人，
跨上各自的坐骑，
携带装满黄金的褡裢，
朝着自己的家园扬长而去。

达比塔依忧心忡忡，
走投无路，胆寒心惊。
他不知道该到哪里安身，
整夜未眠，盲目而行：

“我没有可以投奔之处，
再不会有人听信于我。
是我到处欺骗说谎，
是我四处煽风点火。
是我经不起钱财的诱惑，
是我收受了卡勒玛克的黄金和骆驼。

“如今我孤苦伶仃，孑然一身，
没有了家乡，没有了乡亲，
更没有了朋友和伙伴，
像霜天的落叶一样没了着落。

“呼罗珊不会让我安居，
新的汗王不会让我好好活着。
哪一个部落听到我的消息，
也不会让我从他们的地界走过。

“在伊拉克和伊朗，
不会再有我的客座。

我不认识他们的首领，
也无法去到东方王国。
如此辽阔无垠的大地，
没有一个人给我立足之地。

“唉呀呀，残酷的世道就是这样，
从宝座上跌下来的汗王，
和丧家犬一模一样。
我与其这样到处流浪，
在痛苦中艰难消磨，
还不如直驱柯尔克孜的故乡，
再次闯进玛纳斯建造的塔拉斯城郭。

“我要再次试探着发动袭击，
来一个鱼死网破，
或许可以从死亡中复活。

“假如我的力量不及，
就向芒格特部落转移。
在那与外界隔绝的偏僻之地，
在萨拉玛特的乡民中躲避。
如果芒格特人珍惜自己的勇士，
我就在芒格特的地盘，
住上一年两年等待东山再起。”

达比塔依自以为找到安身之处，
心想顺路洗劫塔拉斯城。
他起早贪黑披星戴月，
在夏玛勒得山①中穿行。

他在阿拉什的广阔地域，
不敢暴露，昼伏夜行。
他面黄肌瘦，脸色枯黄，
他忍饥挨饿，受冷挨冻，
那罪恶的生命在凄惨中偷生。

① 夏玛勒得山：柯尔克孜语，意为有大风口的山。

他的全身长满虱子，
奇痒难耐，疮痍遍体。
夏玛勒得山峰冰雪覆盖，
寒风呼啸，雪花纷飞。
达比塔依历经千辛万苦，
终于来到了塔拉斯平原。

达比塔依在此之前，
到塔拉斯来过两次，
对地形地貌大体熟悉。
“我不能明火执仗，
去驱赶柯尔克孜的马群，
我要在夜间进行偷袭。

“我要乔装打扮，改头换面，
悄悄潜入柯尔克孜的城里。
假如凯耐尼木落在我手中，
我要剖开他的胸膛，
挖去他的心肺肝胆。

“假如我达不到这个目的，
就要在城中放把大火，
再将城门从外面紧锁，
然后迅速离开此地。

“我接着去玛纳斯的陵墓，
将陵墓彻底摧毁。
假如王城化为灰烬。
假如陵墓夷为平地，
柯尔克孜人就会名誉扫地。

“假如城里燃起熊熊烈火，
将凯耐尼木一起烧死，
那就是苍天遂了我的心意。
那时我达比塔依就会重见天日，
让柯尔克孜人都做我的奴隶。”

达比塔依想象着各种行动，
幻想着他将取得成功。
就在苏萨米尔的交会处，
他停留一天，进行休整。

他脱下身上的战袍，
换了一身平常的服装。
他朝着色尔城方向走去，
坐在马背上，挺着胸膛。
请你们不要着急，
就让达比塔依继续前往，
让我们一起打探这里的情况。

柯尔克孜族人民之中，
能人众多，各色各样。
其中一人名叫阔库姆，
他聪明机智，心明眼亮。

这天他到野外寻找走失的牲畜，
无意中来到了达比塔依夜宿的地方：

“在这里露宿过的人，
一定是身材魁伟的大力士，
而且在他的心里，
好像装满了重重的心事。

“他在这里换了衣服，
也给坐骑拔掉了蹄上的铁掌，
又从这里疾驰上路。

“我要尽快对他跟踪，
一定弄清他的行迹，
然后向探踪师艾西姆报告，
不能漏掉这里的消息。”

阔库姆心中这样盘算，
掉转马头追踪而去。

他很快就赶上达比塔依，
看到了他那高大的身躯。

阔库姆今年刚十六岁，
他不曾见过达比塔依，
因而没有将他认出。
他装作好奇歪头观察，
然后返回到艾西姆的住处：

“艾西姆大哥，你可在屋里？
你是我们探踪的大师。
你是否已经掌握，
节提托尔山脊的消息？

“我去寻找走失的牲畜，
在苏萨米尔的山脚下，
我发现了可疑的行迹。

“我估计那个人在那里换了外衣，
拔掉了马掌后跨上坐骑，
他没有朝南也没有朝西，
却朝着苏萨米尔的下游走去。
我驱马在他的后面跟踪，
很快就看到了他的身影。

“那个人身材又高又大，
胯下是匹深枣红色的骏骥，
他心中似乎充满了仇恨。
据我仔细观察，
他长着一双冒火的眼睛。
他一旦进入城里，
我担心会干出害人的事情。”

艾西姆听完阔库姆的话语，
跨上了乔布尔[①]骏马挥鞭而去。

① 乔布尔：柯尔克孜语，马名，意为马力大但速度不快的骏马。

当他从山谷走出的时候，
正好与达比塔依正面相遇。
他装作一副漫不经心的样子，
几乎撞上达比塔依的马头。

当艾西姆擦肩而过的时候，
达比塔依发现了他怀疑的目光，
就断定他是来刺探动向。
达比塔依想起刚才的小孩，
心中这样猜想：
“那个小孩可能发现我来自外乡，
回去后向这个头领禀报了情况。

“我要立刻改变方向，
要穿过泥泞的沼泽前往。
我要骑上一头公牛，
赶着两头奶牛，
装扮成不起眼的放牛人模样。”

达比塔依改变了自己的路线，
朝着沼泽地的方向走去。

那个艾西姆头也不回，
径直来到了城中，
向宫廷守卫官奥润拜禀报：

“我们的总管奥润拜，
我有要事向你禀陈。
我本来在家休息养神，
突然传来阔库姆呼叫的声音。
他大声呼喊着我的名字，
没下马就走近了我的家门。

“我料想他定有急事报告，
便披衣起身走出房门。
没等我让他下马坐定，
他便开口诉说了他的见闻。

“说他在苏萨米尔的边沿，
发现了一个可疑的行人。
那人乔装打扮，
跨上了拔掉马掌的坐骑。
他说他着急地在后面追踪，
那可疑的人很快进入了他的眼里。

“他说他留心观察发现，
那个人身体魁梧，浑身杀气。
他说他预感到那人来意不善，
会到城里纵火行凶，发起偷袭。

“他说他就为了此事，
急忙前来通报消息。
他说他不一定看得准确，
要请我再去观察仔细。

“我接到阔库姆的报告，
跨上短尾马直奔而去。
在苏萨米尔的山沟，
与那人正好邂逅。

“我靠近一看，
就弄清了所有秘密。
那个人就是达比塔依，
他要向我们发起突然袭击。
我从他那黑色的眼睛，
看透了他心中的阴谋诡计。

“我估计达比塔依，
对阔库姆和我产生了怀疑。
他决定离开行人的大路，
转向了泥泞的沼泽地。

“我料想他会骑上一头公牛，
再赶着两头母牛。

到了傍晚时分，
就潜入色尔城里。

“一旦他进入到城中，
就会丧心病狂纵火焚烧。
他还有什么别的意图，
奥凯[①]，我暂时还不知晓。

“我从远方火速赶来，
就是为了报告这个消息。
往下的事如何应对，
一切听从你的定夺。”

听到艾西姆报告的消息，
奥润拜立刻从座位跳起：
“艾西姆、阔库姆、阿塔凯，
铁尔迪克拜、库曲克、萨提凯，
你们六个人立刻准备出发，
从四面八方去打探消息。

“如果艾西姆没有认错，
那么达比塔依这个恶棍，
就会与我们纠缠不休。
这事决不能掉以轻心，
我得向汗王报告仔细。”

奥润拜派出六人上马启程，
然后自己向凯耐尼木禀报。
他催马上路，蹄声嗒嗒，
恰巧在半路与凯耐尼木相遇。
奥润拜站在路边行礼问候，
双手贴胸，遵循规矩：

“尊贵的苏勒坦我的猛虎，
你如同那巍峨的阿拉套山。

① 奥凯：奥润拜的尊称。

每当你眉开眼笑的时候，
如同太阳光辉灿烂。
一旦你脸色阴冷，
我就心惊胆战，魂飞魄散。

“为了报告紧要事情，
我前来此处把你打扰拜见。
我奥润拜是你的仆人，
我将听到的消息，
全部禀报，
毫无隐瞒。

“我们聪明的少年阔库姆，
在苏萨米尔发现了形迹可疑的人。
接着看到更可怕的事情，
迅速向艾西姆报告了消息。

“艾西姆接着紧紧跟踪，
发现那人乔装打扮，
骑着拔掉了铁掌的坐骑。
他认出那人不是别人，
就是伪装了的达比塔依。

“艾西姆察言观色，
看穿他心怀恶意。
预料到达比塔依，
有火烧色尔城的罪恶目的。

“艾西姆故意和那头蠢货擦肩而过，
把他仔细打量，暗中揣摩。
料想他将骑乘公牛赶着母牛，
在黄昏时分潜入城郭。

“我已派出艾西姆、阔库姆和阿塔凯，
铁尔迪克拜、库曲克和萨提凯六个人，
去把达比塔依跟踪，
以便随时掌握他的动静。

我让他们每隔个挤马奶的时间，
来报告一次详情。
我特地来到你的面前，
就是要把这些情况向你禀呈。”

凯耐尼木听完奥润拜的禀报，
露出牙齿，面带笑容：
“奥润拜，如果真是那样，
我们的民众将迎来安宁。

“要告诉乡亲不要担心，
狡猾的达比塔依，
不会轻易进城。
他看到你派去的六个人，
会知道我们柯尔克孜人已经发觉，
将会改变他的行踪。
你们要和六个人保持联系，
要确保色尔城的安宁。

“达比塔依心狠手辣，
当他眼见进城无望，
会向陵墓伸出魔爪。
他会用恶毒的手段，
把我们祖先的陵墓摧毁。
我要亲自前往把守，
将这黑心肠的仇敌生擒活捉。”

凯耐尼木吩咐奥润拜，
牵来了坎库拉骏马。
他让人鞴好鞍鞯，
备齐了所有的武器和披挂。
他不让任何人看见，
秘密地从后院上马出发。

走出后院的凯耐尼木，
担心中途被达比塔依发现：
“他若看到坎库拉的蹄迹，

就会不顾一切地逃窜，
因此我要走那偏远的路线。”
凯耐尼木策马走向丘陵，
经过阿勒玛布拉克[1]和雄卡尔塔石[2]，
翻越过那里的座座小山。

青鬃狼凯耐尼木来到陵墓下马，
手牵着坎库拉徒步前行。
他在那隐蔽处凝神注视，
等待着达比塔依露出身影。

心怀鬼胎的达比塔依，
弓着腰骑着一头公牛。
他乔装打扮掩人耳目，
身边还赶着两头母牛。
他不紧不慢地穿行在沼泽地上，
却把通向色尔城的道路不停地暗瞅。

他突然看见了艾西姆，
不祥的预兆涌上心窝，
心生各种各样的忧虑：
“这个人刚才曾与我相遇，
还从我身边擦肩而过。

“莫不是他看穿了我的秘密，
在周围跟踪监视着我？
他们是否等我进到城里，
便将我包围一举抓获？”

达比塔依马上停住了脚步，
警觉的眼睛四处环顾。
他又发现了那个阔库姆少年，
心里一切顿时清楚。
还有其他的几个人影，

① 阿勒玛布拉克：柯尔克孜语，地名，意为苹果泉。

② 雄卡尔塔石：柯尔克孜语，地名，意为雄鹰栖息的石头。

也一一映入了他的眼帘。

艾西姆、阔库姆和阿塔凯，
这三个人结伙走在一边；
铁尔迪克拜、库曲克和萨提凯，
这三个人一起走在另一边。

他们手举着善捕的猎鹰，
身前身后奔跑着猎犬。
他们让猎鹰捕捉野鸭、水鸟和石鸡，
他们让猎犬追捕野兔、狐狸和狼獾。
若是见到山鹿和狍子，
便竞相弯弓进行围攻。
他们个个兴致勃勃，
身影在丘陵上时隐时现。

达比塔依见状思忖：
“这些斩不尽杀不绝的柯尔克孜人，
无人知晓他们的内心世界。
这些狡诈的布鲁特混蛋，
可能已把我的面目认清。
他们假装消遣散心，
其实是在我的身后跟踪。

“以前我见过的那两个人，
现在他们变成了六个人。
他们会观察肩胛骨，
他们会辨认陌生的脚印。
他们用石子占卜点燃蜡烛算命，
他们惯用这些伎俩寻找敌人。

“我不能进入他们的城中，
我要改去玛纳斯陵墓的方向。
他们以为我会去城里捣乱，
一定在那里严密布防。
此时他们会忽略其他地方，
很可能把陵墓的防守忽略遗忘。

“就让凯耐尼木待在城里去吧，
让他们空守城门的安全。
我要在那黄昏时分，
乘着暮色朦胧靠近陵墓跟前。”

达比塔依心中这样盘算，
窜入了茂密的芦苇滩，
躲开了对方监视的视线。

他给枣红马重新钉上铁掌，
他将肥壮的公牛母牛抛弃，
然后用兽皮伪装了马匹。
在自己的头盔外面，
扣上皮帽将面孔遮蔽。

他将战锤横放在鞍前，
他将利剑插入腰间的鞘里。
那像绵羊一样大小的战锤锤头，
是他要用来砸毁陵墓的利器。
此时他穿过茂密的野树林，
朝着陵墓策马而去。

在路上不同的地点，
他杀死了六个跟踪的人。
他蹚过喀拉布拉恰特卡勒的河流，
继续向陵墓的方向飞奔。
当赶到玛纳斯的陵墓跟前，
已是夜幕降临的时分。

该让神灵惩罚的野兽，
心中涌起无限仇恨。
但他的坐骑却不敢直冲向前，
停下来环顾四周的动静。
突然发现坎库拉马的蹄印，
吓得它不敢跨过，战战兢兢。

达比塔依咒骂着胯下的坐骑，
不知道发生了什么事情。
他立刻跳下马鞍查看，
不由得也大吃一惊：

只见坎库拉骏马走过的地方，
留下了一串木盆大小的蹄印。
在绿色平展的草地上，
马蹄卷起了铁锅般大小的白草根。
再看踏过的松软的土地上，
地灶般大的深坑，
一直向陵墓的方向延伸。

达比塔依顿时明白，
凯耐尼木比他技高一筹：
“他一边派人在我后面跟踪，
一边把色尔城让民众防守。
他自己已识破我的伎俩，
早已来到陵墓跟前守候。

“我无法回身逃跑，
我只能与他展开搏斗。
不论我逃跑还是坚持，
都免不了一场激烈战斗。”

要决一雌雄的达比塔依，
向手掌吐着唾沫，
把绵羊一样大的战锤，
从马背上举起扛在肩头。

他要冲到陵墓跟前，
先砸碎陵墓的大门。
他想即使被凯耐尼木杀死，
也要把砸碎陵墓的名声在世间留存。

他怒火中烧，面色铁青，
双眼好似喷射着火焰。

他迅速冲到陵墓门口，
举起战锤砸向门扇。

此时的凯耐尼木，
正站在达比塔依的斜对面，
他义愤填膺，怒火冲天。
他如同飞箭一般，
冲到达比塔依跟前。

他没有戳出矛枪，
也没有举起战斧劈砍。
只紧紧抓住了达比塔依的腰带，
将他从枣红马的马鞍上举起，
像抓云雀一样举过头顶，
朝着色尔城方向策马向前。

凯耐尼木在途中，
与一个陌生女人相遇，
她是奥托尔汗的妻子木俊。
木俊拦住凯耐尼木的去路向他这样倾诉：

“凯耐尼木，你是个英雄巨人，
我是奥托尔汗王的一个妻子，
我正在追踪这个翻脸无情的罪人。
这是个蛇蝎心肠的家伙，
我为了追他到此惊扰了你们。

“他谎称奥托尔去了印迪斯坦，
他要接送我们六个妻子。
他扬言要在六天的行程之中，
每天强奸我们其中的一个。

“他要侵吞我们所有的钱财，
供他到印迪斯坦肆意挥霍。
他说只要娶凯林吉尔为妻，
然后再砍下其余五人的脑壳。

“尽管我是一个女人，
我还是拼死奋起与他交战。
我身旁的五个姐妹，
都齐心协力支援。
这个背信弃义的家伙眼看就要战败，
就借着夜色仓皇逃窜。

“我心中十分焦急，
就驱马在他后面追赶，
想把他杀死以后，
再把这个消息向你递传。

“凯耐尼木汗王，我告诉你，
我看到了你派去跟踪的人。
我还在一个地方，
看到你骑着坎库拉骏马，
正向陵墓急速行进。
你脸上透着英雄豪气，
你浑身上下威风凛凛。

“我在你返回的路上等候，
有一个请求恳请你答应。
请将这个奴隶交给我吧，
我要把他带回我的家乡严惩。

“我要领着我的五个姐妹报仇雪恨，
将他千刀万剐，
把他的骨髓吸干！”

她的话儿是真是假，
凯耐尼木没有追问，
就将达比塔依交给了木俊。

木俊可敦[1]迫不及待，
将达比塔依的手脚捆绑，

① 可敦：柯尔克孜语，意为汗王的夫人。

就像狩猎打死的一头野兽，
紧紧拴在枣红马的背上。
她还割掉了达比塔依的舌头，
免得他一路哀求叫嚷。

她将他带到奥托尔的家乡，
带到奥托尔的百姓面前。
她让五个姐妹一起出面，
讲述了她们的所闻所见。

将达比塔依交给她们处置，
凯耐尼木没有提出任何条件。
听到了这个消息，
这里的百姓无不惊叹。

女英雄木俊夫人，
与凯林吉尔等人共同商讨，
六个女人一起动手，
踩踏着达比塔依的躯体。
曾大闹天下的达比塔依，
就这样在女人的手中死去。

我将自己知道的事情，
尽心尽意向柯尔克孜人倾诉。
我的名字叫居素普·玛玛依，
我热爱自己的人民和自己的乡土。
演唱英雄史诗《玛纳斯》，
是我家族的传统习俗。

后 记

中国柯尔克孜族英雄史诗《玛纳斯》第四部《凯耐尼木》（1—2 卷）汉文版是根据 2004 年新疆人民出版社再版的《玛纳斯》第四部柯尔克孜文版翻译而成。

《凯耐尼木》第一卷前八章由吐尔地·买买提吐尔逊翻译，第一卷的最后一章和第二卷由朱玛克·卡德尔翻译。译稿经朱玛克·卡德尔组织人员进行柯汉对照后由郭民杰、李瑞周编辑整理，由贺继宏统稿。由于不同译者翻译风格和质量的差异，增加了编辑整理和统稿的难度。贺继宏、郭民杰、李瑞周为此反复仔细推敲，克服各种困难，认真整理润色，付出了辛勤而卓有成效的劳动。为保证译文忠实于原著，朱玛克·卡德尔对编辑整理稿再次进行了对照审校。

本部译稿征求意见和评审采取网上阅稿评审的方式，邀请专家阅稿评审。先后收到中央民族大学教授、博士生导师胡振华，中国社会科学院研究员郎樱、阿地里·居玛吐尔地，黑龙江省民族研究所研究员吴占柱，新疆维吾尔自治区社科联原副主席、翻译家、编审张宏超，新疆维吾尔自治区文联原副主席罗迎福，新疆维吾尔自治区文联副主席、民间文艺家协会主席、编审马雄福，新疆财经大学教授、翻译家赵国栋，《玛纳斯》汉译工作委员会顾问吾尔哈力恰·何德尔拜等专家学者的评审意见。特别是胡振华教授认真负责地发来 8 份具体修改意见。参与评审的专家学者对译稿忠实于原文，保持了史诗的语言风格，整体质量较好做出了肯定，同时提出十分具体的修改建议。

收到评审意见后，朱玛克·卡德尔在乌鲁木齐市与有关专家学者座谈讨论并梳理评审意见和修改原则。贺继宏根据专家学者的意见和建议再次修改加工，对译文中用字用词和诗句修辞方面存在的不足加以修改润色，以强化诗句节奏和韵味；对与前三部不统一的人名和地名进行了统一；特别是采纳了胡振华教授提出的音译用字规范并保持柯尔克孜语语音特点的建议，对本部书稿中新出现的人名地名尽量统一规范，同时适当增加了一些词目注释。修改后的译稿经朱玛克·卡德尔审阅后交付出版社。

克孜勒苏柯尔克孜自治州党委和政府十分重视《玛纳斯》的汉译出版工作，经常听取汇报，了解情况，并具体指导协调《玛纳斯》汉译工作，帮助解决工作中遇到的各种困难和问题。

新疆维吾尔自治区文化厅及其非物质文化遗产处始终把《玛纳斯》汉译出版作为非物质文化遗产保护工作的重点，为《玛纳斯》汉译出版工作提供了大力的资助。

新疆维吾尔自治区文联一贯关心和支持《玛纳斯》汉译工作，为翻译出版工作的顺利进行给予积极的配合。

在译稿出版之际，我们谨向参加译稿翻译、加工整理和出版工作的人员，向关心和支持《玛纳斯》汉译工作的各级领导和专家学者，表示诚挚的谢意！